56

Joaquim Brasil Fontes

EROS, TECELÃO DE MITOS

A poesia de Safo de Lesbos

ILUMINURAS

2ª edição revista e corrigida pelo autor
contendo nova tradução dos fragmentos de Safo

Capa:
Fê
Estúdio A Garatuja Amarela
sobre *La muse endormie* (1910), bronze [17,5 cm x 26,5 cm x 19 cm], Constantin Brancusi.
Cortesia Centre Georges Pompidou, França.

Foto do autor:
Eveline Borges

Revisão:
Paulo Sá

Composição:
Ademilson Modesto de Camargo / Ilumunuras

ISBN: 85-7321-182-2

2003
EDITORA ILUMINURAS LTDA.
Rua Oscar Freire, 1233 - 01426-001 - São Paulo - SP - Brasil
Tel.: (0xx11)3068-9433 / Fax: (0xx11)3082-5317
iluminur@iluminuras.com.br
www.iluminuras.com.br

À memória de
Josephina Souza Fontes
(1911-1975)

Sumário

Terceira Parte

VARIAÇÕES SOBRE A LÍRICA DE SAFO

]agnouitque per umbras
obscuram, qualem primo qui surgere mense
aut uidet aut uidisse putat per nubila lunam[

]e a reconheceu entre as sombras,
obscura, qual do mês no começo se vê
ou se pensa ver, entre as nuvens, a Lua[
Eneida, VI, 452-4

Que isto de método, sendo, como é, uma cousa indispensável, todavia é melhor tê-lo sem gravata nem suspensórios, mas um pouco à fresca e à solta, como quem não se lhe dá da vizinha fronteira, nem do inspetor de quarteirão.

Machado de Assis, *Memórias póstumas de Brás Cubas*

Que isto de método...

Benedito Nunes

I

Uma impecável graeca eruditio, *um aparato documental e crítico idôneo, e o adequado enquadramento filológico e histórico da matéria – estes três requisitos, que presidem às investigações de grande porte no domínio do saber clássico-humanístico, de tão minguada presença entre nós, autenticam a singular e ousada abordagem deste ensaio.*

A singularidade da abordagem está na própria forma literária do ensaio: uma flânerie *benjaminiana por entre os versos e os vestígios da vida de Safo. Em concordância com essa forma, episódica, digressiva e fragmentada, está o tipo ousado de abordagem, que disfarça a hermenêutica que lhe é implícita: um estilo de interpretação problemática e aproximativa que, parecendo zombar dos métodos, como o narrador de* Memórias póstumas de Brás Cubas, *se arrisca a descobrir o sentido essencial da lírica de Safo, produzindo-lhe a compreensão. Da concordância entre a forma persuasiva e sedutora, que enleia do princípio ao fim o leitor, com o método de interpretação ajustado à fortuna dos textos e às vicissitudes de seu conhecimento histórico, deriva a notável abrangência e a alta qualidade literária que distinguem* Eros, tecelão de mitos – A poesia de Safo de Lesbos *dos estudos congêneres.*

A flânerie de Joaquim Brasil Fontes, consumado scholar mas escritor antes de tudo, estende-se ao longo do tempo e dentro da tradição histórica – galeria de passagem, *onde, aos versos de Safo, transcritos das páginas de retóricos gregos ou extraídos de "farrapos de velhos manuscritos encontrados, imundos, nos montes de lixo e nos corpos das múmias" misturam- se os comentários, as glosas de várias gerações de escoliastas que os preservaram e transmitiram, juntamente com os testemunhos discordantes sobre a mulher de Mitilene que os escreveu, dos quais se originou o renome do ardor passional que a celebrizou, fundindo, numa só figura mítica de sujeito amoroso, a poeta e sua obra. Esse* flâneur, *novo escoliasta, recolhe, curioso e moroso, esses signos da transmissão da obra de Safo, inseparáveis da celebridade lendária da autora, por entre os quais passa, ora avançando ora recuando no tempo. É a partir do ponto móvel do presente que ele se desloca na direção do passado; seguindo a esteira do mito na paixão abismal das Lesbianas de Baudelaire, transporta-se à cena do sacrifício amoroso de Safo – o salto de Lêucade – descrita na* Carta XV *de Ovídio, lida "através de contemporâneos nossos". E defronta-se com uma personagem dramática, extremando, na crise amorosa por que teria passado, "os sintomas clássicos da paixão" que a enquadram em registros de intensidade melodramática: momentos de "folia" passional no estilo da Ópera. Que outra via para aceder a uma obra lírica de temas definidos, o amor e o objeto amado, e as divindades que os assistem, obedecendo a motivos correlatos – desejo, separação, nostalgia, perda e desespero e morte – do que a vertente do lirismo romântico, da poesia centrada no sujeito – a vida interior da alma – com o fim de exteriorizá-la, dando expressão a sentimentos vividos?*

Mas a esse olhar lançado aos versos da grande amorosa, por intermédio da literatura moderna, sucede a visada mais para trás, para o mundo arcaico a que pertenceram, à busca de "seu contexto verdadeiro". Porém ainda assim não terá o flâneur *diante de si o perfil da originalidade expressiva de Safo, como esperamos achar na poesia lírica. A famosa* Ode a Afrodite *inclui expressões formulares encontradas na* Ilíada; *fragmentos há que adotam a maneira gnômica de enunciação enquanto outros retomam a narrativa mitológica.*

Enfim, pôde ele acompanhar toda uma ramificação intertextual dos elementos "pessoais" entrosados aos motivos da alma apaixonada. Safo "monta" a sua crise amorosa sobre os modelos do patético que lhe oferecem os heróis da Ilíada. *O flâneur já não pode mais ler-lhe as emoções como sintomas de um interior que sempre deve ficar muito aquém daquilo em que se exprime.*

Nessa direção que adentra o passado, vê a obra transformar-se tão incessantemente como a vida de sua autora. Mas enquanto a individualidade biográfica de Safo dissipa-se no mito em que se converte, a individualidade poética subsiste na obra; mesmo nas suas porções mais dilaceradas, nesses manuscritos dos quais é impossível apagar "as sucessivas inscrições do tempo", perdura, sujeita a mudanças meta e anamórficas, essa voz única dos textos, que a nós se dirige: um certo ritmo e uma certa entonação significativos, um determinado modo de evocar a amiga distante e de invocar a deusa do amor ou a lua solitária.

A resposta que o flâneur *escoliasta, colecionador de signos, hermeneuta à busca do sentido, sem parecer estar nisso empenhado, dá à fugacidade e à incerta identidade da obra, é a interpretação aproximativa e problemática desse método, que terá utilizado já como tradutor dos mesmos poemas de Safo.*

II

Foi, sem dúvida, a necessidade de traduzir os poemas e fragmentos sáficos, em sua totalidade vertidos para o português na terceira parte de Eros, tecelão de mitos, *o motivo germinal e o núcleo de crescimento da interpretação do conjunto da obra. Pois como interpretar essa poesia sem traduzi-la, e como traduzi-la sem proceder-lhe a exegese? Mas, poder-se-ia perguntar, por que é necessário traduzir e interpretar novamente, ainda hoje, esses textos arcaicos da cultura grega?*

Como os escritos dos pré-socráticos, a obra poética de Safo pertence àquela categoria dos textos matriciais da cultura, que forçam, periodicamente, como por uma exigência de compreensão deles próprios nascida, o trabalho de tradução. Diríamos, com Walter

Benjamin,[1] *que, aumentando a dificuldade de traduzi-los, uma tal exigência impõe-se da necessidade de sobrevivência dos próprios textos: sobrevivência não estática, assegurada pela cadeia de traduções e interpretações que os perpetuam e ao longo da qual, como uma "realidade viva", os originais, de cada vez diferentemente interpretados, recebem, ao serem trasladados para outras línguas, uma renovada carga de sentido. Mudando, portanto, através da cadeia que os perpetua ao transmiti-los, a sobrevivência deles reforça-se pela variação de sua compreensão. E é a mudança da compreensão que reabre a possibilidade de interpretá-los e, conseqüentemente, também, de traduzi-los. A compreensão possível, que precede e orienta toda interpretação, depende, em última análise, da condição temporal do pensamento e da historicidade de nossas relações com o mundo.*

O que tem ocorrido com os pré-socráticos atesta a historicidade do compreender, cujo caso extremo, conforme diz Gadamer, é a tradução para uma língua estrangeira.[2] *Ontem, um Burnet traduzia-os como os primeiros artífices da ciência natural. Heidegger interpreta-os, hoje, como porta-vozes de uma compreensão do ser enquanto* phýsis, *originária e autônoma relativamente à filosofia. O primeiro interpretou-os de acordo com a idéia histórico-evolutiva, segundo a qual concepções rudimentares precedem o advento da verdadeira filosofia.*

Heidegger abandonou essa idéia: como porta-vozes da phýsis, *seriam eles pensadores-poetas, fiéis à primitiva correlação do pensamento com a linguagem, estampada no significado das palavras fundamentais da língua grega que empregam, como* alétheia *(não-esquecimento, desvelamento), depois desvirtuada para* veritas *na versão latina, já sob a dominância da racionalidade filosófica.*

De tradução árdua, como aquele vocábulo dos pré-socráticos, são outras tantas palavras empregadas por Safo, a exemplo de Kháris, *que integram a categoria das palavras fundamentais, chave da*

[1] Walter Benjamin. *La tâche du traducteur.* In *Œuvres choisies.* Paris, Juliard, 1959, p. 59 e segs.

[2] Gadamer. *Vérité et méthode.* Paris, Seuil, 1976, p. 229 e segs.

compreensão de um idioma. E se na compreensão delas firma-se a perspectiva da exegese e o teor da tradução dos textos em que se incluem, é porque condensam aquela visada intencional, de que fala Walter Benjamin, com a qual cada língua articula significativamente um só aspecto da realidade transformado em mundo. Por outros termos, essa visada intencional, que parcela a mesma realidade, corresponde ao núcleo significacional do sistema simbólico que diferencia uma língua de outra.

A rigor, o trabalho de tradução, que começa amparado pela intuição tosca de que as diferenças entre as línguas são recuperáveis em função de uma linguagem comum, abrangente da realidade total parcelada em cada uma, faz-se de encontro ao irredutível núcleo do sistema simbólico de outro idioma. Daí, como momento crítico sucedendo a uma primeira fase de confiante familiaridade, a relação de estranheza que se estabelece entre o tradutor e o texto original. Mas – condição transcendental da particularização lingüística – a linguagem, nessa acepção, também funcionaria, em virtude do específico das visadas intencionais das línguas que ela compatibilizaria, como aquilo que torna possível quer sua convertibilidade recíproca, quer o variável teor do intraduzível que lhes determina a estranheza.

Em resumo, é do intraduzível *que vem a resistência que o idioma estrangeiro – a sua estranheza – oferece ao tradutor, e é contra o* intraduzível *que o tradutor se debate. Seguido de perto por Walter Benjamin, nesse admirável ensaio que é* A tarefa do tradutor, *Goethe aconselhava que o intraduzível fosse a meta e a medida do trabalho de tradução: "Deve-se ir até aos limites do intraduzível, e respeitá-los, porque é precisamente nisso que residem o caráter e o valor de toda língua".*[3]

É imbuído da consciência da estranheza da outra língua, quando trabalha forçando o intraduzível, que o tradutor pratica, no limite extremo ideal de sua atividade arriscada, um ato de violência hermenêutica, como sucede no caso da tradução de Kháris, *que deve*

[3] *Goethe's world view presented in his reflections and maxims*. Frederich Ungar, 1963, p. 183.

reunir a graça e as Graças, o sentido daquilo que encanta reluzindo, "e portanto provoca alegria *e está cheio de* graça*". Porém, não resulta desse ato a transferência pura e simples à pauta da língua de recepção dos significados a ela indobráveis. A violência hermenêutica, sem atentar contra as estruturas lingüísticas, converte-os ao âmbito da visada intencional daquela, diferenciando o significado rebelde pelo seu ajustamento a outro contexto e, por conseguinte, produzindo uma nova compreensão dele.*

A tradução exemplar criaria, desse modo, numa língua, o equivalente da visada intencional da outra. O que ela consegue obter é, pois, a concordância entre os mundos de cada órbita lingüística, que permanecem, contudo, em confronto, sem se confundirem. E se o mundo da língua original já pertence ao passado, a medida do acorde lingüístico dos significados, ao mesmo tempo tradução e exegese, tem por base o conhecimento retrospectivo da história.

III

Vimos o flâneur, *em certo ponto de sua passagem pela tradição, adentrar-se no mundo arcaico de Safo, para reavaliar, à luz de seu "verdadeiro contexto", a tônica da paixão nos versos da poeta, compreendida preliminarmente por meio da exteriorização da vida interior na poesia lírica da literatura moderna, aspecto do nosso horizonte histórico, como idéia que nos é familiar. Mas, para surpresa dele, o contexto, que deveria estabelecer a particularidade dos conteúdos subjetivos plasmados pela lírica, introduz componentes não-líricos, estranhos à nossa expectativa de modernos que a arte romântica educou. Não é que a matéria "épica e gnômica", já assinalada por Schleiermacher na lírica dos antigos, fosse desconhecida ou ignorada. Mas essa matéria impessoal, na qual Safo investiu o elemento pessoal de sua experiência, é estranha, na medida em que constitui – como percebeu o mesmo Schleiermacher, ao escrever que os poetas líricos da Antigüidade são os menos subjetivos –[4] o índice*

[4] Schleiermacher. *Les aphorismes de 1805 et de 1809-1810, Herméneutique*. Labor et Fides, 1987, p. 63.

de uma retração ou de um apagamento do sujeito, na acepção moderna de domínio interior do Eu por oposição ao objeto. Desse ponto de vista, o intérprete, tendo se aproximado da obra de acordo com a prévia compreensão dela que a perspectiva do presente lhe impôs, reconhece a sua outridade, em função do horizonte de uma época longínqua que se opõe ao da nossa.

Também aqui, no nível exegético da interpretação, um momento crítico de estranheza, como ocorre no da tradução, sucede a uma fase de acesso confiante. Em paralelo com o intraduzível, que remonta ao específico da visada intencional de uma língua e, portanto, ao sistema simbólico do mundo, que sobre ela se ergue, a estranheza do lirismo, sem a oposição entre sujeito e objeto, singulariza o texto lírico procedente daquele mundo arcaico – o mesmo dos pré-socráticos – por uma diferença insuprimível *que dele nos aproxima quando dele nos afasta; sua compreensão excede os limites do conceito mediante o qual foi possível abordá-lo de imediato. Instala-se, de qualquer maneira, na compreensão do texto, um contraste a que o texto levou, derivado do mesmo passado que deveria elucidá-lo, já quando o intérprete, tentando compreender "os vários escritos de um só autor não só a partir de seu vocabulário mas também da história da época a que pertencem", conforme Schleiermacher aconselhava, complementa a Filologia com a História.*

Não haveria esse contraste no âmago da compreensão, se as épocas reconstruídas pela história, numa síntese de eventos, instituições, obras e modos de vida a elas peculiares, ficassem bloqueadas no passado, enquanto objeto de um conhecimento isento da ação do tempo. Então, ao confrontarmos duas épocas ou duas culturas entre si distantes no tempo, compreenderíamos os traços diferenciais característicos que as separam, sem que as diferenças passassem ao grau de contraste inerente à própria compreensão. Dar-se-ia também que a diferença anteriormente realçada entre a lírica de Safo e o lirismo da literatura moderna sustaria o curso da interpretação. Porém, ao contrário disso, esse traço característico diferencial, convertido em contraste da compreensão, introduz na leitura interpretativa a dialética do familiar e do estranho, que a reanima e passa a dirigi-la.

O Walter Benjamin de As passagens, *que reconheceu o teor retrospectivo do conhecimento histórico e afirmou não ser a História "somente uma ciência, mas também uma reminiscência" – a recordação modificando o conhecimento –, pensou igualmente que o tempo "não é vazio nem homogêneo".*[5] *Vazio, seria a sucessão cronológica dos acontecimentos; homogêneo, a linha do desenvolvimento uniforme ou do progresso. Mas como o presente, dimensionado pela expectativa do futuro, é um ponto irruptivo que dimensiona o passado, o tempo é cheio a cada momento, e em cada momento estabelece a mutável correlação do heterogêneo. Por isso, o conhecimento puramente objetivo de uma época passada, sem a interferência do presente, é uma ilusão historicista.*

Até mesmo uma teoria hermenêutica da Historiografia, como a de Dilthey, que substitui a explicação *pela* compreensão *no domínio das Ciências do Espírito, reforçou essa ilusão historicista. Obtido compreensivamente, mas por uma identificação empática com os produtos da cultura, o conhecimento histórico reproduziria conexões significativas das formas pretéritas de vida. Intérprete* sui generis, *o historiador conheceria essas conexões, compreendendo-as e revivendo-as enquanto as compreendesse. A revivescência operaria o transporte cognoscitivo de uma a outra época, abolindo ou neutralizando a distância temporal entre elas. Embora conseqüente aos princípios psicológicos de sua teoria hermenêutica, Dilthey esqueceu de considerar que a situação do historiador condiciona, por intermédio de seu próprio horizonte, a compreensão que ele pode ter do passado.*

A História, aqui tomada na acepção de Historiografia, não está a cavaleiro da condição temporal do pensamento. Escrita com base em outros escritos lidos por uma visão retrospectiva como documentos, como vestígios de acontecimentos a reconstituir, ela é ciência possibilitada pela reminiscência. Dessa forma, imagem do passado pela perspectiva aberta no presente, o conhecimento histórico pressupõe a historicidade *enquanto corrente da tradição*

[5] Apud Sergio Rouanet. *As razões do Iluminismo*. São Paulo, Companhia das Letras, 1987, pp. 46-7.

em que mergulha: a continuidade e a mudança das criações humanas, a sua proveniência ou origem e a transmissão que as perpetua modificando-as. Tempo cheio, a tradição não se conta nem por anos nem por séculos; à cronologia sobrepõe-se o balanço da continuidade com a mudança, da proveniência com a transmissão, que une o passado ao presente quando os distancia.

Incorporada pelo conhecimento histórico, essa distância temporal, que o historicismo ignorou, interfere na compreensão dos textos por nós herdados e que nos trazem o mundo perempto de onde provieram num processo de transmissão cultural. "Dessa maneira, o tempo não é mais em primeiro lugar esse abismo que é preciso franquear porque separa e distancia; ele é, na verdade, o fundamento e o suporte do processo em que o presente tem suas raízes. A distância temporal não é, portanto, um obstáculo a superar. Na hipótese do historicismo, seria preciso que nos transportássemos ao espírito da época, pensássemos segundo os seus conceitos e suas representações, e não segundo a nossa própria época, para atingirmos a objetividade histórica. É necessário ver na distância temporal uma possibilidade positiva e produtiva dada à compreensão. Ela não é, pois, um abismo escancarado, e pode ser atravessada graças à continuidade da proveniência e da transmissão à luz da qual toda tradição se apresenta ao nosso olhar."[6]

Atravessada pelo flâneur *quando percorre a galeria de passagem da tradição, a distância temporal, considerada nesses termos, é o fundamento implícito da* dialética do familiar e do estranho *disfarçada no estilo de interpretação problemática e aproximativa deste ensaio. Mantendo em aberto, como contraste da compreensão, a diferença da lírica de Safo, realçada de encontro à subjetividade da lírica moderna, essa dialética é capaz de reorientar a leitura interpretativa, "graças à continuidade da proveniência e da transmissão" que aproxima na distância o presente do passado, o horizonte de um projetado no horizonte do outro.*

Polarizada entre contrários e não entre termos contraditórios, a compreensão se desloca do familiar ao estranho, e produz, a partir

[6] Gadamer, op. cit., p. 137.

da matéria gnômica, épica e mitológica dos versos sáficos, antes de deslocar-se do estranho ao familiar, em movimento de retorno, o sentido essencial desses versos: a sacralidade da palavra poética. Convergem , em tal ato de violência hermenêutica da produção do sentido, o intérprete e o tradutor. O que permite ao primeiro assentar a nova compreensão é, principalmente, a tradução da palavra fundamental da língua grega, Kháris. *A graça e o encanto vindos da Musa permeiam o ritmo, a entonação, o modo de evocar as amigas e de invocar Afrodite, na voz da poeta de Mitilene subsistente em seus textos. Assim, o elemento estranho, destacado no plano exegético, enlaça-se ao* intraduzível *da língua grega – ao núcleo de sua visada intencional, de sua organização simbólica do mundo –, arrancado de um dos vocábulos mais resistentes à tradução.*

O que, pois na lírica grega em geral responde pela retração do Eu, dissentindo da expressão da vida interior na lírica moderna, é a intertroca do sujeito com o mundo, como âmbito do sagrado que a palavra poética funda. A poesia é expressão, mas expressão do saber mítico que resulta dessa intertroca; devotada ao serviço divino da Musa, ao ofício do canto e à arte do encantamento, ela tece o próprio mito, em Safo, com os fios ardentes da paixão amorosa a ela cedidas por Eros e Afrodite.

Dado que a primitiva correlação do pensamento com a linguagem caracteriza o saber mítico-poético, a lírica de Safo entra na órbita da concepção do ser enquanto phýsis, *que a põe em sintonia com os pré-socráticos. Por esse motivo, o reconhecimento ambíguo do sentido religioso, teofânico, da palavra poética, por parte de Sócrates e Platão, leva o intérprete a reabrir a contenda entre a racionalidade filosófica e a poesia como dom de Mnemosýne. Deixemos de lado, porém, para não estragar o prazer de sua leitura, esse ponto do ensaio. É com o mesmo intuito que nos limitamos a indicar ao leitor o alcance do movimento de retorno do estranho ao familiar que completa a interpretação, quando o* flâneur, *na passagem da tradição, inverte o seu percurso tomando a direção que vem do passado ao presente. Agora, no retorno, a compreensão da lírica grega, em sua estranheza, ilumina, com o clarão religioso da palavra poética, a subjetividade da lírica moderna – em Baudelaire, Rimbaud e Lautréamont – compreendida como ausência do sagrado.*

No confronto da distância temporal que as une e separa, a lírica de Safo e a lírica moderna se aclaram mutuamente. Eis até aonde vai a interpretação problemática e aproximativa da poesia de Safo de Lesbos.

Ad umbilicos

O disco de chumbo que traçava as linhas
e as margens das folhas, a pequena faca
de apontar o caniço, a régua perfeita; e
– habitante das margens do mar e do texto –
a pedra-pomes sempre seca e porosa:
são os dons de Kallimenes às Musas,
agora que, contra seus olhos cansados,
avançam as trevas da Noite.[1]

Antologia Palatina, VI, 62

A epígrafe desta página é um anátema. E o leitor, que sem dúvida conhece o significado antigo da palavra grega *anáthema* – oferenda ou inscrição votiva –, deve lembrar-se também de que esses versos foram escritos, sob o reinado de Calígula, pelo poeta Filipe de Tessalônica a fim de serem pronunciados, segundo o ritual, por um copista ou escriba imaginário de nome Kallimenes, no momento em que ele, já velho e cansado, vinha depor no altar das Musas seus pobres instrumentos de trabalho que, doravante inúteis, lhe haviam entretanto servido para recobrir muita folha de papiro com colunas e colunas de palavras gregas, em geral elegantemente inscritas em linhas esboçadas com um lápis de chumbo no interior de um retângulo perfeito.

Repousava nas margens do texto a pedra-pomes vinda das orlas do mar; e, de vez em quando, Kallimenes dela se servia com delicadeza para refazer a ponta do caniço – a sua pena –, que se gastava ao longo das horas e horas de transcrição das palavras que a Musa havia soprado, em outros tempos, aos ouvidos de outros poetas.[2]

[1] κυκλοτερῆ μόλιβον, σελίδων σημάντορα πλευρῆς,
καὶ σμίλαν, δονάκων ἀκροβελῶν γλυφίδα,
καὶ κανὸν' ἰθυβάτην καὶ τὴν παρὰ θῖνα κίσηριν,
αὐχμηρὸν πόντου τρηματόεντα λίθον,
Καλλιμένης Μούσαις ἀποπαυσάμενος καμάτοιο
θήκεν, ἐπεί γήρᾳ κανθὸς ἐπεσκέπετο.

[2] Filipe de Tessalônica (o poeta que assume, epigramaticamente, o "eu" do copista Kallimenes) teria vivido sob o reinado de Calígula e é autor de uma coletânea ou *Guirlanda* de versos, elaborada segundo o modelo da *Antologia* de Meleagro.

Terminada a cópia, as folhas eram entregues a outras mãos que, colando-as numa tira às vezes muito longa, fixava à última delas uma varinha, em torno da qual se enrolava o conjunto, para constituir o *volumen*: um cilindro de papel, com as bases ou *frontes* pintadas, geralmente, de preto. As extremidades da varinha – informa um velho compêndio de estudos clássicos para ginasianos[3] – chamavam-se *umbilici* ou *ὀμφαλοί* = *omphaloí*, e comportavam, muitas vezes, a presença de botões, denominados *cornua*. Costumava-se, então, prender ao rolo de papiro um pedaço de pergaminho contendo o título da obra, e assim o livro, após mergulhar num banho de cedro, era guardado num estojo – a *membrana* – do qual emergiam apenas algumas palavras (o *σίλλυβος* = *síllybos, titulus* ou *index*):

ΕΡΟΣ ΜΨΘΟΠΛΟΚΟΣ[4]

Durante o ato de leitura segurava-se o rolo de papiro com a mão direita, enquanto a esquerda o desenrolava aos poucos e enrolava, de novo, as porções do texto das quais já se havia tomado conhecimento; daí as expressões *ἀνελίττειν* = *anelíttein, euoluere, explicare, ad umbilicos peruenire*, para significar: "ler um livro", "ler até o fim".[5] No momento, portanto, em que o volume alcançava seus limites – sua última "página" ou seus *umbilici* –, os discursos e os silêncios do escritor, que vinham sendo desdobrados segundo a paixão, o tédio ou a pressa do leitor, acabavam por ganhar, outra vez, a forma de um cilindro, após terem sido exaustivamente *ex-plicados* por olhos e mãos pacientes ou inquietos; e podiam, então, voltar ao estojo de pergaminho e ser guardados numa caixa, junto a outras "obras".

Os livros modernos, obedecendo a técnicas diferentes, não comportam a presença de uma varinha registrando o *terminus ad quem* das falas de um poeta ou prosador. Entretanto, se a indústria não lhes concede *umbilici*, eles dispõem, como todos sabem, de *orelhas*, nas quais o editor competente explica o texto – com sua

[3] James Gow, *Minerva*, p. 19.
[4] *Éros Mythóplokos*, isto é, "Eros, tecelão de mitos".
[5] Gow, op. cit., loc. cit.

história e intenções –, antes mesmo que outrem os ex-plique ou desdobre, ao sabor da própria imaginação ou sabedoria: vivemos tempos de impaciência e desconfiança.

E quando faltam *orelhas* ao volume, o próprio escritor é chamado a ocupar as páginas iniciais, para ex-plicar, no umbral do discurso, um mundo de sentidos que, terminada a obra e deposto o cálamo, às vezes já lhe escapa como água entre as mãos; e eis porque ele finge, de forma cortês, acreditar na existência dos seres – o Autor, a Obra – que só passarão a ser, de fato e de direito, no momento em que forem constituídos pelo Leitor, cujo ser ainda está suspenso ao vazio dos seres que ele mesmo vai criar no ato de leitura: o Autor e sua Obra. Delicioso paradoxo dos modernos: os *umbilici* da varinha que fecha o livro aparecem no começo, e não ao término do gesto ritual de desdobrar, ao longo das horas, as seqüências de páginas coladas umas às outras.

***

Mudanças lingüísticas e culturais – a lição é de Salomon Reinach[6] – foram tornando cada vez mais difíceis, para alunos e professores (já na própria Antigüidade), a leitura dos velhos poetas e filósofos. Começaram a aparecer os *glossários*, as *notas*, as paráfrases, obras de gramáticos ou comentadores (*γραμματικοί = grammatikoí, litterati*) que se ocuparam, inicialmente, dos livros de Homero: quem não se lembra de Zenódoto, Calímaco, Eratóstenes, Aristófanes de Bizâncio e Aristarco de Samotrácia, que deixaram seus nomes ilustres gravados nas margens do velho texto épico? Logo, porém, foi preciso submeter todo o acervo da Antigüidade clássica a esse tratamento, de modo que – refere o autor (adaptador) de *Minerva* – poucos, entre os seus poetas e prosadores, chegaram até nós sem as competentes notas dos comentadores. Notas que eram chamadas de *σχόλια = skhólia* e foram publicadas, inicialmente, separadas dos textos: assim os *Comentários* de Simplício sobre Aristóteles, os de Ascônio sobre os

[6] Ibid., pp. 25-6.

discursos de Cícero, os de Sérvio sobre Virgílio, os de Porfírio sobre Horácio, os de Proclo sobre Euclides.

Em geral, entretanto, as notas dos antigos comentadores eram copiadas *nas margens dos textos* por algum *escoliasta* anônimo, compilador dos trabalhos de seus predecessores, que ele raramente mencionava. Acrescentemos – continuando a transcrever a lição de Reinach – que muitos desses comentários ou *skhólia* são de data posterior ao manuscrito onde figuram, pertencendo, no mais das vezes, a diferentes mãos.

Uma palavra estrangeira ou insólita era chamada de *γλῶσσα* = *glôssa*, e sua explicação constituía um *γλώσσημα* = *glṓssema*; de onde *os termos glosa e glossário*. Geralmente concisas, as glosas eram escritas acima dos termos aos quais se referiam, ou então ao lado deles, nas margens do códex; e na seqüência de transcrições de um mesmo texto, haveria de ocorrer (chego ao fim desse traslado de *Minerva*) um fenômeno saboroso: copistas posteriores confundiam as glosas com o texto, introduzindo, nele, adições parasitas, que a crítica moderna procura – deliciada – desalojar de seus esconderijos, para destruí-las e reconstruir a obra original.

***

Se um livro moderno pode fingir que não tem *orelhas* e recusar *prefácios* ou *introduções*,[7] não consegue esconder jamais que o *autor* é o *escoliasta* de seu próprio texto: ele é obrigado a fornecer (não acima das palavras ou nas margens do manuscrito, mas ao pé da página) os rascunhos do seu discurso, desdobrando, passo a passo, e

[7] "O verdadeiro ser" – explica François Châtelet (in Châtelet, org., *Histoire de la philosophie*, V, p. 192) comentando o prefácio de Hegel à *Fenomenologia do Espírito* – "só tem sentido se exibir o processo pelo qual se tornou verdadeiro. Em conseqüência, não se pode explicar a leitores supostamente ignorantes da filosofia o que é a filosofia: toda introdução à filosofia já é a sua primeira parte, cuja tarefa é tomar o 'ignorante' ali onde ele se encontra, na 'imediatidade' de suas certezas, a fim de construir, para ele e com ele, o caminho que já atravessa, precisamente, o Saber".

porque desconfia do leitor e de si próprio, o elenco das fontes, "influências" e intertextos da "obra", cuja compreensão ele precisa esgotar, acrescentando, além disso, muitíssima glosa de toda palavra estrangeira ou que *poderia* ser insólita para quem o lê; ele parafraseia, traduz e imita seus interlocutores, sobretudo os poetas: às vezes, é verdade, pelo simples prazer de falar – em língua materna – uma língua estrangeira. (De vez em quando, ele *desenha* suas notas de rodapé, retomando, com alegria de aluno aplicado, os instrumentos do velho copista Kallimenes.)

***

Skhólia é o nominativo plural do substantivo neutro *skhólion* ("comentário"), derivado de *σχολή* = *skholḗ*, palavra com que os gregos significavam as coisas a que dedicamos nosso tempo, ou aquilo que merece o emprego do tempo. De onde, por meio de uma evolução notável, o sentido de "estudo", encontrado em Platão. (Nas *Leis*, 820 c, o termo *skholḗ* é aplicado às discussões científicas, por oposição aos jogos ou brincadeiras.)

***

Um número marca, na superfície da página, o escólio: esse obstáculo desvia o olhar (o *barco*, para insistir na velha metáfora da leitura como percurso) para o pé da página, ou para o fim do livro, onde o leitor se desaltera e volta, rico de informações e às vezes com dificuldade, ao ponto de partida, no qual havia encontrado um recife a flor da águas.

***

Skhólia quer dizer: minha História e minha cultura me são estrangeiras: um texto paralelo aos discursos do leitor (e do autor).

***

Todo gesto de liberdade (por exemplo: a ocultação [in]voluntária de uma fonte) é percebido, no texto, como um pequeno escândalo: porque o leitor desconfia de si mesmo, do autor e da obra.

***

Skholḗ, a palavra que está na origem de *skhólion* ("comentário"), significa também "lazer", "tranqüilidade", "tempo livre", e, às vezes, "preguiça". O advérbio *skholḗi* indicava, para os gregos, o que dizem para nós as expressões: "com vagar e ócio"; "lentamente"; "à (sua) vontade".

O escoliasta seria, afinal de contas, um *flâneur* cerimonioso? Ele caminha, *en prenant son temps*, às margens dos textos, e pára, de vez em quando, oferecendo algumas flores, bonitas mas inúteis – puros pleonasmos –, ao leitor, culto por definição.[8]

Os *comentários* ou *escólia* são, assim, uma espécie de luxo, um capricho (de aluno atencioso), uma brincadeira (de professor aplicado), um jogo nas margens dos discursos: um convite para que o leitor se transforme também ele em *flâneur*.

***

Fingindo escapar à tirania dos prefácios e à obrigação das notas de rodapé, o texto fica à vontade para negar as questões de método. Ele não quer ser comparado aos discursos socráticos que, partindo de opiniões conflitantes, assusta (Sócrates é comparado – no *Teeteto*? – ao "torpedo", peixe que imobiliza os homens) e provoca o leitor: o que já faz parte do percurso na direção do caminho certo, cujo termo é o encontro de uma opinião sobre a qual todos estarão de acordo.

***

[8] As informações sobre *skholé* e seus derivados foram colhidas em P. Chantraine, *Dictionnaire étymologique de la langue grecque*, verbete "σχολή".

(Todo texto que se pretende em ruptura com sua própria cultura evolui, entretanto, para momentos de precárias sínteses em que se travam acordos, logo desfeitos, entre palavras e coisas, eventos e obras: são esses pontos fracos que o ancoram, felizmente, no tempo da nossa cultura, e o tornam, aqui e ali, superlativamente legível. Por que não?)

***

A tentação do escriba. Durante toda a sua vida, Kallimenes ia registrando na memória nomes, acontecimentos fastos e nefastos, e datas; e quanta palavra sonora! "Antes de morrer", dizia de si para si mesmo, apontando o cálamo, "hei de escrever um conto maravilhoso, cujo narrador será uma sombra brilhante que se desdobra em outra, e outras mais: poetas antigos e modernos, gramáticos romanos (não sei por que os imagino melancólicos como Walter Benjamin, mão no queixo e olhar perdido nas ruínas do horizonte), copistas bizantinos, amorosos impenitentes e Luís II da Baviera, protagonista de um filme de Visconti, saído, não da História, mas da *Canção do Mal-amado*, de Guillaume Apollinaire".

***

Inútil expor, num prefácio, os meandros do método ou as intenções da obra: o leitor escolhe, ele mesmo, a porta de entrada e os percursos que fará no livro. Caminha diligente, seguindo o texto página por página; faz uma leitura independente dos capítulos; volta à primeira, depois da última linha do texto: conquistou o direito de recortar, sem cometer sacrilégio, a estátua de Vênus encontrada, sob uma oliveira, por dois camponeses, como relata Mérimée numa de suas mais estranhas novelas – e pode depor esses fragmentos, como oferenda votiva, no altar da própria divindade.

***

Três notas do copista:

1. Os textos de Safo de Lesbos foram citados na clássica edição de Lobel e Page, *Poetarum lesbiorum fragmenta* (Oxford, Clarendon Press, 1955). A abreviação *LP 15* indica, portanto: *Safo de Lesbos*, fragmento 15, em Lobel e Page.
   O apelo a outras edições vem indicado, necessariamente, pelo competente *escólion: Campbell 15* quer dizer que o fragmento 15 foi colhido em D. A. Campbell, *Greek lyric, I* (Londres, Loeb Classical Library, 1982). *Reinach 15* indica, por sua vez, que o verso 15 foi retirado de Th. Reinach/A. Puech, *Alcée, Sapho* (Paris, Les Belles Lettres, 1937).

---

2. A transcrição de nomes gregos e latinos trouxe problemas para o copista que optou, finalmente, pela seguinte convenção: eles seguem, no curso deste ensaio, as sugestões do vernáculo: *Alceu* e *Safo*, *Títiro*, *Estesícoro* e *Anacreonte*. Esses patronímicos reaparecem entretanto eriçadas de consoantes duplas, de guturais e inúteis letras mortas, toda vez que, ao citar escritores antigos, o Autor se verte em Tradutor: *Alkaîos* e *Psappha*, *Tityrus*, *Stesíkhoros* e *Anakrêon*.[9]

[9] "Grave problema, o da transcrição dos nomes próprios da mitologia clássica: ele diz respeito a todos os nomes próprios antigos. Em que se transformam eles na nossa língua? O léxico desses nomes nela só apresentam *disparates* e *confusão*. O disparate é provocado pelo fato de que muitos deles são traduzidos e outros não. A confusão provém de que muitos são mal traduzidos. Compreendo que, particularmente diante desse último fato, seja aceito o partido extremo que consiste em rejeitar toda tradução, qualquer que seja, e substituí-la pelo nome original, mesmo quando a língua estrangeira dispõe de caracteres diferentes dos nossos ou que esses só se conformem àqueles com alguma estranheza. Sim, tal é o único modo ao qual se deve conformar na adaptação ao francês de uma obra-prima da Antigüidade", escreve Mallarmé (*Les dieux antiques*, in *Œuvres*, p. 1276) que, entretanto, declara nas páginas seguintes ter-se conformado, na transcrição de alguns nomes (entre os quais Aphrodite e todos os do panteão romano), ao *afrancesamento do latim*: "declaro que, na minha língua, esqueço para sempre Mercurius e só conheço *Mercure*; acrescento até que, enquanto viver

Espera-se que o texto não ganhe, com isso, o aspecto estranho de um manuscrito medieval, naquele momento em que a língua escrita procurava o seu caminho tateando entre o som e o signo, e o copista escrevia: *Lançarot* – e, na página seguinte, depois de hesitar um pouco: *Lançarote*, para perder-se, a partir desse momento, no *boosco delleytoso* (*deleytoso*) *das grafias esdrúxulas*: *Lancelot*, *Lançalot*, *Lanzelot*... (Tanto mais que, recusando-se – decididamente – a transcrever palavras disfóricas do tipo *Estrabão*, registrou sempre, no ensaio ou nas citações: *Estrábon*. Conservando, entretanto, em toda parte, o tradicional *Platão*!)

———

3. Os colchetes [ ] anunciam, em geral, um vazio, uma falha, uma ausência no texto. Informam, às vezes, que uma palavra ou frase não começa ou acaba em determinado lugar:

]αμάκαι[
]ευπλο.[
].ατοσκα [
]

Quando encerram uma frase ou palavra, indicam tratar-se de uma hipótese ou restauração do especialista, ou de uma fantasia do tradutor:

Κύ]πρι κα [ί σε] πι[κροτάτ] αν ἐπεύρ[οι
[ ]
[guirlandas e colares de flores]
[lado a lado] [tecendo,]
[servidão voluntária] [ ]

essa língua, será necessário respeitar esse nome, cuja existência é um dado. Mas onde se deveria silenciar o elogio é no caso (...) de uma palavra grega que, depois de ter sido regularmente transcrita em latim, foi, na seqüência, não menos regularmente transcrita do latim para o francês. Sem contar que houve, nesse deplorável erro tradicional, confusão, não mais de simples nomes, mas freqüentemente de personagens: por exemplo, Ártemis, que escolhi, nada tem a ver, cientificamente, com Diana".

Outras vezes, um, dois ou mais pontos fornecem um vestígio, enquadrado por colchetes: aquele vazio foi, outrora, uma palavra ou expressão contando com uma, duas ou mais letras gregas:

Σαρδ. [ ]
ὠσπ. [ ] . ὡομεν..[...] ..χ. [..]

Em algumas citações dos modernos – e até no que seriam, aqui e ali, palavras autorais –, o colchete não passa, às vezes, de um signo da imaginação ou da liberdade do copista: ele ousa fazer recortes numa frase de Maldoror, ou toma conta do cenário, anunciando que a linguagem [se desagrega] num momento estratégico do texto[

] para ressurgir de novo, e outra, além [

] antes que a luz no céu se apague [

] ad [........] d [ ]

] um tecido bordado

] um amante infeliz

] a Lua Nova entre as nuvens

Primeira parte

SKHÓLIA

– Como? Não lhe contaram, em Perpignan, como o sr. de Peyrehorade encontrou um ídolo enterrado?
– O senhor quer dizer uma estátua de terracota ou de argila?
– De jeito nenhum. Era de cobre mesmo, e dava para fazer com ela moedas desta grossura; pesada que nem um sino de igreja. Foi lá no fundo da terra, aos pés de uma oliveira, que nós achamos ela.
– Então, o senhor estava presente quando a descobriram?
– Sim, patrão. Faz uns quinze dias, o sr. de Peyrehorade tinha pedido a nós, a Jean Coll e a mim, para arrancar pela raiz uma velha oliveira que tinha congelado no ano passado, e o senhor sabe como fez frio no ano passado. E assim, trabalhando, com toda a vontade, ele dá uma enxadada, e eu escuto bimm... O que foi isto?, pergunto. Cavamos, continuamos cavando e então aparece uma mão negra, que nem a mão de um defunto saindo da terra. Eu, eu confesso que tive medo. Corro até o patrão, e lhe digo: "Defuntos, patrão, debaixo da oliveira! Precisa chamar o padre!" – "Que defuntos?", ele perguntou, e veio chegando, e mal tinha visto a mão e já estava gritando: "Uma antigüidade!" E aí, com a enxada, com as mãos, ele se esbofa e dá duro no trabalho que nem nós dois.
– Enfim, o que os senhores encontraram?
– Uma grande mulher negra, quase inteiramente nua, com o perdão da palavra, toda de cobre, e o sr. de Peyrehorade nos disse que era um ídolo do tempo dos pagãos.

Merimée, *A Vênus de Ille.*

Abismos

...a máscula Sapho, a amante e a poeta...
Baudelaire, *As flores do mal*

1. Curiosidades estéticas

As lésbicas: no ano de 1845, um jovem poeta francês projetava publicar com esse título um livro de versos que, entretanto, só apareceria uns dez anos depois, trazendo na capa outras palavras – mais simbólicas embora ainda perversas. Mudança comparável, talvez, à correção feita pelo pintor no detalhe de uma figura ou personagem: assim, no *Salvator mundi*, de Antonello da Messina, as camadas de tinta recobrem a postura hierática das mãos de Cristo, para reapresentá-las num plano oblíquo em relação ao tórax – em perspectiva: signo de uma nova concepção do mundo e da arte.

Tornando presente, na superfície da tela, a marca do "arrependimento", o crítico sobrepõe duas leituras e redefine, para nós, um ponto nevrálgico, uma encruzilhada: aquele primeiro gesto pertencia a uma estética do passado. Assim, também, as palavras vulgares – *As lésbicas* – eram inutilmente agressivas e não resumiam a obra futura; teriam sido sido imaginadas sob a tutela de um puro espírito Jeune-France e portanto anacrônico: apenas três poemas desse livro, sublinha um de seus prefaciadores modernos, justificariam, com efeito, o primeiro título na versão publicada, finalmente, com o escândalo merecido.

Charles Baudelaire recusou, portanto, a refêrencia escabrosa na capa do volume, embora tivesse mantido as três *peças malditas* ("Lesbos" e "Les femmes damnées" I e II) na edição de 1857: elas compõem, com outros poemas, uma das subdivisões de *Les fleurs du mal*; e nesse buquê de flores doentias colhidas por Devassidão e

Morte, que são duas amáveis irmãs (tentemos, contudo, resistir à tentação de pastichar a *décadence*!), o leitor vai encontrar, entre figuras pálidas de mulheres perversas, a ardente Safo, essa patrona das histéricas.[1] Seu fantasma ronda a ilha encantada de Lesbos:

> Lesbos, terra de noites quentes, cheias de langor,
> Que fazem em seus espelhos, estéril volúpia!,
> Mulheres de olhos cavos, de seu corpo amorosas,
> Acariciar, da nubilidade, os frutos maduros;
> Lesbos, terra de noites quentes, cheias de langor.[2]

Retrabalhando uma narrativa erótica, já tradicional no período augustano, Charles Baudelaire projeta a figura de Safo de Lesbos num esquema de intensa dramaticidade, embora um pouco banal aos nossos olhos: contam Ovídio e outros autores antigos que, tocada por alguma maldição, a poeta grega teria um dia se apaixonado perdidamente por um lindo rapaz, o barqueiro Fáon, de Mitilene – o que a levou à renúncia do amor pelas mulheres, ao repúdio das amigas, ao desespero: desprezada, pelo belo tenebroso, ela põe fim à própria vida, atirando-se, do alto das brancas falésias da ilha de Lêucade, nas águas do oceano espumoso. História perfeita para moralistas, antigos ou modernos; um fim exemplar:

> Sapho,[3] que morreu em dia de blasfêmia,
> Quando, insultando o rito e o culto inventado,
> Fez de seu belo corpo o pasto supremo
> De um grosseiro cujo orgulho pune a impiedade
> Daquela que morreu em dia de blasfêmia.[4]

[1] Charles Baudelaire, "L'École païenne", in *L'art romantique*, p. 91.

[2] "Lesbos", *Les fleurs du mal*, in *Œuvres complètes*, p. 113. ("Lesbos, terre des nuits chaudes et langoureuses,/ Qui font qu'à leurs miroirs, stérile volupté!/ Les filles aux yeux creux, de leurs corps amoureuses,/ Caressent les fruits mûrs de leur nubilité;/ Lesbos, terre des nuits chaudes et langoureuses.")

[3] Encontraremos em francês as grafias *Sapho, Sappho*, ao lado de *Psappho* e *Psappha*, anamorfoses onomásticas que mantive nas traduções que apresento neste capítulo.

[4] Loc. cit. ("Sapho qui mourut le jour de son blasphème/ Quand, insultant le rite et le culte inventé,/ Elle fit de son beau corps la pâture suprême/ D'un brutal dont l'orgueil punit l'impiété/ De celle qui mourut le jour de son blasphème.")

Esses versos mostram, contudo, e de forma clara, que Baudelaire, mais do que pelo conteúdo de um conto erótico e perverso, está interessado pela referência, em todas as versões do mito, à punição infligida à vítima culpada, tema que ele vai reelaborar, profundamente, no contexto paradoxal de suas próprias obsessões: o castigo de Vênus – provocado por uma blasfêmia contra os ritos do amor estéril – é aqui apresentado no quadro de uma cerimônia sagrada; e o léxico religioso evidencia que esse poema não visa simplesmente a *épater*, a surpreender o burguês – quer ser levado a sério. Deve ter um sentido, pois, o fato de apenas um homem ter o direito de penetrar na ilha dos jogos latinos e das volúpias gregas – o Poeta Maldito:

Pois entre todos na terra escolheu-me Lesbos
Para cantar o segredo de suas virgens em flor,
E fui, desde criança, aceito no negro mistério
Dos risos loucos aos sombrios prantos mesclados;
Pois entre todos na terra escolheu-me Lesbos.

Desde então vigio no cume de Lêucade,
Como a sentinela de olhar agudo e certo,
Que espreita, noite e dia, fragata, bergantim ou brigue,
Cujas formas estremecem ao longe, no azul;
Desde então vigio no cume de Lêucade,

Para saber se o mar é indulgente e bom,
E entre os soluços que na rocha ressoam,
Uma noite vai trazer a Lesbos, que perdoa,
O cadáver adorado de Sapho, que partiu
Para saber se o mar é indulgente e bom!

Da máscula Sapho, a amante e a poeta,
Mais bela que Vênus na palidez merencória![5]

[5] Id., p. 113. ("Car Lesbos entre tous m'a choisi sur la terre/ Pour chanter le secret de ses vierges en fleurs,/ Et je fus dès l'enfance admis au noir mystère/ Des rires effrenés mêlés aux sombres pleurs;/ Car Lesbos entre tous m'a choisi sur la terre.// Et depuis lors je veille au sommet de Leucate,/ Comme une sentinelle à l'oeil perçant et sûr,/ Qui guette nuit et jour brick, tartane ou frégate,/ Dont les formes au loin frissonnent dans l'azur;/ Et depuis lors je veille au sommet de Leucate,// Pour savoir si la mer est indulgente et bonne,/ Et parmi les

Neste *laus masculae veneris* descobre-se – no ângulo de uma estrofe, por assim dizer – a pertença do poeta ao mundo dos mistérios de Lesbos: ele é um Eleito, um Iniciado nas terríveis cerimônias em que "o riso frenético mistura-se ao pranto sombrio das virgens em flor". A ele caberá, por direito e dever, a tarefa de vigiar, no alto do rochedo, para ver se o mar é indulgente e bom, trazendo de volta, no tardo crepúsculo, o corpo de Safo. E nós encontramos esse homem, a pique sobre a morte, assumindo – sentinela de olhar seguro e certo – a função essencialmente feminina da *expectativa*: ele aguarda o regresso, nas ondas violentas, da amante e poeta.

Uma estranha seqüência de *inversões*, de troca de papéis: às margens do abismo, o poeta aguarda – como se fosse, ele também, uma *companheira* – a volta "du cadavre adoré"; espera, contudo, num lugar simbolicamente marcado: o espaço da ausência da mulher que é destruída quando renega o amor perverso e se apaixona – em vão – por uma *criatura da passagem*: Fáon, o barqueiro, o homem-mulher. Vertiginosas negações de negações: a pique sobre o nada, Charles Baudelaire tem a consciência de ser o duplo da lésbica?

Retrato num espelho, refletindo, porém, apenas avessos e vazios. Porque esse poeta tem horror da mulher: *simplista como os animais, ela não consegue separar a alma do corpo*. [...] *talvez porque seja apenas corpo*.[6] Ela é abominável – um ser biológico, preso às raízes úmidas da vida. *Ela é natural: tem fome e quer comer, está com sede e quer beber.* A mulher, *este ser terrível e incomunicável como Deus*... Paradoxo? Não exatamente; há uma diferença: o infinito não se comunica porque cegaria e esmagaria o finito, enquanto a mulher talvez seja incompreensível porque nada tem a explicar.[7]

sanglots dont le roc retentit/ Un soir ramènera vers Lesbos, qui pardonne,/ Le cadavre adoré de Sapho, qui partit/ Pour savoir si la mer est indulgente et bonne!// De la mâle Sapho, l'amante et le poète,/ Plus belle que Vénus par ses mornes pâleurs.")

[6] "La femme ne sait pas séparer l'âme du corps. Elle est simpliste comme les animaux. Un satyrique dirait que c'est parce qu'elle n'a que le corps." Baudelaire, *Mon coeur mis à nu*, in *Œuvres complètes*, p. 635.

[7] Baudelaire, *Le peintre de la vie moderne*, in *Œuvres complètes*, p. 561.

"Lesbos" e "Les femmes damnées" parecem constituir uma negação desse fascinante horror pelo *mundus muliebris*;[8] os três poemas malditos colocam em cena, não *une brute*, mas o demônio da perversidade, para retomar a expressão de Poe incorporada pelo autor de *Les fleurs du mal*: mesmo nua nos braços da amiga, a lésbica é negação da fatalidade do corpo; encarnando a sexualidade estéril, ela é puro *artifício* e constitui, sob esse aspecto, uma espetacular *contradictio in terminis* no universo baudelairiano, onde a mulher coincide sempre, estupidamente, com seus desejos primários:

> A mulher é o contrário do dândi.
> Logo, deve provocar horror.
> Quando tem fome, a mulher quer comer. Sede, quer beber.
> Ela está no cio, e quer que a cubram.
> Onde o mérito?
> A mulher é *natural*, isto é, abominável.
> Ela é, portanto, sempre vulgar, isto é, o contrário do dândi.[9]

Nessa implacável seqüência de falsos silogismos, a própria linguagem é contaminada pelo horror e avança em estilo deliberadamente baixo e vulgar; Dante fala assim, também, às vezes, no *Inferno*. Quando se trata, porém, de celebrar os mistérios sáficos, o poema baudelairiano eleva-se nas cadências do alexandrino;[10] nobre, ritualizado, litúrgico:

[8] Latinismo utilizado por Baudelaire, in *Le peintre de la vie moderne*, cit., loc. cit.: "Tudo que adorna a mulher, tudo que serve para ilustrar sua beleza, faz parte dela própria; e os artistas que se propuseram particularmente o estudo desse ser enigmático amam apaixonadamente tanto esse *mundus muliebris* quanto a mulher ela mesma".

[9] *Mon coeur mis à nu*, cit., p. 630. Sublinhado pelo poeta.("La femme est le contraire du dandy. Donc elle doit faire horreur. La femme a faim et elle veut manger. Soif, et elle veut boire. Elle est en rut et elle veut être foutue. Le beau mérite! La femme est *naturelle*, c'est-à-dire abominable. Aussi est-elle toujours vulgaire, c'est-à-dire le contraire du dandy.")

[10] "Les femmes damnées", in *Œuvres complètes*, p. 115. ("Ô vierges, ô démons, ô monstres, ô martyrs,/ De la réalité grands esprits contempteurs,/ Chercheuses d'infini, dévotes et satyres,/ Tantôt pleines de cris, tantôt pleines de pleurs.")

Ó virgens, ó demônios, ó mártires, monstros,
Da realidade grandes almas negadoras,
Ansiosas de infinito, devotas e sátiras,
Ora plenas de gritos, ora plenas de prantos.

A lésbica – virgem e demônio, monstro e mártir – é o duplo feminino do *dandy*, o contrário da mulher: figura trágica, na qual se pode ler todo um repertório de temas que dilaceram a obra de Baudelaire, como a sede de infinito, o exílio do homem – na cidade, na carne, no ser –, o drama da impossível e necessária transcendência.

***

Ao tentar explicar a equação Baudelaire-Safo, o crítico se deteve por um instante, inquieto à beira do abismo: percebeu que estava correndo o risco de cair nas redes lançadas pelo *demônio da psicologia*; sobretudo quando o tentador lhe recordou a conhecida passagem de *Mon coeur mis à nu*:

> Sempre tive, no moral como no físico, a sensação do abismo; não somente do abismo do sono, mas do abismo da ação, do sonho, da lembrança, do desejo, da saudade, do belo, do número, etc.
>
> Cultivei, com terror e gozo, minha histeria [...].[11]

Mas aquele jogo de complicados reflexos de espelhos, no alto da falésia de Lêucade, não se resolve na pura identificação da "histeria baudelairiana" com os desejos vazios da *femme damnée*; indica abismos diferentes, mais profundos. A figura de Safo – mulher-*dandy*, perfeição da *antiphysis* – dramatiza, no texto, o destino do artista, e seu desterro, no momento do capitalismo. O poeta continuou, portanto, em *Les fleurs du mal*, absolutamente fiel ao projeto de 1845: aquele título – *As lésbicas* – não visava apenas escandalizar a sociedade bem-pensante da França do século XIX. Safo de Lesbos é um signo no interior do sistema poético de Baudelaire; por isso, os três

[11] *Mon coeur...*, cit., 64 (49), p. 640.

"poemas da sexualidade pervertida" aparecem, com outras peças, numa seção da obra que retoma o próprio título do livro: "Les fleurs du mal", conjunto situado entre "Le vin" e "Révolte", indicando o momento em que o artista, ultrapassada a *Embriaguez* (de vinho, de poesia, de sonho, de não importa o quê), mergulha na vertiginosa *Destruição*; uma etapa na viagem para o fundo do abismo. A Lésbica é a irmã do Poeta:

> Vós, que minha alma em vosso inferno perseguiu,
> Pobres irmãs, que amo tanto quanto lamento,
> Por vossa dor sombria, a sede insatisfeita,
> Pelas urnas de amor dos vossos corações![12]

***

Pálida, infeliz e fatal, Safo de Lesbos renasceu para nós – *mascula Venus* – nas correntezas da sensibilidade baudelairiana; onde não pode ser reduzida, entretanto, a *uma figura apenas perversa*, feita para "épater le bourgeois": ela ocupa um lugar preciso no interior de um sistema que determina seu estatuto metafórico; é uma das "flores do mal". Fora desse contexto, que lhe dá significação e dignidade, ela não passa de um clichê rondando a escritura de homens que, à maneira de Swinburne, aspiram a ser "the powerless victim of the furious rage of a beautiful woman":[13] um caso perfeito para estudos de psicologia aplicada à literatura.

Mas a obra baudelairiana faz parte, ela própria, da história da constituição de fantasias eróticas fundamentalmente burgueses, e cujas raízes, mergulhadas no romantismo europeu, ainda atiçam o imaginário contemporâneo: a lesbiana de *Les fleurs du mal* já era, ela própria, emblemática, no sentido em que recolhia e condensava um

[12] "Les femmes damnées" (II), in *Œuvres complètes*, p. 115. ("Vous que dans votre enfer mon âme a poursuivies,/ Pauvres soeurs, je vous aime autant que je vous plains,/ Pour vos mornes douleurs, vos soifs inassouvies,/ Et les urnes d'amour dont vos grands coeurs sont pleins!")

[13] Cf. Mario Praz, *La chair, la mort et le diable*, p. 190: "a impotente vítima da fúria violenta de uma linda mulher".

conjunto de sinais constituidores, desde os anos 30 do século XIX, de um *safismo* mundano e "poético", cristalizado em torno de George Sand, mulher viril cercada de homens fracos: "Naquele tempo, Safo ressuscitou em Paris, e já não era possível decidir se ela amava Fáon ou Erina. Sejamos francos: essas volúpias inconfessáveis desceram das altas regiões da inteligência".[14] Uma estereotipia sexual começa a constituir-se nos meios literários e num conjunto de textos, paralelamente à figura da *mulher fatal*; por um momento, ela ganha outro sentido na rigorosa arquitetura da obra de Charles Baudelaire. De onde sai, entretanto, recapturada por uma corrente da sensibilidade mundana, deliciosamente perversa, que já havia fornecido ao poeta algumas de suas marcas. O fim do século recebe, desse modo, a fascinante imagem da mulher debruçada no espelho de seu corpo, duplicada e estéril, constituída sob o controle de um desejo de homem; o olhar masculino funda, na modernidade, o *topos* da *femme damnée*: signo perverso no olho do *voyeur*.

Em 1893, duas vertentes do erotismo europeu acabam convergindo na aparente contradição de uma figura de mulher muito *fim do século*: Gabrielle d´Annunzio reúne na personagem estranha de Pamphila a devoradora de homens e a lésbica: possuída por todos, pelo mendigo e pelo rei, ela é, ao mesmo tempo, Helena de Tróia e Safo,

> sob cujos melodiosos dedos
> ressoou talvez, outrora, nos ventos
> lésbios, uma lira sobre o pátrio
> Egeu, onde os roseirais de Mitilene
> aromatizavam os ares, caros às secretas amigas
> de Safo de cabelos de violetas.[15]

Não é preciso apontar a distância que separa as mulheres baudelairianas dessa criatura que avança – coberta de jóias e epítetos – envergando a máscara do monstro, secreta e impossível. Em

[14] Arsène Houssaye, apud. Praz, op. cit., p. 276.

[15] Gabrielle d'Annunzio, "Poema paradisíaco", publicado em *Il Matino* (18-19 de janeiro de 1893), apud Praz, op. cit., pp. 223-4.

d'Annunzio, trata-se apenas de estabelecer um processo de "irrealização" do biológico e do social, permitindo a emergência – no excesso de peso e de brilho – do puro artefato; aqui, a palavra tem por finalidade impedir as *metamorfoses do vampiro*, que assombram *Les fleurs du mal*:

Minha amada estava nua, e conhecendo-me bem,
Guardara sobre si as suas sonoras jóias,
Cujo rico aparato lhe davam o ar vencedor
Que em dias felizes têm as escravas dos mouros.

Quando lança, dançando, um ruído vivo e mordaz,
Esse mundo brilhante de pedra e metal
Arrebata-me no êxtase, e adoro com furor
As coisas em que o som à luz se mistura.

[ ]

Olhos fixos em mim, como num tigre domado,
Ela ensaiava, indecisa como quem sonha, suas poses,
E a inocência, unindo-se à devassidão,
Dava um novo encanto a tais metamorfoses;

[ ]

– E tendo a lâmpada consentido em morrer, enfim,
E apenas a lareira iluminando o quarto,
Toda vez que lançava um flamejante suspiro,
Inundava de sangue essa pele cor de âmbar![16]

[16] "Les bijoux", poema incluído em "Spleen et idéal". ("La très-chère était nue, et, connaissant mon coeur,/ Elle n'avait gardé que ses bijoux sonores,/ Dont le riche attirail lui donnait l'air vainqueur/ Qu'ont dans leur jours heureux les esclaves des Mores.// Quand il jette en dansant son bruit vif et moqueur,/ Ce monde rayonnant de métal et de pierre/ Me ravi en extase, et j'aime à la fureur/ Les choses où le son se mêle à la lumière.// [ ] Les yeux fixés sur moi, comme un tigre dompté,/ D'un air vague et rêveur elle essayait des poses,/ Et la candeur

Existe, também em *Les fleurs du mal*, uma fascinação profunda pela criatura exposta – impossível volúpia – nos cenários do desejo; e, contudo, as obsessões de Charles Baudelaire não se reduzem ao medo, ao *frisson* que o homem solicita à feminilidade, mas só consegue enfrentar quando a recobre de máscaras, tecidos e jóias; ou de imundície – quando recria, fora do espaço e do tempo, um fantasma de mulher: Helena de Tróia, Safo de Lesbos. A *femme fatale* não atravessa *As flores do mal* à maneira de um objeto estético construído para a fruição do artista melancólico; ela tem o poder de abrir as portas do abismo.

***

Mas o fim do século contentou-se com as máscaras curiosas; de Baudelaire guardou o frêmito perverso que se delineia na forma concentrada, aqui e ali, de algumas palavras mágicas:

> Acreditava estar vendo, unidos por um novo desenho,
> Os quadris de Antíope ao busto de um imberbe,
> A tal ponto o talhe põe-lhe em relevo a bacia.[17]

É difícil, para nós, modernos, separar, no desenho dos ídolos da *décadence* pós-baudelairiana, as emoções fabricadas, o demônio psicologia e os abismos que existem – por exemplo, e apesar dos arabescos *art nouveau* – nos versos de uma poeta inglesa que viveu na Paris daqueles tempos. Ela se chamava Pauline Tarn e escreveu com o pseudônimo de Renée Vivien; traduziu a lírica de Safo para o francês e deixou-se morrer de fome, aos trinta e dois anos, depois de converter-se ao catolicismo. Ela é a Vivian Bell de *O lírio vermelho*, romance das elegâncias dos salões burgueses: "feia e gentil, os cabelos

unie à la lubricité/ Donnait un charme neuf à ses métamorphoses;// [ ] – Et la lampe s'étant résignée à mourir,/ Comme le foyer seul illuminait la chambre,/ Chaque fois qu'il poussait un flamboyant soupir,/ Il inondait de sang cette peau couleur d'ambre!")

[17] "Les bijoux", in *Les fleurs du mal*. ("Je croyais voir unis par un nouveau dessin/ Les hanches de l'Antiope au buste d'un imberbe,/ Tant sa taille faisait ressortir son bassin.")

curtos, em jaqueta, com uma camisa de homem sobre o busto de rapaz, quase graciosa com os seus quadris sem relevo",[18] na descrição deliberadamente equívoca de Anatole France. Ela compunha versos também muito *típicos*:

Levanta, indolente, as pálpebras de ônix,
Verde aparição que foste minha Beatriz.

Vê os pontificados estender, sobre a infâmia
Das núpcias, os paramentos de violetas de outubro.

Clamam os céus os De profundis irritados
E os Dies irae sobre as Natividades.

Por maternidades duras devastados, os seios
Têm a disformidade de odres e vasos.

Eis, entre o pavor dos clamores de olifantes,
Faces e olhos simiescos de infantes.

E a refeição da tarde à sombra das alamedas
Reúne o estúpido rebanho das famílias.

Uma revolta de arcanjos triunfou,
Porém, quando fremiu o paktis de Psappha.

Vê! A ambigüidade das trevas evoca
O sorriso perverso de um São João equívoco![19]

[18] Anatole France, *O lírio vermelho*, p. 88.
[19] Renée Vivien, "Donna m'apparve", in *La Vénus des aveugles* (1903), apud Praz, op. cit., p. 328. ("Lève nonchalamment tes paupières d'onyx/ Verte apparition qui fus ma Béatrix/ / Vois les pontificats étendre, sur l'opprobre/ Des noces, leur chasuble aux violets d'octobre,/ / Les cieux clament les De profundis irrités/ Et les Dies irae sur les Nativités.// Les seins qu'ont ravagés les maternités lourdes/ Ont la difformité des outres et des gourdes.// Voici, parmi l'effroi des clameurs d'olifants,/ Des faces et des yeux simiesques d'enfants,// Et le repas du soir sous l'ombre des charmilles/ Réunit le troupeau stupide des familles.// Une rébellion d'archanges triompha/ Pourtant, lorsque frémit le paktis* de Psappha.// Vois! l'ambiguïté des ténèbres évoque/ Le sourire pervers d'un saint Jean équivoque!") [**paktis*, antigo instrumento musical].

"O sorriso perverso de um São João equívoco": palavras que poderiam servir de epígrafe para a obra de outro artista que Anatole France divertiu-se também em caricaturar, sob um nome falso e engraçado, naquele seu romance de esteta, onde as paixões, segundo Thibaudet,[20] são jogadas, deliciosamente, num tabuleiro – antigo – de xadrez. Para contraponto de Vivian Bell, o autor imaginou um poeta que seria o espelho exato da atmosfera decadente do fim do século: "aberto a todas as possibilidades da depravação, [ele cantou] o amor em todas as suas fases, das mais ingênuas às mais perversas":[21] Paul Verlaine. Entre seus "versos proibidos" figura uma interessante composição sobre o suicídio de Safo de Lesbos:

Furiosa, olhos cavos, seios rijos,
Sappho, que o langor de seu desejo irrita,
Pelas praias frias corre, qual a loba.

Esquecido o Rito, ela pensa em Fáon,
E vendo um desprezo tal pelo seu pranto,
Arranca aos punhados os imensos cabelos;

Depois ela lembra, em remorsos aflitos,
Quando resplendia, pura, a jovem glória
Dos amores seus, em versos que a memória
Da alma vai dizer, em sonhos, às donzelas:

E então ela cerra as pálpebras pálidas,
E salta no mar, onde a Moira lhe acena –
E eclode no céu, inflamando a água negra,
A pálida Lua que vinga as Amigas.[22]

[20] Albert Thibaudet, *História da literatura francesa*, p. 430: "[...] essa crônica de um salão parisiense de 1892, esse estetismo oratório, esse jogo de xadrez do adultério parisiense jogado sobre um tabuleiro antigo – no sentido dos antiquários [...]".

[21] Praz, op. cit., p. 331: "Le poète le plus célèbre du mouvement décadent français, Verlaine, est un fidèle miroir de cette ambiance: ouvert à toutes les possibilités de la dépravation, il chante l'amour dans toutes ses phases, des plus naïves aux plus perverses".

[22] Paul Verlaine, "Sappho", in *Parallèlement*, *Œuvres complètes*, 346. O manuscrito desse poema data de 1867, a primeira edição em volume, de 1889. ("Furieuse, les yeux caves et les seins roides,/ Sappho, que la langueur de son désir irrite,/ Comme une louve court le long des grèves froides.// Elle songe à Phaon, oublieuse du Rite,/ Et voyant à ce point ses

A comparação à loba errante, as referências ao Rito e às Amigas (com as maiúsculas de praxe) derivam claramente de Baudelaire; mas esse vocabulário é retomado num contexto em que desapareceu a possibilidade (o desejo?) de inventar uma alegoria, de criar uma metáfora: aqui já não existe arquitetura poética, no sentido de *Les fleurs du mal*. E todo o interesse passa a concentrar-se na música dos versos, no esquema narrativo, num jogo estético dos mais *deliciosos*. A habilidade do artista é, sem dúvida, imensa: a própria forma do texto é deliberadamente *equívoca*: trata-se de um *soneto invertido* (os tercetos precedem os quartetos), com um fecho em forma de quiasmo: a grande amorosa mergulha nas águas negras do oceano no momento exato em que o luar explode, subindo aos céus.

Tudo isso, mais do que uma porta para entrar na vida ou na obra de Safo, parece ser um elemento importante na explicação da sensibilidade de uma época – e até mesmo do imaginário de um autor: e é curioso encontrar um velho poeta romântico – Lamartine – sacrificando a mulher de Lesbos, ao contrário de Verlaine, no momento em que o sol se levanta no céu:

> A aurora se erguia, o mar batia a praia;
> De pé sobre a margem, Sapho assim falou,
> E as moças de Lesbos, junto, ajoelhadas,
> Olhavam as ondas, do alto do abismo:
>
> "Fatal rochedo, profundo abismo!
> Eu de ti me acerco sem pavor!
> Vais a Vênus roubar sua vítima:
> O amor eu desprezei, o amor pune meu crime".[23]

larmes dédaignées,/ Arrache ses cheveux immenses par poignées;// Puis elle évoque, en des remords sans accalmies,/ Ces temps où rayonnait, pure, la jeune gloire/ De ses amours chantées en vers que la mémoire/ De l'âme va dire aux vierges endormies:// Et voilà qu'elle abat ses paupières blêmies,/ Et saute dans la mer où l'appelle la Moire –/ Tandis qu'au ciel éclate, incendiant l'eau noire,/ La pâle Séléné qui venge les Amies.")

[23] Lamartine, "Sapho" (élégie antique), in *Méditations poétiques*. ("L'aurore se levait, la mer battait la plage;/ Ainsi parla Sapho debout sur le rivage,/ Et près d'elle, à genoux, les filles de Lesbos/ Se penchaient sur l'abîme et contemplaient les flots:/ 'Fatal rocher, profond abîme!/ Je vous aborde sans effroi!/ Vous allez à Vénus dérober sa victime:/ J'ai méconnu l'amour, l'amour punit mon crime'.")

E no entanto essa imagem construída nas correntezas de uma sensibilidade decadente chegou intacta até nós, com suas marcas corporais (a palidez, os olhos fundos, a imensa cabeleira, pálpebras descoradas); com os signos eróticos da desordem ritualizada (correndo ao longo das praias, ela arranca os cabelos, em prantos, furiosa); com sua história dramática (a blasfêmia da lésbica contra os ritos do amor estéril, sua paixão por um homem que a despreza; o rochedo de Lêucade a pique sobre o mar). Se o momento do salto – crepúsculo, amanhecer – tem talvez apenas o mérito de revelar as idiossincrasias do imaginário de um poeta, de uma época, é preciso chamar a atenção, entretanto, para um elemento de extrema importância que é, penso eu, a chave da fascinação exercida sobre nós por uma história passavelmente banal: o *abismo*.

No moral como no físico, a sensação de abismo, anotava Baudelaire no seu diário, estremecendo. Os homens do fim do século, contudo, mais do que ao terror, serão sensíveis à deliciosa vertigem que todos sentem no alto das falésias: "a própria idéia de decadência, da iminente punição divina, como o fogo de Sodoma, o *cupio dissolvi*, nada mais são, talvez, do que uma extrema sofisticação sádica de um meio excessivamente saturado de complicações perversas".[24] Perversidades mundanas; e não era difícil vendê-las ao público burguês que, no fundo, aspirava ao *frisson* das coisas inauditas: uma Grécia imaginária oferecia àqueles homens de casacas pretas, àquelas mulheres nas suas imensas saias rodadas tão bem descritas por Marcel Proust, um *espaço* e um *tempo* no qual se podia projetar todo tipo de fantasia *perigosa* que, vestida (ou desnudada) à maneira antiga, era, por assim dizer, dignificada pelo *décor* neoclássico: "o nu helênico", escreve Fani-Maria Tsigakou, "basta para purificar toda nudez aos castos olhos vitorianos".[25] Assim, a obra do escultor americano Hiram Powers, *Escrava grega*, na Grande Exposição de 1851:[26] algum

[24] Praz, op. cit., p. 334.

[25] Fani-Maria Tsigakou, *La Grèce retrouvée*, p. 77.

[26] Observando que durante a Guerra de Independência da Grécia os turcos tinham aprisionado muitos cristãos, e que havia entre eles "lindas moças", vendidas "a quem oferecesse o maior lance", Powers concebeu uma estátua de mulher em que a nudez seria *obrigatória*: "a escrava é forçada a pôr-se de pé, completamente nua, a fim de ser julgada no mercado de escravos

personagem lascivo aguarda, num país do Oriente, essa moça nua e acorrentada; a perversidade aflui no mármore. Mas esse tipo de signo tinha sido criado para conceder ao espectador um gozo muito estranho e delicado – o pòder de roçar os monstros da obsessão, mantê-los sob controle e, por acréscimo, ostentar a postura, socialmente reconhecida, do admirador de *obras de arte*.

Charles Baudelaire,[27] crítico sutil do universo burguês, já havia reconhecido essa atmosfera em seu *Salon de 1846*. Com dois conceitos muito importantes, ele delineou para nós, de forma esplêndida, as posturas, os suspiros, as cores evanescentes – todo um *ersatz* da "verdadeira vida" – que iria frutificar na deliciosa agonia[28] do fim do século: o *chic* e o *poncif*, palavras que sintetizam a escrita e o clima de um livro editado nos últimos anos do século XIX; uma coletânea de poemas helênicos – muito perversa, muito lida na época.

O prefácio do tradutor data de 1894, ano da publicação de *O lírio vermelho*; era o momento propício para os decoradores à maneira greco-bizantina: entre 1890-1896, tanto *Salammbô* quanto *A tentação* encontrariam, finalmente, seu público;[29] e a esse público as *Canções de Bilitis* foram apresentadas como um conjunto de versos de uma poeta grega nascida no início do século VI a.C., numa aldeia montanhosa situada às margens do Melas (o contexto me permite, com certeza, manter algumas letras arcaicas na grafia das palavras "estranhas"), a leste de Pamphylia. Discípula de Safo (ou Psappha), com ela Bilitis teria aprendido "a arte de cantar em frases ritmadas e de conservar para a posteridade a lembrança dos seres queridos".[30] E

– e isto é um fato histórico". Em *A educação dos sentidos*, pp. 285-87, Peter Gay observa, a respeito dessa escultura, que "a representação de uma bela jovem acorrentada, indefesa diante de admiradores sensuais, deve ter suscitado desejos sádicos – ao menos em alguns de seus admiradores. Mas se tal foi o caso, tais satisfações especulativas, remotas e consideradas revoltantes pelas pessoas respeitáveis, não deixaram rastro nas apreciações dadas a público, e permaneceram ocultas no inconsciente dos espectadores".

[27] Baudelaire, *Salon de 1846, Œuvres complètes*, p. 249.

[28] "Agonie délicieuse": expressão usada por Praz, op. cit., p. 335.

[29] Thibaudet, op. cit., p. 431.

[30] Cf. prefácio à edição francesa.

ela canta assim, num de seus poemas recriados em português por Guilherme de Almeida, seu tradutor de eleição:

Primeiro epitáfio

No país onde as fontes nascem do mar, e onde o leito dos rios é feito de folhas e pedras, nasci eu, Bilitis.

Minha mãe era Phoinikiana;[31] meu pai, Damophylos, heleno. Minha mãe ensinou-me os cantos de Byblos, tristes como o raiar da alva.

Adorei Astarté em Kypre. Conheci Psappha em Lesbos. Cantei como ia amando. Se eu soube viver, Viandante, conta-o à tua filha.

E não sacrifiques por mim a cabra negra; mas em doce libação, espreme o seu úbere sobre a minha sepultura.[32]

E, numa das muitas canções que, por algum motivo, Guilherme de Almeida renunciou a traduzir:

O desejo

Ela entrou e, apaixonadamente, olhos semicerrados, uniu seus lábios aos meus. E nossas línguas conheceram-se... Nunca na vida saboreei beijo igual.

Estava de pé, colada a mim, toda amor e assentimento. Devagarinho, um de meus joelhos foi se erguendo entre suas coxas, que cediam como a um amante.

[31] "Phoïnikienne", isto é, "fenícia", numa grafia helenizante.

[32] Texto na edição francesa: "*Première épitaphe* – Dans le pays où les sources naissent de la mer, et où le lit des fleuves est fait de feuilles et de roches, moi, Bilitis, je suis née.//Ma mère était Phoïnikienne; mon père, Damophylos, Hellène. Ma mère m'a appris les chants de Byblos, tristes comme la première aube.//J'ai adoré l'Astarté à Kypre. J'ai connu Psappha à Lesbos. J'ai chanté comment j'aimais. Si j'ai bien vécu, Passant, dis-le à ta fille.//Et ne sacrifie pas pour moi la chèvre noire; mais en libation douce, presse sa mamelle sur ma tombe". A tradução de Guilherme de Almeida foi publicada in Pierre Louÿs, *O amor de Bilitis*, pp. 102-3.

Minha mão, deslizando em sua túnica, procurava adivinhar o corpo que se furtava e que, ondulante, se dobrava, ou curvado se esticava com frêmitos da pele.

Os olhos em delírio, designava o leito. Mas não era permitido amar antes da cerimônia do casamento, e separamo-nos docemente.[33]

Hoje, as *Canções de Bilitis* devem seu renome apenas ao fato de terem inspirado as *Six épigraphes antiques* de Claude Debussy, compostas, "pour piano à quatre mains", a partir de uma prosa lindamente ritmada e muito "feminina". É difícil imaginar que esses poemas tenham provocado comoção no fim do século: helenistas e eruditos – afirmam velhas histórias da literatura (as mais recentes costumam ignorar o livro) – receberam-nos como tradução de autêntica poesia grega do século VI a.C. Mas também isso não deve passar de outro componente do mito criado em torno de uma encantadora brincadeira parisiense de Pierre Louÿs, ex-condiscípulo de André Gide na École Alsacienne e inventor de Bilitis e de sua obra. É uma poética que poderia evocar a epigramática erótica da *Antologia Palatina*, não fosse a atmosfera deliberadamente crepuscular e perversa na qual o autor mergulhou até mesmo as citações que fez, aqui e ali, de um fragmento de canção popular helênica, de um nome próprio conhecido, de uma situação discursiva clássica.[34]

Incompatível com a expressão do amor na lírica arcaica, o poema em prosa "O desejo" é um texto comparável à estátua da escrava

[33] Tradução de Maria José de Carvalho in Pierre Louÿs, *As canções de Bilitis*. Texto francês: "*Le désir* – Elle entra, et passionnément, les yeux fermés, elle unit ses lèvres aux miennes et nos langues se connurent... Jamais il n'y eut dans ma vie un baiser comme celui-là.//Elle était debout contre moi, toute en amour et consentante. Un de mes genoux, peu à peu, montait entre ses cuisses chaudes qui cédaient comme pour un amant.//Ma main rampante sur sa tunique cherchait à deviner le corps dérobé, qui tour à tour onduleux se pliait, ou cambré se raidissait avec des frémissements de la peau.//De ses yeux en délire elle désignait le lit; mais nous n'avions pas le droit d'aimer avant la cérémonie des noces, et nous nous séparâmes brusquement".

[34] Na bibliografia especialmente inventada para o livro, Louÿs chega a citar uma primeira edição do texto grego, datada de Leipzig, 1894: *Bilitis'Saemmtliche Lieder* zum ersten Male Herausgegeben und mit einem Woerterbuche versehen, vom G. Heim.

nua, de Hiram Power. Uma seqüência de clichês, narrativos e estilísticos, foi convocada para despertar a cumplicidade do leitor que frui, nessa passagem, de sua pertença ao universo cultural e erótico do autor: o encontro, a exposição dos corpos por meio de detalhes que revelam, escondendo; o ato sexual entrevisto e escamoteado, provocando um leve *frisson*: o prazer surge na escrita e nela se resolve.

"Existem na vida e na natureza" – escreve Baudelaire num famoso ensaio incluído em *Curiosidades estéticas*[35] – "coisas e seres que são *poncif*, isto é, que são o resumo das idéias vulgares e banais que se fazem dessas coisas e desses seres: de forma que os grandes artistas os abominam." A perfeição do *poncif* bilitiano reside, em *O desejo*, não apenas no arsenal das estereotipias descritivas e situacionais, como também no fato de o lugar do sujeito do discurso ser ocupado, não por um homem, mas por uma jovem poeta grega agindo e falando à maneira de um rapaz enamorado, às vésperas das núpcias: a sociedade burguesa do fim do século não consegue imaginar de outra maneira a lésbica; e retira, da troca meio equívoca de papéis, seu gozo deliciosamente perverso. Mas não houve, aqui, transgressão alguma: o texto apenas confirmou, no seu tempo e espaço, as manias do "leitor-*voyeur*". Nada foi posto em questão: na linguagem ou no mundo. O poema deriva do *Dicionário de idéias feitas* e nele se prolonga, fortalecendo-o; sem rupturas; sem permitir as complicadas permutações de papéis da "Lesbos" baudelairiana. O ato de leitura de *As canções de Bilitis* confirma o poder concedido – social, sexualmente – ao olhar masculino, na fundação e no controle de uma cena de amor entre duas mulheres: cena que a indústria do filme erótico acabou por reduzir à banalidade que é a sua essência.

No fim do século, um certo Náucratis, personagem de *Afrodite*, romance de "costumes antigos" escrito pelo mesmo Pierre Louÿs, falava da seguinte maneira sobre esse assunto tão delicado: "Existe algo de encantador na união de duas mulheres, com a condição de se conservarem ambas femininas, não se despojando das longas

[35] *Salon de 1846*, cit., p. 249. Este texto foi incluído por J. Crépet (edição Conard) no volume *Curiosités esthétiques*.

cabeleiras, descobrindo os seios, dispensando quaisquer instrumentos postiços, pois seria absurdo que, por uma inconseqüência, manifestassem desejar o grosseiro sexo que tão primorosamente desdenham".[36]

Um homem desdobra, assim, e para seu íntimo prazer, a mulher em dois corpos nus: dupla fruição para seus olhos; ancorada, por acréscimo, nas respeitáveis regiões da Grécia imaginária. E o leitor recebe, cúmplice do *trompe l'oeil*, as figuras que seu desejo solicita e tem medo de aprofundar.

A da *lésbica*, antes de tudo: criatura de feminilidade superlativa, cujos desejos e atos sexuais são contudo mediados – descritos e imaginariamente vividos – por uma consciência de homem que se faz porta-voz dessa *femme damnée* inventada por ele mesmo para o prazer dos seus pares. E, sobrepondo-se a essa, a figura convencional do safismo na Antigüidade, que todo um repertório de textos mais ou menos Kitsch sugere tratar-se de um rito socialmente aceito e dotado de um rico registro literário... à maneira de *As canções de Bilitis*.

Poncif da sexualidade que é trabalhado nos moldes do *chic* literário, se concedermos a essa última palavra francesa o sentido que lhe atribui Baudelaire no *Salon de 1846*:[37] "o *chic* pode ser comparado ao trabalho dos especialistas dotados de uma excelente mão para o talhe da escrita inglesa ou cursiva e capazes de traçar, intrepidamente, com os olhos fechados, uma cabeça de Cristo ou o chapéu do imperador, à guisa de rubrica".

Sim: apesar da biografia fictícia e da fortuna crítica imaginária, Louÿs não pretendeu criar um *faux*. Desde a primeira página do livro, ele tinha levantado a máscara da autoria; por exemplo, na romanesca (e deliciosa) descrição da descoberta do túmulo de Bilitis, que não teria enganado o mais ingênuo arqueólogo, o mais distraído helenista. As *Canções* pretendem, simplesmente, passar ao leitor *mid cult* certa concepção protocolar do estilo *grego*, feito à sua imagem: um pouco perverso, um pouco estranho, delicado e musical. E, sobretudo,

[36] Pierre Louÿs, *Afrodite*, p. 90.

[37] *Salon de 1846*, cit., p. 249.

construído à maneira de uma *obra poética contemporânea*: expressão de uma subjetividade e de uma história particular num *conjunto de poemas* dotado de coerência interna e, do ponto de vista arqueológico, desprovido de lacunas, rasuras ou incertezas lingüísticas: os versos da adorável Bilitis teriam chegado até nós, intactos, perfeitos, num glorioso acaso que o autor descreve num francês extremamente plástico e colorido, herdeiro de Théophile Gautier, de Renan e de Anatole France, aqui traduzido por Maria José de Carvalho:

> Seu túmulo foi encontrado por G. Heim em Palaeo-Limisso, à beira de uma antiga estrada, não longe das ruínas de Amathonte.
> [ ]
> Heim nele penetrou por um poço estreito entulhado de terra, em cujo fundo se encontrou uma porta murada que foi preciso demolir. A câmara espaçosa e baixa, pavimentada com lajes de calcário, tinha quatro paredes recobertas por placas de anfibolito negro, em que estavam gravadas em capitais primitivas todas as canções que se vão ler, com exceção dos três epitáfios que se achavam no sarcófago.
> Era ali que repousava a amiga de Mnasidika, num grande esquife de terracota, sob uma tampa modelada por um delicado estatuário, que esculpira na argila o rosto da morta.
> [ ]
> Uma pequena Astarté nua, relíquia inestimável, velava sobre o esqueleto adornado com todas as suas jóias de ouro e alvo como um ramo nevado, mas tão suave e frágil que no instante em que o tocaram transformou-se em pó.[38]

É esta a imagem que muito leitor moderno costuma fazer, não apenas da poesia e do erotismo helenos, mas da própria história dos textos antigos que chegaram até nós: toma-se por "autêntico" (no sentido atribuído a essa palavra por certos antiquários) o que é uma concepção estética da Grécia elaborada no fim do século: por Albert Samain, por escultores e pintores neoclássicos, por Olavo Bilac ou Pierre Louÿs...

Safo de Lesbos volteia nos delicados entrelaces dessa correnteza, e se perde ao longe: um *ícone* vestido à maneira antiga. Pálida, olhos

[38] Pierre Louÿs, *As canções de Bilitis*, pp. 16-8.

cavos, vasta cabeleira, ela acaba de abandonar as Amigas e corre, semelhante à Loba, na direção do rochedo fatal, de onde, para nosso prazer, há de se jogar no Abismo vertiginoso.

***

Ícone (*εἰκών* = *eikṓn* ou *imago*) é um termo técnico de retórica, significando a incorporação de uma qualidade numa figura: *Cato ille uirtutum uiva imago*.[39] Um *ícone* moderno, evocado por Roland Barthes:[40] Churchil, cuja presença num texto delimita o espaço da coragem e da resistência. Percebe-se imediatamente como funciona esse dispositivo oratório: trata-se de uma espécie de indução, procedendo de uma matriz argumentativa, o *exemplum* ou *paradeígma*, que, por sua vez, deita raízes na história. É esse duplo caráter – lógico (*paralógico*, se quiserem) e narrativo – que faz a força do ícone no interior dos discursos. Quintiliano tinha absoluta consciência desse fato: "O orador", escreve ele na *Institutio*, "deve fazer uma grande provisão de exemplos, tanto entre os antigos quanto entre os modernos. Não basta que ele conheça o que foi registrado na história, transmitido pela tradição, ou o que acontece no seu próprio tempo. Não deve negligenciar as narrativas fabulosas criadas pela imaginação dos poetas célebres; pois, se os fatos históricos são freqüentemente testemunhos, adquirindo força de julgamento, *as fábulas dos poetas sancionam também, graças à sua antigüidade* – ou, pelo menos, podem ser consideradas como preceitos úteis que os grandes homens nos passaram debaixo do véu da ficção. *Que se enriqueça, portanto, a memória do orador*. O que dá tanta autoridade aos antigos? É que, supõe-se, viram e conheceram mais coisas. Homero é, com freqüência, testemunha disso. Mas não esperemos nossa velhice para estudar a história, pois os estudos históricos produzem a ilusão de nos tornar, por assim dizer, contemporâneos dos séculos passados".[41]

[39] Cf. Cícero, *De oratore*, I, §18; Quintiliano, XII, 4; E.R. Curtius, *Literatura européia e Idade Média latina*, p. 62.

[40] Roland Barthes, "A retórica antiga", in J. Cohen et alii, *Pesquisas retóricas*, p. 187.

[41] Quintiliano, XII, IV (sublinhado por mim).

O *ícone* é história em conserva para exemplo,[42] provocadora de uma espécie de curto-circuito retórico: um nome aparece no pano de fundo de uma narrativa – por mais frouxa que seja sua estrutura, autêntica ou mitológica –, trazendo, no seu interior, um argumento, uma prova, um juízo, capazes de desencadear ou manter os discursos: *Catão*, por exemplo.

Os autores latinos já dispunham de verdadeiros catálogos de *exemplos predicativos* e os medievais os seguiram, fixando seu cânone na poesia platonizante do século XII. A modernidade dispõe, também, de figuras arquetípicas; delas se utiliza largamente – e para os fins conhecidos – a comunicação de massa. Podemos entrever, em nossos textos, ao lado de Masoch ou de Sade, da *femme fatale* e do São João equívoco, a imagem de Safo de Lesbos: esse nome provoca imediatamente as significações, e elas afluem, construindo um retrato e uma história, vinculados, por sua vez, a um paradigma: *histeria, lesbianismo, perversão*.

***

Contemplando esse desenho deliciosamente Kitsch, um crítico literário toma a decisão de desvendar-lhe os "sentidos ocultos"; prepara-se, intrepidamente, para desalojar do esconderijo a inquietante verdade histórica: abre o sárcofago, onde encontra um esqueleto coberto de jóias de ouro, alvo como um ramo nevado. Mas tão frágil e suave que se dissolve em pó, no momento em que é tocado: *Safo de Lesbos*!

O crítico exigente era um desmancha-prazeres! Violou, na construção dos discursos, a regra maior da Retórica: desconfiou do autor e da história que ele contava; e o texto, como castigo, desagrega-se nas suas mãos frias, transformado em cinza, em pó – que o vento leva para longe e enlaça aos restos de outros livros desfeitos pelo tempo:

[42] Curtius, op. cit., loc. cit.

O que é o cérebro humano, senão um palimpsesto imenso e natural? Meu cérebro é um palimpsesto e também o teu, leitor. Inúmeras camadas de idéias, de imagens, de sentimentos caíram sucessivamente no teu cérebro, tão docemente quanto a luz. Parecia que cada qual sepultava a precedente. Mas nenhuma, na realidade, se perdeu.

Baudelaire, "Os paraísos artificiais"

2. A lua grega nos versos latinos

Ao ler, traçadas por mão amiga, estas frases,
reconheces, num lance d'olhos, minha letra?

Ou, não vendo por fim o nome do autor, Sappho,[43]
não sabes de onde vêm estas breves palavras?

[ ]

As donzelas de Pyrrha, as virgens de Metymnia
não me seduzem mais, nem as moças de Lesbos;

perdeu a graça Anactória e a cândida Cydro;
não é grata aos meus olhos, como antes, Átthis;

nem a centena que, não sem culpa, eu amei.
Cruel, só tu possuis quem foi de tantas outras!

[ ]

Eu subirei, ó ninfa, às rochas que me apontas.
Vencido seja o medo pelo insano amor.

[ ]

[43] Mantenho no texto ovidiano a grafia latina dos nomes próprios.

Lesbianas: por vosso amor me desonrei;
cessai, amigas, de responder ao meu canto![44]

Essas palavras são de Publius Ovidius Naso. Cerca de seiscentos anos depois do *floruit*[45] de Safo de Lesbos, um jovem poeta latino, helenizante e mundano, incorpora dramaticamente a *persona* da poeta grega numa carta de amor em versos, que faz parte de uma coletânea conhecida como *Heroidum epistulae* ou *Cartas das heroínas*.[46] São vinte e uma mensagens apaixonadas, enviadas por mulheres mítico-literárias a seus amantes: Dido a Enéias, Fedra a Hipólito, Helena a Páris, Medéia a Jasão...

As boas edições modernas da lírica de Safo costumam recorrer a esse poema no capítulo dos *testimonia uitae atque artis*; é exemplar o excelente trabalho de D.A. Campbell:[47] nele, Ovídio comparece pelo menos cinco vezes, com informações a respeito das amigas, dos amores, da família, e até mesmo dos traços físicos da poeta.

Devemos confiar nas palavras de Ovídio? *São palavras de Ovídio*? Uma discussão clássica divide os latinistas, quando se trata de estabelecer a autenticidade da Carta XV; alguns, mais severos, recusam até mesmo sua pertença à era de Augusto, numa condenação que abrange os seis poemas finais das *Cartas das heroínas*: eles fogem, com efeito, ao paradigma geral da obra, constituindo um grupo à parte – a troca de correspondência entre amantes. Assim, a carta de *Leandro a Hero* (XVI) e de *Hero a Leandro* (XVII). Existem outras

[44] Ovídio, *Cartas das heroínas,* versos 1-4, 15-20, 175-6, 201-2. ("Ecquid ut inspecta est studiosae litera dextrae,/Protinus est oculis cognita nostra tuis?// An nisi legisses auctoris nomina Sapphus,/ Hoc breue nescires unde ueniret opus? //[...]// Nec me Pyrrhiades Methymniadesue puellae,/ Nec me Lesbiadum cetera turba iuuant.// Villis Anactoria, uillis mihi candida Cydro;/ Non oculis grata est Atthis ut ante meis,// Atque aliae centum quas non sine crimine amaui./Improbe, multarum quod fuit unus habes //[...]// Ibimus, o nymphe, monstratque saxa petemus./ Sit procul insano uictus amore timor //[...]// Lesbides, infamem quae me fecistis amatae/ Desinite ad citharas turba uenire mea.")

[45] Sabe-se que já havia, entre os greco-romanos, incerteza quanto à data de nascimento dos velhos poetas e filósofos. Os "antiqüíssimos", como dizia Aristóteles, eram, pois, citados de acordo com seu *floruit* ou *acmé*, o auge de sua carreira. Por volta dos quarenta anos?

[46] Recordemos que o substantivo feminino *herois*, *ides* se traduz geralmente por "heroínas", significando "uma semideusa, filha de um celeste com criatura mortal".

[47] D. A. Campbell, *Greek lyric*, 1, *Sappho/Alcaeus*.

divergências, e de maior importância: métricas, lingüísticas, estilísticas. E, quanto à Carta XV, uma discrepância de peso: ela é assumida por uma figura que parece ser histórica. Que estaria fazendo Safo de Lesbos entre todas essas Penélopes, Fedras, Medéias e Helenas?

Não pretendo entrar no debate sobre as seis últimas cartas, admitindo, com os especialistas, entre os quais o prefaciador da edição francesa,[48] que elas pertencem a um momento posterior aos *Remedia amoris* (ano 2 d.C.), o que poderia explicar seu caráter peculiar, tornando mais segura a atribuição a Ovídio.

E a Carta XV? É somente em 1629 que Daniel Heinsius lhe confere esse número. Ela não figura nos velhos manuscritos das *Cartas das heroínas*, nem mesmo na tradução feita em prosa grega, no final do século XIII, pelo monge bizantino Planúdio. Em nome do "senso comum", Palmer a excluiu da edição Oxford de 1874; mas ela reaparece, em 1898, na segunda edição, completada por L.C. Purse.[49]

Observe-se, entretanto, que as pesquisas de S.G. de Vries demonstraram que os excertos da Carta XV contidos nos manuscritos de Paris 17.903 e 7.647, do século XIII e XV (os únicos que não contêm interpolações), derivam do mesmo arquétipo, contemporâneo de nossas mais antigas edições de Ovídio (séculos IX e X). Duas garantias suplementares: os gramáticos Probus (Keil, IV, 30, 19) e Sacerdos (Keil, VI, 482, 1) também lhe atribuem o texto;[50] e a isso podemos somar a autoridade do próprio poeta declarando em *Amores*: "eu ensino os preceitos do terno amor; escrevi a carta de Penélope a Ulisses; as que serão lidas por Páris, Macareus, Jasão, Hipólito e seu pai; repito as palavras de Dido infeliz e as "daquela que tem nas mãos a lira Aônia":[51]

[48] Henri Bornecque, "Introdução" à ed. Belles Lettres de *Héroïdes*, p. VII.

[49] Ibid., p. XV.

[50] Cf. discussão e bibliografia suplementar na edição citada de *Héroïdes*.

[51] Ovídio, *Amores*, II, 18, 26. O poeta explica que seu amigo Sabinus teria escrito as respostas, recebidas pelas heroínas... Menos, sem dúvida, por Safo, uma vez que à mulher de Lesbos, tão amada, só lhe restava depor aos pés de Apolo a lira que lhe prometera (II, 18, 34): "Det uotam Phoebo Lesbis amata lyram".

... et Aoniam Lesbis amata lyram,

isto é, Safo de Lesbos.

***

Tentei acompanhar a apresentação dos versos ovidianos com certo aparato crítico. Ele não é gratuito; eu precisava dramatizar um pouco minha perplexidade de leitor ingênuo diante dos textos gregos e latinos: tão íntegra e solene nas edições modernas ou na memória dos bons estudantes que fomos, a Antigüidade, nos damos conta, e não sabemos explicar como isso aconteceu, aparece subitamente aos nossos olhos à maneira de um lugar escuro e tortuoso. Dormíamos o sono da rotina e acordamos num percurso difícil: desvios, complicadas passagens, idas e voltas.

Na travessia dos velhos textos, o caminho resiste sob os pés: os obstáculos, como às vezes nos sonhos, deslizam para imensos vazios e nos descobrimos, de repente, na vertigem de um vôo cego. Guiados, um pouco pelo instinto de *oiseau de passage* que desperta em nós, um pouco pelos mapas desenhados pelos sábios mestres, avançamos – desconfiados.

No que diz respeito à Carta XV, tudo parece indicar a existência de um "texto autêntico", no qual algumas pistas aparecem, um sentido começa a se constituir. *Reconhecemos* alguma coisa naquelas passagens que citei, e isso nos dá a impressão de estarmos no bom caminho: são os esquemas narrativos, tão fascinantes, e que já tínhamos encontrado, num halo de poesia, em Verlaine, em Baudelaire; e até mesmo em Lamartine. O rapaz de Mitilene, a traição às mulheres de Lesbos, o desprezo do belo indiferente, o salto de Lêucade... Uma história de amor e perdição, a história de Safo.

***

Esse conto é captado numa dramaturgia que, parece, encantava os antigos; gente como os sofisticados leitores de Ovídio, romanos que falavam grego em casa e já não acreditavam muito nos velhos deuses. Para eles, o poeta soube criar, nas *Cartas*, um universo ligeira e deliberadamente anacrônico: numa paisagem onírica, movem-se personagens solenes, irreais... mas, falando – e, sobretudo, argumentando – à maneira dos homens do tempo de Augusto.

Obra elegante e mundana. As histórias da literatura nos recordam, entretanto, que ela deita raízes num contexto puramente pedagógico: a prática escolar da oratória. Ovídio, como todo estudante das elites romanas (ele pertencia a uma rica família eqüestre), foi discípulo de retores e realizou, muito jovem ainda, a necessária "viagem de formação" através da Grécia. Deve ter aprendido com seus mestres Arellius Fuscus e Porcius Latro a exercer a palavra simulando seu uso em práticas conhecidas tecnicamente pelo nome de etopéias e suasórias: colocando-se na pele de um deus ou herói (naquele momento que o teatro sartriano, também ele tão retórico, chamaria de "situação limite"), o jovem estudante tentava compreender uma paixão ou resolver discursivamente um dilema. É um exercício interessante, esse de levar o aluno a viver de forma dramática o despedaçamento de um breve instante de tensão dialética; nos seus melhores momentos, e nos melhores momentos de Roma, ele revela, claramente, as ligações da Retórica com a Ética, ambas encravadas no seio do Estado. Mas, no período de Augusto, esse poderoso amálgama começava lentamente a se dissolver: o uso da palavra reduzia-se aos poucos a uma *técnica*, numa escola que visava sobretudo a pedagogia de tipos de discurso, cuja produção se realizava de forma quase mecânica, na base de alguns procedimentos. Um exemplo: os *monólogos psicológicos* (diríamos hoje), em que uma personagem, diante de um fato consumado, expressava-se com a linguagem de seu lugar social, de sua idade, de suas paixões.[52] Outro: as *falas deliberativas*, geradas por uma decisão a ser tomada num momento limite. Nos dois casos, era necessário colocar em movimento uma série de operações extremamente complexas, do ponto de vista psicológico e discursivo, na medida em que o orador, deixando-se absorver por um *ego* fictício, ficava preso à clivagem de uma questão histórica ou lendária, cujo desfecho, entretanto, devia acontecer *hic et nunc*. E assim transformado em pura tensão para o

[52] Julien, *Les professeurs de littérature dans l'ancienne Rome*, apud Bornecque, op. cit.

futuro, ele só existe, enquanto profere o discurso, nas malhas de um dilema: *Para obter ventos favoráveis às naus gregas, eu, Agamêmnon, devo imolar neste altar minha filha Ifigênia, tão jovem, e bela, e inocente?*

Pesar prós e contras, escolher, é produzir um acontecimento novo, com o destino do mundo suspenso às minhas palavras. Palavras elaboradas, entretanto, segundo divisões, pulsações, ritmos – segundo leis codificadas, anterior e rigorosamente, pelo Sistema Retórico. Cria-se assim um *ego* e este se expõe, de forma ao mesmo tempo controlada e dramática, por meio dos mecanismos da oratória. Tarefa de dramaturgo ou de novelista ou, também, de poeta elegíaco – e, sob este aspecto, podemos dizer, com René Pichon,[53] que as *Cartas das heroínas* nada mais são do que procedimentos retóricos aplicados à vida galante. Levados, entretanto, ao cúmulo de refinamento!

Para Virgílio e Horácio, o que hoje chamaríamos de "literatura" era uma prática textual destinada a exercer, num contexto social preciso, funções ético-políticas. Para Ovídio, que a considera, num verso famoso ao qual voltarei adiante, *ocupação dos ociosos*, seria a arte da poesia algo mais do que um brilhante jogo de salão, divertimento de pessoas cultas? O poeta das *Metamorfoses* já é maneirista? Não sei se essa categoria da moderna estética é válida para situar um autor antigo; pode-se, contudo, afirmar que Ovídio compõe no momento em que as teorias do discurso persuasivo absorvem as da palavra poética. Solidamente instalada num contexto pedagógico, a Retórica, mecanismo produtor de falas públicas, torna-se, cada vez mais, uma espécie de matriz para os textos poéticos, isto é, imaginários.

Sob esse aspecto, podemos concordar com o *bon mot* do famoso latinista a respeito das *Cartas*: retórica aplicada à vida galante. Sem esquecer, entretanto, outro importante elemento, que, neste período, é constitutivo do estatuto do texto poético, que é tecido, nos círculos elegantes e ilustrados de Roma, numa trama delicada de referências

[53] René Pichon, op. cit.; cf. Bornecque, op. cit., p. XII: "[...] as *Cartas das heroínas* quase não passam de etopéias ou de suasórias, a menos que se aproximem mais, como a XIV, das controvérsias".

eruditas, de paráfrase ou citações. Deve ser entendido assim o constante apelo à mitologia, que pode nos parecer às vezes mecânico em Ovídio ou Propércio. Entre os latinos, escreve Paul Veyne, "quando se empregava a Fábula, entendia-se que se fazia literatura".[54] Intertextual por excelência, o saber mitológico é propriedade, no período imperial, de um pequeno número de conhecedores cultos e refinados: os poetas e seus leitores.

Eis que a personagem Safo exclama, em Ovídio: "cabelos esparsos sobre os ombros, ando errante, possuída pela fúria de Enyo",[55] e essa última palavra inaugura a poesia do texto, tarefa assumida pela metáfora no discurso moderno. Enyo é a mensageira de Ares, amante de carnificina e sangue. Nos campos de batalha, está sempre atenta, deliciada, aos urros de dor, aos gritos de guerra, aos suspiros dos agonizantes, enquanto um signo se põe a irradiar no campo das palavras: *Combate e Agonia*, constituindo, numa rápida e fulgurante elipse, o texto, o leitor e o autor. Quem não for *doctus*, culto e refinado, passou ao lado das significações.

Mas mesmo aquele que foi para Dante o "altíssimo poeta", Virgílio, ganha um sentido novo quando o colhemos no movimento dos textos e das vozes que se cruzam em todas as direções: assim, na fascinante *X Bucólica*, poema escrito sobre um outro poema; "ou, mais exatamente, sobre um outro gênero literário".[56] E é toda a *Eneida* que nos aparece sob um luz diferente quando a compreendemos no jogo singular dos intertextos. É inútil esperar desse livro a ingenuidade e os sabores – a profundeza e a simplicidade – dos versos homéricos: ele se constitui, freqüentemente, e em muitos de seus bons momentos, no deslizar das frases oblíquas mediadas por fantasmas gregos e

[54] Paul Veyne, *A elegia erótica romana*, p. 191.
[55] Carta XV, vv. 139-40. ("Huc mentis inops, ut quam furialis Enyo/ Attigit, in collo crine iacente, feror.")
[56] Veyne, op. cit., p. 159, falando da *X Bucólica*: "salvas de palmas explodem na cabeça do leitor a cada verso [...]". Para divertimento do mesmo leitor, uma opinião diversa, do Huysmans de *À rebours*, p. 114: "Virgílio [...] um dos maiores pedantes, um dos mais sinistros impertinentes que a Antigüidade produziu; seus pastores banhados e empoados [...]" etc. Essas palavras fazem parte de uma longa meditação do autor sobre a poesia latina da decadência, à qual voltarei um pouco adiante.

latinos, deliciosamente espectral e "*artiste*", no pano de fundo político e moral em que se ancora, na realidade, a epopéia latina.

Enéias e a Sibila descem ao reino impalpável dos mortos; debaixo da lua incerta e de seu esplendor sinistro, avançam obscuros na sombra abandonada: é assim que passam dois viandantes na floresta, quando a treva esconde o céu e o mundo perde os contornos:

> ibant obscuri sola sub nocte per umbram
> perque domos Ditis uacuas et inania regna:
> quale per incertam lunam sub luce maligna
> est iter in siluis, ubi caelum condidit umbra
> Iuppiter, et rebus nox abstulit atra colorem.[57]

Caminhando no domínio dos mortos, Enéias reconhecerá, na penumbra do bosque de mirtos, a rainha de Cartago – uma pálida sombra –, tal como se vê, ou se acredita ver, no início do mês, a Lua Nova se levantando entre as nuvens:

> agnouitque per umbras
> obscuram, qualem primo qui surgere mensa
> aut uidet aut uidisse putat per nubila lunam.[58]

Essa maravilhosa comparação procede integralmente de um dos modelos de Virgílio, Apolônio de Rodes, poeta em língua grega do século III a.C. Nas *Argonáuticas*, eis que os rudes marujos estão perdidos no deserto da Lídia, sem água, longe da pátria. Um deles, à noite, ouve um ruído, e "julga então ver Hércules, sozinho e muito longe, ao fim da planície sem limites, como se vê, ou se julga ver, a Lua Nova através da bruma". É o símile que reaparece nos versos 452-454 da *Eneida*, transfigurado, entretanto, pelo deslocamento dos contextos e pelo fato de sugerir – num espaço marcado pela ausência de uma luz que talvez esteja ali – não o poderoso herói viril, mas, no Reino dos Mortos, a sombra da frágil suicida, a princesa de Cartago,

[57] *Eneida*, VI, 268-9.
[58] *Eneida*, VI, 452-4.

Dido infelix. "Imediatamente, tudo fica em seu lugar e a emoção poética não é prejudicada por nenhuma discordância".[59]

E verdade que, tratando-se de Ovídio, os mecanismos citacionais derivam, no mais das vezes, para a criação de contextos em que o leitor culto e mundano é confirmado na segurança de seu próprio saber; nesse jogo de salão, uma ameaça paira sobre a poesia: há uma linha, muito sutil, separando a intertextualidade da erudição, em seus diversos graus, e ela se expõe ao vivo nas *Cartas das heroínas*, contraponto à grandeza de uma *Eneida*, texto percorrido pelo frêmito de outros textos, que se revelam outros ao serem incorporados, para sempre, de fato e de direito, ao discurso virgiliano – que, para Des Esseintes, o famoso personagem de *Às avessas*,[60] obra-prima da decadência francesa, estaria entretanto crivado de empréstimos imorais feitos a Homero, Teócrito, Ênio e Lucrécio; e até de simples roubos, como o Canto II do seu grande épico, inteiramente copiado[61] de um poema de Pisandro.

Ovídio se diverte; num jogo onde se revela, claramente, um dos mecanismos da criação textual no mundo latino. A carta de Penélope reenvia à *Odisséia*, naturalmente; assim como a de Briseis, as de Páris e Helena se constituem no pano de fundo da *Iliada*. Os discursos de Medéia e Jasão remetem às *Argonáuticas*. Eurípides, Catulo e Calímaco são outras vozes cujo conhecimento é indispensável à compreensão das falas das heroínas.

O bom manejo dos clássicos assegura esse jogo e faz a delícia do leitor contemporâneo. Briseis, falando a Aquiles, apodera-se das palavras que Andrômaca dirige a Heitor na famosa passagem

[59] André Bonnard, *A civilização grega*, p. 687.

[60] J.-K. Huysmans, op. cit., p. 114. Na verdade, toda essa passagem tem um sentido *agônico*, isto é, combativo: des Esseintes vai erguer sua poética sobre as ruínas do mundo clássico. Creio, porém, que essa luta acontece realmente, e com muito mais força, em outras frentes: Baudelaire, Lautréamont, por exemplo. O texto francês que parafraseei acima é o seguinte: "[...] il eût bien accepté les fastidieuses balivernes que ces marionnettes [as personagens virgilianas] échangent entre elles, à la cantonade; il eût accepté encore les impudents emprunts faits à Homère, à Théocrite, à Ennius, à Lucrèce, le simple vol que nous a révélé Macrobe du 2° chant de l'*Éneide* presque copié, mots pour mots, dans un poème de Pisandre [...]"

[61] Segundo Macróbio, sublinha a sofisticada personagem.

homérica; numa citação que é, paralelamente, deslocamento de funções, de contextos e de réplicas:

> Tu dominus, tu uir, tu mihi frater eras.[62]

Identificação da referência e da fonte; cruzamento dos discursos e sua projeção na matriz retórica. Eis que se constituem, nesse movimento, leitor e texto. E nesse movimento, ao contrário do que sucede em Virgílio, o texto, inscrito no perigoso terreno da erudição, paira qual espada de Dâmocles sobre o leitor culto necessariamente.[63]

***

Aceitamos a Carta XV como peça autêntica do período de Augusto. Que paixões, entretanto, reais ou fingidas, que mitos foram deslocados, transformados e refundidos na criação desses versos? Que farrapos de história ou de lenda eles recolhem? Que anedotas galantes? Uma figura histórica emerge, para nós, num paradigma de personagens míticas. Que estatuto se atribui a essa imagem? Pura ficção? *Contaminatio* de lenda e verdade? Seria apenas um "ser de papel" a *persona* que, na abertura do texto, fala mais ou menos assim: "aqui estou eu, Safo de Lesbos. E te surpreendo, talvez, porque me expresso em versos alternos, quando sabem todos que sou poeta lírica. Venho chorar meu amor. A elegia é um canto lúgubre. As dores não se cantam na lira".[64]

[62] Carta III, 52. ("Eras, para mim, esposo, irmão, senhor.")

[63] Relendo este livro dez anos depois de sua primeira edição, surpreende-me vivamente a presença, nestas páginas, de todo um aparelho retórico posto em movimento para (des?)qualificar, o maravilhoso narrador de *Metamorfoses* e sensível poeta dos cantos do exílio, Públio Ovídio Naso. Perdido no labirinto da memória, pergunto de mim para mim mesmo: "Como explicar esse discurso desenvolto e irônico?..." Mas imediatamente compreendo, e o leitor também: antes de consultar as *Cartas das heroínas*, eu tinha passado meses e meses mergulhado na lírica de Safo.

[64] Carta XV, vv. 5-8. ("Forsitam et quare mea sint alterna requiras/ Carmina, cum lyricis sim magis apta modis.// Flendus amor meus est; elegia flebile carmen;/ Non facit ad lacrimas barbitos ulla meas.")

Na abertura de sua carta, a mulher apaixonada se detém por um instante em considerações de "arte poética", apontando para uma convenção literária e para o sofrimento:

> Flendus amor meus est; elegia flebile carmem...

Não é preciso entrar, aqui, no clássico debate sobre as origens gregas ou alexandrinas do gênero elegíaco; recordemos somente que, no período de Augusto, o lirismo pessoal começa a ser ligado a uma forma métrica bem determinada, o dístico elegíaco (versos alternos, *alterna carmina*), constituído pela associação de um hexâmetro dactílico a dois semi-hexâmetros incompletos (o pentâmetro dactílico). Suporte perfeito, asseguram os tratados de métrica (mas *a posteriori*), para o registro das emoções amorosas na primeira pessoa: o movimento narrativo do hexâmetro épico quebra-se nas duas ondas sucessivas e ascendentes do segundo verso; e a elegia constrói-se de acordo com o esquema dos dísticos – a expressão irreverente é de Paul Veyne[65] – que o poeta se põe a debulhar, um a um...

Parece que os gregos foram mais sensíveis às virtudes gnômicas do dístico, sua convenção favorita para o registro de sentenças. A literatura helenística, por sua vez, teria utilizado esse ritmo na criação de um tipo de poesia amorosa "objetiva", de caráter mitológico, extremamente refinada e erudita. Os latinos inovaram o sistema, acredita-se, ao verterem no molde dos *versos alternos* dos gregos o registro de suas emoções pessoais.

Tudo indica, entretanto, que a oposição entre elegia objetiva e subjetiva é falsa. Quando Calímaco – escreve Alfred Gudeman[66] – descrevia uma situação *alheia*, era forçado a desaparecer "subjetivamente" nos sentimentos do par amoroso, se desejasse produzir a impressão de um processo psicologicamente verossímil: a

[65] "Em termos tipográficos e anacrônicos, poder-se-ia dizer que, para o leitor antigo, cada dístico era separado do seguinte como se fosse por um branco, de tal modo que, no interior de uma mesma peça elegíaca, as descontinuidades na seqüência das idéias ou na narração o chocavam menos do que a nós" (Veyne, op. cit., p. 68).

[66] Alfred Gudemann, op. cit., p. 159.

Corina de Ovídio teria sido uma figura mítica como a Cidipe de Calímaco, ou até mesmo uma simples criação de sua fantasia. O mesmo autor acrescenta que Propércio criou elegias puramente "objetivas" e que em Tibulo, tão "pessoal" sob tantos aspectos, os sentimentos se dizem na trama dos exemplos mitológicos, dos lugares-comuns e motivos eróticos.

Não é difícil resistir à tenção de projetar sobre o "eu" poético dos latinos a noção moderna de sujeito, pessoa, ser psicológico. Os *scholars* contemporâneos têm provocado, aliás, vivos debates em torno dessa espinhosa questão; citemos aqui, entre outros, pela facilidade do acesso, o trabalho de Paul Veyne:[67] esse latinista francês mostrou, e de forma convincente, como a obra do poeta elegíaco nada mais é do que *encenação* de sua própria biografia sob a forma de "falsas confidências em versos alternos".

***

Entremos no jogo verbal da personagem Safo: nos versos liminares da Carta XV, ela sublinhou o caráter ficcional e anacrônico do *sujeito*, que não pretende ser entendido como transcrição exata de um autor "antigo" (isto é, grego). Ao apontar para o dístico elegíaco, na materialidade do texto, solicitou a inscrição do poema num gênero e reivindicou seu lugar entre as obras contemporâneas ao imperador Augusto. Não a podemos submeter à "prova da verdade". É "apenas" literatura.

Astúcia do poeta Ovídio, atando um laço de cumplicidade com o leitor.

Esses laços se multiplicam, na medida em que a personagem desenha, através de sua própria fala, a imagem clássica da "mulher ardente": sobrepõem-se, uns aos outros, os signos convencionais da desordem, dos sentimentos devastadores: "estou sendo consumida; queimo!"

Ovídio – e essa é uma característica da poesia antiga – não ostenta o desejo, como faria um poeta moderno, registrando emoções ou

[67] Op. cit.

imagens *intensas*.[68] Onde o romântico faria a natureza e o universo inteiro gritar em seu nome; onde o contemporâneo multiplicaria a vertigem das imagens, o latino recorre a uma seqüência de símiles, unidos pelo ritmo binário do dístico e dignificados pela referência ao universo mitológico: "estou sendo queimada, o fogo me transforma em cinzas", da mesma forma que,

> ativando suas chamas o Euro indomável,
> Queima, sob a colheita ardente, o campo fértil.[69]

Nesse discurso incendiado pela paixão, as comparações a partir daí proliferam, inelutavelmente ígneas, por assim dizer – como a que se lerá a seguir, construída para o *douto leitor*, convocado a lembrar-se da história do gigante vencido por Zeus e enterrado, segundo Hesíodo,[70] sob o Etna, vulcão da Sicília, terra onde se encontra o destinatário da carta:

> Phaon vive nos campos do Etna de Typheus;
> Como a do Etna, uma chama me consome.[71]

Nenhum dos fragmentos de Safo conservados por citações ou em papiros fala do amor nesses termos elegantes e mundanos. Nenhum deles contém a história da traição às mulheres de Lesbos. Não se encontra neles qualquer referência a Fáon. Nossa desconfiança aumenta à medida que avança a leitura.

Desconhecemos as fontes ovidianas e as intenções do poeta ao compor esse longo discurso em versos; mas creio que há algum interesse – antes de afirmar sua importância menor no que diz respeito à

[68] Paul Veyne (op. cit., p. 268) retomando reflexões de Hugo Friedrich, em *Estrutura da lírica moderna*, sobre a modernidade: "Emoção intensa, associada a uma intensa ostentação de imagens: eis o que é a poesia destes dois últimos séculos".

[69] Vv. 9-10. ("Vror ut, indomitis ignem exercentibus Euris,/ Fertilis ascensis messibus ardet ager.")

[70] Hesíodo, *Teogonia*, 820-80.

[71] Vv. 11-12. ("Arua Phaon celebrat diuersa Typhoïdos Ætnae;/ Me calor Ætnaeo non minor igne tenet.")

compreensão da lírica sáfica – em nos determos por um instante diante dele, observando a construção das personagens Safo e Fáon.

Não esperemos dos antigos o que só os modernos podem nos dar: um retrato no gênero de *A comédia humana*, um esboço à maneira de Zola. Muito menos o intrincado *miroitement* das constelações impressionistas. Os latinos não precisavam inovar: suas personagens – em estilo nobre – são indivíduos capturados na fixidez de uma essência. Geralmente, no movimento dos símiles ou dos epítetos: *Dido infeliz*.

Primeiras notações, quase oblíquas: o amante infiel está longe, entre as mulheres da Sicília. É muito jovem: tem o rosto e a idade feitos para dar prazer.[72] Que não se procurem, neste retrato, signos ou marcas do particular: "le front bas et méchant" de Julien Sorel, o olhar de ressaca de Capitu. O traço que, para nós, constitui a personagem. O herói antigo passa a existir quando projetado no pano de fundo da espécie: "Toma da lira e da aljava, e és Apolo! Surgem cornos[73] nas tuas frontes, e te transformas em Baco!"[74] As estereotipias que nos assustam tanto (delicados leitores modernos) são indispensáveis ao texto antigo; no caso da comparação, elas funcionam inscrevendo o desconhecido no universo das convenções e apagando a desordem provocada pela emergência do absolutamente novo. O individual é um frêmito à superfície das imutáveis essências: um homem antigo não poderia suportar, no contexto dos discursos em estilo elevado, as vertiginosas seqüências dos *beaux comme* de Lautréamont.

Fáon é, portanto, o protótipo da beleza juvenil; seu rosto nas primeiras lanugens, sua idade, a linha indecisa que nele separa, unindo-os, o masculino e o feminino, provocam homens e deusas:[75] ele é como Céfalo, que Aurora tanto amou; é como o delicado

[72] V. 21: Est in te facies, sunt apti lusibus anni.

[73] Como informa Bornecque em sua edição das *Heroïdes* (p. 91, nota 5), e como não ignora o douto leitor, "os deuses são representados com cornos, signo da força; particularmente Baco".

[74] Carta XV, vv. 23-4. ("Sume fidem et pharetram, fies manifestus Apollo./ Accedant capiti cornua, Bacchus eris.")

[75] Vv. 85-6. ("Quid mirum si me primae lanuginis aetas/ Abstulit, atque anni quos uir amare potest?")

Endimíon. Não sendo adulto, já não é menino – criatura de idade *utilis*, oportuna, isto é, da qual se pode tirar proveito![76]

Para sempre adormecido em sua gruta encantada, Endimíon se entrega, todas as noites, passivo, aos sortilégios da Lua. E a inconstante Eos, Aurora do Trono de Ouro, que gosta dos amores casuais, deixando-se fascinar um dia pelo jovem Céfalo, arrebata-o durante uma caçada e o conduz até a Síria, para dele usufruir. O retrato de Fáon é sem dúvida convencional; e, no entanto, como não se surpreender com essas mulheres fortes, amantes de homens fracos, escolhidas por Ovídio para construir seus símiles?

No quadro seguro das convenções mitolólogicas – a quem poderiam elas escandalizar? – acaba de constituir-se aos nossos olhos encantados uma secreta feminilidade do belo e indiferente Fáon: Vênus o levaria, talvez, para os céus, mas teme que ele possa também fascinar a Marte, seu amante...[77] – situação que evoca, sem dúvida, à distância de milênios, certos casais descritos por Marcel Proust em *Sodoma e Gomorra*, nos quais a natureza maliciosa inverteu os signos da feminino e do masculino.[78]

Transgressão das boas normas do sexo e do texto, no mundo clássico. O impudor – segundo os padrões latinos – paira sobre as palavras de Safo. "Uma mulher que se toma por um homem é o mundo às avessas", escreve Paul Veyne, num texto em que apresenta as relações sexuais consideradas, em Roma, ilegítimas, imorais, infames.[79] Na Carta XV, uma mulher ousa expressar seu desejo por rapazes ainda em primeiras penugens. Ousa mergulhar num devaneio erótico, evocando sua própria lascívia em perpétuo movimento e, no jogo sensual do discurso, a volúpia do casal, o orgasmo, a morbidez dos corpos exaustos.[80] Não existe, na Antigüidade, um discurso

[76] Vv. 93. ("O nec adhuc iuuenis nec iam puer, utilis aetas.")

[77] Vv. 91-2. ("Hunc Venus in coelum curru uexisset eburno;/ Sed uidet et Marti posse placere suo.")

[78] As diferenças, é claro, são imensas. Voltarei ao tema um pouco adiante.

[79] Paul Veyne, "A homossexualidade em Roma", in *Sexualidades ocidentais*, p. 47.

[80] Vv. 45-50. ("Haec quoque laudabas; omnique a parte placebam,/ Sed tunc praecipue, cum fit amoris opus.// Tunc te plus solito lasciuia nostra iuuabat,/ Crebraque mobilitas aptaque uerba ioco,// Et quod, ubi amborum fuerat confusa uoluptas,/ Plurimus in lasso corpore languor erat.")

feminino em que possam ressoar, em estilo nobre, esses propósitos estarrecedores para um romano, quando pronunciados por uma mulher de boa condição social. Fedra não ousaria falar assim, não se expressariam assim Medéia ou Dido, princesa de Cartago. É verdade que Mirra, nas *Metamorfoses* de Ovídio, confessa com brutal sinceridade um desejo pelo pai:

> Para onde me levam meus pensamentos – ela pergunta a si própria – e que pretendo? Ó deuses, eu vos suplico, e a ti, Devoção filial, e a vós, sagrados direitos dos pais [ ]. Não se considera torpe que uma novilha suporte por detrás o peso do pai; o cavalo pode acasalar com a própria filha. [ ] Felizes os seres que podem viver assim![81]

Não houve aqui, contudo, transgressão, no sentido forte da palavra, pois o contexto – a referência mitológica – oblitera a força do interdito. Nenhum de nós – doutos leitores – ignora a história de Mirra: ousando unir-se ao pai num leito de amor, ela foi transformada pelos deuses na árvore da mirra; e, mergulhando na *durée* dos contos fabulosos, qualquer assunto adquire uma irisação onírica[82] – é projetado à distância, separado de nós, "menos por uma duração do que por uma mudança de ser e de verdade. Uma nostalgia nos invade à idéia deste cosmos, tão semelhante ao nosso, mas secretamente tão diferente e mais inacessível do que as estrelas".[83]

O assunto – que, em sua vertente mitológica, não é escabroso – oferece ao poeta a oportunidade para uma elaboração retórica, admiravelmente bem articulada segundo regras precisas, do solilóquio da mulher apaixonada, o que já é uma primeira instância na desmontagem do *impudor*, duplicada por outra: praticando embora o incesto, a personagem não se expõe na crueza do simples desejo – ela se debate, procura *razões*, raciocina. Esse *topos*, já trabalhado por Apolônio de Rodes e Virgílio, é conduzido, nas *Metamorfoses*, às últimas conseqüências estilísticas, forçando o interesse do leitor a deslocar-se do objeto (o interdito) para a forma de representação (a

[81] Ovídio, *Metamorfoses*, X, vv. 320-1; 325-6 e 329.
[82] Veyne, *A elegia...*, p. 181.
[83] Id., ibid.

dialética verbal). As angústias da mulher incestuosa resolvem-se, assim, num elaboradíssimo debate, onde se cruzam argumentos jurídicos e as razões do coração.[84]

Desmontado, o *impudor* resolveu-se, agradavelmente, num elegante jogo verbal – maneirístico? – construído com virtuosismo para o deleite do douto leitor.

***

No entanto, é preciso chamar a atenção para o fato de que – no contexto dos discursos antigos em estilo elevado – aqueles signos de sexualidade excessiva, tão claros na voz da personagem Safo, só poderiam emergir num discurso proferido por homens: tem-se a impressão de que Ovídio acaba de inverter os sinais do paradigma amoroso, transformando o rapaz em moça e a moça em rapaz.

Estratégia retórica relativamente banal, que a literatura erótica de todos os tempos nunca se cansará de repetir, mas que talvez oculte, neste intrigante poema, um deslocamento de lugares muito mais perturbador do que pensávamos: se os signos da sexualidade – para dar conta da paixão da lésbica por um efeminado – foram aqui invertidos, isso se faz, entretetanto, por meio de um recurso discursivo extremamente tortuoso: um homem fala pelos lábios da Safo de Lesbos ovidiana; no esquema, porém, de sua atração por "meninos ainda em suas primeiras penugens".

É esse o mais tradicional dos paradigmas de amor, no mundo greco-romano: o do *erasta* (o amante) e do *erômenos* (o amado), com suas personagens, históricas e lendárias: Pátroclo e Aquiles, Aristógiton e Harmódios, Píndaro e Teoxenos, Sócrates e Fedro. Anacreonte, na geração posterior a Safo, dirige estas palavras sofridas a um garoto geralmente identificado como Cleóbulo, de cujos olhos – observa o professor de retórica Máximo de Tiro – "seus versos estavam plenos":

[84] Cf. Robert Scholles e Robert Kellog, *A natureza da narrativa*, pp. 202-3.

Menino de olhos de moça,
não percebes que eu te sigo:
é sem saber que tu manobras
as rédeas de minha alma.[85]

Stráton de Sardes, poeta contemporâneo do imperador Adriano, organizador de uma antologia poética que é um canto de glória à atração irresistível dos belos rapazes, constata, com serena sabedoria, que

Se, antes da idade oportuna, o menino cede,
o ato é mais vergonhoso para quem seduz.
E se o moço se entrega, passado seu tempo,
é ele duas vezes torpe. Mas, oh, Moíris,
para um de nós dois inda não há interdito,
já não há para o outro: este é o nosso momento![86]

Reais ou imaginários, esses amores são culturalmente aceitos. Se a pederastia (no sentido grego de um termo que traz em si a força de Eros e o encanto perigoso dos rapazes) é tortuosa na longa história do mundo antigo – mitificada como rito de iniciação militar, às vezes maltratada por algum moralista ou até proibida, quando se trata de salvaguardar a honra do efebo de bom nascimento –, não há dúvida de que o tema da relação erótica de um homem mais velho com outro mais jovem tem livre trânsito na pintura de vasos, na escultura, em poemas cujo registro pode passar do cinismo e da brutalidade ao mais delicado lirismo.[87]

[85] Anacreonte, cit. por Bowra (*Greek lyric poetry*, p. 295). Sigo, na tradução, a lição de M.L.West que, apoiando-se no fr.56 de Heráclito, interpreta δίζεμαι como "cerco, procuro, sigo".

[86] *Antologia Palatina*, XII, 228.

[87] Bernard Sergent chega a avançar, num longo e erudito estudo, a hipótese da existência – "confirmada pelos mais recentes trabalhos etnológicos" – de uma hossexualidade (masculina, evidentemente) iniciática entre os povos indo-europeus (Cf. *Homosexualité et initiation chez les peuples indo-européens*). Observe-se também que Platão, depois de exaltar a pederastia em *O banquete*, certamente a condena em *Leis* (636c; 838e; 893ª-b; 874c et passim), mas no contexto de uma Cidade utópica da qual as paixões (entre as quais o amor pelos rapazes) teriam sido abolidas e a sexualidade utilizada apenas para procriar. Cf. Eva Cantarela, *Selon la nature, l'usage et la loi*, p. 92 e segs.

Na Carta XV, a personagem Safo dirige-se a um rapaz no limite da puberdade, naquele momento em que, de acordo com o epigrama de Stráton de Sardes, ele pode entregar-se, sem cometer ato impuro, ao amor de outro homem. O vocabulário pertence à convenção das súplicas do erasta: "não que ames, rogo que te deixes amar!"[88] Vimos que, no mundo greco-romano, mulher alguma poderia utilizar esse registro; nem mesmo, creio eu, Clitemnestra, *γυναικὴ ἀνδρόβουλος* = *ghynaikḗ andróboylos*, "mulher de propósitos viris".

Admirável astúcia, erudita prudência do poeta que soube inscrever o desejo da lesbiana nos moldes de um sistema poético codificado, com todo o seu repertório de palavras, mitos, temas e discursos protocolares: esmaecida a estranheza da sua *outridade*, a voz de Safo vai assim moldar-se *com naturalidade* à tessitura verbal dos amores pederásticos – que hoje chamaríamos de *homossexualidade masculina*.

Aqui invertida por Ovídio, comentaria o leitor desabusado.

***

Na abertura da *II Bucólica* de Virgílio, o pastor Corídon, solitário em meio às espessas faias de cumes umbrosos,[89] queima por um garoto chamado Alexis:

> Formosum pastor Corydon ardebat Alexim.[90]

Sabemos que esse pastor amoroso se transformaria, dois milênios mais tarde, em porta-voz de André Gide no que é talvez o primeiro grande tratado moderno sobre a homossexualidade masculina, um diálogo ironicamente socrático cujo título é, exatamente, *Corydon*.[91] Mas nos esquecemos, quase sempre, de comentar o aposto à palavra Alexim: "delicias domini", isto é, "delícias, gozo, prazeres do seu

[88] Vv. 96. ("Non ut ames, oro uerum ut amare sinas.")

[89] Virgílio, II *Bucólica*, vv. 3-4. ("Inter densas umbrosa cacumina, fagos/ Assidue ueniebat.")

[90] Ibid., v. 1.

[91] Livro cuja existência é assinalada pela primeira vez em 1911: doze exemplares que, depois de alguma hesitação, não foram distribuídos. No prefácio à edição definitiva, de

amo". Sob a fantasia pastoril, o rapaz é um pequeno escravo; como é também um servo o "fuscus Amyntas" da *X Bucólica*:

> ou Fílide
> ou Amintas, ou qualquer outra paixão (que importa,
> se Amintas é escuro? negras são também as violetas e são
> negros os jacintos-das-searas), comigo se deitaria
> entre salgueiros debaixo de uma vide flexível; para mim,
> Fílide colheria grinaldas, Amintas cantaria.[92]

Um adorável quadro campestre, ocultando, entre flores e palavras, a realidade, em Roma, de rapazes e moças – ou Fílide ou Amintas, ou qualquer outra paixão – quantas vezes impúberes, sempre à disposição dos amos: com seus corpos, naturalmente. Havia, entre os latinos, um dito proverbial que reaparece nos lábios de Trimalquion, personagem do *Satíricon*: "não há vergonha em fazer o que o patrão nos pede". Não nos deixemos portanto enganar pela poesia das palavras: *puer*, no contexto idealizado das relações homossexuais, significa, não apenas *jovem*, mas *jovem escravo*:

> Não me agrada, menino, o luxo persa,
> nem as guirlandas de trançada tília.
> Não te canses buscando, onde floresça,
> uma rosa tardia.
> Ao simples mirto nada acrescentes,
> laborioso: não fica mal o mirto
> em ti, que serves, nem em mim que bebo,
> sob frondosa vide.[93]

1924, André Gide deixa entrever o quanto esse livrinho havia enfurecido seus mais diletos amigos; e aos modernos há de causar sem dúvida um pouco de surpresa a leitura das páginas do *Diário* em que o autor de *O imoralista* registra o estado de exaltação e felicidade que dele tomava conta durante a escrita desse pequeno tratado semicientífico, impessoal e, no fundo, tedioso – para tão longe de nós recuaram aqueles anos 20 do século passado!

[92] X *Bucólica*, vv. 37-40. ("Certe siue mihi Phyllis siue esset Amyntas,/ Seus quicumque furor (qui tum si fuscus Amyntas?/ Et nigrae uiolae sunt et uaccinia nigra),/ Mecum inter salices lenta sub uite iaceret:/ Serta mihi Phyllis legeret, cantaret Amyntas".) Trad. de João Pedro Mendes, in *Construção e arte das Bucólicas de Virgílio*, p. 316.

[93] Horácio, I, XXXVIII. ("Persicos odi, puer, apparatus,/ Displicent nexas philyra coronae. Mitte sectari, rosa quo locorum/ Sera moretur.// Simplici myrto nihil adlabores/ Sedulus curae;/ Neque te ministrum/ Dedecet myrtus neque me sub arta/uite bibentem.")

Assim, ao expor com clareza brutal todo um aspecto obscuro do cotidiano da Roma antiga, Petrônio desvela, ao mesmo tempo, a dimensão verdadeiramente onírica dessa póetica homossexual[94] de cunho anacreôntico e virgiliano: "Durante quatorze anos", revela o riquíssimo liberto no famoso episódio do banquete, "fui o queridinho do meu senhor. Não há vergonha em fazer o que o patrão nos pede. Entrementes, eu contentava também a patroa. Sabeis do que estou falando...".[95]

Alexis e os prostitutos dos gêneros literários baixos são acordes talvez dissonantes mas complementares, que fazem os latinos sonhar ou rir, no coração de uma sociedade escravagista mas sexualmente severa: a lei Scantina, datada de 149 antes da nossa era, punia, lembra Paul Veyne, quem se *servisse* de um cidadão, isto é, dele fizesse uso como passivo; e a legislação augustéia confirma o horror dos romanos pela sodomia, quando se tratava de ato realizado entre pares sociais: tinha-se tornado necessário proteger contra a violação o adolescente e a virgem de nascimento livre.[96] De forma que, a esses homens atormentados pela carne, só lhes restava viver sua irresistível atração pelos rapazes – em plena luz, por assim dizer – no imaginário poético

[94] Por comodidade, continuo a usar os anacrônicos termos "homossexualidade" e "homossexual" (palavras de formação híbrida, criadas em 1869 num contexto médico-jurídico) que não explicam, como se sabe, as vivências eróticas entre homens na Antigüidade clássica. Essas eram geridas, com efeito, pelas noções de passividade e atividade: o poeta Catulo assinalava seu triunfo sobre seus inimigos ameaçando – com palavras vulgares – sodomizá-los, observa Paul Veyne, que acrescenta: o importante, nesse caso, era ser o parceiro ativo, qualquer que fosse o sexo da vítima. (Veyne, "A homossexualidade...", p. 62.

[95] Petrônio, *Satíricon*, LXXV. ("Tamem ad delicias femina ipsimi domini annos quattuordecim fui. Nec turpe est, quod dominus iubet. Ego tamen et ipsimae dominae satis faciebam.")

[96] Veyne, loc.cit. Registre-se, aqui, entretanto, a opinião de Eva Cantarella, para quem "os amores entre homens, cantados pelos poetas na época de Augusto, deviam ser reais, ou pelo menos refletir a existência, na Roma da época, de relações homossexuais que não eram mais a expressão de uma opressão social e sexual, mas a manifestação de amores românticos, vividos segundo as regras da pederastia helênica". (Cantarella, *Selon la nature...*, p.10.) V. também as longas discussões de Michel Foucault in *Histoire de la sexualité*, 2, *L'usage des plaisirs* e, entre outros textos modernos, "La représsion de l'homosexualité masculine à Rome", in *Arcadie*, 250, 1974.

ou na realidade dos amores ancilares,[97] freqüentemente transfigurados um pelo outro.

A voz da personagem Safo, na Carta XV, ostenta-se num discurso construído segundo essa vertente literária da pederastia (sempre tomando a palavra em seu sentido helênico): um canto percorrido pelo frêmito da mais tradicional lírica erótica; e por quanto mito viril de amor e perdição! – Apolo e seu menino-flor, Aquiles e Pátroclo, Zeus e Ganimedes.

Ovídio não teria encontrado outro modelo para transcrever a voz de uma poeta que os modernos chamam invariavelmente de lésbica e os antigos, apenas um pouco mais grosseiros, de tríbade: vivenciando as questões sexuais[98] de forma tão diversa de nós (mas não com menores reservas e preconceito em relação ao feminino), a Antigüidade não poderia criar, com efeito, um registro convencional ou código para expressar, com signos próprios e sentimentos protocolares, a paixão de uma mulher por outra; e eis porque esse "monstro horrível", se aparece nos discursos morais ou filosóficos, é para provocar repulsa; ou – o que é um significativo exorcismo – o riso, quando os comediógrafos atenienses se lembram dele.

É num movimento de horror por si própria que a virgem Ífis reconhece, em *Metamorfoses*, sua atração por outra menina com a qual fora criada:

[97] Costuma-se reconhecer no Alexis da *II Bucólica* um jovem escravo de Asínio Pólion, que tinha inspirado em Virgílio "um vivo interesse, a ponto de com ele ser presenteado pelo anfitrião" (Mendes, op. cit., p. 186, nota 1). Se isso é verdade – e é quase certo que seja –, o poeta, ao transpor sua paixão para os moldes de um idílio de Teócrito, teria conseguido viver, correta e "classicamente", durante o espaço-tempo de uns versos, na linha que divide em dois o mundo romano: imaginário poético e realidade político-social.

[98] O próprio termo "sexualidade", que surgiu no início do século XIX, é aqui usado com alguma cautela. Com efeito, ele é "a marca evidente – embora não marque a brusca emergência daquilo a que se refere – de algo mais do que um simples remanejamento do vocabulário", como observa Foucault (op. cit., pp. 9-10), que precisa: "O uso da palavra [sexualidade] foi estabelecido em relação (...) [ao] desenvolvimento de campos de conhecimento diversos; [à] instauração de um conjunto de regras e normas, em parte tradicionais e em parte novas, e que se apóia em instituições religiosas, jurídicas, pedagógicas e médicas; como também [às] mudanças no modo pelo qual os indivíduos são levados a dar sentido e valor à sua conduta, deveres, prazeres, sentimentos, sensações e sonhos".

> O que – pergunta a si mesma – me espera, presa que sou de misterioso tormento, vítima de uma Vênus monstruosa e desconhecida? Se queriam me poupar, deviam os deuses ter-me poupado; se não, e queriam me perder, por que não me castigaram com um mal de acordo com natureza e costume?[99]

Passagem que revela de modo exemplar a inexistência, na Antigüidade greco-latina, de paradigmas onde inscrever, euforicamente, o erotismo entre mulheres: contra a natureza, contra os costumes, ele é *impensável* e não pode ser dito senão no horror de si próprio. Entre animais, uma fêmea não procura outra – chora a infeliz personagem, expondo ao leitor um quadro teratológico:

> Sendo todavia Creta o país dos monstros todos, a filha do Sol amou um touro; mas era mulher e ele, na verdade, macho.[100]

Núpcias nefandas que são, entretanto, poeticamente semantizadas pelo registro mitológico no qual se inscrevem – embora devessem ocupar, sem dúvida, um lugar perturbador no imaginário erótico do homem clássico, para o qual, entretanto, a paixão de uma mulher por outra é impensável: "Pasífae, contudo, amava um macho". A lésbica é menos do que um monstro.

É difícil imaginar, entre os antigos, uma personagem masculina – um *erasta* ou amante, pois a história das condutas amorosas não registra falas de *erômenos* ou amados –,[101] expressando, em registro lírico ou dramático, esse horror por sua própria sexualidade. Na poesia greco-latina, o amor viril aparece no jogo da ternura, do mau gosto, da paixão, do lugar-comum, do obsceno, do cinismo, da brutalidade. Nunca, porém, perplexo diante do que seria, aos olhos dos modernos, a sua *diferença*. O homem, que detém os discursos e legisla, simplesmente escolhe: ou Fílide ou Amintas, ou qualquer outra

[99] Ovídio, "Iphis", in *Metamorfoses*, IX, vv. 726-30.
[100] Vv. 735-7.
[101] Com talvez esta surpreendente exceção, no sempre prodigioso contexto socrático: no final de *O banquete*, o discurso de Alcibíades inverte maliciosamente os signos mais codificados da erótica grega, transformando um velho Sileno em objeto obscuro do desejo do mocinho desejado por todos.

paixão. Uma das tópicas favoritas do discurso erótico (*tout court*; não é preciso acrescentar: *masculino*) antigo consiste exatamente em comparar – como nas *Mil e uma noites*,[102] aliás – os encantos de um rapaz aos de uma garota. Há os que preferem estas, há os que escolhem aqueles; ou os dois. É tudo.[103] Que se reservem as energias para ações e assuntos mais sérios.

***

"[ ] O próprio Ulisses não reconhecia Atenéia. Mas os deuses são imediatamente perceptíveis para os deuses, o semelhante o é com a mesma rapidez. Até então me havia encontrado perante o Sr. Charlus da mesma forma que um homem distraído, em presença de uma mulher grávida, em cujo talhe volumoso não reparou, se obstina – enquanto ela lhe repete sorrindo: 'Sim, estou um pouco cansada neste momento' – em perguntar-lhe: 'Mas que tem a senhora?' Até que, quando alguém lhe diz: 'Está grávida', logo atenta no ventre e não vê mais do que este. É a razão que nos abre os olhos; um erro dissipado nos dá um sentido a mais".[104]

Na tentativa de compreender o estatuto da sexualidade, nas personagens de Ovídio, recorri a Marcel Proust; mas pensei em apagar a comparação, imediatamente depois de ter colocado, um diante do outro, nomes tão diferentes.

De um lado, o narrador que, na leitura dos signos, provoca e procura desalojar os sentidos comodamente instalados na aparente neutralidade do mundo. Avançando um pouco às cegas, não vê, no primeiro lance – igual, sob esse aspecto, a Ulisses, o homem das mil

[102] Cf. as "Disputas entre el hombre y la mujer ilustrada sobre las excelencias del varón y la hembra", in *Libro de las mil y una noches*, v. II, pp. 46-55. (Aqui, porém, diferença capital em relação aos gregos: trata-se de uma controvérsia ou *munazira* entre um sábio e uma sábia doutora, Sayyidetu-I-Muschaij, *Domina sapientium*.)

[103] Sem levar em conta os discursos filosóficos e moralistas, em que esse tema é constantemente reelaborado, seria preciso reler, aqui, todo o Livro XII da *Antologia Palatina* e o romance de Aquiles Tatius, onde essa discussão aparece sob forma mais convencional (*Leucippé et Clitophon*, II, 34-37, Pierre Grimal, org., *Romans grecs et latins*).

[104] Marcel Proust, *Sodoma e Gomorra*, pp. 12-3.

astúcias –, a deusa Palas. De repente, os sentidos brotam do absolutamente insignificante. A opacidade das coisas provinha da própria visão, obtusa, do observador: ele vivia distraído. Um besouro fecundando uma flor, um homem de certa idade cortejando com o olhar um jovem alfaiate: começam a se fazer, em cadeia, excessivas, num movimento quase insuportável, as significações, que deslocam narrador e leitor de seus confortáveis "pontos de vista". Nesse novo percurso, cada signo encontrará seu lugar na corrente ininterrupta de uma exegese vertiginosa.

Do outro lado, o romano, expressão de um mundo onde o provisório e o precário – o devir – assustam e solicitam o controle das forças da razão: o mecanismo gerador das metamorfoses ovidianas foi posto em movimento para explicar, paradoxalmente, como os seres se transformam naquilo que são. Em algum lugar, a tessitura perfeita do cosmos foi perturbada: um monstro, Mirra, deseja o pai e com ele dorme. Grávida, foge, erra pelos caminhos e, ao dar à luz, entre dores, é transformada numa árvore que tem, exata, a aparência da mulher no trabalho de parto: a árvore da mirra, de cujo córtex explode uma resina. A metamorfose não se limita a restabelecer o equilíbrio das coisas;[105] ela explica a desordem aparente do universo; assim, o vegetal que já está-aí, diante dos olhos abismados por sua estranha forma, torna-se o que sempre foi: Mirra, a incestuosa, prisioneira do eterno sofrimento do parto.

O cosmos ovidiano torna-se assim absolutamente inteligível; nele, cada ser ocupa seu lugar num sistema estabelecido para sempre. O final da aventura de Ífis é exemplar: uma deusa, atendendo às preces da mãe, metamorfoseia a garota em rapaz. O mundo, após um momento de suspense, volta a girar em torno do seu eixo.

Ovídio, reverso de Proust. Convergem neste momento para o mesmo ponto os dois caminhos que eu vinha tentando seguir, sem muita habilidade, na tentativa de explicar o discurso de Safo, na Carta XV: solidamente instalado num espaço-tempo balizado por certezas, o poeta latino não pode entrever naturalmente a existência de um avesso dos signos; na realidade, ele não interpreta, não duvida, não

[105] Cf. I.K. Cheheglóv, "Algumas características...".

elucida. Não precisa decifrar: a escrita das coisas é em si mesma legível, a si mesma profere, lúcida.

O autor de *Metamorfoses* escreve para seus pares; e tanto quanto seus leitores, como poderia ele alcançar a dimensão desta *outridade*: uma voz de mulher, desejante; uma voz de mulher no desejo por outra; essa mesma voz expressando seu desejo por lindo menino? Numa cultura cujos discursos pertencem aos homens e registram sentimentos por definição viris, talvez nem mesmo as mulheres soubessem dizer-se enquanto mulheres: é provável, pois, que se reconhecessem nos discursos que poetas, filósofos e moralistas lhes atribuíam e que a difusa Opinião ou Dóxa soprava aos quatro ventos da sociedade antiga.

Ovídio revela-se, assim, nesta carta apaixonada, criatura do tempo de Augusto e compreende naturalmente a paixão de Safo por Fáon segundo um modelo familiar: nele, a mulher assume o papel viril do desejante e o homem, a condição de donzela desejada. Um esquema retórico sutil, mas no fundo banal: tríbade, Safo devia ter a alma viril das tríbades.

E contudo talvez convenha nuançar a crítica, pois esse escritor tão fino e erudito só dispunha, *hélas*, de um modelo cultural para transcrever, numa poética marcada pela convenção, uma voz amorosa para ele insólita: o discurso protocolar do *erasta*, codificado há séculos pela tradição greco-latina. Deve-se reconhecer nessa escolha, sem dúvida, um dos méritos da Carta XV, poema singular que, o leitor o percebeu, me fascina e irrita: era esse o único registro verbal que o autor tinha à sua disposição para transcrever – com verossimilhança – o canto da grande amorosa de Lesbos segundo a imagem que dela faziam, sem dúvida, ele mesmo e seus contemporâneos.

Mas é exatamente nesse movimento – tão sutil e malicioso – que ele se revela cúmplice e vítima de seu próprio tempo, e das limitações de sua arte poética. Como seus contemporâneos e como nós mesmos, modernos, ele ignora o que é a mulher, seu corpo, sua sexualidade. Ovídio só conseguiu reter, da paixão de Safo, reelaborada na matriz dos discursos masculinos, a mais convencional das imagens.

***

Ao que seria, no contexto da novelística moderna, um "retrato psicológico", a Carta XV vem somar a descrição física de Safo; é a protagonista, ela própria, quem a faz, em três notações rápidas, contrapondo corpo e cultura: o que parece demarcar esse texto das convenções e dos ritos protocolares da descrição clássica, tão evidentes no esboço idealizado do *belo indiferente*. Diz a personagem Safo:

> Se, dura, a natureza me negou beleza,
> à desgraça do corpo contrapus ingênio.
>
> Pequena eu sou; mas é meu um nome que corre
> o mundo inteiro; à altura eu estou desse nome.
>
> Não sou clara? A Perseu agradou a Cephéia
> Andromeda, nascida em terra de negros.[106]

Feia; pequena. E escura, negra ou fusca como o pastor virgiliano. Informações confirmadas, aliás, pelo papiro de Oxyrhynchus 1.800, fragmento 1, texto que, datado dos séculos II ou III da era cristã, é, portanto, muito posterior à Carta XV, podendo não passar de glosa, avatar ou eco do poema ovidiano, transformado em clichê no período helenístico: no famoso vaso de Munique, do século V a.C., proveniente do círculo do pintor de Brigos, Safo é tão alta quanto seu conterrâneo Alceu, de pé diante dela – mas pode-se ler também, no mesmo papiro, que o vate de Mitilene era um homem de baixa estatura...

Não se percebem, contudo, no vaso da coleção de Middleton, num famoso aríbalo no estilo de Meidias, ou na sempre citada hidra

[106] Vv. 31-6. ("Si mihi difficilis formam natura negauit/ Ingenio formae damna rependo meae./ / Sum breuis; at nomem quod terras impleat omnes/ Est mihi; mensuram nominis ipsa fero./ / Candida si non sum, placuit Cepheia Perseo/ Andromeda, patriae fusca colore sua.")

de Vari[107] – onde ela é convencionalmente representada –, marcas ou sinais de alguma desgraça física, singularizando a imagem de Safo em relação às mulheres que a rodeiam. Os antigos, quando mencionam seu nome, raramente perdem a oportunidade de acrescentar um adjetivo que signifique beleza. Assim, Sócrates que, numa passagem do *Fedro*, a chama de "formosa Safo".[108]

As edições acadêmicas da lírica de Safo insistem, contudo, nos dois testemunhos que acabamos de mencionar; aos quais se acrescentam, freqüentemente, as vozes de Máximo de Tiro (retórico do século II d.C., in *Dissertationes*, 18.7) e do escoliasta de Luciano (*Imagines*, 18). Esses testemunhos, embora feitos séculos depois da morte da poeta de Lesbos, talvez tenham mais valor que uma iconografia convencional ou epítetos indicando, como pretende o próprio Máximo de Tiro, *a beleza dos versos e não a da mulher*. Suspendamos provisoriamente nossa desconfiança e contemplemos o retrato ovidiano, no qual podem ser lidos os sinais mais evidentes daquilo que é, para os antigos, a mulher feia: *pequena* e *escura*.

Deuses e deusas são maiores que os homens. Todas as personagens da Fábula, também. No teatro, elas se erguem sobre seus coturnos; na estatuária, olham, de cima, os mortais; e Palas Atena, procurando dar a Ulisses um aspecto "divino", faz com que pareça mais forte e "plus grand que nature" diante de Nausicaa de braços claros.

Pois o corpo feminino é, para os greco-latinos, cândido por essência, isto é, imaculadamente branco. Na superfície dos vasos, as donzelas resplandecem no contraste com o bronzeado escuro dos homens que, entregues aos jogos desportivos e às artes da guerra, vivem sob a luz brilhante do sol. Não é, pois, surpreeendente que Agesilau, segundo Plutarco,[109] não tivesse conseguido vender seus prisioneiros persas quando os expôs inteiramente nus aos eventuais

[107] Reproduções desta cerâmica, e de uma iconografia *fin-de-siècle* de Safo podem ser encontradas em David M. Robinson, *Sappho and her influence*.

[108] ἦ που Σαπφοῦς τῆς καλῆς. (*Fedro*, 235 c).

[109] *Agesilau*, X.

compradores: seus corpos eram *brandos e brancos como os das mulheres.*[110]

Note-se, porém, que a personagem Safo não tem a pele dourada dos homens expostos à luz brilhante do sol: é fusca ou escura como Andromeda, filha de um rei etíope... que, apesar disso, foi amada por um ser divino. Essa restrição e a referência a Perseu fazem parte da tópica da poesia amorosa helenística; aparecem exatamente as mesmas, num conhecido epigrama da *Antologia Palatina*, no qual se evoca, também, curiosamente, o nome de Safo, mas sem uma palavra sequer sobre a cor da sua pele:

> [...] Se ela é ópica, e flora, e não canta os versos de Safo,
> Perseu não desejou Andromeda, nascida na Índia? [111]

Filodemo de Gadara, contemporâneo de Cícero, elenca nesses versos, depois de louvar as delícias da amada, os restritivos pontos que poderiam perturbar seu desejo:

> Ó pé, ó perna, e (por elas eu morreria)
> coxas! Ó nádegas, púbis, seios! Ó flancos
> ó delicado colo! Ó mãos, e aqueles olhos
> que me enlouquecem! Ó andar de consumada
> graça, beijos chupados! Ó doces sussurros!
> – É uma puta, uma rústica, nunca leu Safo!
> – Pois Perseu não amou a indiana Andromeda?[112]

[110] J.P. Vernant aborda essa questão no ensaio "L'organisation de l'espace", in *Mythe et pensée...*

[111] *Antologia Palatina*, V, 132, vv. 7-8:
εἰ δ' Ὀπικὴ καὶ Φλῶρα, καὶ οὐκ ἄδουσα τὰ Σαπφοῦς,
καὶ Περσεὺς Ἰνδῆς ἠράσατ' Ἀνδρομέδες.

[112] *Opiké*, *Flora*: na boca de um grego, a primeira dessas palavras designava os romanos ou, de um modo geral, uma "criatura grosseira, ignorante, rústica". Flora, divindade latina, era também o nome de uma meretriz do tempo de Anco Márcio, de onde a metonímia. (Cf. Plutarco, *Pompeu*, II, 3-5). Observe-se que, princesa etíope ou indiana, Andromeda era, aos olhos dos latinos, *negra*: empregava-se, com efeito, o adjetivo *fuscus* para indicar uma pele escura (Virgílio, *Bucólica X*, 38) ou uma voz sombria, cavernosa (Plínio XVI, 63). Cf. Cícero, *Sest.* 19: *purpura paene fusca* = "púrpura quase negra".

Nenhuma referência ao físico anormal de nossa poeta, num contexto em que ela é solicitada a aparecer, em que surgiria, *à point nommé*, como o protótipo da mulher divinamente feia, antítese da prostituta desse epigrama desabusado: desconheceria Filodemo de Gadara a tradição da qual se serviu Ovídio para montar o retrato da Carta XV?

Divinamente feia: a Safo de Lesbos ovidiana se constrói, com efeito, numa falha entre corpo e discurso, repulsivo o primeiro, sedutor o segundo – e como não evocar, neste ponto da leitura, a metáfora que o Alcibíades platônico utiliza em *O banquete* para se referir a Sócrates? Pois no velho filósofo, também segundo a tradição, cruzam-se o belo e o feio como nos silenos grotescos expostos nas oficinas dos escultores populares, uma flauta na mão: abrindo-se as duas partes que os compõem, surgem aos olhos maravilhados as imagens dos deuses imortais ocultas no seu interior.[113] Sócrates, o sátiro flautista: é assim que o velho mestre de Platão aparece nas cópias romanas de bronzes do século IV.

Ao elaborar um retrato, os escultores gregos da era clássica não visavam o particular, mas o instante mágico em que o frêmito da individualidade se lê à superfície de uma idéia abstrata: Martin Robertson[114] detecta com fineza, em bustos de Platão derivados de originais helênicos, uma surpeendente semelhança com Sócrates, cuja *persona* o discípulo tinha assumido em seus escritos.[115] Analogia que, longe de ser uma coincidência, era procurada e às vezes sublinhada com certa infelicidade pelo escultor: ao vê-los, reconhecemos imediatamente nos bustos helenísticos dos filósofos Metrodoro e Hermarco os traços físionômicos do mestre de ambos, Epicuro.[116] E se nesses dois exemplos

[113] *O banquete*, 215 b.
[114] Martin Robertson, "Hellenistic art. 1: portraiture: coins and sculpture", in *A history of Greek art*, pp. 504-27.
[115] Ibid., p. 510.
[116] Ibid., p. 525: "Os rostos [de Metrodoro e Hermarco] foram modelados tão rigorosamente segundo a face idealizada do fundador da escola [Epicuro] que suas próprias individualidades são quase que obliteradas. Vemos algo semelhante nos bustos de Sócrates e Platão; aqui, porém, no idioma mais individualizante da nova era, isso causa maior impressão. Os olhos duros de Hermarco lhe dão, com efeito, um ar entediado, mas Metrodoro não passa de (...) uma versão insípida e grosseira do idealizado Epicuro".

o idioma artístico da nova era impõe a semelhança, a iconografia do período clássico soube entretanto sustentar, em seus melhores momentos, o equilíbrio instável entre as imutáveis essências e a existência fugaz, o indivíduo e a idéia.

***

Mas essa convenção iconográfica poderia talvez nos fornecer uma pista para compreender o retrato da poeta esboçado por Ovídio na Carta XV: Safo e Sócrates são dois mestres amorosos, ele de rapazes, ela de moças; um e outro captados numa fratura entre corpo e discurso, disforme o primeiro, sedutor o segundo – paralelística muito ao gosto dos antigos, que me permito sublinhar: esses dois divinos monstros procedem de uma convenção (metafísica?) segundo a qual é bom que os contrários se encontrem na figura do "grande homem"; Homero, o Vidente, é cego.

Como explicar, então, outra tradição iconocráfica, inscrita na cerâmica e na escultura, e que tem seu representante mais importante num retrato sem dúvida imaginário criado por Silânion em cerca de 350 a.C.:[117] o nobre busto de uma Safo de Lesbos serena, bela, branca e, a julgar pelas proporções do conjunto, de alta estatura? Uma idealização, uma imagem que teria se perdido *en cours de route*, substituída pelo ícone do Belo-Feio forjado, sem dúvida, no contexto das explicações sofísticas, filosóficas, da obra da poeta de Lesbos?

Parece que não haver, nos testemunhos anteriores à Carta XV, qualquer vestígio de uma Safo pequena, escura e feia. Mas Ovídio não é, seguramente, o inventor desse retrato tão sedutor, e que tem, contudo, seu reflexo invertido naquela escultura de Silânion: o caminho hermenêutico de novo se bifurca no jardim dos espelhos, e o rosto de Safo talvez nunca passe, para nós, de uma máscara polimorfa, ambígua, traiçoeira.

[117] Cf. Jean Charbonneaux et alii, *Grèce hellénistique*, pp. 214-5.

***

Essa mulher, cujo rosto desconheceremos para sempre, fala, e longamente, na Carta XV; à maneira, porém, das grandes personagens femininas de Ovídio, que, sempre captadas em plena crise, entre amor e razão, multiplicam imagens, raciocínios e lamentos, na tentativa de compreender e explicar o percurso que as levou até a beira do abismo: entrando, desamparada, num palco vazio, Safo de Lesbos monologa – como Ífis, Medéia, Mirra; e então os sintomas clássicos da paixão emergem e pontuam, um a um, o discurso amoroso:

Caro nome.[118] A imagem do ausente, inscrita num quadro de voluptuosa felicidade ("A mim, que cantava, beijos me roubavas, beijando-me..."),[119] provoca a visão de outra cena, na qual, em contrapartida, o ausente é Safo. Emergência, segundo o mais clássico dos esquemas, do doloroso ciúme: "e agora vêm a ti as mulheres – nova presa – da Sicília...".[120]

Pace, pace, mio Dio.[121] O signo clássico da ruptura da ordem, na mulher apaixonada, diz respeito sobretudo à cabeleira: em Verlaine, Safo, "aos punhados, arranca os imensos cabelos";[122] imagem que resiste, invadindo o imaginário contemporâneo e a narrativa trivial.

"Cabelos em desordem": sintoma que aparece num quadro de revulsão de todo o corpo, significando, enfaticamente, não apenas recusa do artifício e da cultura (*sine lege!*) e regresso à anarquia da natureza – é um pressentimento do toque furtivo das asas do nada:

> A cabeleira solta em desordem nos ombros
> e, nos dedos, nem uma só lúcida jóia.

[118] Verdi, *Rigoleto*, Ato I.

[119] Carta XV, v. 44, na bela síntese latina: "Oscula cantanti tu mihi rapta dabas".

[120] Ibid., v. 51. ("Nunc tibi Sicelides ueniunt, noua praeda, puellae".)

[121] Verdi, *La forza del destino*, Ato IV.

[122] Cf. poema citado na primeira parte deste capítulo.

Vestindo um véu grosseiro, sem ouro nas tranças,
já não perfumo os cabelos com dons da Arábia.[123]

Je ne suis que faiblesse.[124] "Repara nestas manchas todas, ainda úmidas".[125] Na folha de papel, além de palavras, um *semeîon*, isto é, em linguagem retórica, um *vestígio*, solicitando leitura interpretativa: marcas – manchas úmidas – de lágrimas recentes. O sofrimento é, nesta carta, uma evidência material; "e és tu somente a causa!" *Semeîon*, ponto de partida de uma cadeia de argumentos tão plena de ambigüidades, que o próprio Quintiliano o exclui da *tékhnē* do orador.[126]

La forza del destino.[127] É com belas imagens que a protagonista enumera os golpes a ela impostos, ao longo de toda uma existência de trabalhos, por essa terrível potência dos trágicos e dos enredos operísticos, *Fortuna acerba*: ainda menina, ela molha com lágrimas amargas os ossos do pai, prematuro morto; arruinado por uma prostituta egípcia, um dos seus irmãos, que agora a hostiliza, tenta recuperar com desonra o que perdeu sem honra; e hoje a filha pequena lhe traz mil cuidados, o texto não diz por quê. "E então, causa maior das minhas queixas – tu!"[128] Lamento amoroso que, no texto latino, deriva, quase obsessivamente, para a construção de uma frase lapidar; *a catástrofe vira sentença*:

Non agitur uento nostra carina suo.[129]

[123] Carta XV, vv. 73-6. ("Ecce iacent collo positi sine lege capilli/ Nec premit articulos lucida gemma meos.// Veste tegor uili; nullum est in crinibus aurum;/ Non Arabum noster dona capillus habet.")

[124] Massenet, *Manon*, Ato II.

[125] Carta XV, v. 98. ("Aspice quam sit in hoc multa litura loco.")

[126] Aristóteles, *Arte poética*, I, 1357b. Cf. Roland Barthes, "La ancienne rhétorique", p. 205.

[127] Verdi.

[128] Carta XV, v. 71. ("Vltima tu nostris accedis causa querelis.")

[129] Ibid., v. 72. ("Ventos propícios não levam meu barco.")

Colocar o sofrimento de amor numa cadeia, sob os auspícios de Fortuna adversa: designar-se vítima privilegiada, escolher o melhor papel num cenário trágico? Simples argumento, de ordem emotiva?

Non si dà folia maggiore.[130] O corpo encena, na memória da recitante, a emergência de uma crise *espetacular* em todos os sentidos, eufóricos e disfóricos, dessa palavra: féretro e mão que o carrega, Safo de Lesbos contempla a si mesma no momento em que, tomada por um sofrimento desmedido, lacera sem pudor os seios e arranca os cabelos aos punhados, uivando como as carpideiras nas dramáticas cerimônias fúnebres dos antigos – ou como uma loba; ou como a piedosa mãe entregando à fogueira ritual o corpo do filho roubado à sua ternura:

> Postquam se dolor inuenit, nec pectora plangi
> Ne puduit scissis exululare comis,
> Non aliter quam si nati pia mater adempti
> Portet ad exstructos corpus inane rogus.[131]

Esse sofrimento, em sua pletora, rompe por fim as barreiras do pudor, da decência, isto é, do que uma determinada sociedade é capaz de suportar sem se sentir ameaçada nos seus próprios alicerces:

> Não combinam decência e amor; todos viam
> meus seios nus, e, dilaceradas, as vestes.[132]

Ostenta-se, de forma brutal, o corpo em desordem; e a crise amorosa torna-se, assim, obscenamente pública: excesso que, numa tragédia poderia comprometer os próprios fundamentos do gênero. E se a personagem Safo expõe aqui a sua dor nos limites da decência e, em última análise, do humano, é porque estamos em outro registro; em termos anacrônicos, poderíamos dizer operístico – ou

[130] Rossini, *Il turco in Italia*, Ato I.

[131] Ibid., vv. 113-6. *Exululare* – "uivar como um lobo; gritar descompostamente".

[132] Ibid., vv. 122-3. ("Non ueniunt in idem pudor atque amor; omne uidebat/ Vulgus; eram lacero pectus aperta sinu.")

simplesmente dramático. Já se pode observar, com efeito, no autor dessas *Cartas* escritas por mulheres apaixonadas, um gosto, levado pela sociedade imperial ao extremo do mau gosto, pela encenação dos sentimentos, pelos simulacros, pelas trocas de papéis sociais. Um tipo de experiência que podemos chamar, no sentido forte da expressão, de "ilusão teatral" e será, sob os césares, fonte privilegiada de alegria e dor, isto é, de gozo: alguns nobres chegaram a projetar em seus riquíssimos palácios um pequeno quarto onde se recolhiam para vivenciar a pobreza – inventando assim, escreve Sêneca, uma volúpia nova para as almas requintadas cansadas do luxo. Aqui tudo é postiço, fictício, "tal como as armas de comédia utilizadas pelas personagens do *Satiricon* quando se entregam a um simulacro de luta",[133] observa Chaterine Salles, trazendo à memória do estudante de latim o liberto Trimalquion no momento em que ele faz, ainda vivo (numa passagem antológica de Petrônio e no surpreendente filme de Fellini), a experiência da sua própria morte.[134]

A personagem Safo anuncia, em Ovídio, as heroínas da sociedade futura.

Sola, perduta abbandonata.[135] À ostentação pública do corpo por meio dos vestidos rasgados, segue-se o desnudamento da linguagem, num texto em que se alcançam, talvez, as fronteiras daquilo que pode ser dito em estilo elevado. O fantasma do amante aparece na quase materialidade da imagem onírica, entre beijos, carícias, palavras lascivas. E nos versos 133-4:

> VIteriora pudet narrare, sed omnia fiunt,
> Et iuuat, et siccae non licet esse mihi.

Elipse do ato sexual, conforme o decoro; mas colocação em evidência dos vestígios do prazer: *et siccae non licet esse mihi*, verso

[133] Cf. Catherine Salles, *Nos submundos da Antigüidade*, pp. 268 e segs.
[134] Petrônio, *Satiricon*, LXXVIII. Trymalchion: "Fingite me", inquit, "mortuum esse. Dicite aliquid belli". Consunuere cornicines funebri strepitu. = Trimalquion: "Façam de conta que estou morto (...). Toquem alguma coisa bonita." Entoaram uma marcha fúnebre.
[135] Puccini, *Manon Lescaut*, Ato II.

que a tradução francesa transforma em: "Ce qui s'ensuit, j'ai honte à le conter; mais tout s'accomplit et cela m'est doux et je ne puis rester aride".

Cortaram-se as amarras, físicas, morais, discursivas; já não há centro. À personagem, só lhe resta, de acordo com o modelo clássico, perder-se no seio da natureza. Com o demônio no corpo, possuída pela própria agonia, ela vagueia, cabelos destrançados sobre os ombros, como que tocada pela fúria de Ênio,

> Huc mentis inops, ut quam furialis Enyo
> Attigit, in collo crine iacente, feror.

cruzando dois clichês – errância e desordem capilar –, recolhidos numa imagem cinética: vagando, a protagonista faz desfilar diante dos olhos uma seqüência de grutas, florestas, campos. E, então, um brusco corte:

> Há, mais lúcida e nítida que vítreo regato,
> uma fonte santa onde, contam, vive um deus.
> Sobre ela abre seus ramos aquático lótus
> que é todo um bosque. Ali verdeja a tenra leiva.[136]

Existe, na geografia retórico-poética do Ocidente, uma paisagem ideal; ela constitui, pelo menos até o século XVIII, o motivo principal de toda descrição da natureza; seu mínimo de apresentação consiste, como nesta passagem ovidiana, "numa árvore (ou várias), numa campina e numa fonte ou regato."[137] Trata-se de um topos tecnicamente chamado de *locus amoenus*, embora na poesia arcaica – antes, portanto, das nomenclaturas retóricas – esse lugar fosse o ponto em que o homem se enlaça à *phýsis*, que é divina. É ainda no quadro de uma sintonia entre o sagrado e o humano que Virgílio

[136] Carta XV, vv. 157-60. ("Est nitidus uitreoque magis perlucidus amni/ Fons sacer; hunc multi numen habere putant// Quem supra ramos expandit aquatica lotos,/ Vna nemus. Tenero caespite terra uiret.")
[137] Curtius, op. cit., pp. 202 e segs.

situa no tempo e no espaço seus pastores, embora Horácio já denunciasse a transformação de descrições desse tipo em simples procedimentos ou estilemas. O leitor se vê tentado, aliás, a desposar o movimento de indignação de um verso da *Arte Poética*, diante da súbita irrupção de um *locus amoenus* no percurso de *Sappho infelix:* "Mas isso está fora do lugar!"[138]

É verdade também que seria para nós mais verossímil se essa descrição estivesse a cargo de um narrador e não, exatamente, da protagonista, forçada a interromper por um momento a agonia da crise amorosa para construir serenamente o seu *locus amoenus*. Uma reação que nos confirma cúmplices dos protocolos de escrita do nosso tempo: aquela apresentação ovidiana do teatro da ação faz parte das convenções do gênero narrativo romano e não perturba, antes confirma, no prazer da leitura, um antigo; não sei como ele reagiria diante de uma descrição de Zola ou Flaubert. Artisticamente, pois, a cena é canônica.

Já é "literatura"? É por isso que se tem a impressão de aflorar, nessa bela passagem, a manifestação do sagrado, que imediatamente se evapora? Ou a incômoda sensação de perda de alguma coisa inaudita, anunciada e bloqueada no texto, deita raízes na própria arte poética Ovídio? Homem por demais "à flor dos prazeres",[139] cantor de elegâncias mundanas, ourives da palavra, seria ele incapaz, como nós mesmos, de pressentir, na própria natureza, a emergência do radicalmente outro – experiência que se lê nesse frêmito de medo que ainda atravessa a alma de Horácio, e sem dúvida seu corpo, na presença do divino: *Evoe! recenti mens trepidat metu*?[140]

Assim, o *locus amoenus*, na Carta XV, é um topos; mas, se esse espaço-tempo impregnado de signos do numinoso não consegue nos

[138] V. 19. ("Sed nunc non erat his locus.") A seguir, a tradução do contexto [vv. 14-9], por Dante Tringale, in *A arte poética de Horácio*, p. 27: "Muitas vezes se costura a começos solenes e que prometem muito, um que outro remendo de púrpura, porque brilhe ao longe, como quando se descreve o bosque sacro de Diana e as curvas das águas que se apressam pelos campos amenos ou o rio Reno ou o arco-íris, mas não seria então o lugar dessas coisas".

[139] Veyne, *A elegia...*, p. 185.

[140] *Odes*, II, XIX, 5.

projetar no modo de ser do sagrado, não está propriamente fora do lugar: a crise amorosa caminha para o desenlace; no pequeno palco retórico de uma paisagem de sonho, uma divindade fluvial então se manifesta, como nos contos de fadas, indicando à personagem o remédio para a demência de amor:

porque te consomem
Fogos não partilhados, procura Ambracia:[141]

ali, do alto, Febo considera um mar
pelas gentes chamado de Actium[142] e Lêucade.[143]

Deucalíon, ardendo por Pyrrha, lançou-se
dali; as águas premiram seu corpo ileso;

logo um amor igual trespassa o coração
da fria Pyrrha; o fogo deixa Deucalíon.

Tal é o dom desse lugar. Procura, portanto,
as alturas de Lêucade e, sem medo, salta.[144]

***

"Subirei, ó ninfa, ao rochedo que me apontas!" Sobre o penhasco de Lêucade, entre céu e mar, futuro e passado, recapturamos nossa

[141] Cidade ao sul do Epiro.

[142] Havia na Antigüidade um templo consagrado a Apolo no promontório de Ácio, mas situado em terras de Anactório e não em Ambracia.

[143] Ovídio parece indicar, em *Metamorfoses*, XV, 289, que os antigos acreditavam ter sido Lêucade, outrora, uma península [*Leucada continua habuere coloni*] e com efeito essa ilha montanhosa do mar Jônio, nas costas da Acarnânia grega, ainda hoje está ligada ao continente por uma faixa de areia que permite, entretanto, a passagem de barcos. (Observe-se o quanto essa geografia nos projeta para longe da ilha de Lesbos, situada, como se sabe, no mar Egeu.)

[144] Vv. 163-72: ("Quoniam non ignibus aequis/ Vreris, Ambracias est terra petenda tibi.// Phoebus ab excelso, quantum patet, aspicit aequor;/ Actiacum populi Leucadium que uocant. //Hinc se Deucalion, Pyrrhae succensus amore,/ Misit, et illaeso corpore pressit aquas.// Nec mora, uersus amor figit lentissima Pyrrhae/Pectora; Deucalion igne leuatus abit.// Hanc legem locus ille tenet. Pete protinus altam/Leucada, nec saxo desiluisse time.")

personagem na atitude espetacular em que a encontramos na abertura deste capítulo.

Antonio Candido lembra, num ensaio hoje clássico, o papel que o tema das alturas ocupou nas imaginações românticas: "torre, morro, pico da ilha, rochedo isolado, castelo elevado, o próprio espaço, são lugares prediletos dos românticos, que neles situam os encontros do homem com o seu sonho de liberdade ou poder".[145] É verdade que o século XIX deixa-se fascinar pela poeta de Lesbos no momento em que, a pique sobre o abismo, contempla o mar e discursa. Aqui, entretanto, ao contrário do conde de Monte Cristo e de Rastignac, a personagem não dramatiza uma ânsia de conquista ou a tentação da vingança, mas a vertigem feminina da perda de si própria no alto penhasco da crise amorosa: *ABISMAR-SE. Sopro de aniquilação que vem ao sujeito amoroso, por desespero ou satisfação.*[146]

[ ]

[ ]

Sim: caímos, durante um momento gozoso, na tentação de ler um velho texto com os olhos do nosso tempo, fascinados, abissais. Mas é preciso reconhecer, finalmente, que a Safo ovidiana não é sujeito de um discurso amoroso moderno; ela é protagonista de um conto mitológico e o salto de Lêucade, segundo uma tradição dos antigos,[147] ignorada ao que parece por muitos modernos,[148] realizava-se com intenções rituais. Era um remédio para o *doente de amor*: se, atirando-se das altas falésias nas águas do mar, ressurgisse ele à tona são e salvo, é que os deuses o tinham contemplado com bons olhos – estava purificado das malditas chamas da paixão. Assim, Deucalíon volta à superfície do mar tumultuoso liberto para sempre da *lentissima Pyrrha* que, na inversão dos papéis, se verte em enamorada.

[145] Antonio Candido, "Da vingança", in *Tese e antítese*, p. 5.

[146] Roland Barthes, *Fragments d'un discours amoureux*, p. 15.

[147] Estrábon (ap. 64 a.C. - 21 d.C.), *Geografia*, 10.2.9: De acordo com Menandro, Safo foi a primeira a atirar-se; mas outros, mais sábios em antigüidades, dizem que o primeiro foi Képhalos [...].

[148] Lamartine, o mais clássico entre os românticos, segue a tradição ovidiana, enquanto muitos ainda situam erroneamente o salto de Lêucade na própria ilha de Lesbos.

> Eu subirei, ó ninfa, às rochas que me apontas.
> Vencido seja o medo por insano amor.
>
> [ ]
>
> Lesbianas: por vosso amor me desonrei;
> cessai, amigas, de responder ao meu canto!

Desembocando num momento de suspense narrativo e no mais incômodo moralismo, aproxima-se a Carta XV do seu epílogo, no qual a poeta, antes de saltar, atira uma última flecha envenenada no belo Fáon. E, se procuro visualizar a trajetória da personagem, não consigo escapar a um pequeno desconforto de esteta: os cabelos soltos, em desordem, sobre os ombros; vestidos rasgados, ei-la, extática, patética, às margens do abismo.

Foi a poesia moderna que nos fez esquecer o secreto encanto da cena de angústia amorosa? Verlaine capturou essa mulher em pleno salto sobre o nada; assim o romântico Lamartine a tinha pintado para nós; e foi recusando todo esquema narrativo que Baudelaire ousou finalmente subir ele mesmo na alta falésia. Como é tentadora, com efeito, essa imagem que nos solicita por meio de um complexo de velhos temas: *amor, perdição, altura, queda, perda*.

E Ovídio? O brilhante poeta latino e sua personagem provocam também efeitos de leitura: a amorosa visa o amante infiel; o escritor, a todos nós. No pico das brancas rochas fatais, terá ela coragem de saltar? Ou não se trataria, ainda, de um argumento, o último? Versos 219-20: "Que esta carta cruel te informe do meu infortúnio, antes que eu parta ao encontro, nas ondas de Lêucade, da Fortuna incerta".

***

Ao contrário do que sucede na crise amorosa em seu registro moderno – pelo menos, na versão barthesiana –, não há, no longo e sofrido discurso da heroína greco-romana, silêncios e espasmos de linguagem, incoerências ou hesitações. *Fragmentos de um discurso amoroso*: "Dis-cursus é, originalmente, a ação de correr de um lado para o outro, são idas e vindas, *démarches*, 'intrigas'. O amoroso não pára de correr na sua própria cabeça, de empreender novas *démarches* e de se intrigar contra si próprio. Seu discurso só existe através de sopros de linguagem, que lhe ocorrem ao sabor de circunstâncias ínfimas, aleatórias".[149]

Em alguns momentos desse estudo, tentei aproximar a personagem Safo dos modernos; sublinhando, por exemplo, o que há de operístico na autora imaginária da Carta XV. Se existe, entretanto, uma *imagem* da mulher amorosa que tenha talvez resistido à usura do tempo, seria um anacronismo tentar compreendê-la por meio de conceitos, mitos e temas da psicologia moderna, seja ela a das profundezas. É inconcebível, entre os antigos, um sujeito fragmentado, e que só pode ser lido no movimento de ruptura do próprio texto. Para nos mantermos no registro das figuras etimológicas, poderíamos afirmar que Safo, protagonista de Ovídio, não *discorre*; ela *percorre* a linguagem (*percurrere*: correr muito, correr até o fim; chegar correndo). Falando, ela ordena razões nos descaminhos da natureza, até encontrar uma divindade fluvial que lhe aponta o remédio para sua doença, logo transformado em argumento: "vou lançar-me nas águas de Lêucade, purificadora dos amorosos impenitentes [ ] Posso curar-me, ou, talvez, quem sabe, morrer [ ]".

Ouvimos Ífis e Mirra argumentar, obsessivamente estraçalhadas entre a razão e suas entranhas, prefigurando, talvez de forma ainda obscura, os futuros temas da vontade que vão emergir na literatura cristã. Ora, se a personagem Safo é, sob esse aspecto sua legítima irmã, o interesse dos leitores antigos pelas heroínas ovidianas estaria reduzido ao simples gosto pelo debate retórico que se trava, aqui, no tabuleiro do desejo? Onde situar, na Roma antiga, a paixão amorosa?

Eis um tema central em Catulo, nos elegíacos, em toda a lírica ovidiana. Contemplemos um pouco esses homens e, sobretudo, essas mulheres apaixonadas. De Catulo, esquecendo por um momento a famosa passagem calcada num poema de Safo, recitemos os versos 23 a 26 do *carmen* 76: "Já não pergunto se ela me quer bem; não

[149] Barthes, *Fragments...*, p. 7.

pergunto – isso é impossível – se respeita o pudor. Só quero curar-me, expulsar essa negra doença. Deuses, concedei-me, em paga da minha piedade, essa graça!"[150] E, referindo-se às maldições lançadas contra ele por Lésbia na presença do marido que se diverte com isso: "Idiota, não compreendes! Se, tendo me esquecido, ela se calasse, é porque já estaria curada!"[151]

> Mule, nihil sentis. Si nostri oblita taceret,
> Sana esset.

Sana esset: em plena saúde, sã de espírito. A paixão amorosa é uma doença ou, no contexto mítico, castigo imposto aos mortais pelos celestes; divina fatalidade. Fedra, imagem recorrente na poética greco-latina: pálida e fraca e agonizante na força da paixão. De minhas leituras sobre essa mulher terrível (em Racine, ela chama a si própria de "monstro") ficou a lembrança de um momento, de um gesto, que resumem o que há de sinistro na obsessão amorosa: *ela foi sepultada em Trezena, junto a um mirto, cujas folhas estavam inteiramente crivadas. Nem sempre esse mirto foi assim. Quando Fedra esteve possuída por sua paixão, não encontrando alívio algum, entretinha-se em perfurar as folhas da árvore com um grampo.* E a sombra dessa mulher ainda se projeta sobre a madrasta cruel de um dos contos milesianos de *O asno de ouro*. Diz a malvada ao enteado, encobrindo o rosto com a ponta do vestido: "a causa e a origem do meu mal presente e, ao mesmo tempo, o único remédio que me pode salvar, és tu, és tu mesmo [...]".[152]

Na tragédia, na lírica, nos contos ligeiros: no contexto que hoje chamaríamos de literário, o amor, longe de ser um valor positivo, cai sobre homens e deuses como castigo, maldição, doença. É também como patologia que ele faz sua entrada nos discursos filosóficos e moralizantes: Lucrécio mostra "que a saúde mental consiste em

[150] "Non iam illud quaero, contra ut me diligat illa,/ Aut, quod non potis est, esse pudica uelit;// Ipse ualere opto et taetrum hunc deponere morbum./ O dei, reddite mi hoc pro pietade mea."

[151] Ibid., 83.

[152] Apuleio, *O asno de ouro*, p. 187.

procurar sabiamente os prazeres de Vênus à esquerda ou à direita".[153] A obsessão sexual por um objeto único é uma forma de loucura ou *furor*, palavra com que os latinos indicavam o amor imoderado: irracional, doentio, sem justa medida. A ordenação do mundo clássico exige uma higiene regulando o uso dos corpos nos *aphrodisia*,[154] isto é, atos, gestos, contatos que proporcionam certa forma de prazer. Figura exemplar dos *venerea*[155] possíveis e permitidos é a Leocônoe da ode horaciana, a quem o poeta aconselha: "Enquanto conversamos, foge o tempo, invejoso. Colhe o dia!".

Carpe diem! A "crise" é ruptura do equilíbrio perfeito dos dias que passam; o amoroso, prisioneiro de sua própria *durée*, passa a existir unicamente na vertigem de uma doença desonrosa e já não consegue manobrar – segundo a clássica alegoria platônica – as rédeas do cavalo branco da razão porque soltou as do corcel negro das paixões desenfreadas. Fora do tempo, da sua consciência lógica e moral; fora de seu próprio corpo, que não mais lhe pertence. Como se contrai essa doença ruim? O amoroso é vítima do *otium*: não participa das artes guerreiras ou dos jogos nas palestras , não compõe discursos sérios, não cumpre os deveres do bom cidadão, não intervém na vida pública – mais do que inútil, transforma-se num perigo para a sociedade.

A literatura é também *ocupação dos ociosos*, explica Ovídio pelos lábios de Safo;[156] e é nesse contexto que a loucura amorosa consegue dizer-se, enfrentando o "rigoroso puritanismo cívico" (a expressão é de Veyne) dos romanos: em Catulo, Propércio e Tibulo; em Ovídio; e lendo-os, hoje, depois de Byron e Musset, pode nos parecer que expressam intensamente amores pessoais e insensatos. Mas os especialistas em lírica antiga talvez tenham aqui uma lição a nos fazer, e surpreendente para muitos: essa poesia, observa Herman Fränkel, "não é um solilóquio, [...];

[153] Veyne, *A elegia...*, p. 240.

[154] "Os *aphrodisia* são atos, gestos, contatos, que proporcionam uma certa forma de prazer. (...) Quando Aristóteles, na *Ética a Nicômaco* [III, 10, 1118 a-b], se interroga para saber exatamente quais são aqueles que merecem ser chamados "intemperantes", sua definição é cuidadosamente restritiva: fazem parte da intemperança, da *akolasia*, somente os prazeres do corpo (...)." Foucault, op. cit., pp. 39-40.

[155] O termo latino *venerea* traduz, aproximadamente o grego *aphrodisia*: "coisas ou prazeres do amor, relações sexuais, atos carnais, volúpias". Foucault, loc. cit.

[156] Carta XV, v. 14.

dirige-se a outrem, a respeito de coisas que tinham importância para outrem tanto quanto para o poeta. Se esse experimenta alguma coisa, é a título de tipo mais do que de indivíduo; se exprime um julgamento, repete ou ensina o que todos nós devemos pensar ou sentir".[157] Acredito que em Ovídio já se entreabrem, tímidas, janelas que apontam para a constituição da subjetividade moderna; mas a verdade é que o eu *lírico*, na poética latina – e isso já foi demonstrado de maneira convincente –,[158] não é absolutamente confessional, não é registro de paixões pessoais ou transcrição de uma "vida interior". Tanto quanto as Leocônoes, Lídias e Cloés de Horácio, a Corina de Ovídio e as amadas de Propércio e Tibulo são – a partir, talvez, de um "vivido" autêntico – construções poéticas. O Eu é máscara.

Um pequeno grupo insano de poetas ousa tematizar, num breve espaço da história latina, a paixão, *a doença do amor*, usando seu próprio nome – oculto, embora, sob um ego simulado e exemplar. *In-sanus*, sim: recordemos que, no mundo greco-romano – na fábula, na poesia –, o *furor* é doença de mulher, que feminiliza singularmente o homem, isto é, torna-o fraco e submisso ao outro: recordemos, aqui, entre tantos poetas, Teócrito, no Idílio XXX,[159] chorando a enfermidade, a *febre quartã* que o consome – a paixão por um garoto "medianamente bonito". E como resistir também à tentação de citar Demétrio, cujo amor é denunciado, em *Vidas paralelas*, pelos sintomas excessivos que o devoram? Em contrapartida, quem poderia imaginar Enéias ou Jasão, César ou Otávio Augusto triturados pela crise amorosa, ou mergulhados na lascívia da "vida inimitável", que irá perder, no Egito, Marco Antônio?

Um homem chorando de amor é uma mulher: Werther só vai se tornar verossímil no momento do Romantismo, isto é, na passagem da ordem clássica para a burguesa e na transformação dos regimes textuais. Até lá, cabe aos varões a conquista e a aventura; às donzelas,

[157] *Early Greek poetry*, p. 514.

[158] Cf. J.P. Boucher, *Études sur Properce: problèmes d'inspiration et d'art*; J.K. Newman, *Augustus and the new poetry*; Veyne, op. cit.

[159] Onde o vocabulário, como ocorre geralmente no contexto da paixão entre os antigos, procede da medicina: Teócrito utiliza o verbo *νοσεύομαι* = *noseúomai*, que se liga a *νόσεμα* = *nósema*, doença (Hipócrates, 255, 24).

o abandono e a tessitura, na solidão, dos véus e dos discursos amorosos – embora os últimos sejam versificados, quase invariavelmente, por homens como Tibulo, Propércio e Ovídio, que cantam, para o prazer do leitor, belas mentiras e sentimentos perigosos.

***

O discurso avança, na Carta XV, no movimento incessante de três esquemas que Ovídio entrelaça com muita habilidade: o sujeito captado no clímax de uma crise passional, a técnica retórica, a matriz novelística. O primeiro é reduzido a um feixe de sintomas que funcionam, também, à maneira de argumentos, a fim de que, assim imbricados um no outro, o corpo enfermo e a razão discursiva se leiam na tópica narrativa dos amores infelizes.

Tentei acompanhar, nesse quadro, a malícia com que o poeta desmonta todo um concerto de situações e afetos por demais chocante para o rigoroso moralismo romano; um movimento no qual se lê, finalmente, a concepção ovidiana de literatura: não levemos isso tão a sério; um poema de amor é só uma brincadeira galante, belas palavras no pano de fundo de mito e retórica. *Vacuae carmina mentis opus*: recordo-me, de repente, do verso 14 da Carta XV, que não consigo imaginar nos lábios da "verdadeira" Safo, isto é, da "minha" poeta – "poesia, trabalho das mentes ociosas" –, sentença que reencontro, sem muita surpresa, no dicionário de Bouvard e Pécuchet: "LITERATURA – Ocupação dos ociosos".[160]

Mas, agora, tempo e contexto daquela "frase feita" são certamente outros; e o leitor sabe disso: a arte não se constitui, para o autor das *Cartas das heroínas*, na religião que havia sido para Horácio e ainda há de ser, no momento da primeira grande crise do capitalismo, para Gustave Flaubert. "Se a literatura não for tudo" – anota um século depois outro insano apaixonado pelas palavras – "não vale a pena perder tempo com ela".[161]

[160] "LITTÉRATURE – Occupation des oisifs" (Flaubert, "Dictionnaire des idées reçues", in *Bouvard et Pécuchet*, p. 366).

[161] J.-P. Sartre, entrevista a Madeleine Chapsal, cit. por Annie Cohen-Salal, *Sartre*..., p. 500.

***

Encontra-se, no pequeno conto mitológico que acabamos de ler, elementos para compor uma biografia protocolar. A poeta abandonando as amigas pelo amor de um garoto banal de Mitilene. O belo indiferente entre as mulheres da Sicília. Umas rápidas referências à família: pai, irmão, filha. O renome. Alguns traços físicos: escura, pequena e feia. O salto de Lêucade.

É tudo? Há também o encontro, no centro de uma paisagem de sonho, com uma divindade fluvial: a personagem ovidiana pode ocupar, de fato e de direito, seu lugar entre as personagens legendárias das *Cartas das heroínas*.

***

E, contudo... No verso 79, uma palavra, inesperada, em meio de tantas outras:

> Molle meum leuibusque cor est uiolabile telis.

"Meu coração é suave presa das flechas ligeiras." *Mollis*, *e*: brando, tenro, suave. O *Etymologicum magnum*, compilado por volta de 1100 d.C., apresenta, no verbete *ἀβακής* = *abakēs*, um exemplo para clarificar o sentido dessa palavra: é uma frase atribuída a Safo, e que termina da seguinte maneira: *ἀβάκην τὰν φρὲν' ἔχω* = *abákēn tàn phrèn'ékhō*, o que, vertido para o latim, daria, mais ou menos, o ovidiano "molle meum [...] cor est". *Abakḗs*: originalmente, quer dizer "mudo"; "que ainda não fala"; de onde: "simples", "inocente", "tenro". Em grego, *φρήν* = *phrḗn* não significa exatamente "coração"; mas é assim que os romanos, como também em geral os modernos, traduziam essa palavra. Estaria Ovídio citando um verso de Safo?

Encorajado, volto ao texto da Carta XV e caio por acaso na comparação de Fáon ao jovem Céfalo, no verso 87:

> Que o tomasses por Céphalo, Aurora, eu temia [...]

Uma suspeita? No papiro de Oxyrhynchus 1.787 (do século III

d.C.), quase ilegíveis entre lacunas, uns poucos signos gregos começam a fazer sentido:

] βροδόπαχυν αὔων [
] κατὰ γᾶς φέροισα [

Eos dos braços de rosas, *braquiorrosada Eos*: é o que se decifra, de forma precária, no primeiro fragmento; para o segundo, Campbell[162] avança uma leitura – "[...] carregando (para) os confins da terra [...]" – correta, se todavia as restaurações propostas pelos especialistas são algo mais do que a expressão de um desejo de inteligibilidade.

O mesmo tradutor entrevê, nestes restos de frases atribuídas a Safo de Lesbos, talvez "uma referência a Eos ou Aurora levando nos braços seu jovem amante Titonos, a quem a deusa concedera vida eterna, mas não eterna juventude"; e há helenistas que, interpretando o nome grego da deusa Aurora como referência aos mitos clássicos da decrepitude, rastreiam nesses farrapos de papiro vestígios de um poema sobre a própria velhice da poeta.

...e assim o leitor, confrontando textos antigos e vozes eruditas, imagina estar descobrindo, num verso Carta XV, mais uma pista a ser seguida na superfície do poema latino:

e quando Titonos se mostra, e a tudo consigo [...],

mas logo ela se apaga a si mesma, pois, relendo o verso tantas vezes lido, nos damos conta de que o nosso desejo nos tinha feito ver o nome do amante de Eos ali onde o poeta havia escrito o do seu neto, o Titã que ilumina o dia; estamos perdidos, *hélas*, no bosque frondoso dos enganos deleitosos:

At cum se Titan ostendit et omnia secum,
Tam cito me somnos destituisse queror.[163]

***

[162] Op. cit., fr. 58.

[163] Vv. 135-6: E quando o Titã se mostra, e a tudo consigo,/ Eu lamento outra noite de sono perdida.

Semeîon: signo incerto. Ovídio ainda pôde compulsar os noves rolos de papiro que continham, na Antigüidade, a obra completa da poeta de Lesbos, desfeitos em pó, em cinzas, em quase nada pelos séculos futuros. Por que então se contentou (as ilusões do meu desejo me tornam severo) com um esquema narrativo pleno de lances espetaculares e, ao que parece, forjado no contexto da literatura cômica ateniense?

Como o sujeito amoroso barthesiano que, ao receber flores ("elas só podiam vir de quem o amava e quem o amava só podia ser quem ele amava"[164]), mergulha numa pequena alucinação, o leitor deseja sentir, na Carta XV, o frêmito das canções de Safo de Lesbos: elas pareciam ressoar aqui e ali, atravessando o ruído monótono dos dísticos que o latino ia debulhando, um a um. A Lua grega desponta em meio aos versos latinos; estremece e se esvai: não era nada.

Perplexo, o leitor compreende que acaba de executar um gesto semelhante ao do velho arqueólogo, abrindo o pequeno sarcófago de Bilitis: aflorado pelos dedos, o alvo esqueleto da filha de Pierre Louÿs se desfaz em pó. Por um segundo, temos a impressão figurar como personagens, nós também, numa dessas narrativas do fim do século, na qual o autor – um esteta leviano – acredita estar ilustrando, de forma sutil, o mito sagrado do Eterno Retorno: tombando involuntariamente na cadeia das repetições, temos de voltar ao ponto de partida?

[164] Barthes, *Fragments*... cit., p. 222.

Aporias

– Então, chegaste a um grau de entorpecimento em que só te comprazes com teu próprio mal? Se assim é, fujamos para as terras que são a analogia da Morte... Já sei o que nos serve, pobre alma! Preparemos as malas para Bornéu. Vamos ainda além, ao extremo do Báltico; ainda além da vida, se é possível; vamos viver no pólo. Lá o Sol apenas roça de soslaio a Terra, e as lentas alternativas da luz e da noite suprimem a variedade e aumentam a monotonia, essa metade do nada. Lá poderemos tomar longos banhos de trevas, enquanto, para nos divertirem, as auroras boreais nos enviarão de quando em quando os seus feixes róseos, como reflexos de um fogo de artifício do Inferno!

[ ]

– Seja onde for! seja onde for! contanto que seja fora deste mundo!

Baudelaire, "Any where out of the world".[1]

1. Exercícios espirituais

Num estudo sobre Huysmans, Marc Fumaroli compara o melancólico Rodolfo II da Hungria, seqüestrado voluntariamente em seu palácio, entre alquimistas, astrólogos e músicos, a Luís II da Baviera, que fez erguer em Herrenchiemsee uma réplica (mais os confortos modernos!) do palácio de Versalhes, e terminou seus dias lançando-se nas águas de um lago encantado – imagem que me vem de um filme de Visconti: ainda trêmulo de loucura, o romântico príncipe flutua nas ondas e alcança enfim a outra margem do país de Apollinaire; e adormece para sempre, rosto voltado em direção à Lua, a sonhar com as mulheres de mentira que teve em seu leito...

***

... contemplando a luz obscura das estrelas tiritantes.

Trata-se de uma brincadeira para estetas eruditos, ou podemos

[1] Trad. de Aurélio Buarque de Holanda, in Baudelaire, *Pequenos poemas em prosa*, pp. 28-30.

realmente encontrar, entre os dois períodos – o Seiscentos e o fim do século XIX –, analogias que não se resolvem em *nugæ* ou bagatelas estilísticas? Por exemplo, a marca deixada, nas almas melancólicas, pelo santo-soldado Ignácio de Loyola: indicando inesperadas semelhanças entre os homens esquisitos do barroco e os heróis sombrios da *décadence*,[2] que haviam reaprendido a utilizar sobre si mesmos o método aplicado pelos jesuítas às elites do século XVII, possuídas pelo *taedium vitae*.[3] Uma técnica articulada aos *Exercícios espirituais*, e que visava a produção de obras deslumbrantes: *provocando todas as fontes da memória, vou construir soberbos cenários vertiginosos, saturados de cultura e de história; através deles, o EU, escapando à dispersão, há de afirmar-se momentaneamente autor/fruidor de um rodopio de citações, de alusões, de incrustações eruditas na pele dos discursos.*

Huysmans parece promover, em *Às avessas*, livro publicado no final do século XIX, o encontro desses jesuítas com o Baudelaire de *As curiosidades estéticas*,[4] ao criar a estranhíssima personagem Jean de Floressas des Esseintes, *fabricante de imagens deliciosamente agônicas*, que lhe permitem lutar contra a dúvida – e contra a dispersão gerada pelo tédio. Essas imagens são entretanto incapazes de construir uma obra, e nisso o decadente é a perfeita antítese do grande poeta: a melancólica criatura do fim do século gasta o tempo que lhe resta selecionando e combinando cores, reflexos, desenhos, estilos: entre autores e épocas, ele escolhe os traços mais essencialmente perversos e bizarros; com eles, fabrica *surpreendentes objetos* que duram um instante apenas e se esvaem no ato de fruição, arrastando para o nada o sujeito que os criou: "a obra, essa vitória sobre o perigo da disseminação, só pode surgir com a condição de celebrar a própria disseminação; sustentando o autor a pique sobre a destruição, seu único assunto e objeto é a destruição, cujos faustos ela glorifica, cuja vertigem ela comunica. Conjuração para o artista, ela é, para outrem, evocação fascinante".[5]

***

[2] Marc Fumaroli, prefácio a J.-K. Huysmans, *À rebours*, pp. 35 e segs.

[3] Id., ibid.

[4] Id., ibid.

[5] Ibid., p. 46.

Huysmans havia encontrado, nos arredores de Paris, o lugar perfeito para construir a casa de sua criatura, esse nobre Jean de Floressas des Esseintes; e sobre a colina de Fontenay-aux-Roses, a narrativa vai erguendo, amparada pela Indústria e pelas Artes maiores e menores, um misterioso cenário para orgias *spleenéticas*: orgias de flores, de sexo, de perfumes, de livros, bebidas e jóias... Nesse palácio encantado, existe um espaço de eleição: o gabinete de estudos; nele, uma parte das estantes é ocupada exclusivamente por textos latinos, aqueles que as deploráveis lições dos mestres da Sorbonne condenam sob o nome genérico de "escritores decadentes do fim do Império Romano".[6]

Nessa biblioteca, cujas paredes vibram em tons de azul e laranja, des Esseintes comenta com desgosto e rejeita, uma por uma, as glórias da literatura latina e de todos os tempos: *Virgílio, um pedante*; *aquele Horácio de graças elefantinas*; *o sentimental e pomposo Tito Lívio*; *Sêneca, túrgido e polido...*

Sem dúvida a personagem, que as condena, conhece bem as *Bucólicas* e as *Cartas a Lucílio;* mas o autor de *Às avessas* teria realmente estudado os grandes mestres da cultura clássica, a não ser na escola? Pouco importa, na verdade: é com intenções rituais que J.-K. Huysmans reúne, no espaço estranhamente colorido do capítulo III da sua grande obra decadente, aqueles volumes empoeirados. Eles estão sendo lançados numa enorme fogueira, como as efígies que, segundo Frazer,[7] os primitivos europeus incineravam em determinados períodos do ano: representando as Bruxas – ou a Morte –, as chamas deviam consumi-las inteiramente, na primavera e no solstício de verão, quando o mundo se renova.

A herança foi transformada num punhado de cinzas! – Huysmans acaba de realizar, diante de nós, o gesto ritual de fundação da poética decadente: incêndio e agonia do mundo; e as chamas, devorando os bons velhos clássicos, provocam a emergência, no tecido do palimpsesto cultural, de outros nomes que eles ocultavam; e assim, até

[6] Cf. *À rebours* cit., p. 113.

[7] J.G. Frazer, "The fire-festivals of Europe, in *The golden bought. A Study in Magic Religion*, 13 volumes. Em português, pode-se consultar *O ramo de ouro*, tradução feita sobre o resumo dos treze volumes de *The golden bough*, preparado pela Macmillan, editora inglesa de Frazer.

agora desconhecidos pelo mortal comum, eles começam a crepitar, deliciosamente afrancesados, na fogueira do mundo antigo: em lugar de *Virgílio, Horário* ou *César,* vamos honrar por toda a eternidade *Commodien de Gaza, Mérobaudes, Sédulius, Marius Victor, Orientius*, isto é, os autores latinos do "fim do Império", que todos nós desconhecemos, naturalmente, e são familiares apenas aos pacientes leitores das notas de rodapé de eruditos compêndidos assinados por algum pesquisador universitário. Mas para des Esseintes, são eles os *verdadeiros romanos*; o esteta declara sua preferência por eles e pela língua latina naquele momento em que, completamente apodrecida, ela se esvai, perdendo seus membros, gotejando pus; e mal conservando, na corrupção do corpo, algumas partes sólidas que os cristãos destacariam para pôr em conserva na salmoura de seu novo idioma.[8]

É claro que Huysmans não freqüentou aqueles autores esquisitos; e isso não tem a menor importância, como pouco importa o fato de ele ter colhido seus nomes, e a referência às suas obras, em dois ou três obscuros compêndios de literatura, transformando em elogio as frases condenatórias dos acadêmicos da Sorbonne.[9] Os títulos, os autores misteriosos são apenas *cifras*: tocando fogo à biblioteca dos clássicos, o esteta compõe, simultaneamente, um delicioso buquê de velhos escritores doentios e perversos: num rápido movimento de mãos, o prestidigitador constrói a casa dos antepassados da própria *décadence*; e inventa seu método de composição, sua filosofia da arte.

Um *exercício espiritual*: fazendo apelo a todas as fontes da memória, amparado pelas forças da erudição ("verdadeira" ou "simulada": é a mesma coisa), o esteta reúne as cores, os sons, os desenhos, as épocas, os estilos, e compõe, à sua imagem, a imagem da dissolução: deslumbrantes fogos de artifício, à beira do abismo – onde eles crepitam e se esvaem, simulando o espetáculo do fim, perpetuamente adiado no gozo infinito da agonia.

Os catálogos cheios de nomes famosos, e prontos para o auto-de-fé, nós os encontramos, também, nas máquinas infernais de alguns livros

[8] *À rebours*, p. 125.
[9] Cf. notas ao capítulo III de *À rebours*.

da modernidade, em cujas páginas ardem os *Grandes-Cabeças-Moles de nossa época*: eis aqui o Nietzsche de *O crepúsculo dos ídolos* a lançar no incêndio, entre outros, a infeliz George Sand, *lactea ubertas*, vaca leiteira do "grande" estilo; enquanto Lautréamont, em *Poésies*, continua empurrando para as chamas *Jean-Jacques Rousseau, o Socialista-Caturra* e, antes de *Byron, o Hipopótamo-das-Selvas*, aquela mesma George Sand carregando, desta vez, o epíteto de *Hermafrodita-Circunciso*.

Queimam-se, na primavera, no solstício de verão, as efígies das Bruxas – ou da Morte –, e suas cinzas devem ser lançadas sobre os campos, a fim de protegê-los dos insetos, dos malefícios naturais, de todo um exército de inimigos invisíveis que pupulam no coração da própria terra: prenúncio de futuras colheitas. Assim, as almas enérgicas, de têmpera à romana, apreciam os incêndios rituais, quando acontecem nos poetas videntes, nos filósofos intempestivos; quando visam, não apenas uma breve luz deslumbrante, mas as cinzas que prefiguram, diante do abismo, as irresistíveis auroras.

***

Existe, porém, um homem que vive à margem dos modernos, procurando recolher, na solidão do gabinete de estudos, os farrapos, os pobres fragmentos do passado, que o vento dispersa e o *décadent* vai atirando, melancólico, numa fantástica lareira.

Ele freqüenta as ruínas e recolhe tudo o que sobrou; uma letra num papiro, um traço na parede calcinada são importantes vestígios: signos a serem interpretados. O erudito vai compondo, dessa maneira, suas estranhas coleções de fichas recobertas de anotações, com as quais prepara os discursos onde os cacos podem ser recolhidos e catalogados.

Ele constrói com o que restou dos incêndios e contempla, cheio de medo, o céu coberto de nuvens, de onde vem um vento estranho e forte, precursor da tempestade.

Vocês se lembra de um quadro (trata-se, na verdade, de um quadro!) escrito pela mais poderosa pena desta época, e que tem por título "O homem das multidões"? Atrás da vidraça de um café, um convalescente, contemplando com alegria a multidão, mistura-se em pensamento a todos os pensamentos que se agitam em torno dele. Voltando recentemente das sombras da morte, ele aspira, deliciado, todos os germes e todos os eflúvios da vida; como esteve prestes a tudo esquecer, ele se recorda e quer, com inocência, lembrar-se de tudo. Finalmente, ele se precipita através dessa multidão em busca de um desconhecido cuja fisionomia, entrevista num piscar de olhos, o fascinou. A curiosidade tornou-se um paixão fatal, irresistível!

[ ] Ora, a convalescência é como uma volta a infância. O convalescente goza no mais alto grau, como a criança, da faculdade de se interessar vivamente pelas coisas, mesmo as aparentemente mais triviais. [ ] Voltemos, se isto é possível, por um esforço retrospectivo da imaginação, às nossas mais jovens, mais matinais impressões.

Baudelaire, *O pintor da vida moderna*

2. Passeios arqueológicos

Imaginemos um gravador do período maneirista que tivesse o poder de contemplar imagens do futuro. Ele não conseguiria escapar à tentação de inspirar-se em Charles Baudelaire para compor uma Alegoria do Aprendiz de Erudição, encomendada por algum melancólico escritor de bagatelas: numa noite de inverno, o Poeta caminha ao acaso, flana, em meio à multidão, numa Passagem da Paris do Segundo Império, talvez a dos Panoramas. As pessoas avançam devagar, penosamente, entre as lojas. O Poeta percebe, no jorro de luzes das vitrines, globos brancos, lanternas vermelhas, transparências azuis. Relógios, leques incendiando o ar, jóias e cristais. O brusco perfil do conde Muffat – futura personagem de Zola – refletido numa vitrine. Sedas que ardem à crua luz artificial, enormes luvas de púrpura, a silhueta fugidia de Walter Benjamin, seu próprio rosto.

Pois já não é preciso sair pelas cidades à procura dos vestígios, das marcas da memória, para elaborar, num combate contra a insignificância, um saber mais ou menos completo sobre a Antigüidade e nossa personagem, Safo de Lesbos. Tudo está organizado nos compêndios dos grandes *scholars*: resumos e fichas; eventos e datas; citações pinçadas em velhos escritores romanos, gregos, bizantinos; as transcrições – em elegantes caracteres "de imprensa" – dos textos decifrados em papiros e pergaminhos. As restaurações.

Podemos entrar nesta galeria ou noutra qualquer;[10] todas elas são mais ou menos iguais, e repetem, nas vitrines, a apresentação dos mesmos artigos, na mesma ordem convincente, sob o mesmo brilho discreto e respeitável. O leitor caminha distraído e vai colhendo, distraído, as belas imagens nos vidros que refletem sua própria imagem.

***

[ ] οῦς [
] ἦν Λε[ ] υλήνης,
[ ] άνδρου, κα [ ] μανδρωονύ [ ]
ἔσχε τρεῖς [ ] . [ ]ριχον, τρεσβυ[ ] αξον, ὅς
πλεύσας ε[ ] Δωρίχαι τινι προσε[ ]ὶς
κατεδαπάνησεν εἰς ταύτην πλεῖστα . τόν δε Λάριχον
<νέον> ὄντα μᾶλλον ἠγάπετεν. θυγατέρα δ' ἔσχε
Κλεΐν ὀνώνυμον τῆι ἑατῆς μητρί κ[ ] τηγόρηται
δ' ὑπ' ἐν[ ]ω[ ] ὡς ἄτακτος οὖ [ ]τὸν πρότον καὶ
γυναικε[ ]τρια. τὴν δὲ μορφὴν [ ]καταφρόνετος
δοκεῖ γε[ ]ένα[ ]ι δυσειδεστάτη [ ]ὴν μὲν γὰρ
ὄψιν φαιώδης [ ]πῆρχεν, τὸ δὲ μέγεθος μικρὰ
παντελῶς. τὸ δ' αὐτὸ[ ]μβέβηκε καὶ περὶ τὸν [ ]ν
ἐλαττω [ ] γεγον <ότ> α [. . . . .]ην

Em 1778, um viajante europeu comprou de uns mercadores árabes um rolo de papiro encontrado perto de Gizé, no Egito, e que, presenteado ao cardeal Stephano Borgia, foi posteriormente traduzido por um helenista dinamarquês: tratava-se de um documento do século II d.C., registrando um projeto de irrigação. Haveria mais quarenta e nove rolos de textos antigos no lote oferecido ao estrangeiro, que não se interessou por eles.

[10] Lobel e Page, Reinach e Puech, D.A. Campbell, Bergk, Edmonds...

Teriam sido por isso queimados como papel inútil, reza uma dessas lendas que constitui o solo mais romanesco da arqueologia de todos os tempos.

Essa indiferença deu lugar, no século XIX, a um vivo interesse: os *scholars* tinham começado a descobrir o valor inestimável do material que estava despontando, aqui e ali, das areias do deserto: farrapos de papiros, em diferentes estados de conservação, desentranhados da terra por camponeses e felás. Vendidos ao primeiro interessado por uma ou umas poucas moedas, eles iam revelando, aos poucos, surpreendentes segredos milenares: eram "cadernos" de notas de estudantes greco-egípcios, atas de compra e venda, receitas de cosméticos, orações, encantamentos, cartas. Um pequeno universo subterrâneo irrompe nos montões de lixo, em ruínas das casas e velhos túmulos.

Importantes grupos de textos foram aparecendo na orla do deserto; em Behnesa, Antinoé, Elefantina, Afroditópolis, Abusir... Um fragmento de Homero desponta em Assuã; em Tebas, descobre-se um trabalho bastante longo do orador ático Hipérides. E os restos de manuscritos continuam surgindo: primeiro, nas escavações realizadas, entre 1889 e 1890, por *sir* Flinders Petrie e, a partir de então, nos locais pesquisados sob o patrocínio do Fundo Egípcio de Explorações. E algumas palavras de poetas líricos e trágicos, que todos julgavam para sempre perdidas, vão sendo assim retiradas, aos poucos, de seus túmulos, onde apodreciam docemente.

Em Tebtunis, ao sul de Al Fayyun (antiga Arsinoé), um cemitério de crocodilos revela que o material utilizado nas múmias dos animais sagrados era composto de farrapos de preciosos documentos helenísticos; e treze períodos de escavações em Oxyrhynchus, no médio Egito, trouxeram à luz, entre 1896 e 1909, milhares de textos. Alguns deles eram palavras, antes desconhecidas, dos maiores escritores gregos.

***

Esses farrapos de velhos manuscritos encontrados, imundos, nos montes de lixo ou no corpo das múmias, têm de ser separados uns dos outros, lavados e isolados cuidadosamente, para serem estocados em seguida entre lâminas de mata-borrões, vidro ou celofane.

Utilizando um espelho para concentrar a luz sobre o texto, o especialista tenta ler, por intermédio da lupa, os caracteres inscritos na superfície do papel milenar. E pode solicitar, também, o auxílio da fotografia em infravermelho e, mais recentemente, as artimanhas delicadas, voláteis, da tecnologia moderna que lhe permite seguir na tela do microcomputador signos, borrões, vestígios que o tempo quase apagou numa folha de papiro.

***

O texto grego que apresentei acima foi encontrado em Oxyrhynchus. Data do final do século II ou do início do século III d.C.; está catalogado, numa coleção famosa, sob o número 1.800, fragmento 1. Um primeiro exercício de "tradução" já aconteceu: as palavras do manuscrito, transpostas para os cômodos caracteres gregos de imprensa inventados no Renascimento, foram separadas umas das outras, à maneira moderna; e as lacunas, indicadoras da devastação do tempo, estão delimitadas por *colchetes* tradicionais.

O texto, em português, poderia ficar assim:

> [ ]fo
> [ ] era de Le[ ]ylene,
> [ ]andro, segundo outros, Skamandrony[ ]
> teve três [ ], [ ] . [ ]rikhos, e o
> [mais] velho, [ ]axos, que partiu pa[ ]
> ligando-se a uma certa Dórikha, gastando largas somas com ela. Preferia o <jovem> Lárikhos. Teve uma filha, Kleís, que levava o nome de sua mãe. Foi acusada, por alguns, de ser irregular em seus caminhos e amante de mulheres. Parece que tinha um físico ordinário e muito feio, de tez escura e de estatura muito pequena. O mesmo é verdade em relação a [ ] que era [

Um livro muito antigo nos permite constatar a importância das palavras inscritas nesse fragmento de papiro: existem no *Suda*,[11] um *Léxicon* bizantino compilado por volta do final do século X d.C., duas entradas para a palavra grega *SAPPHO*:

[11] No universo francês, esse texto é mais conhecido sob o nome de *Léxico de Suidas*, de acordo com a lição de Eustácio que, no século XII, teria helenizado a palavra SUDA,

1. *SAPPHO*, filha de Símon, ou, segundo outros, de Eyménos, ou de Eerígyos, ou de Ekrítos, ou de Sémos, ou de Kâmon, ou de Etárkhos, ou de Skamandronýmos; sua mãe foi Kleís. Nasceu em Mitylene de Lesbos; poeta lírica, floresceu na 42ª Olimpíada, época em que viveram também Alkaîos, Stesíkhoros e Pittakós. Teve três irmãos: Lárikhos, Kháraxos e Eyrýgios. Desposou Kérkylas, homem muito rico, vindo de Ándros, e teve com ele uma filha, de nome Kleís. Teve três companheiras ou amigas: Átthis, Telessíppa, Megára, e adquiriu mau nome por sua amizade impura com elas. Suas discípulas foram Anagóra de Mileto, Gonghýla de Kolóphon, Eyneíka de Salamina. Escreveu nove livros de poesia lírica, e inventou o plectro.[12] Escreveu, também, epigramas, elegias, iambos e monodias.[13]

2. *SAPPHO*, de Mitylene, em Lesbos. Tocadora de lira. Foi ela que, por amor do mitileno Pháon, atirou-se do rochedo de Lêucade. Segundo alguns, teria também composto poesias líricas.[14]

As preciosas informações do *Léxicon* bizantino permitem tentar uma "restauração" das palavras contidas no papiro de Oxyrhynchus, 1.800, fragmento 1:

> [*Sobre Sa*]ppho:
> [*Sappho, pelo nascimento*,] era le[*sbiana, da cidade de Mit*]tylene; [*seu pai foi Skam*]amándro, ou, se[*gundo outros, Ska*]mandro[*nymos*]; ela teve três [*irmãos*], [...

O leitor preenche alguns vazios, mas logo faz uma pausa, desconfiado, lápis suspenso no ar. Durante uma vertiginosa fração de segundo, tem a

aparentemente bárbara, de modo a ser assimilada a um nome próprio. Contudo, o título SUDA é encontrado nos manuscritos do livro e na mais antiga referência que lhe é feita (por Estéfano, comentador de Aristóteles, no século XII). O *Suda* é uma combinação de léxico com enciclopédia, compilado a partir de uma quantidade imensa de fontes: lexicográficas, literárias, filosóficas, históricas e religiosas. As fontes são, às vezes, de qualidade inferior, e a compilação parece ter sido feita sem muitos cuidados ou senso crítico. (Existe uma edição moderna: A. Adier, 5 v.; 1928-38).

[12] Plectro: instrumento musical.

[13] *Suda* 107.

[14] *Suda* 108.

impressão de ter penetrado, por engano, numa página de Jorge Luis Borges: cúmplice de uma pequena mistificação literária, ele vê constituir-se, no papel, uma estranhíssima personagem, cujo pai talvez tenha sido um homem chamado Eyménos, ou Eerígyos, ou Ekrýtos, se o seu nome não era Sémos, ou Kámon, ou Etárkhos, ou Skamandronymos – Sapho, Psappha, ou de Safo de Lesbos, mulher conhecida na Antigüidade por seus amores impuros, embora tivesse desposado um homem muito rico, um certo Quérquilas, da ilha de Andros.

Ou impura teria sido a *outra Safo*? Sim: a feiticeira partiu-se em duas metades, e o nome próprio feminino faz aparecer aos olhos deslumbrados uma *tocadora de lira*, homônima da poeta, que se atirou, das brancas falésias da ilha de Lêucade – *então, essa é a suicida!* –, no profundo mar tumultuoso como as paixões desenganadas.

Ou estariam os compiladores do *Léxicon* bizantino incorporando (candidamente) à biografia de Safo alguns elementos de um mito literário e sexual que os comediógrafos atenienses haviam começado a tecer muito cedo, já por volta do século IV a.C.? Pois é desse contexto que parece proceder o marido de Safo, e não de alguma ilustre *gens* grega: os especialistas encontram, na palavra *Kérkylas*, uma clara referência ao órgão sexual masculino;[15] e tem-se a impressão de que o imaginário helênico está unindo *a criatura viril da ilha das mulheres* a um certo *Membro, da ilha dos homens*.

***

Como tem tempo, gosto e memória, o escoliasta (cabe a ele, por direito e etimologia, o nome de *flâneur*) pode deter-se, aqui e ali, durante a leitura dos manuscritos antigos; a cada pausa, ele recorre ao passado, interroga os que vieram antes dele, discute com outros passantes e explica, para nós, uma frase complicada de Píndaro, um verso mais difícil de Horácio (que apresento, abaixo, em prosa nativa):

[15] O *Kérkos* é a cauda dos animais, assimilada, por analogia, ao *pósthe*, órgão sexual masculino. O vocabulário obsceno da comédia ática é estudado por Jeffrey Henderson in *Maculate Muse*. Sobre *kérkos*, ver p. 20 et passim.

> não me coroes com menos louros porque não ousei alterar a metrificação e a arte do verso de Arquíloco: também a máscula Safo acerta seu passo com o desse poeta, sem lhe pedir emprestados assunto ou estado de espírito...[16]

La mâle Sapho, l'amante et le poète: o nome de Safo vem acompanhado, irresistível e quase naturalmente, do epíteto *mascula*, a tal ponto que o comentador Porfírio[17] vê-se obrigado a anotar, no texto das *Epístolas*: "Safo viril (*mascula Safo*), ou por ser famosa na poesia, arte em que os homens sobressaem com mais freqüência, ou por ter sido difamada como tríbade".[18] Ao que outro comentador responde, no mesmo lugar, e levando em conta (com indignação?) o termo *mascula*: contudo, "nem *mollis* [termo que corresponderia, aproximadamente, ao moderno "homossexual"], nem dissoluta, nem impudica".[19]

O leitor reconhece, nessa pequena escaramuça literária, um momento de um grande combate travado, nas margens dos velhos manuscritos gregos e latinos, em torno da imagem da mulher de Mitilene, e que ajudou a constituir sua lenda, na versão maniqueísta das "duas Safo", muito apreciada, ao que parece, pelos autores antigos: "ouvi dizer", escrevia também Eliano (c. 170-235 d.C.), "que havia em Lesbos outra Safo, cortesã, e não poeta".[20]

Uma história constituída, sem dúvida, na esteira de uma ideologia platônica; e capaz de tornar claro o quanto o mito das duas Afrodite – a *Celeste* e a *Terrestre*; a *divina* e a *profana* – deita raízes profundas em nosso imaginário: a Cortesã tem corpo, a Poeta, espírito.

***

[16] Horácio, *Epístolas*, I, 19, 28.

[17] A partir daqui, os testemunhos antigos sobre a vida e a obra de Safo serão colhidos, salvo indicação contrária, em D.A. Campbell, *Greek lyric, I.*

[18] Porfírio, comentador de Horácio (século III d.C.), in *Epíst.*, I, 19, 28: "'mascula' autem 'Saffo', uel qui in poetico studio est (incluta), in quo saepius uiri, uel quia tribas diffamatur fuisse".

[19] Dionísio Latino, comentador de Horácio: "non mollis, nec fracta voluptatibus nec impudica".

[20] Eliano, *Miscelâneas históricas*, 12, 19.

"Como considerar o amor da lesbiana" (*para os clássicos, "lesbiana" ou "lésbica" é um gentílico, designando, também – enquanto sinédoque do indivíduo, ou antonomásia –, a poeta, por excelência, da ilha de Lesbos*) "senão por meio de uma comparação com a arte socrática de amar? Cada qual parece-me ter praticado o amor à sua maneira; ela, o amor das mulheres; ele, o dos homens. E disseram que amaram muitos, e foram fascinados pelas belas coisas. O que Alkibiádes, Kharmídes e Phaídros foram para ele, Ghyrínna e Atthis foram para ela; assim como Pródikos, Gorghías, Thrasýmakhos e Protagóras foram rivais, na arte, para Sokrátes, Gorghó e Androméda foram, para Sappho, rivais. Às vezes, ela as critica, outras vezes zomba delas e usa da ironia, tal como Sokrátes".

Essas palavras foram escritas por Máximo de Tiro, uma personagem da vida literária do século II d.C. (c. 125-185), que sobrevive, hoje, apenas como freqüentador das notas de rodapé dos tratados eruditos de poesia grega. Nascido na Síria, foi professor de retórica e viajou muitas vezes para Roma, onde viveu por algum tempo sob o reinado de Comodo. Escreveu 41 dissertações, quatro das quais consagradas ao estudo da erótica socrática. Uma delas estabelece um curioso paralelo entre o filósofo Sócrates e a poeta Safo de Lesbos.[21]

O nome *Maxime de Tyr* figura no terceiro volume da *História da sexualidade*, de Michel Foucault, que explica, num breve comentário, as razões que o levaram a excluir o autor das *Dissertações* de seu belo estudo sobre a erótica do período: "o texto de Máximo de Tiro é consagrado essencialmente – e nisso ele é convencional –, à distinção e à comparação, nas relações masculinas, entre duas espécies de amor: o que é belo e justo e o que não é".[22] É tudo: o leitor não encontrará, nesta ou nas páginas subseqüentes, uma só palavra sobre Safo, amores de mulheres, poesia erótica.

[21] As edições mais citadas das *Dissertações* são a de Hobein (Leipzig, Teubner, 1910) e a Dübner (Didot, 1840). Na ed. Hobein, as quatro dissertações recebem os números 18, 19, 20, 21; na Didot, 24, 25, 26, 27. Lobel & Page, Edmonds, Campbell, Reinach & Puech e em geral todos os grandes editores modernos de Safo contêm excertos (texto grego e tradução) da dissertação consagrada ao paralelo entre Sócrates e Safo. Para este trabalho, consultei a ed. Dübner (*Maximi Tyrii dissertationes*, texto grego com tradução latina), incluída no volume que contém os *Caracteres* de Teofrasto.

[22] Michel Foucault, *Histoire de la sexualité*, p. 221.

É verdade que o velho professor de retórica decepciona o estudioso de costumes antigos, pois se limita a compor bons discursos, nos quais pratica, como observa maldosamente Buffière, um platonismo edulcorado, ao alcance do povo:[23] acreditando piamente na pureza das relações amorosas, "ele seria o último a lançar uma suspeita sobre os heróis da lenda, como Aquiles e Pátroclo; ou sobre um Sócrates, que considera irrepreensível; sobre Anacreonte, que chama de 'o Sofista de Teos' e cujos amores, segundo ele, eram puros; sobre Safo, comparada a Sócrates: *ela caía, como ele, nos sortilégios da beleza; ela amava a beleza em todos os rostos, em todos os corações das mocinhas, em qualquer lugar em que a percebesse. Mas, como Sócrates, buscava a beleza das almas, para além das satisfações físicas*".[24]

Só assim aquele professor de retórica pode aceitar o amor da *lésbica* (entendendo-se a palavra, desta vez, não como gentílico ou antonomásia, mas à maneira de um sinal indicador de *desvios*): inscrevendo-a num paradigma conhecido, onde as diferenças se neutralizam, diluídas num modelo masculino de comportamento mestre-discípulo, do qual se exclui a sexualidade – para o bem-pensante, Safo espelha-se em Sócrates.

***

Ateneu – *Athénaios*, de acordo com uma grafia helenizante – é um *graeculus* de Náucratis, no Egito. Gramático e representante da sofística erudita, ele "floresceu" por volta do ano 200 da nossa era, tendo escrito, além de um tratado sobre uma espécie de peixe e uma história dos reis da Síria (hoje perdidos), *Deipnosofistas*, livro geralmente traduzido por *O banquete dos sofistas*, ou, no domínio anglo-saxão, *Scholars at dinner*.

Esse texto inscreve-se na tradição dos *simpósios* filosóficos, inaugurada por Platão e ainda presente, no fim do século passado, nos romances de Anatole France e de Pierre Louÿs, construídos segundo o método – "erudição e leveza" – dos antiquários: um grupo

[23] Cf. Félix Buffière, *Éros adolescent*, pp. 543-50.

[24] Buffière, op. cit., p. 549. O texto sublinhado por mim é uma transcrição de palavras do próprio Máximo de Tiro.

de homens, em torno de uma mesa muito bem posta, disserta sobre as coisas do amor e da vida, do céu e da terra.

Em seus quinze livros, Ateneu reúne vinte e três eruditas personagens na casa do ilustre Laurense, em Roma; dissertam sobre alimentos e, por fim, sobre nada e tudo, e citando, aqui e ali, pelos mais fúteis motivos, os poetas, os filósofos, os mestres do mundo antigo. Podemos pescar, ao longo desse discurso – indigesto e maçante para o gosto apurado da moderna crítica –, fragmentos de cerca de oitocentos autores, além de informações preciosas sobre a Antigüidade: costumes, gestos, tradições, hábitos, pequenas manias, gostos alimentares, superstições dos velhos gregos.

Em determinado momento desse banquete,[25] uma personagem cita alguns versos de Hermesiânax, poeta nascido em cerca de 300 a.C.:

> Sabes quantas vezes nas festas Alkaîos de Lesbos
> cantou na lira sua louca paixão por Sappho;
> esse poeta amava o rouxinol – e como fazia sofrer
> o homem de Téos[26] com suas melodias bem tecidas:
> pois o melífero Anakréon era seu rival no amor...

Esses versos se conformam a anedotas, lugares-comuns e datas falsas; embaralham os eventos na acronia de biografias imaginárias e mostram que o nome *Safo de Lesbos*, ao ser pronunciado – e isso já na Antigüidade –, emergia nos discursos carregando um contexto de deliciosas lendas eróticas. O erudito comensal de Ateneu sabe disso, e explica:

> Nestas linhas, Hermesiánax comete o erro de acreditar que Sappho e Anakréon foram contemporâneos, pois Anakréon viveu na época de Kyros[27] e Polykrátes,[28] e Sappho na de Alýattes, pai de Kroîsos.[29] Segundo Khamailéon,[30] em seu tratado *Sobre Sappho*, alguém teria declarado que

[25] Ateneu, *Deipnosofistas*, 13.598bc, 599.

[26] O homem de Teos: Anacreonte.

[27] Ciro, o Grande, rei da Pérsia (558-c. 528 a.C.).

[28] Policrates (morto c. 522 a.C.), tirano de Samos de 533 a 522. Morreu crucificado, quando a ilha foi tomada pelos persas.

[29] Creso: último rei da Lídia (560-546 a.C.), filho e sucessor de Aliates.

[30] Camailéon: gramático e filósofo peripatético (c. 350-280 a.C.).

foi a ela que Anakréon dirigiu os seguintes versos [ ]; ao que Sappho teria respondido:

> *Entoaste, ó Musa de áureo trono, este poema*
> *que, da nobre terra das belas mulheres, cantou,*
> *delicioso, o doce ancião de Téos.*

É óbvio para todos que isso não é uma canção de Sappho. Quanto a mim, acredito que Hermesiánax estava troçando, ao referir-se a esse caso de amor;como Díphilos,[31] o comediógrafo, transformando Arkhílokhos[32] e Hippónax[33] em amantes de Sappho.

***

Obsessivo, Ateneu de Náucratis coleciona cacos de bilhas e farrapos de papéis: pequenas lembranças triviais, restos do banquete clássico. Estaria ele pressentindo – como seu duplo moderno, que nele se contempla – o sopro do vento estranho e forte que, precursor da tempestade, já se levantou no horizonte e vai apagar, um por um, os signos traçados pelo Tempo na areia instável da cultura?

***

Segundo Aristóteles (*Retórica*, I, 9, 1.367a, 7-15), "cora-se quando se vai dizer ou fazer coisas vergonhosas. Temos disso um exemplo nos versos de Sappho a Alkaîos, quanto este dizia [...], e Sappho lhe respondeu [...]".

Esta passagem de Aristóteles, graças à qual foram conservados alguns versos que devem ser de Safo, colocam, entretanto, problemas muito interessantes:

Alceu de Mitilene é contemporâneo de Safo. Os dois poetas aparecem frente a frente, designados por seus nomes, num vaso de figuras vermelhas do século V a.C.,[34] trazendo nas mãos o bárbitos e o plectro:

[31] Dífilos, comediógrafo do fim do século IV a.C.

[32] Arquílocos de Paros: poeta iâmbico e elegíaco (c. 680-640 a.C.).

[33] Hipônax: poeta iâmbico (fim do século VI a.C.).

[34] Vaso de figuras vermelhas, conservado em Munique.

a expressão do rosto de Safo indica severidade, e o homem inclina a cabeça: para *significar o aidós* – o pudor – de uma pessoa que está corando ao pronunciar algumas palavras indecentes? Está envergonhado com a resposta de Safo?

O texto de Aristóteles implicaria a existência de uma declaração de amor, feita por Alceu à poeta de Lesbos? Mas o escoliasta da *Retórica*[35] parece atribuir, talvez com razão, os dois fragmentos a Safo: tratar-se-ia de um diálogo, parte de um epitalâmio. É possível; para Théodore Reinhach, aliás, não há dúvida: "o redator do escólion fala como se tivesse sob os olhos a edição (sem dúvida alexandrina) de Safo, e como se nela tivesse encontrado um poema que começasse com os versos: 'quero dizer-te', seguido, sem dúvida, de três versos, dos quais Aristóteles teria citado incompletamente o primeiro, o todo formando uma estrofe alcaica e continuando com a estrofe: 'se tu...'. Esse poema teria tido a forma dialogada da ode de Horácio III, 9: 'donec gratus eram tibi...'. Esse testemunho decidiu Kiehl e Lobel (o primeiro, na *Anthologia Lyrica*, e o segundo, na segunda edição de *Safo*) a atribuírem a Safo todo o fragmento".[36]

***

O romance entre Safo e Alceu: uma lenda, como a paixão de Anacreonte pela poeta de Lesbos, que a simples cronologia permite refutar? Como compreender, então, o verso de Alceu transcrito a seguir?

ἰόπλοκ' ἄγνα μελλιχόμειδε Σάπφοι[37]
Sappho coroada de violetas, pura, sorriso de mel.

Esse fragmento pode ser de outro poeta, responde um *scholar* famoso: de um lado, a atribuição a Alceu de Mitilene tem sido contestada por editores modernos da lírica de Safo (e.g. Campbell); por outro lado, o próprio nome da poeta se apagará no verso, como marcas de pés na

[35] Estéfano, comentador de Aristóteles (século XI ou XII).

[36] Théodore Reinach e A. Puech, *Alcée/Sapho*, p. 74.

[37] Citado por Hefestíon, *Tratado dos metros*, 14.4, como exemplo de verso alcaico. Frag. 384 de Alceu, em Campbell.

areia depois da passagem do mar, se procedermos a outra divisão das palavras gregas que, no manuscrito, estão, como de costume, unidas umas às outras:

ἰόπλοκ' ἄγνα μελλιχο μειδες ἄπφοι

fragmento para o qual Campbell propõe a seguinte tradução:

violet-haired, holy, my sweetly-smiling darling
coroada de violetas, sacra, minha sorridente doçura.

Mellikhómeide Sápphoi ou *mellikho meides ápphoi*? O termo grego *appha* ou *appa* pertence ao léxico das crianças, correspondendo, em latim, a *atta*, tratamento respeitoso dado a pessoas de idade. Assim, nem a divisão de palavras proposta por Campbell nem sua tradução me parecem satisfatórias – e o verso (alcaico?), por um momento desfeito, então se refaz (agora meu?), como que por encanto, no velho códice:

Sappho coroada de violetas, pura, sorriso de mel.

***

Nascida na ilha de Lesbos: em Êresos ou Mitilene? Estrábon, que cita, na *Geografia*, ilustres personagens dessa primeira cidade,[38] não menciona Safo, cuja efígie estava gravada, segundo Pólux,[39] nas moedas mitilenas.

Richter[40] refere-se, contudo, a duas moedas de Êresos e a uma herma – hoje perdida –, contendo a inscrição: *Σαπφὼ Ἐρεσία* = *Safo de Êresos*. Nascida em Êresos, Safo teria vivido em Mitilene?[41]

[38] Estrábon, *Geografia*, 13.2.4: "Theoprastos e Phanias, o filósofo peripatético, vieram de Êresos".

[39] Pólux, *Vocabulário* 9.84: "Os mitilenos gravaram a efígie de Sappho em suas moedas".

[40] Richter, *Portraits of the Greeks*, i, 70-72, apud Campbell, p. 13.

[41] Campbell, op. cit., loc. cit..

***

Lesbos: situada no mar Egeu, entre a Grécia continental e a Ásia Menor, onde os antigos situavam a cidadela santa de Tróia.

Os guerreiros de Homero passaram por aquelas margens em tempos imemoriais: os versos 130 e seguintes do Canto III da *Odisséia* registram, com efeito, que Nestor e seus homens teriam desembarcado na ilha de Safo depois da disputa que, no final da guerra de Tróia, dividiu os grandes chefes aqueus; ali o marinheiro extraviado e seus homens suplicaram por um signo divino; e Zeus-que-socorre os teria ouvido:

ᾐτέομεν δὲ θεὸν φῆναι τέρας· αὐτὰρ ὅ γ' ἡμῖν
δεῖξε;

velho mito que parece ecoar num fragmento de Safo encontrado num papiro em farrapos.

***

Mitilene tinha também os olhos sonhadores voltados para o antigo reino da Lídia, com seus feitiços de mulheres, galeotas embandeiradas e guerreiros em armaduras cintilantes, cantados por Safo num dos seus mais belos fragmentos.

De Mitilene se podiam ver, dizem, as margens da Ásia Menor, onde fica hoje a Turquia e, em tempos de lenda, Tróia de sólidos alicerces. Ao fechar os olhos, a poeta talvez ouvisse dali, vindo de um passado remoto e do topo das muralhas da cidadela santa, um murmúrio: parecem cigarras que, nos bosques, sobre uma árvore, emitem uma voz longa, branca, doce como um lírio[42] – são os velhos, sentados no Conselho dos Anciãos, lá no alto da muralha. Uma mulher sobe em sua direção; o manto que a recobre, alvo, estremece aos ventos marinhos. O sussurro se interrompe, agora soa mais baixo: os velhos se voltam admirados para Helena que

[42] *Il.*, III, 151-2: τεττίγεσσιν ἐοικότες, οἵ τε καθ' ὕλην/ δενδρέῳ ἐφεζόμενοι ὄπα λειριόεσσαν ἱεῖσι.

vem contemplar, ao lado de Príamo, o combate singular entre Páris Alexandre e Menelau, seus dois homens.

A coisa mais linda na terra sombria é a pessoa que a gente ama.

***

Lesbos: colonizada por eólios, que teriam migrado da Beócia por volta do ano 1000 a.C. Os aristocratas da ilha consideravam-se descendentes do nobre Agamêmnon.

***

O escoliasta de Homero escreve, comentando os versos 234 e seguintes do Canto XX da *Ilíada*, "que era costume, como disse Safo, que jovens nobres e belos servissem o vinho", isto é, que exercessem nos festins as funções de escanção, copeiro ou, em grego, de *οἰνοχόος* = *oinokhóos*. Por isso, "a adorável Sappho" – explica um comensal de Ateneu, no *Deipnosofistas* – "elogia freqüentemente seu irmão Lárikhos por servir o vinho, no pritaneu, à mesa dos cidadãos de Mitilene". [43]

***

No final do século VII a.C., Pítacos, um soldado de origem trácia (mais tarde incluído na ordem dos *Sete Sábios*), ergue-se, na seqüência de perturbações sociais, à dignidade de tirano de Lesbos. É o momento em que uma crise de ordem econômica, política e espiritual emerge do solo da Grécia e, portanto, da ilha de Safo.

***

...desde a época em que Sappho exilou-se de Mitylene em Sikelía, passaram-se [ ] *anos. Em Athenas, era* [*arc*]*onte Krítias, o Antigo; em Syrákousa, o poder estava nas mãos dos "gamoroi".*

[43] *Deipnosofistas*, 10.425a.

Em 1627, um agente de lord Arundel na Ásia obteve em Esmirna um conjunto de mármores que enviou para a Inglaterra, e do qual fazia parte um bloco descoberto na ilha de Paros onde estava inscrita, em dialeto ático, uma tábua cronológica, do arcontato de Diognetos (264/263 a.C.) ao reinado de Cêcrops, o primeiro rei – lendário – dos atenienses: as datas estavam registradas em ordem inversa, com uma referência ao intervalo de tempo escoado entre reinados ou arcontatos. Pode-se ler, por exemplo, em certo trecho desse memorial que, *do ano* [400/399] *quando os gregos embarcados com Kyros voltaram e Sokrátes morreu, com a idade de setenta anos,* [passaram-se] *137 anos; Lákhes era arconte em Atenas.*

As festas, a poesia e a música são também eventos, pontuando a história dos gregos: a fuga de Safo de Lesbos para a Sicília está inscrita nessa tábua cronológica (hoje chamada de *Mármore* ou *Crônica pária*), pois é tão importante quanto a vitória dos tebanos em Leucra, e mais notável que as batalhas de Cnido e de Naxos, omitidas nesse registro de acontecimentos decifrado pelo primeira vez por John Selden (1584-1654), e cuja história é uma seqüência de pequenos desastres: perdida uma parte da Tábua, o conjunto de mármores foi relegado ao esquecimento e alguns deles chegaram a ser usados numa reparação da Casa de Arundel.

Depois que John Evelyn (1620-1706) chamou finalmente a atenção dos eruditos para aquelas preciosas inscrições, elas foram presenteadas à Universidade de Oxford; e o que resta da *Crônica pária* está atualmente no Ashmolean Museum.[44]

Outro fragmento, encontrado em Paros em 1897, pode ser visto no museu daquela ilha grega.

***

Saturno, o Acaso, o deus dos Pequenos Desastres: quem apagou, no mármore de Paros, os números que indicavam o tempo passado entre a fuga de Safo para a Sicília e o arcontado de Diognetos de Atenas?

[44] Cf. Paul Harvey, *Dicionário Oxford de literatura clássica*, verbete "Mármore pário".

***

"...em Siracusa, o poder estava nas mãos dos *gamoroi.*" A crônica situa Safo de Lesbos na crise do seu tempo: os gregos se expandem para além da terra-mãe. Uma primeira onda de colonização alcança, a partir de 750 a.C., as ilhas e as costas do mar Jônio, a Sicília e o sul da Itália, e, finalmente, já no século VII, a Líbia, o sul da França e o nordeste da Espanha; a segunda, depois de um impulso preliminar na direção da costa trácia e do mar de Mármara, vai penetrar, pouco depois de 650, no mar Negro, cujas águas ficarão quase inteiramente orladas de cidades gregas.[45]

Sendo aquele movimento migratório uma resposta a dificuldades demográficas e agrárias – como observa, entre outros, M.L. Finely –, as novas comunidades foram também estabelecimentos agrícolas e não feitorias comerciais: de onde o fato de os aristocratas da maior daquelas novas comunidades, Siracusa, serem chamados de *gamoroi*, que significava *os que repartiram as terras, os terratenentes*.[46]

***

Os gregos haviam criado também, desde a época arcaica, outro tipo de estabelecimento colonial, o *empórion*, destinado a servir de ponto para trocas de mercadorias. Náucratis, no delta do Nilo, é o que conhecemos melhor: datando do final do século VII, e devendo sua existência a comerciantes vindos da Ásia menor e das ilhas vizinhas, assim como de Egina, essa colônia obteve direito de erguer santuários a seus deuses, embora dependesse rigorosamente da autoridade do faraó, que sobre ela mantinha estreita vigilância, controlando todo o comércio entre o Egito e o mundo grego por intermédio do porto.

Em Náucratis, observam Austin e Vidal-Naquet, o quarteirão heleno estava claramente separado do egípcio, e os casamentos mistos entre gregos e egípcios eram expressamente proibidos aos colonos, embora

[45] Cf. M.L. Finley, *Los griegos de la Antigüedad*, p. 38.
[46] Ibid., p. 39.

fossem permitidos aos mercenários gregos e cários estabelecidos permanentemente no país.[47]

Náucratis e uma mulher que ali viveu (devemos imaginá-la, no brilho das jóias sonoras, enlaçando ao seu, com um xale perfumado, o corpo de um jovem grego) ocupam um lugar privilegiado na história de Safo: segundo o papiro de Oxyrhynchus 1.800, fr. 1, Cáraxos, seu irmão mais velho, teve, no Egito, uma ligação amorosa com uma certa Dorica, com a qual gastou largas somas de dinheiro; tratava-se, ao que parece, de uma dessas pessoas "que consideram uma virtude o fato de serem públicas".[48]

Pois Náucratis atraiu, evidentemente, muitas prostitutas e, entre elas, a que se tornou amante de Cáraxos, irmão de Safo, estabelecido como comerciante na cidade; e a adorável poeta a ataca em seus poemas, por tê-lo explorado.[49] Heródoto dá a essa mulher o nome de Rodópis, "ignorando que ela não é a mesma que dedicou em Delfos os famosos obeliscos que Kratinos menciona [ ].Posêidippos[50] escreveu o seguinte epigrama sobre Doríkha [ ]:

> Doríkha, há muito dormem teus ossos na paz do túmulo,
> tua espessa cabeleira e o xale perfumado
> com que, ao nascer do sol, enlaçavas
> junto à tua carne o formoso Kháraxos,
> empunhando largas taças de vinho.
> Duram, porém, e hão de durar os ressoantes,
> claros versos da canção amada de Sappho.
> Bendito seja teu nome, que Náukratis vai guardar,
> enquanto um barco descer o Nilo na direção do mar salgado.[51]

[47] Cf. Michel Austin e Pierre Vidal-Naquet, *Économies et sociétés en Grèce ancienne*, p. 85.

[48] "[...] uma dessas amizades vagabundas e que fazem, como diria Sappho, uma virtude do fato de serem públicas." (Eustácio, *Opusc.*, 345, 54).

[49] Heródoto, *História*, II, 134, 135: "Rodópis era trácia de nascimento, escrava de Iádmon, filho de Hefaistôpolis, um sâmio, e companheiro de cativeiro de Ésopo, o autor de fábulas. [...] Rodópis foi trazida para o Egito pelo sâmio Xantes; ela veio exercer a sua profissão e foi remida por uma quantia considerável pelo mitilênio Kháraxos, filho de Skamandronymos e irmão de Sappho, a poeta. Rodópis se tornou livre dessa maneira, mas permaneceu no Egito, onde graças ao poder de seus encantos acumulou uma grande fortuna." (trad. de Mário da Gama Kury).

[50] Primeira metade do século III a.C.

[51] Ateneu, 13, 596cd.

***

"As cortesãs de Náukratis são, aliás, mulheres encantadoras."[52]

***

Meu irmão queimava de amor por aquela meretriz,
colhendo, com a ruína, infamante vergonha.
Agora, pobre, bate o mar azul com remo veloz:
tenta recobrar com desonra o que perdeu sem honra.
A mim, porque bons conselhos lhe dei, ele odeia:
Foi o que me valeram, francas e amigas, umas palavras.
[ ]
Uma filha pequena multiplica meus tormentos.
[ ]
Alegra-se com meus pezares, e exulta, Kháraxos,
meu irmão; à minha frente ele passa e volta a passar,

e para que vergonhosa pareça a causa dessa dor,
"De que se lamenta?", pergunta: "Sua filha está viva!"

(Palavras atribuídas por Ovídio a Safo. *Cartas das heroínas*, XV, versos 63-70, 117-120.)[53]

***

[52] Heródoto, op. cit., loc. cit., trad. cit.
[53] Ovídio, ed. cit. ("Arsit inops frater meretricis captus amore/ Mixtaque cum turpi damna pudore tulit./ Factus inops agili peragit freta caerula remo,/ Quasque male amisit, nunc male quaerit opes./ Me quoque, quod monui bene multa fideliter, odit;// Hoc mihi libertas, hoc pia lingua dedit./ Et tamquam desit, quae me hac sine cura fatiget,/accumulat curas filia parva meas//[...] Gaudet et e nostro crescit maerore Charaxus/ Frater et ante oculos itque reditque meos./ Utque pudenda mei videatur causa doloris,/'quid dolet haec? certe filia vivit', ait".

χα[
δε[.]ε[
θεπο[Λάρι[
χος.[...]α.[
κωον.[.]φιλτ[Ἐρί[
γυιος [ ] περ ἐμμάτ[ω]. ταῦ[
τα γαρ[ ].ιν ὅτι ἦν [οἶ]κου
ρὸς καὶ [ ] φίλεργος . [ ]σα
Σαπφω[ ]ι περὶ τῶν[ ] ἀδελ
φῶν ε[ ]ωδητιν[ ].οσε
[ ].τα
]δρας
].ιδε

Transcrevo abaixo o que a erudição, a fantasia e o desejo nos permitem ler nesse fragmento 48 do papiro de Oxyrhynchus 2.506:

Khá [raxus?]
[ ]
[ ] [Lári-
khos [...] [
[ ] [.] querid[Erí-
gyios [ ] por suas roupas (?) [ ] [
[ ] [.]. [ ] que era bom chefe do
lar e [ ] laborioso. [ ] [ ]
Sappho [ ] [ ] sobre seus [ ] ir-
mãos. [ ] [ ] [ ]

].[ ]
] [ ]
].[ ]

Encontramos vestígios, nesse fragmento cruelmente mutilado, os nomes dos três irmãos que a tradição atribui a Safo: o belo Cáraxos, comerciante grego arruinado, no Egito, por uma meretriz, e que já tínhamos visto, na Carta XV, zombar do sofrimento da poeta. Láricos, o caçula, o preferido, aquele que, como Ganimedes no Olimpo, serve de escanção aos nobres de Mitilene. Entre os dois, o misterioso Erígios: “bom chefe de família, laborioso"(se podemos confiar nas restaurações propostas pelos especialistas); e "estimado" [por suas roupas?].

Safo teria escrito sobre essas três criaturas do seu sangue.

***

"(Sokrátes) repudiava, ao morrer, as lamentações de Xanthippe; e Sappho as de sua filha, dizendo: [ ]."[54]

***

Safo pode ter morrido em idade avançada, ao contrário do que diz uma lenda, da qual faz parte o quase sem dúvida mítico rapaz de Mitilene pelo qual a poeta teria se suicidado.

Um mitógrafo que escreveu em algum momento do século IV a.C., conhecido como Pseudo-Palefatos conta que a vida daquele Fáon tinha se passado "em torno do bote e do mar; ou melhor, num estreito marítimo. [ ] Os habitantes de Lesbos se maravilhavam com seu modo de viver. A deusa – isto é, Aphrodite – aprovava esse homem, e assim assumiu a aparência de uma mortal – uma velha – e falou com Pháon sobre a passagem. Ele a levou [para o outro lado] e nada pediu em troca. Que fez, então, a deusa? Dizem que metamorfoseou o velho barqueiro, pagando [o transporte] com beleza e juventude. Foi, então, por esse Pháon que Sappho cantou de amor em sua poesia lírica".[55]

Discordando dessa versão dos fatos, o escoliasta de Libânio informa – seguido por outros importantes comentadores antigos – que o barqueiro rejuvenescido pela graça da deusa teria provocado uma paixão abrasadora não em Safo, mas numa tocadora de cítara homônima. Piedosa lenda que continua, entretanto, a fascinar os leitores da poesia antiga: é na esteira dessa clivagem idealista que uma escritora moderna volta a afirmar a existência de duas Safo – a pequena citarista, não a grande poeta teria feito o salto de Lêucade,

[54] Máximo de Tiro, 18, 9.

[55] Pseudo-Palefatos, *De incred.* in *Myth.Grec.* i (2) 69 Festa, apud Campbell, op. cit., p. 192.

realizado, aliás, [ ] ritualmente, na esperança de uma volta à superfície, curado de amor: uma barca esperava, embaixo, junto à falésia, os mergulhadores prudentes. Safo versificou, sem dúvida, esse conto de sua terra natal; os poetas cômicos atenienses foram, talvez, os primeiros a retomar essa aventura numa vertente jocosa, na qual incluíram a poeta.[56]

***

Na superfície de um cântaro usado para colher ou verter água – uma hídria –, obra do pintor de Meidias, datando de 410 a.C., pode-se ver a imagem da poeta que lê num papiro um texto, talvez um poema, diante de Fáon, cujo nome aparece claramente inscrito na argila. E o belo rapaz reaparece numa cratera com figuras à maneira do mesmo artista: reclinado, indiferente, em meio às mulheres de Lesbos. Representações de um mito literário? De uma lenda incorporada à biografia de Safo alguns séculos depois de seu *floruit*?

Com efeito, pode-se levantar, com Campbell,[57] a hipótese de que Fáon seria um avatar de Adônis,[58] cujo nome, unido ao de Afrodite numa das canções da poeta, teria sido, posteriormente, interpretado como expressão de seu amor por uma personagem real: "Segundo Kallímakhos, aliás, o fato de Aphrodite esconder Adônis numa alface é uma alegoria dos poetas, significando a impotência para o amor, provocada pelo uso contínuo de alfaces. Eyboúlos em *Os impotentes*:

[56] Marguerite Yourcenar, *La couronne et la lyre*, p. 78.

[57] Campbell, op. cit., p. 23, nota 4.

[58] Originário da Síria, o mito de Adônis passou por transformações no Egito e em Chipre antes de chegar à Grécia e estava ligado aos ritos sazonais de morte e ressurreição da natureza: ainda menino, o belíssimo Adônis (filho da incestuosa Esmirna ou Mirra ovidiana) despertou a admiração de Afrodite, que o confiou a Persefone. Tendo, porém, a rainha dos Ínferos se recusado a devolvê-lo à deusa do amor, o caso foi trazido à presença de Zeus, e assim dividiu-se o ano em três partes, uma delas concedida ao próprio Adônis e as duas outras repartidas entre Persefone e Afrodite. (Para outras versões e interpretações desse mito, v. Apolodoro, *Biblioteca*, III, XIV, 4; Marcel Detienne, *Les jardins d'Adonis*; J.G. Frazer, *The golden bough*, parte I, v. 1, pp. 21, 25, 40, 41.)

Não me sirvas alfaces, ó mulher,
À mesa; ou vai comê-las tu mesma!
Não sabes que, nessa planta, Aphrodite
Deitou, depois de morto, o seu Adônis?
Alface é, pois, comida de defunto!

E o comediógrafo Kratinos diz que Aphrodite, enamorada por Pháon, o teria ocultado entre 'belas alfaces'. E Mársias, o jovem: 'Não; foi na folhagem da cevada!'."[59]

[E assim, o que poderia ser o ponto de partida para um interessante estudo de botânica estrutural à maneira de Lévi-Strauss, acaba por nos levar da História ao Mito e, desse, às obscuras raízes de um texto-areia (de que outro modo definir a nossa cultura?), no qual afunda o errante leitor:

> "é notável a tradição a respeito (do cardo): suas raízes, dizem, tomam tanto a forma do sexo masculino quanto a do feminino; se um homem encontra (mas isso ocorre raramente) a forma masculina, torna-se sexualmente atraente (*amabilis*). Dizem que foi isso que fez com que Sappho se apaixonasse por Pháon".][60]

***

"Desejas saber o que penso dos artes liberais. Não tenho apreço por elas nem enumero entre os verdadeiros bens esses estudos que visam ao lucro. São artes venais, úteis quando preparam o engenho sem prejudicá-lo. Devemos nos deter nelas apenas enquanto o ânimo não seja capaz de coisa melhor. São os primeiros rudimentos, não obras definitivas. Sabes porque se chamam artes liberais: por serem dignas de um homem livre. Mas só um estudo é realmente liberal e torna o homem verdadeiramente livre: o estudo da sabedoria, que é sublime, forte, generoso; os outros são mesquinharias e criancices.

[59] Pseudo-Palefatos. O efeito cômico reside no fato de Afrodite ter escondido Fáon na alface, que, segundo os antigos, é um anafrodisíaco.

[60] Plínio (c. 23-79 d.C.), in *História natural*, 22.20: "portentosum est quod de ea (sc. eryngе) traditur, radicem eius alterutrius sexus similitudinem referre, raro inventu, sed si uiris contigerit mas, amabilis fieri; ob hoc et Phaonem Lesbium dilectum a Sappho".

[ ]

– Mas é bom ter muita ciência!

[Respondo:] Retenhamos delas apenas o indispensável. Acaso não julgas condenável comprar coisas inúteis e, por ostentação, atulhar a casa de objetos preciosos? E não consideras igualmente condenável atulhar a mente com um supérflua erudição literária? Querer saber mais do que o necessário é uma forma de intemperança. Que dizer, pois, dessa moda das artes liberais que torna os homens pedantes, faladores, inoportunos, vãos, e faz negligenciar o importante porque se aprendeu o que não importa? O gramático Dídimos[61] escreveu quatro mil livros. Muito o lamentaria se tivesse apenas lido tanta papelada sem valor. Nesses livros, é questão da pátria de Homero, da verdadeira mãe de Enéias, se Anacreonte foi mais lascivo que beberrão, se Sappho teria sido prostituta (*an Sappho publica fuerit*) e outras impertinências e loucuras de que deveríamos nos esquecer se as tivéssemos aprendido. Vamos lá: nega que a vida seja longa!".[62]

***

Καλή = *kalē*: essa palavra vinha sempre aos lábios dos antigos, quando se referiam à grande poeta de Mitilene. *Bela, nobre Safo*, ou, como diz lindamente a língua inglesa: *lovely Sapho.*

***

No *Fedro* (235bc), Platão inclui dois poetas entre os antigos *σοφοί* = *sophoí* que trataram do tema do amor: Safo e Anacreonte. Mas a palavra *σοφός* = *sophós* pode significar, nesse contexto, *hábil*: "prudente"? "avisado"? Uma referência à "habilidade" que possuem, entre outros, o artesão, o poeta e o adivinho? Os tradutores franceses costumam recorrer, nesse passo do filósofo, ao termo *sage* e os ingleses, a *wise*.

[61] Didimos, gramático grego (c. 65 a.C.-l0 d.C.), cognominado *Calquênteros* ("Ventre de Bronze") por causa de sua enorme capacidade de trabalho.

[62] Sêneca, *Cartas a Lucílio*, XI, 85; 1-2; 36-37.

***

Atribuído a Platão, na *Antologia Palatina*, IX, 506:

Nove são as Musas, afirmam. Que descuido!
Contem bem: com Sappho de Lesbos, dez Musas.

***

"[ ] Sappho, um ser maravilhoso. Não encontro, tão longe quanto possa remontar na História, mulher comparável a ela, no encanto da poesia [ ]"[63] – anota o geógrafo Estrábon, viajante infatigável que vasculhou o mundo conhecido no momento em que despontava a aurora cristã, redigindo uma estranha, e para nós indispensável, arqueologia da cultura greco-latina.

***

"Sólon, o ateniense, filho de Eksekestídes, ouvindo seu sobrinho cantar um poema de Sappho num simpósio, gostou tanto que ordenou ao moço que lhe ensinasse os versos. E quando lhe perguntaram a razão de tanta impaciência, respondeu: "Que eu aprenda esta canção e morra."[64]

***

"Safo é um país estranho, cheio de maravilhas. Um 'enigma', uma 'maravilha', já diziam os antigos. A expressão é exata na sua simplicidade: um enigma – essa palavra aplica-se ao mesmo tempo à sua vida e à sua pessoa, diversamente interpretadas. Um enigma, uma maravilha: muito mais ainda estas palavras se aplicam à sua poesia, mutilada embora como está."[65]

[63] Estrábon (64/3 a.C.-ap. 21 d.C.), *Geografia*, 13, 2.3.
[64] Cf. Eliano, apud Estobeu, *Florilégio*, 3.29.58.
[65] André Bonnard, *A civilização grega*, p. 83.

***

Epigrama de Tullius Laurea (floruit c. de 60 d.C.), registrado na *Antologia Palatina* VII, 17:

Quando passares, estrangeiro, pelo túmulo eólico,
não digas que eu, a lírica de Mitylene, estou morta:
mãos humanas levantaram esta pedra,
e a obra do homem depressa se esvai no esquecimento.
Se me julgares, porém, pela luz e alegria das Musas divinas,
de cada uma das quais deponho, junto a cada uma das minhas nove,
uma flor, saberás como escapei às trevas do Hades:
nunca há de nascer o dia em que não se ouça o nome de
Sappho, Poeta.

***

A organização dos poemas de Safo em *nove livros* pode ter sido uma homenagem dos editores alexandrinos à grande poeta – em desacordo, talvez, com uma primitiva organização da obra no período arcaico.

***

"O papiro de Oxyrhynchus 1.231 indica o número de versos contidos no livro I: XHHHΔΔ, isto é, 1.320 (ou 330 estrofes). Como a estrofe de tipo 'sáfico' é [...] aquela de que Safo fez provavelmente o maior uso, não se pode presumir que qualquer dos livros seguintes ultrapassasse em extensão ou até mesmo igualasse o primeiro. A obra de Safo compreenderia, no total, cerca de 11 a 12 mil versos."[66]

***

[66] Aimé Puech, na introdução à edição Belles Lettres de *Alcée/Sapho*, p. 178.

"Os poemas de Safo eram cantados e foram compostos para serem cantados. Eles trazem as marcas formais, gramaticais, que caracterizam um poema oral tradicional, no sentido de Milman Parry, que lhes consagrou um estudo.[67] Mas nós os conhecemos graças à escrita, e não se exclui ter sido esse o caso do sobrinho de Sólon, embora seja também possível que ele tivesse aprendido o *mélos* em questão por transmissão oral. De qualquer modo, podemos estar relativamente certos de que a obra de Safo foi confiada ao escrito durante a vida da poeta, e parece razoável admitir que a própria Safo participou de sua fixação pela escrita, provavelmente com o estilo na mão."[68]

***

Segurando o *volumen* (o rolo de papiro) com a mão direita, o leitor desdobrava o texto, acompanhando a seqüência de palavras, versos, canções: entre os líricos, um *parágraphos*[69] separava as estrofes se o poema fosse monostrófico. No final, colocava-se a *korṓnē*.[70] Utilizava-se o asterisco quando o canto seguinte [apresentava] metro diferente: o que ocorre com os poemas monostróficos de Safo, Anacreonte e Alceu.[71]

***

Três epigramas atribuídos a Safo[72] pela *Antologia Palatina*:

VII, 505:
De seu pai, Méniskos, sobre a tumba do pescador Pélagon:
o remo e a rede, memórias de uma vida difícil.

[67] Milman Parry, "The Traditional Language of Lesbian Lyric Poetry", in *The Collected Papers of Milman Parry*, pp. 347-50.

[68] Jesper Svenbro, *Phrasikleia*, p. 163.

[69] *Parágraphos* (um traço horizontal: ____).

[70] *Korṓnē*: signo com a forma de uma pequena coroa.

[71] Cf. Hefaistíon, *περὶ σεμείων* = *perì semeíōn*, § 2, p. 73, ed. Consbruch, apud Puech, "Introdução", in *Alceé/Sapho*, p. 177.

[72] Os três epigramas datam provavelmente do período helenístico.

VI, 269:

[Ó jovens:][73] a quem me pergunta, eu respondo em silêncio,
com esta infatigável voz a meus pés inscrita:
"À Aithopía, filha de Leto,[74] consagrou-me Arísta,
filha de Hermokleitas, filho de Saynáos,
tua serva, ó rainha das mulheres! Sê propícia
e dá, em troca desse dom, renome à nossa estirpe.

VII, 489:

Esta poeira foi Timas: antes das núpcias morta,
acolheu-a Persephóne[75] em trevoso tálamo.
Sobre seu túmulo as amigas cortaram, com um ferro afiado,
os adoráveis cabelos, oferenda votiva.

(Mas um comensal de Ateneu observaria sem dúvida, depois de ouvir alguém recitando os três epigramas "sáficos" da *Antologia Palatina*: "Todos percebem imediatamente que isso não foi escrito por Safo".)

***

Molha com vinho os pulmões!
Já se levanta a estrela ardente: é a dura estação
que traz calor e sede.
Nem um sopro de vento nos campos;
das folhas, jorra aos céus ingratos
a canção aérea da cigarra estridente.
Só os cardos florescem.

[73] O manuscrito registra *παῖδες* = "crianças, jovens", que a edição Reinach/Puech de Safo substitui por *καίπερ* = "ainda que".

[74] O epigrama faz referência a uma estátua sem dúvida colocada no templo de Ártemis Aitopía em Lesbos, de onde a atribuição a Safo. Cf. Reinach, ed.cit., e *Revue d'études grecques*, V, 413. Campbell levanta, por sua vez, a hipótese de que a escultura representaria a própria Arista.

[75] Também chamada de Coré, "a Menina" por excelência, Persefone era filha de Zeus e Deméter. Raptada por Hades, soberano dos Ínferos, tornou-se rainha do mundo das sombras. Segundo velhas tradições, nenhum ser humano morria sem que Persefone, ela própria ou por intermédio de Átropos, lhe cortasse o cabelo a que estava presa a vida.

As mulheres ficam impuras e os homens mais frouxos
quando a Estrela do Cão faz arder
joelhos e frontes.

Esse poema foi citado pelo escoliasta Proclo (c. 410-485 d.C.) nas margens do verso 584 de *Os trabalhos e os dias*. Trata-se, com efeito, de uma versão lírica de uma passagem de Hesíodo, atribuída pelos helenistas contemporâneos a Alceu de Mitilene.

Em *De elocutione*, 142, Demetrio refere-se também a uns versos sobre a cigarra, sem atribuí-los a um autor determinado, e num contexto em que há referência a Safo de Lesbos:

[a cigarra], lançando de sob as asas
seu canto estridente, [enfeitiça]
[o verão?] [que flameja nos campos,] [debaixo do sol]

Esse fragmento pertenceria, segundo alguns editores modernos, a Safo de Lesbos. O texto, extremamente corrompido, presta-se a muitas leituras conflitantes: a minha acompanha, nesse momento, as restaurações de Théodore Reinach.[76]

***

Ignoramos a data em que se publicou, na Antigüidade, o texto canônico de Safo. Houve duas edições em Roma, organizadas, uma de acordo com os metros, outra segundo os temas; baseadas, as duas, numa edição anterior, alexandrina.

***

É autêntica a tradição de que obra de Safo teria sido queimada em Roma, em 1073, por ordem de Gregório VII? De qualquer forma, um gramático bizantino escrevia, no século XII: "já que a passagem do tempo

[76] Fragmento 206, em Reinach/Puech.

destruiu Sappho e sua obra, sua lira e suas canções, eu vos ofereço, como exemplos, outros versos".[77]

***

Em 1810, a edição Volger de Safo continha 120 fragmentos. A chamada *Ode a Afrodite* era conhecida há muito tempo, graças à sabedoria de um crítico helenístico, que a citou, na íntegra, em um de seus interessantes trabalhos de estilística. O tratado *Sobre o sublime* do Pseudo-Longino, redescoberto por leitores eruditos e traduzido por Boileau no século XVII, recolocou em circulação um belíssimo poema, ao qual faltam, talvez, os últimos versos, e que haveria de deixar sua marca nos discursos apaixonados da *Fedra* de Racine.

Em torno dessas canções, brilhavam fragmentos colhidos, aqui e ali, em Máximo de Tiro, Ateneu de Náucratis, lexicólogos ou gramáticos que citaram freqüentemente textos de Safo para ilustrar uma expressão dialetal, um tipo de verso, uma forma lexical caída em desuso.

A redescoberta de outros fragmentos – muitos deles contendo poemas quase completos – aconteceu graças àqueles melancólicos (assim os imaginamos) sábios do fim do século, que conseguiram recuperar, no Egito, o que sobrou da lírica de Safo, escondido em muros de velhas construções, túmulos, e até envolvendo o corpo de múmias de crocodilos sagrados.

***

As edições começam a acontecer: a de C.N. Neue é de 1827, logo superada pela de T. Bergk, cuja 4ª edição (*Poetae lyrici graeci*, tomo III) data de 1882. Vêm a seguir *Greek melic poets*, de Herbert Weir Smyth (1900) e *Sapho, traduction nouvelle de tous les fragments*, de Mario Meunier. (1911). Nesse período, as conhecidas edições de J.M. Edmonds se sucedem: 1912, 1919, 1922. O *Supplementum*

[77] Tzetzes, *Sobre os metros de Píndaro*, 20-22.

lyricum, de Diehl data também de 1922. Em 1925, aparece o clássico, indispensável *Σαπφοῦς μέλη* (*Sapphoûs mélē*) de E. Lobel.

***

Do papiro às edições modernas, o texto pode passar por surpreendentes anamorfoses: J.M. Edmonds preenche todos os vazios dos manuscritos, completa lacunas, inventa versos inteiros em grego, serenamente acrescentados às peças mutiladas pelo tempo. Ele r*estaura*, em suma, com materiais envelhecidos *ad hoc* e uma sensibilidade *fin-de-siècle*, fragmentos que hoje, segundo outro padrão cultural, abordamos sempre com religioso respeito.

***

Safo de Lesbos, dizia Estrábon, *uma criatura maravilhosa*: [ ] *καὶ ἡ Σαπφώ, θαυμαστόν τι χρῆμα* = *kaì hē Sapphṓ, thaumastón ti khrêma. Thaûma* é o objeto de assombro ou de admiração: a *maravilha* ou o *monstro.*

***

O texto de Safo, em línguas modernas: um tradutor inglês (discutirei longamente com ele em outro capítulo) considera quase trivial – com ressalvas para os "grandes poemas" eróticos – uma lírica que canta rosas sob a Lua solitária, tecidos de cores brilhantes e donzelas melífonas, reduzindo a *maravilha* à pequenez de um universo "apenas feminino" – às vezes atravessado por febre e fogo.

Mas justamente certas "expressões de fogo e de febre" pronunciadas por Safo conseguiam evocar num erudito francês do início do século XX umas palavras dirigidas por Madame de Sevigné a Madame de Grignan,[78] isto é, o decoro e as graças aristocráticas do século XVII; e a edição da poeta colocada aos cuidados desse grande helenista – texto, restaurações e tradução – desenha com precisão uma

[78] Puech, falando de Reinach, na introdução a *Alcée/Sapho*, p. 172.

imagem de mulher que corresponde a, e contesta, linha por linha, a imaginária lesbiana de *Canções de Bilitis*, filha de Pierre Louÿs.

Renée Vivien[79] – não sei se o leitor se lembra dessa jovem inglesa citada num capítulo anterior – inventou, num belo francês *modern style*, poemas *sáficos* (no, para mim, mau sentido dessa palavra) que ainda hoje figuram em edições da lírica de Safo: em meados dos anos 40 do século passado, Jamil Almansur Haddad os traduziu e recolheu (lado a lado com fragmentos remanescentes da poeta de Lesbos) num volume ainda hoje muito apreciado por amadores do estilo *sáfico*: um livrinho onde o *faux* (como diriam os comerciantes de arte) supera, deliciosamente, o *autêntico* (também na acepção mercadológica do termo). Veja-se, por exemplo, o interessantíssimo poema intitulado *Diálogo entre Alcéia e Safo*, texto gerado sem dúvida pelo próprio nome de Alceu, que tem em francês a marca lexical do feminino: *Alcée* – embora não se possa pôr de lado, também, a hipótese de que essa curiosa versão do famoso diálogo entre Safo e Alceu (que já citei acima) tenha sido provocada pela expectativa de encontrar sempre, em Safo, amores sáficos:

[79] Pauline Tarn (1877-1909), conhecida nos meios literários do final do século XIX como René Vivien, nasceu em Paddington, Inglaterra, mas viveu quase sempre em Paris, escrevendo em francês. Em 1899, ligou-se a uma amiga de infância, a americana Natalie Clifford Barney, com quem começou a estudar grego antigo em Bar Harbor, Maine, Estados Unidos. De volta a Paris, Barney e Vivien continuaram a estudar grego e prosódia francesa com Charles-Brun, especialista em letras clássicas, e logo Renée (observe-se que esse nome próprio, quando pronunciado, pode referir-se tanto a um homem quanto a uma mulher) Vivien estava escrevendo, inspirados em Safo, versos que chamaram a atenção do editor Alphonse Lemerre (*Études et préludes*, 1901). Outros títulos significativos: *À l'heure des mains jointes* (1906), *Sillages* (1908), *Flambeaux éteints* (1908). Em 1903, Renée Vivien já havia recriado, à sua maneira, a obra da poeta de Lesbos em *Sapho*, nome que ela passa a grafar, lindamente, *Psappha*. A delicada e obsessiva inglesa reescreveu também sua própria vida em poemas e numa novela em que recupera sua relação amorosa com Natalie Barney, retratada como "femme fatale" e freqüentemente comparada a Atthis, uma das companheiras de Safo. Convertida à fé católica, Vivien deixou-se morrer de fome aos 32 anos de idade. Para preservar sua reputação como escritora e manter em segredo sua vida amorosa, o erudito Salomon Reinach (adaptador para o francês de *Minerva*, livrinho citado na abertura deste ensaio) confiou seus manuscritos à Bibliothèque Nationale, onde não poderiam ser consultados antes do ano 2000. Basicamente fundada na temática e versificação do simbolismo francês e alheia às vanguardas modernistas que despontavam no início do século XX, a poesia de Renée Vivien envelheceu rapidamente. (V. Natalie Clifford Barney, *Adventures of the Mind*; Jean-Paul Goujon, *Tes blessures sont plus douces que leurs caresses*; Paul Lorenz, *Sapho, 1900: Renée Vivien.*)

ALCÉIA:
Tu que és dona de tão celeste olhar,
por que te enches assim desse rancor supremo?
Prestes a te falar, como criança, tremo...
Tu não queres por certo me escutar.

SAFO:
Se não fosse insensato o que estás a falar,
a tua língua não teria que se embaraçar.
Teria adivinhado o que pede medroso
o teu olhar receioso?
Sem empregar essa ternura e essa arte –
mais jovem poderias bem melhor falar:
eu veria o prazer fulgir em teu olhar,
e assim eu poderia por certo escutar-te.[80]

É sem dúvida possível encontrar vestígios da lírica de Safo nessa deliciosa fantasia *à la manière de Renée Vivien*, mas um comensal de Ateneu de Náucratis levantaria os sobrolhos (ironicamente?) ao ouvir a recitante implorar, em outro poema da mesma recolha, pelo amor da própria Afrodite – "Torna-te minha amada!" –, ali onde ressoa um grito de angústia sem dúvida erótica, mas inscrito num contexto bélico e fazendo apelo a um léxico singularmente militar: "Torna-te, ó deusa, em *Symmakhos*!", isto é, "em Ajudante-nos-combates!"

Essa *poétesse art nouveau* (se levarmos em conta o original francês) ou *déco* (pensando na data de publicação da citada edição brasileira, ornada com um belo retrato imaginário de Safo por Tarsila) lembra-me A. Bernan[81] comentando a tradução proposta por Edith Mora[82] para uma série de símiles atribuídos pela tradição a Safo de Lesbos:

plus blanche que le lait
plus souple que l'eau
plus harmonieuse que les harpes, etc.

[80] Safo, *Lírica*. Trad. de Jamil Almansur Haddad, pp. 57-8.
[81] A. Berman, "Hölderlin, ou la traduction comme manifestation", in *Les tours de Babel*, pp. 93-107.
[82] Edith Mora, *Poèmes de Sapho*, p. 369.

Leitura – observa o crítico – exata e correta, como aliás o conjunto da tradução de Mora: ele revela uma poesia encantadora, fresca, feminina – embora, no fundo, banal:

mais branca que o leite
mais leve que a água
mais harmoniosa que as harpas, etc.

Foi preciso esperar por um grande poeta moderno, Michel Deguy, para que, de certa forma violentado – ainda segundo Berman –, esse poema pudesse se oferecer aos modernos na radical estranheza de uma tradução que, renovando seus clichês, apaga dois mil e quinhentos anos de repetições triviais:

Que lait?	plus blanche
Que source?	plus délicate
Que lyres?	plus accordée, etc.[83]

Elogiada antes de tudo por seguir a ordem grega das palavras, a tradução de Deguy seria também como que agradavelmente perturbada pela insólita interrogação e pelos brancos tipográficos instauradores de toda uma cadeia de perguntas permitindo uma leitura ao mesmo tempo vertical e horizontal do poema – que é, além disso, re-semantizado pela concretude atribuída aos substantivos e adjetivos "poetizantes" da versão de Mora:

Que leite?	mais branca
Que fonte?	mais delicada
Que lira?	mais consoante, etc.

Mas depois de seguir, imperturbável, esse brilhante comentário, um comensal de Ateneu de Náucratis haveria de se interrogar sobre os motivos que teriam levado Berman a insistir em qualificar como "poema" esse conjunto de comparações que foram na realidade

[83] Berman, loc. cit.

citadas pelo gramático Gregório de Corinto, no corpo de um tratado escrito por Hermógenes, um *scholar* do século II da era cristã:

> O ouvido se delicia com frases eróticas como as de Anakréon e Sappho; por exemplo: "mais branca do que o leite"; "mais leve que a água", "mais harmoniosa que as liras", "mais orgulhosa que um cavalo", mais frágil que as rosas", "mais delicada que um fino manto", "mais preciosa que o ouro" [...].[84]

Colhido em seu contexto retórico-gramatical, esse conjunto de símiles ganha uma espécie de ambigüidade no que diz respeito à autoria; a atribuição de todos eles a Safo passa a ser uma decisão do editor da poeta – e do tradutor, portanto. E a referência do crítico da era imperial ao vivo erotismo das comparações (quais as de Safo, as de Anacreonte?) não deveria também nos animar a recuperá-las na – por assim dizer – pele da tradução: numa fonética, numa semântica dos sentidos? Na audição, no tato, na visão, no olfato, no paladar? No gozo do texto? Não sei se aqueles fragmentos se referem a uma pessoa ou se, por fazerem parte de poemas diferentes, a amadas diversas; pouco importa: uma daquelas moças (ou todas?), é mais cariciosa que águas escorrendo no corpo – leve, delicada, fluida, imponderável. Outra – ou todas elas? – é, mais que um vestido transparente abraçando o corpo e tocado pelo vento, imponderável, delicada, fluida, leve. No seu modo de ser protéico, seria ela também mais orgulhosa, altiva e espumante (no ímpeto ou recusa das rédeas), que um cavalo?

***

De acordo com um helenista contemporâneo, "é evidente, para quem ler o que se escreveu sobre Safo, no último século, e sobretudo nos últimos cinqüenta anos, que as avaliações da qualidade de sua obra e as opiniões sobre seus sentimentos foram, freqüentemente, falseadas por idéias preconceituosas a respeito do meio social e do aspecto moral da poeta. O prestígio de Wilamowitz deu uma nova e duradoura dignidade à velha teoria de que Safo era um modelo de virtude, e de que sua poesia

[84] Gregório de Corinto in Hermógenes, *Meth.* (*Reth. Gr.* VII 1236 Walz).

havia sido inteiramente mal compreendida na Antigüidade. Essa teoria afirma que ela era o chefe de um culto religioso devotado, em Lesbos, à veneração de uma Afrodite virtuosa; e que suas companheiras eram *alunas*, a quem ela dava *lições* sobre assuntos de ordem moral, social e literária; e que ela era, por conseguinte, um membro altamente respeitado da sociedade, uma senhora de caráter sem jaça, ocupando uma posição honrosa, e mais ou menos oficial, em Mitilene; e que a totalidade de seu trabalho tem que ser considerada e apreciada a partir desse ponto de vista.

Se perguntarmos onde estão as provas da existência dessa união de um grupo de culto com uma academia de moças, sob a presidência de Safo, quase nada – eu deveria dizer *nada* – encontramos de concludente: a teoria não encontra suporte em lugar algum e"...[85] [ ] deixando de lado, com certa impaciência, essa leitura de um contemporâneo nosso, surpreende-me encontrar em Plutarco,[86] homem de bom senso e prosador de estilo mediano, uma observação singularmente *moderna*, e contudo duas vezes milenar:

"[ ] se tornamos claro, ao comparar os poemas de Sappho com os de Anakréon, ou os oráculos da Sibylla com os de Bákis[87] que a arte da poesia ou da profecia não é uma coisa quando praticada por homens e outra quando exercida por mulheres, encontrará alguém motivo de censura nessa demonstração?"

***

O governador Verres pilhou e explorou, de 73 a 71, a Sicília, onde a poeta Safo de Lesbos tinha buscado – dizem – o exílio numa data que, infelizmente, foi apagada no mármore de Paros.

Em virtude de seu governo desastrado, esse homem foi processado e os sicilianos pediram a Cícero que assumisse a função de acusador. Ele aceitou a causa e reuniu um número inacreditável de provas contra Verres, e as apresentou em seqüências

[85] Denys Page, in *Sappho and Acaeus*, pp. 110-1.

[86] Plutarco, *Virtudes das mulheres*, 243b.

[87] Bákis: originalmente, profeta da Beócia, terra natal de Plutarco (c. 50, c. 120 a.D.). Tornou-se, depois, um nome genérico.

maravilhosamente retóricas. *Uma estátua* – ironiza o mestre, em certo momento – *foi roubada do pritaneu de Siracusa. Mas há uma boa desculpa, e quase poderíamos perdoar-te por isso, ó Verres! Quem, entre os homens públicos ou particulares, poderia possuir esse trabalho de Silânion, tão bem-acabado, tão perfeito, tão elegante, senão o elegantíssimo e eruditíssimo Verres? Não somente a estátua era deliciosamente bem-feita, como tinha, inscrito na base, um famosíssimo epigrama grego...*

Esse erudito helenista, esse Verres, esse fino conhecedor desses assuntos, o único homem que os compreende, certamente teria levado também o epigrama e a base, com a estátua, se fosse capaz de compreender uma só palavra de grego...

Assim, a inscrição na base vazia declara o que havia ali, antes do roubo, e proclama o que foi retirado: a estátua de Sappho de Lesbos![88]

[88] Cf. Cícero, *Contra Verres*, 2.4.125-7.

Não esquecer um grande capítulo sobre a arte da adivinhação por meio de água, de cartas de baralho, da leitura da mão, etc.

Baudelaire, *Meu coração desnudado*

3. A dança do grou

Um homem errante em meio a pontos cegos e a falsas pistas provoca e tenta alcançar o monstro escondido no centro de um imenso palácio subterrâneo. Criatura das luzes, Teseu solicita, entretanto, um guia astucioso, e Ariadne, mulher apaixonada, vai conduzi-lo pelos corredores sombrios, fornecendo-lhe a solução da *ἀπορία = aporía*: "dificuldade de passar, de encontrar a saída": ela desenrola um fio de linha no interior da armadilha e o labirinto, ganhando a forma de espirais sucessivas, passa a existir como percurso; e desaparece no momento em que se transforma em *figura*:

Dédalo havia construído, para ocultar o filho monstruoso de Pasífae, uma casa de múltiplos desvios sob teto inacessível, uma casa semelhante ao Meandro, rio de águas límpidas, cujo curso, hesitante entre os caminhos, ora segue em frente, ora dobra sobre suas próprias ondas e ganha a direção das nascentes; ou volta a se lançar, inesperado, para os lados do mar – à procura do mais incerto dos fins. Assim o palácio do Minotauro, irmão de Ariadne, território onde os índices, embaralhados, confundem o olhar perdido, errante ao longo de passagens diferentes: com dificuldade, o próprio arquiteto tinha voltado ao ponto de partida, tantas eram as armadilhas semeadas nas passagens bifurcantes.[89]

[89] Cf. Ovídio (*Metamorfoses*, VIII, vv. 184 e segs.), que parafraseei livremente.

***

A princesa Ariadne possuía, segundo uma tradição paralela, uma coroa deslumbrante, presente de Afrodite e das Horas; o brilho de suas pedras teria iluminado Teseu, quando ele seguia a donzela nos perigosos desvios do labirinto.

Abandonada pelo herói em Naxos, Ariadne foi recolhida por Diôniso, que lhe deu ajuda e amor. Para que ela brilhasse para sempre, tomou-lhe da fronte a coroa e a lançou aos céus: as gemas preciosas transformaram-se em resplandecentes fogos: a Constelação da Coroa, que figura entre o Homem Ajoelhado e Homem-Que-Segura-a-Serpente.

***

Tendo abandonado Ariadne em Naxos, Teseu partiu para Delos, onde – segundo seu biógrafo Plutarco –[90] inventou, com os meninos e as moças de Atenas, salvos por ele, uma dança conservada pela tradição délica: os movimentos e os passos entrelaçados que a compunham imitavam idas e vindas no interior do labirinto. Essa dança, informa Dicearco,[91] era chamada, na ilha, de *dança do ghéranos ou grou*, talvez porque os bailarinos seguissem o condutor do grupo no ritmo de voltas que se fazem e se desfazem, à maneira de um fio numa espiral ou dentro de um caracol: a solução da *aporia do labirinto*, mas vivida sob a forma de jogo.

***

Pássaros famosos na Antigüidade pela prudência, os grous atravessam os céus em fila, numa linha única, guiados pelo mais velho do grupo e orientando-se, na amplidão de um espaço sem fronteiras, por meio de um curioso expediente: levam nas garras uma pedrinha[92] que deixam cair periodicamente, o que lhes permite determinar,

[90] Plutarco, *Teseu*, XIX.

[91] Dicearco de Messina, discípulo de Aristóteles, citado por Plutarco, op. cit.

[92] Cf. *Suda*: γέρανος λίθους φέρουσιν.

graças ao ruído produzido, se o vôo se realiza em terra ou alto mar.[93] Esse mito diz respeito ao percurso labiríntico, ensinando que é possível transpor o intransponível e fixar direções – provisórias – numa amplidão sem marcas aparentes.

***

Se o labirinto é construção humana – *recorte e desenho* – a dança do grou realiza um artifício em segundo grau quando projeta a figura do vôo do *ghéranos* na concha dedálica, efetuando a leitura de um signo pelo outro nos passos falsamente errantes dos bailarinos; e assim Teseu e o coro de jovens atenienses são, ao mesmo tempo, eles mesmos e os grous[94] voando num caracol imaginário que simula a amplidão do firmamento, desenho cósmico do labirinto construído por Dédalo, e em cujo centro ocultava-se o monstro.[95]

***

[93] Imagens evocadas por M. Detienne, em seminário apresentado num curso dirigido por Roland Barthes, no Collège de France, sobre a *Metáfora do labirinto*, em 9 de dezembro de 1978. [*Nota datada de dezembro de 2002*: revendo este livro para uma segunda edição, constato que Detienne só publicaria essa palestra mais de dez anos depois (1989), no livro *L'écriture d'Orphée*, do qual seria necessário citar a seguinte passagem: "De conformidade com a *História dos animais*, de Aristóteles, o grou voa de uma extremidade do mundo até outra, ligando os dois extremos da terra. A esta proeza o *ghéranos* [grou, em grego] acrescenta o expediente memorável de uma providência que se tornou proverbial. No momento da partida para a travessia, cada grou, em sua prudência, leva consigo um seixo, uma pedrinha que lhe permite determinar, de acordo com o ruído que esta faz ao cair, se o vôo se efetua sobre o mar ou sobre a terra". (p. 18 da trad. port.)]

[94] Detienne chama a atenção para um detalhe singular da dança do *ghéranos*: a forma triangular de sua evolução, o que nos lembra Lautréamont observando, nos *Cantos de Maldoror*, que, ao voar, os grous formam um triângulo no céu, embora para nós somente um dos seus lados seja visível.

[95] No Canto V do *Inferno*, Dante compara o turbilhão dos luxuriosos a um bando de grous "soltando lamentos pelo céu em torcidas linhas", imagem que ecoa imediatamente na página inaugural dos *Cantos de Maldoror*, em que o leitor é, ele próprio, comparado a essas aves pernaltas "voando, durante o inverno, através do silêncio, com todas as velas tensas, para um ponto determinado do horizonte (...) de onde procede um vento estranho e forte, precursor das tempestades".

O vocabulário, a temática, a metafórica do labirinto ajustam-se naturalmente ao mito da pesquisa, criando, numa superposição de desenhos – *o palácio da perdição, um vôo de pássaros migratórios, a dança do grou* – uma personagem capaz de inventar uma casa cheia de armadilhas e desvios,[96] pelo simples prazer de narrar, à saída desse espaço, suas errâncias em busca do monstro ou da maravilha: *no centro do labirinto, havia um pedestal vazio, onde se podia ler aquele famosíssimo epigrama grego...*

Alcançando o centro da armadilha, encontramos apenas o pedestal de onde fora roubada por Verres a estátua de Safo de Lesbos, imagem que poderia impressionar, pela astúcia, o mestre de retórica do poeta Públio Ovídio Naso – embora tivesse lido, ele próprio, boas traduções latinas de poesia grega.

[96] Jorge Luis Borges e Margarita Guerrero, *El libro de los seres imaginarios*, p. 664. ("A idéia de uma casa feita para que as pessoas nela se percam é talvez mais estranha do que a de um homem com cabeça de touro, mas as duas se completam e a imagem do labirinto convém à do Minotauro. É conveniente que no centro de uma casa monstruosa haja também um habitante monstruoso".)

Segunda parte

O PALIMPSESTO

Desci ao jardim e me encontrei diante de uma admirável estátua.
Era certamente uma Vênus, e de uma maravilhosa beleza. [...]
[O sr. de Peyehorade] me apontava o pedestal da estátua, no qual li estas palavras:

CAVE AMANTEM

"Quid dicis doctissime*?", perguntou-me ele, esfregando as mãos. Vejamos se nos pomos de acordo sobre este* caue amantem*!"*
– Mas, respondi, há dois sentidos. Pode-se traduzir: "Cuidado com quem te ama, desconfia dos amantes". Mas, nesse sentido, não estou certo de que caue amantem *seja um bom latim. Vendo a expressão diabólica desta senhora, parece-me mais certo que o artista quis prevenir o espectador contra esta terrível beleza. Eu traduziria, portanto: "Cuidado, se ela te ama".*
– Hum..., disse o sr. de Peyrehorade, sim, é um dos sentidos possíveis, mas, não me leve a mal, prefiro a primeira tradução, que, entretanto, pretendo aperfeiçoar. O senhor conhece o amante de Vênus?
– Ela teve muitos.
– Sim; mas o primeiro foi Vulcano. O que se pretendeu dizer não teria sido: "Apesar de toda a tua beleza, de teu ar desdenhoso, terás como amante um ferreiro, um pobre coxo?" Lição profunda, meu senhor, para as mulheres galantes!
Não consegui deixar de sorrir, a tal ponto sua explicação me parecia artificial e forçada.

(Merimée, *A Vênus de Ille*)

Trama de cores e brilhos

Musa da impotência, que estancas o ritmo e me forças a reler; inimiga com beberagens, eu te devolvo a embriaguez que vem de outrem.

Mallarmé, "Outrora, nas margens de um Baudelaire"

1. A persuasão, o desejo, a saudade

O sorriso arcaizante

"Ninguém chega nunca a produzir muita poesia digna de nota; isto é, no cômputo geral, ninguém produz muita coisa que seja definitiva, e quando não está fazendo essa coisa suprema, quando não está dizendo algo com perfeição e de uma vez por todas; quando não está acomodando *ποικιλόθρον' ἀθανάτ' 'Αφρόδιτα = poikilóthron' athanát' Aphródita*, ou 'Hist – said Kate the Queen', ser-lhe-á muito mais proveitoso fazer os tipos de experiência que lhe poderão ser úteis em sua obra posterior, ou aos seus sucessores."[1]

Ezra Pound refere-se, nesta passagem de *Ensaios*, a uns versos gregos que vêm sendo, há dois milênios e meio, comentados, parafraseados e traduzidos no Ocidente: a impropriamente (como se verá adiante) chamada *Ode a Afrodite*, o único dos poemas de Safo de Lesbos que ainda podemos ler na íntegra, graças a uma citação num pequeno tratado de estilística composto – acredita-se – um pouco antes do nascimento de Cristo.[2] O autor do livrinho, Dionísio de Halicarnasso, heleno da Ásia Menor, encanta-se, tanto quanto o poeta inglês, diante do texto, já velho, para ele, de seiscentos anos; e maravilha-se com as palavras que "se justapõem e se tecem de acordo

[1] Ezra Pound, *A arte da poesia*, p. 18.

[2] Dionísio de Halicarnasso veio na época da batalha de Ácio para Roma, onde compôs, nos intervalos da redação de *Antigüidades*, seus preciosos tratados de estilística. (Cf. "Life of Dionysius", in Dionysius of Halicarnassus, *The roman antiquities*, texto grego, com tradução de Earnest Cary.) Um fragmento de papiro do início do século II a.C. fornece fragmentos dos versos 1-21 do poema de Safo, que foi também usado por Hefestíon para ilustrar a estrofe sáfica in *Ench*. c. 14, 1.

com certas afinidades naturais e agrupamentos de letras". "Um conjunto fluente, coeso, eufônico":[3] perfeito, de uma vez por todas.

Surpreeendentes elogios para quem, como nós, leitores comuns, teve acesso à famosa ode por intermédio de traduções parafraseantes, às vezes corretas, mas evocando sempre um mundo abolido como um bibelô neo-clássico; e na memória dos bons estudantes de letras ecoam imediatamente os versos da bela adaptação feita por Garrett:[4]

> Filha de Jove, que tens altares
> Em cem lugares, Diva falaz:
> Ah! Poupa mágoas a quem te adora
> A quem implora favor e paz.
>
> Tu já outrora piedosa ouviste
> O brado triste da minha voz:
> E da paterna mansão celeste
> A mim vieste pronta e veloz.
>
> Ao níveo carro jungido tinhas
> Das avezinhas o meigo par.
> Ele voando pelo ar sereno
> Em prado ameno veio pousar.
>
> E tu, sorrindo, de mim diante
> Meigo o semblante falaste assim:
> "Safo, eu te vejo tão consternada
> Por que magoada chamas por mim?
>
> Paixão te oprime? Gemes, suspiras
> Dize, a quem aspiras com tanto ardor?
> Alguém, ingrato, se te não rende?
> Ah! quem te ofende com tal rigor?

[3] "Sobre a disposição das palavras", 23. Texto grego e tradução de Stephen Usher para o inglês, in Dionysius of Halicarnassus, *Critical essays, II*.

[4] Almeida Garrett, Ode a Vênus, apud José Pérez, "Safo e a primeira revolução das mulheres", introdução a Safo, *Lírica*, pp. 19-20.

Há de rogar-te, se te ora enjeita.
Teus dons rejeita? Dons te dará:
Desquer-te amado? Por ti já esquiva
Em chama ativa se abrasará."

Também agora, deusa benigna,
A mim te digna dar proteção:
Auxiliadora neste conflito
Vale ao aflito meu coração.

Nessa correta versão oitocentista, a dicção clássica do poeta romântico poderá desconcertar tanto o leitor habituado aos modernos quanto o *scholar* – e sobretudo o último, para quem a lírica de Safo só encontra seu contexto verdadeiro (se assim podemos nos expressar) naquele misterioso mundo arcaico tão mal conhecido de todos nós: a Grécia no momento de passagem dos séculos VII para o VI antes do nascimento de Cristo; anterior, portanto, à filosofia, ao discurso trágico e aos serenos mármores do Partenon.

***

– No fundo, a estrutura da *Ode a Afrodite* (explicou-me o *scholar* que citei acima) difere muito pouco das inúmeras preces que os heróis dirigem, no registro épico, às grandes divindades: as palavras de Safo nesse famosíssimo poema demarcam, claramente, algumas falas de Aquiles, Diomedes ou Agamêmnon, na *Ilíada*. Diomedes, ferido por Pândion, clama por Atena:[5]

Ouve-me, ó Infatigável, filha de Zeus, o detentor da égide.
Se algum dia, resoluta e amiga, me assististe, a mim e a
[meu pai,
Faze com que eu mate esse homem, traze-o ao alcance de
[minha lança,
Ele que me tocou primeiro e disto se ufana, dizendo que eu,
Por muito tempo, não verei a refulgente luz do sol.

[5] *Ilíada*, V, 115-20. Trad. de Robert Aubreton, in *Introdução a Homero*, p. 233.

É assim que o herói do mundo épico pronuncia sua oração. Em primeiro lugar, é preciso bradar pelo nome do deus, invocado segundo seus epítetos rituais:

Ó Infatigável, filha de Zeus...

A esse grito segue-se uma "confirmação" protocolar: o recitante lembra os benefícios recebidos no passado:

se algum dia, resoluta e amiga...

reafirmando o contrato entre a divindade e o crente, e abrindo o caminho para a súplica:

faze com que eu mate este homem...

É essa a estrutura comum a quase todas as preces da *Ilíada*, geralmente fechadas com uma promessa de sacrifícios ou de dons como pagamento dos favores obtidos:

e logo, em teu templo, nós te ofertaremos doze
[vitelas de um ano,
Que não conheceram o aguilhão, se te dignares a
[ter piedade.

E, acrescentando-se a tantas outras, esta tradução aproximada de Safo de Lesbos:

Aphrodite em trono de cores e brilhos,
imortal filha de Zeus, urdidora de tramas!
a dores e mágoas não dobres,
Soberana, meu coração;

mas vem até mim, se jamais no passado,
ouviste ao longe meu grito, e atendeste,
e o palácio do pai abandonado
áureo, tu vieste,

no carro atrelado: conduziam-te, rápidos,
lindos pardais sobre a terra sombria,
lado a lado num bater de asas, do céu
através dos ares,

e pronto chegaram; e tu, Bem-Aventurada,
com um sorriso no teu rosto imortal,
perguntaste por que eu de novo sofria,
por que de novo eu suplicava,

e o que para mim eu mais quero,
no coração delirante. Quem, de novo, a Persuasiva
para teu amor deve trazer? Quem,
ó Psappha, te contraria?

Pois, se ela foge, logo perseguirá;
se recusa presentes, presentes ofertará;
se não ama, logo vai te amar,
embora não querendo.

Vem outra vez – agora! Livra-me
desta angústia e alcança para mim,
tu mesma, o que o coração mais deseja:
sê meu Ajudante-em-Combates![6]

Percebemos imediatamente as semelhanças estruturais, mas também tudo o que demarca a oração enunciada por Safo das palavras de um guerreiro acuado. Antes de tudo, o contexto: Diomedes suplica aos deuses no campo de batalha, entre lanças, sangue e gritos de agonia; sua prece é a respiração tensa do verbo, prolongando e anunciando o retinir das armas e o zunir das flechas. Em Safo, uma voz de mulher dirige-se a Afrodite, filha de Zeus, e solicita esta graça banal: o amor de alguém. Um pequeno acontecimento à margem da história dos gloriosos combates; uma futilidade. Para registrar a irrupção de seus afetos, a poeta ousa convocar o grande aparato das declamações épicas: o vocabulário, o ritmo grandioso e opressivo

[6] LP 1.

das súplicas, numa desproporção entre palavra e evento, numa inquietante contaminação de registros discursivos.

Observemos, contudo, antes de tentar compreender esse entrecruzar de vozes, outro detalhe que singulariza a *Ode a Afrodite* quando comparada à prece do herói: emergindo dramaticamente na memória da Suplicante, a deusa manifesta-se no interior da própria oração; e fala.

Um tema raro no mundo grego, mas que encontra, de acordo com C.M. Bowra, precedentes ou paralelos na literatura clássica.[7] No Canto I da *Ilíada*, no instante em que Aquiles está prestes a puxar da espada contra Agamêmnon, Palas desce do céu e intervém na ação. Visível apenas para o herói, a deusa provoca um diálogo e muda o curso dos eventos.[8] Na *Odisséia*, Atena é a companheira fiel de Ulisses; e se manifesta em momentos estratégicos do seu percurso: embora não possa ser vista por olhos mortais, fala e aconselha.

Mas, no registro épico, o discurso de um narrador sustenta as personagens e suas falas; a teofania acontece no curso de uma história que envolve homens e divindades, e diz respeito ao destino de um povo inteiro. O futuro da Hélade está suspenso às súplicas de Aquiles, Agamêmnon ou Diomedes, enquanto que, na lírica de Safo, a divindade se manifesta no interior das palavras da orante: na força da memória. Esse acontecimento relaciona-se apenas à vida de uma mulher apaixonada por outra, cujo nome nem sequer sabemos. Isso pode ser algo de muito novo, no mundo grego, e nos interpela vivamente.

Tentando aprofundar essa questão, de forma contudo modesta como convém a um estudante, iniciemos o trabalho de leitura da famosa ode sáfica com um rápido estudo de seus aspectos formais.

C.M. Bowra[9] chama a atenção para o perfeito equilíbrio de uma fala na qual os requisitos da prece são observados interna e externamente: a Invocação ocupa uma estrofe inteira, no início, e a

[7] C.M. Bowra, *Greeek lyric poetry*, p. 202.
[8] *Ilíada*, I, 194 e segs.
[9] Op. cit., p. 204.

Súplica outra, no final; as duas enquadram o bloco constituído pela Confirmação. Os temas da submissão e da angústia, modulados na abertura da ode, são retomados e transformados no fecho:

> [ ] eu te suplico:
> não dobres a dores e mágoas, ó Soberana,
> meu coração;
>
> [ ]
>
> [ ] desata-me
> deste aflito sofrimento; cumpre os desejos
> que o coração deseja [ ].

Tradução aproximada: à dificuldade de recriar em português os complicados ritmos da poesia helênica e as sonoridades da língua grega,[10] somam-se espinhosos problemas semânticos. É muito difícil, admite um dos maiores, entre os grandes especialistas modernos em Safo e Alceu,[11] determinar com exatidão o significado de alguns termos, já na primeira estrofe. Encontramos certas cadeias fônicas melodiosas, mas de sentido um pouco obscuro:

> líssomaí se,
> mē m'ásaisi mēd'oníaisi dámna,
> pótnia, thymon.

A palavra *ἀνία* (*anía*), cognata de *ὀνίαισι* (*oníasi*), está associada à idéia de "sofrimento mental e de angústia"; os termos ligados a *ἄσαισι* (*ásaisi*) denotam, no discurso da medicina, "desconforto físico". Denys Page descarta, entretanto, a possibilidade de ler no poema, a partir de *ásaisi*, alguma coisa como náusea" ou "nojo": o contexto, afirma ele, solicita as conotações de "aflição", "desgosto", "angústia".

[10] Confrontado com a delicadíssima renda bordada que é o idioma sáfico, tive, num primeiro momento, a tentação de transliterá-la simplesmente, criando, assim, uma espécie de *ready-made* literário: *poikolóthron athanát' Aphródita...*

[11] Denys Page, *Sappho and Alcaeus*, pp. 6-7.

Sigamos, provisoriamente, essa lição, e passemos à última estrofe, onde esse núcleo significativo de "sofrimento, dor" reaparece no sintagma *χαλέπαν* [ ] *μερίμναν* (*khalépan* [ ] *merímnan*). O primeiro termo qualifica: "penoso, opressivo, cruel", enquanto o substantivo indica "preocupação, ansiedade, inquietação"; e isso num espaço textual e emotivo em que se impõe uma forma verbal articulada ao desejo, isto é, a Eros: *ἰμέρρει* (*imérrei*).

Esses signos criam um contexto cinético, vibrante: ímpeto em direção ao passado, ao futuro – a última estrofe do poema constrói-se num clima de extraordinária tensão; e Page assim traduz, muito bem os versos 26-27:

> Fulfil all that my heart desires to fulfil.[12]

Repete-se duas vezes, em linhas subseqüentes, uma forma verbal que significa "cumprir", "executar", "levar a bom termo", sublinhando a retomada e a transformação de um contexto de angústias e submissão, preso, aqui como na primeira estrofe, ao *thymós*.

Esse termo, que traduzi, de acordo com a rotina, por *coração* (alguns preferem *espírito*), indicava, na Grécia arcaica, o princípio da vida. Supunha-se que tinha sua sede no diafragma (*phrénes*), onde o homem pensa e sente. Diríamos, hoje: *thymós* é paixão e vontade. Relacionada, etimologicamente, ao latim *fumus* e a *thýō*, a palavra sugere, segundo Jaeger, um jorro de sangue quente, e liga-se ao conceito de movimento, "num sentido mais tarde explorado por Aristóteles; são os impulsos do *thymós* que impelem o herói à atividade".[13]

Na primeira estrofe do poema, o contexto é de súplica: "não submetas, Soberana, o *θυμός* = *thymós* à escravidão das paixões". É o que parece indicar a forma *dámna* (v. 3), de um verbo significando "domar" (um animal), "submeter" (uma jovem ao jugo do marido) e, finalmente, "dominar o coração de alguém". Esse mesmo esquema

[12] Id., ibid., p. 4.
[13] Werner Jaeger, "El origen de la doctrina de la divinidad del alma", in *La teologia de los primeros filósofos griegos*, pp. 85-6. Cf. A. E. Taylor, *El pensamiento de Sócrates*, p. 110 e segs.

sintático-semântico vai reaparecer, mas inteiramente transformado, na última estrofe: uma possibilidade de libertação emerge na concretude da forma verbal *λῦσον* = *líson*, de *λύω* = *lyō* (v. 25): "desata, livra meu coração destas amarras".

Na vertigem da agonia, a Suplicante invoca Afrodite, e os especialistas divergem sobre a interpretação dessa verdadeira teofania ocorrendo no interior do poema: um artifício de estilo? Um sonho? Estaria a poeta evocando uma imagem sagrada, num santuário? Só compreendemos que, *no passado*, a divindade já ouvira seus gritos, em circunstâncias parecidas, e, atrelando o carro com pardais – aves lascivas e fecundas, símbolo do ímpeto vital –, desceu do céu, girou em torno da Terra sombria e dirigiu à mulher amorosa palavras diretas e simples. Denys Page analisou-as com extrema fineza, mostrando a importância da forma *δηὖτε* = *dē'ŷte* – "de novo?", "outra vez?" – três vezes repetida, em três frases diferentes: "Por que tu sofres de novo?", "De novo, por que suplicas?", "Quem, de novo, deve a Persuasiva convencer para teu amor?" Repetição contendo, certamente, um sentido, assim como a tríplice oposição, na penúltima estrofe, acentuada pelo advérbio "logo", "em breve":

> Pois, se ela foge, logo perseguirá;
> Se recusa presentes, presentes ofertará;
> Se não ama, logo vai amar...

Aqui, as palavras de Afrodite – a explicação é de Denys Page[14] – indicam uma futura inversão de papéis, no pequeno drama amoroso vivido por Safo: "amanhã, tu, minha Psappha, estarás fugindo da mulher que, hoje, persegues". A ação do verbo *fugir* (*φεύγω* = *pheýgō*) é estreitamente correlativa, em grego, à de "buscar" ou perseguir": amanhã, ela será forçada a seduzir, realizando cada um dos gestos rituais do amoroso: oferecer, por exemplo, os presentes que, hoje, recusa receber. Deslocados os atores de seus lugares, o amado passará a ocupar o ponto onde pulsa a agonia de Eros, fazendo-se amante.

[14] Page, op. cit., p. 12 e segs.

Ao falar, Afrodite sorri. Por quê? Para compreender este momento capital do texto, C.M. Bowra,[15] como quase todos os especialistas modernos, adere à explicação proposta por Denys Page[16] em seu clássico estudo sobre Safo: o divino sorriso é um signo de condescendência irônica, um toque de humor.

"Outra vez? Tu me chamas *outra vez?*" A deusa, segundo as palavras de Page, mostra-se um pouco impaciente, mas tolerante, e se diverte, expressando-se num tom de bem-humorada repreensão: "Por que levar o caso tão a sério? Afinal, podes contar comigo, já te ajudei no passado, bem sabes. Amanhã, a pessoa que amas vai te perseguir, tu fugirás do seu amor, e o mundo estará de novo em ordem". Haveria, portanto, uma nota de alegria, de sorridente compreensão entre Afrodite e Safo. "Uma luz", escreve Denys Page, "cai sobre um ponto obscuro do texto."

É verdade que, no *Hino Homérico*, Afrodite recebe o epíteto de *Philomeidē̃s*, "a amiga dos sorrisos"; nuns versos, entretanto, que a descrevem como Senhora das Feras, seguida por um cortejo de lobos, de leões de fulvo pêlo e de panteras: ela infunde o desejo no coração dos animais, e eles vão se acasalar na sombra dos pequenos vales:[17]

οἵ δ' ἅμα πάντες
σύνδυο κιμήσαντο κατὰ σκιόεντας ἐναύλους.

Seu poder atinge os próprios deuses, as tribos dos mortais, os pássaros que voam e todas as criaturas da terra e do mar: Afrodite é uma força irredutível que une os três reinos: animal, divino e humano. E é talvez sob esse aspecto que ela está presente no poema de Safo. Voltando nossa atenção para os versos 16 e 17:

e o que para mim eu mais quero
no coração delirante,

[15] Op. cit.
[16] Page, op. cit., p. 201.
[17] Hino Homérico a Afrodite, 73-4.

reencontramos a palavra *thymós*, articulada a uma forma de *querer* que escapa ao que chamaríamos, hoje, de racional. O texto grego diz: *mainólai thymoi*, e o primeiro desses vocábulos refere-se à "agitação proveniente de uma emoção tempestuosa" – raiva ou delírio –; e o verbo *μαίνω* = *maínō*, costuma ser predicado, significativamente, a guerreiros enfurecidos, aos ébrios, às criaturas tomadas por uma divindade. Às vezes, é aplicado ao fogo; de qualquer forma, evoca sempre o humano possuído por uma potência irresistível: a mênade do cortejo de Diônisio é um ser furioso, enlouquecido: *maníaco*. Habitado por um deus, como o amoroso é possuído pelo ímpeto erótico. Assim, ao encontrar a deusa – no exato centro do poema e num contexto dominado pelo desvario de Eros,

> com um sorriso no [seu] rosto imortal,

o leitor hesita antes de aceitar a tese de Denys Page sobre a cumplicidade, irônica e "civilizada", entre Safo e Afrodite.

É o mesmo sorriso que aparece nas estátuas arcaicas? Sobre o rosto dos deuses, dos *koúroi* vencedores dos torneios atléticos, das *koraí*; nos lábios do *Cavaleiro de Rampin*... Inabilidade, talvez, do escultor, que ainda não dominou as sutilezas de sua técnica. Presente, contudo, séculos depois, nas personagens de Leonardo, o sorriso misterioso das figuras arcaicas não poderia ser também, um signo? Não desenharia ele, no rosto das imagens, o brilho e o desprendimento – a serenidade absoluta – dos imortais? e daqueles mortais que, por um instante fugaz, escaparam à sua condição:

> Criaturas suspensas a um só dia: o que somos?
> o que não somos? sombra de um sonho,
> o homem. Mas, quando a luz de um deus, do alto,
> capta no seu resplendor o homem,
> o durar do seu dia tem a doçura do mel.[18]

[18] Píndaro, VIII Pítica, 95-98.

Nesse momento, ele pode ser talhado – sorrindo – no mármore.

Os helenos foram sempre sensíveis à nossa irredutível finitude: brilhamos por um instante à luz do sol, mercê dos deuses – lembram uns versos de Mímnermo de Esmirna, do fim do século VII a.C – e logo tudo se esvai em pó, em cinza, em nada. Para essa miserável criatura que é o homem, nem na morte há esperança: no sombrio Hades, almas aturdidas voam às cegas; é ali que o fantasma de Aquiles, na *Odisséia*, diz estas palavras terríveis a Ulisses: "Antes ser escravo de um homem pobre e sem recursos que reinar sobre o povo dos mortos".[19]

"A exuberância extraordinária da alegria [dos deuses]" – escreve André Bonnard –, "no seio da dor do mundo que dirigem, é uma terrível confirmação de sua divindade. Vivem a vida numa plenitude tão total que o crente nada mais pode fazer que adorá-los".[20] Quando Hipólito, agonizante, suplica pela presença de Ártemis, a deusa bem-amada, sua protetora – "Tu me vês, ó Soberana?" –, ela responde: "Eu te vejo" –, e acrescenta: "mas aos meus olhos são proibidas as lágrimas" – *κατ' ὅσσον δ' οὐ θέμις βαλεῖν δάκρυ = kat'ósson d'ou thémis baleîn dákry*.[21]

O sorriso de Afrodite ocupa o centro exato do poema, seu ponto nevrálgico; dele partem e para ele convergem sentidos: de um lado, a serena luz dos deuses – imortais, livres de cuidados e angústias –; de outro, a Suplicante, na vertigem da agonia amorosa. Vida e Morte: presas aos lábios de Afrodite.

O leitor, que havia se debruçado sobre uma pequena composição de caráter mitológico, deliciosa e antiquada, acaba de descobrir, com alguma surpresa, o poder de Afrodite concentrado exatamente naquele sorriso encantador. E percebe, então, que a deusa já havia se manifestado sob esse aspecto na Invocação: *Imortal, em trono de cores e brilhos, filha de Zeus, urdidora de tramas* não são apenas epítetos obrigatórios, ou belas sonoridades, ou fórmulas para uso do

[19] *Odisséia*, XI, 489 e segs.

[20] André Bonnard, *A civilização grega*, p. 148.

[21] Euripides, *Hipólito*, 1.396.

declamador e do ouvinte que, graças a elas, reconhece imediatamente a personagem de quem se fala[22] (são isso *também*) – Afrodite é a deusa do trono cintilante, fulgurante, furta-cor: *poikilóthron*, palavra, adverte Denys Page, incomum na literatura grega, que registra *poikilóphron* ("astucioso"), e geralmente atribui à deusa do amor epítetos de outro tipo: *de-áurea-cabeleira, crisocoroada, Kyprogênia*. Em alguns fragmentos de Safo, ela é designada assim:[23]

] eu falei, num sonho,
com a deusa nascida em Kypros [

] Crisocoroada Aphrodite!
se eu pudesse obter esse dom
no lance da sorte [

No século V a.C., uma galeria recoberta de quadros de Polignoto recebe o nome de *he Poikilē*, "a de cores brilhantes". Em Ésquilo, o orgulho e a desmedida do herói Agamêmnon manifestam-se quando, atendendo à provocação de Clitemnestra, ousa caminhar, na entrada do palácio real, sobre magníficos tapetes bordados: *tà poikíla* (*Agamêmnon*, 936). Essa palavra quer dizer, enquanto adjetivo, "matizado", "mosqueado", "salpicado". Encerra uma idéia de cor e de brilho, em contextos ligados à ourivesaria, à pintura, à arte dos bordados. Espero que a tradução proposta – "em trono de cores e brilhos" – possa sugerir o esplendor, o altíssimo grau de elaboração técnica do trono de Afrodite: recoberto de trabalhos delicados, cintilante, colorido.

Signo de poder, o epíteto *poikilóthron* é retomado por outro, seu reflexo fonético e semântico: *doloplóke* – "tecelã de intrigas, urdidora de tramas", ou de "ardis". *Dólos* é todo objeto que serve para enganar: armadilha, engodo, isca. O verbo *plékō* significa "tecer": guirlandas, por exemplo. *Plokē* é a "ação de entrelaçar"; ou "tecido". Aristóteles utilizará essa palavra na *Poética* para indicar a *intriga* da tragédia, ou melhor: o entrelaçar, o "nó" dos eventos (1.456a). Eis o que é Afrodite, no poema

[22] Aubreton, op. cit., p. 83.
[23] LP 134, 33, respectivamente.

de Safo de Lesbos: a deusa paciente, que tece com delicadeza astúcias e intrigas amorosas. Na *Ética a Nicômaco*, citam-se uns versos, mais tarde indevidamente atribuídos a Safo: "[...] e o desejo, ao contrário, procura enganar, como se diz de Afrodite: *a deusa de Kypros, que urde suas tramas* [...]".[24]

O trono de Afrodite, com suas cores de brilhos instáveis, reflete seu modo de ser: cambiante, astucioso, irisado. "Safo diz que a Persuasão é filha de Afrodite" – anota o escoliasta de Hesíodo em *Os trabalhos e os dias*, 74; e, debaixo dessa máscara, a deusa pergunta nos versos 18 e 19 do poema:

> Quem, de novo, a Persuasiva
> para teu amor deve trazer?

A sedução ocupou sempre um lugar importante na arte ou teoria helênica do amor: presentes como flores, um galo ou um cavalo; todo um arsenal de pequenas manhas[25] é utilizados pelo amante para fascinar o *outro*, o amado – e palavras também. Afrodite preside a essa *tékhnē* das intrigas eróticas, à tessitura dos discursos matizados: sua palavra é furta-cor e cintilante, puro íris, pois as estratégias, nesse território onde o amoroso joga sua própria vida, exigem tempo e paciência.

Tem-se a impressão, contudo, de que o apaixonado, em Safo de Lesbos, é igual às crianças e aos loucos; para ele, não existem

[24] *Ética a Nicômaco*, VII, 6, 1. 149b. Sublinhado por mim.

[25] A pintura de vasos revela a existência de toda uma verdadeira tópica iconográfica ligada à arte, técnica ou ritual de presentear o amado, mostrando o quanto ela faz parte do que poderíamos chamar, no sentido forte da palavra, de *cena erótica* (no âmbito da pederastia). Os presentes são uma raposa, um cervo, um cavalo ou um cão de caça, ou algo mais convencional, como o galo que, numa terracota de Olímpia, Ganimedes recebe de Zeus. Cf. num registro cômico, esta passagem do *Ploutos* (153-9) de Aristófanes: "*Carion*: Sim, e eles dizem que os garotos fazem a mesma coisa [i.e., deixam-se sodomizar], não por amor pelos erastai, mas por dinheiro. *Cremile*: Não os bons rapazes, só os prostitutos [*pornoi*]; os bons rapazes não pedem dinheiro. *Carion*: Pedem o quê? *Cremile*: Um pede um cavalo, outro um cão de caça. *Carion*: Talvez porque tenham vergonha de pedir dinheiro e por isso colorem sua depravação com um nome diferente". V. K.J. Dover, que cita esse diálogo in *Homosexualité grecque*, p. 180.

mediações: "tudo, neste momento!" É a figura da Impaciência, da Urgência: "Agora, vem até mim, e solta-me deste aflito sofrimento!", "Meus desejos realiza!" Criatura suspensa à hora que foge, ele experimenta, na revulsão do corpo e do espírito, os limites do humano: no instante mesmo em que é atravessado por um desejo absoluto.

A energia obsessiva dessa vontade palpita em cada signo. Seu contraponto, sua contramelodia chama-se Afrodite: no centro do poema ela responde com palavras astuciosas – sorrindo. Seu reflexo está presente em cada palavra, em cada verso; com seus auxiliares *Ἵμερος* = *Hímeros* (o Desejo), *Πόθος* = *Póthos* (o Desejo do Ausente) e *Πειθώ* = *Peithṓ* (a Persuasão). Não se trata, aqui, de elegantes abstrações, ou alegorias como poderia pensar o leitor habituado a freqüentar a literatura clássica ou neoclássica: são potências emergindo nas ações – na força das palavras gregas. A cintilante Persuasiva, divindade furta-cor, modula gestos e vocábulos, os epítetos, as formas verbais, a dramatização da penúltima estrofe.

***

Numa das muitas e curiosas etimologias do *Crátilo* (420a), Sócrates ensina que o desejo (*hímeros*) é assim chamado porque flui impetuosamente (*hiémenos rhei)* do amado (*ephiémenos*) na direção do amante: é uma corrente ou fluxo que se apodera da alma de forma irresistível. Seu modo de ser é o do *presente absoluto*, ao contrário de *póthos*, que é uma energia desejante – e portanto também uma corrente ou fluxo – voltada para o que está *ausente no tempo e no espaço*. As palavras de Sócrates sugerem que os dois princípios são correlativos: "de onde a denominação de *póthos* dada ao que se chama de *hímeros* quando o objeto está presente". Não se trata de discutir a fantasia dessas lições: elas mostram um grego percebendo, nas palavras e sentimentos, a emergência de forças vitais – e seu ritmo. Elas vibram, no centro da *Ode a Afrodite*, concentrando, no grito do ser amoroso, uma temporalidade absoluta: o passado (*póthos*), o presente (*hímeros*), o futuro (*peithṓ*), captados no *thymós* que, finalmente, podemos compreender por meio da metáfora do jorro de sangue.

A palavra *thymós* aparece em três momentos estratégicos do texto, morfologicamente modulada: *thymon* (I, 4); *thymōi* (V, 18); *thymós* (VII, 27), ganhando as irisações a que a gramática tradicional dá o nome de acusativo, dativo e nominativo – figura recuperada, no contexto da retórica, pela elegante denominação de "poliptoto".[26] Em cada uma dessas manifestações, aparecem cadeias fônicas e semânticas que se respondem umas às outras:

Na estrofe I:

> lissomaí se, / mē m'ásaisi, mēd'oníaisi damna,/
> pótnia, thýmon

Na estrofe VII:

> khalépan dè líson/ ek merímnan, óssa dé moi
> télessai/ thýmos imérrei, téleson

Na primeira estrofe o "eu" é captado no movimento da angústia, numa revulsão proxima à náusea. É verdade que os termos *ἄσι = ási* e *ἀνίαισι = aníaisi* são considerados quase sinônimos por Denys Page; eles apresentariam apenas uma gradação de intensidade, à maneira de *heart-ache* e *anguish*.[27] Observemos, entretanto, que *ásaisi* reenvia a um vocabulário de medicina, designando sintomas corporais: "vômito, nojo, náusea", parecendo opor-se, sob esse aspecto, ao termo *aníai*. Anotemos também a presença, em Hesíodo, de um verbo cognato (*ἀνιάζω = aniádzō*) empregado num contexto em que há referência ao *thymós*, e significando os aborrecimentos e as aflições, os cuidados provocados pela mulher, "desgraça criada por Zeus" – e assim talvez seja possível insistir numa gradação mais forte de sentidos entre os dois termos e encontrar, nesses versos que procedem de um mundo verdadeiramente abolido, uma poeta captando a agonia do *thymós* em seu duplo movimento indissolúvel de vontade e de sentimento, de "pensamento" e de paixão.

[26] Quintiliano, *Institutio oratoria*, X, 3: "De figuris verborum". Texto e tradução in *Institution oratoire de Quintilian*, p. 283.

[27] Page, op. cit.: "The evidence is not sufficient to enable us to distinguish accurately between ἄσι [*ási*] and ἀνίαισι [*aníaisi*] here".

Naturalmente, séculos de tradição poética já nos habituaram a ver o amor como sentimento "espiritual"; esquecemo-nos de, não queremos ou não podemos admitir que as dores da "alma" se manifestam também como "náusea e nojo": é sem dúvida difícil aceitar e compreender esse amoroso dos versos de Safo, apreendido na completa revulsão do desgosto físico e moral – para além dos "nobres" sentimentos e das "baixas" sensações corporais.

No fecho do poema, o radical presente em *oníaisi* reaparece nas palavras que significam "aflição" e "desejo" (*merímna, imérrei*):[28] ele sugere um ímpeto de libertação; flui, do passado, para uma vontade aberta sobre o futuro, num contexto em que Afrodite será invocada, de forma singular e única na lírica grega, como *Svmmakhos*, isto é, "Ajudante" ou "Companheiro-nos-Combates".

Entre esses dois momentos fundamentais, a estrofe V: *k'ōtti moí málista thélō génesthai / mainóla thýmōi* "O que eu mais quero, na loucura do coração, obter [...]". O desejo, articulado à desrazão, no momento em que Afrodite, a amiga dos sorrisos, se manifesta com a máscara da Persuasiva. "Convencer": agir no tempo, contra o tempo; falar, seduzindo, para transformar.

No *Crátilo* (420a), Sócrates explicava a Hermógenes que o *thymós*, o princípio vital, deve seu nome ao fato de ser ímpeto, agitação da alma. O registro épico liga também essa palavra à idéia de movimento: é o *thymós* que impele o herói à ação. Em Safo de Lesbos, ele vibra e se entrelaça, num ritmo de dança, à potência da palavra: o Amor é a essência desses versos que são, eles mesmos, uma teofania – a manifestação de Afrodite no corpo da prece.

***

Voltemos a algumas questões de caráter "técnico". Chamando a atenção para o equilíbrio perfeito do poema, C.M. Bowra nota que sua estrutura tripartida pontua com muita sutileza um discurso

[28] F.B.J. Kuiper propõe para o cognato ἀνίαι o étimo **an-is-ya*. Cf. sânscrito *anisa*, "funesto" (apud P. Chantraine, *Dictionnaire étymologique de la langue grecque*).

extraordinariamente fluente: "há uma pequena pausa no final da primeira, sexta e última estrofes, isto é, da Invocação, da Confirmação e da Súplica. Todo o resto está ligado pela passagem das frases umas nas outras. Quando uma ocupa todo um verso, como o 14:

μειδιαίσαισ' ἀθανάτῳ προσώπῳ,

chama nossa atenção, e nós percebemos sua importância. Quando o ritmo de um verso repete o de outro, exatamente, como (21):

καὶ γὰρ αἰ φεύγει, ταχέως διώξει,

repete:

αἰ δὲ μὴ φίλει, ταχέως φιλήσει,

vemos que as duas promessas são paralelas e apresentadas como tais".[29]

Essa é uma característica geral da arte arcaica; Fränkel chega a falar numa "lei" da continuidade,[30] regendo um mundo no qual o todo está necessariamente presente nas partes. Em Safo, a harmonia das palavras cantantes revela-se nos detalhes mais simples. Apenas um exemplo, dizendo respeito às ligações sintáticas: na fala de Afrodite, a interrogação indireta desemboca na direta sem que haja cortes verbais – desespero do tradutor, obrigado a recorrer às convenções de seu próprio idioma e a marcar alguns momentos do texto com as aspas convencionais:

> Perguntaste [ ] a quem com tanta força eu queria [ ]
> "Quem, ó Psappha, te contraria?"

Não há ruptura entre esses dois momentos: o primeiro, tanto quanto o segundo, indica um passado – a manifestação do divino – presente, como sua própria tessitura, nas palavras do Amoroso;

[29] Bowra, op. cit., p. 205.
[30] Hermann Fränkel, *Early Greek poetry and philosophy*, p. 518.

desembocam os dois tempos no grito da última estrofe, tensão para o futuro: "solta-me deste aflito sofrimento!"

Ek-stasis do passado no presente e no futuro: indicando que a estrutura tripartida do poema não é linear: na Invocação, existe uma Súplica ("Não submetas, Senhora, meu coração aos tormentos e angústias"); e ela permeia o texto inteiro. Aparece, como passado, na segunda estrofe e, depois, nas palavras da própria deusa. Palavras vindas de ontem, abertas para um amanhã mediado pelo "aqui e agora" do verbo poético: *se hoje ela está fugindo, amanhã perseguirá*. Já se delinea, na amada indiferente, o amoroso que implora – uma inversão de papéis ou lugares nada convencional no complicado jogo erótico dos antigos gregos.[31]

Acompanhando a Súplica, a Invocação está disseminada ao longo das estrofes – na palavra *imortal* do verso 14; na *tecelã de intrigas* presentificada nas suas ações; e pulsa nesse novo, singularíssimo epíteto que a orante cria para invocar, no fecho da prece – lugar por excelência estratégico dos discursos –, Afrodite, deusa-mulher: *Sýmmakhos*.

Pertencendo em grego à classe dos biformes ("com a mesma forma para os dois gêneros", segundo uma clássica terminologia gramatical), e integrando o léxico militar, esse substantivo se transpõe necessariamente, em português, para o masculino, pois designa funções que só podem ser exercidas, no mundo arcaico, por homens: *Sýmmakhos* é aquele que, nas batalhas, peleja ombro a ombro com outro soldado, no corpo a corpo com o inimigo. Caindo na deriva das abstrações, esse belo termo passará a significar, mais tarde, *aliado*; e assim ele reaparecerá, transposto para o feminino, em muitas versões modernas da oração de Safo a Afrodite (*torna-te minha Aliada!*), no

[31] Comentando esse passo de poema, Dover (op. cit. p. 217) vê nele um deslocamento da distinção, comum na pederastia, entre parceiro dominante e dominado ("aquela que neste momento recusa presentes e foge não se contentará com ceder e conceder seus favores, mas há de procurar Safo e oferecer, ela mesma, presentes"). Contudo, mais do que uma subversão dos "lugares" convencionais ocupados pelos parceiros eróticos, eu encontro, em Safo, o questionamento da própria essência da relação amorosa tradicional entre os gregos, e que só veremos se repetir, séculos depois, na impressionante cena final de *O Banquete*, em que o belo e jovem Alcibíades (por definição, um erômenos ou "amado") assume, diante do velho e feio Sócrates, o papel – e, portanto, os discursos – do erasta ou "amante".

exato ponto em que deveríamos ousar enfrentar, como tradutores, a "materialidade semântica" (se assim, contudo, podemos nos expressar) dos signos, e não apenas a fonética: *torna-te, tu mesma, em Ajudante-nos-Combates!*

Recordando que esses versos demarcam a prece de um herói combatente, constatamos, com alguma surpresa, que uma Afrodite Guerreira já estava presente na Invocação, e que todas as suas ações têm características de estratégia militar: na liça que é o poema-oração de Safo, a divindade opera, no quadro de um singularíssimo combate, contra um alguém a ser derrubado; e no que a poeta implora à deusa ressoa, então, obscura(clara)mente, o grito de Diomedes: *Traze meu inimigo ao alcance de minha lança, ele que me tocou primeiro e disto se ufana!*

E assim o poema, desembocando numa Invocação, nos provoca a tentação de pensar na clássica figura do círculo: uma linha que gira para seu ponto de partida. Imagem eficaz, se continuarmos a refletir em termos de um tempo vetorizado.

Pois as palavras, na *Prece a Afrodite*, são como os gestos de um dançarino; a temporalidade que rege os signos é a da música. As cadeias vocabulares irradiam: sonoridades, sentidos; cada movimento está presente nos outros – e é único. As significações, construindo-se no interior do texto, reenviam à História, ao grande contexto da cultura grega: a Homero. A suas personagens, suas fórmulas, à sua disciplina métrica. Ao seu universo aristocrático. Safo de Lesbos, poeta, é um dançarino acorrentado:

Diante de cada artista, poeta e escritor grego, deve-se perguntar: qual é a nova coação *que ele se impõe e torna atraente para seus contemporâneos (de modo que encontra imitadores)? Pois o que se denomina "invenção" (na métrica, por exemplo) é sempre um tal grilhão auto-imposto. "Dançar em cadeias", tornar as coisas difíceis para si e em seguida estender sobre elas a ilusão da facilidade – essa é a habilidade que eles querem nos mostrar. Já em Homero percebe-se uma grande quantidade de fórmulas herdadas e leis épicas de narrativa,* dentro *das quais ele tinha de dançar: ele próprio criou novas convenções para os que viriam. Essa era a escola de educação dos poetas gregos.*[32]

Por um desses acasos inverossímeis (geralmente ocultados, *et pour cause*, em nossos ensaios), ao fechar o volume de filosofia do qual acabei de copiar a passagem acima, abro distraidamente uma velha edição da *Ilíada* que se arrasta há semanas sobre a mesa entre rascunhos manuscritos, notas e impressos, e caio no exato centro de um combate:

Afrontamento entre gregos e troianos. Afrodite tenta proteger seu filho Enéias, caído por terra, com os tendões destroçados. Diomedes a persegue, e – com um toque impiedoso da lança – fere a deusa do amor; na carne do punho, acima da palma da mão. Lançando um grito, ela deixa cair seu filho e é forçada a ouvir as injúrias de Diomedes: *Deixa, ó filha de Zeus, a guerra e a carnificina. Já não basta que estejas sempre seduzindo as fracas mulheres? Ainda te acreditas capaz de enfrentar combates? Doravante, creio que estremecerás com as batalhas, mesmo que aconteçam longe de ti.*

Abandonando o combate, a deusa ascende ao monte Olimpo, onde é socorrida, embora forçada a fazer face à ironia da sapiente Atena e da soberba Hera: Afrodite teria certamente tentado convencer alguma menina grega a seguir os troianos... Não teria ela se ferido num broche de ouro, ao acariciar uma grega de belos véus?...

Ouvindo essas palavras, Zeus Porta-Égide consola a deusa do amor: *Não competem a ti, minha filha, os trabalhos guerreiros: Deves presidir às delícias das uniões amorosas. Ares e Atena se ocuparão dos combates.*

Essa deusa delicada e inconseqüente – *feminina* – reaparece, completamente transformada, nos versos de Safo de Lesbos. Ao assumir um papel no drama vivido pela poeta, ao envergar as armas do *Sýmmakhos*, ela transfere para o discurso amoroso a dignidade do registro épico; infunde nas palavras da Suplicante a respiração tensa das orações guerreiras, o ruído das armas e o zunir das flechas – os corpos entregues aos combates singulares.

[32] F. Nietzsche. *O andarilho e sua sombra*, §140, in *Obras incompletas*, p. 147.

Seria a *Ilíada* o pano de fundo desse poema? Não. Sim: afirmada e negada; não, porém, no movimento das claras dialéticas – o obscuro, tenebroso passado guerreiro está presente, aqui, *com* a emoção amorosa; e o próprio poema é, ele mesmo, um combate travado no campo das palavras: *com* o Pai dos Poetas. Mas, por intermédio dele, *com* Afrodite: uma voz melodiosa brota do fundo da agonia e, envergando a máscara de Tecelã de Signos, Safo de Lesbos, astuciosa, lança uma rede sobre a deusa do Amor, cujos gestos e discursos são contaminados pela urgência, pela premência de ações que pulsam na voz da Suplicante: "prontamente chegaram" [ ] "logo, ela perseguirá" [ ] "logo, presentes ofertará". A palavra vibra – ela é arco e lira –; Safo e Afrodite combatem lado a lado.[33]

O guerreiro covarde

Certa crítica moderna ainda se surpreende ao encontrar tanta violência e paixão sob o controle de uma técnica muito segura: como explicar essa clivagem? Aparentemente, ela não preocupava os antigos. Quando se referem aos poemas sáficos, jamais lhes ocorre a idéia de que um poeta contempla, *objetivamente*, sua própria "agonia"; os comentadores helenísticos limitam-se, aliás, a registrar seu deslumbramento: Safo de Lesbos – segundo o autor do tratado *Sobre o sublime* – recolhe, para expressar as fúrias do amor (*ταῖς ἐρωτικαῖς μανίαις = taîs erōtikaîs maníais*), "os sintomas (*παθήματα = pathêmata*) que acompanham e seguem essa paixão", embora sua imensa habilidade artística se revele sobretudo "na escolha dos signos indicadores de violência e excesso, e no fato de ligá-los num conjunto [ ]".[34] O crítico justifica essa opinião citando um poema tão famoso quanto o que analisei

[33] Esta pode ser, contudo, uma leitura "ingenuamente literal", para retomar uma expressão irônica de um helenista sueco que interpela no mesmo sentido, e vivamente, o C.M. Bowra de *Greek lyric poetry*. V. Svenbro, op. cit., p. 173, n. 46, que se refere a Cameron, "Sappho's prayer to Aphrodite", in *Harvard Teological Review*, 32, 1939, pp. 13-14.

[34] Pseudo-Longino, X.

anteriormente, e cuja força extraordinária parece ter sido, também, apagada por séculos de paráfrases, imitações, comentários e traduções – às quais acrescento outra:

> Parece-me ser igual dos deuses
> aquele homem que, à tua frente
> sentado, de perto, tua voz deliciosa
> escuta, inclinando o rosto,
>
> e teu riso luminoso que provoca desejos – ah!, eu juro,
> meu coração no peito estremece de pavor,
> no instante em que eu te vejo: dizer não posso mais
> uma só palavra;
>
> minha língua se dilacera;
> escorre-me sob a pele uma chama furtiva;
> meus olhos não vêem, meus ouvidos
> zumbem;
>
> um frio suor me recobre, um frêmito do meu corpo
> se apodera, mais verde que as ervas eu fico;
> que estou a um passo da morte,
> parece [
>
> Mas [.[35]

Não ficamos deslumbrados – pergunta o autor do tratado – com a forma que ela utiliza para reunir todos esses elementos: "a alma, o corpo, a audição, a língua, a visão, a cor, como se todos eles a tivessem abandonado e lhe fossem exteriores, e como, de uma forma contraditória, ela gela e queima, atina e desatina, tem medo e está prestes a morrer; de maneira a percebermos, não uma simples emoção, mas todo um congresso de emoções?"

O crítico da época imperial não citou os versos de Safo, já então famosíssimos, na intenção de comentar algum típico poema de amor; eles são aqui utilizados como exemplos, no contexto de uma reflexão

[35] LP 31.

sobre os "meios de tornar o estilo sublime". A partir de uma premissa muito geral – "há, em todos os seres, elementos naturais coexistindo com sua substância" –, ele deduz: "portanto, a escolha das partes essenciais de um 'objeto' e sua reunião numa espécie de corpo único constitui, necessariamente, uma causa de sublime". Não há qualquer interesse, nesta passagem, pelo estudo da forma poética em que o texto se inscreve: trata-se de uma canção, na qual a poeta fala em seu próprio nome? De um epitalâmio, como pretendem alguns *scholars* contemporâneos?

Essa última classificação tornou-se, depois de Wilamowitz,[36] quase moda no campo dos estudos da lírica eólica – vamos reencontrá- la num excelente trabalho de H. Fränkel,[37] e ela repercute ainda numa análise mais recente da elegia erótica romana.[38] Safo teria composto, para o casamento de uma das moças do seu grupo, um canto de núpcias singularmente destoante em relação aos coros cantados pelos gregos antigos naquelas cerimônias festivas: abrindo-se com a comparação protocolar do noivo a um deus, a poeta se volta, imediatamente, para a noiva que sorri com doçura, e expõe, aos olhos de todos, seu corpo desmoranando de dor.

Essa tese já foi contestada, e com argumentos que me parecem irrefutáveis. A discussão detalhada pode ser lida em Page, e dela guardo apenas uma nota: é difícil imaginar – na velha Grécia ou em nossos dias – um casamento em que os cantos nupciais insistissem na descrição da agonia amorosa de uma terceira pessoa; e isso depois de uma rápida referência ao noivo, considerado, é verdade, *igual dos deuses*.[39]

Esse epíteto formular da linguagem épica (*ἴσος θέοις = ísos théois*, "par", ou "igual dos deuses") constitui-se, para alguns estudiosos, numa das chaves para a compreensão do texto: "Considero igual dos próprios

[36] *Sapho und Simonides*, Berlim, 1913, apud Page, *Sapho and Alcaeus*, pp. 30 e segs. Cf. A. Lesky, *Historia de la literatura griega*; C.M. Bowra *Greek lyric poetry*.

[37] Hermann Fränkel, *Early greek poetry and philosophy*, p. 176.

[38] Paul Veyne, *A elegia...*, op. cit., p. 258: "(...) o famoso fragmento, imitado por Catulo, no qual Safo descreve um amor súbito, é muito provavelmente um remanescente de um hino nupcial".

[39] Page, op. cit., p. 32.

deuses aquele homem – ele pode te olhar sem descontrole. Eu, se te vejo por um instante apenas, pouco me falta para morrer." O fragmento – de epitalâmio ou canto lírico, pouco importa – não seria a expressão do ciúme da poeta diante do casal amoroso: é a opinião de Wecker, do próprio Wilamowitz, de Friedlïnder. Em nome do *bom senso*, Denys Page nega a validade dessa "surpreendente interpretação do clichê *ísos théois* [...]"; e é ainda o *common sense* que o grande helenista invoca para pôr em evidência que negar os ciúmes de Safo por "aquele homem" seria ignorar totalmente a incontestável resposta da "natureza humana" a esse tipo de situação: como não levar em conta, na interpretação do poema, toda uma série de elementos aqui tão evidentes, como o rapaz, suas relações com a moça, o olhar de um terceiro? "A respeito disso, pelo menos, quase não há lugar para dúvidas."[40]

***

Nil admirari é a divisa do dândi e, ocasionalmente, a do erudito; não a minha: depois de tantos juízos de valor sobre a natureza humana, os afetos e os discursos, eu me surpreendo, de novo, ao retomar as palavras que abrem este poema tantas vezes relido: *φαίνεταί μοι = phaínetaí moi*.

"Parece-me": pode-se ler nas traduções modernas, embora essa forma verbal signifique originariamente, em grego, "aparecer na luz", "mostrar-se" e, portanto, "aparecer como". Com efeito, a maior parte das palavras da família lingüística a que pertence *φαίνομαι = phaínomai* tem como base o indo-europeu *bh(e) 2-, que significa "iluminar", "brilhar" (sânscrito bhâ-ti, "ele brilha, ilumina"). A ambivalência semântica de *bh(e) 2- aparece claramente, no próprio grego, em *ἀποφαίνειν = apophaínein*: "fazer aparecer" e "declarar".

Embora correndo o risco de mergulhar numa divertida seqüência etimológica de gosto sem dúvida socrático, guardemos esse conteúdo de luz que perpassa na palavra, sem esquecer que, na abertura do poema, o recitante vê o outro na pura claridade, enquanto ele próprio

[40] Ibid., p. 28.

aparece sob a forma de um *mim*: "Surge na luz, diante de mim, aquele homem igual dos deuses".

Θεοειδής = Theoidẽs, *θεοείκελος = theoeíkelos* são clichês da poesia homérica; referem-se, geralmente, ao modo de ser, ao "estilo", ao aspecto físico de uma personagem: Aquiles, no Canto I, verso 131; Príamo, no Canto XXIV, verso 217 da *Ilíada*. Há sem dúvida uma pequena nuance semântica entre o epíteto sáfico e o registro formular da épica, pois *íkelos* é usado para indicar a semelhança entre dois seres e *isos* significa literalmente "igual". Apesar das óbvias diferenças, não creio ser necessário insistir nelas; Safo, ela própria, vale-se, no poema sobre as núpcias de Heitor e Andrômaca, da expressão [*i*]*kéloi théois*. Graus de comparação entre os deuses não são questionados nessas passagens, adverte Angus M. Bowie.[41] A menos que – mas nada pode prová-lo – a poeta tenha pretendido "desarmar", em *ísos théois*, um clichê que é afirmado, em contrapartida, no contexto épico das núpcias dos heróis troianos.

"[ ] Aquele homem, diante de ti, sentado, bem perto." Os comentadores modernos têm observado como é difícil imaginar, no mundo arcaico, esse grau de intimidade pública entre rapaz e moça. Com o adjetivo *enantiós*, Homero situa Pátroclo ouvindo Aquiles dedilhar, em sua tenda, uma lira de ouro: os dois guerreiros estão frente a frente. Esse tipo de cumplicidade, à vista de todos, parece que não se permitia, na Grécia, entre homem e mulher. É verdade que, como observa saborosamente Setti, *i Lesbi non erano musulmani*.[42] Por certo que não, replica Bowra numa nota de rodapé:[43] "mas é quase seguro que praticassem alguma forma de segregação dos sexos". Questão, sem dúvida, para sempre obscura; e de menor interesse para os que os que não vêem neste poema um epitalâmio ou canto nupcial.

"De perto", "frente a frente"... "E te escuta, doce falando" (Ou: "e te escuta, que falas com doçura"): ênfase, portanto, na personagem feminina captada no seu agir; o que é dificil de trazer para as línguas

[41] Angus M. Bowie, *The poetic dialect of Sappho and Alcaeus*, p. 169.
[42] Page, loc. cit.
[43] Op. cit., p. 187, n. 5.

modernas, assim com não é fácil traduzir a forma verbal *ὑπακούω* = *ypakoúō* ("escutar com atenção", ouvir atentamente"), pois nela existe um prefixo contendo a idéia de "sob" e, nesse caso específico, de "movimento para baixo" – *yp-akoúō* significa certamente "ouvir", mas, "ouvir inclinando, abaixando, cabeça". Conotações, em conseqüência, de *atenção*, mas também de *submissão* e *cumplicidade*:

> Parece-me ser igual dos deuses
> aquele homem que, à tua frente
> sentado, de perto, tua voz deliciosa
> escuta, inclinando a cabeça.

A estrofe seguinte abre-se com uma rápida notação; um som e uma brilho: *γελαίσας ἰμέροεν* = *ghelaísas iméroen* " – [...] e ris, adorável [...]". O verbo *γελάω* = *gheláō* significava primitivamente "brilhar"; mas, sem dúvida por causa do sorriso que ilumina o rosto, passou a expressar também a idéia de "rir". Os tradutores de Homero costumam, aliás, hesitar entre os dois sentidos de *gheláō* quando precisam dar conta, em línguas modernas, dos versos 362 e seguinte do Canto XIX da *Ilíada*: os aqueus estão descendo de suas finas naves; iguais a flocos de neve, turbilhonando, unidos, ao sopro dos ventos; e com eles vêm as lanças, os elmos, as couraças e os escudos; o brilho chega ao céu. E, diz Homero:

> γέλασσε δὲ πᾶσα περὶ χθὼν
> καλκοῦ ὑπὸ στεροπῆς.

"E toda a terra, em torno, *ria* com as cintilações do bronze", traduzem alguns.[44] "Toda a terra, em torno, *resplandecia* com o brilho do bronze."[45] As duas versões estão, naturalmente, corretas: juntas.

O que se lê na raiz γελ- = ghel – é o lado luminoso dos seres, presente em *γελᾶν* = *ghelân*, "rir", e em *γαλένη* = *galénē*, "a serenidade tranqüila do mar". Quando Prometeu se admira, nos versos 89, 90 da tragédia esquiliana:

[44] Paul Mazon, *Iliade*.
[45] Eugène Lassère, *Iliade*.

ποντίων τε κυμάτων ἀνήριθμον γέλασμα

faz eclodir um claro sorriso na cintilância da vaga marinha.

Talvez fosse possível dar conta dessa palavra em português: *a luz do teu rir*. Resta, porém, no mesmo verso, o adjetivo *iméroen*, cuja tradução continua a obedecer, nas línguas modernas, a uma rotina difícil de ser quebrada. "Teu riso *encantador*", "your *lovely* laughter", "ce rire *enchanteur*". *Ἱμερόεις = Himeróeis* é, exatamente, "aquilo que faz nascer ou provoca o desejo"; e a releitura dos diálogos platônicos pode nos mostrar a que ponto essa palavra conservava ainda sua força, séculos depois de Safo. No *Fedro* (249b e seguintes), Sócrates explica ao jovem admirador de Lísias como a alma é atraída pela Beleza que já viu no mundo das idéias e cujo reflexo pressente à superfície de um belo corpo: no momento em que o amante vê um lindo rapaz, produz-se uma transformação que lhe provoca um frêmito no corpo; ele é tomado por um calor incomum; uma energia poderosa se infiltra nas asas da alma; elas estremecem e se desdobram. Do belo moço contemplado, emana um *fluxo de desejo*. Léon Robin[46] propõe "vague du désir", para dar conta da palavra usada pelo filósofo nesse passo (*ἵμερος = hímeros*); e o *Crátilo* (420ab) nos informa que ela esconde uma interessante cadeia fonético-semântica: *hiénai* ("movimento para"); *merē* ("partícula"); *rho'* ("corrente", "fluxo"). Existiria, na palavra *desejo*, um núcleo de significação indicando "força vital", "energia", "ímpeto de atração".

Phaínetaí moi: primeiras palavras da primeira estrofe. *Kaì ghelaísas iméroen*: metade do verso 5. Entre esses dois momentos, construiu-se, na força das palavras gregas, um círculo de luz, uma claridade absoluta – perturbadora. A mulher que fala e que ri: sua maravilhosa cintilância sorridente está inscrita em *ghelaísas*, substantivo no qual se lê, também, "serenidade". Suavidade e doçura, e desejo: um fluxo, irradiando da materialidade dos signos;

e teu riso luminoso que provoca o desejo –

[46] *Fedro*, ed. cit., loc. cit.

e então, subitamente, na metade do verso 5, um corte: semântico – sintático – fonético:

τό μ' ἦ μὰν
καρδίαν ἐν στήθεσιν ἐπτόαισεν·

– ah! eu juro,
meu coração no peito estremece de pavor:

Em grego, o antecedente de *tó* pode referir-se tanto à jovem – por meio do riso e da fala – quanto ao conteúdo da oração iniciada por *óttis*; neste caso, o motivo da perturbação seria "aquele homem que...". A sintaxe guarda a ambigüidade – a ênfase recai sobre a mulher ou sobre o ciúme –,[47] e solicita uma decisão que adiaremos, entretanto, pois um ruído (também no sentido atribuído a essa palavra pela teoria da comunicação), no final do verso 5, nos interpela vivamente: *μ' ἦ μάν*= *m'ê mán*.

Na literatura épica, essa expressão é uma fórmula solene de juramento que passará por transformações progresssivas ao longo da história da língua grega: os oradores áticos a utilizarão, mais tarde, para introduzir argumentos. Entre os trágicos (*Antígone*, 626; *Sete contra Tebas*, 372), entretanto, ela funciona como um gesto verbal, um dêitico, indicando uma personagem que acaba de entrar em cena: "olhem", "vejam", "eis aqui " – e é tentador imaginar, numa espécie de intertextualidade delirante, que, nesse poema anterior à criação do discurso trágico na Grécia, *m'ê mán* aponta uma constelação de *dramatis personae* invadindo desordenadamente o palco: o coração, os sentidos, o medo... Boileau traduz, com muita liberdade e fina incorreção, o comentário do tratado *Sobre o sublime* a esse momento do texto de Safo: "[...] en un mot, on dirait qu'elle n'est pas éprise d'une simple passion, mais que son âme est un rendez-vous de toutes les passions".[48]

A fórmula solene de promessa é seguida por uma construção de caráter igualmente épico: "isso, eu juro, *me faz bater com pavor o*

[47] Cf. Page (op. cit.), que já fez sua escolha.

[48] "Numa palavra, dir-se-ia que ela não é possuída por uma simples paixão, mas que sua alma é o ponto de encontro de todas as paixões."

coração no peito". E eis que se cortam, um a um, todos os laços que prendem ao ser a recitante do poema:

> no instante em que eu te vejo, dizer não posso mais
> uma só palavra;
>
> minha língua se dilacera;
> escorre-me sob a pele uma chama furtiva;
> meus olhos não vêem, meus ouvidos
> zumbem
>
> um frio suor me recobre; um frêmito do meu corpo
> se apodera, mais verde que as ervas eu fico;
> que estou a um passo da morte,
> parece[

No texto grego, os sentidos pulsam e se obliteram numa seqüência sintática cujo início é marcado por uma conjunção adversativa, desembocando em descrições pontuadas pela repetição obsessiva de uma partícula: *dè*... A linguagem estremece e se esvai:

[

] queda, vertigem, irrupção violenta das fontes do nada; um sentimento de perda que se apodera de nós com tanta força talvez pelo fato de o poema, fragmentado, romper-se juntamente com os laços que prendem o amoroso à vida. Perdemos, ao que tudo indica, a última estrofe; restou-nos uma frase começando pela palavra *ἀλλά* = *allá*, "mas". Ela não chega a inaugurar um sentido completo; pode não pertencer ao texto: seria um comentário do autor de *Sobre o sublime*:

> mas é preciso [ousar?] [suportar?] tudo, pois...

***

Este poema "é a narrativa de um combate", escreve André Bonnard. "Atacada por Eros em sua carne, Safo vê desmoronar-se, a cada assalto, a segurança que punha nas diversas partes do mecanismo vital."[49] Irrompem no corpo da recitante os signos dolorosos de uma lenta e progressiva agonia, que vai se transformar, curiosamente, num *topos literário*, no quadro muito preciso de uma sintomatologia da crise amorosa.

Na *Vida de Demétrio*,[50] a paixão do jovem Antíoco por Estratônica é descoberta pelo médico Erasístrato graças a um interessantíssimo estratagema: passando a observar as reações do rapaz quando se encontra com a moça, sozinha ou acompanhada por outro, detecta, no corpo do jovem enamorado, a presença de "todos aqueles sinais que Safo nos descreve em uma de suas obras". Ele perde a voz, o rosto fica vermelho, em chamas. Uma nuvem lhe recobre os olhos; o suor inunda seu corpo. O pulso bate desordenado. Desfalece, tem tremores, torna-se mais e mais pálido. "Erasístrato, por todos estes sintomas, concluiu que o filho do rei estava enamorado, não de outra mulher, mas desta, e que havia decidido silenciá-lo até morrer."

No período helenístico, este poema de Safo – sob este aspecto, Plutarco é apenas exemplar – passa a ser lido, assim, no contexto de uma concepção da crise amorosa como *doença*: transformados em *sintomas*, os signos corporais do sofrimento inscrevem-se naturalmente no quadro de uma descrição procedente do saber médico – e é nesse contexto nosológico que trabalhos modernos, importantes como o de Denys Page sobre a lírica de Safo, ainda os situam, hoje.

Na verdade, quase todos esses sintomas parecem proceder, não de um tratado de medicina, mas do texto épico; eles assinalam, em momentos nodais da *Ilíada*, o medo, a cólera, a aflição, os desgostos do herói em situações-limite. Dois momentos, ao acaso: Canto XVIII, 696: quando Menelau lhe anuncia a derrota dos aqueus e a morte de Pátroclo, o horror apodera-se de Antíoco – "e durante um longo tempo ele não pôde dizer uma só palavra"; Canto XX, 421: Polidoro,

[49] Bonnard, op. cit., p. 86.
[50] Plutarco, *Demétrio*, 38.

segurando as entranhas com as mãos, cai por terra – " e uma névoa se estende sobre seus olhos".

Essas violentas respostas do corpo às agressões do mundo, parece que Safo conseguiu reuni-las, de forma impecável, na montagem da crise amorosa: embora já tenha início com Arquíloco o processo de releitura da épica no quadro da lírica, não há dúvida de que é na poeta de Lesbos que se encontrará sua perfeita solução, em termos estéticos e emocionais. Sobre este ponto, os especialistas estão, geralmente, de acordo.

Um dos *sintomas*, contudo, chega a inquietar o leitor de poesia lírica: "Fico mais verde que as ervas". Uma cruz para os modernos, que tentam exorcizá-la, alterando essa cor de uma exasperante trivialidade: "fico pálida"; "fico mais pálida que as ervas", traduz Josephine Balmer que comenta, numa nota de rodapé a *Sappho – poems & fragments*: "os termos gregos para cor são mais vagos que os ingleses; o adjetivo *khlorós* podia significar tanto um verde brilhante quanto um pálido amarelo".[51] E já constatamos que Plutarco não utilizou o adjetivo *verde* em sua descrição da crise amorosa. Sintomaticamente, porém, lemos em *Dafne e Cloé* – texto elaborado num diálogo sutil com Safo de Lesbos – que o rosto de uma personagem enamorada torna-se, de repente, "mais verde que as ervas".[52]

Existe em Homero um clichê para indicar a passagem do medo pelo rosto do combatente; ele aparece em vários momentos da *Ilíada*. No Canto X, 376, Dólon, ferido por Diomedes, é tomado pelo pânico. Balbucia; os dentes lhe batem na boca. *Fica verde de medo*. Na abertura do Canto XV, os troianos em fuga, caindo às centenas sob os golpes inimigos, aproximam-se, trêmulos, de seus carros – e se detêm, *verdes de terror*. E no momento em que o Pai dos Deuses lança, do alto do Ida, um fulgurante relâmpago sobre o exército dos aqueus, os gloriosos guerreiros o vêem e, cheios de espanto, são possuídos pelo *verde terror*.[53]

[51] P. 20.

[52] Longus, *Dafne* e *Cloé*, I, 17, 4.

[53] Canto VII, 77 e segs.

O herói, quando tem medo, muda de cor, estremece e transpira. A originalidade de Safo de Lesbos estaria na perícia com que soube reunir os signos de sofrimento – esparsos em Homero – num "rendez-vous de toutes les passions", como escreve Boileau. Em expor, além disso, seu diálogo com a poesia épica, ao sublinhar o pavor superlativo do amoroso, que se torna *mais verde que as ervas*. Na força hiperbólica da comparação, ela funda sua novidade, apagando o clichê.

***

Recordo-me, entretanto, de repente, de um episódio da *Ilíada* em que o aedo consegue captar, quase obliquamente, todo um repertório de signos ou sintomas do medo, enfeixados num conjunto perfeito. Canto XIII, versos 240 e seguintes:

Idomeneu, chefe dos cretenses, prepara-se para o combate, deixando sua tenda. O bronze de sua armadura resplandece enquanto ele corre, tal o relâmpago lançado por um deus, como um signo. Corre e encontra no caminho seu escudeiro, o bravo servidor Merion. Um diálogo entre os dois homens, um rápido instante de tensão, logo resolvido. E cada qual passa a vangloriar-se de seus feitos guerreiros, das muitas mortes que causou, dos despojos de guerra, de seu próprio valor nas carnificinas. A leitura desta passagem revela um universo tão radicalmente militar – tão profundamente *viril* – que o leitor, ouvindo o tom das palavras, intuindo a dimensão dos gestos, recua, assustado com a jactância, a violência, a segurança, o orgulho das personagens. Estamos num mundo de soldados gloriosos.

Correndo para o campo de batalha com sua armadura reluzente, Idomeneu vai traçar, para Merion e para nós, o paralelo entre o guerreiro covarde e o bravo combatente:[54]

– O covarde muda de cor a cada momento; não consegue ficar sentado, tranqüilo; não contém seus sentimentos; ajoelha-se; senta-se, ora sobre um pé, ora sobre outro. Seu coração bate com violência no peito, quando pensa nas deusas sinistras da guerra; batem-lhe os dentes. O corajoso não muda de cor; quase não tem medo, quando

[54] V. 282 e segs.

toma parte numa emboscada; e deseja, logo, entrar no combate medonho.

As palavras de Idomeneu são importantes para nós: nelas, começa a fazer sentido a fórmula *mais verde que as ervas*, tão difícil de se transpor para as línguas modernas. Não é, como pensamos por um momento, a hiperbólica desmontagem de um clichê: é um reforço. Para mostrar, superlativamente, o quadro em que se inscreve a leitura do poema: o dos combates. Nos versos de Safo, projetam-se, uma sobre a outra, a imagem lírica do amoroso agonizante e a do guerreiro covarde recortada do universo épico: ele não consegue ficar sentado, tranqüilo, e não contém seus sentimentos. Bate-lhe o coração com pavor no peito.

O poema de Safo ganharia, assim, um sentido forte ao ser confrontado com aquele episódio de Homero, no qual dois tipos de soldados são comparados em seu modo de agir diante dos perigos da guerra. Nesse jogo de espelhos, brota um novo símile: o amoroso é como o guerreiro covarde.

Mas, na passagem do contexto épico para o lírico – no intervalo de alguns séculos e com a inversão do quadro de valores da velha aristocracia –, algo de superlativamente novo aconteceu; e, assumindo o *eu* do poema, o leitor pode agora se identificar, positivamente, a um guerreiro covarde.

***

Voltemos a contemplar a cena. É muito difícil não cair na tentação de imaginá-la, espacial e temporalmente: de um lado, a poeta; de outro, o homem e a mulher. Afinal, é essa contextualização mundana que permite ver no poema a transposição de uma crise de ciúme: "se os versos quisessem descrever apenas os 'efeitos' da paixão, por que escolheriam precisamente aquele momento? Eles são uma resposta emocional à cena contemplada".[55] Evidentemente, eles não são também um "esquema", elaborado para expor uma idéia ou uma situação existencial. Safo de Lesbos viu o homem e a mulher, na

[55] Page, op. cit.; cf. Fränkel, op. cit., p. 176.

intimidade do *oaristýs*, do colóquio de amor. Na verdade, ela os contempla no momento em que fala; e os faz viver na força obsessiva do querer, no ritmo desfalecente de sua própria agonia. Distância e passado são categorias que não têm mais sentido; no movimento febril do poema, as três personagens mostram-se num modo de ser radicalmente "outro": estão presentes as três, e se enfrentam; e estão separadas, pois a poeta e "aquele homem" vivem de formas absolutamente opostas os eventos cuja origem é a mulher.

Ela é o próprio centro do poema – e não foi descrita. "Apenas são notados", escreve André Bonnard,[56] "com uma palavra e uma exatidão que não hesita, os acontecimentos de que ela é o princípio." Um homem aproxima-se da claridade absoluta, da força implacável de Eros, e inclina a cabeça para ouvir uma voz, e um jeito de rir que acende os desejos. Na comparação que abre os versos, ele revela sua força, e sua força é seu limite: por ser igual dos próprios deuses, ele não enfrenta riscos. O amoroso, ao contrário, é apenas um ser perecível, mortal, captado no afrontamento com uma luz destruidora. Nos seus limites, e na comparação com "aquele homem", lemos sua força extraordinária.

Compreendemos, finalmente, que Safo de Lesbos não assimila o amoroso ao soldado covarde, invertendo os sinais de valorização do universo homérico: o jogo dos intertextos é um pouco mais complexo. A própria *Ilíada* nos mostra que o paralelo construído no discurso de Idomeneu – o bravo combatente, o guerreiro medroso – é apenas um *ideal*, um modelo de comportamento; pois encontramos, ao longo dos Cantos, muitos heróis estremecendo de horror perante o inimigo, ou diante dos deuses.

Ao desmoronar nos assaltos do Amor, o apaixonado é um guerreiro covarde. *Idealmente*: só os deuses não temem a morte. Confrontado com uma situação impossível, incapaz de agir, o homem responde de uma forma singular: coincidindo absolutamente com seu próprio corpo. Levado ao máximo de tensão, ele vibra e esvai-se em

[56] Op. cit., p. 87.

nada. O medo do bravo combatente revela a verdadeira dimensão do perigo que ele enfrenta, e que o engrandece.[57]

Sim, o poema de Safo é um combate, que deve, entretanto, ser compreendido num delicadíssimo confronto com a *Ilíada*: nele, o amoroso funda sua radical diferença na sobreposição da potência das imagens: os viris combatentes, o homem igual de um deus e a poeta entregando-se ao rapto de uma interminável agonia.

Hímeros

Os modernos que continuam a detectar nesse poema um repertório de *sintomas* de amor assombram-se com sua descrição precisa e intensa, mas realizada numa clivagem singular: como poderia a poeta, com efeito, desdobrar-se em sujeito enunciador e objeto do discurso, contemplando a si própria a desmoronar diante dos assaltos de Eros?

Dois equívocos, derivados um do outro: a inscrição dos versos num contexto *nosológico* só é possível se admitirmos a existência de uma "interioridade" que poderia ser lida, sob a forma de sofrimento, na superfície do corpo. Envergando, então, a máscara do médico ou do psicólogo, o estudioso da lírica arcaica procede a um exame dos signos, classifica-os – à maneira da personagem de Plutarco? –, interpreta-os, e, mergulhando o olhar nas profundezas, encontra... o quê, afinal?

"Quando eu te vejo, por um momento apenas..."

Coincidindo com a própria constituição discursiva do recitante, aqueles sinais do sofrimento amoroso não foram aqui descritos "do exterior": como fenômenos, eles se esgotam num puro acontecer – e não são, portanto, sintomas. "Quando eu te vejo, por um momento apenas, eu te juro, o coração me bate com pavor no peito": pronunciando essas

[57] Setti (*Stud. It. Fil.*, XVI, 1.939, p. 195 e segs., apud Page, op. cit., p. 28, nota 2) interpreta esse poema segundo o esquema do contraste "entre a serenidade do homem na contemplação da beleza e o desmoronamento emocional de Safo na mesma ocasião". Não tive acesso a esse estudo. Para Denys Page, que o refuta, Setti não apresentaria suportes seguros para apoiar sua tese.

palavras, a poeta provoca a emergência do amoroso nos riscos de um acontecimento singular, celebrado na terrível eternidade de seu modo de ser – e se esvai nas frases e nos ritmos, *com a linguagem*, na qual se manifestou. Aqui não foram abertas "profundezas da alma": tudo aconteceu no mesmo plano;[58] e o leitor se deslumbra, não com a suposta clivagem da poeta em sujeito/objeto, mas com sua absoluta unidade.

***

Esse meu comentário de amador (em dois ou três sentidos dessa palavra) talvez não passe, entretanto, de uma projeção, sobre o mundo antigo – e mediante a construção de imaginárias paixões –, de um sonho de totalidade perdida. E sendo as paixões, do ponto de vista estético, incômodas e, do acadêmico, insuportáveis, o leitor poderia se livrar delas consultando a interpretação dada por um helenista sueco ao fragmento que acabo de estudar: ele não passa, sugere Svenbro, que já citei acima, de uma espécie de *rebus* ou *enigma* literário, no qual o próprio texto "é o 'tu' e o leitor, o 'ele', sentado em face (*enantiós*) do poema". Aquelas palavras de "fogo e de febre" balbuciadas por Safo não seriam, portanto, a pulsante taquigrafia das emoções "espontâneas e ingênuas" de uma mulher "vítima de suas paixões", mas uma sofisticadíssima *alegoria da leitura* composta por uma poeta *savante* – erudita e retórica como um barroco alemão do Seiscentos.[59]

Voltemos, portanto, uns olhos menos cândidos para outros fragmentos – roídos pelo tempo, retrabalhados pela infinita paciência dos filólogos – dessa obra hoje quase inteiramente perdida; por exemplo, para este farrapo de um papiro de Oxyrhynchus datando do século II d.C.: uma precária superfície onde helenistas modernos conseguiram ler um poema muito mutilado, o primeiro verso do qual,

[58] Fränkel, op. cit., pp. 176-7, observa que, na lírica de Safo, "não se abrem profundezas da alma [...], a coisa se mostra no seu fenômeno [...] tudo se move no mesmo plano".
[59] V. Jesper Svenbro, "La mort par l'écriture", op. cit., pp. 161-177.

entretanto, citado por Apolônio,[60] comprova a atribuição do conjunto a Safo de Lesbos:

> É um batalhão de infantes – ou de cavaleiros
> – dizem outros que é uma frota de negras naus[61]
> a mais linda coisa sobre[62] a terra – para mim,
> é quem[63] tu amas.
>
> E como é fácil tornar clara essa verdade
> para o mundo, pois aquela que triunfou
> sobre o humano em beleza, Helena, seu marido,
> o mais nobre dos homens,
>
> abandonou, fez velas rumo a Tróia;
> para a filha, os pais queridos nem um só
> pensamento voltou; arrastada
> [
>
> [por Kýpris
> [
> agora, esta lembrança: Anaktória
>]daqui tão distante;
>
> um modo de andar que os desejos acorda
> e cambiantes brilhos, mais eu queria ver, no seu rosto,
> que soldados com panóplias e carros lídios
> [em pleno combate] [64]

Uma série de imagens brilhantes, cinéticas, sonoras: exércitos que avançam, soldados em cintilantes armaduras, galope de cavalos

[60] Apolônio Díscolo, gramático do século II d.C. (*Sobre a sintaxe*, 291b).
[61] οἰ δὲ νάων φαῖσ' ἐπὶ γᾶν μέλαιναν: "terra negra" e "negra nave" são clichês. Page, op. cit., p. 53 e grande parte dos editores preferem acoplar "negra" a "terra", embora não seja impossível imaginar, entre as "coisas mais lindas", uma frota de "negras naus" (lendo no fragmento μέλαιναι νᾶες).
[62] ἐπὶ γᾶν = *sobre a terra* é também formular. Cf. *Il.*, XXI, 447.
[63] No papiro, κῆνο, que, como no poema anterior, aparece como atecedente de um pronome relativo indefinido. Cf. Page, loc. cit.
[64] LP 16.

fazendo estremecer a terra. Navios de negras quilhas lançando-se ao largo. Num relâmpago, entre os vazios do texto, Helena, arrastada por uma força invencível, a bordo de uma nau embandeirada, rumo à cidade inimiga. Na última estrofe: sobre Anactória – seu modo de andar, a luz do seu rosto – perpassam, como sombras refulgentes, os carros e os guerreiros lídios, combatendo, cobertos de armaduras. Nos vazios de um papiro quase duas vezes milenar, pulsam, como centelhas, memórias:

> um modo de andar que os desejos acorda
> e cambiantes brilhos, mais eu queria ver, no seu rosto,
> que soldados com panóplias e carros lídios
> [em pleno combate]

Enfatizei ingenuamente o aspecto "narrativo" desse fragmento, com suas "personagens" colhidas numa espécie de vendaval cintilante, que as impulsiona, de forma irresistível, em direção a um objeto de desejo. Chamei a atenção para seu caráter visual e sonoro. Na realidade, essas imagens procedem de um contexto cultural e fazem parte de uma tópica ou convenção poética muito antiga.

A primeira estrofe já introduz, sob forma tradicionalmente sentenciosa, o tema da composição, inscrevendo assim o texto no registro gnômico, utilizado, antes e depois de Safo, por nomes conhecidos. C.M. Bowra[65] recorda, entre outros, uns versos atribuídos a Teógnis:

> Primeiro justiça, depois, saúde;
> possuir, depois, quem o coração deseja.[66]

Encontramos também, no universo poético do *Cântico dos cânticos*, uma seqüência de comparantes que procedem do universo militar:

[65] Op. cit.
[66] Teógnis, I, 255-6.

Aos cavalos do faraó
eu te comparo, ó amiga[67] [ ].

Quem é esta,
que desponta como a alva do dia,
formosa como a lua,
brilhante como o sol,
formidável como um exército com bandeiras?[68]

O poeta grego contrabalança excelências morais e físicas e as confronta com as delícias do amor: na ordem dos superlativos, a questão permanece aberta. O rei hebraico estabelece equivalências entre a mulher e os mais preciosos seres: o Sol, a Lua, os cavalos do faraó, um exército com bandeiras. Mas Safo de Lesbos enuncia, sob a forma de uma alternativa, três bens inestimáveis; e fazem parte, todos eles, do universo viril dos combates: a infantaria, a cavalaria, a marinha, inscritas numa frase que tem a aparência de uma verdade universal, inquestionável. Quando articula essa sentença à sua opinião pessoal, particular,

[a coisa mais bela], para mim,
é quem tu amas,

ela é re-semantizada pelo contexto gnômico no qual se insere: num curto-circuito, como que se integra à máxima onde a *dóxa*, isto é, "a opinião de todos", é afirmada para ser posta em questão; e o texto, antes mesmo que sua vertiginosa correnteza argumentativa possa ser contestada, abre-se para outra convenção discursiva, a comparação mitológica, invocada como garantia de verdade: "como é fácil tornar isso claro para cada um e todos: vejam Helena, a mais bela das mulheres".

Helena de Tróia é o belo presente que Afrodite concedeu a Páris Alexandre; e embora tenha provocado uma guerra de dez anos, ela reaparece na *Odisséia*, depois do regresso dos heróis à pátria: é uma

[67] I, 9.
[68] VI, 10.

dama aristocrática, ao lado do nobre marido. Muito cedo, porém, começou a ser julgada pelos poetas. Num fragmento do poema *Ἑλένη = Helénē*, hoje perdido, Estesícoro a captura numa escala de valores, e condena:

> mulher de dois, de três maridos,
> infiel esposa de todos,[69]

antecipando, observa Bowra, o epíteto que lhe atribuirá o dramaturgo Ésquilo no *Agamêmnon* e convertido, por um tradutor francês, no tradicional *volage*: "mulher de muitos homens".[70]

Alceu, em fragmentos também extremamente mutilados, parece que fala com reprovação de Helena, em cujo nome "a sagrada Ílio consumiu-se no fogo de Zeus" (*πύρι δ' ὤλεσε Ζεῦς/ Ἴλιον ἴραν*); ela, tão diferente da perfeitíssima Tétis celebrada por toda a Antigüidade, a virgem que

> o nobre filho de Aiakos,
> tendo os sagrados deuses todos convidado,
> recebeu como esposa, do lar de Nereu,
>
> na casa de Kérronos:
> [ ]
> e gerou um filho, o melhor dos semideuses,
> condutor de cavalos de crinas douradas...]
> [ ]
> [mas caíram por culpa de Helena: a cidade
> e os homens de Tróia...[71]

Embora três quartas partes desses versos procedam de restaurações de Page, Wilamowitz, Diehl e Hunt, podem-se entrever, nos fragmentos, claros signos de uma condenação que parece ser

[69] Cf. Bowra, op. cit., p. 111.

[70] πολυάνωρ = *polyánōr* (Ésquilo, *Agamêmnon*, 62).

[71] Alceu, fr. 42 LP, correspondente ao 82 da ed. Reinach. O tema das núpcias de Tétis e Peleu, que celebra a união entre celestes e humanos, será retomado ao longo de toda a Antigüidade e ainda repercute na literatura contemporânea.

confirmada por outros versos atribuídos a Alceu, e registrados, em velhos papiros, por mãos do século II ou III d.C.[72]

A figura de Helena transformou-se, na Antigüidade, em centro de apaixonadas discussões; objeto de condenação ou de louvor, ela é a "mulher de muitos" ou a vítima infeliz de calúnias: segundo um velho mito, a esposa de Menelau não teria jamais pisado o solo de Tróia; substituída por um *eídōlon* – um simulacro –, e conduzida pelos deuses ao Egito, ali aguardou o fim da guerra e a chegada do marido.[73] É, sem dúvida, fascinante imaginar os homens combatendo em torno das muralhas sagradas, ao longo de dez anos, por uma sombra de mulher, que se desvanece no ar, quando o navio de Menelau, vindo de Tróia, aporta no Egito. É assim a personagem Helena em Eurípides, composta num século em que a sofística ensina a ver o mundo sob seus aspectos ambíguos, na malha dos discursos persuasivos. Górgias fará o elogio dessa mulher.

Em Safo de Lesbos não há julgamentos: um lugar-comum mitológico exemplifica a afirmação da primeira estrofe: "Helena entregou-se completamente ao amor, abandonando marido, pais e filha". Comprova, desta maneira, a grande verdade do tema: "o amor é a coisa mais bela", "o bem supremo". *The passion of love is paramount*: eis o que, de acordo com Page, os versos pretendem "demonstrar". "Não nos interessa saber", escreve o helenista, "se ela aprova as conseqüências – o abandono das afeições e do lar, a ruína de Tróia –; os *fatos* não são questionados: é suficiente que sua aplicação ao tema seja apropriada. Problemas do tipo 'louvor' ou 'culpabilidade' devem ser deixados para cabeças mais intelectualizadas, em mais graves ocasiões."[74]

Denys Page observou com perspicácia: em Safo de Lesbos, não há julgamentos sobre Helena, pelo menos claramente expressos – apenas fatos. Uma neutralidade impressionante.

[72] Fr. 283-5 LP.

[73] Cf. o "argumento" anônimo da *Helena* de Eurípides. Esse tema reaparece num belo poema de Giorgios Seferis, in *Diário de bordo III*.

[74] Page, op. cit., p. 56.

Ao suspender os juízos de valor, o texto revela a amante de Páris no puro acontecer de seus atos: a ruptura dos vínculos sagrados da família, a paixão pelo inimigo de seu próprio povo. A poeta não defende a mulher amorosa; e não parece levar em conta a trama de clamores, sussurros e calúnias que impõe a imagem de uma Helena transgressora da ordem, fonte de caos, destruição e morte. Talvez seja exatamente assim que Safo de Lesbos gostaria de apresentá-la: na sua nudez – sem qualquer comentário. À luz da terrível neutralidade dos acontecimentos gerados pela loucura erótica, a "sentença" da primeira estrofe ganha um sentido provocador:

> A coisa linda coisa sobre a terra
> é quem tu amas,

sendo, embora, um princípio irracional de destruição.

***

Depois de referir-se à aventura de Helena, o texto retoma, na última estrofe, o tema principal: essa transição tão brusca parece escapar ao altíssimo nível de técnica, à arte das nuances da lírica de Safo, fato que não escapa ao sutil analista Denys Page: o exemplo mitológico, observa ele, talvez tenha surgido na cabeça da poeta como prova de que nada é melhor que a pessoa amada; em seguida, exerce a função, um pouco frouxa, de lhe recordar seu próprio objeto de amor.[75]

A penúltima estrofe está quase inteiramente destruída no manuscrito. Ali, onde devia acontecer a passagem do universo da fábula para o mundo de Safo de Lesbos, encontramos – graças aos trabalhos de restauração – algumas pistas. Um nome de mulher: *Anactória*, que sabemos, por testemunhos seguros, ter sido uma das amigas. E dois signos pulsando misteriosamente, no discurso que se rompe, desaparece, e ressurge na última estrofe: "recordação" [ ] "afastamento" [ ].

[75] Op. cit., p. 56.

Dois movimentos percorrem a última estrofe. Um deles diz respeito à amiga, emergindo na lembrança pelo modo de andar e pelo brilho do rosto. "Lovely gait" (Bowra), "adoráveis passos", segundo as traduções correntes. Aqui, entretanto, o adjetivo *eratós* deve corresponder, semântica e foneticamente, à forma verbal *ératai* da primeira estrofe; e nas duas palavras temos que ler a presença de *Eros*, e sua força.

Os versos dizem, nesse ponto: *καμάρυχμα λαμπρὸν προσώπω* = *kamárykhma lampròn prosṓpō*:

> the bright radiance of her changing face,

transcreve excelentemente Page, retomando Gow (*Sobre Teócrito* XXIII, 7):[76] com a palavra *ἀμάρυχμα* = *amárykhma* significa-se, geralmente, "olhos brilhantes" ou "flamejantes". Esse termo indica, num fragmento de Baquílides (9, 36) e em outros contextos poéticos, "movimento rápido". Ímpeto e luz, os dois temas do verso 18 e, afinal, do poema, maravilhosamente concentrados na figura de Anactória: bruscamente, ela emerge, sob a forma de movimentos, impulsos – como um jorro de lembranças. Seu modo de andar, os olhos faiscando no rosto são forças vitais. Aqui, nada existe de "amável", se pensamos no significado rotineiro do adjetivo, mas a força cintilante, perturbadora de Eros:

> um modo de andar que acorda desejos,
> e cambiantes brilhos, mais eu queria ver, no seu rosto,
> que soldados com panóplias e carros lídios,
> [em pleno combate]

Em três movimentos, o texto passou do registro gnômico para o narrativo-mitológico e, desse, para o que poderíamos chamar – com certa impropriedade – de "pessoal". A transição, do ponto de vista apenas "estilístico", aconteceu graças à referência a Helena de Tróia: suas aventuras não constituíam, pois, um desvio do tema principal;

[76] Op. cit., p. 54.

exatamente na referência mitológica, Hermann Fränkel descobriu uma das chaves do poema. "Para nós é belo tudo o que desejamos; mas não depende de nós o que desejamos".[77]

Na personagem da princesa grega, as palavras da primeira estrofe ganharam um corpo e uma história, de onde puderam nascer a história de Safo de Lesbos e o corpo de Anactória; e assim, ao reaparecer no final do poema, a *sentença* estará profundamente transformada, perdendo seu caráter de verdade abstrata revista por um indivíduo sem passado, igualmente abstrato – o que não significa, entretanto, que esse poema seja a dramatização de um saber "universal": aqui, o verbo engendrou um acontecimento *único e exemplar* – quando, pela força de Eros, Anactória emerge na lembrança, sob a forma de luz/ movimento; um fantasma resplandecente sobrepondo-se à imagem do aparato militar dos grandes guerreiros, que é, também, ímpeto luminoso.

> a coisa mais linda sobre a terra – para mim
> é quem tu amas:

Amar. O verbo grego diz muito mais: "amar apaixonadamente", "ser possuído pelo desejo de alguém". Existe um substantivo correspondente, *Eros*: Amor, Deus do Amor, Desejo. Sintática, semântica e foneticamente, ele é o núcleo da *sentença* de Safo de Lesbos.

"Tu e Eros, meu servidor..."

"Primeiro que tudo", ensinam as Musas na *Teogonia*, "surgiu o Caos, e depois Géia de amplo seio, para sempre firme alicerce de todas as coisas, e o brumoso Tártaro num recesso da terra de longos caminhos, e Eros, o mais belo entre os deuses imortais, que põe quebrantos nos corpos e, no peito de deuses e homens, domina o espírito e a vontade ponderada."[78]

[77] Fränkel, op.cit., p. 286.
[78] *Teogonia*, 116-22.

O amor *subjuga*, *domina*, *doma* os corações: reencontra-se na *Teogonia* um verbo que já lemos num poema de Safo; referindo-se, entretanto, a Afrodite:

> a dores e mágoas não dobres,
> Soberana, meu coração.

Certamente, poderes e atribuições das duas divindades interferem uns nos outros, nas velhas cosmogonias e entre os líricos. De qualquer forma, são inseparáveis, recorda um dos convivas de *O banquete*:[79] não existe Eros sem Afrodite.

Na tragédia, Amor é a força que atrai os sexos um para o outro;[80] o coro da *Antígone* o chama de *aníkate mákhan*, isto é, "invencível nos combates": um ser que não se pode destruir com armas criadas pela *tékhnē*:

> Eros, invicto na batalha,
> Eros, que a tua presa escravizas;
> tu, que nas faces delicadas
> da virgem estás à espreita
> e vogas sobre o mar e pelas agrestes choupanas;
> de ti nem o divino eterno se liberta
> nem o efêmero humano; o que te possui desvaira.
> Tu, que aos justos tornas injustos,
> enlouqueces e levas à ruína;
> tu, que também esta contenda
> entre homens – pai e filho – armaste!
> Mas triunfa fulgindo entre os cílios e úmido olhar
> [da amável
> noiva, como que sob o comando das fortes
> leis. Sem lutar brinca conosco a divina Afrodite.[81]

[79] Platão, *O banquete*, 180d.
[80] Cf. Felix Buffière, *Éros adolescent*, p. 326.
[81] Antígone, vv. 781-800. Trad. de Guilherme de Almeida, in *A Antígone de Sófocles*.

Em Hesíodo, Amor ainda é uma força primordial. Alceu de Mitilene teria sido o primeiro a elaborar sua genealogia:[82] Eros, gerado de Zêfiros auricomo e de Íris de belas sandálias. Segundo o escoliasta de Apolônio de Rodes,[83] o autor das *Argonáuticas* o considerava filho de Afrodite; para Safo, ele nasceu do Céu e da Terra. Mais tarde, a mitologia helenística confirmará sua filiação à Kiprogênia; é o momento em que se multiplicam, na estatuária, na cerâmica e na poesia, enxames de Cupidos nus e brincalhões. Essa imagem de um encanto fácil precisa ser evocada, mas para que se apague no instante mesmo em que um adolescente de olhar sombrio desce céus, trazendo nos ombros o manto fulgurante dos grandes senhores do Oriente, como neste fragmento de Safo de Lesbos citado por Pólux: "Dizem que Safo foi a primeira a usar a palavra *χλάμις* = *khlámis* quando disse de Eros":

] vindo do céu num manto de púrpura envolto [.[84]

No *Banquete*, Sócrates o transforma em servidor de Afrodite; é sob essa condição que ele aparece num fragmento citado por Máximo de Tiro: "Afrodite diz a Safo em uma de suas canções:

] tu e Eros, meu servidor [".[85]

Que podemos ler, no mistério desse fragmento? Que relações de vassalagem se estabelecem, no universo de Safo de Lesbos, entre a Poeta e Amor, e entre os dois e Afrodite? Retomemos o famoso

[82] Cf. Page, op. cit., p. 269 e segs.

[83] Escoliasta de Apolônio de Rodes, III, 26: "Para Apolônio de Rodes, Eros é filho de Afrodite; para Safo, ele nasceu do Céu e da Terra". Cf. Escoliasta de Teócrito, XIII, 1-2 c: "Para Alceu (Eros nasceu de) Íris e Zêfiros; para Safo, de Afrodite e Urano". De acordo com Pausânias (IX, 27.3), Safo fez muitas referências contraditórias a Eros.

[84] Pólux, *Voc.* X, 124 (LP 54).

[85] *Dissertationes*, XVIII, 9 (LP 159). Para "servidor", o grego utilizou a palavra *therápōn*, indicando um papel social já estranho à cultura helenística. Não se trata de um sinônimo de *doûlos*, "escravo": ele indicava originalmente as funções exercidas voluntariamente por um rapaz de condição nobre; por exemplo, Pátroclo junto a Aquiles (*Ilíada*, XVI, 244).

paralelo estabelecido por Máximo de Tiro entre as vozes da filosofia e da lírica : "Sócrates diz que Eros é sofista, Safo [que ele é]

tecelão de mitos.[86]

Sócrates é perturbado por Fedro, enquanto o coração de Safo é agitado por Eros, como o vento caindo da montanha sobre os carvalhos".[87]

Esse texto, em sua extrema economia, encerra alguns problemas. O professor de retórica não transcreveu ali, fielmente, as palavras de Safo; parafraseou com liberdade, e Lobel, tentando restaurar os versos originais, produziu a lição geralmente aceita pelos editores modernos da lírica arcaica. Em inglês, o texto ficou assim: "Love shook my heart, like a wind falling on mountain-trees".[88]

Ao leitor acostumado a freqüentar os antigos, o fragmento provoca imediatamente a lembrança de alguns momentos da singulares de Homero. Nos versos 138 e seguintes do Canto XII da *Ilíada*, Leonteu e Polipoetes são comparados aos carvalhos das montanhas: rostos voltados para o alto, suportam eles ventos e chuvas ao longos dos dias, as fortes raízes mergulhadas na terra. Em XVII, 53 e seguintes, Menelau, que defende o corpo de Pátroclo no centro de um combate feroz, invoca Zeus pai e se atira contra o inimigo. Sua lança atinge o pescoço de Euforbo; atravessado pelo bronze, o guerreiro cai com estrondo sobre a terra. E sua armadura ressoa longamente.

Nesse momento de extrema tensão narrativa, o texto faz uma pausa; um corte no espaço e no tempo projeta o leitor para um mundo distante: *algumas vezes*, canta o aedo, um homem alimenta uma oliveira magnífica, *num lugar solitário. Ela cresce, cheia de seiva, vibrando aos ventos e cobre-se de brancas flores. De repente, cai sobre ela uma ventania que, arrancando do chão suas raízes, a derruba por terra...* Esse discurso estranho invadiu os acontecimentos do primeiro plano; e quando julgamos que a coerência do texto está

[86] LP 188.
[87] LP 47.
[88] *Diss.*, Page, op. cit., p. 136.

ameaçada, a pequena narrativa transforma-se num maravilhoso símile, ao encontrar, no fluxo das palavras, seu contexto: *eis como aparece diante de nós, nesse instante, o filho de Panthoos, Euforbo de boa lança...*

Em Safo, a violência do ataque, a força e inteireza do agredido foram transpostas, do registro épico, para a descrição de uma experiência espiritual; e talvez resida aí, como pretende Fränkel,[89] a grande novidade desses versos, quando os revemos à luz dos tradicionalmente chamados gêneros literários. Ao citá-los em suas *Dissertationes*, Máximo de Tiro havia pensado, entretanto, em outro tipo de intertexto, evocando, não Homero, mas uma passagem do *Fedro* platônico, na qual Sócrates se refere a quatro tipos de delírios inspirados pelos deuses. Figura entre eles, como se sabe, a *mania* amorosa.

Vendo seu jovem discípulo Fedro como que *iluminado* pela leitura de um discurso do sofista Lísias, o filósofo comenta: "na convicção de que sabes mais sobre esses assuntos do que eu, eu te seguia e, seguindo-te, entrei contigo no delírio coribântico; sim, contigo, cabeça divina" (*καὶ ἑπόμενος συνεβάκχευσα μετὰ σοῦ = kaì epómenos synebákkheusa metà soû*).[90] Máximo de Tiro parece ter desejado estabelecer aqui uma correspondência entre o verbo *ekbakkhéō*, empregado por Platão ("entrar no delírio coribântico", de onde, geralmente, "perturbar") e o *tinássō* dos versos sáficos: "ébranler par des sécousses", traduzem os franceses. "Agitar", "sacudir". Na *Ilíada* (XX, 57), ele é usado para apontar a terra estrecendo diante da violência do oceano.

Há uma ambigüidade um pouco inquietante na passagem do diálogo platônico que citei acima. O contexto indica, em primeiro lugar, que o filósofo *dramatiza* o jogo das atrações eróticas: "surpreso" com a imagem de um Fedro *iluminado* pelo discurso do sofista Lísias sobre o amor, Sócrates é como que contaminado, "iluminando-se" também – situação discursiva que tentei transpor graficamente num jogo de metáforicos itálicos e aspas de suspeita. Há que considerar o

[89] Op. cit., p. 183.
[90] *Fedro*, 234d.

tom de ironia, muito bem percebido pelo interlocutor em sua réplica. Mas não sei se tais sutilezas interessavam a Máximo de Tiro; alguns diriam que ele se apodera do léxico filosófico apenas para passar a sua lição, no clássico contexto dos paralelos retóricos, tão apreciados pelos antigos. Convida-nos, assim, a ver Amor no processo de espiritualização em que foi inscrito por toda uma tradição de pensamento: o impulso sexual provocado pelos belos corpos é apenas um momento, o mais desprezível, no processo de ascensão dialética da alma na direção das idéias ou imutáveis essências. As *Dissertationes* desenham, pois, *o confronto do filósofo com o poeta* no interior de uma espécie de vulgata do platonismo, ao gosto do senso comum e de alguns comentadores modernos dos antigos.[91]

Desprezando, portanto, o contexto em que foi encontrado o fragmento de Safo sobre a potência de Eros, devemos retornar ao universo da *Ilíada* para compreendê-lo? Talvez: ali ouviremos, num primeiro momento, o fragor do guerreiro e das armas tombando sobre a terra. Para provocar a emergência, na potência dessa imagem épica, da figura de um eu, parte integrante da *phýsis*: atravessado, no coração de seu próprio ser, pela força que engendra as coisas:

>] Eros
> me trespassa como o vento que desaba
> sobre os carvalhos das montanhas [,

Tradução incerta: tentando evitar termos anacrônicos, como "alma" e "coração", fiz uso, na transcrição do texto para um idioma moderno, de uma forma pronominal no fundo também redutora: aqueles versos de Safo – ou sua paráfrase – dizem, na força do *phrénes*, a inteireza do ser; e a eficiência do símile repousa no sentido primitivo daquela palavra. Ela contribui para a criação de um maravilhoso instantâneo: a criatura pulsando (com) (no) âmago da natureza.

[91] Cf. *Buffière*, op. cit., p. 543.

Na geração seguinte a Safo, Anacreonte situa o amoroso no quadro ardente de uma forja:

> Eros, como um ferreiro com seu grande martelo,
> me golpeia, de novo, e mergulha em torrentes geladas[92]

Imagem impressionante que procede, entretanto, do universo da *tékhnē*, do contexto cultural do *homo faber*, ao qual Safo de Lesbos jamais recorre para expressar a sua experiência erótica:

>] de novo, Eros me arrebata,
> ele, que põe quebrantos nos corpos,
> dociamaro, invencível serpente
>
> [ ]
>
> ó Atthis, tu me detestas até na lembrança,
> e para os braços de Andromeda voas [.[93]

Esses dois fragmentos foram citados no *Livro dos metros*, de Hefestíon (7.7), como exemplos de tetrâmetros dactílicos acataléticos e parecem formar uma seqüência, o que não pode ser, entretanto, deduzido do contexto onde foram colhidos. Examinemos cada um deles.

O epíteto *λυσιμελής* = *lysimelḗs* é tradicionalmente atribuído a Eros; já o encontramos na *Teogonia*, 120: "o que solta", "entorpece", "enfraquece" os membros do corpo. Na *Odisséia*, essa palavra é usada para designar o sono caindo com doçura sobre Ulisses, depois do reencontro, dos gestos de amor e das palavras trocadas com Penélope no Canto XXIII, 343. Mas Amor é também, em Safo, *γλυκύπικρος* = *glykýpikros*, *o que traz doçura no amargo*. Expressão confirmada pelo testemunho de Máximo de Tiro: "Diotima diz que Eros floresce na riqueza e morre na pobreza; unindo as duas idéias, Safo diz que Amor é

[92] Page 68/413.
[93] LP 130, 131.

dociamaro

e

doador de mágoas".[94]

Era comum, na lírica arcaica, apresentar Amor em contexto de oposições excludentes: quente e frio, bom e mau. Assim, em Teógnis; e assim, também, no símile anacreôntico do ferreiro golpeando o apaixonado com seu grande martelo e mergulhando-o, depois, na gélida correnteza. Mas Safo de Lesbos, ao reuni-los numa unidade vocabular e afetiva, conseguiu manter os contrários magicamente suspensos no mesmo ato; e os antigos devem ter sentido a estranheza do epíteto *γλυκύπικρος*, *dociamaro*: ele só voltará a ser usado, segundo Bowra,[95] na era helenística – embora um filósofo do período arcaico já tivesse falado, também ele, desse equilíbrio tenso que os homens geralmente não percebem, incapazes que são de compreender o acordo existente entre coisas entre si discordantes: o que mantém o Ser no ser é "uma conexão de tensões opostas, como no caso do arco e da lira".[96]

Eros, *o que traz doçura no amargo*, é também, no fragmento citado por Hefestíon, *ἀμάχανος* = *amákhanos*, termo que significa "invencível", mas, talvez com mais propriedade, "aquele contra quem nada podem as máquinas, e, de um modo geral, a técnica construtora de armas:[97] sente-se palpitar nessa palavra grega – escreve André Bonnard – a impotência do *homo faber* para reduzir o indomável poder de Eros, criatura que não cai nas armadilhas ou ciladas humanas.

E, contudo, alguns editores de Safo continuam inscrevendo esses versos numa rotina normalizadora e neutra, em que *amákhanos* se verte no abstrato "invencível":

[94] *Dissertationes* (LP 172).
[95] Cf. Bowra, op. cit., p. 184.
[96] Heráclito, fr. 51 (Hipólito, *Ref.* IX, 9, 1).
[97] Cf. Bonnard, op. cit., p. 89; Bowra, op. cit., p. 184.

Voici que de nouveau Eros, briseur de membres, me tourmente, Eros, amer et doux, créature invincible [ ][98]

Créature, traduz Reinach, ali onde Safo de Lesbos utilizou um termo do dialeto eólio, talvez intencionalmente vago (*ὄρπετον* = *órpeton*), que designa seres rastejantes, assustadores: um réptil em *Andrômaca*, de Eurípides, 269; um animal, por oposição ao homem na *Odisséia*, IV, 418; e, em Píndaro, um ser por excelência monstruoso, aquele que os deuses aprisionaram no coração flamejante do terrível vulcão Etna (*I Pítica*, 25). O fragmento nos diz, portanto, mais ou menos o seguinte: "Eros, monstro que rasteja e não cai nas armadilhas dos homens".[99]

Eros [ ] *me tourmente*. O verbo *δονέω* = *donéō,* geralmente traduzido por "atormentar" significa também "agitar", "pôr em movimento": referindo-se, por exemplo, a carros de guerra, lançados em combates; ao vento sobre as nuvens, ao chicote que faz fugir. Evitando a polida neutralidade dos afetos, não poderíamos portanto reencontrar, neste verso, o sopro violento que se abate, no texto citado por Máximo de Tiro, sobre o amoroso e as árvores, no coração de uma natureza transtornada por sua própria potência?

Amor, potência rastejante! A essas palavras, segue-se, na citação de Hefestíon, um dístico iniciado com o nome de Átthis, uma das moças do grupo da Poeta:

] invencível serpente! [

[ ]

] ó Átthis, tu me destestas até na lembrança,
e para os braços de Andromeda voas [

Na primeira parte do fragmento, a recitante foi possuída por uma força monstruosa. Como um pequeno pássaro, a outra mulher

[98] Reinach, *Sappho/Alcée*, p. 269: "De novo Eros que quebranta os membros me atormenta, Eros, amargo e doce, criatura invencível".
[99] Bonnard, op. cit., loc. cit.

tenta escapar do animal que rasteja – *voando*: é o que se lê na última palavra do texto – *pótai*, de uma forma verbal *πέτομαι = pétomai* utilizada, em grego, para referir-se a insetos com asas ou a pássaros. A última palavra do primeiro dístico é *órpeton* ("criatura rastejante"): com duas pequenas notas, dois acordes em pontos pulsantes do texto, *lógos* e *phýsis* vibram, consonantes na dissonância.

[...] a ida para lá, noite fechada ainda, foi a viagem mais bonita que fiz na minha vida. Vênus luzia sobre nós tão grande, tão intensa, tão bela, que chegava a parecer escandalosa e dava vontade de morrer [...].

Manuel Bandeira, *Itinerário da Pasárgada*

2. Uma linda menina colhendo flores

Todas as cores reunidas...

Nas margens do manuscrito de *Argonáuticas*, o escoliasta detém-se por um instante, explicando o termo *ἐρευθήεσσα* = *ereuthēessa*, "vermelho", utilizado por Apolônio de Rodes na descrição do manto do herói: uma tonalidade que não deve ser confundida com *πυρρά* = *pyrrá*, "cor de flamas", ou com *ὑπέρυθρος* = *hypérythros*, "rubro", "tinto de vermelho". A nuance, tão bem delimitada, recorda ao sábio comentador uma passagem de Safo, inteiramente oposta:

] mescla de todas as cores [[100]

Esse fragmento parece também aludir a tecidos ou mantos, o que é, aliás, um tema recorrente na lírica de Safo: multiplicam-se, nos restos de papiros, as menções a bordados, enfeites e roupas femininas. O escoliasta de Aristófanes, por exemplo, pensa imediatamente em Safo de Lesbos, quando se trata de explicar que "as anilinas provenientes da Lídia são de qualidade superior"; pois, como escreveu a poeta:

[uma túnica] de cores alegres
cobria seus pés, lindo trabalho lídio.[101]

Trata-se, realmente, de uma túnica? Ou de uma espécie de calçado, de sandália? Se os eruditos não estão de acordo quanto ao sentido

[100] LP 152.
[101] LP 39.

exato de *μάσλης* = *máslēs*, importa, no momento, guardar a menção ao brilho e a referência a uma peça de vestuário sem dúvida feminino; coisas bonitas mas tão sem importância, que reaparecem num fragmento mencionado por Ateneu: dirigindo-se a Afrodite, talvez no seu lugar de culto, diz a poeta, estendendo sem dúvida nas mãos tecidos policromos, delicados e de grande valor:

] lenços [
de púrpura, perfumados [ ]
[que Mnásis] enviou de Phókaia,
dons preciosos [.[102]

O velho retor explica, invocando a autoridade de Hecateu, que Safo estaria se referindo a "lenços para a cabeça, usados como ornamento",[103] e o contexto nos recorda imediatamente esses versos decifrados num papiro do século III a.C., o mais antigo suporte, segundo Page, de um texto de Safo:

[costumava dizer] minha mãe:

na sua juventude, era um belo
ornamento ter as tranças
presas numa [fitinha] de púrpura;

]
mas a moça de cabeleira
mais loura do que as flamas

fica melhor usando grinaldas
tecidas com botões de flores –
uma fita, não faz muito tempo,

de cores alegres, vinda de Sardes
] cidades jônias [
]

[102] IX, 410e ("e quando Safo, no Livro V de sua lírica diz, dirigindo-se a Afrodite [...], ela quer significar lenços para a cabeça, como ornamentos; Hecateu torna isso claro").
[103] LP 101.

eu não tenho para ti, ó Kleís,
nem sei onde encontrar, uma fitinha
de cores alegres; mas [ ] os mitilenos

[
[
[
[

estas memórias dos filhos de Kleánaks
[
] terrivelmente devastadas.[104]

E, num pergaminho do século VI d.C., entre signos roídos pelo tempo, umas palavras parecem fazer sentido:

[
[
vestido [
[
açafrão[
vestido de púrpu[ra
manto[
guirlandas[
[
[

púrp[ura
[
[
[
p[[105]

"Os antigos", explica um comensal de Ateneu de Náucratis, "procuravam vestir suas roupas de acordo com certas regras, zombando das pessoas que não conseguiam fazê-lo"; todos se lembram, aliás, de

[104] LP 98 a, b.
[105] LP 92.

como Sócrates ironiza, em *Teeteto*, 175e, o desleixo dos sofistas, "pessoas capazes de realizar todos os serviços com prontidão e vivacidade, mas que não sabem lançar a dobra do manto sobre o ombro esquerdo, como homens livres, nem usar o tom de voz conveniente para celebrar a vida dos deuses e dos homens felizes. E Safo de Lesbos, zombando de Andromeda":[106]

>] quem, mulher grosseira, te enfeitiçou?
> Ela, que nem sabe ajustar o drapeado do vestido
> acima dos tornozelos [.[107]

Precariamente decifrados num contexto corrompido, esses versos, que costumam ser acoplados a uma citação em Máximo de Tiro, têm se prestado a leituras às vezes contraditórias: a quem se dirige a poeta? Quem é a mulher vulgar – a interlocutora ou uma terceira? Camponesa ou vulgar? A tradução acima baseia-se nas restaurações propostas pelo editor francês de Ateneu de Náucratis;[108] reservo a discussão para outro capítulo. Aqui, interessa-me o que está claro no texto: a referência aos cuidados com o modo de vestir, e uma sensibilidade, que alguns dirão feminina,[109] expressando-se no desprezo pela mulher incapaz de executar esse movimento gracioso e simples da mão, da direita para a esquerda, ajustando a dobra do manto acima dos tornozelos.

Tudo isso compõe um universo muito delicado, na trama de cores e brilhos, e na cumplicidade entre moças, com gestos cheios de graça:

>] ah, mas não cantes de orgulho
> por um anel apenas [.[110]
>
> [

[106] Ateneu, I, 21 bc.
[107] LP 57.
[108] Cf. Máximo de Tiro, *Dissertationes*, XVIII, 9.
[109] É "feminina", escreve outra mulher, "sua sensibilidade quase convencional do decoro, que faz com que ela [Safo] despreze uma mulher mal-vestida" (Marguerite Yourcenar, *La couronne et la lyre*, p. 77). Mais do que *feminino*, esse *decoro* parece-me ser próprio dos antigos em geral.
[110] O texto e a transcrição deste fragmento são extremamente precários. Lobel e Page hesitam em atribuí-lo a Safo, colocando-o sob a rubrica *Incertum Utrius Auctoris Fragmenta* (5).

] tu, de guirlandas, coroa, ó Dika, os adoráveis cabelos,
raminhos de anis enlaçando com as mãos delicadas:
floridas, as preces agradam às Graças divinas,
– mas, sem guirlandas, elas se afastam de ti [.[111]

Ateneu de Náucratis, que citou esses versos, escreve em outra passagem de *Deipnosofistas*: "o ato de colher flores (*anthologheîn*) é natural nas pessoas que se sentem belas e na flor da idade; Perséfone e suas companheiras colhem flores; e Safo diz que viu[112]

] uma linda menina colhendo flores [".[113]

Trata-se, ao que parece, de outro tema recorrente na lírica de Safo de Lesbos, e para o qual os antigos chamam constantemente a atenção. "Ela canta sempre a rosa, e a compara às lindas meninas", escreve Filostrato numa de suas *Epístolas*.[114] Celebra, com a mesma delicadeza, as flores humildes do campo: o melilotos, o trevo-de-cheiro, o cerefólio. Segundo o testemunho de Pólux,[115] a poeta, como, aliás, Anacreonte e os líricos arcaicos em geral, costumava coroar-se de mirto e tecer guirlandas de anis ou de aipo silvestre.

Para Denys Page, se excetuarmos a *Ode a Afrodite* e o poema citado pelo Pseudo-Longino, encontramos nestes e em outros antigos fragmentos de Safo, e também em muitos dos mais recentemente revelados pela papirologia, a "mesma limitação de interesses, a mesma simplicidade de pensamento, a mesma delicadeza de expressão, imparcialidade e autocrítica":[116] um universo, em suma, bastante modesto – embora de grande suavidade – e muito "feminino". Uma região *menor*, quando comparada ao país extraordinariamente "viril" de seu contemporâneo Alceu de Mitilene. Aparecem, aqui e ali, nos

[111] LP 81b.
[112] Ateneu, citando Clearcos Solense (XII, 554h).
[113] LP 122.
[114] LP 122; Filostrato, *Epist.*, 71.
[115] Pólux, *Voc.* VI, 107.
[116] Page, op. cit., p. 110.

tratados dos retóricos e gramáticos de antigamente, umas flores coloridas e brilhantes, caídas de uma grinalda desfeita pela mão de Saturno – são aqueles fragmentos sobre roupas e tecidos, meninas e rosas, ou guirlandas de anis: uma antologia (no sentido próprio e figurado) cheia de graça. Da qual fazem parte outras pétalas (na linguagem *fin-de-siècle* que, contra a minha vontade, começou a invadir esta página) ainda úmidas de orvalho:

] Mnasidika, de mais nobre forma
que a delicada Ghyrinnó [[117]
[
] meninas floridas
teciam grinaldas de flores [[118]
[
[
] adormecendo
no seio de uma terna amiga [[119]
[
] mais do que o leite, cândida [
[
] mais do que a água, branda [
[
] mais do que liras, harmônica [
[
] mais do que um cavalo, impetuosa [
[
] mais do que a rosa, frágil [
[
] mais do que um fino manto, imponderável [[120]
[
] mais preciosa do que o ouro [[121]

[117] LP 82.
[118] LP 125. Traduzi de acordo com a lição de Reinach (fr. 70). Segundo LP, deve-se ler: "e eu, antigamente, tecia guirlandas de flores".
[119] LP 126.
[120] Esta seqüência aparece em Gregório de Corinto, comentando Hermógenes (*Meth., Rhet. Gr.* VII, 1.236 Walz (apud Reinach, p. 295). Reinach a atribui a Safo. O texto diz o seguinte: "O ouvido estimula-se com frases sensuais, como as de Anacreonte e de Safo; como, por exemplo (citação dos superlativos)" (fr. 140).
[121] LP 156.

[
] mais do que muitas liras, consoante [[122]
[
] melífona [[123]

"As recentes descobertas em papirologia", escreve Denys Page,[124] "aumentaram a reputação de Alceu; os acréscimos ao texto de Safo mostraram, entretanto, que muito de sua poesia está abaixo do nível em que estamos habituados a julgá-la." Talvez fosse necessário reconhecer "que suas emoções não estão sempre sobreexcitadas" – *permanently at fever-pitch* – como naqueles dois famosos poemas responsáveis pela boa reputação da grande lírica: "se o leitor moderno procurar nos novos fragmentos a emoção controlada e o requinte de sensualidade dos antigos, encontrará apenas a imagem de seus próprios preconceitos".[125]

A obra de Safo de Lesbos – eis, em suma, a lição de Denys Page? – é um conjunto bastante desigual, pelo menos nos seus "restos": dois poemas vibrantes de paixão e uma seqüência de fragmentos, sem dúvida interessantes e delicados, mas que não brilham ou abrasam como a *Ode a Afrodite*. O leitor, confrontado com essas graves – e tão competentes – advertências, sente-se prisioneiro da armadilha de sua própria admiração pela poeta, um pouco à maneira de Sócrates que, atingido pela luz refletida pelo jovem Fedro durante a leitura de um discurso medíocre de Lísias, cai, primeiro no delírio coribântico e, em seguida, na tentação de compor um elogio de Amor, nos mesmos moldes, e de acordo com a mesma temática da fala do sofista. Até que um signo irrompe no coração de seu discurso, e ele compreende: havia cometido um sacrilégio contra Eros. "O poeta Estesícoro", explica, então, o filósofo, "foi punido porque falou mal de Helena, chamando-a de mulher de muitos homens. Perdeu, por isso, a visão. Mas existe, para os que pecam contra a mitologia (*hamartánousi perì mythologhían*), uma

[122] LP 156.
[123] LP 53.
[124] Op. cit.
[125] Ibid.

antiga purificação; Homero não a conheceu, mas Estesícoro, graças a ela, curou-se da cegueira. Com efeito, compreendendo a causa de sua desgraça, compôs uma *palinódia*:

> Nesta palavra não há verdade;
> Não subiste para as naus de finas quilhas;
> Não vieste às muralhas de Tróia,[.[126]

e recuperou, imediatamente, a visão".[127]

Pode também existir um castigo reservado aos que assumem, de forma irresponsável, a máscara do Filólogo, para compor discursos ditirâmbicos sobre os poetas antigos: voltemos, pois, a examinar a lírica de Safo, privilegiando os novos achados da papirologia. Já tentamos ler um deles: os versos *sobre a coisa mais linda*; leitura, entretanto, sem dúvida "contaminada", por ter sido feita junto a dois outros textos, obras "maiores", e de "ardente paixão". Eis aqui os restos de um poema – o que foi possível decifrar dele num pergaminho do século VII d.C., editado pela primeira vez em 1906. Umas frases sobre as quais passaram, depois, muitas camadas de leituras: de sábios, filólogos, restauradores.

>] que morta, sim, eu estivesse:
> ela me deixava, entre lágrimas
>
> e lágrimas, dizendo: [
> "Ah, o nosso amargo destino,
> minha Psappha: eu me vou contra a vontade".
>
> Esta resposta eu lhe dei:
> "Adeus, alegra-te! De mim,
> guarda a lembrança. Sabes o que nos prendia a ti

[126] LP 81b.

[127] *Fedro*, 243. Não é necessário dizer que parafraseei, em lugar de traduzir.

– se não, quero trazer de novo
à tua memória [ ]
..[ ] as lindas horas que vivemos

] de violetas,
de rosas e aça[flor]
.. [ ] nós duas lado a lado

[ ] tecendo grinaldas
[ ] teu delicioso colo
] flores [

[ ] e perfumes
[ ]
] feitos para rainhas;

ungias com óleos, num leito [
delicioso [
e o desejo da ausente [

nem] grutas
] danças
] ou sons

][128]

Uma cena de adeus, entre amigas. Nas palavras de uma das moças, sentidos precários se constituem, logo devorados por inquietantes vazios: o desejo, perfumes e flores, um mundo de recordações sensuais, numa guirlanda de palavras, delicada e feminina.

Tento resistir, ao traduzir um dos versos, à tentação de encontrar, na palavra grega *χαίροισα* = *khaíroisa* ("adeus"), o sentido primeiro de "alegria", como fizeram alguns tradutores: "pars en joie" (Reinach); "rejoicing" (Edmonds), "gladly" (Bowra).[129] *Khaíroisa* é, aqui, uma

[128] LP 94.
[129] Reinach, 93; Edmonds, 83; Bowra, op. cit., p. 191.

expressão simplesmente protocolar, explica Denys Page, tão comum quanto *χαῖρε = khaîre*: "Sappho is simply saying 'Good-bye'".[130]

Aqui, *Safo está simplesmente dizendo adeus a uma de suas amigas*: "Vai, e guarda-me na lembrança. Não sabes como estamos presas a ti? Preciso recordar?" E emergem, na memória, os momentos felizes: as duas moças, juntas, tecendo guirlandas de açaflor, de rosas e violetas; frágeis colares nos pescoços das quase meninas; o perfume sobre o corpo, unindo os corpos, as cores que se impõem: o rosa, o violeta, o açafrão. Minha leitura acompanha o texto lacunar, até desaparecer no pergaminho roído pelo tempo – *e retrocede*. À linha onde encontra a forma verbal *πεδήπομεν = pedēpomen*, assim explicada por Denys Page:[131] "seguir", ou, figuradamente, "cuidar de", "servir (estreitamente ligado; lado a lado) a alguém". Tomado por um pequeno delírio de interpretação, descubro nessa palavra o ponto de partida para uma cadeia semântica e metafórica: carinhos, cuidados, servidão voluntária. Correntes? Pois, na memória da poeta e da amiga, surgem, num clima sensual, as companheiras, tecendo, elas mesmas, suas cadeias de flores, de perfumes e gestos; cadeias que vão se transformar em laços de memória, ligando, na distância – do espaço e do tempo –, as duas mulheres:

"Adeus, alegra-te! De mim,
guarda a lembrança. Sabes o que nos prendia a ti

– se não, quero trazer de novo
à tua memória [ ]
..[ ] as lindas horas que vivemos

] de violetas,
de rosas e aça[flor]
.. [ ] nós duas lado a lado

[ ] tecendo grinaldas
[ ] teu delicioso colo
] flores [

[130] Page, op. cit., p. 77.
[131] Id., ibid.

Se a primeira frase do poema – *que morta, sim, eu estivesse* – puder ser atribuída a Safo, esse fragmento recolhe e retrabalha, numa tranqüilidade tensa, um cruzamento de emoções intensas – e esta é, como sabemos, uma das definições clássicas de poesia. "Vai na alegria, e guarda-me na lembrança": pronunciado no presente do texto, este adeus provoca a emergência da imagem de uma vida em comum, de uma prisão sensual e jubilosa. Embalsamado nos perfumes da memória, esse universo, evocado para consolar a mulher que a abandona, transforma-se, no aqui e agora do poema, no inferno de Safo de Lesbos: "a ter consentido em que partisses, morta eu preferia estar..."

***

Eis que, tentando inscrever-se no espaço do *bom senso*, minha leitura como que dele involuntariamente se desvia, derivando para um tipo de linguagem que andou ameaçando, desde o início, este ensaio – soprada talvez pelo mono da tinta, do qual voltarei a falar no final deste livro ainda redigido à mão. Retomemos, pois, a *palinódia*, voltando ao estudo de outro poema, de uma daquelas três folhas do mesmo pergaminho do século VII d.C.:

] Sard. [
quantas vezes, para este lugar, em pensamentos voltada

. . . [ ] . . . . . . [ ] . . .
como se fosses uma deusa que se desvela;
e com teus cantos mais se alegrava.

Agora, rebrilha entre as mulheres lídias,
como, depois do Sol
posto, a Lua, com dedos de rosas,

os astros ofuscando, todos, sua luz
derrama sobre o mar salgado
e nos campos constelados de flores;

alastra-se lindamente o orvalho;
abrem-se as rosas, o cerefólio
delicado e o melilótus florido;

ela vagueia sem cessar, recorda-se
de Áthis, a deliciosa, e seu coração
delicado se aflige com tua sina:

[
[
[

[
mas é difícil, para nós, com deusas
]rivalizar[ ] de Adônis

[
[
]Aphrodite

] o néctar derrama
áureas [
] Persuasão

] Geraístion
] querida
]

] *eron íksom*

Safo de Lesbos escreve um poema para confortar uma das jovens de seu grupo, Átthis, cuja companheira favorita partiu para a Lídia, talvez para casar-se: "do outro lado do mar, na cidade oriental, ela volta seus pensamentos para nós. Ela [te honrava] como se honram as deusas e se alegrava, mais do que com as outras, com as tuas canções. Nesse momento, resplandece entre as mulheres da Lídia, como a Lua ofuscando o brilho das estrelas. Anda de um lado para outro, seu coração está pesado de tristeza, quando pensa em ti, adorável Átthis..." É mais ou menos assim que Denys Page resume o poema, acrescentando: não há maiores sutilezas a serem detectadas.[132]

Tudo é muito simples e claro, explica o helenista, exceto num ponto: a comparação da jovem ausente à Lua. Trata-se de criar (num primeiro momento e honestamente) um verdadeiro símbolo, bem prosaico, aliás, mas estilisticamente menos grave do que de fato de, subitamente, a poeta perder o controle dessa imagem, que então penetra, insistente, no *hic et nunc* do texto:

> Agora, rebrilha entre as mulheres lídias,
> como, depois do Sol
> posto, a Lua, com dedos de rosas,
>
> os astros ofuscando, todos, sua luz
> derrama sobre o mar salgado
> e nos campos constelados de flores

as palavras entram numa deriva, transformam-se em descrição, degeneram em sucessivas notas pictóricas – o mar, o campo, as flores – até que, sem transições satisfatórias, o texto retoma brutalmente o tema do início:[133] a angústia da moça, na cidade oriental – "ela se consome na lembrança e no desejo da adorável Átthis...".

Para Hermann Fränkel, antigas convenções poéticas justificariam, entretanto, a imagem central do poema[134] – a evocação, diante de uma bela paisagem serena, de pessoas distantes, mas "presentes ao coração": um topos, em suma. O leitor o encontrará em Apolônio de Rodes (III, 744 e seguintes), Teócrito (II, 38 e seguintes), e numa das mais belas cenas noturnas da *Eneida* (IV, 522 e seguintes): abandonada

[132] Op. cit., p. 93: "So simple is the theme, and it is doubtful whether there are more subtle undertones to be detected".
[133] Id., ibid.: "The description of the moonlight does indeed indicate that Sappho's thought passes from the imaginary to the real: her moon begins as a symbol for the girls's beauty, and ends as a real moon. But the longer the description lasts, the further it recedes from the point which the moon has in common with the girl; so that finally the symbolism is forgotten, the illustration becomes a digression, and the return to the principal theme appears abrupt".
[134] Op. cit., p. 184. Cf. Turyn, *Studia saffica*, pp. 558 e segs., apud Page, op. cit.

por Enéias que partirá ao amanhecer, Dido vagueia nas praças desertas, ouvindo a voz do defunto Siqueu e, no alto das torres, o sussurro das aves de mau agouro. Manda erguer uma fogueira, onde faz queimar, num rito de expiação, invocando as divindades infernais, o leito no qual conheceu o amor com o herói troiano. Está prestes a desfalecer:

> Era noite; mergulhavam na paz do sono os corpos
> lassos; dormiam as florestas e as planícies
> furiosas do mar; os astros do céu, na metade
> do giro corriam; sobre os campos, o silêncio;
> os animais, as aves coloridas, tudo quanto povoa
> as águas dos lagos e as charnecas selvagens
> estava suspenso ao sono, debaixo da noite silente.
> Mas a noite não vem aquietar o coração da princesa
> infeliz, nem seus olhos insones.

Medéia, Dido e a graciosa maga de Teócrito são mulheres apaixonadas, cuja aflição o poeta inscreve num cenário noturno e tranqüilo: um frêmito através de espaços amplos e quietos, sob um céu estrelado. Parece-me, entretanto, que os mecanismos – "estilísticos", digamos assim – podem ser um pouco diferentes em Safo de Lesbos: na abertura do texto – apesar das restaurações, entre vazios de um velho pergaminho –, entrevemos uma palavra sugerindo, de acordo com Page,[135] os significados de "fantasia" ou "imaginação", em dialeto eólico – [ν]ῶν = [n]ôη. Lemos, na edição de Campbell:

> [ ] Sardis [ ] offen turning her thoughts in this direction;[136]

e na de Théodore Reinach,[137] interpretativa:

> [ ] de Sardes, souvent la pensée de l'exilée se reporte ici.

[135] Op. cit., 89.
[136] *Greek lyric*, *I*, p. 120.
[137] Op. cit., p. 268.

A forma grega *νῦν* parece indicar, pois, um estranho movimento:

> [ ] ela torna presente, no imaginário, este lugar.

Este lugar: Lesbos, ilha cujo rosto contempla as terras lídias, e de onde é possível ver – dizem –[138] a Lua se erguendo no céu, do outro lado do mar Egeu, e brilhar nas águas do estreito, sobre os campos e os jardins cobertos de flores.

Μολπή = Molpē é "canto" e "bailado"; em *ἔχαιρε = ékhaire* lemos "contentamento profundo", "cheio de luz". Provocada pelo ritmo da poesia, a imagem da moça que partiu talvez para se casar num país do Oriente, emerge, sob a forma de música, de canto e de brilho, na memória de Átthis – "ela te honrava como se uma deusa tu fosses, e alegrava-se com tuas canções, mais do que com as outras": claridade refluindo, da noite do passado, no presente de um símile; ou de símiles que se refletem uns aos outros: a menina é igual à Lua, que se parece com as rosas. E eis que o advérbio introdutor de um protocolo estilístico – a comparação – abre o poema para o presente da leitura, suspenso na palavra que flui: "neste momento, ela reluz entre as mulheres da Lídia, como Lua de róseos dedos [...]". Esse movimento extremamente complicado parece aborrecer um pouco a Denys Page; na descrição do luar, comenta o mestre, Safo de Lesbos deriva do imaginário para o real, pois a Lua que, inicialmente simbolizava a beleza da moça, transforma-se numa Lua de verdade: a ilustração inicial não passava de pura digressão, com uma volta abrupta ao tema principal.[139]

O verbo *ἐμπρέπω = emprépō* significa, em grego, "distinguir-se entre muitos", "ter um lugar preeminente", como o da Lua entre as estrelas, o da moça do poema no círculo mulheres lídias; ela é um brilho na memória de Átthis – nas trevas do seu *aqui* e *agora*. A companheira, fulgurante entre as mulheres do país oriental, é, portanto uma presença absoluta na paisagem noturna: acabam de abrir-se,

[138] Fränkel, op. cit., p. 184.
[139] Page, op. cit., loc. cit.

cobertas de orvalho, pequenas flores delicadas e brancas sob o esplendor da *Lua de verdade* (como diria Page) ou da *Lua de dedos iguais a rosas...*

Ou *dedirrósea*, como teria preferido Manoel Odorico Mendes.[140] Expressão difícil de traduzir, um pouco embaraçosa para os especialistas, pois se explica mal numa poética marcada pela convenção (em Homero, existe apenas a *Aurora de róseos dedos*): um epíteto singular. Deixemos de lado as explicações baseadas numa visão naturalística da imagem, e que mostram, para justificar o símile, a Lua refletindo, depois do crepúsculo, os raios oblíquos do sol. Nenhuma estranheza deve causar o verso de Safo a leitores habituados a freqüentar a obra de Paul Verlaine:

> Et leurs molles ombres bleues
> tourbillonnent dans l'extase
> d'une lune rose et grise.[141]

Em Safo de Lesbos, a natureza resplandece nas cintilações do branco e do rosa: na memória de Átthis, como no alto céu ainda claramente azul, a Lua se levanta, imagem da Companheira –, *e começa a ser real*.[142] Na claridade deslumbrante dessa paisagem-mulher, um estremecimento de dor, seu próprio lado noturno: "ela anda de um lado para o outro, e se consome na lembrança e no desejo da adorável Átthis [...]". As palavras da poeta captam duas memórias, e seu encontro, no coração da treva: ali onde a Lua resplandece.

No velho pergaminho, esse luar, que chegou intacto até nós, vai se desfazendo, e apaga-se numa seqüência de signos muito incertos. Alguns sábios ainda pensaram em restaurá-los:

[140] *A Odisséia*, II, 1, 2; na tradução de Manoel Odorico Mendes: "Veste-se, à luz da dedirrósea aurora,/ Sai da alcova o amadíssimo Ulisseida".

[141] Paul Verlaine, "Mandoline", in *Fêtes galantes*, p. 64. Uma tradução prosaica: "Suaves, suas sombras azuladas rodopiam no êxtase da lua cor-de-cinza e rosada".

[142] Álvaro de Campos: "[...] que tudo perde as arestas e as cores,/ E que no alto céu ainda claramente azul/ Já crescente nítido, ou círculo branco, ou mera luz nova que vem,/ A lua começa a ser real".

O apelo desta voz, à distância,
a noite de mil orelhas o recolhe,
através do mar que nos separa [.[143]

Essa pequena fantasia é levada a sério em alguns estudos contemporâneos;[144] aos ouvidos mais atentos, ela deve ressoar estranha, embora deliciosamente: como se os brancos do texto tivessem sido preenchidos por Bilitis, filha de Pierre Louÿs. Contemplemos, pois, cultivando a arte da perplexidade, os vestígios das palavras gregas na superfície do pergaminho: temos aqui uma continuidade? O início de outro poema?

[
[
[

[
mas é difícil, para nós, com deusas
]rivalizar[ ] de Adônis

[
[
]Aphrodite

] o néctar derrama
áureas [
] Persuasão

] Geraístion
] querida
]

] *eron íksom*

[143] Edmonds, fr. 86: "[...] and what she says we know full well, you and I, for flower-tressèd Night that hath the many ears calls it to us all that lies between".
Reinach, fr, 86: "[...] d'une voix perçante elle nous crie de venir la rejoindre: et son appel secret (?) et mystérieux, la nuit aux mille oreilles le redit, à travers les flots qui nous séparent".
[144] Marion Giebel, comentando o fragmento, escreve: "Julga-se escutar o ruído do mar entre a ilha e o continente, o mar que arrasta o chamamento de saudade" (in Marion Giebel, *Safo*, p. 100).

Se é impossível restaurá-los, alguns especialistas chegam a reconhecer, entretanto, em dois ou três desses fragmentos, o retorno a um dos motivos instaurados na abertura do poema: "a amiga distante, embora igualmente bela, considera Átthis a mais bela.[ ] A beleza de Átthis volta a ser descrita sob a perspectiva da perfeição e 'adaptação' ao serviço da deusa: quando veste o traje festivo, [ela] se assemelha a uma semideusa". Interessante leitura proposta, entre outros, por Marion Giebel;[145] e verossímil. Baseia-se, entretanto, num texto cujas restaurações têm sido contestadas por estudos mais recentes, sobretudo no que diz respeito à palavra *arignōtai*, que designaria nos versos 3 e 4 – segundo Giebel, que segue, nesse passo, toda uma tradição instaurada no início do século XX –, a companheira ausente:[146] "Quando juntas vivíamos", transcreve Reinach, "Arignota [adorava-te] como uma deusa."[147] Mas *ἀριγνώται = arignōtai*, presente também em Homero (*Odisséia*, VI, 108), é aqui, sem dúvida, um adjetivo: "as being like a goddess for all to see", como traduz, excelentemente, D.A. Campbell.[148] Permanece, portanto, no domínio das hipóteses um pouco frágeis a conclusão retomada por Giebel: "o cântico que tanto agradou a Arignota foi precisamente o cântico festivo que Átthis tinha cantado. A finalizar, faz-se referência a uma festa divina em que toda a comunidade participou, uma festa em honra de Afrodite [ ]".[149] Encontramos, é verdade, entre os signos que ainda pontuam o texto, o nome da deusa do Amor – emergindo sob o aspecto de urdidora de tramas e exercendo, talvez, as funções de quem instaura um momento de Festa:

[145] Op. cit.

[146] Em sua edição de Safo, Edmonds (fr.86) recria, e em grego, o verso de abertura desse fragmento, no qual introduz, com liberdade, outro nome – o de Anaktoría: 'Ατθι σοὶ κἄμ' 'Ανακτορία φίλα/πηλόροισ' ἐνι Σάρδεσιν, etc. = "Ó Atthis: por ti e por mim amada, Anaktoría permanece na distante Sardes, mas volta muitas vezes para aqui seus pensamentos, lembrando-se de nossa vida juntas, quando, igual de uma gloriosa deusa tu lhe aparecias".

[147] Reinach, fr. 96. Cf. Wilamowitz, op. cit., e Edmonds, op. cit.

[148] Campbell, fr. 96: "como se fosse, sob todos os aspectos, uma deusa".

[149] Giebel, op. cit.

]Aphrodite

] o néctar derrama

áureas [

] Persuasão

] Geraístion

] querida

]

] *eron íksom*

Hésperos

A lírica de Safo – em farrapos de papiros, nas citações ocasionais dos antigos; em suas pobres ruínas, enfim – parece girar em torno de situações básicas, muito restritas e simples; *de interesse limitado*, afirma Page.[150] Os mesmos temas aparecem e reaparecem; e os mesmos deuses. No centro, obsessivamente presente, Afrodite. Até bagatelas – "uma linda menina colhendo flores" – transformam-se em pretexto para a festa, para a celebração jubilosa da palavra; mesmo pequenas coisas – "uma fita para os cabelos, de mil cores brilhantes" – podem aparecer nos versos da poeta, ao lado de invocações às poderosas deusas e de gritos de amor.

São também encantadores os poucos restos de canções compostas por Safo – de encomenda, sem dúvida – para a celebração de festas nupciais. Se os ritmos são outros, reencontramos nesses fragmentos de epitalâmios a alegria e o brilho dos poemas líricos e, aqui e ali, a mesma graça um pouco melancólica. Os outros poetas – escreve Himério, retórico do século IV d.C. – "deixaram a Safo de Lesbos o privilégio de cantar em sua lira os ritos de Aphrodite, e a composição do epitalâmio. Depois do confronto,[151] ela entra na câmara nupcial, entrelaça guirlandas no quarto e arruma o leito; reúne as moças no quarto; traz a própria Aphrodite no carro das Khárites,

[150] Op. cit., p. 110: "[...] the same narrow limitation of interests [...]".

[151] Referência, talvez, a um confronto ritual entre rapazes e moças.

com o coro dos Amores, que se divertem com ela; entrelaça flores de jacinto nos cabelos de Aphrodite, mas deixa algumas mechas livres, divididas na testa, ao capricho da brisa que brinca com elas; adorna com ouro as asas e os caracóis dos amores, e coloca seu cortejo diante do carro, levantando no ar as tochas".[152]

Supõe-se que os *Epithalamia* ocupavam, na edição alexandrina da obra de Safo, um livro inteiro, à parte, depois dos oito volumes da lírica. Em Lobel e Page contamos, hoje, menos de vinte fragmentos: impossível, portanto, reconstruir ou sequer restaurar o que teriam sido os originais, cuja tonalidade afetiva, ritmo e clima espiritual talvez possam ser entrevistos não apenas na descrição do retórico Himério, como sobretudo em dois cantos nupciais de Catulo[153] que embora acompanhem, no desenrolar dos ritos, todos os passos de uma cerimônia romana, foram certamente inspirados em Safo de Lesbos.

Filho de Urânia, habitante da colina do Hélicon, Himeneu aparece, na abertura de um dos epitalâmios de Catulo, para conduzir ao noivo a virgem delicada:

Collis o heliconiei
Cultor, Vraniae genus,
Quis rapis teneram ad uirum
Virginem, o Hymenaee Hymen,
O Hymen Hymenaee,

Cinge tempora floribus
Suaue olentis amaraci,
Flammeun cape laetus, huc
Huc ueni niueo gerens
Luteum pede soccum

Tal como o podemos ver ainda no afresco das *Núpcias aldobrandinas*[154] – torso nu, coroado de flores e olhar lascivo –, Himeneu assume, nos primeiros versos, e de acordo com velhas

[152] Himério, *Orationes*, I, 4.
[153] Catulo, 61 e 62.
[154] Museu do Vaticano.

tradições populares, o papel de raptor da jovem esposa. Com ela é a seguir identificado – usando um vestido da cor das flamas e uma grinalda de manjerona nas frontes –, para dançar e cantar, finalmente, na terceira estrofe, a alegria das núpcias:

> Excitusque hilari die
> Nuptialia concinens
> Voce carmina tinnula
> Pelle humum pedibus, manu
> Pineam quate taedam,

uma tocha nas mãos: instaurando, na cadência dos pés, o momento da Festa – ele que é, ao mesmo tempo, o noivo, a noiva, o canto, o condutor da cerimônia e os assistentes.

Supõe-se que o hino ao Deus das Núpcias, preâmbulo do epitalâmio, era cantado em frente da casa da noiva, convocada a abandonar os umbrais do lar para unir-se ao noivo; e aqui multiplicam-se as comparações, as figuras, as referências aos parentes, enquanto o refrão continua a pontuar o ritmo dos versos:

> O Hymenaee Hymen,
> O Hymen Hymenaee

Abre-se a porta e a jovem aparece, no resplendor das tochas que estremecem, ela própria trêmula de pudor – e as vozes do coro erguem-se, melodiosas: ela é semelhante à flor, ao íris num horto fechado; é igual à vinha flexível, enlaçando-se as árvores vizinhas, e há de enlaçar o braço do noivo... Ei-la que deixa os umbrais do lar:

> Sed moraris, abit dies;
> Prodeas noua nupta;

as crianças levantam as tochas, iluminando o caminho; o véu da noiva, da cor das chamas, já estremece no cortejo – por que impor ainda o silêncio? Que se levantem os versos fesceninos, que se cantem palavras licenciosas! e tu, garotinho do noivo, serás substituído pela noiva! Distribui nozes às crianças, menino! Teu tempo já passou, nunca mais brincarás com as nozes:[155]

> Da nuces pueris, iners
> Concubine; satis diu
> Lusisti nucibus; lubet
> Iam seruire Talasio.
> Concubine, nuces da.

Em meio à alegria dos versos fesceninos – retrabalhados em estilo elevado –, a virgem se aproxima da casa do noivo, onde é acolhida por matronas e conduzida ao leito nupcial; sobre seu rosto, um brilho de flores brancas e da papoula rosada. Eis chegando o novo marido. Uma Vênus favorável o assiste: amores ilícitos ele não oculta; o seu desejo, à vista de todos, é permitido por lei humana e divina:

> Bona te Venus
> Iuuerit, quoniam palam
> Quod cupis cupis et bonum
> Non abscondis amorem.

Quem puder contar seus prazeres, contará o número dos astros cintilantes; veremos logo um novo ser, prolongando a beleza da mãe, sua virtude, e as nobres qualidades do pai. Que as meninas do cortejo fechem as portas; que os novos cônjuges gozem, por muito tempo, as delícias da juventude robusta:

> Claudite ostia, uirgines;
> Lusimus satis. At, bonei
> Coniuges, bene uiuite et
> Munere assiduo ualentem
> Exercete iuuentam.

[155] As crianças romanas brincavam com nozes, assim como as nossas jogavam, antigamente, bolinhas de gude. As nozes eram também uma guloseima distribuída durante o cortejo, em sinal de alegria, à maneira das *dragées* dos batismos franceses.

Pode-se ler, em outro epitalâmio de Catulo, um desafio entre coros de rapazes e moças que aguardam, diante da porta da noiva, o cortejo nupcial, respondendo-se uns aos outros em estrofes simétricas. A alegria, a "facilidade", alguns símiles e figuras que pontuam o texto recordam, aos especialistas, a lírica de Safo: por exemplo, a comparação da noiva à flor, num jardim fechado; o aparecimento de Vésper na abertura dos versos – invocada sob seu nome latino, ela se transforma, em seguida, no Hésperos grego, "a mais cruel entre as luzes do firmamento! Tu roubas a filha aos braços da mãe; levas a virgem aos braços ardentes do homem! Existirá, em cidadela vencida, mais cruel inimigo?"

Hespere, qui caelo fertur crudelior ignis?

"Mas haverá, entre as luzes do céu, mais jubilosa luz do que a de Hésperos? Teu brilho confirma as promessas felizes de união!"

Hespere, qui caelo lucet iocundior ignis?

A harmonia destes versos de Catulo; a força e o ritmo de suas imagens, na tessitura das vozes em pérpetuo diálogo, fazem-nos sonhar com e lamentar a perda dos epitalâmios de Safo, nos quais o poeta latino – seguramente – encontrou sua fonte de inspiração:[156]

Vésper, trazendo de volta os que se foram
à luz do claro dia nascente,
ovelha e cabra nos trazes de volta;
trazes de volta, à mãe, o seu filho

[Ó Vésper,]
dos astros o mais belo!

igual à doce maçã que, no mais alto ramo,
lá no alto, amadurece, pelos colhedores
esquecida... – não: que eles não puderam alcançar

[156] LP, números: 104(a, b), 105(a,c), 107, 108, 109, 115, 106, 110, 111, 161, 112, 113, 114.

igual ao jacinto, nas montanhas,
sob o pé dos pastores calcado,
[ ] jaz por terra a flor de púrpura.

à Virgindade,
o que ainda me prende?

ó bela, ó cheia de graças

nós a entregaremos, diz o pai

a que posso eu, noivo querido, comparar-te?
vou comparar-te, lindamente, a um ramo delicado

superior:
assim, o cantor de Lesbos aos de outras terras

tem umas sete braças o pé do porteiro,
levam suas sandálias o couro de cinco bois:
para fazê-las penaram dez sapateiros!

os altos tetos levantai
– Hymenaeus!
levantai, ó carpinteiros
– Hymenaeus!

o noivo se aproxima,
o noivo da altura de Ares,
mais alto que os mais altos homens

vigiai [
guardai [
ó vós, os noivos [
príncipes da cidade [

ó ditoso noivo, cumpriu-se a demanda!
tens o laço, tens a moça que demandas!
ó noiva cheia de graças, teus olhos [
a doçura do mel; em tua face, Eros aflui;
honra-te, acima de todos, Aphrodite

pois não [se conhece,] ó noivo,
outra moça que a esta [se compare]

– virgindade, virgindade, tu, me abandonando,
aonde foste?
– nunca eu voltarei a ti; não voltarei

[

Essa breve antologia fecha-se, em Lobel e Page, com dois fragmentos, nos quais o coro parece despedir-se dos noivos com a fórmula tradicional entre os gregos: ela significa *adeus*, e contém uma raiz indicando a idéia de *alegria e luz*:

] adeus – alegra-te – ó noiva;
alegra-te – e adeus – ó nobre esposo [[157]

] adeus, e alegria para a noiva;
adeus, e que se alegre o noivo [[158]

O encanto

Em algum momento do XII que não conseguimos datar com muita precisão, um erudito bizantino escreve ao bispo de Constantinopla: "para ti, ó belo noivo, homem muito puro, santíssimo arcipreste, cantamos epitalâmios em tuas místicas núpcias, mas não serão canções iguais a [ ], nem às que foram cantadas pela poeta Safo, que tecia seus cantos com ritmos lângüidos e melodias lascivas, comparando os noivos a cavalos vencedores em corridas e a noiva à ternura das rosas, num modo de falar mais harmonioso que a lira...".[159]

[157] LP 116.
[158] LP 117.
[159] Texto grego e tradução in Campbell, op. cit., p. 141.

As boas edições da lírica de Safo costumam reproduzir, no capítulo referente aos epitalâmios, essas palavras de Michael Italicus. Desconhecendo o contexto em que foram escritas, ignoro se o erudito bizantino faz uma comparação convencional, se pretende compor uma figura mais sutil (no gênero da epítrofe),[160] ou se realizou numa vertigem, sua identificação ao inimigo: como se estivesse desafiando – no interior do discurso que celebra situações absolutamente castas – a emergência do *encanto*, do *charme* da poesia de Safo, por meio de seus aspectos harmoniosos, lângüidos, sensuais. Esse *frisson* – o sentimento um pouco confuso de um risco – leva-me a rever, com mais atenção, as palavras dos críticos gregos e helenísticos, quando procuram entender a lírica de Safo. Todos se referem ao *encanto*, à maravilha provocada por seus versos; assim, Demétrio,[161] no tratado *Sobre o estilo*: "O *encanto*[162] pode estar no próprio assunto, como o jardim das ninfas, epitalâmios, histórias de amor – toda a poesia de Safo. Eis por que, quando Safo canta a beleza, suas palavras são belas e doces; assim, também, quando ela canta os amores, a primavera, o alcíon: todo tipo de bela palavra aparece na tessitura de sua poesia; algumas são criação dela própria".[163]

Os ingleses propõem o termo *charm*, e a língua portuguesa oferece-nos *encanto*(s) para traduzir, neste comentário, a palavra *Χάρις* = *Kháris*, "Graça". Em grego, *Kháris* aplica-se "àquilo que reluz" e, portanto, "provoca alegria" e está "cheio de graça", o que levou os latinos a identificarem as *Khárites* às *Gratiae*: as Graças, tais como as vemos num grupo de estátuas de Élis – três lindas moças: a primeira tem uma rosa na mão, a outra, um dado, a terceira um ramo de murta. São chamadas, na XIV Olímpica[164] pelos nomes de Aglaé, *a-que-brilha*, Tália, a *verdejante* e Eufrósina, *a-alegria-no-coração*. As Graças fazem *florescer a vida*, como também a

[160] *Epítrofe* ou *permissão*: "com a finalidade de nos desviar de um excesso, ou de nos inspirar horror ou arrependimento, [esta figura] finge entregar-nos deliberadamente a este excesso". Pierre Fontanier, *Les figures du discours*, p. 148.

[161] Cerca de 270 a.C.? Século I d.C.? Ignoramos.

[162] Sublinhado por mim.

[163] *Sobre o estilo*, 166.

[164] XIV Olímpica, 19-21.

comunidade humana; elas presidem aos gestos delicados e suaves, às belas palavras sedutoras, à discrição e à desenvoltura. Em *Kháris*, nome próprio e comum, estão, portanto, associadas e entrelaçadas imagens da natureza e noções puramente sociais:[165] nas deusas que instauravam o júbilo terrestre e a celebração comum, Louis Gernet reencontra a ressonância de festas primitivas celebrando, num ritmo cósmico, a união do homem à natureza.

Segundo Plutarco (*Diálogo sobre o amor*, 751d), os antigos designavam com a palavra *Kháris*, além das graças da natureza e do convívio social, o encanto da mulher no amor: "Píndaro diz que Juno gerou Vulcano sem o socorro das Graças; e Safo, falando de uma pessoa jovem, que ainda não estava pronta para o amor:

>] eras ainda para mim uma criança
> pequena e sem encantos [".[166]

Ἄχαρις = Ákharis, diz o texto: "sem a graça". Abandonado a si próprio, à inércia das coisas, o mundo não pode gerar na alegria, na beleza, na luz: "os próprios deuses", canta o poeta na XIV Olímpica, "sem as Graças preciosas, não promovem danças nem festim; a tudo presidem elas no céu".[167] Sem o socorro das Graças, Hera só pode conceber uma criatura monstruosa: Héfaistos, o ferreiro coxo do Olimpo.

No Canto XIV da *Ilíada*,[168] Homero nos mostra essa mesma deusa preparando-se para seduzir a Zeus-Portador-da-Égide: trata-se, porém, de uma maquinação feminina, pois ela vai mergulhar seu marido – aliado aos troianos – num sono profundo, enquanto Poseídon, para lhes trazer glória, presta socorro aos gregos.

[165] Cf. Louis Gernet e André Boulanger, *Le génie grec dans la religion*, p. 250. Cf. Pausânias, IX, 34, 1 e segs.

[166] Plutarco, "De l'amour", in *Œuvres morales*, tomo X; trad. de Ricard (que cito respeitando seu francês setecentista), pp. 28-9: "[...] la complaisance de la femme pour l'homme étoit appelée *Grâce* par les Anciens. Pindare dit que Junon avoit mis au monde Vulcain sans le secours des *Grâces*; & Sappho dit à une jeune personne qui n'étoit pas encore nubile: *Ton âge, je le vois, n'est pas celui des grâces*". (Esse verso figura, em LP, sob o número 49.)

[167] Píndaro, XIV Olímpica, 8 e segs.

[168] *Ilíada*, XIV, 170 e segs.

Em seu estilo musical e cerimonioso, o Poeta acompanha e descreve cada passo da *toilette* divina: Hera banha e unge seu belo corpo, entrelaça os abundantes cabelos, enverga uma túnica de mil bordados, presa aos seios com broches de ouro. Cinge-se com um cinto de cem franjas e enfeita as orelhas com brincos de três engastes, do tamanho de amoras; ali também fulgura a graça. Na cabeça, um véu novo e branco, resplendente como um Sol. Nos pés, belas sandálias.

Mas como seduzir e domar um homem sem a proteção de Afrodite? De Afrodite, aliada aos troianos. Eis a primeira, numa seqüência de pequenas perfídias maravilhosamente contadas pelo poeta:

"Dá-me", solicita Hera à Deusa do Amor, "a ternura e o desejo com que submetes imortais e mortais. Vou aos confins da Terra, visitar o Oceano e Tétis, a fim de colocar um termo a suas disputas. Há tempo eles se privam do leito e do amor, e a cólera invade suas almas... Ah! se eu pudesse convencê-los com palavras deleitosas..."

Afrodite oferece a Hera uma fita bordada com muitos desenhos, "onde existem todos os charmes: a ternura (*philṓtes*), o desejo (*hímeros*), a conversação amorosa (*oaristýs*) e as palavras que seduzem e enganam os mais sábios corações (*párphasis*)". "Coloca esta fita" – diz a Deusa do Amor – "na dobra do teu vestido. Tudo figura nos seus desenhos brilhantes e coloridos; não voltarás, sem antes realizar o que desejas no coração."

Zeus-Portador-da-Égide será seduzido no alto de sua montanha de mil fontes, unindo-se à mulher entre flores de lótus, açaflor e jacinto; cercados os dois por uma nuvem resplandecente. O deus adormecerá em seguida, derrotado pelo sono e pela força do encanto – pela *Kháris* deliciosa – que Hera recebeu juntamente com a fita bordada contendo todos os charmes.

É também às Khárites que devem os mortais tudo quanto para eles é alegria e doçura: o poder do canto, a beleza, o renome.[169] Sem *Kháris*, não existe o poema, que os críticos e retóricos gregos

[169] Píndaro, XV Olímpica, 5-7.

gostavam de comparar a um tecido brilhante, de muitas cores, no qual se misturam, harmoniosamente, as palavras e a música.

Uma fita bordada

"A natureza, que se põe diante de nós, para onde quer que nos voltemos, e que nos envolve como um mistério, apresenta-se sob diversos estados simultâneos, cada um dos quais, sendo mais inteligível, ou mais sensível para nós, reflete-se vivamente em nossos corações: forma, atitude e movimento, luz e cor, som e harmonia." Um pouco mais adiante, no mesmo ensaio de Baudelaire:[170] "tudo é hieroglífico, e nós sabemos que os símbolos não são obscuros senão de uma maneira relativa, isto é, de acordo com a pureza, a boa vontade ou a clarividência nativa das almas. Ora, o que é um poeta (tomo essa palavra em sua acepção mais vasta) senão um tradutor, um decifrador?"

A consciência de que o verbo poético repousa numa *analogia universal* ressoa também nestes famosos versos:

> A Natureza é um templo em que pilares vivos
> Deixam às vezes escapar confusas vozes;
> O homem passa por ele entre selvas de símbolos
> Que o observam com seus olhos familiares,[171]

que talvez nos ajudem a compreender, *e contrario*, alguns aspectos da lírica de Safo. Não porque constatamos facilmente que, em Baudelaire, "el hombre atraviesa esos bosques verbales y semánticos sin entender cabalmente el lenguaje de las cosas: las palabras que emiten esas columnas-árboles son *confusas*. Hemos perdido el secreto del lenguaje cósmico, que és la llave de la analogia". E não apenas porque a analogia baudelairiana, como a de todos os modernos, é

[170] Baudelaire, "Victor Hugo", in *L'art romantique*, p. 305; 306-7.

[171] Baudelaire, "Correspondances", in *Les fleurs du mal (Œuvres complètes)*, p. 46. ("La Nature est un temple où de vivants piliers/ Laissent parfois sortir de confuses paroles;/ L'homme y passe à travers des forêts de symboles/ Qui l'observent avec des regards familiers.")

uma operação, uma combinatória.[172] Não. Em sua esplêndida candura, o universo de Safo de Lesbos ignora símbolos misteriosos. Ignora os símbolos ("uma luz espalha-se sobre as águas e os prados. Será a claridade da lua? Ou o brilho da beleza da amiga? Uma e outra"[173]); não faz caso de cifras ou hieróglifos: não existem sinais a interpretar no espaço que medeia entre homem e natureza, porque a palavra poética é parte da *phýsis*. É tão simples que desconcerta. E tão complicado, que as explicações se impõem, e logo se anulam umas às outras.

Confrontados com a poesia de Safo, os "antigos", isto é os *scholars* greco-latinos, preferiam lançar mão de metáforas, de imagens deliciosas, ligadas, geralmente, ao campo semântico da tessitura, e que nos parecem, hoje, incomodamente triviais, simples lugares-comuns do discurso epidítico. Imitando os velhos mestres, eu poderia dizer, por exemplo: os versos de Safo de Lesbos são semelhantes aos bordados oferecidos pelas mulheres a Afrodite, peças de mil cores brilhantes, dons preciosos vindos de longe, de um país oriental... o poema é uma fita cintilante...

Igual à fita que, no episódio homérico da sedução de Zeus Olímpio, Afrodite, retirando do próprio seio, apresenta à divina Hera. A deusa – escreve Marcel Detienne num belo comentário a esses versos – não confiava em sua própria *Kháris* para seduzir seu esposo: para tornar invencível o corpo investido "de todas as potências da vitalidade", ela suplica a Afrodite o "encanto todo-poderoso", e o recebe na forma de uma fita mágica, contendo todos os charmes. Esse maravilhoso momento da *Ilíada* acontece sob o signo da boa *Peithô* (a Persuasão que acompanha Afrodite toda sorrisos, chilreio de meninas e trapaças), unida a *Apátē*, o engano do "prazer suave, da ternura e das coisas doces".[174] Em virtude de seu estatuto de *Peithô* e *Apátē*, a palavra é, no pensamento mítico, uma potência dupla,

[172] Octavio Paz, *Los hijos del limo*, pp. 110-1.

[173] Bonnard, op. cit., p. 93.

[174] Hesíodo, *Teogonia*, 203-5: "é privilégio seu [de Afrodite], e lhe pertence de direito, desde o começo, tanto entre os homens quanto entre os Imortais, a tagarelice das meninas, os sorrisos, as trapaças [...]". Cf. Marcel Detienne, *Les maîtres de vérité dans la Grèce archaïque*, p. 64 e segs.

positiva e negativa, que, sob esse plano, é perfeitamente análoga a outras potências ambíguas. Há uma espécie de equivalência entre elas, sublinha Detienne: "a palavra ambivalente é mulher, é um tecido de muitas cores. O pensamento poético, que permanece sensível a estas associações míticas, dá testemunho de uma lembrança: Píndaro compara seu poema a uma mitra lídia, 'inteiramente bordada de harmonias'.[175] O poema é, com efeito, como dirá mais tarde Dionísio de Halicarnasso,[176] um tecido precioso que nasce das mãos do poeta quando ele reúne diversas línguas numa só, a nobre e a simples, a elaborada e a natural, a concisa e a extraordinária. Mas o tecido de muitas cores, onde os contrários se misturam harmoniosamente, é, ele próprio, semelhante a Proteu, o deus múltiplo e inconstante, que é água, fogo, árvore, leão; que reúne todas as formas numa só. Da mesma maneira, a sedução da palavra poética por meio dos prazeres do canto, das medidas e dos ritmos, é análoga à sedução exercida pela mulher por meio do 'encanto do olhar' (*kháris ópseōs*), pela 'doçura persuasiva da voz', pela 'atração da beleza do corpo'."[177]

Esse tecido precioso e brilhante é um dom das Musas a quem, tocado pela luz, isto é, pelas Graças, ousa convocar e enfrentar a potência das auras. Safo de Lesbos:

>] vinde, agora, delicadas Graças, e vós, Musas de lindas tranças![178]
>
> [ ]
>
>] Graças divinas de róseos braços, vinde, ó filhas de Zeus[179]

O acesso à obra de arte pressupõe a suspensão da descrença, ensina o poeta inglês; e alguém poderia supor que a *Kháris* advém ao mundo quando se põe entre parênteses seu lado sombrio,

[175] Píndaro, VIII Neméia, 13-15.
[176] Dionísio de Halicarnasso, "Sobre o estilo de Demóstenes", in *Critical essays*, cit.
[177] Detienne, op. cit., loc. cit.
[178] LP 128.
[179] LP 53.

permitindo, assim, a emergência dos seres num esplendor aurático. O país de Safo de Lesbos: meninas melífonas, a amiga adormecendo no seio de uma terna companheira, risos de mocinhas sob a Lua de róseos dedos. Palavras que seduzem e enganam os mais sábios corações. O encanto:

> tu, de grinaldas, coroa, ó Dika, teus adoráveis cabelos,
> raminhos de anis enlaçando com as mãos delicadas:
> floridas, as preces agradam às divinas Graças
> – que se afastam, porém, se guirlandas não trazes [

Ateneu de Náucratis citou estes versos de Safo num contexto em que procura explicar o costume helênico de oferecer flores aos deuses:[180]

"[ ] pois as Khárites (ou Graças) divinas *movem-se para* (é esse o sentido do verbo grego no fragmento) as coisas floridas, de muitas cores e brilhos; e *afastam-se, com desgosto* do que não tem flores."

No ato de tecer a grinalda, emerge um ritmo. Banal; extremamente elaborado. É *tékhē*: criação humana, a partir da natureza jubilosa. Feita na alegria, para as divindades que se alegram com ela.

O tecido do mundo como que estremece: as flores, as mãos; a companheira, invocada sob seu nome carinhoso. Os versos onde se entrelaçam as guirlandas para os deuses. A *Kháris* – a Graça – está na delicadeza do *assunto*, ou da *coisa* (*en toîs prágmasi*, de acordo com o texto de Demétrio); existe no momento de festa, ritual e cheio de simplicidade. O resplandecer de um instante: o acontecimento é também o poema, que é sua leitura – ou a maneira de ouvi-lo, de cantá-lo.

Pela força da Graça, o humano confirmou sua ligação ao divino – na flor, no gesto, na palavra.

[180] "Safo recomenda, aos que oferecam sacrifícios, que usem grinaldas, porque o que é mais enfeitado com flores é mais agradável aos deuses" (Ateneu, 15, 674e).

O país encantado de Safo é uma conquista. Uma presa, no combate contra as forças que empurram os seres para o esquecimento, para as regiões sombrias de *Lḗtē*. É aprendizagem, e não apenas no sentido técnico dessa palavra (sabemos, hoje, que os poetas líricos eram formados em verdadeiras escolas: um biógrafo de Píndaro revela que Corina lhe ensinou as *regras dos mitos*. Outro fala da forte crítica que ela lhe dirigiu a respeito da composição de suas duas primeiras odes);[181] é aprendizagem de um modo de perceber o mundo, e de cantá-lo – tensão/atenção jubilosa, na conexão dos opostos, como no caso do arco e da lira.

Se é um Outro – um Deus – "el que hiere de brusca luz nuestra labor oscura", se o poeta existe pela força da Graça, ele tem que se fazer, a cada instante, a criatura das Musas. Safo de Lesbos:

> com o dom de sua obra,
> me honraram [as Musas].[182]

De onde a consciência aguda – e, talvez pela primeira vez na história, o orgulho – de ser o Eleito, entre muitos: "com certeza, ouviste falar de Safo dizendo, com vaidade, a algumas dessas mulheres consideradas felizes, que as Musas a tinham abençoado e feito digna de inveja, e que não seria esquecida, nem mesmo depois de morta".[183]

Palinódia

O poeta, desde a primeira palavra do poema, "sabia que otro – un Dios – es el que hiere de brusca luz nuestra labor oscura;

> Suyo es lo que perdura en la memoria
> Del tiempo secular. Nuestra la escoria".[184]

Nossa, a escória: "a nossa incerteza pagã sem alegria, a nossa

[181] Alfred Croiset, *Histoire de la littérature grecque*, t. II, p. 12.

[182] LP 32. Cf. Dion Crisóstomo, (c. 40-c. 112 d.C.), 33-47: "*Alguém, eu sei, há de lembrar-se de nós no futuro*, como disse lindamente Safo [...]".

[183] Elio Aristides (séc. II d.C.), *Orationes*, 28, 51.

[184] Jorge Luis Borges, "El otro", in *El otro, el mismo* (*Obras completas*, p. 890).

fraqueza cristã sem fé, o nosso budismo inerte, sem amor pelas coisas nem êxtases, a nossa febre, a nossa palidez, a nossa impaciência de fracos [...]".[185]

Não sei se temos medo das emoções *excessivas*: digamos que nos parecem suspeitas, como aos romanos, mas por outras razões, os afetos incontroláveis: só conseguimos suportar o *amour fou* dos surrealistas na literatura trivial ou no cinema meta-Kitsch. "Exemplo de obscenidade", escreve Roland Barthes, "cada vez que se emprega, aqui mesmo, a palavra 'amor' (a obscenidade cessaria se disséssemos por derrisão: *l'amour*)." Nosso território: derrisão, ironia. Apreciamos paisagens e seres captados na cinzenta insignificância: na hora do chá, a jovem datilógrafa regressa a casa, acende o fogareiro, improvisa o jantar. Depois, faz amor com um balconista sem importância, com marcas de bexiga no rosto. (Atravessando esse quadro miserável, Eliot[186] nos faz ver, na rápida pulsação das águas, Elizabeth da Inglaterra e Lord Robert, numa barca engalanada com velas de seda, ao ritmo dos remos: imagem de um erotismo que só conseguimos suportar – moral, esteticamente –, enquanto puro reflexo e fragmento, na atmosfera de um pequeno quarto sombrio.)

No *Doutor Fausto*, de Thomas Mann, o registro folhetinesco tem que ser convocado para que se descubra – em sua própria negação – o excesso trágico deste *fait divers*: a mulher possuída de amor disparando um revólver contra o homem que a desprezou:

"Ao redor de Schwerdtfeger comprimiam-se diversas pessoas, entre elas o Dr. Kranich, que segurava a mão do moço.

– Que gesto terrível, insensato, irracional! – disse ele, pálido, no seu linguajar bem articulado à maneira dos acadêmicos, nítido apesar da asma. Como freqüentemente se ouve, sobretudo da parte dos atores, pronunciava a palavra *terrível*, como se tivesse três erres.[187]

A sensação de estar *carregando nos erres* incomodava-me um pouco, enquanto eu tentava, ao longo deste trabalho, abordar o sentido

[185] Fernando Pessoa, "Passagem das horas".
[186] T.S. Eliot, "Waste land".
[187] Thomas Mann, *Doutor Fausto*, p. 605.

do Eros sáfico. A voz tão severa de mestre Denys Page se pôs então a ressoar, aqui e ali, entre minhas próprias frases, compondo uma pequena alegoria ao gosto neoclássico (posso vê-la, traçada por Girodet): a Suspeita-de-olhos-cavos persegue um texto que tenta alcançar a sombra brilhante de um deus.

Meu ensaio passa a envergar, então, decididamente, a máscara do helenista inglês, Denys Page; e agora não sei mais dizer até que ponto isso não passava de uma estratégia retórica ou de uma autêntica palinódia. Eu não esperava, contudo, que o disfarce caísse tão prontamente, e tão repetidas vezes, mal se iniciava a discussão de um verso, de uma frase. Ainda cheguei a apontar, aqui e ali, o desmascaramento: no instante mesmo em que acontecia. Finalmente, abandonei o discurso à sua deriva.

Se tentamos prendê-la nas armadilhas da insignificância, reduzida à sua aparente pequenez, a poesia de Safo resiste, e mostra que *nesta palavra não há verdade*. Reverberando.

Mas, quando buscamos recuperar ingenuamente esse universo – seus torneios e metáforas, temas e figuras – em nossa própria fala, em lugar de estremecer, ele se evapora numa fluidez cheia de "encantos": um estudo, em gesso, *d'après l'antique*. Aconteceu comigo. Tentei apagar, aqui, todas as incômodas manifestações desse *estilo helenizante e delicado*; mas conservei algumas, denunciadas – com a ironia que é de regra nesses casos – em sua própria emergência. Outras devem ter ficado esquecidas, no correr das frases, sob a forma de arabescos, de involuntários cromos. A própria linguagem precisa, às vezes, de uma trégua.

A escrita *à maneira dos gregos* produz, em lugar de lindas peças, algo semelhante aos tapetes orientais modernos. Tecidos à mão naturalmente, esses objetos decepcionam: não têm a fantasia nem as cores, a pátina, a invenção, a irregularidade perfeita das velhas alfombras; seu brilho, que os denuncia, não provém somente dos corantes químicos – falta-lhes a Graça.

No Oriente dos nossos sonhos, os fios de lã, que o tecelão vai urdindo com paciência na trama do tapete, ligam o homem à sua comunidade e enlaçam, na seqüência dos pequenos nós coloridos, a comunidade ao centro do mundo. Compondo a peça, o artesão executava, às vezes, na própria superfície do tapete, um voto. Assim, num Kashan do século XVII, hoje no Museu do Tapete em Teerã, oferecido como presente de núpcias, e no qual se lê, no interior de um cartucho, esta frase bordada num belo cursivo persa: *Morabakbar*, "Sede felizes".[188]

Uma energia atravessa o mundo e, nele, o gesto de tecer, o canto do poeta. Entre os gregos, ela recebe o nome de Eros, força primordial que reúne e fecunda os elementos da matéria, enquanto causa e fim do mundo. Aristóteles escreve, na *Metafísica* (984b), que Hesíodo foi, sem dúvida, o primeiro a procurar esse tipo de explicação das coisas:

> Primeiro que tudo, surgiu o Caos, e depois
> Terra de amplo seio [ ]
> e Amor, que resplandece entre os imortais....[189]

Ora, algo de muito importante aconteceu na história do pensamento – explica o Mestre –, quando um homem – Anaxágoras –, abandonando (retomo, aqui, a imagem criada por um filósofo moderno) "as criaturas embriagadas de ilusão", encontrou numa força – o *noûs* – a causa do mundo e da ordem do Todo: *quando reduziu a um mesmo princípio a causa eficiente e a causa final*.

O leitor reconheceu, nesse texto de Aristóteles, um procedimento familiar ao metafísico: ele mostra o conceito enriquecendo-se no percurso que vai dos contos fabulosos e dos ensaios imprecisos à pura claridade da razão. Trata-se de provocar e de desalojar do seu esconderijo o pensamento mítico, para em seguida desqualificá-lo, ao lado das tentativas ainda um pouco toscas de racionalização: é assim que nos habituamos a ler a história de nossos conceitos.

E não sei se ainda podemos, provisoriamente – à maneira dos que recebem uma senha para entrar no país da poesia –, suspender a descrença, para contemplar, num relance de medo e maravilha, uma dessas brilhantes sombras que se manifestavam de repente numa

[188] Reprodução a cores em E. Gans-Ruedin, *Splendeur du tapis persan*, p. 150.
[189] Hesíodo, citado por Aristóteles. Texto consultado: *Metafísica*, edição espanhola da Gredos.

árvore ou numa pedra, enchendo de assombro os homens de outros tempos.

É curioso: tenho a impressão de realizar esse encontro no texto de um artista muito crítico, aquele que lavrou a sentença condenatória dos poetas "ébrios" e foi comparado, por um juiz severo, a Anaxágoras, o primeiro a sentir-se, "entre os filósofos, igual a um homem em jejum no meio de embriagados".

Em Eurípides, o inimigo de Nietzsche,[190] o coro do *Hipólito*[191] evoca, em um dos momentos centrais da peça, Afrodite, potência condutora de homens e deuses; e Amor, cuja asa vibrante de cores e brilhos (é o que diz o termo *poikilópteros*) envolve, de todos os lados, os seres, em seu rápido impulso. Voando sobre a terra e sobre as harmonias do mar salgado, ele faz jorrar seu feitiço nos animais da terra e das águas, em tudo o que vive sob o olho flamejante do sol. "Tu estendes, ó Kýpria, ao mesmo tempo e sobre todos os entes, a soberana força que possuis."

A Grécia dispunha de uma palavra para dizer o homem diante da potência dos deuses imortais: *ἀμηχανία* = *amēkhanía*. Ela aparece na *Odisséia*, IX, 275: o Ciclope apodera-se de dois marinheiros, um em cada mão; bate com eles no solo e os cérebros escorrem por terra. Ele os devora, como se fosse um leão das montanhas, sem nada deixar: carnes, entranhas, ossos cheios de medula. "Contemplando, entre lágrimas, essas coisas horríveis, erguemos as mãos para Zeus, pois *nosso coração sentia sua impotência* (*amēkhanía*)".[192]

A impotência do homem é a contrapartida da força divina, nesse universo arcaico, onde os contrários se equilibram, sustentando a tecido *do que é*. As qualidades e os valores, o pensamento e as sensações – a própria estrutura do cosmos – só podem ser compreendidos no jogo tenso das polaridades:[193] *uma é a raça do homem* – canta o poeta Píndaro – *uma é a raça dos deuses; da mesma mãe viemos; da Terra deriva a força do nosso respirar; mas o poder*

[190] Nietzsche, *A origem da tragédia*, pp. 101-1.
[191] Eurípides, *Hipólito*, 1268-1281.
[192] Cf. *Odisséia*, IX, 275.
[193] Acompanho, aqui, Fränkel, op. cit.

nos divide – o que é neste lugar é nada; mas o céu é lugar de inabalável duração.[194]

Os entes não são *coisas*: atravessados pela energia do cosmos, eles vibram e manifestam. Aqui não existe "vida interior": o homem, como tudo o que é, *é um campo de forças*[195] aberto, ele próprio, às celestes potências.

"Tu e Eros, meu servidor", diz a deusa ao cantor da graça do Ser que, pela força do desejo, transluz. Amor, assusta-se Íbicos, é como o vento da Trácia, flamejante entre relâmpagos, jorrando do seio de Afrodite, carregado de quente furor...[196]

No centro do mundo, Afrodite irradia sua potência, que é presente/passado: *Hímeros*, o Desejo, e *Póthos*, Saudade Amorosa. Mas a deusa esconde também no seio uma fita bordada por *Peithó*, a Persuasão toda sorrisos, trapaças e chilreio de meninas delicadas.

Tu e Eros, meu servidor...

Eros dociamargo atravessa o cosmos e o coração do poeta, reunindo, no prazer e na dor, os elementos da matéria: seu modo de cantar é parte do mundo, é um tecido onde se harmonizam, cintilantes e coloridos, os contrários, percorridos, eles próprios, pela força do Desejo.

Essa Graça ainda ressoa – talvez pela graça de Safo de Lesbos – nos epitalâmios de Catulo:

Hésperos! a mais cruel entre as luzes do firmamento!

Hésperos! a mais jubilosa entre as luzes do céu!

Os sentidos do poeta *estão permanentemente sobreexcitados*: numa atenção jubilosa diante do mundo que é – sabe disso, também, o filósofo – vigília e sono, juventude e velhice, vida e morte.

194 Ver VI Neméia, de Píndaro.
195 Fränkel, op. cit., pp. 79-82.
196 Cf. fragmentos 7D e 6D de Íbicos (século VI a.C.).

Conta-se que, certa vez, num dia de festa, ouvindo cantos a um deus oriental, uma santa mulher saiu de seu pequeno e pobre quarto e, "arrebatada por um maravilhoso fervor e ímpeto de espírito", pôs-se a dançar e a cantar jubilosamente. Era uma festa cristã, e a mulher chamava-se Teresa D'Ávila; ela gostava, dizem, "de que suas monjas cantassem nas festas dos santos e fizessem coplas. Mas, como lhe agradava dar exemplo em tudo, ela mesma as fazia e cantava-as unida a suas monjas, sem instrumento algum de música, acompanhando-se com a mão [...]".[197]

Para compreender a Graça, em Safo de Lesbos, não é necessário *laicizar* a experiência que alguns compreendem melhor e aceitam – por estar mais próxima de nós – na santa carmelita; ao contrário: é o grego que deve iluminar o cristão, em seus momentos de *encanto*. O jardim das ninfas, a primavera, o alcíon, uma história de amor: o *mundo visível* – isto é, a natureza, os homens e os deuses – brilha de repente, e nós o percebemos dessa maneira, na aura das palavras.

Uma força enlaça o mundo em seus contrários e alcança o poeta, e ele canta; e seu cantar ilumina aquele que ouve: a coesão do universo de Safo é tamanha que o Todo parece ressoar em cada uma de suas partes:

]
]
]

] eu te peço
Gon]ghyla[empunha
a lira, enquanto o desejo, de novo, [
ao teu redor, voa,
ó bela – ao ver os seus véus,
tu estremeceste; eu, de alegria,
me ilumino: certa vez, ela própria, a sagrada
Kyproghênia [.[198]

[197] P. Ribera (*Biblioteca AA. EE.*, LIII, p. 502), apud Dámaso Alonso, "O mistério técnico na poesia de San Juan de la Cruz", in *Poesia espanhola*, pp. 188-9.
[198] LP 22.

Uns pobres farrapos de papiro, muito restaurados, de leitura precária, mas nos quais me chama atenção, imediatamente, um termo designando vestimentas femininas. E a palavra *póthos*: o desejo fazendo a amorosa estremecer como o vestido, trêmulo em torno do corpo da amiga. Um signo, pulsando entre os restos de um poema, parece fornecer um vestígio da secreta unidade que o compõe, mesmo desfeita a guirlanda de frases. Afrodite é, em Safo de Lesbos, o centro de coesão, o princípio que organiza o mundo: o Desejo, a Saudade, a Persuasão.

Eros, meu servidor. O Desejo, força que emana de Afrodite reúne os elementos da matéria e explica a união dos seres; e das palavras e ritmos. Eros liga o homem à natureza, revela sua pertença ao cosmos: dele brotam os entes, as melodias e as lendas.

Eros Mythóplokos. Eros, tecelão de mitos que o poeta retoma em seus poemas, onde as cores se misturam como nos tecidos lídios; e reverberam.

Hesíodo nos ensina que Dia Luminoso e Éter foram gerados pela Noite, filha de Caos e Érebo:[199] iguais podem gerar iguais, como também seus contrários. Assim, no país encantado de Safo de Lesbos, as flores, o jardim das ninfas, a Estrela da Tarde, as amigas, o desespero.

O poeta pode fazer sua a palavra de Heráclito que ordenou (quando estrangeiros vieram visitá-lo e o encontraram aquecendo-se junto à lareira) que entrassem sem temor, pois ali também havia deuses.[200]

[199] *Teogonia*, 123-4

[200] Aristóteles, *Das partes dos animais*, I, 5.645a 17: " Heráclito, quando estrangeiros vieram visitá-lo e o encontraram aquecendo-se junto à lareira, ordenou-lhes que entrassem sem temor, pois ali também havia deuses".

As musas inquietantes

Esse meu verbo antipático e impuro
há de pungir, há de fazer sofrer,
tendão de Vênus sob o pedicuro.

Ninguém o lembrará: tiro no muro,
cão mijando no caos, enquanto Arcturo,
claro enigma, se deixa surpreender.

Carlos Drummond de Andrade, "Oficina irritada"

1. O numinoso

O bosque das macieiras

É possível descrever, com termos simples, prazeres que não são baixos, como, por exemplo, a beleza de um lugar, a variedade da vegetação, a diversidade das correntezas e assim por diante [...]. Essas coisas – continua Hermógenes, um *scholar* do século II d.C. – proporcionam prazer aos olhos, quando vistas, e aos ouvidos, quando se ouve falar nelas. É o que percebemos nestes versos de Safo:

] a água
fria rumoreja entre as macieiras [,

assim como em:

] da folhagem trêmula,
cai um sono profundo [,

"e em tudo o mais que aparece antes e depois dessas palavras".[1]

***

Era comum as pessoas se servirem, na Antigüidade, de fragmentos de louça para fazer anotações rápidas. Os alunos menos

[1] Hermógenes, *Tipos de estilo*, 2, 4.

afortunados os usavam em sala de aula; e foi num caco de cerâmica – um *óstracon* – que um jovem estudante anotou, no Egito helenizado do século III a.C., um poema no interior do qual os sábios reencontraram aquelas palavras de Safo acima transcritas na citação de Hermógenes, junto às quais emergiu, aos poucos, uma estrofe atribuída por Ateneu de Náucratis também à poeta de Lesbos:

ΡΑΝΟΤΗΕΝΚΑΤΙΟΥ[ ] [ ]ΚΡΕΤΑΣ[ ]
ΝΑΥΟΝΑΓΝΟΝΟΠΠ[ ]ΚΗΑΡΙΕΝΜΕΝΑΛΣΟΣ [

A mão que traçara as palavras no *óstracon* duas vezes milenar era de alguém que escrevia com fluência embora, fosse, infelizmente, muito descuidado, ou ignorante, ou as duas coisas ao mesmo tempo;[2] e a tinta, observa Édith Mora,[3] "empalidecidecera; as fraturas nos tinham roubado dois versos de um conjunto aglutinado de palavras e frases; faltava ortografia,"

ΑΛΣΟΣΜΑΛΙ[
]ΒΩΜΟΙ
[ ]ΝΟΙ[
]
]
[

o que trouxe enormes dificuldades para os helenistas que se debruçaram pela primeira vez sobre o maravilhoso achado: ainda hoje se discute o conjunto do texto, o sentido exato de certas palavras, a razão de algumas lacunas. É possível ler, entretanto, graças a umas honestas restaurações,[4] e, sobretudo, ao trabalho de decifração de Medea Norsa, que os publicou pela primeira vez,[5] os seguintes versos:

[2] Page, op. cit., loc. cit.: "The fragment is written on a potsherd in a hand assigned to the third century b.C.; it is therefore one of the two oldest surviving remnants of the text of Sappho. There is no distinction between lines in the stanzas [...] The text is remarkably corrupt, though the hand is surely a fluent and pratised one; the writer was either very careless or very ignorant, or both".

[3] Édith Mora, *Sappho*, p. 223.

[4] Devidas sobretudo às mãos de Norsa, Page, Lobel, Sitzler, Vogliano e Gallavotti.

[5] Medea Norsa, *Annali d. R. Scuola n. s. di Pisa*, ser. II, v. VI, 1937, fasc. I-II, apud Page, *Sapho and Alcaeus*, p. 35.

ranothenkatiou [
vem, de Kreta, até mim, no templo
santo deste bosque deleitoso
de macieiras, que é teu, e onde queima nos altares
incenso perfumado;

aqui, a água fria rumoreja entre ramos
de macieiras; recobre este lugar uma sombra
de rosas; das folhas trêmulas, um sono profundo
escorre;

aqui, num campo de úmidas pastagens, brotam
flores de primavera ao sopro de ventos
com uma doçura de mel [
[ ]

aqui, tu [ ] empunhando, ó Kýpria,
nas áureas taças, com delícias,
e que à nossa festa se mistura, o néctar
derrama [.[6]

Utilizei, nessa releitura – mas sem muito rigor –, alguns brancos entre colchetes, indicando incertezas sintáticas ou vazios semânticos de um texto que, possivelmente, não tem seu início com as palavras "vem até mim": elas são precedidas, no *óstracon*, por uma expressão que significa, talvez, "descendo do céu" ou "do alto de um monte" – *ῥανοθενκατιου* = *ranothenkatiou.*[7] Não importa: este é, sem dúvida, um dos mais antigos suportes subsistentes da lírica de Safo de Lesbos.

Assinalemos que, ao citar excertos desse fragmento, o sábio Hermógenes já não se refere à alegria – à Graça, à *Kháris* – provocada pelo verbo poético, mas à *hēdonē* que ele capta, produz e transmite, com uma referência muito clara aos sentidos: o murmúrio da água fria entre as macieiras, o frêmito das folhagens vertendo na terra um sono profundo, toda essa atmosfera gozosa desperta o prazer

[6] LP 2.

[7] Page. op. cit., loc. cit..

(*prosbállei hēdonēn*) e sensações doces, agradáveis; e pode ser deliciosamente descrita. Estaria o *scholar* helenístico pensando em algo que correspondesse ao nosso conceito de *prazer estético*? Avancemos cuidadosamente na senda desse anacronismo, puxando da raiz da palavra grega *aísthēsis* a idéia de "percepção sensorial", articulada a uma teoria da beleza sensível: o sentimento de contemplação de uma "obra de arte" atravessa essa leitura de Hermógenes?

***

Esses versos de Safo, que o teórico de literatura facilmente classificaria num paradigma de descrição, talvez tenham realimentado, ao longo de séculos, o próprio genêro de tópica do qual aparentemente procedem; recordemos, entre outros, o exemplo de Teócrito na *VII Bucólica*:

> acima, fremiam as copas dos plátanos e olmos,
> sobre nossas cabeças reclinando as folhas; a água santa
> ali bem perto escorria, murmurando,
> de uma gruta consagrada às ninfas;

esta ressonância em Ovídio, mas inevitavelmente "à maneira de Safo":

> existe, mais pura e transparente que um rio
> de cristal, uma fonte. Dizem que um deus
>
> habita este lugar. Sobre ele abre seus ramos
> um lótus das águas; ele só, é uma floresta.
>
> A terra verdeja na tenra leiva;[8]

e S. Gregório Nazianzeno, homem delicado e cristão muito puro, num poema em que o único espaço geográfico mencionado é Creta:

[8] Ovídio, *Heroïdes*, XV, 157-60.

o murmúrio da brisa, o canto dos pássaros
derramavam, dos altos ramos, um sono profundo
no meu coração fatigado.[9]

E é quase impossível para o moderno não ouvir, junto a essas palavras de um aparente *charme* verlainiano, as vozes sussurantes das "Ariettes Oubliées":

É o êxatase langoroso,
é o cansaço amoroso,
são os suspiros dos bosques,
entre os abraços das brisas,
é um flébil coro de vozes
para as argênteas ramagens.

Oh! fresco e frágil ruído!
Tudo gorjeia e sussurra,
é como um leve gemido
que a trêmula relva expira...
Dirias, n'água que escorre,
surdo balanço de pedras.

Esta alma que se lamenta
nesta queixa sonolenta,
é a nossa, não é mesmo?
A minha, dize, e a tua,
cuja cantiga se esvai,
baixinho, na tarde morna?[10]

[9] S. Gregório Nazianzeno (séc. IV d.C.), P.G. XXXVIII, col. 756:
αὖραι δ' ἐψιθύριζον ἅμ' ὀνιθέεσσιν ἀοιδοῖς,
καλὸν ἀπ' ἀκρεμόνων κῶμα καριζόμεναι
καὶ μάλα περ θυμῷ κεκαφηότι...

[10] Paul Verlaine, "Ariettes publiées", I, *Romances sans paroles*, in *Fêtes galantes*. ("C'est l'extase langoureuse,/ C'est la fatigue amoureuse,/ C'est tous les frissons des bois/ Parmi l'étreinte des brises,/ C'est, vers les ramures grises,/ Le choeur des petites voix.// O le frêle et frais murmure!/ Cela gazouille et susurre,/ Cela ressemble au cri doux/ Que l'herbe agitée expire.../ Tu dirais, sous l'eau qui vire,/ Le roulis sourd des cailloux.// Cette âme qui se lamente/ En cette plainte dormante,/ C'est la nôtre, n'est-ce pas?/ La mienne, dis, et la tienne/ Dont s'exhale l'humble antienne/ Par ce tiède soir, tout bas?")

Instaura-se, nesse confronto de poetas antigos com modernos, uma constelação temática, frágil, mas que nos prende numa armadilha de firmes laços: em lugar de nos aproximar de Safo de Lesbos, dela afastou-nos mais e mais, embora não no sentido temporal, pois a deriva gozosa do prazer literário e sensual sopra a leitura na direção de Hermógenes, homem sensível: na paisagem verlainiana, crepuscular e sussurrante, as almas se fundem, os corações se extasiam; alguma coisa, um pressentimento, percorre a natureza – e se esvai no coro de suspiros que exalam as matas. Resta-nos apenas um prazer *exquis*, na acepção de "delicioso" e, em grego, *ἡδύς*, isto é, "doce".

***

Mas aquela canção de Safo descoberta num fragmento de cerâmica é um *κλητικὸς ὕμνος = klētikòs hýmnos*,[11] isto é, uma invocação: à deusa das energias vitais e da fertilidade terrestre – e deve, portanto, ser situada e compreendida no universo religioso. Trata-se de uma oração onde cada elemento tem seu lugar no culto de Afrodite: a maçã é sua fruta, e na Magnésia e em Macander, ela é 'Αφροδίτη μελεία = *Aphrodítē meléia*, a deusa dos pomares e macieiras; quando passa, os caminhos cobrem-se de flores:

tibi suauis daedala tellus
summittit flores,[12]

e por isso recebe, em Cnossos, o nome de *'Ανθεία = Antheía*, a Senhora das Flores, a Florida. É a deusa das anêmonas e do mirto e, sobretudo,

[11] C.M. Bowra, *Greek lyric poetry*, p. 197.

[12] Lucrécio, *De rerum natura*, livro que se abre com uma invocação a Vênus (I, 7-8): "Ó mãe dos Enéadas, prazer dos homens e dos deuses, ó Vênus criadora, que por sob os astros errantes povoas o navegado mar e as terras férteis em searas, por teu intermédio se concebe todo o gênero de seres vivos e, nascendo, contempla a luz do sol: por isso de ti fogem os ventos, ó deusa; de ti, mal tu chegas se afastam as nuvens do céu; e a ti oferece a terra diligente as suaves flores, para ti sorriem os plainos do mar e o céu em paz resplandece inundado de luz". Trad. de Agostinho da Silva, in: *Da natureza*, p. 39.

das rosas. Um de seus lugares prediletos é o jardim: esse maravilhoso jardim grego, cuja descrição pode-se ler, por exemplo, em *Dafne e Cloé*:[13] nele, existem árvores e canteiros de flores, e a água escorre, fresca, em canais abertos pela mão do homem. As árvores estão bem separadas umas das outras, mas, no alto, misturam suas folhagens; de tal forma que parece efeito da arte o que provém da própria natureza. Existem muitas flores, selvagens – violetas ou narcisos – e cultivadas: rosas, jacintos, lírios. No verão, há sombra; na primavera, flores; no outono, frutos. Em qualquer estação, um lugar de delícias.

No poema de Safo, existe também "um campo rico em pastagens": *en dè leímōn ippóbotos* – ou "a meadow, a pasture for horses",[14] numa boa tradução para o inglês. Os cavalos são, aqui, partes de um sistema de culto: *ἔφιππος* = *éphippos*, segundo o escoliasta da *Ilíada* (II, 820), é um dos títulos de Afrodite, invocada, no hino sáfico, a partir de Creta, cujos habitantes reivindicavam a ilha como lugar original de seu culto.[15] Assim, as palavras dispõem, uns depois dos outros, os elementos necessários ao rito: os lugares santificados, o jardim das macieiras, incenso, flores, uma fonte, o vento na estação primaveril, cavalos... E, num ponto estratégico do texto, a referência ao torpor dos sentidos:

> do alto das folhas trêmulas um sono profundo
> escorre.

Mas o termo *κῶμα* = *kôma*, que aparece neste fragmento, não significa exatamente "sono", nem mesmo "sono profundo";[16] ausente do léxico dos trágicos, muito raro na lírica arcaica, ele está presente, entretanto, em Homero (*Ilíada*, XIV, 359), no episódio da sedução de Zeus graças à fita bordada, que citei acima: o soberano deus adormece nos braços de Hera, vencido pelo encanto de Afrodite, mas, também, pela potência de Hipnos ou Sono que, constatando

[13] *Dafne* e *Cloé*, iv, 2.

[14] Josephine Balmer, *Sappho: poems & fragments*, fr. 79.

[15] Cf. Bowra, op. cit., loc. cit.

[16] Cf. Page, op. cit.

sua vitória, corre em direção às naves dos Aqueus, e diz a Poseídon: "leva tua ajuda aos gregos; neste momento, Zeus ainda dorme. Eu o envolvi num *doce torpor* (*kôma*); e Hera o enganou na doçura dos abraços". *Kôma* significa sempre (cf., também, *Odisséia* XVIII, 201) sono produzido por encantamento, magia ou outro meio sobrenatural – transe ou perda da consciência:

> recobre este lugar uma sombra
> de rosas; das folhas trêmulas, um sortilégio
> escorre.

A deusa fora invocada num bosque deleitoso de macieiras, seu espaço de eleição, no qual se fundem, aos aromas das flores e dos frutos, o perfume do incenso, subindo nos altares; no qual a repetição, monótona e musical, do sussurro das águas entre as folhagens mistura-se ao farfalhar dos altos ramos, de onde escorre um sono profundo. Ou provocado, no frêmito de uma paisagem onde se espera a emergência de *alguma coisa*, por ondas sucessivas e simultâneas de visões maravilhosas, de cores e de sons; pelo fluxo e refluxo de uma cadência, de um ritmo insistente, no céu e na terra.

Tudo foi preparado para *o acontecimento:* cada ser ocupa seu lugar num espaço atravessado por correntezas de energia. E então uma potência percorre a paisagem, que estremece, pontuada por um ritmo obsessivo; por meio dele, nele, o deus se faz presente, inseparável do verbo no qual se manifesta, e enlaça o poeta ao Centro do Mundo: ruiu aos nossos pés o universo familiar das tópicas milenares.

***

As teofania se multiplicam na lírica de Safo; assim, nuns fragmentos de papiros datando do século II:

> Junto a mim [
> ó soberana Hera [
> – tu, por quem rogaram os A[tridas,]   [ilus-]
> tres reis:

cumpridas [
em Ílion primeiro [
desta ilha [
[ ]

antes de clamarem por ti, por Zeus[
e [ ] Thyone;
agora, [
como neste an[ ] [

pura e boa [
]*arth*[
a]

émmen[
]*r apik*[

[.[17]

Detectamos aqui, imediatamente, a presença de três potências que têm sido identificadas como "a grande trindade sagrada de Lesbos", o que um fragmento atribuído a Alceu de Mitilene[18] parece confirmar:

]os habitantes de Lesbos
[fundaram], de longe manifesto, este grande têmenos,[19]
bem a todos comum: nele, altares
para os santos deuses imortais ergueram,

a que deram o nome de Zeus-que-socorre
e o teu, gloriosa deusa, mãe de todos,
Eólia; e ao terceiro chamaram
de Kemélios.

[17] LP 17.

[18] Texto, tradução e comentário in Page, op. cit., p. 161 e segs. Frag. 129 in Campbell.

[19] Têmenos: território (campo ou bosque), com um altar ou templo consagrado a uma divindade. Por extensão, "lugar consagrado".

Hera – às vezes honrada como *'Ακραία = Akraía*, protetora dos lugares altos, fortificados – tinha um culto florescente sobretudo no Peloponeso e nas ilhas; Homero cita Argos, ao lado de Micenas e Esparta, como lugares que lhe eram caros. Ela reinava também na cordilheira do Citeron, na ilha de Eubéia e em Samos, de onde provém um belo molde de argila, hoje no Louvre, com uma donzela ou koré a ela dedicada. Protetora dos casamentos e considerada em certos locais como uma divindade ctônica,[20] a Senhora do Grande Senhor aparece naturalmente associada, no poema de Alceu, ao Kronida, cuja vontade é lei, e a seu filho privilegiado, Diôniso, aqui designado pelo epíteto de "devorador de carne crua".

Velhos mitos estão presentes, portanto, no fragmento acima, mas numa tradição sem dúvida paralela à do terceiro livro da *Odisséia*:[21] em primeiro lugar, a referência aos Atridas, no plural, indica estar Agamêmnon na companhia de Menelau em Lesbos; em segundo, os dois dirigem suas preces não apenas a Zeus, mas à grande trindade lesbiana; e, finalmente, como observa Page num estudo perspicaz, os perigos aqui enfrentados pelos bravos guerreiros devem ser mais graves do que em Homero: trata-se, talvez, de uma tradição local conectada a cultos antiqüíssimos, presentes, aliás, numa fala de *Agamêmnon*, 617-79, na qual o arauto parece anunciar que Menelau e Agamêmnom, tendo partido de Tróia, enfrentam, juntos, uma tempestade.[22]

De acordo com os protocolos da oração helênica, essa grande empresa marítima é invocada, em Safo, para convalidar uma súplica dirigida à deusa Hera – cuja presença, nas palavras de abertura, é muito evidente entre aflitos vazios, brancos e ruídos de comunicação que toda uma tradição de tradução, da qual faz parte exemplarmente Théodore Reinach, sempre recusou, da forma mais obstinada, como se vê abaixo:

[20] Os antigos explicavam o nome Hera valendo-se da etimologia fantasiosa ἔρα = γῆ, "terra". Cf. Diog. Laerc. 8, 12, 12 e o advérbio ἔραζε ("por terra"), na *Ilíada.*, XII, 156.
[21] *Odisséia*, III, 130 e segs.
[22] Cf. Page, op. cit., p. 60.

[*No meu sonho, outrora*] bem perto de mim [*apareceu,*]
ó Soberana Hera, [*tua forma graciosa,*]
[*tal como a contemplaram, chamada por suas preces,*]
os reis ilustres, filhos de Atr[*eu*];

pois, [*tendo*], primeiro, [*perfeito a obra de Ares,*]
[*perto do Skamandro de rápidas ondas,*]
deixando estas [*margens*]
não [*puderam à pátria retornar*]

sem antes, [*com suas preces terem tocado*]
[*ao grande*] Zeus, e a ti, [*e ao doce filho*]
de Thyone, [*Dionysos.*] – [*Hoje te oferecem, os cidadãos,*]

segundo antigos [*ritos,*]
[*vítimas puras; um belo manto, as donzelas*]
[*vêm trazendo; e, junto, as mulheres, cercando,*]
[*numerosas, teu altar*].[23]

***

Às vésperas da Segunda Grande Guerra, o poeta grego Giorgios Seferis termina, em dois dias e num estado de extrema exaltação, o poema "O rei de Asine", concebido dois anos antes, por ocasião de uma visita à cidadela micênica do Epidauro.

"O rei de Asine", escreveria ele mais tarde, "interpelou-me porque representava para mim o vazio necessário para entrar na selva escura da criação. Nada subsistindo dele, eu era como que chamado por esse vazio, a ponto de, anos depois, ter-me decepcionado quando me anunciaram a descoberta, no sítio arqueológico de Asine, de uma estátua de terracota batizada "o rei de Asine". Nunca a quis ver. Mas

[23] Reinach, fr. 28, in *Alcée/Sapho*, p. 214: "Dans mon sommeil naguère, tout près m'est apparue, ô souveraine Héra, ta forme gracieuse, telle que jadis l'aperçurent, appelée par leurs prières, les rois illustres, fils d'Atrée.// Car, ayant achevé d'abord l'oeuvre d'Arès, près du Scamandre aux flots rapides, en partant vers ces rivages-ci ils ne purent retourner chez eux// Avant d'avoir approché de leurs prières toi-même et le grand Zeus et l'aimable fils de Thyone (Dionysos). Tels maintenant les citoyens t'offrent, suivant la tradition, de pures victimes, et les jeunes filles t'apportent un beau péplos, et avec elles les femmes, pressées nombreuses autour de ton autel [...]".

o "vazio" [*emptiness*]que constitui o tema fundamental do meu poema não está ligado somente à catarse poética. Eu o associei também a uma certa concepção de helenismo, ainda confusa então, e que se esclareceu quando, ocupando um cargo em Beirute (1953-1955), visitei o sítio de Selêucida do Tigre, nas proximidades de Bagdá. Essa cidade havia trazido uma enorme contribuição à elaboração da nossa civilização, representando um papel intermediário entre Oriente e Ocidente, que nela entraram em contato, impregnando-se um do outro. Ora, dessa cidade que tivera, em seu tempo, a importância cultural de Florença ou de Paris e que fora, depois de Roma e Alexandria, a terceira grande cidade do mundo antigo, nada resta; nem mesmo ruínas. Um pouco de mato às margens do Tigre, o som de uma flauta. E, contudo, esse vazio, esse nada me deu um forte sentimento de plenitude e amplidão. Teria eu sentido o mesmo num deserto? É que aquele vazio testemunhava de um plenitude anterior da qual ele era como que a catarse. E eu pensei que tínhamos muito a aprender de um tal vazio, nós que, na Grécia, lamentamos 'viver na mesquinhez'. Essa 'mesquinhez' – a das grandes cidades modernas – é a de um mundo impuro, que não atingiu ainda o despojamento de Selêucida ou o que tentei traduzir em 'O rei de Asine'.[24] Há um 'nada', um 'vazio' revigorante [*invigorating emptiness*] que vale mais do que a aparente opulência".[25]

***

Πλάσιον δη μ [
Close to me [
Tout près [
Ao meu lado[

[24] [...] "Desconhecido, esquecido de todos, mesmo de Homero/ Uma só palavra na *Ilíada* e ainda, incerta/ Lá jogado qual máscara de ouro funerária./ Tu o tocaste,lembras-te do som que ele soltou, cavo/ No dia como jarra seca no solo escavado. E no mar, o mesmo som sob nossos remos./ O rei de Asine, um vazio sob a máscara/ Que não nos deixa mais, que não nos deixa mais, por trás de um nome: '*E Asine... E Asine...*'/ E seus filhos, estátuas,/ No êxtase de seus pensamentos, e suas naves,/ Ancorados num porto abolido,/ Um vazio, sob a máscara." Trad. de Darcy Damasceno, in Giorgios Seferis, *Poemas*, pp. 131-2.

[25] Texto em inglês, destinado a uma entrevista à BBC, depois da guerra. Cit. in Denis Kohler, *Georges Séféris*, pp. 204-5.

– suspensa na iminência dos brancos textuais, uma palavra:

Junto a mim [
Soberana Hera [

***

O mesmo frêmito – um obscuro pressentimento de sentidos – percorre os restos de outro poema, num farrapo de pergaminho do século VI d.C, quase nada; e, no entanto, *ali ponto não há que não te mire*:

ou [

---

er'a [
derat. [
Gonghyla. [

---

e ti sâm' ethe. [
paisi málista.]
mas g' eiselth' ep. [

---

eu disse: "ó Soberano [Hermas]
] pelas sagradas [
] não sinto mais o gozo deste mundo [

---

e um desejo da morte [
e de ver, úmidas, estreladas de lótus [
as margens do Akher[onte

] . . . *desaid'* [
. . . *deto*
meti . . . [[26]

Akher[*onte*] é uma restauração que se impõe e [*Her*]*mas*, uma hipótese engenhosa de Blass, validada pelo contexto: uma única

[26] LP 95.

sílaba, [*mas*], evocando, ao lado de Gonghyla, uma atmosfera muito próxima à de um fragmento estudado em páginas anteriores,[27] no qual a poeta clama pela morte, entre lembranças dociamargas, flores e perfumes.

Hérmas psykhopompós: guia das almas para outra vida, senhor das travessias e passagens, essa obscura potência circula livremente entre os três níveis cósmicos, orientando e estabelecendo balizas. Presente na cultura grega desde Homero, que papel representaria em Safo essa divindade que tem algo de um trickster e de um musicista:[28] ponte, caminho, signo de perdição? Centro irradiador de sentidos, convergência de amor, sofrimento e morte? Divina epifania?[29]

Pressentimento do sagrado nos versos de Safo: chegamos realmente a experimentar esse frêmito de júbilo e medo? É assim que os homens percebem a irrupção do divino em suas vidas, ou na própria natureza?

O primitivo, escreve André Bonnard, "verifica empiricamente a ação da divindade como a de uma *potência* que intervém inopinadamente em sua vida [...]. Um deus é, em primeiro lugar, uma coisa que surpreende. Sente-se, em relação a ele, à sua ação, espanto, terror e também respeito [...]. O homem não considera a *potência* sobrenatural; tem, antes, o sentimento de ter encontrado *outro*...".[30] E, por um instante apenas (logo perdido, irrecuperável, e do qual nos resta, não a lembrança, mas a suspeita de que aconteceu), conseguimos realizar (não se trata de compreender) a divina epifania nos versos de Safo?

[27] RP 93, LP 94. Nesta edição, frag. 8.

[28] No Hino Homérico a Hermes (v. 25 e segs.), ele é a primeira divindade a fabricar um instrumento musical, quando fixa cordas a um casco de tartaruga casualmente encontrado no caminho.

[29] "Temos aqui um exemplo provável de um motivo que já encontramos anteriormente na poesia de Safo: a divina epifania. O suplemento [*Her*]*mas*, nos versos 6 e 7 é, na verdade, algo incerto, mas uma vez que Safo declara desejar a morte e ver as margens do Aqueronte, a pessoa apostrofada sob a forma de *Ó Soberano*..., no início da frase anterior pode ser o deus Hermes, condutor das almas para o mundo subterrâneo." Page, op. cit., p. 86.

[30] Cf. as páginas de Octavio Paz sobre o sagrado, em *O arco e a lira*, texto que nos reenvia ao Rudolff Otto de *Das Heilige*, a Eliade, Cassirer e a tantos outros...

vem, de Creta, até mim, no templo
santo deste bosque deleitoso
de macieiras, que é teu, e onde queima nos altares
incenso perfumado

– um frêmito percorreu as copas do arvoredo e, na melodia dos versos, a Deusa de Kypros se fez presente, enquanto nos precipitávamos, nós mesmos, na vertigem desse sono profundo ou *kōma* que, em linguagem moderna, é uma incômoda ante-véspera da morte? Percebemos, num relâmpago, numa súbita luz, o contato sagrado entre o poeta, o deus e a natureza?

Pois uma questão aqui se impõe, à margem de toda uma poesia *soit disant* religiosa e de belos poemas helenizantse de alguns modernos: podemos esperar de um texto contemporâneo a experiência do sagrado, à maneira dos antigos?

O deus que se afasta

Os anjos, no declive da escarpa, giram suas roupas de lã sobre as ervas... Prados... A doçura florida das estrelas e do céu: o poeta Arthur Rimbaud constrói, numa de suas "Iluminações", o cenário para o acontecimento:

Místico

No declive da escarpa, os anjos giram suas roupas de lã sobre os relvados de ouro e esmeraldas.

Prados de flamas saltam até o alto da colina. À esquerda, o terriço da aresta é pisado por todos os homicidas e todas as batalhas, e todos os rumores desastrosos tecem sua curva. Atrás da aresta direita, a linha dos orientes, dos progressos.

E, enquanto a banda no alto do quadro é formada pelo rumor giratório e saltitante das conchas marinhas e das noites humanas,

A doçura florida das estrelas e do céu e do resto desce diante da escarpa, como um cesto – contra nosso rosto, e faz o abismo odorante e azul lá embaixo.[31]

[31] Rimbaud, "Mystique", in *Illuminations, Poésie complète*, p. 150. Trad. de Ledo Ivo

O movimento dos anjos, rodopiando no declive dos relvados – *de aço e de esmeralda*. Os prados são *flamas* subindo até o alto das colinas. À esquerda, estão os homicidas, as batalhas, os rumores desastrosos pisando o terriço da aresta: *combate e decomposição*. Atrás da aresta direita, a linha dos orientes – e dos *progressos*. As noites humanas e o rumor giratório e saltitante das conchas marinhas formam a tira superior do quadro: *houve ali, outrora, um oceano, cujos restos sonham no alto da colina? São lembranças geológicas, ou pesadelos, memórias humanas*? Eis que, não as estrelas, ou o céu, ou o resto, mas *a própria doçura dessas coisas* despenca do alto – *como um cesto* – contra nosso rosto. Esse movimento constitui o abismo – odorante e azul, lá embaixo.

Interrogações redundantes, inúteis paráfrases, e, *por isso*, sublinhadas: em sua dureza, este breve texto não solicita interpretações, recusa-se às hermenêuticas, a si mesmo se basta: *os relvados são de aço e de esmeralda; os rumores tecem sua curva*. A poesia de Rimbaud não oculta segredos, não há nela um núcleo misterioso de respostas à espera do crítico exigente: aqui, a linguagem "atravessa sons e visões para misturá-los uns aos outros e às abstrações", segundo a bela notação de Hugo Friedrich. Esvaem-se, na leitura, os limites do conjunto, para que a *iluminação* se resolva numa seqüência de movimentos, que "são dinamismos absolutos; assim como o são os movimentos dos períodos: primeiro, ascensões vivazes no meio de outras, morosas, até a metade do texto; a partir de então, um vasto arco, que, primeiro suspenso, depois desce, entrelaçando-se, até que o final, com seu isolado e breve 'lá embaixo', arremessa-o agora, de repente, a pique. Esses movimentos, não mais

(*Uma temporada no inferno/Iluminações*), p. 112. ("Sur la pente du talus, les anges tournent leurs robes de laine dans les herbages d'acier et d'émeraude.// Des près de flammes bondissent jusqu'au sommet du mamelon. À gauche le terreau de l'arête est piétiné par tous les homicides et toutes les batailles, et tous les bruits désastreux filent leur courbe. Derrière l'arête de droite la ligne des orients, des progrès.// Et tandis que la bande en haut du tableau est formée de la rumeur tournante et bondissante des conques des mers et des nuits humaines,// La douceur fleurie des étoiles et du ciel et du reste descend en face du talus, comme un panier – contre notre face, et fait l'abîme fleurant et bleu là-dessous.")

o 'conteúdo', ordenam a poesia. Seu fascínio cresce, quanto mais se lê".[32]

O cenário, a aparição dos anjos, os ritmos: um acontecimento incompreensível rodopiou na vertigem das palavras e se desfez; e o poema, construído no espaço do "eu" que se ausenta, resolve-se no baque estúpido de um cesto contra nossos rostos, e nos lança no abismo.

Em meados do século XIX, Baudelaire, o primeiro, talvez, entre os modernos, compreendeu que, num mundo dessacralizado, a matéria do poeta passava a ser a trivialidade do quotidiano burguês: o lixo que o trapeiro, no fim do dia, recolhe nos dejetos das grandes capitais. "Ele cataloga e coleciona. Compulsa os arquivos da devassidão, o cafarnaum dos refugos. Faz uma triagem, uma escolha inteligente; junta como um avaro um tesouro, as imundícies que, ruminadas pela divindade da indústria, tornar-se-ão objetos de utilidade ou prazer."[33]

O poeta contempla o obscurecimento do mundo, a perda das significações, o frio da noite. Sua voz não pode dizer senão isto: a luz que se esvai:

O pôr-do-sol romântico

Que lindo é o sol quando com frescor se ergue
Qual explosão a nos projetar um bom-dia!
– Bem-aventurado quem pode, com amor,
Saudar seu poente mais glorioso que um sonho!

Eu me lembro!... Vi tudo, a flor, a fonte, o sulco,
Extasiar-se aos seus olhos, coração fremente...
– É tarde, busquemos o horizonte, depressa,
Para alcançar ao menos um oblíquo raio!

Mas eu persigo em vão o Deus que se afasta;
A irresistível Noite estende o seu império,
Negra, funesta, úmida, toda tremores;

[32] Hugo Friedrich, *Estrutura da lírica moderna*, p. 91.
[33] *Du vin et du haschisch*, in *Œuvres complètes*, p. 305.

Um odor tumular sobrenada nas trevas,
Meu pé, medroso, escorrega, às bordas do pântano,
Em sapos imprevistos e em frias lesmas.[34]

Como se pôs a tremer a folhagem do loureiro de Apolo... Pressentindo a divina epifania, a natureza suspende o sopro – escreve Paul Veyne,[35] ao citar essas palavras de um poema de Calímaco –[36] *Apolo não se mostra a todos, mas só aos bons; honra a quem o vê, vergonha a quem não o vê. Nós te veremos, deus arqueiro, não teremos esta vergonha* [...]. *Recolhei-vos e escutai o canto de Apolo. O próprio mar se cala quando os trovadores cantam o deus arqueiro. Tétis pára de gemer e Níobe de chorar.*

Talvez Calímaco incorpore, nessa "oração", *o homo religiosus* de um tempo que, para ele, já é "antigüidade". Pouco importa: devia acontecer assim a manifestação do deus para o crente, num momento de culto; experiência reveladora, no contraste, do horror trivial e grotesco do poeta moderno, cujos tímidos pés esbarram, nas bordas do pântano, com inesperados sapos e frias lesmas. Antes de Baudelaire, entretanto, um poeta que viveu na encruzilhada do mundo grego e da modernidade havia pressentido o tempo final, a noite negra, úmida, funesta:

Peras amarelas
E rosas silvestres
Da paisagem sobre a
Lagoa.

[34] *Les fleurs du mal*, in *Poèmes*, p. 167. ("Que le Soleil est beau quand tout frais il se lève/ Comme une explosion nous lançant son bonjour!/ – Bienheureux celui-là qui peut avec amour/ Saluer son coucher plus glorieux qu'un rêve!// Je me souviens!... J'ai vu tout, fleur, source, sillon,/ Se pâmer sous son oeil comme un coeur qui palpite.../ – Courons vers l'horizon, il est tard, courons vite,/ Pour attraper au moins un oblique rayon!// Mais je poursuis en vain le Dieu qui se retire;/ L'irrésistible Nuit établit son empire,/ Noire, humide, funeste et pleine de frissons;// Une odeur de tombeau dans les ténèbres nage,/ Et mon pied peureux froisse, au bord du marécage,/ Des crapauds imprévus et de froids limaçons.")

[35] Paul Veyne, *A elegia erótica romana*, pp. 37-8.

[36] Calímaco, século III a.C.

Ó cisnes graciosos,
Bêbados de beijos,
Enfiando a cabeça
Na água santa e sóbria!

Ai de mim, aonde, se
É inverno agora, achar as
Flores? e aonde
O calor do sol

E a sombra da terra?
Os muros avultam
Mudos e frios; à fria nortada
Rangem os cata-ventos.[37]

O poeta, escreve Maurice Blanchot,[38] está separado dos homens e dos deuses; e no vazio aberto por esse duplo afastamento, pela dupla infidelidade, ele recusa – como Édipo – as vãs consolações: "a fim de assegurar a distinção das esferas, essa distinção que é doravante nossa tarefa, de acordo com a exigência expressa por Hölderlin, no momento em que ele se aproxima da Noite: *Preservar Deus pela pureza que o distingue*".[39] O afastamento não é, portanto, uma experiência puramente negativa: "o deus e o homem, a fim de que o curso do mundo não tenha lacuna e que a lembrança dos Celestes não se perca, entram em comunicação sob a forma da infidelidade na qual há o esquecimento de tudo, pois a infidelidade é o que melhor o contém".[40]

[37] Hölderlin, trad. de Manuel Bandeira, in *Poemas traduzidos*, in *Poesia e prosa*, v. I, p. 656. ("Mit gelben Birnen hänget/ Und voll mit wilden Rosen/ Das Land in den See,/ Ihr holden Schwäne,/ Und trunken von Küssen/ Tunkt ihr das Haupt/ Ins heilignüchterne Wasser.// Woh mir, wo nehm ich, wenn/ Es Winter ist, die Blumen, und wo/ Den Sonnenschein,/ Und Schatten der Erde?/ Die Mauern stehn/ Sprachlos und kalt, im Winde/ Klirren die Fahnen.")

[38] Maurice Blanchot, "L'itinéraire de Hölderlin", in *L'espace littéraire*, p. 367 e segs.

[39] Id., ibid., p. 372.

[40] Hölderlin, apud Blanchot, op. cit., p. 372.

Mas, ó amigo, chegamos muito tarde! Os deuses vivem de
[verdade,
Mas acima das nossas cabeças, num outro mundo.[41]

Ainda é possível sentir, na experiência de Hölderlin, melodias herdadas de nobres antepassados helênicos. Mas, de Baudelaire a Rimbaud, de Rimbaud a Mallarmé, o verbo é, cada vez mais, negação da prosódia e da escritura clássicas.[42] A palavra poética torna-se, escreve Friedrich, citando Ungaretti,[43] "uma breve ruptura do silêncio – como em Mallarmé. É um fragmento, vibrando entre o mundo levemente tocado, mas muito misterioso, e o silêncio que volta a se fechar em seu redor".

Ungaretti, num poema de 1925:

Numa orla onde era perene a tarde
De selvas antigas, acesas, absortas,
Se adentrou
E súbito ouviu rumor de plumas
Que se soltava do estrídulo
Pulsar das águas tórridas,
E um espectro (enlanguescia
E refloria) viu;
Ao retornar viu
Que era uma ninfa: dormia
De pé abraçada a um olmo.
Em si de simulacro a chama verdadeira
Errando chegou a um prado onde
A sombra nos olhos se adensava
Das virgens como
A tarde ao pé das oliveiras;
Destilavam os ramos
Uma preguiçosa chuva de dardos,
Aqui ovelhas haviam dormido

[41] Hölderlin, tradução de Benedito Nunes, in *Passagem para o poético*, p. 270. ("Aber Freund! wir kommen zu spät. Zwar leben die Götter,/ Aber über dem Haupt droben in anderer Welt.")
[42] Octavio Paz, *Signos em rotação*.
[43] Friedrich, op. cit., p. 180.

Sob o liso tepor,
Desfolhavam outras
A alfombra luminosa;
Eram as mãos do pastor vidros
Polidos de uma débil febre.[44]

Alguma coisa – pressentimos – teve lugar num espaço onde a tarde era perene; alguém ouviu um rumor de plumas, e viu um fantasma, uma ninfa abraçada, de pé, a um olmo. Errando, chega a um prado... E o poema se fecha, perde sua personagem, esquecida, inútil, substituída (?) pela chuva preguiçosa de dardos, pelas mãos do pastor, que eram vidros de uma débil febre: na clareira que aqui se abriu, um frêmito de linguagem acontece e se esvai.

Melancolia

a água fria rumoreja entre ramos
de macieiras; recobre este lugar uma sombra
de rosas; das folhas trêmulas, um sono profundo
escorre [

***

"O sono é um ato de fidelidade e de união. Eu me confio aos grandes ritmos naturais, às leis, à estabilidade da ordem: meu sono é a realização dessa confiança, a afirmação dessa fé."[45] "O homem

[44] Ungaretti, "A ilha", trad. de Dora Ferreira Silva, apud Friedrich, op. cit., p. 265. "A una proda ove sera era perenne/ Di anziane selve assorte, scese./ E s'inoltrò/ E lo richiamó rumore di penne/ Ch'erasi siolto dallo stridulo/ Batticuore dell'acqua torrida,/ E una larva (languiva/ E rifioriva) vide;/ Ch'era una ninfa e dormiva/ Ritta abbaracciata a un olmo./ In sé da simulacro a fiamma vera/ Errando, guinse a un prato ove/ L'ombra negli occhi s'addensava/ Delle vergini come/ Sera appiè degli ulivi;/ Distillavano i rami/ Una pioggia pigra di dardi/ Qua pecore s'erano appisolate/ Sotto il liscio tepore,/ Altre brucavano/ La coltre luminosa;/ Le mani del pastore erano un vetro/ Levigato di fioca febbre.)

[45] Blanchot, "Le sommeil, la nuit", op. cit., p. 362.

que dorme está unido ao centro; reúne-se a si próprio no lugar onde é: ali onde eu durmo, eu me fixo e fixo o mundo."[46]

"O espaço está imantado. Uma espécie de ritmo tece o tempo e o espaço, sentimentos e pensamentos, julgamentos e atos, e faz do ontem e do amanhã, do aqui e do além, da náusea e da delícia, uma só tela. Tudo é hoje. Tudo está presente. Tudo está, tudo é aqui. Tudo, porém, está em outra parte e em outro tempo. Fora de si e pleno de si. E a sensação de arbitrariedade e capricho se transforma num vislumbre que é todo regido por algo radicalmente distinto e estranho a nós. O salto mortal nos põe diante do sobrenatural. A sensação de estar diante do sobrenatural é o ponto de partida de toda experiência religiosa."[47]

***

"A técnica é uma realidade tão poderosamente real – visível, palpável, audível, ubíqua – que a verdadeira realidade deixou de ser natural ou sobrenatural: a indústria é nossa paisagem, nosso céu e nosso inferno."[48]

***

"Houve momentos em que o homem ocidental acreditou poder substituir a experiência do sagrado pela fruição estética ou pela religião da arte: estou pensando em Gustave Flaubert, naturalmente, mas também em Horácio. Falo de um passado para sempre perdido: estamos condenados a um duplo desterro, incapazes de toda surpresa ou deslumbramento diante da natureza; e da obra de arte também.

O *paisagismo*, a *fotografia*, o *ecologismo*? Apreciamos os valores desportivos, higiênicos, "culturais", da natureza: ela não nos causa mais assombro. E não nos assombram, não podem nos maravilhar esses objetos "estéticos", presos na malha da reprodução técnica. *A arte pertence ao passado*."[49]

[46] Id., ibid., p. 363.
[47] Octavio Paz, *O arco e a lira*, p. 153.
[48] Id., ibid., p. 319.
[49] Jean-Paul Vierny, "La porte du fruitier", in *Études...*, p. 47.

***

"A voz do Grande Pã ainda ressoa em Paul Verlaine, o Pauvre Lélian; de tal modo, porém, que desconforta: estão sendo cortados, na sua poesia, e no exato instante em que tentam reatar-se, os laços que ligavam o humano ao divino, quando, na mítica Idade de Ouro, celestes e mortais uniam-se uns ao outros: em *Núpcias de Peleu e Tétis*, Catulo canta um desses momentos sagrados, também celebrado, segundo indica um fragmento, por Safo de Lesbos.

Na fratura instaurada pelo capitalismo, pela técnica, que são a nossa realidade, Verlaine ouve a melodia que percorre os prados, num sussurro. Rangem, ao longe, os cata-ventos; por que não ousa ele espatifar-se contra a Noite que avulta, muda e fria, e o obceca?

> Não sei por que
> Meu espírito amargo
> Com asa inquieta e louca voa sobre o mar.
> Tudo o que mais quero,
> Com a asa do horror
> Meu amor o gesta à flor das águas. Por quê? Por quê?"[50]

***

"Do alto de Notre-Dame, uma estrige ou gárgula, um vampiro, queixo apoiado nas mãos, lança um olhar demorado sobre Paris. 'Esta cidade é um texto' – e aqui o demônio está citando um dos seus autores prediletos: 'um livro feito de confusas vozes de pedra e do vôo aflito das águias; um almanaque de palácios, monumentos, casebres. Um livro à espera de um cataclisma'.

– 'Ou de vários...', murmura um escritor que também está contemplando a cidade do alto das torres.

[50] Jacques Lalande, *Histoire de la littérature française*, IV, p. 87. O poema de Verlaine citado pertence a *Sagesse*, Paris, Méssein, s.d., III, 7: "Je ne sais pourquoi/ Mon esprit amer/ D'une aile inquiète et folle vole sur la mer./ Tout ce qui m'est cher,/ D'une aile d'effroi/ Mon amour le couve au ras des flots./ Pourquoi? Pourquoi?"

Essas duas criaturas estão lendo, na superfície da pedra obstinada, o futuro sob a forma de passado absoluto. Imóveis, aguardam, com paciência, a inevitável catástrofe que há de varrer tudo – eles próprios – do Ser em que os seres se demoram por um instante.

Ruínas.

Queixo apoiado nas mãos, o Escritor e o Demônio se inclinam sobre Nada, na atitude do melancólico anjo de Albrecht Dürer."[51]

[51] Joaquim Brasil Fontes, *Malváceas*, cit. in *O livro dos simulacros*, p. 31.

Chegando ao alcance das vozes
Tentamos passar, curvados sobre os remos.
E, contudo, nosso navio, as Sereias o vêem,
Deslizando veloz, rente aos negros rochedos,
E começam, então, a cantar com doçura:
Homero, *Odisséia*

2. À sombra do plátano

Contraponto livre[52]

Um filósofo e um jovem estudante de retórica encontram-se, por acaso, e decidem fazer um longo passeio fora dos muros da cidade. Discutindo as artes do amor e dos discursos, desviam-se da estrada principal, seguindo o curso das águas límpidas do Ilissôs.

Falam também sobre acontecimentos sagrados; lembram, durante o percurso, que, *in illo tempore*, Bóreas teria violentado uma ninfa, nos arredores, segundo relatam velhos mitos. "Parece-me que foi a uns três estádios daqui", afirma o filósofo, "ali onde atravessamos o rio na direção do santuário de Agra, e onde existe um altar consagrado ao deus". E seguindo assim a estrada, num ritmo vagabundo de passos e palavras, os dois amigos descobrem um recanto delicioso que convida ao descanso: na relva, à sombra de um enorme plátano e da copa florida de um agnocasto. A água fresca rumoreja neste local que é consagrado às ninfas, a julgar pelas figurinhas de terracota, oferendas votivas ali dispostas, e por uma estátua de mármore de Aquelous, divindade protetora das águas potáveis e dos rios. Do alto das folhas jorra, como um sortilégio, a canção aérea da cigarra estridente: clara melodia do verão!

[52] *Contraponto livre* é o nome dado a um estudo acadêmico para piano tão vago em seus princípios estilísticos, que pode se conformar à fantasia de qualquer mestre ou de qualquer autor de manual para pianistas.

Mas esse diálogo sobre os ritmos divinos e a presença do sagrado no coração da natureza é quebrado, em certo momento, por uma maliciosa réplica do mais velho dos dois homens: ele denuncia a presença de um discurso – palavra escrita, letra morta – oculto sob o manto do mais jovem que, sentindo-se provocado, retira-o do peito e põe-se então a ler, com entusiasmado respeito, uma longa dissertação sobre o Amor, composta por um conhecido professor de retórica.

Tendo, porém, considerado esse texto uma verdadeira inépcia, o interlocutor do apaixonado rapaz é provocado, também ele, a fazer um elogio de Eros, construído de acordo com o modelo do precedente: seguindo, não apenas sua temática, mas a maneira de abordá-la. E é enquanto se entrega, com certa complacência, a esse exercício de linguagem – pastiche, quase uma paródia, palavra "à la manière de" –, que o filósofo percebe, inesperadamente, um jorro de melodias explodindo na seqüência de seus argumentos: "[ ] e derivando seu nome de *rhṓme*, 'força', ele é chamado de Eros, 'amor' [ ]".

Esse homem acabou de de pôr o pé – com surpresa real ou simulada? – num ritmo ditirâmbico, isto é, dionisíaco: uma série de palavras que procedem, um pouco fantasiosamente, da raiz grega *rhṓ* ("força"), começou a vibrar no interior dos seus raciocínios – os sentidos como que se destrançaram na vertigem do significante, transformando o filósofo, a contragosto, em poeta. "A culpa", explica ele a seu jovem interlocutor, "só pode ser atribuída a este lugar divino. Portanto, não te espantes se, no fio de meus discursos, eu voltar a ser possuído pelas ninfas."

Estamos tendo o privilégio de presenciar um acontecimento único: no coração de uma natureza percorrida por sopros divinos, um filósofo, sentindo-se ameaçado pela potência da inspiração, reconhece ter caído, involuntariamente, naquela espécie de delírio que os gregos chamavam de ninfolético; e recua; resiste à não-razão dionisíaca; denuncia a possessão no momento mesmo em que ocorre. Exorciza, em suma, as Musas.[53]

[53] Platão, *Fedro*, 227-41e.

Atualmente, estou tentando me acanalhar o mais possível. Por quê? Quero ser poeta, e trabalho para me fazer vidente*: o senhor não conseguiria entender, e eu quase não poderia explicar-lhe. Trata-se de chegar ao desconhecido por meio do desregramento de* todos os sentidos. *O sofrimento é terrível, mas é preciso ser forte, ter nascido poeta, e eu me reconheci poeta. Não tenho nenhuma culpa. É errado dizer: eu penso. Deveriam dizer: pensam-me. Perdoe o jogo de palavras.*[54]

Num dia de verão muito quente, Sócrates encontra-se, casualmente, com o jovem Fedro, que traz, oculto numa das dobras do manto, a cópia de um discurso do sofista Lísias. Provocado pelo mestre, o discípulo resiste de forma protocolar, mas cede por fim com prazer e entrega-se à leitura do texto, à sombra de um plátano. Trata-se de um elogio do amor, paradoxal, sem dúvida, pois sua lição é a seguinte: o amado deve ceder, de preferência, ao homem que não o ama. Preceito acompanhado, é claro, das convincentes argumentações retóricas: vivendo sob o império da paixão, *manía* ou loucura amorosa, o erasta torna-se naturalmente prejudicial ao erômenos – do ponto de vista pessoal, moral e social.

Esse panegírico é demolido pelo irônico mestre que se vê desafiado, por sua vez, a compor também um elogio do Amor, utilizando o mesmo tema; e ele o fará, inaugurando-o com uma invocação ritual – ou protocolar? – "às Musas de límpidas vozes, cujo nome deriva, ou da qualidade de seu canto, ou da raça musicista dos Lígures...".[55] Ao contrário de Lísias, entretanto, Sócrates *não assume a autoria do discurso que vai proferir*: compõe uma pequena ficção, inventando a história de um rapazinho cercado por admiradores

[54] Rimbaud, carta a George Izambard, datada de 13 de maio de 1871, in *Poésies complètes*, p. 218. ("Maintenant, je m'encrapule le plus possible. Porquoi? Je veux être poète, et je travaille à me rendre *voyant*: vous ne comprendrez pas du tout, et je ne saurais presque vous expliquer. Il s'agit d'arriver à l'inconnu par le dérèglement de *tous les sens*. Les souffrances sont énormes, mais il faut être fort, être né poète, et je me suis reconnu poète. Ce n'est pas du tout ma faute. C'est faux de dire: Je pense. On devrait dire: On me pense. Pardon du jeu de mots.")

[55] Cf. *Fedro*, 237ab.

apaixonados; e é pelos lábios de um deles – sob a máscara do mais astucioso amante – que o filósofo demonstra, num rigoroso exercício retórico cheio de malícia, a nulidade do texto sofístico que tanto encantara o ingênuo Fedro.

As Musas da Helicônia, no começo, cantemos.
[ ]
Elas outrora a Hesíodo ensinaram um lindo canto,
quando, aos pés do Hélikon, apascentava seus cordeiros.
São estas as palavras primeiras que as deusas me disseram,
as Musas do Olimpo, filhas de Zeus-Porta-Égide:
"Pastores que pernoitais nos campos, triste desonra da
[terra, apenas ventres!
Palavras mentirosas, iguais às verdadeiras, sabemos cantar;
sabemos, também, quando queremos, dizer as palavras
[que desvelam".
Falaram assim aquelas que dizem a verdade, as filhas do
[Grande Deus;
e um bastão, do maravilhoso ramo de uma oliveira florida,
me deram; e fizeram correr em mim o sopro do canto
que fala segundo os deuses, para que eu celebre aquilo
[que será e aquilo que foi;
e me ordenaram cantar a raça dos Bem-Aventurados que
[vivem para sempre
e, primeiro, a elas próprias, no começo e no fim de meus
[cantos.[56]

A boca da máscara inventada por Sócrates – o amante astucioso – vai proferindo o elogio do Amor como forma particular de sensualidade, quando um ritmo percorre as frases, e elas vibram. O filósofo se detém, arrepiado. De onde teria vindo a inspiração?

Pouco antes de começar aquele discurso mentiroso, Sócrates tinha explicado que "já ouvira palavras muito superiores, muito mais

[56] Hesíodo, *Teogonia*, 1; 22-34.

belas que as de Lísias... mas onde? Talvez numa canção da adorável Safo ou num verso do sábio Anacreonte:[57] a presença, na memória, de vozes muito antigas, quase esquecidas, teria sido a fonte da inesperada possessão divina ou entusiasmo poético? Ou essa forma de alienação que é a perda do domínio de seu próprio discurso deriva do lugar maravilhoso em que se encontram os dois companheiros – fora dos muros da cidade –, no momento perfeito em que o sol, na metade exata do dia, faz cantar as cigarras nas altas árvores?

Tentando exorcizar o sopro demoníaco que o atravessou, o filósofo volta a agenciar raciocínios, prossegue, esbarra de novo num incômodo obstáculo: suas frases, desobedecendo às ordens da razão, se põem a dançar, organizam-se em pés ritmados, geram um hexâmetro perfeito. "Até onde me levarão as Musas, elas que não se contentam com gerar versos ditirâmbicos em meus discursos, e agora querem me transformar em poeta épico?"[58]

] *vem, lira divina,* [*e me responde;*]
encontra, tu mesma, tua própria voz [.[59]

Num irônico movimento de contrariedade afetiva, corporal e – enquanto personagem de Platão – diegética, Sócrates toma a decisão de abandonar aquela paisagem encantada e perigosa: faz meia-volta, pronto para atravessar o rio, deixando para trás o país misterioso das Musas. Nesse exato momento, recebe um sinal divino: ouve, ou acredita ouvir a voz de seu demônio familiar. O filósofo já pressentira, aliás, antes mesmo de dar início a seu discurso, e num desconforto incerto, que alguma coisa de errado o aguardava naquele dia:[60] "Sou, portanto, um adivinho! Mas somente agora percebo qual foi meu pecado... Se Eros é um deus – e ele é um deus! – não poderia ser coisa ruim: portanto, o discurso de Lísias e o meu erraram, dizendo que o Amor é um Mal, e que os jovenzinhos devem ceder, de preferência, àqueles que não estão possuídos pelo delírio de Eros".

[57] Cf. *Fedro*, 235c.
[58] Cf. *Fedro*, 241d-e. O hexâmetro é, como não se ignora, o metro da poesia épica.
[59] Safo, LP 118.
[60] *Fedro*, 242b.

Torna-se urgente a realização de um rito expiatório, de uma *palinódia*, composta à maneira dos versos com que Estesícoro se penitenciou por inventar mentiras contra a adorável Helena, a mais bela das mulheres. *Aquelas palavras eram falsas!* Impõe-se o dever de proferir um segundo elogio que diga, sobre o Amor, apenas verdades.

Nesse momento estratégico do diálogo, Sócrates chama a atenção para algo que, anteriormente referido de forma casual, é agora sublinhado: ele não fora o responsável pelos argumentos do seu primeiro discurso, mas o mero suporte de uma Personagem – o amante astucioso; apenas uma Máscara, debaixo da qual se escondera o próprio Fedro, o verdadeiro autor daquele elogio de Eros. O discurso de Lísias tinha iluminado com tanta força o ingênuo rapazinho que sua claridade contaminara o filósofo, construindo uma *cadeia de mentiras* (creio não estar alterando, aqui, a significação dessa passagem do *Fedro*): uma corrente, na qual ficaram presos por uma força misteriosa. Possuído pelo ardor do jovem amigo, o sábio perdeu a posse de seu próprio discurso; nele se encadearam frases, idéias, argumentos que lhe eram alheios, e uma concepção de Eros que não lhe pertencia. Curiosamente, é nessas palavras que não desvelam a verdade que, por duas vezes, vai emergir, com repentina violência, a inspiração poética. Por duas vezes consecutivas, o filósofo expulsará as deusas musicais, lançando um olhar desconfiado para seu próprio discurso (que, afinal, *é propriedade de outrem*: de Fedro, de Lísias, da Mentira).

Pois EU é um outro. Se a chapa de cobre desperta em forma de clarim, a culpa não é sua. Considero isto evidente: assisto à eclosão de meu pensamento: eu o vejo eu o escuto: desfiro um toque de arco: e já se agita, nas profundezas, a sinfonia, ou invade, num pulo, o palco.[61]

[61] Rimbaud, carta a Paul Demeny datada de 15 de maio de 1871, *Poésies complètes*, p. 219. ("Car JE est un autre. Si le cuivre s'éveille clairon, il n'y a rien de sa faute. Cela m'est évident: j'assiste à l'éclosion de ma pensée: je la regarde, je l'écoute: je lance un coup d'archet: la symphonie fait son remuement dans les profondeurs, ou vient d'un bond sur la scène.")

Sócrates pronunciará um segundo discurso, no qual o Amor é considerado num conjunto hierárquico de *loucuras divinas*, provenientes dos deuses. A primeira dessas *μανίαι = maníai* é o delírio profético da Pítia de Delfos e das sacerdotisas de Dodona; a segunda está articulada às purificações e aos ritos contra as calamidades. A *possessão amorosa* ocupa o mais alto lugar no interior da série, imediatamente depois da loucura poética.

Esse elogio de Eros, um dos pontos centrais do *Fedro*, desemboca numa discussão sobre o lugar das palavras numa sociedade em que os "fabricantes de discursos" começam a proliferar: a questão dos valores aponta a orelha. Mas somos conduzidos, quase ao mesmo tempo, para um *delicioso desvio*: os frêmitos, as vozes sussurrantes e cheias de mistério que, desde o início desse diálogo, ameaçavam os interlocutores na paisagem maravilhosa, não foram ainda inteiramente exorcizados. Dos altos ramos, jorra a canção aérea da cigarra estridente: ela parece cair, dos céus flamejantes, sobre a água que murmura aos pés dos dois homens, invadidos, no torpor do verão, pelos ritmos da natureza, pela inércia intelectual. Um instante de "suspense" narrativo e filosófico: *vão consentir*? *Vão mergulhar, enfeitiçados, no sono do meio-dia profundo e luminoso*?

Sócrates, entretanto, não cede à sonolência; e é com os olhos bem abertos que ele ouve as obscuras vozes da Natureza: como o marinheiro esperto manobrando o barco num abismo de águas cintilantes, ele gira o leme dos discursos:

– "Passemos ao largo desse encanto, amigo...".

As cigarras cantam; e seu canto mistura-se ao reflexo das luzes nas águas trêmulas. Por alguns momentos ao alcance da melodia, o barco faz uma curva e se afasta; ouve-se, ao longe, o remo ritmando a volta à terra firme.

– "Evitemos o feitiço das cigarras. Pode ser que assim recebamos aquela graça, aquele privilégio que elas estão autorizadas pelos deuses a nos conceder... [...]"

– "Mas", pergunta Fedro, "que privilégio?"

O poeta torna-se vidente por meio de um longo, imenso e ponderado desregramento de todos os sentidos. *Todas as formas de amor, de sofrimento, de loucura; ele busca a si próprio, ele esgota em si todos os venenos, para deles guardar somente a quintessência. Inefável tortura, na qual ele precisa de toda a fé, de toda a força sobre-humana, na qual ele se torna, entre todos, o grande doente, o grande criminoso, o grande maldito – e o supremo Sábio! –, pois ele atinge o* desconhecido. *Porque cultivou a alma, já rica, mais do que ninguém! Chega ao desconhecido; e mesmo que, enlouquecendo, termine por perder o entendimento de suas visões, ele as viu!*[62]

– "Como pode um amigo das Musas ignorar essas coisas?" Com essas palavras, Sócrates repreende, amavelmente, o jovem Fedro, e explica: "Diz a lenda que outrora as cigarras foram homens, daquela espécie que existiu antes das Musas. Depois do nascimento das deusas melodiosas, alguns homens se perderam no prazer de cantar, a ponto de esquecerem o alimento e a bebida; e morreram, sem perceber, de inanição. Foram eles que deram origem ao povo das cigarras, recebendo das Musas o privilégio de poderem cantar – de garganta seca e estômagos vazios – até à morte. Ora, depois de mortos, eles se encontram com as Musas e lhes contam quem, na terra, lhes presta homenagens; e a quem, entre elas, a homenagem é feita. É isso que permite às Musas inspirar seus prediletos: Terpsícore olhará os amantes das danças, e Érato, por sua vez, os enamorados. Ora, Calíope, a primogênita, e Urânia, a caçula, protegem os homens que passam suas vidas no amor da sabedoria, honrando a maravilhosa música dessas duas Musas: o objeto de seu estudo são o Céu e as questões de ordem divina e humana. Tudo nos prova que devemos

[62] Id., ibid., p. 220. ("Le poète se fait *voyant* par un long, immense et raisonné *dérèglement de tous les sens*. Toutes les formes d'amour, de souffrance, de folie; il cherche lui-même, il épuise en lui tous les poisons, pour n'en garder que les quintessences. Ineffable torture où il a besoin de toute la foi, de toute la force surhumaine, où il devient entre tous le grand malade, le grand criminel, le grand maudit – et le suprême Savant! – car il arrive a l'*inconnu*! Puisqu'il a cultivé son âme, déjà riche, plus qu'aucun! Il arrive a l'inconnu, et quand, affolé, il finirait par perdre l'intelligence de ses visions, il les a vues!")

discutir filosofia, em lugar de dormir, na hora do meio-dia profundo!"[63]

As cigarras são, portanto, pequenos gênios musicistas, habitantes do espaço que existe entre os celestes e os mortais. São mediadoras; criaturas do intervalo. Ora, no *Banquete*, a tarefa do *daímon* é preencher esse vazio, enlaçando o Todo a si próprio, reconstituindo a unidade perdida que, sem ele, não poderia mais existir. "O deus, na verdade, não se mistura ao homem; só a natureza demoníaca torna possível esse comércio: seja durante o sono, ou na vigília."[64]

A missão das cigarras é reunir os homens aos deuses, reatando, no intervalo, as duas esferas desunidas do Todo? Por um instante, permanecemos um pouco perplexos com a vertiginosa seqüência de brincadeiras que o filósofo vai bordando na trama da cultura grega. *Primeiro*: não devemos ceder ao sopro da inspiração, evitando freqüentar os lugares onde, privilegiadamente, ela se manifesta; *segundo*: sob certos aspectos, as Musas são benéficas. Calíope e Urânia são até mesmo as patronas da filosofia, as geradoras dos discursos dialéticos; *terceiro*: existe um elemento mediador na ligação dos homens com as Musas – as cigarras, gênios intermediários. Cantando, no centro do meio-dia flamejante, elas ocupam a falha existente no Todo, enlaçando os mortais aos celestes.

No *Íon* – onde não há referência às cigarras –, a ligação do Poeta com as Musas é comparada ao efeito produzido pela *pedra de Hércules*, capaz, não somente de atrair anéis de ferro, mas, também, de comunicar-lhes seu poder magnético, de modo a formar, às vezes, imensas correntes. O rapsodo, intérprete do Poeta, é apenas um elo dessa cadeia que procede das Musas até chegar ao ouvinte. Há uma espécie de vibração, de *contaminatio* percorrendo os anéis; por intermédio do rapsodo, o ouvinte é atravessado, ele próprio, pelo sopro da inspiração.[65] E assim o mundo fica, subitamente, como que suspenso a um ritmo, no tempo, fora do tempo: ligado ao Centro, que é, também, um não-lugar.

[63] Cf. *Fedro*, 259b e segs.
[64] *O banquete*, 202 e segs.
[65] *Íon*, 533 e segs.

Mas aprendemos, nessa passagem do *Íon*, uma lição importante: somente a alma delicada e pura pode receber a mensagem das Musas e produzir, portanto, belas palavras, exercendo, de fato e de direito, a função de educadora da posteridade: ela cantará o princípio das coisas, e os feitos dos celestes e dos homens corajosos. A emoção poética é um fenômeno paidêutico, no sentido forte do termo.[66]

O astucioso filósofo lançou-nos, parece, num intrincado paradoxo: por quê, neste caso, fugir da inspiração e dos locais onde ela ronda à espreita, semelhante a um animal perigoso?

Devemos admitir, com alguns estudiosos de Platão, que ele procurou – por intermédio do mito das cigarras – substituir uma inspiração de caráter *inferior* (e socialmente arcaica; ligada à magia de certos locais, ao influxo de alguns poetas) por outro tipo de influência, procedente do alto, do mundo divino? A resposta deve ser afirmativa, mas não sei por que me deixa reticente.

*Acreditava-se perceber, nas cavernas profundas, um ruído de címbalos que denunciavam a proximidade do séquito de Diôniso ou da Grande Mãe; e Pompônio Mela (I, 3) refere o mesmo a respeito da caverna em que terminava o magnífico passo de Côricos, na Cilícia. Assombra aos que nela penetram com um soar de címbalos divinos [...]. O lugar é sublime, sagrado, e não somente se considera possível, como também se crê firmemente que é habitado por deuses; ali tudo oferece um aspecto venerável e anuncia a proximidade de algum deus (*nihil non venerabile et quasi cum aliquo numine se ostentat*).*[67]

No *Banquete*, Sócrates nos ensina a resistir ao Eros vulgar, dramatizado na figura de Alcibíades. No *Fedro*, ele afasta-se da magia dos ritmos, da embriaguez, do canto enfeitiçador das cigarras. O

[66] Cf. Werner Jaeger, *Paidéia*, p. 1.178 e segs.

[67] Jacob Burckhardt, *Historia de la cultura griega*, v. I, p. I, 66. Cf. p. 67, nota 100: "Na época de Pausânias (IX, 19, 4) acreditava-se que o templo de Micalesos, fechado todas as noites, era aberto por aquele Héracles que passava como 'Daktylo ideico'. A misteriosa história de Iodame (Pausânias, IX, 34, 1) testemuha que os deuses costumavam visitar à noite seus templos".

confronto dessas passagens parece indicar que existe ainda um ponto capital a ser compreendido (mas ignoro se estou "forçando" a lição): somente quem *vivenciou* a vertigem de Eros *e das Musas* pode pretender superá-las (*conservando-as*: finalmente, atingimos a dialética!) na caminhada rumo ao desvelamento do Ser. A posse da Verdade tornou-se uma *conquista*.

Essa Verdade, no mundo arcaico, era revelação. A Hesíodo, as Musas falaram de "coisas passadas, presentes e futuras". "As mesmas palavras", observa Cornford, "de que Homero se serve para descrever os poderes mânticos do vidente Calcas. E o que as Musas desvendam aos olhos do poeta é a origem do mundo e o nascimento dos deuses. As filhas da Memória recordam-lhe o próprio princípio dos tempos passados, de que o homem comum nada sabe a não ser o que ouve dizer."[68]

Como o adivinho e o rei que distribui justiça, o poeta diz a *Alḗtheia*. Recebendo seu tesouro de *Mnemosýne*, Memória, ele canta, a partir do início – *eks arkhê̄s* –, o que foi, é, e será; e assim o passado constitui-se, para ele, numa dimensão do além, na qual tem o direito de entrar e sair livremente:[69] na *Odisséia* o aedo solicita à filha de Zeus que inaugure seu canto onde lhe aprouver.[70] A narrativa do passado de uma comunidade é uma dimensão do seu presente que pode ser lida numa rapsódia, num verso ou simples nome.

A *Alḗtheia* a que o Poeta tem acesso é fundamento, suporte do que existe: conhecê-la é participar de, e reatualizar, na audição da palavra, o tempo das origens. Ignorado pela palavra que celebra e perpetua, o homem torna-se a presa de *Lḗthē*, o Esquecimento – não tem mais ser.

É na fonte do *Lḗthē* que as almas se desalteram, no momento da reencarnação, segundo o mito platônico; e então, caindo novamente

[68] F.M. Cornford, *Principium sapientiae*, p. 124.

[69] Jean-Pierre Vernant, "Aspects mytiques dela mémoire et du temps", in *Mythe et pensée chez les grecs*, I, pp. 83-4.

[70] *Odisséia*, I, 10: τῶν ἁμόθεν γε θεά, θύγατερ Διός, εἰπὲ καὶ ἡμῖν: "Of these things, goddess, daughter of Zeus, beginning where thou wilt, tell thou even unto us" (Trad. de A.T. Murray, um pouco diferente da proposta por Mazon: "Viens, ô fille de Zeus, nous dire, à nous aussi, quelqu'un de ces exploits").

na matéria, apaga-se na sua memória a visão das idéias contempladas no além.

Aprender seria, pois, rememorar, no jogo da relação Mestre-Discípulo, jogo ativado pela potência de *hímeros*, ao qual entretanto, o sábio deve resistir, transformando o desejo amoroso em mediador da Verdade; e aqui as maiúsculas se impõem. Despertar o Discípulo, retirá-lo do *não-lugar* em que repousa, estático, possuído pela canção das cigarras, eis o desafio de Mestre, que se oferece a si mesmo como vítima exemplar nesse ritual pedagógico: por duas vezes, um ritmo demoníaco invade as palavras de Sócrates, no momento em que profere palavras fundadas na Mentira – é por essa falha que a inspiração penetra no discurso, descentrando o locutor.

Tendo recobrado dois vinténs de razão – isto passa depressa! –, vejo que meus incômodos decorrem de não me ter apercebido bastante cedo de que estamos no Ocidente. Os pântanos ocidentais! Não que eu creia estar a luz alterada, extenuada a forma, desviado o movimento... Bom! eis que meu espírito quer realmente encarregar-se de todos os desenvolvimentos cruéis que o espírito experimentou desde o fim do Oriente... É o que ele pretende, meu espírito![71]

[Certamente, Sócrates revela, no *Fédon*, sua própria *atopia*:[72] extra-vagante, ex-cêntrico, ele é aquele que não pode ser situado de forma precisa no território da cultura, na cidade, no universo dos valores. Atopia, entretanto, metodológica, como não tardamos a compreender: a *errância (fora dos muros da cidade; além dos lugares-comuns*) é programada, é uma disciplina. Simulando a perdição, o mestre passa por ingênuo; e afasta o discípulo do centro – do não-lugar –, onde ressoa obscuramente o canto das cigarras. Proclama

[71] Rimbaud, *Uma temporada no inferno*. In: *Iluminações. Uma temporada no inferno.* ("M'étant retrouvé deux sous de raison – ça passe vite! – je vois que mes malaises viennent de ne m'être pas figuré assez tôt que nous sommes à l'Occident. Les marais occidentaux! Non que je croie la lumière altérée, la forme exténuée, le mouvement égaré... Bon! voici que mon esprit veut absolument se charger de tous les développements cruels qu'a subis l'esprit depuis la fin de l'Orient... Il en veut, mon esprit!")

[72] *Fedro*, 229c.

sua insciência, multiplica os percursos, mas esconde – como Fedro o discurso de Lísias – uma cópia do plano do labirinto na dobra do manto.

Seria a dialética socrática uma espécie de errância, submetida ao controle do sábio? De qualquer forma, uma tarefa unicamente possível no jogo verbal da relação Mestre-Discípulo: os caminhos se bifurcam, estendem-se e prolongam-se, no confronto das idéias, num enlace de argumentos. E sendo embora o *condutor*, nem sempre o filósofo encontra a porta de saída; e a discussão esbarra às vezes numa *aporia*: no insolúvel. Não sei se muitos, num tempo obcecado por certezas como o nosso, apreciam esses diálogos que se fecham bruscamente diante da ausência de uma porta.

Mas Sócrates recomeça e volta a procurar uma saída, no jogo infinito das conversações aparentemente banais; como os caminhos, os conceitos se bifurcam de novo, num contraponto de vozes. E aqui Platão lança, através de Sócrates, uma condenação da escrita,[73] o que parece aproximá-lo, de forma singular, do poeta arcaico, ele próprio cantor das melodias que recebia das Musas. Como a pintura, a escrita é um simulacro; imita discursos verdadeiros, é puro artifício. Não encerra o pensamento vivo, não responde, se a questionamos; não sabe a quem se dirige. Não fecunda.

Grande foi a sabedoria do rei Thamus de Náucratis, ao condenar a invenção da escrita, obra de Thot. Esse deus, cujo emblema era um pássaro, o íbis, descobriu – além de um heteróclito conjunto constituído pelo cálculo, a geometria, a astronomia, o gamão e o jogo de dados – os signos da escrita, os quais ofereceu a Thamus como presente, explicando tratar-se de um "remédio" (em grego, *φάρμακον = phármakon*) contra o esquecimento. Respondeu-lhe o soberano: "Tu ofereces aos homens um "veneno" (outro sentido, em grego, da palavra *phármakon*), pois o resultado do conhecimento da escrita será, para quem o tiver adquirido, o de tornar a alma desmemoriada, pois a memória deixará de ser exercida: confiando

[73] Id., ibid., 275d e segs.

no escrito, os homens vão remorar as coisas 'por fora', graças às marcas exteriores, e não 'por dentro', graças a eles mesmos".[74]

Por que o possuidor da ciência do belo e do bem iria escrevê-la com tinta nas águas que fluem?[75] Só a palavra viva fecunda. Que se use a escrita somente para celebrar, na lembrança, aquilo que foi: um tempo, uma pessoa.

O phármakon *socrático também age como um veneno, um tóxico, uma picada de víbora (217-218). E a picada socrática é pior que aquela das víboras, pois seu rastro invade a alma. O que há de comum, em todo caso, entre a fala socrática e a poção venenosa é que elas penetram, para se apossar, na interioridade a mais oculta da alma e do corpo. A fala demoníaca desse taumaturgo arrasta para a* manía *filosófica e para os transportes dionisíacos (218b). E quando não age como o veneno da víbora, o sortilégio farmacêutico de Sócrates provoca uma espécie de* narcose, *entorpece e paralisa na aporia, como a descarga do torpedo (*narké*).*[76]][77]

Vimos, no início do *Fedro*, um rapaz prisioneiro da fascinação dos discursos mentirosos; iluminado, ele contamina um filósofo que produz, também ele, palavras falsas, nas quais irrompem, com súbita violência, jorros de melodias: com uma máscara no rosto, tornara-se ele a presa fácil da inspiração, isto é, de um delírio provocado pelas Musas. O filósofo então desconfia, resiste, compreende ser necessário romper a corrente que o prendia a Fedro, preso a Lísias, atado, esse, à Não-Verdade.

Como fazê-lo? Reconhecendo, antes de tudo, a potência do verbo poético.

***

[74] Id., ibid., 274c e segs.

[75] Id., ibid., 276c.

[76] Jacques Derrida, *A farmácia de Platão*, p. 66.

[77] Esses parágrafos estrategicamente colocados entre colchetes não passam de um *escólion* que invadiu o "texto principal", incorporando-se a ele. Tentei deletá-los, nesta segunda edição do livro, hesitei, acabei por conservá-los.

Homero nos diz que, enquanto as sereias cantavam com suas vozes admiráveis, o coração de Odisseus era penetrado pelo desejo, e ele suplicava aos companheiros que o soltassem – os marujos, porém, com os ouvidos fechados com cera, podiam curvar-se sobre os remos e remar com mais força; dois dentre eles se levantaram para apertar os laços que o prendiam ao mastro.

O navio passou ao largo, e nunca mais se ouviu o grito das sereias, ou seu canto harmonioso.[78]

Outono. Nossa barca vogante nas brumas imóveis ruma para o porto da miséria, a cidade enorme do céu, manchado de fogo e lama. Ah! os andrajos apodrecidos, o pão ensopado de chuva, a embriaguez, os mil amores que me crucificaram![79]

Interlúdio: Disciplinas

Jacques Rivière[80] declarou, certa vez, a respeito de Rimbaud: "sua missão consistia em nos desorientar". É a mesma tarefa que a si próprio tinha imposto Lautréamont: extraviar o leitor nas páginas abruptas dos *Cantos de Maldoror*. (Antes que a comparação possa acontecer, abro estes parênteses: onde parecem realizar um encontro, bifurcaram-se, a partir de um momento da nossa história, o caminho do Poeta e o do Filósofo. Embora solicitem ambos, do companheiro de viagem, sob o disfarce de uma *flânerie* inconseqüente, o imenso rigor da disciplina.)

Disciplina, palavra que na Idade Média designava uma espécie de chicote feito de cordinhas ou de pequenos anéis, usado na (auto)flagelação, significa hoje, adequadamente, regra de conduta própria aos membros de uma corporação – militar, educativa,

[78] *Odisséia*, XIII.

[79] Rimbaud, *Uma temporada no inferno*, in *Iluminações. Uma temporada no inferno.* ("L'Automne. Notre barque élevée dans les brumes immobiles tourne vers le port de la misère, la cité énorme au ciel taché de feu et de boue. Ah! les haillons pourris, le pain trempé de pluie, l'ivresse, les mille amours qui m'ont crucifié!")

[80] Apud Friedrich, op. cit., p. 60.

religiosa. Sua finalidade: manter, por meio de códigos rigorosos, a ordem impecável – na caserna, na escola, nos conventos. Ou nos subterrâneos do Marquês de Sade, onde cada gesto, cada crime obedece a um sistema absolutamente impositivo.

Nos *Diálogos*, Platão parece indicar não haver nada mais estranho ao poeta – criatura muitas vezes comparada por Sócrates à abelha colhendo mel aqui e ali – que a disciplina: "o poeta não está em condição de criar antes de ser inspirado por um deus, fora dele, e de perder o uso da própria razão; enquanto guarda essa faculdade, todo ser humano é incapaz de fazer obra poética ou de cantar oráculos".[81] "O poeta", ensinará, mais tarde, Clemente de Alexandria,[82] "tudo o que escreve com entusiasmo e sopro sagrado, é, sem dúvida, belo", doutrina já resumida, aliás, na *Apologia de Sócrates*:[83] o saber poético não procede da *sophía*; é um dom natural; liga-se à *phýsis*.

Tudo parece indicar, entretanto, que, para os gregos, a inspiração só poderia agir se encontrasse um homem preparado para recebê-la: a vidência deve ser precedida por um longo percurso, uma tortuosa aprendizagem: uma iniciação, no sentido forte da palavra. O poeta precisa ter acesso, antes de tudo, ao tesouro de mitos ou lendas conservado pelas gerações anteriores; seu canto nasce de um rascunho, por assim dizer, de temas fabulosos. Impõe-se, ao mesmo tempo, a difícil aprendizagem de uma "dicção formular", comportando o emprego de expressões tradicionais, de combinações de palavras fixadas, de receitas protocolares de versificação. Os catálogos de navios e soldados da *Ilíada*, às vezes enfadonhos nas traduções, têm, naturalmente, uma função primeira: conservar na memória o que foi, a lembrança dos guerreiros e lugares gloriosos.[84] Mas visam, igualmente, em momentos estratégicos da narrativa, à criação de melodias, no frêmito da linguagem – são poesia, no sentido próprio da palavra.

[81] *Íon*, 534b.
[82] *Tapeçarias*, VI, 168.
[83] 22ac.
[84] Vernant, "Aspect mytiques de la mémoire et du temps", op. cit., pp. 83 e segs.

O aedo dispunha de um arsenal de exercícios mnemotécnicos e praticava a repetição de longas passagens aprendidas de cor;[85] e talvez não se tratasse apenas de armazenar enredos na memória, mas também de aprender a humilde submissão à vertigem do puro significante, ou à linguagem como música. Acontecia, então, o milagre: "colocando o pé no ritmo" – explica Sócrates no *Íon* [86]– "ele perde o uso da razão". Estaria aí segredo da teoria helênica da inspiração? A linguagem e a cadência têm que ser provocadas, por meio de uma disciplina rigorosa, embora o verdadeiro poeta seja um escolhido – sempre – e não o ignore; embora saiba que *otro – un Dios – es el que hiere de brusca luz nuestra labor oscura.*

"O ritmo", escreve Octavio Paz, "não é apenas o elemento mais antigo e permanente da linguagem, como também não é difícil que seja anterior à própria fala. Em certo sentido, pode-se dizer que a linguagem nasce do ritmo ou, pelo menos, que todo ritmo implica ou prefigura uma linguagem."[87] Mas recordemos aqui, para exorcizá-la definitivamente, a teoria que reduz todo poema, no circuito de comunicação, à simples espessura do significante: se ritmo é sintaxe,[88] todo verso é mantido por uma tensão absoluta, sempre na iminência de se desfazer – *ritmo, imagem e significado se apresentam simultaneamente em uma unidade indivisível e compacta.*

Conta-se que Djélal-Ed-din, o Mevlana, o Bem-Amado, havia, não inventado, mas descoberto a dança ritual dos dervixes um dia em que caminhava pela cidade: ouvindo o ruído de martelos numa oficina de ourives, fora inspirado pelo ritmo das batidas e realizara ali mesmo, na rua, uma dança ritual, o *sema*: o dervixe rodopia, uma das mãos voltada para o alto, a outra para a terra; e enquanto seus gestos e passos reproduzem os movimentos do orbe celeste, ele se esvazia de si mesmo e entra no ritmo cósmico do divino ourives.

[85] Íon, 534b.
[86] Id., ibid., 534a.
[87] *O arco e a lira*, p. 82.
[88] Henri Meschonnic, *Pour la poétique, I*, p. 68 e segs.

Se neste momento "é falso dizer: eu penso", se "deveriam dizer: pensam-me", seria um equívoco, entretanto, assimilar o dervixe rodopiante a um poeta como Rimbaud; e a experiência desses dois místicos, no sentido forte da palavra, diverge também radicalmente da aventura do verbo vivida na Grécia arcaica: dizendo a palavra eficaz, o aedo instaura o mundo; o moderno compõe suas litanias na falha, no vazio do lugar onde as cigarras não cantam mais.

À espera dos cânticos do Amanhã, profanemos, pois, a Memória e as Musas, num ritual severo, sinistro, insuportável – trata-se de tornar a alma monstruosa, à maneira dos *comprachicos*, que deformam com um canivete o rosto de crianças roubadas:[89]

Vênus Anadiômene

Como de um caixão verde em latão, uma cabeça
De mulher, cabelos escuros fortemente untados,
De uma velha banheira emerge, devagar e tola,
Com os seus défices bastante mal dissimulados;

Depois, um pescoço gordo e pardo, omoplatas largas
Que sobressaem; o dorso curto que entra e que sai;
Depois, os redondos rins parecem querer voar;
A gordura sob a pele se mostra em folhas chatas;

A espinha é avermelhada, e o conjunto exala um cheiro
Horrível, estranhamente; nota-se, sobretudo,
Singularidades que devem ser vistas à lupa...

Sobre os rins, duas palavras gravadas: CLARA VÊNUS;
– E este corpo se move e estende o enorme traseiro
Sinistramente belo com uma úlcera no ânus.[90]

[89] Rimbaud (na carta a Paul Demeny, *Œuvres complètes*, p. 219): "Trata-se de tornar a alma monstruosa: à maneira dos *comprachicos*! Imagine um homem implantando e cultivando verrugas em seu próprio rosto".

[90] Rimbaud, *Poésies complètes*, p. 29 ("Comme d'un cercueil vert en fer blanc, une tête/ De femme à cheveux bruns fortement pommadés/ D'une vieille baignoire émerge, lente et bête,/ Avec des déficits assez mal ravaudés;// Puis le col gras et gris, les larges omoplates/ Qui saillent; le dos court qui rentre et qui ressort;/ Puis les rondeurs des reins semblent prendre l'essor;/ La graisse sous la peau paraît en feuilles plates;// L'échine est un peu

O filósofo nos tinha conduzido – devagar como um *flâneur* que dispõe do seu tempo, e entre discursos bifurcantes – até aquela armadilha encantada onde cantam as cigarras, e que ele nos ensina a enfrentar. Rimbaud exige de nós um salto: atravessando um arco de melodias, eis-nos às margens do abismo: aqui, nada de cânticos.

A missão do poeta: desorientar.

Devemos ser totalmente modernos.
Nada de cânticos: não arredar o pé do terreno conquistado. Dura noite! o sangue ressequido fumega no meu rosto, e nada tenho atrás de mim a não ser este horrível arbusto!... O combate espiritual é tão brutal quanto a batalha entre os homens; mas a visão da justiça é o prazer só de Deus.[91]

A canção das cigarras

Na medida em que estão articulados a uma potência, *Díkē*, Justiça, o poeta, o rei sábio e o profeta enunciam a palavra verdadeira; e porque participa da *phýsis*, ela atua sobre o mundo – se, contudo, for autenticada por um ato de fé: sem o reconhecimento de outrem – sem *Pístis* – os discursos se esvaziam, não têm potência sobre os seres. *Pístis* é Confiança, uma potência aristocrática, observa Marcel Detienne,[92] ligada indissoluvelmente a toda uma concepção arcaica de magia e sedução dos discursos.

rouge, et le tout sent un goût/ Horrible étrangement; on remarque surtout/ Des singularités qu'il faut voir à la loupe...// Les reins portent deux mots gravés: CLARA VENUS;/ – Et tout ce corps remue et tend sa large croupe/ Belle hideusement d'un ulcère à l'anus.").

[91] Rimbaud, *Uma temporada no inferno*, in *Iluminações. Uma temporada no inferno.* ("Il faut être absolument moderne. Point de cantiques: tenir le pas gagné. Dure nuit! le sang séché fume sur ma face, et je n'ai rien derrière moi, que cet horrible arbrisseau!... Le combat spirituel est aussi brutal que la bataille d'hommes; mais la vision de la justice est le plaisir de Dieu seul.")

[92] A reflexão sobre os *Mestres de Verdade* está, neste capítulo, na dependência do livro de Marcel Detienne, *Les maîtres de vérité dans la Grèce archaïque*.

Pois *Persuasão*, exercício do verbo sobre o outro, é um aspecto necessário de *Alḗtheia*: por trair um juramento, conspurcando assim a *pístis*, a confiança de Apolo, Cassandra – profetisa que diz a verdade (*ἀληθόμαντις = alēthómantis*) – foi privada ao mesmo tempo do dom de convencer. Sua palavra perde a capacidade de agir sobre os homens; e esse esvaziamento da potência do verbo oracular é tão grave que, mesmo sendo eficaz, Cassandra não consegue mais dizer senão "palavras vãs" (*ἄκραντα = ákranta*) ou, ainda, "não confiáveis": sem *Peithô*, ela está, ao mesmo tempo, alienada de *Pístis*.[93]

Lautréamont é talvez, entre os modernos, o poeta que desejou mais profundamente recuperar a força primitiva dessa palavra mágico-religiosa. Os *Cantos de Maldoror* são um exercício perpétuo de poder sobre o mundo, sobre o outro: desde a referência, na estrofe liminar do livro, ao texto assimilado a um "caminho difícil", a um percurso através de pântanos desolados e cheios de veneno, até o fecho do pequeno "Romance de Mervyn", que expulsa o leitor para o mundo, onde ele deve procurar sua própria personagem, transformada em ossos lavados pela chuva.[94]

Lautréamont tem a consciência de estar encarregado de uma tarefa difícil, de ter sido eleito para dizer uma verdade que transformará o mundo: essa verdade, entretanto, ele mesmo a procura incessantemente, na angústia dos abismos, numa solidão assustadora. Ele canta na ausência dos deuses, e, como Fernando Pessoa sob a máscara de Álvaro de Campos, ouve a voz de Deus num poço tapado.

Vamos, e dir-te-ei – e tu escuta e leva as minhas palavras,
Os únicos caminhos da investigação que existem
[para pensar:
Um, o caminho que é e não pode não ser,
É a via da Persuasão, pois acompanha a verdade;

[93] Id., ibid., p. 62.

[94] A respeito de Lautréamont: Maurice Blanchot, *Lautréamont et Sade*; Marcelin Pleynet, *Lautréamont par lui-même*; Jean Peytard, *Lautréamont et la cohérence de l'écriture*; Laymert Garcia dos Santos, "Lautréamont e a agonia do leitor", "Folhetim" (*Folha de S. Paulo*, 1 maio 1983), Cláudio Willer, "O astro negro", prefácio a Lautréamont, *Obra completa*, pp. 13-4.

O outro, o que não é e é forçoso que não exista,
Esse, digo-te, é um caminho totalmente impensável.
Pois não poderás conhecer o que não é (isso é
[impossível),
Nem declará-lo, pois a mesma coisa existe para
[pensar e para ser.[95]

Alḗtheia foi revelada a Parmênides junto aos "portões da Noite e do Dia, encimados por um lintel e, por baixo, com pétrea soleira"; o sábio ali pôde escolher, entre dois caminhos contrários, o certo, pois, com o divino, que nos orienta, "aprendemos tudo o que a razão, sem a ajuda dos sentidos, pode deduzir do Ser. Ele é como uma esfera, único, indivisível e homogêneo, intemporal, imutável e, visto que o movimento é em si próprio uma forma de mudança, imóvel também". Passar da Verdade à Aparência é o mesmo que – Simplício[96] interpreta desta maneira os versos de Parmênides – deslocar-se dos "objetos da razão para o objeto dos sentidos" (*ἀπὸ τῶν νοητῶν ἐπὶ τὰ αἰσθητά = apó tôn noētôn epì tà aisthētá*). Eis o que ocorre nesse movimento: de *Alêtheia*, deslizamos para *Dóxa*, a *Opinião*: para o Caminho da Aparência, onde *tudo não passa de nome*.[97]

"Praza ao Céu" – escreve Lautréamont na abertura dos *Cantos* – "que o leitor, tornado audaz e momentaneamente feroz, à semelhança do que lê, encontre, sem se desorientar, seu caminho abrupto e selvagem através dos lodaçais desolados destas páginas sombrias e cheias de veneno [ ]. Ó alma tímida, antes de penetrares mais longe em tais domínios inexplorados, dirige teus calcanhares para trás e não para a frente [ ]." A esta frase, o poeta articula duas comparações: "[ ] para trás e não para a frente, como os olhos de um filho que se afasta respeitosamente da contemplação augusta da face materna;

[95] Parmênides, fr. 2.
[96] Parmênides, fr. 8. Simplício, *Phys.*, 30, 14, in G.S. Kirk e J.E. Raven, *Os filósofos pré-socráticos.*
[97] Parmênides, fr. 8.

ou, antes, como um ângulo, ao longe, de friorentos grous em grande meditação [ ]".[98]

Se aceitou o pacto de leitura proposto pelo escritor, a alma tímida – o leitor – já está contaminada: como um torrão de açúcar pela água, foi sorvida pela página venenosa, profanou com os olhos a augusta face materna e agora faz parte daquele bando de grous friorentos voando lá no alto – é personagem de Lautréamont, pura escritura, e voa, assustado, em direção a um vento estranho e forte, precursor da tempestade.

Mas esse encontro com algo inaudito é momentaneamente adiado – no espaço de um branco textual –, pois "o grou mais velho, que por si só forma a vanguarda, [ ] abana a cabeça como uma pessoa sensata [ ] e, manobrando com asas que não parecem maiores que as de um pardal, como não é estúpido, toma assim outro caminho mais filosófico e mais seguro".[99]

Segundo dizem, se eu for justo, mas não o parecer, não tiro proveito nenhum, mas sim penas e castigos evidentes. Para o homem injusto, que saiba granjear fama de justiça, a sua vida diz-se que é divinamente boa. Portanto, "uma vez que a aparência", como me demonstram os sábios, "subjuga a verdade", e é senhora da felicidade, é para esse lado que devemos voltar-nos por completo. Tenho de traçar um círculo à minha volta, como uma fachada e

[98] Lautréamont, *Os cantos de Maldoror*, Canto I. Procedi a pequenas alterações nessa, de um modo geral, boa tradução: "dirige teus calcanhares"; "ângulo", etc. ("Plût au ciel que le lecteur, enhardi et devenu momentanément féroce comme ce qu'il lit, trouve, sans se désorienter, son chemin abrupt et sauvage, à travers les marécages désolés de ces pages sombres et pleines de poison [...] âme timide, avant de pénetrer plus loin dans de pareilles landes inexplorées, dirige tes talons en arrière et non en avant [...]. [...] en arrière et non en avant, comme les yeux d'un fils qui se détourne respectueusement de la contemplation auguste de la face maternelle; ou plutôt, comme un angle à perte de vue de grues frileuses méditant beaucoup...").

[99] Id., ibid.: "La grue la plus vieille et qui forme à elle seule l'avant-garde, [...] branle la tête comme une personne raisonnable [...] et, manoeuvrant avec des ailes qui ne paraissent pas plus grandes que celles d'un moineau, parce qu'elle n'est pas bête, elle prend ainsi un autre chemin philosophique et plus sûr".

frontaria, uma imagem de virtude, e arrastar atrás de mim a raposa matreira e astuciosa do muito sapiente Arquíloco.[100]

Na *República* de Platão, o jovem, prestes a entrar no mundo, contempla assim os caminhos que se abrem diante dele. Numa seqüência maravilhosa de imagens, desenha um círculo em torno de si próprio e, vestindo a pele da raposa sutil e astuciosa, escolhe a Via da Aparência. "Temos mestres de Persuasão", diz ele, "para nos darem a ciência das arengas e do foro, com cujos recursos havemos, ora de persuadir, ora de exercer a violência, de tal maneira que satisfaremos as nossas ambições sem termos de pagar a pena."[101]

Parece que nos encontramos a uma distância vertiginosa do caminho parmenídeo da verdade: ele excluía, decisivamente, Aparência, e incluía apenas a boa Persuasão. Pouco tempo, contudo, havia se passado entre os discursos dos dois mestres: quando o filósofo de Eléia esteve em Atenas (refere Platão em *Parmênides*, 127a), hospedara-se na casa de Pitodoro, no Cerâmico. "Ali compareceram Sócrates e vários outros, na esperança de ouvirem ler o tratado de Zenão, pois era a primeira vez que Parmênides e Zenão o traziam a Atenas. Sócrates era ainda muito jovem, na altura."

Uma crise tinha gerado no solo da Grécia – no espaço de poucos séculos – transformações radicais e em cadeia, atingindo todas as esferas da vida espiritual e material. É tamanha, entretanto, a escassez de documentos, que os sábios hesitam em apontar as necessárias articulações dessas rápidas mudanças na vida com os nos meios de produção: seguramente, recordam Michel Austin e Pierre Vidal-Naquet, Teógnis (c. 520 a.C.) deplora o advento dos *maus* (os novos ricos), instalados na cidade à custa dos *bons* (os aristocratas); "mas ele quase nada nos explica sobre o fundamento econômico dessa transformação".[102]

No plano das instituições, ocorre este evento decisivo que é a emergência – talvez no processo de cristalização das antigas cidadelas

[100] Platão, *A República*, 365bc, na tradução de Maria Helena da Rocha Pereira.

[101] Id., ibid., 365d.

[102] Michel Austin e Pierre Vidal-Naquet, *Économies et sociétés en Grèce ancienne*, pp. 70-1.

micênicas – da pólis, sobre a qual temos registros datando do século VII a.C: trata-se de "um grupo, ora restrito, ora mais amplo, de cidadãos [...] que constitui o grupo dirigente [...]; esse grupo choca-se às realidades da época e as transforma".[103]

Um tipo original de comunidade, surgindo, tenta escapar às forças do arbítrio e às potências que a transcendem: nascimento do direito humano, entrada em cena do legislador, esse homem que exerce uma atividade pública e profana – política – indispensável à pólis. Signo dessa evolução é a reforma hoplítica, ocorrida no curso século VII: o cidadão combatendo em grupo torna-se o reflexo militar da cidade,[104] cuja defesa deixa de ser o privilégio da aristocracia.

Delineia-se, dessa maneira, a imagem do homem livre: o cidadão. Imagem ligada, paralela e indissoluvelmente, a uma série que lhe é antitética e, de certo modo, ajuda a explicá-la: o não-cidadão, o estrangeiro à comunidade, *o outro*. A pólis arcaica institui a noção do homem que não tem direitos: o escravo-mercadoria. Ele é inseparável do desenvolvimento da cidade; é uma extensão da idéia de democracia.[105]

Não estando assim previamente determinados, o lugar do cidadão na comunidade e sua liberdade espiritual passam a ser o fruto de uma conquista: no interior dos muros, o tempo cíclico dos mitos e os ritmos divinos não explicam a ordem desse mundo novo. Entre Verbo e Ser, uma fratura se cava; é o momento da ação humana, *o tempo da contingência*.[106]

Colocado simbolicamente por Platão numa encruzilhada entre Verdade e Aparência, o jovem ateniense *moderno* não hesita: escolhe o Caminho da Raposa, a arte complicada de dominar o outro com a palavra furta-cor, com um discurso que seduz e engana. Um tempo humano emerge no combate e no jogo das palavras – no *ágon* –, medindo um plano do real que exclui, de certa maneira, *Alḗtheia*.

[103] Id., ibid., p. 68.
[104] Id., ibid.
[105] Id., ibid., pp. 68-9.
[106] Detienne, op. cit., p. 114.

Esse tempo é outro porque o ambíguo, deixando de ser a união dos "contrários complementares", torna-se uma síntese de contrários "contraditórios":[107] urge aprender – os jovens atenienses sabem disso – o manejo da palavra eficaz, nas situações fugidias.

Nesse universo vertiginosamente instável, o filósofo de tipo platônico imporá entretanto a si próprio a tarefa de "distinguir, na linguagem, o estável do não-estável, o permanente do fluente, o 'verdadeiro' do falso":[108] a Verdade é conquista e não Revelação, é ponto de chegada de um percurso bifurcante, árduo, dialético.

Mas quem coloca esse processo ascencional em movimento é um demônio, uma criatura da falha – Eros: atuando entre Mestre e Discípulo, nas armadilhas da cumplicidade, das contradições, dos belos corpos.

Como é bonito este rapazinho sentado num banco do jardim das Tulherias! Um homem, movido por oculto desígnio, vem sentar-se a seu lado, no mesmo banco, com modos equívocos. Quem será? Não preciso de o dizer, pois ireis reconhecê-lo pela sua tortuosa conversa. Ouçamo-los, não os perturbemos.[109]

Submetido à estranha força de atração que emana dos belos corpos, o mestre de estilo socrático impõe a si próprio o dever de resistir, embora esse primeiro momento de fascínio seja indispensável na constituição da relação pedagógica: ele cria laços e permite a ascensão progressiva da *alma tímida* rumo ao Céu das Idéias, onde reina, absoluta, a essência da Beleza, sinônimo do Bem Supremo. Amor e Logos fundem-se no caminho para o alto, na conquista gloriosa; belas palavras geram belos pensamentos:

[107] Id., ibid,, p. 124.
[108] Id., ibid., p. 139.
[109] Lautréamont, *Os cantos de Maldoror*, Canto II, estrofe 6. ("Cet enfant, qui est assis sur un banc du jardin des Tuilleries, comme il est gentil! Un homme, mû par un dessein caché, vient s'asseoir à côté de lui, sur le même banc, avec des allures équivoques. Qui est-ce? Je n'ai pas besoin de vous le dire; vous le reconnaîtrez à sa conversation tortueuse. Écoutons-les, ne les dérangeons pas.")

– Em quem estás tu a pensar, menino?

– Estava a pensar no céu.

– Não pecisas de pensar no céu; já basta pensar na terra. Estás cansado de viver, tu que ainda há pouco nasceste?

– Não, mas todos preferem o céu à terra.

– Ah, mas eu não. É que, se o céu foi feito por Deus, como a terra, podes estar certo de que encontrarás lá os mesmos males deste mundo. Depois de tua morte, não serás recompensado segundo os teus méritos, porque, se forem injustos contigo aqui na terra (como mais tarde hás de sê-lo por experiência), não há qualquer razão para que o não sejas também na outra vida. O melhor que tens a fazer é não pensares em Deus e fazeres a tua própria justiça, visto que os outros ta recusam. Se um dos teus colegas te ofendesse, não gostarias de o matar?[110]

Maldoror avança entre *Peithô* e *Pístis*, multiplicando ritmos encantadores e cadências hipnóticas; inventa armadilhas e as desfaz, num jogo incessante: à tentação do sono – maravilhoso em seu horror – segue-se o inevitável despertar, a denúncia da retórica condutora do texto. Os *Cantos* parecem realizar, assim, a utopia que perseguem: o jorro da linguagem constitui um cosmos turbilhonante, auto-suficiente, e prossegue, apoderando-se de todas as formas de discurso: é poema lírico e epopéia, folhetim e romance, teatro, página de jornal, anúncio de utilidade doméstica – palavra em sua pureza absoluta. O leitor interroga uma página, um signo, e erguem-se, vertiginosas, as grandes sombras: Homero, Virgílio, Dante, Baudelaire... Senhor desse universo monstruoso, diabolicamente consciente em sua

[110] Id., ibid. ("– A quoi pensais-tu, enfant?/ – Je pensais au ciel./ – II n'est pas nécessaire que tu penses au ciel, c'est déjá assez de penser à la terre. Es-tu fatigué de vivre, toi, qui viens à peine de naître?/ – Non, mais chacun préfère le ciel à la terre./ – Eh bien, pas moi. Car, puisque le ciel a été fait par Dieu, ainsi que la terre, sois sûr que tu y rencontreras les mêmes maux qu'ici-bas. Après ta mort tu ne seras pas récompensé d'après tes mérites; car, si l'on te commet des injustices sur cette terre (comme tu l'éprouveras, par expérience, plus tard), il n'y a pas de raison pour que, dans l'autre vie, on ne t'en commette non plus. Ce que tu as de mieux à faire, c'est de ne pas penser à Dieu, et de te faire justice toi-même, puisqu'on te la refuse. Si un de tes camarades t'offensait, est-ce que tu ne serais heureux de le tuer?")

inconsciência, Lautréamont conduz o discípulo para o ritual de extermínio que fecha as páginas do livro: amarrado a uma corda, ele é catapultado para fora da linguagem, para o mundo. Aquele que não tiver aprendido a lição de Maldoror permanecerá prisioneiro dos *Cantos*, girando eternamente nos círculos concêntricos de frases que atraem e repelem. Para sempre, como um bando de estorninhos rodopiando num turbilhão imantado de signos – porque não soube acompanhar o vôo retilíneo dos grous viajantes.

O combate – o *ágon* – de Lautréamont nos conduz ao *apagamento* de Maldoror, contrapartida de sua vitória, como a contemplação das Essências é o signo do fracasso de Platão. De um lado, é necessário renunciar à linguagem, para penetrar no mundo dos homens e transformá-lo – pelo trabalho? –, aguardando o advento das maravilhosas auroras, a amizade refeita entre Palavra e Ser. De outro, a negação do devir, da contingência e do tempo humano são a intelutável condição de acesso à esfera rarefeita das Idéias imutáveis.

O rosto de Proteu

[...] o acaso, vencido palavra por palavra, indefectivelmente, o branco volta, há pouco gratuito, agora certo, para concluir que nada além e autenticar o silêncio –

Mallarmé, "O mistério nas letras"

1. O texto fragmento

Vestígios

Luís II, amigo das Musas e Príncipe do país de Apolinaire, acreditava possuir, em seus domínios, um fantástico tesouro arqueológico, composto por figuras exumadas, no começo do século XIX, entre as ruínas de um templo dórico construído em Egina e consagrado a Afaia, divindade local.

As esculturas já haviam passado, entretanto, por rigoroso processo de restauração, obra de um artista dinamarquês que, tendo cortado e polido todas as peças, as reagrupara, a seguir, de acordo com sua visão neoclássica da Grécia antiga.

As escavações dirigidas por Furtwängler em Egina, no final do século e, mais recentemente, por Ohly – que mandou retirar os acréscimos feitos por Thorwaldsen –, permitem-nos sonhar com o que deve ter sido o esquema original do conjunto: "uma revelação", escreve Martin Robertson,[1] "Héracles disparando o arco, do frontão leste, ilustra a beleza dessas figuras".

Mas ninguém conseguirá, nunca mais, apagar a passagem das mãos geladas do escultor dinamarquês sobre os mármores helênicos: eles guardarão sua marca, até voltarem ao pó.

***

Sobre uma rocha, bêbado – dormindo e, talvez, sonhando –, uma figura de rapaz, nua e sem pudor, talhada no maravilhoso mármore de Pérgamo. Essa estátua colossal é finíssima cópia de um bronze do século II ou III ou, como pensam alguns historiadores da arte, escultura original do século I a.C.

[1] Martin Robertson, *Uma breve história da arte grega*, p. 51.

No período barroco, ela foi profundamente restaurada: as intervenções (praticadas, ao que parece, por artistas "menores" e não, como se acreditou durante certo tempo, por Bernini) incluíam, entre outros detalhes, toda a perna direita e o antebraço esquerdo pendente.

Mas o idioma poético do Seiscentos havia conseguido enlaçar-se, no gesto do deus que se entrega à agonia do sono, às próprias tensões do período helenístico: retirados recentemente, os acréscimos tiveram que ser recolocados no lugar, a tal ponto pareciam "naturais" e pertencer, de fato e de direito, ao *Fauno de Barberini*.[2]

***

Não sabemos como era a cabeça, que falta,
De pupilas amadurecidas. Porém,
O torso arde ainda como um candelabro e tem
Só que meio apagada, a luz do olhar, que salta,

E brilha. Se não fosse assim, a curva rara
Do peito não deslumbraria, nem achar
Caminho poderia um sorriso e baixar
Da anca suave ao centro onde o sexo se alteara.

Não fosse assim, seria essa estátua uma mera
Pedra, um desfigurado mármore, e nem já
Resplandecera mais como pele de fera.

Seus limites não transporia desmedida
Como uma estrela; pois ali ponto não há
Que não te mire. – Força é mudares de vida.[3]

A flecha suspensa

Folheando o texto de Safo de Lesbos numa edição inglesa de 1925. Apenas signos gregos, muitos deles harmoniosos, constituindo,

[2] Hoje em Munique, Staatliche Antikensammlungen und Glyptothek. Cf. Robertson, *A history of Greek art*, v. 1, pp. 534-5.

[3] Rainer Maria Rilke, "Torso arcaico de Apolo", apud Otto Maria Carpeaux, "Nota sobre Rilke", in *Retratos e leituras*, p. 27 [trad. de Manuel Bandeira].

porém, estranhas cacofonias semânticas. Os espaços brancos devoram as páginas. Os sentidos resistem, entre incertas frases, cujo começo e fim não podem ser entrevistos. Subitamente:

] *falando dos pombos, Safo diz que*:
o frio lhes trespasssa o coração
e, encolhendo as asas [[4]
[
]
por que, filha de Pândion, ó doce andorinha][5]
[
]
por que, [ó Irana,] andorinha, filha de Pândion[[6]
[

]
] núncio da primavera,
rouxinol, acorde de amor[[7]

[
]
] em Kreta era assim que as mulheres dançavam,
ao som de músicas, cercando o altar sagrado,
pés delicados sobre as flores tenras da relva [[8]
[ ]
a Lua já se pôs, as Plêiades também;
é meia-noite;
a hora passa, e eu, deitada estou,
sozinha [[9]
[ ]
as ervilhas, áureas, despontavam nas margens [[10]

[4] LP 42.
[5] LP 135.
[6] Outra leitura possível de LP 135.
[7] LP 136.
[8] LP (I) 16.
[9] Não incluído em LP. Frag. 168 B, in Campbell, *Greek lyric*.
[10] LP 143.

[

]
crivo de flores, a terra coroada de brilhos[11]
[
]
plena, rompia no céu a lua brilhante,
quando, em torno do altar as mulheres, reunidas [[12]

[

]
igual ao jacinto nas montanhas,
sob o pé dos pastores calcado [[13]

Um comparante: a significação é entrevista, vai se constituir; não: é o vôo de uma flecha suspensa no ar:[14]

[ ]

igual à maçã que amadurece, doce e vermelha,
no alto do mais alto ramo, esquecida pelos colhedores
– não! que eles não puderam alcançar [[15]

[ ]

Manuel Bandeira conta, já não me lembra onde, que seus alunos costumavam rir, quando ele comentava certas passagens dos *Cânticos dos cânticos*: "teu pescoço é igual à torre de David...". Se todo símile procura tecer ligações (*minha amada é linda como a flor dos campos*)

[11] Não incluído em LP. Frag. 168 C, in Campbell, op. cit.
[12] Frag. 154, in Campbell, op. cit.
[13] LP 105 (c).
[14] A imagem da "flecha suspensa", aplicada aos fragmentos de Safo, ocorreu-me à releitura de notas tomadas durante um seminário de M. Charolles ("Structures des *Illuminations*"), realizado em Besançon (17/01/1973), no quadro de um doutorado em Lettres Modernes orientado por Jean Peytard.
[15] LP 105 (a).

entre sujeitos, no interior de uma cultura, aqui, o rei hebreu levantava, entre os jovens brasileiros e o professor-poeta, uma torre de incompreensão, mais dura que os pilares erguidos por Lautréamont na estrofe dois do Canto IV de Maldoror. É claro que posso aprofundar (cavar ou perverter) as comparações: não muito, se quiser permanecer nos limites do texto clássico, onde a palavra *como* é chamada a estabelecer cumplicidades, reforçando o *eu* na ilusão de ser ele próprio o constituidor de suas falas: a personagem central desta história (da História).

Três mil anos depois de Homero, a subjetividade e a leitura vão se estilhaçar na surpresa – na maravilha – dos *beau comme* de Lautréamont: no Canto VI de Maldoror, Mervyn, o adolescente inglês, é *belo como o encontro casual, sobre uma mesa de dissecação, de uma máquina de costura e de um guarda-chuva.*

Depois do poeta, entretanto, veio a psicanálise; e vieram os surrealistas, transformando a comparação ducassiana em grito de guerra. E veio Salvador Dalí. Perturbada por um instante, a superfície dos discursos volta à serenidade, e o leitor (culto por definição) reencontra a inteireza do "*eu*": recuperado, o símile de Lautréamont está inscrito no museu das vanguardas: *nenhuma imagem me parece capaz de ilustrar mais "literalmente", de uma maneira mais delirante, Lautréamont e os* Cantos de Maldoror *em particular, do que a que foi realizada há cerca de setenta anos por Jean-François Millet, esse pintor incomensuravelmente incompreendido. É precisamente o mil vezes famoso* Angelus *de Millet que, no meu entender, equivaleria na pintura ao bem conhecido e sublime "encontro fortuito, sobre uma mesa operatória, de uma máquina de costura e de um guarda-chuva".* [ ] *Se a "terra lavrada" é a mais literal e a mais vantajosa de todas as mesas operatórias conhecidas, o guarda-chuva e a máquina de costura seriam transpostas no* Angelus *em figura masculina e figura feminina, e todo o mal-estar, todo o enigma do encontro proviriam sempre, segundo a minha modestíssima opinião, das particularidades autênticas contidas nas duas personagens, nos dois objetos, donde deriva todo o desenvolvimento argumental, toda a tragédia latente do encontro e da sua atmosfera expectante. O guarda-chuva – tipo de objeto surrealista de funcionamento simbólico –, devido ao seu flagrante e bem conhecido fenômeno de erecção, não pode ser outro senão a figura masculina de* Angelus *que, como me farão o favor de se recordar, procura dissimular, no quadro, o seu estado de erecção (sem conseguir outra coisa senão pô-lo em evidência) mediante a posição envergonhada e comprometedora do seu próprio chapéu. Em frente dele* [ ][16]

Mas, de repente, no texto fragmentado de Safo, reencontramos as tensões do símile, e sua estranheza; *son pouvoir de retardement*, segundo a bela expressão de Henri Meschonnic.[17] Na ablação do comparado, na incerteza do contexto, flutuam sujeito e história: momento de agonia. Delicioso equívoco: fingimos recuperar, no estilhaçamento do leitor na leitura, a diferença, a outridade do texto arcaico.

Ruínas

Safo de Lesbos, fragmento de papiro do século III d.C:[18]

]TYKHHOISA
]THÉL ONTAPAÍSAN
] .ESON NÓEMMA
]ÉTON KÁLEMI
]PEDÀ TYMON AÎPSA,
]OSSA TYKHEN THELÉSE [S
]R ÉMOI MÁKHESTHA [I
]LIDÀNAI PÍTHEISA [N
]I, SY EY GÀR OÎSTHA
]ÉTEI TA [.] LE..
]K. AS

[16] Salvador Dali, "*O Angelus* de Millet", in Franco Fortini, *O movimento surrealista*, pp. 137-9.
[17] Henri Meschonnic, *Pour la poétique*, v. I, p. 122.
[18] LP 60.

Combater

]
]
]
]
]
]
] combater [comigo (?)] [contra mim (?)]
]
pois bem sabes
]
]

No mesmo papiro:[19]

..]ON MA.[
K]AÌ TOYT'EPIKE.[
D]AÍMON OLOPH.[
OY MÀN EPHÍLE.[
NYN D'ÉNNEKA[
TÒ D'AÍTION OYT[
OYDÈN PÓLY [.] [

Na linha 3 deste fragmento, a palavra DAÍMON se impõe, com seus significados de "deus" e de "divindade intermediária": o gênio que faz a ligação entre céu e terra. E nos ocorre imediatamente a imagem do daímon soprando nos ouvidos do filósofo, cercado pelos discípulo às vésperas da morte: "Escreve poesia... Escreve poesia, Sócrates!"

E como não fugir (numa leitura "distraída") às conotações cristãs? DEMÔNIO –

Na mesma linha 3:

[19] LP 67.

OLOPH:
"Funesto" [?] –
"Que se lamenta" [?] –

Uma voz, de repente, num jorro de música. Maria Callas, ato I da *Alceste* de Glück:

> Divinités du Styx, ministres de la mort!
> Je n'invoquerai point votre pitié cruelle!

D]AÍMON OLOPH[
[uma divindade funesta]
[um deus que se lamenta]

No mesmo papiro:[20]

]. GÁR M'APY TÀS..[
]MOS D'EGEN[
]ÍSAN THÉOISIN [*Iguais*
]ASAN ALÍTRA *a deusas*]
]DROMÉDAN [.] . AKS[
]AR[...]. A MÁKA [IR] A
].ON DÈ TRÓPON A[.] . YNE[ ]
]KÓRON OY KATISKHE.[
]KA [.....]. TYNDARÍDAI [S
]ASY [.] ..KA [.]KHARÍENT'A. [[*Andromeda*]
]K'ÁDOLON [M]EKÉTI SYN[
]MEGÁRA. .. NA ... A [*Mégara*]
[*Tyndárides*]

Uma constelação de nomes? São pessoas, na trama dos mitos e da poesia? As boas edições da lírica de Safo nos recordam sempre, quando transcrevem esse fragmento, que:

> ANDROMEDA era, segundo Máximo de Tiro, uma das rivais de Safo;

[20] LP 68.

MÉGARA, uma de suas companheiras, de acordo com o *Suda*;
TYNDÁRIDES, "os filhos de Tvndaro", são Castor e Pólux.

Campbell[21] propõe a seguinte tradução para o fragmento:

... for me from... yet became... (her) like the goddesses... sinful... Andromeda... blessed (goddess)... character... not restrain insolence ... sons of Tyndareus... graceful... guileless no longuer... Megara... (tender?)...

Mas como esses patronímicos (Andromeda, Mégara, Tindárides) pertencem também ao universo da mitologia e da astronomia, a trama da fábula se apodera imediatamente deles,

[TYNDARO, segundo a tradição mais antiga, é filho de Èbalos e de Gorgóphona, filha de Perseu e Andromeda.
MÉGARA: filha de Kreonte, rei de Tebas, casou-se com Hérakles que restabeleceu o trono do rei Týndaro.]

e as imagens de uma lanterna mágica vibram na lembrança,

[Leda dormia como uma rainha morta. De repente, enormes asas desdobradas vieram derramar sobre ela um perfume de ambrosia...]

[ ]

as narrativas proliferam,

[Mulher de Týndaro, rei de Esparta, LEDA lhe deu dois filhos mortais, CASTOR e CLYTEMNESTRA. De Zeus, que a possuiu sob a forma de um cisne, ela gerou dois filhos imortais, PÓLUX e HELENA, a heróina fatal de Tróia...]

outra imagem se impõe:

[21] Op. cit., v. I, p. 107.

> [Uma Leda quatrocentista, obra talvez de um discípulo de Leonardo, corpo nu, triunfante, e sorriso ambíguo como o de um São João perverso...].

A lanterna mágica se apaga e, quando se acende de novo, o vento que estava folheando um manuscrito, se detém nesta página, onde a passagem das traças rasgou longas, profundas lágrimas:

> Anaxágoras, em seu tratado *Da natureza*, diz que o que se chama de *leite de pássaro* é o branco dos ovos. Aristófanes: *No começo, a noite pôs um ovo claro*. Safo torna trissilábica a palavra ovo (ᾠόν = *ōión*)
>
> *Contam que Leda encontrou um dia,*
> *por folhas de jacinto coberto,*
> *um ovo*[22]
>
> ou, ainda:
>
> *mais branca que o ovo*][23]

E a lanterna mágica desenha, então, um firmamento na memória: a constelação do hemisfério boreal, ANDROMEDA; e a constelação de Gêmeos, CASTOR e PÓLUX:

[ ]
] iguais a deusas [
A]dromeda[

Tyndárides [

]Mégara [ ] [ ] [

Nos mesmos restos de papiro do século III:[24]

[22] LP 166. (O texto citado é de Ateneu de Náucratis, II, 57.)
[23] LP 167.
[24] LP 65.

...].. A [...]And[ROME]da
. .] ROME[
...]. ELAS[
ROTENNEME[
PSÁPHOI, SEPHÍL[ ]a Psappho
KYPROI B. SIL [ ]Kypris
KAÍTOI MÉGA D. [
.SSOIS PHAÉTHON [ ]Phaêton
PÁNTAI KLÉOS [
KAÍ S'ENN AKHÉR[[AKHER]onte

ANDROMEDA designa, aqui, a rival de Safo. Ou uma figura mítica? AKHERONTE é uma metonímia do Reino dos Mortos, figurado por um de seus rios.
Em Hesíodo (*Teogonia*, 988 e seguintes), PHAÊTON designa um gênio noturno ligado a "Afrodite que ama os sorrisos": ela o roubou e foi-se, "e dele fez, em seus templos divinos, um guardião das noites do santuário". Trata-se, pois, de um gênio noturno, ligado à deusa do amor, mas conservando o seu caráter luminoso, pois ele é a ESTRELA DA TARDE.

Informações que pulsam na memória, impondo-se, naturalmente, ao leitor, ao tradutor – que percebem, entretanto, a possibilidade de reconhecer, em *φαέτων = phaétōn*, não a Estrela da Tarde ou um gênio noturno, mas uma forma verbal: "resplandecendo", "brilhando":

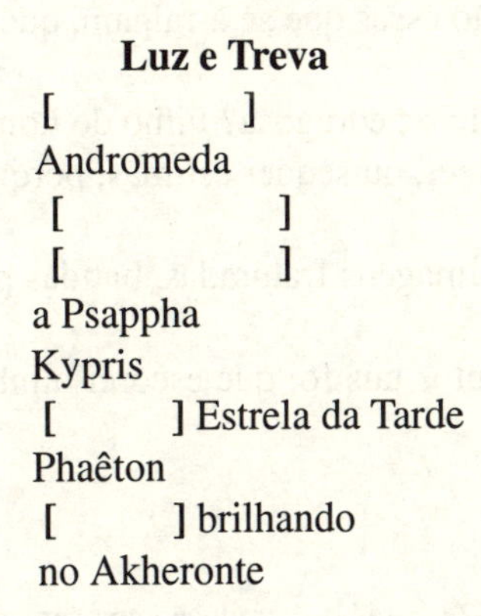

***

Na leitura do *fragmento 68* (inscrita – provocação ingênua – na trama da fábula e da poesia), recorri, expressamente, a manuais de mitologia pouco apreciados pelos sábios, e até ao *Petit Larousse*. Não tive, por um momento sequer, a ilusão de estar transcrevendo o *poema* numa escritura moderna: dispersão e concentração; polifonia; errância dos temas, alusões, constelações vagando à maneira das sombras, no Reino dos Mortos; a perda da unidade da consciência no jogo das palavras que turbilhonam. Fiz exatamente o contrário disso, criando um texto que é, em suma, pobremente acadêmico.

Todo um arsenal de *pequenos saberes* foi convocado para que um sentido se projetasse sobre os "versos", transformando os signos – vestígios pontuais numa página roída pelo tempo – no rascunho de um *discurso acabado*: em alguma coisa indicando um possível "ciclo de Helena de Tróia" na poética de Safo de Lesbos. Trabalho nem sequer de restaurador, mas de "antiquário-arqueólogo", com todas as más conotações que a expressão pode ter. Apoiados numa curta enciclopédia banal (o mesmo aconteceria, se tivéssemos utilizado "grandes" ensaios de história da religião), os fragmentos uniram-se, em lugar de rodopiar; o sujeito, igualmente, ganhou uma ilusão de unidade, de fixidez, de coincidência consigo próprio e com o universo cultural onde equivocadamente acredita ainda existir. Uma leitura nos antípodas de "Terra devastada" (e, contudo, Eliot foi obrigado a cercar seu poema de notas explicativas); o contrário da modernidade:

> Que raízes são essas que se arraigam, que ramos se
> [espalham
> Nessa imundície pedregosa? Filho do homem,
> Não podes dizer, ou sequer estimas, porque apenas
> [conheces
> Um feixe de imagens fraturadas, batidas pelo sol.
> [ ]
> Com fragmentos tais foi que escorei minhas ruínas.[25]

[25] "Terra devastada", I, 19-22; v. 441. A tradução apresentada é de Ivan Junqueira, sob o título "A terra desolada", in T.S. Eliot, *Poesia*.

Lustra

Spring...
Too long...
Gongula...

Estes versos de Pound fazem parte de um livro publicado em 1916, sob o título de *Lustra*, palavra que significa, em latim – lembra Haroldo de Campos[26] no estudo em que recolho grande parte das informações contidas neste item –, "sacrifícios de expiação ou de purificação". O impacto provocado pelo misterioso "fragmento" – chamado, por Pound, de "Papyrus" – era ainda sensível em 1949, quando Robert Graves, romancista e poeta helenizante, publica, contra ele, uma diatribe famosa:

"Quando a poesia modernista, ou aquilo que, não faz muito tempo, passava por poesia modernista, chega até o ponto em que a composição [acima: "Papyrus"] do senhor Ezra Pound é apresentada como sendo um poema, há alguma justificativa para o leitor comum e o crítico ortodoxo, quando estes se recusam a tomar em consideração o que quer que seja denominado (em sentido pejorativo ou numa acepção aprobatória) 'modernista'. *Que ou quem é Gôngula? É o nome de uma pessoa? De uma cidade? De um instrumento de música? Ou é um termo botânico obsoleto, na acepção de 'esporos'? Ou se trata de um equívoco por Gôngora, o poeta espanhol de cujo nome formou-se apalavra 'gongorismo', significando 'uma elegância afetada de estilo'?* E por que 'Papyrus'? Trata-se de um fragmento de papiro real? De um imaginário? Ou dos pensamentos do senhor Pound sobre um fragmento real ou imaginário? Ou a respeito de a primavera parecer tão longa em razão dos esporos (gôngulas) dos caniços de papiro? Antes do que responder a qualquer destas perguntas, e cair no engodo vexatório de extrair muito de pouco, *o leitor retira-se para um terreno mais seguro* [...]".[27]

[26] Haroldo de Campos, "Tradução: fantasia e fingimento", "Folhetim", Suplemento da *Folha de S. Paulo*, 18 set. 1983, pp. 6-7.

[27] Id., ibid. Sublinhado por mim.

... para um terreno mais seguro... Com palavras quase idênticas, Lautréamont provoca seu leitor, confrontado, na abertura dos *Cantos de Maldoror*, com o caminho pantanoso, abrupto e selvagem que se abre diante dele. "Ó alma tímida, antes de penetrares em tais domínios inexplorados, dirige teus calcanhares para trás e não para a frente." É impressionante que Robert Graves, *scholar* e poeta dos mais sensíveis, tenha escolhido assumir o papel da "alma tímida", ao fazer sua leitura *regressiva* dos versos de Pound: com os calcanhares para trás, ele caminha e se afasta da modernidade, mas contemplando-a até perdê-la de vista. Ganhando a tranqüilidade de *um terreno mais seguro*, ele escreve as frases que citei acima. E insisto na afirmação de que ele escolheu fazer esse tipo de leitura: na respiração irônica de suas perguntas – *Gôngula é uma pessoa? Trata-se de um fragmento de papiro real? A respeito de a primavera parecer tão longa*? – ele pôde entrever – para perdê-lo (deliberadamente?) – o segredo da pequena peça de Ezra Pound. Pois o leitor terá reconhecido, em Gôngula, uma das grafias possíveis do nome de uma das companheiras de Safo: Gonghyla. Grande conhecedor da poesia antiga, Graves não ignorava esse dado que junto ao título – "Papyrus" – poderia constituir um ponto de partida, um índice para elucidar o misterioso "fragmento". Restam, evidentemente, as outras palavras:

spring...
too long...

O enigma, escreve Haroldo de Campos, foi resolvido por Hugh Kenner, em 1971:

"O que Safo de Lesbos concebeu, certa ocasião, em Mitilene, – ultrapassa qualquer possibilidade de reconstituição; a única prova de que ela alguma vez o tenha imaginado é um pedaço de uma cópia em pergaminho feita treze séculos mais tarde; num canto superior, à esquerda, a erudição, com auxílio da química, põe a descoberto algumas letras; os tipos (in *Berliner Klassikertexte*, V-2, 1907, pp. 14-15), com poder decisório talvez despistador, substituem essas letras pelo seguinte:

.ra [...
dérat [...
Gonghyla [...

[...] Muito possivelmente, na forma indicada pelas edições modernas, teríamos o primeiro aoristo do verbo 'levantar' (conjecturalmente *er'a*), mais uma palavra desconhecida, e o nome de uma jovem do círculo de Safo. Ou, se você se recordar de *er* em Alceu e Íbico, a contração para 'spring', e derivar a palavra desconhecida de *derós*, 'too long', e escrever:

Spring...
Too long...
Gongula...

para em seguida encimar a pequena peça engenhosa com o título 'Papyrus', destinando-a a um livro de poemas chamado *Lustra*, como exemplo para homens em processo de renascença. E ficar décadas à espera de que alguém a decifre".[28]

Ezra Pound captura o misterioso fragmento de Safo e o transforma em outro enigma, cuja decifração não se completa, naturalmente, nas informações colhidas no ensaio de Kenner. Em língua portuguesa, Haroldo de Campos continua o processo, relendo a tradução contida em *Lustra*. Prefiro citar suas palavras a parafraseá-las: e purifiquem-se dessa forma, e, ao mesmo tempo, leitor e autor deste livro, pelas ingênuas reconstruções das "ruínas" da lírica de Safo, contidas em páginas anteriores a estas:

.ra [...]
dérat. [...]
Gônghyla [...]

Pound, precipuamente, traduziu aqui o movimento de uma figura fônica: o deslocar de RA em RAt e o seu projetar-se em gonguLA, mediante a conversão da consoante líquida /r/ em /l/, com um efeito

[28] Id., ibid.

de coliteração. Redesenhou essa figura em inglês contra um tênue bastidor semântico: uma recordação de primavera (spriNG), que a ausência da pessoa amada (goNGula) tornara insuportavelmente longa (loNG), sem esquecer outras reverberações: o /u/ de TOO, o / l/ e o ONG de LONG repercutindo em GONGULa; o jogo das líquidas /r/ e /l/; o /g/ aliterante reforçado por nasalização. A 2ª e a 3ª linhas do minipoema (TOO LONG / GONGULA) praticamente se embutem uma na outra, como no fragmento sáfico R'A em DERAT. Mas E. P. foi mais adiante. Rasurou a "origem" do poema, escondendo-o sob o título "Papiro". Este bem poderia acobertar uma "antiquarização" ilusória do contemporâneo [...], *para não subscrevermos qualquer das "atônitas" suposições de R. Graves, levado à obtusidade pelo ânimo polêmico ou pela manifesta má vontade* [...]. *Mas poderia, ainda, dissimular um procedimento voluntário de modernização "imagista" de um presumível fragmento clássico, ou mesmo sua "japonização" descontextualizadora. Em qualquer hipótese, o efeito de "ruína", desmistificador da recepção "plena", idealizadora, "objetiva", da herança da antigüidade, estaria sendo enfatizado.*[29]

***

Como todos sabem, o *palimpsesto* é uma superfície – papiro e, mais freqüentemente, pergaminho – da qual um texto foi removido, a fim de permitir a reutilização do espaço primitivo. É muito raro que possa comportar duas escrituras sucessivas, após o apagamento da primeira, em geral realizado segundo este processo descrito num códex medieval: permanecendo de molho no leite, durante uma noite inteira, o manuscrito é, em seguida, polvilhado com farinha e deixado a secar sob pressão, antes de ser cuidadosamente polido com pedra-pomes e giz: entregando, assim, às novas palavras, uma página branca e nova.

Para trazer de volta à luz o texto original, os cientistas ainda utilizavam, há algumas décadas (a informatização transformou

[29] Id., ibid.

também, e profundamente, a técnica de recuperação de textos antigos) reagentes químicos que, como o hidrossulfato de amônia, eram temporariamente eficazes (*eis que uma página do* De Republica *vem à tona de um comentário dos* Salmos), mas poderiam causar danos permanentes no espaço onde tinham sido aplicados: sobrenadavam diante de nossos olhos (um instante, alguns anos) as grandes unciais do primeiro texto, em duas colunas, e a seqüência de frases do segundo, numa escritura pequena e delicada; e se esvaíam os dois, roídos pelos ácidos, destruídos, queimados por reagentes químicos.

***

Quando tentamos apagar, num manuscrito antigo, as sucessivas inscrições do tempo, acabamos por encontrar apenas isto: rigorosamente nada. Os reagentes químicos revelam e destroem, umas depois das outras, as palavras, e acabam consumindo a página, desfeita numa seqüência de descobertas e perdas: revela-se, apenas, o que existe de precário e vão na procura de um *texto primeiro e íntegro*, resultado do apagamento da passagem dos séculos sobre a obra do poeta. Mas, quando a tentamos recuperar na própria afirmação de seu devir e na sua emergência entre os fragmentos da modernidade, a lírica dos velhos tempos afirma-se *outra*, numa estranheza absoluta: ela resiste e nos entrega a nós mesmos: ouvimos a voz do poeta Ezra Pound:

SPRING...
TOO LONG...
GONGULA...

Ou a do poeta Augusto de Campos:

DOMINGO...
TÃO LONGO...
GÔNGULA...[30]

[30] Ezra Pound, "Papyrus", *Poesia*, p. 96.

***

Os sábios não nos contam que palavras recobriam, no pergaminho antigo, o

ERA...
DÉRAT...
GÔNGHYLA...

que os helenistas modernos atribuem a Safo de Lesbos: as lições de um santo? E que sentido poderia ter aquele fragmento antes de Pound, que fixou o sentido que ele tem para nós? E que sentido ele tem fora do livro moderno, em que abre "uma *suite* de mais quatro outras composições, onde transposições e paráfrases de Safo e Catulo entremeiam-se a alusões à *pastorella* de Guido Cavalcanti, às mulheres de Swinburne e às prostitutas de Baudelaire (este último tríptico de citações alusivas convocado apenas para debuxar o instantâneo de uma 'balconista' ou 'caixeirinha' londrina no poema 'Shop Girl'"?[31]

***

Um método permite escapar, na leitura do palimpsesto, aos inconvenientes provocados pela química moderna: a fotografia em ultravioleta.

Certas substâncias reagem com mais intensidade ao ultravioleta e, às vezes, os remanescentes da tinta original de um pergaminho – invisíveis a olho nu – provocam a anulação da energia luminescente do material que a eles subjaz, de forma a enegrecer o escrito anterior num pano de fundo fluorescente: imagem extraordinária de um texto antigo, surgindo – rabisco de carvão, coisa queimada – no resplendor provisório das palavras que, para existirem, haviam apagado anteriormente o poema e agora se transformam em luz, condição da existência de umas palavras precárias:

[31] "Tradução: fantasia e fingimento", cit.

ERA
DÉRAT
GONGHYLA

(Entretanto: essa luz precisa conter os treze séculos passados entre o *floruit* do poeta e o registro dos versos no pergaminho:

]ERA
]DÉRAT
]GONGHYLA

e deve abarcar também – na forma de ausência –, junto ao que foi destruído, tudo aquilo que foi acrescentado, pelo tempo, ao pergaminho:

]ERA[
]DÉRAT[
]GONGHYLA[:

leitura sob a forma de luz e de rastros de carvão na luz: no breve instante que antecede a fotografia.)

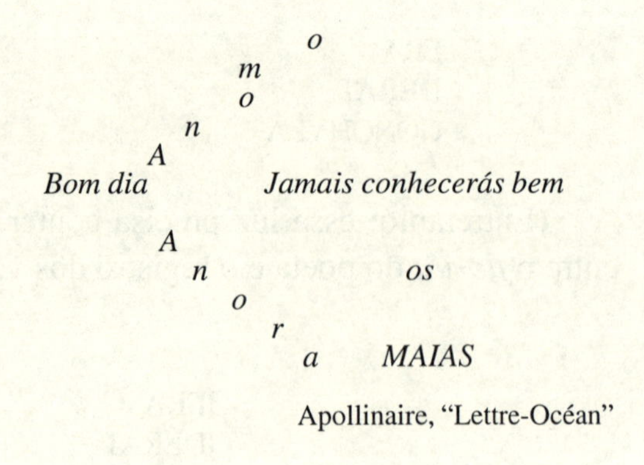

Apollinaire, "Lettre-Océan"

2. A maçã do mais alto ramo

Um retrato da Poeta

> Uma noite, eu me lembro... Ela dormia
> Numa rede encostada molemente...
> Quase aberto o roupão... solto o cabelo
> E o pé descalço do tapete rente
> [ ]
> [ ][32]

Como nesses versos de Castro Alves, cuja amante tem um nome, gostamos de encontrar, nos fragmentos de Safo, a transcrição de pequenos dramas pessoais, um pouco perversos às vezes, e radicalmente únicos: *o cântico da amiga ausente, o desejo da morte, a pequena Dika tecendo guirlandas de flores...*

É igualmente sedutor ver desenhar-se, em outros fragmentos, uma figura humana muito forte e altiva; talvez um pouco paradoxal:

> [
>] os que me condenam, que o vento e suas aflições
> os carreguem[33]

[32] Castro Alves, "Adormecida", in Wilson Lousada (org.), *Cancioneiro do amor*, p. 105.
[33] LP 37.

[

] não sei o que escolher:
em mim, há dois intentos[34]
[
[
] mas eu não sou dos malignos
por temperamento: tenho um coração silencioso e sereno[35]
[
] os que são meu bem-querer, esses
me trazem dores [[36]

. . .

] ah, eu sei disso,
muito bem[37]
[

***

A imagem da mulher que é filha, e mãe: laços de parentesco:

[costumava dizer] minha mãe:

na sua juventude, era um belo
ornamento ter as tranças
presas numa [fitinha] purpúrea;

]
mas a moça de cabeleira
mais loura que as flamas

fica melhor usando grinaldas
tecidas com botões de flores –
uma fita, não faz muito tempo,

[34] LP 51.
[35] LP 120.
[36] LP 26.
[37] LP 26.

de cores alegres, vinda de Sardes
] cidades jônias [
]

eu não tenho para ti, ó Kleís,
nem sei onde encontrar, uma fitinha
de cores alegres; mas [ ] os mitilenos

[
[
[

estas memórias dos filhos de Kleánaks
[
terrivelmente devastadas [

Seriam ilusórias – provocadas pelo contexto fragmentário – as imagens de perda e desamparo que se levantam à leitura desses versos? Existe, aqui, uma referência aos eventos políticos, ao exílio de Safo, à angústia da mãe que, não podendo oferecer à filha nem sequer uma fita bordada, vê surgir na memória o fantasma de sua própria mãe?

] eu não tenho para ti, ó Kleís,
nem sei onde encontrar, uma fitinha
de cores alegres [

***

Em outros textos, é possível rastrear uma forma de *sagesse*, um tesouro gnômico:

[
sou pequena
para alcançar o céu com as mãos [[38]

[38] LP 52.

[ ]
para mim, nem o mel, nem as abelhas[39]
[
[
não revolvas pedras miúdas[40]
[
riqueza sem nobres virtudes não é vizinho inofensivo
[mas, unidos, trazem os dois felicidade][41]
[
[
quando se agitam no peito as paixões,
é bom ter cuidado com a língua tagarela[42]
[ ]
[ ]
o belo tem a duração do olhar;
mas é belo, hoje e para sempre, o nobre[43]
[
[

***

A imagem, muito forte, da mulher implacável com os inimigos:

] morta jazendo na terra,
ninguém te lamentará, ninguém vai de ti se lembrar:
não compartilhastes das rosas
da Piéria – imperceptível até no reino do invisível Hades,
um sopro errante tu serás entre obscuros mortos [[44]

***

[39] LP 146.
[40] LP 145.
[41] LP 148.
[42] LP 158.
[43] LP 50.
[44] LP 55.

Mulher que a si mesma se descreve *delicada, de coração suave*, a poeta não ignora, entretanto, uma a ironia às vezes cruel: já a encontramos zombando, num fragmento de conteúdo amargo, da pobre mocinha incapaz de prender, graciosamente, o vestido acima dos tornozelos. E um sorriso talvez esteja presente, também, nuns versos que Safo de Lesbos teria dirigido "a um homem formoso e excessivamente admirado por seu aspecto":[45]

] pára [ ] [se és meu amigo]
e faz brilhar a alegria dos olhos.[46]

(É verdade que a tradução – a leitura – dessas palavras roídas pelo tempo é extremamente difícil: três edições rigorosas do texto de Safo propõem três fragmentos diferentes; Campbell, por exemplo:

Stand (before me?), if you love me, and spread abroad the grace that is on your eyes.)[47]

***

Um gosto pela zombaria, fundamentalmente grego, parece atravessar a poética de Safo; e, segundo Máximo de Tiro, que a compara também sob este aspecto a Sócrates, ela teria se dirigido, certa vez, a uma de suas rivais, dizendo:

] à filha dos Polyanaktidas, repetidas saudações [.[48]

O texto de Máximo de Tirio equipara esse *bom-dia* àquele dirigido pelo filósofo ao rapsodo Íon, na abertura do diálogo do mesmo nome; sabe-se que, na seqüência, o declamador de poemas será demolido pela ironia socrática.

***

[45] Ateneu, 13, 564.
[46] LP 138.
[47] Campbell, 138.
[48] LP 155.

E, se as restaurações estão corretas, encontramos, em outro fragmento, um gesto de impaciência com a rival, num verso em que a própria linguagem estremece:

] mála dé kekoreménois
Ghórghos

] mas que supremo desgosto
de Górghos.[49]

***

Muito mais difícil, entretanto, é situar o Eros sáfico nas palavras da própria poeta: a questão faz surgir imediatamente pontos de interrogação, como os que, pontuando as margens dos velhos manuscritos greco-latinos – *pudica? impudica?* –, repercutem nos gabinetes dos sábios helenistas, e chegam a produzir complicadas *anamorfoses* nas traduções dos fragmentos, chamados a comprovar ora a sensualidade ora a absoluta pureza dos sentimentos de Safo em relação às amigas – e aos homens.

Todos se lembram de que Aristóteles,[50] ao estudar os lugares-comuns para o elogio, cita uns versos que atribui a Alceu, e anota a resposta que lhe teria sido dada por Safo:

quero dizer-te uma coisa, mas me tolhe
o pudor [

. . .

fosse, o teu, um desejo por algo nobre e bom,
não te estalassem na língua umas palavras feias,
nenhum pudor velaria os teus olhos
[e o que é certo tu dirias].[51]

[49] LP 144.
[50] *Retórica*, 1.367a.
[51] LP 137.

Delicada é a história desses versos. Dois elementos significativos a reter: a fascinação exercida, no imaginário dos gregos, pela cena de confronto *erótico*; o fato de a resposta ser atribuída a Safo. Voltemos a contemplar a *cena* gravada na superfície do vaso de Munique:[52] o homem inclina a cabeça diante da mulher e ela tem uma expressão séria, severa mesmo. Para o artista que traçou os dois "retratos", Alceu poderia estar recitando, tanto quanto a confissão da "vergonha", uns versos que, segundo a tradição, ele teria escrito para Safo de Lesbos:

] Sappho coroada de violetas, pura, sorriso de mel [.[53]

A palavra ἄγνα = *ágna* ("pura") signifca também, em grego, "santa" ou "sagrada"; pertence a um contexto religioso e, com essa intenção, é utilizada no *Prometeu* de Ésquilo (281), dizendo respeito à luz. É um epíteto geralmente aplicado a objetos ou lugares dedicados aos deuses; aos bosques, por exemplo (*Hino homérico a Hermes*, 1.877). Na *Odisséia*, Ártemis é *ágna*: pura, casta.

Já foi moda tentar explicar a lírica de Safo a partir de suas castas relações com as amigas, no círculo sagrado do *thíasos* da ilha de Lesbos: a sensualidade intensa dos fragmentos desmente essa interpretação. Uma sensualidade luminosa, na qual se pode ler um desejo expresso na total coincidência consigo próprio. Assim, é também inútil apelar para o conceito de *transgressão* – ou de *lesbianismo*, no sentido moderno da palavra – quando pensamos nas relações amorosas – *eróticas* – na lírica de Safo: ela é *pura*, como é pura também a Luz, filha da Noite.

***

Qual o papel representado pelo homem no universo tão radicalmente feminino de Safo de Lesbos? Ele é presença forte nos epitalâmios: versos em que o poeta forçosamente se apaga para

[52] Cf., neste ensaio, pp. 129-30.

[53] Alceu (LP 384).

permitir a emergência dos noivos e da circunstância matrimonial. O homem é figura decisiva no poema citado no Pseudo-Longino: constituindo, entretanto, um contraponto ideal do poeta, que é, por sua vez, o lugar do amoroso, ocupado, indistintamente, por homem ou mulher.

***

O gramático Apolônio Díscolo apresenta em *Pronomes*, 83bc, dois versos para exemplificar uma forma considerada peculiar aos eólios. Não sabemos se os fragmentos são consecutivos e se podem ser atribuídos, de direito, a Safo de Lesbos. Eles dizem o seguinte:

] tu me lançaste no esquecimento [[54]

] ou existe outro homem[55]
que tu preferes a mim? [

Se essas frases foram escritas por Safo, podemos afirmar que fazem parte de uma canção endereçada a uma das amigas? Pressentimos um grito de ciúme?

***

] és meu amigo, e escolherás
a cama de mulher mais jovem; não suportarei,
sendo mais velha, viver contigo na mesma casa [[56]

Estobeu,[57] que as cita no *Florilegium*, serve-se dessas palavras para explicar a importância de se levar em conta a idade do cônjuge nos negócios do casamento. Nenhuma outra informação nos permite decidir se encontramos uma fala "pessoal", ou se os versos pertencem a

[54] LP 129.
[55] LP 129.
[56] LP 121.
[57] Estobeu, 22.112.

um epitalâmio, num momento em que o registro verbal desliza sobre o burlesco.

***

Releio, com alguma inquietação, esses *fragmentos pessoais* que lancei sobre as páginas numa desordem sistemática: não seria difícil reuni-los de modo a constituírem uma pequena antologia "existencial" ou "temática", pela qual seria responsável um *eu*, figura por excelência da poesia lírica. De uma certa poesia lírica, cujo estatuto a modernidade revelou ser meramente histórico, ao constituir-se, de forma radical, como vitória da linguagem sobre o *sujeito*, de *Les fleurs du mal* às *Illuminations*; de Rimbaud a Mallarmé.

***

A ablação do eu *empírico* coincide, no texto moderno, com o momento em que a sociedade capitalista encontra seu primeiro e decisivo impasse; e pode ser rastreada num dos livros mais fortes de nossa história, *Os cantos de Maldoror*, de Lautréamont (pseudônimo, como dizem os manuais literários, de Isidore Ducasse, poeta de língua francesa, nascido em Montevidéu – dois anos depois de Verlaine; quatro, depois de Mallarmé; oito anos antes de Rimbaud).

É um poema contendo seis *Cantos*, o primeiro dos quais passou por duas edições sucessivas (numa *plaquette* e na coletânea de versos provincianos *Parfums de l'âme*), antes de ser incorporado ao conjunto publicado no verão de 1869.[58] A história das modificações ocorridas com o texto, no curso das reedições, é também o registro impressionante (*maravilhoso*, no sentido grego da palavra) do desaparecimento – feito na vertigem das reescrituras – do homem Isidore Ducasse e da emergência do poeta Lautréamont, por meio da constituição da modernidade do seu texto.

Aparecem, entre 1868 e 1869, três edições do Canto I, nas quais vão se apagando, em ondas sucessivas, as marcas da história pessoal

[58] Cf. Jean Peytard, *Lautréamont et la cohérence de l'écriture.*

e da inscrição da vida de Isidore Ducasse no texto: Dazet, ex-condiscípulo do autor no Liceu Imperial de Tarbes e *personagem* do poema, é substituído, na segunda versão, pela inicial D... e, na terceira, por uma impressionante seqüência de criaturas: sapo de olhar de seda, rinófolo, polvo, ácaro sarcopto que provoca a gala. Sob esse fervilhamento de monstros repelentes, o leitor encontra, ao consultar as três versões do Canto I, o nome e a descrição – de um amigo? de um amor? de um inimigo do jovem poeta?

O que levou Ducasse a retomar e a reescrever, obsessivamente, algumas passagens desse misterioso Canto I? É possível que, levado pelas observações de um pequeno crítico,[59] pretendesse apenas corrigir, num primeiro momento, as "incorreções" e "confusões" do texto: questões de estilo, de retórica ou de gramática. Esses gestos inocentes provocam, entretanto, uma verdadeira revulsão na superfície do discurso: o livro sai do anonimato (as duas primeiras versões tinham sido publicadas sem nome de autor), enquanto Isidore Ducasse desaparece, levando para o esquecimento da não-palavra a memória da sua vida. A linguagem, como que percebendo essa misteriosa provocação, reage: devorando as formas poéticas, as tradições e protocolos do discurso romântico, e apontando para um vertiginoso abismo – que já estava presente, mas oculto, na primeira versão do Canto I; dele emerge, no lugar de Isidore Ducasse, uma estranha figura furta-cor, ambígua, protéica: Lautréamont-Narrador que é, ao mesmo tempo, Maldoror-Personagem.

Acompanhando, pacientes e assustados, a leitura das três versões, somos confrontados com um fenômeno extraordinário: o texto vibra, a cada toque da pena que o reescreve, modificando, aqui e ali, uma palavra, uma vírgula, um pequeno sinal de pontuação. Assistimos a uma metamorfose e somos, nós próprios, retrabalhados pela mão que anota, tremendo, os sinais do abismo.

[59] O crítico do jornal *La Jeunesse* escrevia, a respeito do "Canto I", no dia 5 de setembro de 1868: "Apesar de seus defeitos, que são muitos – a incorreção do estilo, a confusão dos quadros –, esta obra, acreditamos, não será confundida com as outras publicações do dia: sua originalidade incomum é garantia disso". Cf. Michel Philip, *Lectures de Lautréamont*, pp. 12-3.

***

Maldoror, o herói, o bandido, o judeu errante, caminha pelo mundo, à procura de uma alma gêmea – homem ou mulher –, e desespera de encontrá-la.

Do alto de um rochedo, ele contempla um navio, um grande barco de guerra, no seio do oceano tempestuoso. O navio afunda-se lentamente... majestosamente... Os náufragos, à flor das ondas, tentam com desespero escapar; ouvem-se gritos, gemidos, brados de horror, enquanto os trovões estalam entre relâmpagos. Eis que se aproximam monstros marinhos: são tubarões, que fazem rapidamente uma omeleta sem ovos, e partilham-na segundo a lei do mais forte. O sangue mistura-se com a água, e a água mistura-se com o sangue. Os seus olhos ferozes bastam para iluminar a cena da carnificina... Mas que será ainda aquele tumulto de águas, lá ao fundo, no horizonte? [ ] Já vejo o que é. Uma enorme fêmea de tubarão vem tomar parte na pasta de fígado de pato e comer cozido frio. Está furiosa, porque vem esfomeada. À superfície da nata vermelha, trava-se luta entre ela e os tubarões para disputarem os poucos membros palpitantes que flutuam por aqui e por ali, sem dizerem nada...

[ ]

Quando restam apenas dois inimigos, e ela está a ponto de ser vencida, Maldoror, do penhasco, atira-se nas ondas ensangüentadas do mar tempestuoso: agora cada um dos tubarões tem seu inimigo. [Maldoror] avança para seu cansado adversário e, com vagares, enterra-lhe no ventre a lâmina aguda. A cidadela móvel desembaraça-se facilmente do último inimigo... Encontram-se frente a frente o nadador e a fêmea de tubarão, por ele salva. Olham-se nos olhos durante alguns minutos; e cada um deles se espanta da ferocidade que surpreende no olhar do outro.[60]

[60] Lautréamont, *Os cantos de Maldoror*, pp. 105-7. ("De tous ces êtres humains, qui remuent les quatre membres dans ce continent peu ferme, les requins ne font bientôt qu'une omelette sans oeufs, et se la partagent d'après la loi du plus fort. Le sang se mêle aux eaux,

[ ]

Chegados a três metros de distância, sem qualquer esforço, caíram de repente um contra o outro, como dois ímanes, e beijaram-se com dignidade e gratidão, num abraço tão terno como de irmão e irmã. Os desejos carnais seguiram de perto essa manifestação de amizade. Duas coxas nervosas colaram-se estreitamente à pele viscosa do monstro, como duas sanguessugas; e, de braços e barbatanas entrelaçados em redor do corpo do objeto amado [ ]

no meio da tempestade que continuava, à luz dos relâmpagos, tendo por leito nupcial a espumosa vaga, levados por uma corrente submarina como num berço, e rolando sobre si próprios para as profundezas do abismo, uniram-se numa cópula longa, casta e horrorosa!... Afinal, eu acabava de encontrar alguém parecido comigo!... Eu já não estava só na vida!... Ela tinha as mesmas idéias que eu!... Eu estava diante do meu primeiro amor![61]

No relance de uma palavra – de um gesto, de um olhar –, afrontam-se, anulam-se e reaparecem – outras – as figuras do Eu e do Ele; Lautréamont/Maldoror, unido à fêmea do tubarão, mergulha, entre relâmpagos, nas profundezas do abismo; arrastando, na vertigem do gozo, o leitor, que havia penetrado no texto em busca de uma alma gêmea: na companhia, portanto, de um topos, e dos mais seguros da literatura universal.

et les eaux se mêlent au sang. Les yeux féroces éclairent suffisamment la scène du carnage [...]. Mais, quel est encore ce tumulte des eaux, là-bas, à l'horizon? [...] J'aperçois ce que c'est. Une énorme femelle de requin vient prende part au pâté de foie de canard, et manger du bouilli froid. Elle est furieuse; car, elle arrive affamé. Une lutte s'engage entre elle et les requins, pour se disputer les quelques membres palpitants qui flottent par-ci, par-là, sans rien dire, sur la surface de la crême rouge. Désormais, chaque requin a affaire à un ennemi. [...] Il s'avance vers son adversaire fatigué, et, prenant son temps, lui enfonce dans le ventre sa lame aiguë. La citadelle mobile se débarasse facilement du dernier adversaire... Se trouvent en présence le nageur et la femelle de requin, sauvée par lui. Ils se regardèrent entre les yeux pendant quelques minutes; et chacun s'étonna de trouver tant de férocité dans les regards de l'autre".)

[61] Id., ibid. ("Arrivés à trois mètres de distance, sans faire aucun effort, ils tombèrent brusquement l'un contre l'autre, comme deux aimants, et s'embrassèrent avec dignité et reconnaissance, dans une étreinte aussi tendre que celle d'un frère ou d'une soeur. Les

Regresso do humano à natureza: num curto-circuito.

***

Que a experiência de Lautréamont (e a de Rimbaud?) nos conduza – até por contraste – à intuição do instante em que o aedo realiza este milagre: concentrar-se em si mesmo para que falem as Musas; perder-se enquanto (utilizo, porém, conceitos que não dizem esse *tempo* grego: *sujeito/objeto*) "eu empírico", permitindo que se ergam "objetivamente", as canções do *oikos* aristocrático: a guerra e a paz; as colheitas e a fiação; o ritmo dos dias e das festas; a seqüência das gerações, passando como as folhas das árvores caindo por terra e renascendo – sempre outras, sempre as mesmas.

Igual à folha que brilha por um instante ao sol, na boa estação, rebrilha e se esvai, de repente, a flor da juventude, colhida, pela mercê dos deuses, num momento, antes do bem e do mal: na incerteza da hora que passa, um poeta escreve, com velhas palavras, um novo ritmo? E canta seu próprio prazer? e seu medo da morte? *Eis que se aproximam as negras Keres: o presente da primeira é Velhice cruel; a segunda já aponta o fim de nosso tempo. Tem a duração de um só dia, o fruto da mocidade: o sol que já se foi, no momento exato em que brilha sobre as horas do homem.*[62]

Voltam a equilibrar-se o homem e o mundo, no instante mesmo em que se desfaz a ordem da sociedade aristocrática; para além do ideal heróico e do ciclo do eterno retorno, ouvimos outros e novos

désirs charnels suivirent de près cette démonstration d'amitié. Deux cuisses nerveuses se collèrent étroitement à la peau visqueuse du monstre, comme deux sangsues; et, les bras et les nageoires entrelacés autour du corps de l'objet aimé qu'ils entouraient avec amour, tandis que leurs gorges et leurs poitrines ne faisaient bientôt plus qu'une masse glauque aux exhalaisons de goëmon; au milieu de la tempête qui continuait de sévir; à la lueur des éclairs; ayant pour lit d'hyménée la vague écumeuse, emportés par un courant sous-marin comme dans un berceau, et roulant sur eux-mêmes, vers les profondeurs inconnues de l'abîme, ils se réunirent dans un accouplement long, chaste et hideux!... Enfin, je venais de trouver quelqu'un qui me ressemblât!... Désormais, je n'étais plus seul dans la vie!... Elle avait les mêmes idées que moi!... J'étais en face de mon premier amour!")

[62] Esse brilhante lugar-comum, usado por Homero em relação às gerações que passam e renascem, foi cantado pela primeira vez, no modo lírico, por Mímnermo de Esmirna (fins do século VII a.C.) que, neste momento, tentei parafrasear livremente.

cantos: não sei se eles expressam o novo mundo, ou se o constituem também: as duas coisas, talvez.

Com um pouco de malícia ingênua, apresentei, neste capítulo, *fragmentos de um auto-retrato de Safo*, debaixo de rubricas generalizadoras: "o cântico da amiga ausente"; "o desejo da morte", "uma gnômica"... Elas dizem respeito a um indivíduo único, na sua pertença a um grupo, a um momento, a uma história; são absolutamente pessoais e exemplares: fazem parte de um cosmos, porque a palavra poética é atravessado pela força que reúne seres e palavras.

***

Novalis ainda podia pensar que, ao tocar o corpo da mulher amada, a mão do homem atingia o universo inteiro. Em Lautréamont, este paradoxo: todo o universo ressoa em seu nojo do universo; ele recupera, pelo avesso, a harmonia cósmica das Musas Inquietantes. Poesia do desterro:

Quando o pé escorrega numa rã, sente-se uma sensação de nojo; mas quando se aflora o corpo humano com a mão, a pele dos dedos abre-se como as escamas de um bloco de mica partido a martelo; e tal como o coração de um tubarão, morto há uma hora, palpita em cima da ponte com tenaz vitalidade, assim as nossas entranhas se revolvem de alto a baixo muito tempo depois do contato. Tanto é o horror que o homem inspira a seu próprio semelhante![63]

Extraordinária (maravilhosa) revulsão do corpo, na qual uma totalidade se refaz no asco e no vômito. Experiência negada ao novo

[63] Lautréamont, *Os cantos de Maldoror*, Canto IV, estrofe 1. ("Quand le pied glisse sur une grenouille, l'on sent une sensation de dégoût; mais, quand on effleure, à peine, le corps humain, avec la main, la peau des doigts se fend, comme les écailles d'un bloc de mica qu'on brise à coups de marteau; et de même que le coeur d'un requin mort depuis une heure, palpite encore, sur le pont, avec une vitalité tenace, ainsi nos entrailles se remuent de fond en comble, longtemps après l'attouchement. Tant l'homme inspire de l'horreur à son propre semblabe!")

poeta, que não lançará sobre os campos as cinzas de incêndios rituais, na esperança das searas do porvir: "ele não está só diante de seus contemporâneos apenas, mas diante do futuro. E esse sentimento de incerteza, compartilha-o com todos os homens. Seu desterro é o de todos. De uma cutilada, cortaram-se os laços que nos prendem ao passado e ao futuro".[64]

***

Escancara esta porta, e dize, de ti para ti mesmo, que é noite negra, que o dia morreu pela última vez.[65]

Laços de palavras

Lembro-me de uma passagem do famoso Dionísio de Halicarnasso, na qual esse penetrante crítico helenístico maravilha-se com a harmonia e a coesão do texto de Safo, e com sua arte deslumbrante de tecer as palavras, de maneira a tornar o som mais musical, num sistema absolutamente polido e puro, perfeito nos menores encaixes.[66]

Um conjunto fluido, musical, no sentido em que esses termos são usados para designar a poesia simbolista? Não: em Safo de Lesbos, outros laços unem o leitor, o poeta e as palavras, na admiração, no êxtase, no medo – na *maravilha* (para falar em grego) de ser atravessado pela força que fecunda o cosmos: *de novo, sou a presa de Eros dociamargo*!

***

o deus que nos quebranta os corpos,
invencível serpente!

[64] Octavio Paz, *O arco e a lira*, p. 346.
[65] André Breton e Philippe Soupault, "Les champs magnétiques", in *La glace sans fin*, p. 17.
[66] Dionísio de Halicarnasso, *Sobre a disposição das palavras*, 23.

Manifestação do *outro*, na atração do abismo; mistério *tremendum*; energia que vibra e é presença inesperada: essência do *numinoso*, em Safo de Lesbos:

> como o vento que se abate sobre os carvalhos nas montanhas,
> Eros me trespassa.

A secreta harmonia, o ritmo do universo, intactos, no fragmento de um verso: Dia Luminoso e Éter Brilhante foram gerados por Noite, filha do Abismo; e Amor, num lance de dados, é delicioso, é amargo.

***

O ritmo: no sobressalto de ser a presa de Eros, *vindo do céu, num manto de púrpura envolto; dociamargo tecelão de mitos*. O ritmo: no enlaçar de flores ou de palavras que surpreendem *a Lua subindo ao céu, resplandecente, enquanto as mulheres, em torno do altar, reunidas...*

***

O ritmo: na surpresa, no encanto, na admiração, no êxtase, no medo.

***

Acorrentado pelo sagrado, o poeta: em permanente sobressalto.

***

Imóvel e amarrado em seu rochedo com grilhões de ferro, o Prometeu de Ésquilo diz: "Aqui estou, encadeado, neste ritmo". E Xerxes, na tragédia do mesmo poeta, dá outra forma – outro ritmo – ao curso da água, quando amarra a corrente do Helesponto. "Ritmo é aqui o que impõe firmeza e limites ao movimento e ao fluxo. Quando Demócrito fala do ritmo do átomo, pensa em seu esquema.

Quando os gregos falam do ritmo de uma estátua, de um edifício, não se trata de uma transposição metafórica da linguagem musical. E a intuição originária que se encontra no âmago da descoberta grega do ritmo da dança e da música não se refere à fluência dessas, mas sim, pelo contrário, às suas pausas e à constante limitação do movimento."[67]

***

Arquíloco, fragmento 67: "Não te deves pavonear perante o mundo, quando venceres, nem abater-te e lamentar-te quando fores vencido; alegra-te com o que é digno de alegria e não desfaleças em excesso, na desgraça; conhece o ritmo que mantém os homens nos seus limites".[68]

***

> Mãe querida, não consigo mais tecer a trama;
> por um rapaz estou queimando de amor:
> toda a culpa é de Aphrodite delicada.[69]

O ritmo, em Safo de Lesbos: compreendendo (contendo em seus limites) o encanto musical da poesia popular – e nos devolvendo, em suas pausas, outros cantos:

> Sedia la fremosa seu sirgo torcendo,
> sa uoz manselina fremoso dizendo
> cantigas d'amigo.
>
> Sedia la fremosa seu sirgo laurando
> sa uoz manselina fremoso cantando
> cantigas d'amigo.

[67] Werner Jaeger, *Paidéia*, pp. 150-1.
[68] Apud Jaeger, op. cit., loc. cit.
[69] LP 102.

"Per Deus de Cruz, dona, sey eu que auedes
amor mui coitado, que tan ben dizedes
cantigas d'amigo.

Per Deus de Cruz, dona, sey [eu] que andades
d'amor mui coitada, que tan ben cantades
cantigas d'amigo."

"Auuitor comestes, que adeuinhades";[70]

abrangendo, também, os versos *prosaicos* ou *vulgares* de certos momentos dos cantos de núpcias; e a coragem, que maravilha os antigos, de ousar, de arriscar-se, na arte de compor os símiles: "a frase de Sappho: *mais ouro que o próprio ouro* é um hipérbato, envolvendo uma impossibilidade, mas a graça nasce da própria impossibilidade. Com efeito, uma das mais maravilhosas características da divina Sappho é que ela usa, com encanto, artifícios que são intrinsecamente perigosos e difíceis".[71]

***

A frase de Safo, mais ouro que o próprio ouro... Aprendizagem do ritmo: leitura de pausas e silêncios, tanto quanto fascinação consentida, mergulho nos sons, na embriaguez, no medo do *outro*.

***

O universo inteiro suspenso ao ritmo dos símiles, "ponte verbal que, sem suprimi-las, reconcilia as diferenças e as oposições":[72]

igual à doce maçã que, no mais alto ramo,
lá no alto, amadurece, pelos colhedores
esquecida – não; que eles não conseguiram alcançar[73]

[70] Estevan Coelho, *Cancioneiro da Vaticana*, in José Joaquim Nunes, *Crestomatia arcaica*, pp. 388-9.

[71] Demétrio (c. 270 a.C.? Séc. I d.C.?), *Sobre o estilo*, 127.

[72] Octavio Paz, *Los hijos del limo*, p. 106.

[73] LP 105 (a).

[
igual ao jacinto, nas montanhas,
sob o pé dos pastores calcado,
jaz por terra a flor de púrpura

Quando se desfaz uma comparação, a história, suspensa por um instante no equilíbrio dos contrários, volta a correr e se esvai: esses mesmos símiles, recuperados por Longus (século II d.C.?) na pastoral *Dafne e Cloé*, passam a fazer parte de uma temporalidade irreversível: Dafne e Cloé são um pastorzinho e uma menina pastora que descobrem, no fluir das estações, a força primitiva da natureza, seus próprios corpos e as graças de Eros. No Livro III,[74] o autor descreve o local onde, em certo momento da aventura, o rapaz e a moça se beijam castamente num local onde há muitas árvores com muitos frutos. E uma macieira onde todos os ramos estavam nus. *Só uma maçã amadurecia, no mais alto ramo, grande e muito bela; superando, sozinha, qualquer maçã, por sua deslumbrante frescura. Quem tinha feito a colheita tivera medo de subir tão alto ou se esquecera de apanhá-la. Talvez fosse uma maçã reservada a um pastor amoroso...*[75] (Colhida por Dafne, a maçã do mais alto ramo é depositada, como presente, sobre os joelhos de Cloé: tornando-se, assim, parte de uma história que tem começo e fim.)

Outro momento do texto (aqui, são fundamentais as categorias do *antes* e do *depois*) coloca-nos diante de um maravilhoso jardim, inteiramente destruído pela fúria vingativa de um homem; ouvimos, ali, as lamentações da personagem Lâmon: *Ai de mim, ai de minhas roseiras, como foram quebradas! Ai de mim, ai de minhas violetas, como foram machucadas pelos pés! Ai de mim, ai de meus jacintos e de meus narcisos, como esse malvado os desenraizou!*[76]

[ ]
jaz por terra a flor de púrpura

[74] LP 105 (c).
[75] *Dafne e Cloé*, III, 33.
[76] IV, 8.

(É possível recusar o caráter narrativo de *Dafne e Cloé*: inscrevendo o livro em outro ritmo e nele encontrando, não uma história, mas um canto de amor, tecido entre ressonâncias dos versos de Safo, num tempo marcado pelo ciclo das estações que passam e voltam, sempre as mesmas, conduzidas pela força de Eros.)

***

Existe, entre os textos atribuídos a Safo de Lesbos, um poema absolutamente singular – "anomalous both in its language and its prosody" –[77] que dois fragmentos de papiro situam, entretanto, como o último, no Livro II da *Obra completa*, segundo as edições alexandrinas: o que é confirmado por uma observação de Ateneu de Náucratis, em *Deipnosofistas*, 460d:

> Kypro. [
> ei-lo, o arauto *the*[ ]*ele*[. . .]. *theis*
> e estas palavras Ídaos . . . . [. .], o mensageiro veloz
> [ ]
> e das amplidões da Ásia [ ] glória imortal:
> "Héktor e seus companheiros, a de olhos cintilantes
> trazem, de Thebas, a santa, e de Plakía [das fontes perenes]:
> Andromákha de muitas graças, em naves sobre as salsas ondas
> do mar – e bordados de cores cambiantes,
> quanto bracelete, vestes purpúreas com perfumes,
> copas de prata, inumeráveis, e marfim."
> Assim falou. Vivamente ergueu-se o amado pai,
> e Pháma, na cidade de amplas praças, ressoa entre os amigos.
> Num ímpeto, os ilíadas atrelam os mulos
> aos carros de boas rodas: para eles sobem concertos
> de meninas e de virgens de [belos tornozelos] [
> à parte, as filhas de Príamo [
> os corcéis, os varões conduzem aos [carros de guerra]
> *p*[ ] . . . . . muito [
> *d*[ ] *aníokhoi ph* [. . . . .] . [
> *p*[ ] *ksa.o* [

[77] C.M. Bowra, *Greek lyric poetry*, p. 227.

[
[
[
]iguais dos deuses
]sagrados; re-
unidos todos [ ] para Ílion;
a flauta docissonora e a cítara se mesclam
ao timbre dos crótalos; das virgens, nítida,
a canção sagrada ressoa aos céus etéreos
[
por todos os caminhos [
grandes vasos e copas [

misturam-se mirra, incenso e cássia;
as anciãs lançam no ar um grito agudo de alegria
e os homens, num coro apaixonado, altíssono,
invocam Paion, o Arqueiro da boa lira,
celebrando Héktor e Andromákha, iguais aos deuses:

A língua e a prosódia desse texto podem nos conduzir, é verdade, à suposição de que se trata de um apócrifo, pois não é impossível – afirma Bowra –[78] que algum artista ateniense tivesse imitado a obra de Safo: no século VI, Atenas produziu muito pouca poesia, e as *σκόλια = skólia*, que aparecem no final dele, são claramente influenciadas por modelos lésbios e incluem até uma maltratada estrofe de Alceu.

Narrativo, sob o ponto de vista métrico e vocabular, esse poema, que poderíamos chamar de *Núpcias de Heitor e Andrômaca*, não me parece ser, entretanto, tipicamente épico; no desenrolar dos seus eventos, eu sinto (sublinhando o imponderável dos meus argumentos) apenas *começos*: esboços de ações, ímpetos, instantes.

O arauto, que provém de Homero, *Ilíada*, VII, 248; XXIV, 325, anuncia o tema, como num concerto: e as naves despontam no seu discurso.

[78] Op. cit., loc. cit.

Depois, um nome, num crivo de luz e movimentos: Andrômaca *elikópida, a de olhos vivos e móveis*, diz o texto grego; *lively-eyed, aux yeux étincelants* – palavra-cintilância que provoca a emergência de brilhos, cores e sons, numa fusão de sensações agradáveis:

> ...bordados de cores cambiantes,
> quanto bracelete, vestes purpúreas com perfumes,
> copas de prata, inumeráveis, e marfim;

e, de novo, ímpetos: o pai que se ergue; um estranho poder que se manifesta, *φήμη = phéme*:

> e Pháma, na cidade de amplas praças, ressoa entre os amigos.

Em *Os trabalhos e os dias*, Hesíodo a considera uma divindade: "nenhuma *phéme*", explica o poeta, morre inteiramente quando numerosos são os que a proclamaram". *Phéme* (ou *pháma*) é o Renome[79] poderoso e múltiplo – a própria potência da palavra – que, retomando a voz do arauto, ressoa na cidade de amplas praças, propaga-se, instaura novos movimentos irresistíveis, e é, ele próprio, um ímpeto – abrindo o caminho pelo qual entra no poema o cortejo nupcial, presente no verso e parte de uma tradição já fundada por *phéme*, Renome:

> Num ímpeto, os ilíadas atrelam os mulos
> aos carros de boas rodas: para eles sobem concertos
> de meninas e de virgens de [belos tornozelos] [
> à parte, as filhas de Príamo [
> os corcéis, os varões conduzem aos [carros de guerra]
> *p*[ ] . . . . . muito [
> *d*[ ] *aníokhoi ph* [. . . . .] . [
> *p*[ ] *ksa.o* [

O texto estala e se rompe, o leitor se entrega a uma pulsante expectativa de sentidos, e, de novo, ímpetos, numa fusão de sons

[79] Sobre *phéme*, ver: Marcel Detienne, "O rumor também é um deus", in *A escrita de Orfeu*; cf. *A invenção da mitologia*, p. 168 e segs.

harmoniosos, de cores e perfumes. Misturam-se o brilho das coisas preciosas, os movimentos de passos e danças. O grito agudo das anciãs;

> e os homens, num coro apaixonado, altíssono,
> invocam Paion, o Arqueiro da boa lira,

e o cortejo então une o céu à terra, celebrando, na circularidade do canto, Heitor e Andrômaca iguais aos deuses:

> Kypro. [
> ei-lo, o arauto *the*[ ]*ele*[. . .]. *theis*
> e estas palavras Ídaos . . . . [. .], o mensageiro veloz
> [ ]
> e das amplidões da Ásia [

***

> Kýpria, e] vós, Nereidas, dai-me de volta
> o irmão, meu sangue, são e a salvo;
> o que] ele mais deseja no seu peito,
> tudo,] realiza;
>
> dos passados crimes ele se livre,
> e possa ele nascer de novo para alegria dos amigos;
> dos inimigos seus, a ruína;
> [ ]
>
> à sua irmã possa ele trazer
>]honra [
> e a sombria desgraça [esquecida]
> [
>
> [
> [cidadãos]
> [
> [

Ó Kýpria, que mais dura te encontre Doríkha;
que ela não possa cantar, orgulhosa:
pela segunda vez, ao delicioso
amor ele voltou.

Esses versos, decifrados em papiros milenares, podem ser reconstruídos – para além de restaurações não muito seguras – no corpo de uma história cercada de lenda, de ares marinhos e de luta. Graças aos comentários e fantasias de velhos autores,[80] sabemos que o formoso Cáraxos, toma a decisão de abandonar o Egito, onde colhera a ruína junto com a vergonhosa desonra nos braços de uma dessas amizades públicas, cujo nome, entretanto, a cidade de Náucratis conservará, enquanto um navio descer do Nilo para o mar salgado: Doríca, que o historiador Heródoto confunde com a encantadora Rodópis, e teria sido remida, mediante considerável soma, pelo jovem comerciante de Mitilene, irmão de Safo de Lesbos, que, do outro lado do mar, em terra grega, aguarda o momento em que os laços desse amor serão cortados, na afirmação de outras, mais importantes, ligações:

Kýpria, e] vós, Nereidas, dai-me de volta
o irmão, meu sangue, são e a salvo;
o que] ele mais deseja no seu peito,
tudo,] realiza;

A potência do amor brilha nas ruínas do verso 18, em sua manifestação como Kvpria, deusa de Chipre;

].. [.]n sy [d]e Ký[p] ri s[em]na,

e resplandecia, sem dúvida, na abertura do poema, invocada sob seu aspecto de *Aphrodite dos mares* – *ποντία* = *pontia*, *εἰναλίη* = *einalíē* ou *θαλασσίη* = *thalassíē*, venerada igualmente como *εὔπλοια* = *eúploia: senhora da boa navegação* e como *ναυαρχίς* = *nauarkhís: condutora das naves*. Enquanto *αἰνείας* = *aineías*, ela acompanhava

[80] Heródoto, Ovídio, Ateneu de Náucratis...

e favorecia o percurso outrora realizado por seu filho Enéias, na busca da nova pátria, onde iria renascer o povo troiano, com seus deuses e sua memória.

> Trazei-me de volta, Senhora dos Mares,
> o irmão, a criatura do meu sangue.

Séculos depois de Safo, o retórico Menandro[81] haveria de ditar regras para a construção de discursos convencionais, pronunciados no momento em que alguém – um amigo, um amor, uma personagem importante – prepara-se para iniciar uma longa viagem marítima;[82] antes dele, Erinna já teria escrito um poema desse gênero para Báucis (fragmento 22 D). E todos conhecem os maravilhosos versos em que Horácio[83] interpela o navio que deve conduzir um de seus amigos:

> Que a deusa de Kypros, que os astros luminosos
> irmãos de Helena, te conduzam;
> e, acorrentando os outros ventos todos, Éolo,
> seu pai, liberte apenas ventos bons
> no teu percurso, ó navio, que nos deves
> Virgílio! Entrega, livre dos perigos,
> o poeta às praias gregas e conserva, eu te suplico,
> a metade de mim mesmo!

Safo – observa Bowra –[84] desconhece regras retóricas e escreve a partir de suas próprias emoções:

> dai-me de volta
> o irmão, meu sangue, são e a salvo

[81] *Rhet. Gr. iii*, p. 395 Spengel.
[82] Op. cit., pp. 210-1.
[83] *Odes*, I, 3, vv. 1-8: "Sic te Diva potens Cypri/ Sic fratres Helenae, lucida sidera/ Ventorumque regat pater/ Obstrictis alis praeter Iapyga/ Navis, quae tibi creditum/ Debes Virgilium; finibus Atticis/ Reddas incolunem, precor/ Et serves animae dimidium meae".
[84] Bowra, op. cit., loc. cit.

Irmão: para dizê-lo, a poeta utiliza, não o tradicional e clássico *ἀδελφός = adelphós*, mas *κασίγνητος = kasígnētos*, vocábulo que, provindo do fundo jônio da língua épica, sobreviveu apenas em eólio e árcado-cipriota, para impor-se no discurso poético, à maneira de um reflexo da concepção patriarcal da família: é o que se pode ler num dos elementos constitutivos do termo *γνήτος= gnḗtos*, articulado a *γίγνομαι = ghígnomai* e marcando a filiação legítima, os verdadeiros laços da família, a pertença a um mesmo sangue: *kasígnētos* é o *irmão* – aquele que, por direito de nascimento, faz parte de uma gens[85].

A mesma raiz lingüística parece impor-se, de forma obsessiva, no conjunto do poema: por meio de *ghenésthai* (duas ocorrências: versos 3 e 6) e de *ghénoito* (verso 7), formas do verbo *ghígnomai*, cujo sentido original é *nascer*, embora já signifique, em Homero, *vir a ser, produzir-se, acontecer*, e tenha se tornado, finalmente, um substituto de *εἶναι = eínai*, "ser", com alguns empregos específicos, como *chegar* (a um local). Encontram-se, portanto, no conjunto da família de palavras gregas, duas significações bastante diferentes de *nascer*, nem sempre levados em conta pelos modernos: D.A. Campbell[86] traduz assim o verso 3:

> and that everything he wishes in his
> heart *be fulfilled*;

e os 6 e 7:

> and *be* joy to his friends;
> and may no one ever again *be* a grief to us,

quando o texto parece solicitar do tradutor uma *loucura interpretativa*, à maneira dos pequenos delírios etimológicos que se apossam de Sócrates, no *Fedro*: aos laços de parentesco ligam-se famílias de palavras, criando correntes semântico-fonéticas, num poema cujo tema central é o *renascimento*, pelas águas do mar, e pela força

[85] Verbete κασίγνητος = kasígnētos, in P. Chantraine, *Dictionnaire étymologique de la langue grecque*.
[86] Campbell, frag. 5.

do amor, das correntes que prendem os homens aos outros homens, aos deuses, ao céu e à terra:

> Kýpria, e vós, Nereidas, trazei-me de volta,
> livre dos perigos, o meu irmão de sangue;
> que venham a ser os desejos seus:
> desatai-o dos laços de culpas,
> e possa ele renascer: alegria dos amigos,
> dos inimigos, a ruína;
> – e venha a ser de novo a honra da irmã,
> criatura do mesmo sangue
>
>]cidadãos[
>]e tu, Kypris[

Um tema sonoro-semântico, preso à família das palavras gregas e articulado às origens misteriosas da língua, constrói um ritmo que o poeta, percebendo, aceita: no sobressalto, no encantamento, no êxtase e no medo.

Ὀξέσι λαχνήεντα δέμας κέντροισιν ἐχῖνον
ῥαγολόγον γλυκερῶν σίντορα θειλοπέδων,
σφαιρηδὸν σταφυλῇσιν ἐπιτροχάοντα δοκεύσας
Κώμαυλος Βρομίῳ ζωὸν ἀνεκρέμασεν.[87]

3. O tempo dos mitos

Proteu (I)

Palavras pronunciadas pelo príncipe Menelau na *Odisséia*, traduzidas para o francês por Anne Lefebvre em 1708:

– À mon retour de Troie, les dieux, bien loin de favoriser l'impatience que j'avais d'arriver dans mes États, me retinrent en Egypte, parce que je ne leur avais offert les hécatombes que je leur devais; [ ]. Mes provisions étaient déjá presque toutes consumées, le courage de mes compagnons abattu, et j'étais perdu sans ressource, si une déesse n'eût eu compassion de moi. Idothée, fille de Protée, dieu marin, touchée de l'état malheureux où elle me voyait, vint à ma rencontre comme j'étais séparé de mes compagnons, qui, dispersés dans l'île, pêchaient à l'hameçon; car la faim les portait à se servir de tous les aliments que la fortune leur présentait. Cette déesse, s'approchant de moi, m'adresse la parole, et me dit: [

] – Étranger [ ], je ne vous déguiserai rien, et je vous dirai tout ce que je sais. Un Vieillard, marin de la race des Immortels, et toujours

[87] *Antologia Palatina*, VI, 45. Epigrama anônimo, atribuído a Leônidas de Tarento:

Oferenda votiva

envolto em armadura eriçada de lanças,
o larápio das grades de vime onde secam
uvas doces, o porco-espinho que, girando
sobre si mesmo, enrodilhado, costumava
colher os frutos maduros da vide,
a Brômios, [deus do vinho,] Kômaulos entrega, ainda
vivo, em oferenda votiva.

vrai dans ses réponses, vient tous les jours sur ce rivage; c'est Protée L'Egyptien, qui connaît les profondeurs de toutes les mers, et qui est comme le principal ministre de Neptune; c'est de lui que j'ai reçu le jour; si, vous mettant en embuscade, vous pouvez le surprendre, il vous dira la route que vous devez tenir, et vous enseignera les moyens de retourner dans votre patrie; il vous apprendra même, si vous voulez, tout le bien et tout le mal qui est arrivé chez vous pendant votre absence, depuis que vous êtes parti pour ce voyage si long et si périlleux.[

] Je vais vous enseigner la manière dont vous devez vous conduire; prenez bien garde de l'oublier. Tous les jours, à l'heure où le soleil, parvenu au plus haut des cieux, enflamme l'air de ses rayons, ce dieu marin, ce véridique vieillard, sort des antres de la mer soulevée par le souffle du zéphire; et caché par le flot noir, comme par un voile, il va se coucher dans les grottes profondes. Quantité de monstres marins, peuples de la déesse Amphitrite, sortent aussi des abîmes de la mer, vont se reposer tout autour de lui, et remplissent ces grottes de l'âcre odeur des gouffres marins. Demain, dès que l'aurore commencera à paraître, je vous cacherai dans ces grottes; cependant ayez soin de choisir trois des plus braves et des plus déterminés de vos compagnons qui sont sur vos vaisseaux. Je vais vous découvrir toutes les ruses et tous les stratagèmes dont ce dieu se servira contre vous. À son arrivée il commencera par compter et faire passer en revue devant lui tous ses monstres; quand il les aura tous vus et bien comptés, il se couchera au milieu, comme un berger au milieu de son troupeau. Lorsque vous le verrez assoupi, rappelez toutes vos forces et tout votre courage, et vous jetant tous sur lui, serrez-le très-étroitement malgré ses efforts; car pour vous échapper il se métamorphosera en mille manières: il prendra la figure de tous les animaux les plus féroces; il se changera aussi en eau; il deviendra feu. Que toutes ces formes affreuses ne vous épouvantent point, et ne vous obligent point à lâcher prise; au contraire, liez-le et le retenez plus fortement. Mais dès que, revenu à la première forme où vous l'aurez vu quand il s'endormait, il commencera à vous interroger, alors n'usez plus de violence. Vous n'aurez qu'à le délier et à lui demander qui est le dieu qui vous poursuit si cruellement.[88]

Proteu (II)

A quem causar estranheza esse Homero nascido em corte francesa, o editor poderia oferecer outra versão, desta vez para o vernáculo:

> Os deuses, que nos punem, de olvidá-los,
> Impaciente no Egito me retinham,
> Porque faltei com justas hecatombes.[
>]eu demorado,
> Com poucas provisões, lassa a campanha,
> Desesperava já, quando Idotéia,
> Do potente Proteu marinha prole,
> Ocorreu compassiva a mim sozinho;
> Que os mais de curvo anzol, do ventre urgidos,
> De toda a ilha em derredor pescavam.
> Acometeu-me a deusa: [
>
>] – Do Egito o velho,
> De Netuno ministro, aqui se aloja,
> Proteu meu pai, que as úmidas entranhas
> Tem sondado e conhece. Há de ensinar-te,
> Se obténs prendê-lo, como a rota sigas,
> E se queres também, de Jove aluno,
> Os maus ou bons domésticos sucessos
> Durante errores teus no instável pego. [

[88] Homère, *Odyssée* [trad. de Mme. Dacier], pp. 58-60. Anne Lefebvre (1647-1720) casou-se com o filólogo André Dacier, traduziu Homero e participou, como adversária apaixonada dos modernos, da "Querelle des Anciens et des Modernes".

] Atende.
Ao meridiano Sol, do salso abismo,
Hirtas sobre a cabeça as fuscas ondas,
Surde o ancião de Zéfiro aos sonidos;
Numa espelunca dorme, e em torno juntos
Ápodes focas de Halosidna bela,
A exalarem ascosa maresia.
N'alva, hei de colocar-te em sítio azado,
Com três que elejas da valente frota.
Seus ardis eu te expendo. Cinco a cinco,
Ronda e enumera as focas, e no meio
Deita-se qual pastor com seu rebanho;
Sopita-se depois. De jeito e força
O agarreis, bem que anele escapulir-se;
E em serpe ao converter-se, em água, em fogo,
Tende-o mais duro e firme, até que o velho,
Já volto à prima forma, a interpelar-te
Comece. Inquire então que nume avesso
Te fecha o mar piscoso'[89]

Aporia (I): A astúcia

A narrativa do combate contra o deus das metamorfoses traduz, sob forma dramatizada, o acesso de seu vencedor aos privilégios da *mêtis*,[90] a habilidade de sair-se bem nas situações sem saída. As próprias peripécias da luta sublinham a passagem do móvel e fluente para o estável e o fixo, do obscuro para o claro, do incerto para o seguro; em resumo, e para falar em grego, da *aporía* na qual o herói se perde, na origem, ao *póros*, o engenhoso expediente de que ele dispõe, no final da provação, para levar seus projetos a bom termo.[91]

Aporia (II): A assinatura

[encontramos,] [nas ruínas do labirinto], um fragmento [de baixo-relevo:] pedaços da roda de um carro, onde estão gravadas as letras...

[89] *Odisséia* [trad. de Manoel Odorico Mendes], pp. 61-2.
[90] Sabedoria, prudência, astúcia.
[91] Marcel Detienne e Jean-Pierre Vernant, *Les ruses de l'intelligence*, p. 111.

ese..., a partir das quais Furtwängler [sugeriu-nos] a leitura da palavra "epoi]*ese*[n", isto é, *feito por*: uma assinatura, semelhante à que se vê num escudo, no friso norte do Tesouro de Sifnos, em Delfos. Uma restauração alternativa e, talvez, muito mais verossímil, foi proposta por outro arqueólogo: "Th]*ese*[us"; algo comparável aos nomes próprios inscritos no fundo dos mesmos frisos, o que é coisa comum na cerâmica grega e – como sabemos, graças a fontes literárias – também nas pinturas murais.[92]

Enálage (I): O sonho de Sócrates

Não conseguindo resistir, certa vez, ao encanto das cigarras, Sócrates adormeceu à sombra de um plátano e sonhou que era o príncipe Menelau, descobrindo o segredo de Proteu: *o número das formas e, portanto, das metamorfoses, é finito e pode ser contado e controlado! Para vencer o monstro, basta surpreendê-lo e segurá-lo com força entre os braços, até o momento em que, terminado o ciclo, ele volte ao aspecto original, prisioneiro da armadilha das essências.*

Mergulhando num sono cada vez mais profundo, o filósofo contemplava, curioso e expectante, as vertiginosas mudanças daquele ser dos abismos: árvore copada, nuvem, minotauro, serpente, aranha, fogo, pássaro, água corrente entre os dedos, vento, princesa encantada... O mestre ainda estaria aguardando o reaparecimento do Velho do Mar, se não tivesse acordado: *teria esquecido, no calor da luta, os traços do primitivo rosto de Proteu? A série completa das metamorfoses ultrapassaria a duração da vida de um simples mortal? Ou aconteceria, pelo contrário, numa rapidez excessiva para o olhar que não é divino? Existiria realmente um ponto de partida para as transformações e ao qual seria possível voltar? Ou, então...*

[92] Cf. Robertson, *A history of Greek art*, p. 164, falando de descobertas arqueológicas: "a fragment apparently of the charriot-rail is carved with the letters... esse..., and Furtwängler suggested the restoration 'epoi] *ese* [n', 'made'; so a signature like that cut on a shield on the north frieze of the Siphnian Treasury at Delphi. An alternative, perhaps more likely, restoration is 'Th] *ese* [us', comparable to the names painted on the background of the same friezes and regular in vase-painting and (as we know from literary sources) in wall painting also".

Acordando, Sócrates reconsiderava as aporias do sonho, quando viu aproximar-se, do outro lado do Ilissos, um de seus mais jovens e queridos discípulos, e [

Fragmento de um ícone ou Exemplum

] a máscara, expressivamente irônica, de Máximo de Tiro [

Enálage (II): A lírica de Safo

] plena, rompia no céu a Lua brilhante,
quando as mulheres, ao redor do altar reunidas [

[*interlúnio*: tempo em que a Lua não é visível, e que principia um pouco antes e acaba um pouco depois do novilúnio. Presença entrevista na ausência: lembrança do pressentimento de um sonho. *Variações em torno* [do] *de textos da lírica de Safo*:[93]

[93] "Para Dumarsais, a *enálage* não existiria nem mesmo em latim; se existisse, seria um erro, e não uma figura. É o que pensa, também, a Academia, em seu *Dicionário*. Parece-me, entretanto, que a enálage é, muitas vezes, verdadeira, até mesmo em francês e que, em lugar de ser um erro, pode ser uma coisa bonita, uma verdadeira figura. Em francês, contudo, ela só pode consistir *na troca de um tempo, de um número, de uma pessoa, por outro tempo, outro número, outra pessoa*. Temos, assim, três espécies: *a enálage de tempo, a enálage de número e a enálage de pessoa*" (Pierre Fontanier, *Les figures du discours*, p. 293). (Sublinhado por mim.)

Terceira parte

VARIAÇÕES SOBRE A LÍRICA DE SAFO

– Voltemos à inscrição. Traduzo, portanto: "A Vênus de Boultenerós, Myron dedica, por sua ordem, esta estátua, obra sua."
Evitei, naturalmente, criticar sua etimologia, mas eu queria, também eu, comprovar minha própria sutileza, e lhe disse: "Um momento, meu senhor. Myron consagrou alguma coisa, mas não me parece que tenha sido esta estátua".
– Como!, exclamou ele, Myron não foi então um famoso escultor grego? O talento teria se perpetuado na família: um de seus descendentes teria feito esta estátua. Nada mais certo.
– Mas, repliquei, vejo em seu braço um pequeno orifício. Acredito que tenha servido para fixar alguma coisa, como, por exemplo, um bracelete, que esse Myron teria oferecido a Vênus como oferenda expiatória. Myron foi um amante infeliz. Vênus estava enfurecida contra ele; para apaziguá-la, ele lhe consagrou um bracelete de ouro. Note que fecit *é usado freqüentemente em lugar de* consecrauit *[...] É natural que um amoroso veja Vênus em sonhos, que imagine que ela lhe ordena que ofereça um bracelete de ouro à sua estátua. Myron lhe consagrou um bracelete... Mais tarde, os bárbaros, ou até mesmo algum ladrão sacrílego...*
– Ah! Vê-se perfeitamente que o senhor é um romancista!, bradou meu hospedeiro, oferecendo-me a mão para descer.

(Merimée, A Vênus de Île*)*

Canções do interlúnio

Poemas e fragmentos

ποικιλόθρον' ἀτανάτ' 'Αφρόδιτα,
παῖ Δίος δολόπλοκε, λίσσομαί σε,
μή μ' ἄσαισι μηδ' ὀνίαισι δάμνα
πότνια, θῦμόν,

ἀλλὰ τυίδ' ἔλθ', αἴ ποτα κἀτέρωτα
τὰς ἔμας αὔδας ἀίοισα πήλοι
ἔκλυες, πάτρος δὲ δόμον λίποισα
χρύσιον ἦλθες

ἄρμ' ὐπασδεύξαισα· κάλοι δέ σ' ἆγον
ὤκεες στροῦθοι περὶ γᾶς μελαίνας
πύκνα δίννεντες πτέρ' ἀπ' ὠράνωαἴθε-
ρος διὰ μέσσω·

αἶψα δ' ἐξίκοντο· σύ δ', ὦ μάκαιρα,
μειδιαίσαισ' ἀθανάτῳ προσώπῳ
ἤρε' ὄττι δηὖτε πέπονθα κὤττι
δηὖτε κάλημμι,

1

Aphrodite em trono de cores e brilhos,
imortal filha de Zeus, urdidora de tramas!
eu te imploro: a dores e mágoas não dobres,
Soberana, meu coração;

---

mas vem até mim, se jamais no passado
ouviste ao longe meu grito, e atendeste,
e o palácio do pai abandonado,
áureo, tu vieste,

---

no carro atrelado: conduziam-te, rápidos,
lindos pardais sobre a terra sombria,
lado a lado num bater de asas, do céu,
através dos ares,

---

e pronto chegaram; e tu, Bem-Aventurada,
com um sorriso no teu rosto imortal,
perguntaste por que de novo eu sofria,
e por que de novo eu suplicava;

κὤττι μοι μάλιστα θέλω γένεσθαι
μαινόλᾳ θύμῳ· τίνα δηὖτε Πείθω
ἄψ σ' [ἄγνην] ἐς σὰν φιλότατα; τίς σ', ὦ
Ψάπφ', ἀδικήει;

καὶ γὰρ αἰ φεύγει, ταχέως διώξει·
αἰ δὲ δῶρα μὴ δέκετ', ἀλλὰ δώσει·
αἰ δὲ μὴ φίλει, ταχέως φιλήσει
κωὐκ ἐθέλοισα.

ἔλθε μοι καὶ νῦν, χαλέπαν δὲ λῦσον
ἐκ μερίμναν, ὄσσα δέ μοι τέλεσσαι
θῦμος ἰμέρρει, τέλεσον· σὺ δ' αὔτα
σύμμαχος ἔσσο.

———

e o que que para mim eu mais quero,
no coração delirante. Quem, de novo, a Persuasiva
deve convencer para o teu amor? Quem,
ó Psappha, te contraria?

———

Pois, ela, que foge, em breve te seguirá;
ela que os recusa, presentes vai fazer;
ela que não te ama, vai te amar em breve,
embora não querendo.

———

Vem, outra vez – agora! Livra-me
desta angústia e alcança para mim,
tu mesma, o que o coração mais deseja:
sê meu Ajudante-em-Combates!

φαίνεταί μοι κῆνος ἴσος θέοισιν
ἔμμεν’ ὤνηρ, ὄττις ἐνάντιός τοι
ἰσδάνει καὶ πλάσιον ἆδυ φωνεί-
σας ὐπακούει

καὶ γελαίσας ἰμέροεν, τὸ μ’ ἦ μὰν
καρδίαν ἐν στήθεσιν ἐπτόαισεν·
ὠς γὰρ ἔς σ’ ἴδω βρόχε’, ὤς με φώναι-
σ’ οὐδ’ ἒν ἔτ’ εἴκει,

ἀλλὰ κὰμ μὲν γλῶσσά <μ’>ἔαγε, λέπτον
δ’ αὔτικα χρῷ πῦρ ὐπαδεδρόμηκεν,
ὀππάτεσσι δ’ οὐδ’ ἒν ὄρημμ’, ἐπιρρόμ-
βεισι δ’ ἄκουαι,

κὰδ δέ μ’ ἴδρως κακχέεται, τρόμος δὲ
παῖσαν ἄγρει χλωροτέρα δὲ ποίας
ἔμμι, τεθνάκην δ’ ὀλίγω ’πιδεύης
φαίνομ’ ἔμ’ αὔτ[ᾳ

ἀλλὰ πὰν τόλματον, ἐπεὶ [καὶ πένητα]

2

Parece-me ser igual dos deuses
aquele homem que, à tua frente
sentado, de perto, tua voz deliciosa
escuta, inclinando o rosto,

———

e este riso luminoso que acorda desejos – ah! eu juro,
meu coração no peito estremece de pavor,
no instante em que eu te vejo: dizer não posso mais
uma só palavra;

———

minha língua se dilacera;
escorre-me sob a pele uma chama furtiva;
meus olhos não vêem, meus ouvidos
zumbem;

———

um frio suor me recobre, um frêmito do meu corpo
se apodera, mais verde que as ervas eu fico;
que estou a um passo da morte,
parece [

———

Mas [

ρανοθενκατιου[
δεῦρύ μ' ἐκ Κρήτας ἐπ[ὶ τόνδ]ε ναῦον
ἄγνον, ὄππ[ᾳ τοι] χάριεν μὲν ἄλσος
μαλί[αν], βῶμοι δὲ τεθυμιάμε-
νοι [λι]βανώτῳ·

ἐν δ' ὔδωρ ψῦχρον κελάδει δι' ὔσδων
μαλίνων, βρόδοισι δὲ παῖς ὀ χῶρος
ἐσκιάστ', αἰθυσσομένων δὲ φύλλων
κῶμα κατέρρει·

ἐν δὲ λείμων ἰππόβοτος τέθαλεν
ἠρίνοισιν ἄνθεσιν, αἰ δ' ἄηται
μέλλιχα πνέοισιν[
[ ]

ἔνθα δὴ σὺ . . . . έλοισα Κύπρι
χρυσίαισιν ἐν κυλίκεσσιν ἄβρως
ὀμμεμείχμενον θαλίαισι νέκταρ
οἰνοχόαισον

3

ranothenkatiou [
vem, de Kreta até mim, no templo
santo deste bosque deleitoso
de macieiras, que é teu, e onde queima nos altares
incenso perfumado;

———

aqui, a água fria rumoreja entre ramos
de macieiras; recobre este lugar uma sombra
de rosas; das folhas trêmulas um sortilégio
escorre;

———

aqui, num campo de úmidas pastagens, brotam
flores de primavera ao sopro de ventos
com uma doçura de mel [
[ ]

———

aqui, tu [ ] empunhando, ó Kypria,
nas áureas taças, com delícias,
e que à nossa festa se mistura, o néctar
derrama [

Κύπρι καὶ] Νηρήιδες ἀβλάβεη[ν μοι
τὸν κασί]γνητον δ[ό]τε τυίδ' ἴκεσθα[ι
κὤσσα F]οι θύμωι κε θέλη γένεσθαι
πάντα τε]λέσθην,

ὄσσα δὲ πρ]όσθ' ἄμβροτε πάντα λῦσα[ι
καὶ φίλοισ]ι Fοῖσι χάραν γένεσθαι
κὠνίαν ἔ]χθροισι γένοιτο δ' ἄμμι
πῆμ' ἔτι μ]ηδ' εἶς·

τὰν κασιγ]ήταν δὲ θέλοι πόησθαι
]τίμας, [ὀν]ίαν δὲ λύγραν
]οτοισι π[ά]ροιθ' ἀχεύων
].να

].εισαΐω[ν] τὸ κέγχρω
]λ' ἐπαγ[...]αι πολίταν
]λλως[....]νηκε δ' αὖτ' οὐ
]κρω[ ]

]οναικ[ ]εο[ ] .ι
] [.]ν· σὺ [δ]ὲ Κύπ[ρ]ι σ[έμ]να
]θεμ[έν]α κάκαν [
]ι.

Κύ]πρι κα[ί σε] πι[κροτάτ]αν ἐπεύρ[οι,
μη]δὲ καυχάσ[α]ιτο τόδ' ἐννέ]ποισα
Δ]ωρίχα, τὸ δεύ[τ]ερον ὡς πόθε[ννον
εἰς] ἔρον ἦλθε.

4

Kýpria, e] vós, Nereidas, dai-me de volta
o irmão, meu sangue, são e a salvo;
o que] ele mais deseja no seu peito,
tudo,] realiza;

———

dos passados crimes ele se livre,
possa ele nascer de novo, alegria dos amigos;
dos inimigos seus, a ruína;
[ ]

———

à sua irmã possa ele trazer
]honra, e a sombria desgraça
[esquecida]
[

———

[
[cidadãos]
[
[

———

Ó Kýpria, que mais dura te encontre Doríkha;
que ela não possa cantar, orgulhosa:
pela segunda vez, ao delicioso
amor ele voltou.

ο]ἰ μὲν ἰππήων στρότον οἰ δὲ πέσδων
οἰ δὲ νάων φαῖσ' ἐπ[ὶ] γᾶν μέλαι[ν]αν
ἔ]μμεναι κάλλιστον, ἔγω δὲ κῆν' ὄτ-
τω τις ἔραται·

πά]γχυ δ' εὔμαρες σύνετον πόησαι
π]άντι τ[ο]ῦτ', ἀ γὰρ πόλυ περσκέθοισα,
κάλλος [ἀνθ]ρώπων Ἐλένα [τὸ]ν ἄνδρα
τὸν [πανάρ]ιστον

καλλ[ίπποι]σ' ἔβα 's Τροΐαν πλέοι]σα
κωὐδ[ὲ πα]ῖδος οὐδὲ φίλων το[κ]ήων
πά[μπαν] ἐμνάσθη, ἀλλὰ παράγαγ' αὔταν
]σαν

]αμπτον γὰρ [
] . . . κούφως τ[ ]οησ[.]ν
. .]με νῦν Ἀνακτορί[ας ὀ]νέμναι-
σ' οὐ] παρεοίσας·

τᾶ]ς κε βολλοίμαν ἔρατόν τε βᾶμα
κἀμάρυχμα λάμπρον ἴδην προσώπω
ἢ τά Λύδων ἄρματα κἀν ὄπλοισι
πεσδομ]άχεντας.

]. μεν οὐ δύνατον γένεσθαι
].ν ἀνθρωπ[. . .π]εδέχην δ' ἄρασθαι.

. . .

τ' ἐξ ἀδοκή[τω.

5

É um batalhão de infantes – ou de cavaleiros
– dizem outros que é uma frota de negras naus
a mais linda coisa sobre a terra – para mim,
é quem tu amas.

———

E como é fácil fazer clara essa verdade
para o mundo, pois aquela que triunfou
sobre o humano em beleza, Helena, seu marido,
o mais nobre dos homens,

———

abandonado, para Tróia navegou;
para a filha, os pais queridos nem um só
pensamento voltando: arrastada
[

———

[por Kýpris
[
agora, esta lembrança: Anaktória
]daqui tão distante;

———

aquele modo de andar que acorda os desejos
e cambiantes brilhos, mais eu queria ver, no seu rosto,
que soldados com panóplias e carros lídios
[em pleno combate]

]sua parte não pode esperar
]o humano [ ] mas desejá-la.

. . .

inesperadamente.

πλάσιον δὴ μ' [εὐχομέναι φανείη,
πότνι' Ἥρα, σὰ χ[αρίεσσα μόρφα,
τὰν ἀράταν 'Ατ[ρεΐδαι κλῆ-
τοι βασίληες·

ἐκτελέσσαντες μ[άλα πόλλ' ἄεθλα,
πρῶτα μὲν πὲρ Ἴ[λιον, ἔν τε πόντωι,
τυίδ' ἀπορμάθεν[τες ὄδον περαίνην
οὐκ ἐδύναντο,

πρὶν σὲ καὶ Δί' ἀντ[ίαον κάλεσαι
καὶ Θυώνας ἱμε[ρόεντα παῖδα·
νῦν δὲ κ[ἄμοι πραϋμένης ἄρηξον
κὰτ τὸ πάλ[αιον

ἄγνα καὶ κά[λα
π]αρθ[εν
ἀ]μφι. [

ἔμμενα[ι
ἶ]ρ' ἀπίκε[σθαι

6

Junto a mim [que rezo esta prece, faz brilhar,
ó soberana Hera [tua forma cheia de graça
– tu, por quem rogaram os A[tridas,] [ilus-]
tres reis:

---

cumpridas [façanhas tantas, valerosas,
em Ílion primeiro [e logo em alto-mar,
desta ilha [demandaram eles o caminho
[que se furtava]

---

antes de clamarem por ti, por Zeus[-que-socorre,
e pelo [filho adorável de] Thyone;
agora, [sê compassiva, socorre-me
como neste an[tigo mito [

---

pura e boa [
]*arth*[
a]

émmen[
]*r apik*[

Κυπρο. [ ]ας·
κάρυξ ἦλθε θε[ ]ελε[. . .].θεις
Ἴδαος παδεκα . . . φ[. .].ις τάχυς ἄγγελος

deest unus uersus

τάς τ' ἄλλας Ἀσίας .[.]δε. αν κλέος ἄφθιτον·
Ἔκτωρ καὶ συνέταιρ[ο]ι ἄγοισ' ἐλικώπιδα
Θήβας ἐξ ἰέρας Πλακίας τ' ἀ[π' ἀι]ν< ν >άω
ἄβραν Ἀνδρομάχαν ἐνὶ ναῦσιν ἐπ' ἄλμυρον
πόντον· πόλλα δ' [ἐλί]γματα χρύσια κἄμματα
πορφύρ[α] καταΰτ[με]να, ποίκιλ' ἀθύρματα,
ἀργύρα τ' ἀνάριθμα ποτήρια κἀλέφαις.
ὣς εἶπ'· ὀτραλέως δ' ἀνόρουσε πάτ[η]ρ φίλος·
φάμα δ' ἦλθε κατὰ πτόλιν εὐρύχορον φίλοις·
αὔτικ' Ἰλίαδαι σατίναι[ς] ὑπ' ἐυτρόχοις
ἆγον αἰμιόνοις, ἐπ[έ]βαινε δὲ παῖς ὄχλος
γυναίκων τ' ἄμα παρθενίκα[ν] τ. . [. .]οσφύρων,
χῶρις δ' αὖ Περάμοιο θύγ[α]τρες[
ἴππ[οις] δ' ἄνδρες ὔπαγον ὐπ' ἀρ[ματ-
π[ ]ες ἠίθεοι μεγάλω[σ]τι δ]
δ[ ]. ἀνίοχοι φ[. . . . .] . [
π[΄]ξα.ο[

desunt aliquot uersus

7

Kypro. [
ei-lo, o arauto *the*[ ]*ele*[. . .]. *theis*
e estas palavras Ídaos . . . . [. .], o mensageiro veloz
[

]
e das amplidões da Ásia [ ] glória imortal:
"Héktor e seus companheiros, a de olhos cintilantes
trazem, de Thebas, a santa, e de Plakía [das fontes perenes]:
Andromákha de muitas graças, em naves sobre as salsas ondas
do mar – e bordados de cores cambiantes,
quanto bracelete, vestes purpúreas com perfumes,
copas de prata, inumeráveis; e marfim."
Assim falou. Vivamente ergueu-se o amado pai,
e Pháma, na cidade de amplas praças, ressoa entre os amigos.
Num ímpeto, os ilíadas atrelam os mulos
aos carros de boas rodas: para eles sobem concertos
de meninas e de virgens de [belos tornozelos] [
à parte, as filhas de Príamo [
os corcéis, os varões conduzem aos [carros de guerra]
p[ ] . . . . . muito [
d[ ] *aníokhoi ph* [. . . . .] . [
p[ ] *ksa.o* [
[
[
[

ἴ]κελοι θέοι[ς
]ἄγνον ἀολ[λε-
ὄρμαται[ ]νον ἐς Ἴλιο[ν,
αὖλος δ' ἀδυ[μ]έλης [κίθαρίς] τ' ὀνεμίγνυ]το
καὶ ψ[ό]φο[ς κ]ροτάλ[ων, λιγέ]ως δ' ἄρα πάρ[θενοι
ἄειδον μέλος ἄγν[ον, ἴκα]νε δ' ἐς αἴθ[ερα
ἄχω θεσπεσία γελ[
πάνται δ' ἦς κὰτ ὄδο[ις
κράτηρες φίαλαί τ' ὀ[. . .]υεδε[..] . . εακ[.] . [
μύρρα καὶ κασία λίβανός τ' ὀνεμείχνυτο·
γύναικες δ' ἐλέλυσδον ὄσαι προγενέστερα[ι,
πάντες δ' ἄνδρες ἐπήρατον ἴαχον ὄρθιον
Πάον' ὀνκαλέοντες ἐκάβολον εὐλύραν,
ὔμνην δ' Ἔκτορα κ' Ανδρομάχαν θεοεικέλο[ις

]iguais dos deuses
]sagrados; re-
unidos todos [ ] para Ílion;
a flauta docissonora e a cítara se mesclam
ao timbre dos crótalos; das virgens, nítida,
a canção sagrada ressoa aos céus etéreos
[
por todos os caminhos [
grandes vasos e copas [
misturam-se mirra, incenso e cássia;
as anciãs lançam no ar um grito agudo de alegria
e os homens, num coro apaixonado, altíssono,
invocam Paion, o Arqueiro da boa lira,
celebrando Héktor e Andromákha, iguais dos deuses:

τεθνάκην δ' ἀδόλως θέλω·
ἄ με ψισδομένα κατελίμπανεν

πόλλα καὶ τόδ' ἔειπ. [
'ὤιμ' ὡς δεῖνα πεπ[όνθ]αμεν,
Ψάπφ', ἦ μάν σ' ἀέκοισ' ἀπυλιμπάνω.'

τὰν δ' ἔγω τάδ' ἀμειβόμαν·
'χαίροισ' ἔρχεο κἄμεθεν
μέμναισ', οἶσθα γὰρ ὤς σε πεδήπομεν·

αἰ δὲ μή, ἀλλά σ' ἔγω θέλω
ὄμναισαι[. . . .] . [. . .] . . αι
. . [ ] καὶ κάλ' ἐπάσχομεν.

πό[λλοις γὰρ στεφάν]οις ἴων
καὶ βρ[όδων κρο]κίων τ' ὔμοι
κα . . [ ] πὰρ ἔμοι περεθήκαο,

καὶ πό[λλαις ὐπα]θύμιδας
πλέκ[ταις αμφ' ἀ]πάλαι δέραι
ἀνθέων. ἔ[ ] πεποημμέναις,

καὶ π. . . . . [ ]. μύρωι
βρενθείωι .[ ]ρυ[. .]ν
ἐξαλείψαο κα[ὶ βασ]ιληίωι,

καὶ στρώμν[αν ἐ]πὶ μολθάκαν
ἀπάλαν πα.[ ] . . . ων
ἐξίης πόθο[ν].νίδων,

κωὔτε τις[οὔ]τε τι
ἶρον οὐδυ[ ]
ἔπλετ' ὄππ[οθεν ἄμ]μες ἀπέσκομεν

οὐκ ἄλσος . [χ]όρος
]ψόφος
] . . . οιδιαι

8

] que morta, sim, eu estivesse:
ela me deixava, entre lágrimas

______

e lágrimas, dizendo: [
"Ah, o nosso amargo destino,
minha Psappha: eu me vou contra a vontade".

______

Esta resposta eu lhe dei:
"Adeus, alegra-te! De mim,
guarda a lembrança. Sabes o que nos prendia a ti

______

– se não, quero trazer de novo
à tua memória [ ]
..[ ] as lindas horas que vivemos

______

] de violetas,
de rosas e aça[flor]
.. [ ] nós duas lado a lado

______

[ ] tecendo grinaldas
[ ] teu delicioso colo
] flores [

______

[ ] e perfumes
[ ]
] feitos para rainhas;

______

ungias com óleos, num leito [
delicioso [
e o desejo da ausente [
nem] grutas
] danças
] ou sons

ου[

ἦρ' α[
δῆρατ.[
Γογγυλα.[

ἤ τι σᾶμ' ἐθε.[
παισι μάλιστα.[
μας γ' εἴσηλθ' ἐπ.[

εἶπον· 'ὦ δέσποτ' ἐπ.[
ο]ὐ μὰ γὰρ μάκαιραν[
ο]ὐδὲν ἄδομ' ἔπερθα γᾶ[

κατθάνην δ' ἴμερός τις [ἔχει με καὶ
λωτίνοις δροσόεντας [ὄ-
χ[θ]οις ἴδην 'Αχέρ.[

.] . . δεσαιδ' . [
.] . . δετο . [
μητι.. [

9

ou [

______

er'a [
derat. [
Gonghyla. [

______

e ti sâm' ethe. [
paisi málista.]
mas g' eiselth' ep. [

______

eu disse: "ó Soberano [Hermas]
] pelas sagradas [
] não sinto mais o gozo deste mundo [

______

e um desejo da morte [
e de ver, úmidas, estreladas de lótus [
as margens do Akher[onte

______

] . . . *desaid'* [
. . . *deto*
meti . . .

]Ζαρδ . [. .]
πόλ]λακι τυίδε [ν]ῶν ἔχοισα

ὠσπ .[. . .] . ώομεν, . [. . .] . .χ[. .]-
σε θέαι σ' ἰκέλαν ἀρι-
γνώται, σᾶι δὲ μάλιστ' ἔχαιρε μόλπαι.

νῦν δὲ Λύδαισιν ἐμπρέπεται γυναί-
κεσσιν ὤς ποτ' ἀελίω
δύντος ἀ βροδοδάκτυλος σελάννα

πάντα περρέχοισ' ἄστρα· φάος δ' ἐπί-
σχει θάλασσαν ἐπ' ἀλμύραν
ἴσως καὶ πολυανθέμοις ἀρούραις·

ἀ δ' ἐέρσα κάλα κέχυται, τεθά-
λαισι δέ βρόδα κἄπαλ' ἄν-
θρυσκα καὶ μελίλωτος ἀνθεμώδης·

πόλλα δὲ ζαφοίταισ', ἀγάνας ἐπι-
μνάσθεισ' Ἄτθιδος ἰμέρῳ
λέπταν ποι φρένα κ[ᾶ]ρ[ι σᾶι] βόρηται·

10

] Sard. [
quantas vezes, para este lugar, em pensamentos voltada

. . . [ ] . . . . . . [ ] . . .
como se fosses uma deusa que se desvela;
e com teus cantos mais se alegrava.

Agora, rebrilha entre as mulheres lídias,
como, depois do Sol
posto, a Lua, com dedos de rosas,

---

os astros ofuscando, todos, sua luz
derrama sobre o mar salgado
e nos campos constelados de flores;

---

alastra-se lindamente o orvalho;
abrem-se as rosas, o delicado
cerefólio e o florido meliloto;

---

ela vagueia sem cessar, recorda-se
de Áthis, a deliciosa, e seu coração
delicado se aflige com tua sina:

κῆθι δ' ἔλθην ἀμμ. [. .] . . ισα τόδ' οὐ
νῶντ' ἀ[. .]υστονυμ[. . .] πόλυς
γαρύει [. . .]αλον[. . . . . .] . ο μέσσον·

ε]ὔμαρ[ες μ]έν οὐκ ἄμμι θέαισι μόρ-
φαν ἐπή[ρατ]ον ἐξισω-
σθαι συ[. .]ρος ἔχηισθ' ἀ[. . .] . νίδηον

]το[. . . .]ρατι-
μαλ[ ] . ερος
καὶ δ[.]μ[ ]ος 'Αφροδίτα

καμ[ ]νέκταρ ἔχευ' ἀπὺ
χρυσίας [ ]ναν
....]απουρ[ ]χέρσι Πείθω

. . .

]ες τὸ Γεραίστιον
]ν φίλαι
]υστον οὐδενο[

]ερον ἴξο[μ

———
[
[
[

———
[
mas é difícil, para nós, com deusas
]rivalizar[ ] de Adônis

———
[
[
]Aphrodite

———
] o néctar derrama
áureas [
] Persuasão

———
] Geraístion
] querida
]

———
] *eron íkso*[*m*

..] . θος· ἀ γάρ με γέννα[τ

σ]φᾶς ἐπ' ἀλικίας μέγ]αν
κ]όσμον, αἴ τις ἔχη φόβα<ι>ς[
πορφύρωι κατελιξαμέ[να πλόκωι,

ἔμμεναι μάλα τοῦτο δ[ή·
ἀλλ' ἀ ξανθοτέραις ἔχη[
ταὶς κόμαις δάιδος προ[

σ]τεφάνοισιν ἐπαρτία[ις
ἀνθέων ἐριθαλέων·
μ]ιτράναν δ' άρτίως κλ[

ποικίλαν ἀπὺ Ζαρδίω[ν
. . .] . αονίας πόλις

σοὶ δ' ἔγω Κλέι ποικίλαν
οὐκ ἔχω πόθεν ἔσσεται
μιτρὰν<αν>· ἀλλὰ τῶι Μυτιληνάωι

. . .

] . [
παι . α . ειον ἔχην πο. [
αἰκε . η ποικιλασκ . . . . [

ταῦτα τὰς Κλεανακτίδα[ν
φύγας . . . ισαπολισεχει
μνάματ'· .ἴδε γὰρ αἶνα διέρρυε[ν

11

[costumava dizer] minha mãe:

---

na sua juventude, era um belo
ornamento ter as tranças
presas numa [fitinha] purpúrea;

[
mas a moça de cabeleira
mais loura do que as flamas

---

fica melhor usando grinaldas
tecidas com botões de flores –
uma fita, não faz muito tempo,

---

de cores alegres, vinda de Sardes
] cidades jônias [
[

---

eu não tenho para ti, ó Kleís,
nem sei onde encontrar, uma fitinha
de cores alegres; mas [ ] os mitilenos

[
[
[

---

estas memórias dos filhos de Kleánaks
[
terrivelmente devastadas [

θέλω τί τ' εἴπην, ἀλλά με κωλύει
αἴδως . . .

. . .

αἰ δ' ἦχες ἔσλων ἴμερον ἢ κάλων
καὶ μή τί τ' εἴπην γλῶσσ' ἐκύκα κάκον,
αἴδως [κέν σε οὐκ] ἦχεν ὄππατ',
ἀλλ' ἔλεγες [περὶ τῶ δικαίω]

12

quero dizer-te uma coisa, mas me tolhe
o pudor [

. . .

fosse, o teu, um desejo por algo nobre e bom,
não te estalassem na língua umas palavras feias,
nenhum pudor velaria os teus olhos
[e o que é certo tu dirias]

ζά < τ' > ἐλεξάμαν ὄναρ, Κυπρογένηα

αἴθ' ἔγω, χρυσοστέφαν' Ἀφρόδιτα,
τόνδε τὸν πάλον λαχοίην

[*λέγει που καὶ Σαπφοῖ ἡ Ἀφροδίτη ἐν ᾄσματι·*]

. . . σύ τε κἄμος θεράπων Ἔρος

13

] em sonho <contigo> eu falei, Kyproghênia

14

] pudesse eu, crisocoroada Aphrodite
obter este dom
[no lance da sorte!]

15

[*Máximo de Tiro registra, em* Dissertações, *18,9, que, numa das canções de Safo, Afrodite se dirige à poeta, dizendo:*]

] tu e Eros, meu servidor [

ἐλθόντ' ἐξ ὀράνω πορφυρίαν περθέμενον χλάμυν

Ἔρος δ' ἐτίναξέ μοι
φρένας, ὠς ἄνεμος κὰτ ὄρος δρύσιν εμπέτων

Ἔρος δηὖτέ μ' ὀ λυσιμέλες δόνει,
γλυκύπικρον ἀμαχανον ὄρπετον

Ἄτθι, σοὶ δ' ἔμεθεν μὲν ἀπήχθετο
φροντίσδην, ἐπὶ δ' 'Ανδρομέδαν πότῃ

16

[Eros]
voltando do Céu, num manto de púrpura envolto

17

como o vento que se abate sobre os carvalhos na montanha,
[Eros me trespassa]

18

] de novo, Eros me arrebata,
ele, que põe quebrantos no corpo,
dociamaro, invencível serpente

. . .

] ó Atthis, tu me detestas até na lembrança:
e para os braços de Andromeda voas [

γλυκύπικρος

ἀλγεσίδωρος

μυθόπλοκος

19

[Eros] dociamargo

[Eros] que atormenta

[Eros] tecelão de mitos

ὦ τὸν Ἄδωνιν

κατθνάσκει, Κυθέρη', ἄβρος Ἄδωνις· τί κε θεῖμεν;

καττύπτεσθε, κόραι καὶ κατερείκεσθε κίθωνας[

ὀφθάλμοις δὲ μέλαις νύκτος ἄωρος

. . . κὰτ ἔμον στάλαχμον ...

20

ó tòn Ádonin,
ai de ti, ó Adônis

– ele agoniza, ó Kythéreia, Adônis delicado:
o que nos resta fazer?

– lacerai os vestidos, dilacerai vossos seios,
ó donzelas [

o sono negro nos olhos,
[ó Adônis, ó Adônis]

a minha dor escorre gota a gota,
[ó Adônis, ó Adônis]

τὰδε νῦν ἐταίραις
ταὶς ἔμαις [τέρπνα] κάλως ἀείσω

ἄβρα δεῦτε [πάσχης] πάλαι [ἀλλόμαν]

κἀπιλείψω τοι . . . .

21

com estas canções, às amigas,
airosamente, encantarei

22

[menina bonita,
de novo eu me perdi]

23

e para ti eu deixarei, depois de mim . . . .

ὠς δὲ πάις πεδὰ μάτερα πεπτερύγωμαι·

ταὶς κάλαισ’ ὔμμιν < τὸ > νόημμα τὦμον
οὐ διάμειπτον

24

< para ti, > como a criança na direção da mãe,
abrindo as asas, eu . . . . . .

25

às amigas adoráveis, meu coração,
para sempre fiel

[*ἡ δὲ Σαπφὼ . . . ἐπὶ τῶν περιστερῶν·*]

ταῖσι < δὲ > ψῦχρος μὲν ἔγεντ' ὀ θῦμος,
πὰρ δ' ἴεισι τὰ πτέρα

ἦρος ἄγγελος ἰμερόφωνος ἀήδων

τί με Πανδίονις ὤραννα χελίδων . . . . .

τί με Πανδίονις, Ὤιρανα, χελίδων . . . .
.

26

[*O escoliasta de Píndaro observa, em nota ao verso 10 da* I Pítica, *que Safo assim descreve os pombos num de seus poemas*:]

o frio trespassa-lhes o coração
e, encolhendo as asas [

27

rouxinol, núncio da primavera,
acorde do amor [

28

por que, filha de Pândion, ó doce andorinha . . . . por que, ó Irana,
a andorinha, filha de Pândion . . . . .

[*Verso citado por Hefestíon (130-169 d.C.), em* Livro dos Metros, *12,2. O texto do manuscrito encontra-se, porém, tão corrompido que essas e outras leituras se tornam possíveis, e, com elas, a tentação de reconstruir, na página ferozmente defendida pelo branco, o mito de Procne, filha de Pândion, transformada em andorinha, que (...). A seqüência (em prosa, naturalmente) pode ser lida em Apolodoro (séc. I d.C.),* Biblioteca, *II, XIV, 8.*]

ἤ σε Κύπρος καὶ Πάφος ἢ Πάνορμος

29

ḗ *se Kýpros* ḕ *Páphos* ḕ *Pánormos* [

ou Kýpros, ou Páphos, ou Pánormos [

Kýpros ou Paphos, em porto seguro... [

que te acolha
Kýpros ou Páphos em porto seguro [

ḗ *se Kýpros* ḗ *Páphos* ḕ *Pánormos* [

Κρῆσσαί νύ ποτ' ὧδ' ἐμμελέως πόδεσσιν
ὤρχηντ' ἀπάλοισ' ἀμφ' ἐρόεντα βῶμον,
πόας τέρεν ἄνθος μάλακον μάτεισαι

δέδυκε μὲν ἀ σελάννα
καὶ Πληΐαδες· μέσαι δὲ
νύκτες, παρὰ δ' ἔρχετ' ὤρα,
ἔγω δὲ μόνα κατεύδω

χρύσειοι δ' ἐρέβινθοι ἐπ' ἀιόνων ἐφύοντο

30

em Kreta, era assim que as mulheres dançavam,
ao som de músicas, cercando o divino altar,
pés delicados sobre as flores tenras da relva

31

a Lua já se pôs, as Plêiades também; é meia-
noite; a hora passa e eu,
deitada estou, sozinha

32

as ervilhas, áureas, despontavam nas margens

ἄστερες μὲν ἀμφὶ κάλαν σελάνναν
ἂψ ἀπυκρύπτοισι φάεννον εἶδος
ὄπποτα πλήθοισα μάλιστα λάμπηι
γᾶν < επὶ παῖσαν >

ἀργυρία

33

as estrelas, em torno da Lua formosa,
escondem de novo seu rosto brilhante
quando em plenitude ela volta a luzir

[prateada]

<sobre a terra inteira>

[. . . *ἐρευθήεσσα δέ ἀντι τοῦ πυρρὰ, καὶ παρὰ τὸ Σαπφικόν·*]

παντοδάπαισι μεμειχμένα χροίαισιν

πόδας δὲ
ποίκιλος μάσλης ἐκάλυπτε, Λύδι-
ον κάλον ἔργον

34

[*O escoliasta de Apolônio de Rodes (I,727), observando a precisão com que o poeta utiliza o termo "vermelho" em lugar de "púrpura" ou "rubro", assinala que, numa descrição feita por Safo, fala-se, ao contrário de uma:*]

mescla de todas as cores

35

[nos pés] ,
uma sandália de brilhos alegres,
lindo trabalho lídio[

[*O escoliasta de Aristófanes (*Paz, *1174) chama a atenção, por sua vez, para a qualidade superior das anilinas da Lídia, confirmando sua afirmação com os versos de Safo acima transcritos, nos quais aparece, entre outros, este problema para o estudioso da lírica arcaica: o termo μάσλης significa, como pretende Pólux, "um tipo de sandália", ou, de acordo com Reinach, "uma espécie de túnica"? Questão talvez insolúvel para o filólogo, mas de menor importância para o leitor que descobre, na página que os vazios defendem, vestígios do efêmero, de tudo o que brilha, do instante volátil.*]

[*Σαπφὼ δ' ὅταν λέγῃ ἐν τῷ πέμπτῳ τῶν μελῶν πρὸς τὴν Ἀφροδίτην*]

χερρόμακτρα δὲ [καγγόνων]
πορφύρα καταΰτμενα
[τατιμάσεις] ἔπεμψ' ἀπὺ Φωκάας
δῶρα τίμια [καγγόνων]

χρυσοφάη< ν > θερ[άπαιν]αν Ἀφροδίτ[ας

36

[*Ateneu de Náucratis (9.410e) observa que, quando Safo, no livro quinto de sua lírica, dirigindo-se a Afrodite, usa a expressão* χερρόμακτρα = kherrómaktra, *quer significar "lenços usados como adorno para a cabeça":*]

[Para Aphrodite:]
] lenços [ ]
de púrpura, perfumados,
[que Mnásis] enviou de Phókaia,
dons preciosos [ ]

37

[Hekate,]
auribrilhando, servidora de Aphrodite

πλήρης μὲν ἐφαίνετ' ἀ σελάννα,
αἰ δ' ὠς περὶ βῶμον ἐστάθησαν

ποικίλλεται μὲν
γαῖα πολυστέφανος

σοὶ δ' ἔγω λεύκας [ἐπιδωμον] αἶγος

38

plena, rompia no céu a Lua brilhante,
quando, em torno do altar, as mulheres, reunidas [

39

crivo de flores, a terra coroada de brilhos,

40

para ti
[sobre o altar]
[ ], da alva cabra,
[ ]

[*Nesse misterioso fragmento citado por Apolônio Díscolo (séc. II d.C.) para exemplificar uma questão gramatical, a expressão "sobre o altar"* (ἐπὶ βῶμον = epì bômon) *é uma correção proposta por Bekker ao manuscrito, onde se lê* ἐπὶ δῶμον = epì dômon. *Por outro lado, uma passagem de Luciano* (Dial. mer., *LXVII) permitiu a Reinach avançar, com interrogativas ressalvas, a seguinte tradução: "queimarei, para ti, sobre o altar, a gordura de uma cabra branca"*.]

[δ' ἀλλ' ἄν μοι] μεγαλύνεο δακτυλίω πέρι

σὺ δὲ στεφάνοις, ὦ Δίκα, πέρθεσθ' ἐράτοις φόβαισιν
ὄρπακας ἀνήτω συν< α>έρραισ' ἀπάλαισι χέρσιν·
εὐάνθεα [γὰρ πέλεται] καὶ Χάριτες μάκαιραι
μᾶλλον ποτόρην, ἀστεφανώτοισι δ' ἀπυστρέφονται

[*φυσικὸν γὰρ δή τι τὸ τοὺς οἰομένους εἶναι καλοὺς καὶ ὡραίους ἀνθολογεῖν. ὅθεν αἵ τε περὶ τὴν Περσεφόνην ἀντολογεῖν λέγονται καὶ Σαπφώ φησιν ἰδεῖν*]

ἄνθε' ἀμέργοισαν παῖδ' [ἄγαν] ἀπάλαν

[αυταόρα] ἐστεφαναπλόκην

41

] ah, não me cantes de orgulho
por um anel apenas! [

42

tu, de grinaldas, coroa, ó Dika, teus adoráveis cabelos,
raminhos de anis enlaçando com as mãos delicadas:
floridas, as preces agradam às divinas Graças
– que se afastam, porém, se guirlandas não trazes [

43

[*Ateneu de Náucratis (12.554b) observa que, por uma espécie de instinto natural, "as pessoas que se sentem belas e na flor da idade colhem flores. Eis por que, contam, Persephóne e suas companheiras colhiam flores; e Psapha diz que viu"*]

] uma linda menina colhendo flores

44

] grinaldas floridas [
[também eu, quando moça,] tecia grinaldas

χρύσω χρυσοτέρα

πολὺ πάκτιδος ἀδυμελεστέρα

μελίφωνοι

εὐμορφοτέρα Μνασιδίκα τὰς ἀπάλας Γυρίννως

γάλακτος λευκοτέρα

ὕδατος ἀπαλωτέρα

πηκτίδων ἐμμελεστέρα

ἵππου γαυροτέρα

ῥόδον ἀβροτέρα

ἱματίου ἑανοῦ μαλακωτέρα

χρυσοῦ τιμιωτέρα

45

mais áurea do que o ouro

46

muito mais deliciosa do que uma lira ressoando

47

melífona

48

Mnasidíka, de mais nobre forma do que a delicada Ghyrinnó

48a

mais do que o leite,	cândida
mais do que a água,	branda
mais do que liras,	harmônica
mais do que um cavalo,	impetuosa
mais do que a rosa,	frágil
mais do que um leve manto,	imponderável
mais do que o ouro,	áurea

οὐδ' ἴαν δοκίμωμι προσίδοισαν φάος ἀλίω
ἔσσεσθαι σοφίαν πάρθενον εἰς οὐδένα πω χρόνον
τεαύταν

Ἤρων ἐξεδίδαξε [Γυάρων] τὰν ἀνυόδρομον

ἀσαροτέρας οὐδάμα πΩἴρανα σέθεν τύχοισαν

49

não penso que haverá jamais, em tempo algum,
sob a luz do sol, moça que a ti se compare,
no brilho poesia

50

a Hêro eu ensinei [,de Ghyaros,] a de andar ligeiro

51

[mais insuportável do que tu, ó Irana
outra, nesta vida, eu nunca encontrei]

[mais insuportável, ó Irana,
nunca, por acaso, te encontrei nesta vida]

[*ἀναδράμωμεν ἐπι τὸ προκείμενον, παραθέμενοι τὸ πύλη, ὅπερ οὐκ ἦν παρ' Ἀττικοῖς· ἀλλὰ μέμνηται Σαπφὼ ἐν δευτέρῳ·*]

ἔγω δ' ἐπὶ μολθάκαν
πύλαν < κασ >πολέω [μέλεα·] κἂν μὲν τετύλαγκας [ἀσπόλεα]

52

[*Herodiano (séc. II d.C.) observa, em* Sobre termos anômalos, *que a palavra πύλη, (coxim ou almofada), não aparece nunca nos textos dos escritores atenienses, embora se encontre no Livro II de Safo:*]

deitarei meus membros sobre
macias almofadas [

[*Esse fragmento nos chega a tal ponto corrompido que, do conjunto, só podemos decifrar o que se leu acima, observa Schubart, apoiado por Denys Page – o que para o nosso imaginário já é muito, se pensarmos na oposição que o coxim citado por Herodiano instala entre uma Atenas "moderna", "viril", e o universo lânguido, colorido, sensual, da Lesbos sáfica, próximo, talvez, das cenas de interior oriental inventadas por Eugène Delacroix.*]

ἠράμαν . . . πότα

δαύοις ἀπάλας ἑτα< ί >ρας ἐν στήθεσιν

εἰ οὖν Σαπφὼ τὴν Λεσβίαν οὐδὲν ἐκώλυσεν εὔξασθαι νύκτα αὐτῇ γενέσθαι διπλασίαν, ἐξέστω κἀμοί τι παραπλήσιον αἰτῆσαι.

53

pequena . . . sem encantos

54

adormecendo
no seio de uma terna amiga

55

[*Em* Orações, *3, 26, Libânio, retórico do século IV d.C. anota o seguinte:*]

desde que Safo de Lesbos pôde desejar que uma noite tivesse para ela a duração de duas, quero também eu fazer um pedido igual.

[*Unindo, de forma sem dúvida aleatória, o fragmento 53 (citado por Plutarco em* Diálogo sobre o amor, *751d) ao 54 (colhido num dicionário compilado no século XII), teríamos, mediado por uma citação feita por Terenciano Mauro (*Et. Gen. *p. 22* Calame*), este poema imaginário:*]

[há muito tempo atrás eu te amei, ó Átthis:
eras ainda para mim uma menina pequena
e sem encantos, adormecendo no seio
de uma terna amiga: ah! pudesse aquela noite
durar duas noites para mim]

]βλα.[
]εργον, . . λ' α . . [
]ν ῥέθος δοκιμ[
]ησθαι

]ν αὐάδην χ . [
δ]ὲ μή, χείμων[
].οισαναλγεα.[
]δε

.] . ε . [. . . .] . [. . . . κ]έλομαι σ.[
Γο]γγύλαν [. . .]ανθι λάβοισαν ἀ.[
]κτιν, ἆς σε δηὖτε πόθος τ.[
ἀμφιπόταται

τὰν κάλαν· ἀ γὰρ κατάγωγις αὔτα[
ἐπτόαισ' ἴδοισαν, ἐγὼ δὲ χαίρω·
καὶ γὰρ αὔτα δήπο[τ'] ἐμέμφ[
Κ]υπρογέν[ηα

ὡς ἄραμα[
τοῦτο τῶ[
β]όλλομα[ι

ἠράμαν μὲν ἔγω σέθεν, Ἄτθι, πάλαι ποτὰ

56

]
]
]
]

]
]
]
]

] eu te peço
Gon]ghyla[empunha
a lira, enquanto o desejo, de novo, [
à tua volta, voa,

ó bela – ao ver os seus véus,
tu estremeceste; eu, de alegria,
me ilumino: certa vez, ela própria, a sagrada
Kyproghênia [

57

há muito tempo atrás, eu te amei,
ó Átthis

ἦλθες, ἔγω δέ σ' ἐμαιόμαν,
ὂν δ' ἔψυξας ἔμαν φρένα καιομέναν πόθῳ

καὶ ποθήω καὶ μάομαι

κὰτ ἔμον στάλαχμον

ὄπταις ἄμμε

58

] vieste: eu esperava por ti;
escorres, como água fresca, no meu coração ardente

59

queimo em desejo
e anseio [por]

60

[a minha dor, que flui,]
gota por gota

61

e nos queimas

ἐμέθεν δ' ἔχῃσθα λάθαν . . . . .
ἤ τιν' ἄλλον ἀνθρώπων ἔμεθεν φίλησθα . . . . .
. .

ἀλλ' ἔων φίλος ἄμμι
λέχος ἄρνυσο νεώτερον·
οὐ γὰρ πλάσομ' ἔγω συνοί-
κην ἔοισα γεραιτέρα

[*καλοῦσι γοῦν καὶ αἱ ἐλεύθεραι γυναῖκες ἔτι καὶ νῦν καὶ αἱ παρθένοι τὰς συνήθεις καὶ φίλας ἑταίρας, ὡς ἡ Σαπφώ·*]

Λάτω καὶ Νιόβα μάλα μὲν φίλαι ἦσαν ἔταιραι

62

tu me lançaste no esquecimento
[ ]
ou existe outro homem
que a mim tu preferes?

63

se tu me queres bem, amigo,
escolhe uma cama de mais moça:
não nos consigo imaginar, eu,
a mais velha, e, juntos, nós dois!

64

[*Numa digressão "filológica" (como diríamos hoje), Ateneu de Náucratis (c. 200 d.C.) observa que, no passado, "hetaira" não significava "prostituta", mas "amiga" ou "companheira"; e nesse sentido o termo era aplicado a meninas e mulheres de condição livre. Assim, por exemplo, em Safo:*]

Leto e Níobe eram queridas companheiras

[*Anotemos, antes de tudo, o seguinte: para um homem do séc. II, a poesia de Safo de Lesbos (nascida em cerca de 610 a. C.) já pertence a uma espécie de "antigüidade" que precisa ser estudada e explicada. Em seguida, algo desconcertante para nós: segundo a lenda, Níobe, mãe de sete rapazes e sete moças maravilhosos, teria zombado de Leto, que havia gerado apenas a Ártemis e Apolo – e os dois terríveis irmãos, para vingar a afronta feita à divina mãe, trespassaram então de flechas os quatorze filhos de Níobe. Essa mulher viu, ao sair do seu palácio, o horrível grupo de corpos agonizantes e ficou ali, longamente, como que petrificada pela angústia. Apiedando-se, porém, da infeliz, Zeus a transformou numa rocha, de onde escorre – como num fragmento de Safo – uma fonte que é a sua dor fluindo eternamente, gota a gota.*]

ὄτα πάννυχος ἄσφι κατάγρει

]. ἄκαλα κλόνει
]κάματος φρένα
]ε κατισδάνε[ι]
] ἀλλ' ἄγιτ' ὦ φίλαι,
], ἄγχι γὰρ ἀμέρα

ἔχει μὲν 'Ανδρομέδα κάλαν ἀμοίβαν . . . . .

Ψάπφοι, τί τὰν πολύολβον 'Αφροδίταν . . . .

65

quando aquele que age ao longo da noite
lhes fecha os olhos [

66

]
]
]
] mas vinde, ó amigas,
] o dia se aproxima

67

recebe, Andromeda, um dom precioso

ó Psappha, por que [tu clamas por] Aphrodite,
a-que-traz-riquezas?

νυκτ[

παρθένοι δ[
παννυχίσδοι[σ]αι[
σὰν ἀείδοιεν φ[
φας ἰοκόλπω.

ἀλλ' ἐγέρθεις ἠΐθ[
στεῖχε σοὶς ὐμάλικ[
ἤπερ ὄσσον ἀ λιγύφω[
ὔπνον [ἴ]δωμεν.

κῆ δ' ἀμβροσίας μὲν
κράτηρ ἐκέκρατ',
Ἔρμαις δ' ἔλων ὄλπιν θέοισ' ἐοινοχόησε.
κῆνοι δ' ἄρα πάντες
καρχάσι' ἦχον
κἄλειβον, ἀράσαντο δὲ πάμπαν ἔσλα
γάμβρῳ

68

noite [

———

as donzelas [
ao longo da noite inteira [
cantam [ ] [e a noiva,]
colo cingido de violetas.

———

Vem, tu, desperta [
[os jovens noivos
[pássaro de nítido canto
[

69

a ambrosia,
num cântaro transbordando;
Hermas com um jarro serviu os celestes.
E então eles todos,
largas taças nas mãos
fizeram libações e pediram graças
para o noivo

ὀφθάλμοις δὲ μέλαις νύκτος ἄωρος . . . . .

ἀμφὶ δ' ἄβροισ' . . . λασίοισ' εὖ <. ' >ἐπύκασσε

ὄνοιρε μελαινα[
φ[ο]ίταις ὄτα τ' ὔπνος[

γλύκυς θ[έ]ος, ἦ δεῖν' ὀνίας μ]
ζὰ χῶρις ἔχην τὰν δυναμ[

ἔλπις δέ μ' ἔχει μὴ πεδέχη[ν
μηδὲν μακάρων ἐλ[

οὐ γάρ κ' ἔον οὔτω[
ἀθύρματα κα.[

γένοιτο δέ μοι[
τοὶς πάντα[

70

o sono negro nos olhos . . . . .

71

e a cobriu com um lençol de linho delicado . . . . .

72

o sonho e [a noite] negra [
tu vieste quando Hýpnos [

---

o delicioso deus, terrivelmente, das angústias [
dividir a [

---

esperança [
as bem-aventuradas [

---

não sendo eu [
belos brinquedos [

---

e que eu possa obter [
todos [

τὸν δ' ἐπιπλάζοντ' ἄνεμοι φέροιεν
καὶ μελέδωναι

οὐκ οἶδ' ὄττι θέω· δύο μοι τὰ νοήμματα

]θαμέω[
ὄ]ττινα[ς γὰρ
εὖ θέω κῆνοί με μά[λιστα πά]ντων
σίνοντα]ι

. . . . .

]αν, ἔγω δ' ἔμ' [αὔται
τοῦτο σύ]νοιδα

73

os que me condenam,
que o vento e suas aflições os carreguem

74

não sei como escolher:
em mim, há dois intentos

75

]
os que são meu bem-querer, esses
me trazem dores;

. . . . . .

] ah, eu sei disso,
muito bem

[*βάζω τὸ λέγω . . . . . ἐξ αὐτοῦ γίνεται ἀβακής· κέχρηται δὲ αὐτῷ Σαπφώ, οἷον·*]

ἀλλά τις οὐκ ἔμμι παλιγκότων
ὄργαν, ἀλλ' ἀβάκην τὰν φρέν' ἔχω . . . . .

76

[*Estobeu, autor de antologias que teve seu* floruit *em algum ponto do século V d.C., ensina numa de suas obras que* βάζω = bádzō *significava (num dialeto grego para ele já antigo) "eu falo" – de onde a palavra* ἀβακής = abakḗs, *"silencioso, tranqüilo, doce". É nessa acepção que Safo utiliza o termo no fragmento que se lerá a seguir, no qual aparece também a palavra* φρήν = phrḗn, *"diafragma" e não propriamente "coração": a sede dos sentimentos e das paixões; tanto da alegria quanto da dor, do medo, da cólera, do amor – e das sensações físicas, da atenção e do que, hoje, chamaríamos de "razão".*]

mas eu não sou dos malignos
por temperamento: tenho um coração silencioso e sereno

ψαύην δ' οὐ δοκίμωμ' ὀράνω [δυσπαχέα]

μήτε μοι μέλι μήτε μέλισσα

μή κίνη χέραδος

77

[sou pequena
para alcançar o céu com as mãos]

78

para mim, nem o mel nem as abelhas

79

não revolvas pedras miúdas

ὁ πλοῦτος ἄνευ [ἀρέτας] οὐκ ἀσίνης πάροικος,
ἀ δ' ἀμφοτέρων κρᾶσις [εὐδαιμονίας ἔχει τὸ ἄκρον]

σκιδναμένας ἐν στήθεσιν ὄργας
μαψυλάκαν γλῶσσαν πεφύλαχται

ὁ μὲν γὰρ κάλος ὄσσον ἴδην πέλεται <κάλος>,
ὁ δὲ κἄγαθος αὔτικα καὶ κάλος ἔσσεται

80

[*Este fragmento foi colhido nas margens de um manuscrito de Píndaro, na qual um leitor antigo fez o seguinte comentário aos versos 96 e seguintes da* Oitava Olímpica*: "a saúde, quando não vem sozinha, mas embelezada pela virtude, enriquece a si mesma e à virtude, e ajuda na busca do que é bom. Pois nunca vêm sozinhas. Como diz Safo":*]

riqueza sem nobres virtudes não é vizinho inofensivo
[os dois, unidos, são a felicidade suprema]

[*O escoliasta de Píndaro utiliza, como Safo no seu verso, um conceito central da cultura grega, difícil de ser transposto para as línguas modernas:* ἀρετή = aretḗ, *que indica, não a* virtude *no sentido ocidental-cristão da palavra, mas uma excelência de méritos: a agilidade e a força corporais, a própria saúde, mas também o que há de melhor no campo da inteligência e da psiquê. Todo um universo de conotações vem então à tona: coragem, atos de bravura, honra, a nobre inteireza do homem... Homero, Píndaro, Safo. (Observe-se, aliás, que o segundo verso do fragmento tem uma redação bastante corrompida e pode ter sido redigido por um segundo escoliasta comentando o primeiro, de onde os colchetes enquandrando um texto colocado sob suspeita.)*]

81

é bom ter cuidado com a língua tagarela,
quando se agitam no peito as paixões

82

é belo, na duração de um olhar, quem é belo;
o valoroso para sempre há de ser belo

[*νῦν μὲν ἐπιτιμᾷ ταύταις, νῦν δὲ ἐλέγχει, καὶ εἰρωνεύεται αὐτὰ ἐκεῖ να τὰ Σωκράτους· τὸν Ἴωνα χαίρειν φησὶν ο Σωκράτης·*]

πόλλα μοι τὰν Πωλυανάκτιδα παῖδα χαίρην

μάλα δὴ κεκορημένοις
Γόργως

83

[*Segundo Máximo de Tiro (18, 9d), Safo costumava zombar de suas rivais, como no exemplo abaixo – mas a graça ou ironia desse verso nos escapa, hoje, quase inteiramente:*]

à filha dos Polyanaktidas, repetidas saudações

84

mas que supremo desgosto
de Gorghó

[*Σαπφοῦς πρὸς ἀπαίδευτον γυναῖκα·*]

κατθάνοισα δὲ κείσῃ οὐδὲ ποτα μναμοσύνα σέθεν
ἔσσετ' οὐδὲ πόθα εἰς ὕστερον· οὐ γὰρ πεδέχῃς βρόδον
τῶν ἐκ Πιερίας, ἀλλ' ἀφάνης κἀν 'Αίδα δόμῳ
φοιτάσῃς πεδ' ἀμαύρων νεκύων ἐκπεποταμένα

85

[*Segundo Estobeu (3.4.12), Safo teria dirigido estas palavras a uma mulher* ἀπαίδευτος = apaídeytos, *isto é, inculta e, sem dúvida, grosseira:*]

morta jazendo na terra,
ninguém te lamentará, ninguém vai de ti se lembrar:
das rosas da Piéria não compartilhaste
– invisível na casa do invisível Hades,
entre obscuros mortos uma sombra errante tu serás

[*Σαπφὼ περὶ Ἀνδρομέδας σκώτει*]

τὶς δ’ ἀγροΐωτις θέλγει νόον . . . . .
ἀγροΐωτιν ἐπεμμένα στόλαν . . . . .
οὐκ ἐπισταμένα τὰ βράκε’ ἕλκην ἐπὶ τῶν σφύρω;

86

[*Máximo de Tiro menciona (18,9) algumas rivais de Safo, sem dúvida na arte de ensinar dança e poesia; entre elas, a "insuportável Gorghó" (cf. fr. 84) e Andromeda, da qual a poeta zombaria nos seguintes versos que chegaram até nós tão corrompidos por copistas medievais e pelo tempo, tão restaurados por leitores modernos, que, na incerteza da forma, eles se transmutam a cada leitura, sobretudo se nos lembrarmos que o texto grego citado pelo velho retórico não está submetido aos rigorosos esquemas da metrificação antiga:*]

quem é essa camponesa que enfeitiçou teu pensamento,
incapaz de prender o drapeado do vestido
acima dos tornozelos? [

quem é a camponesa que te enfeitiça a cabeça,
vestida com roupa de camponesa,
não sabendo nem ajustar as vestes
acima dos tornozelos? [

quem, mulher grosseira, te prendeu no seu feitiço?
ela, que nem sabe ajustar o drapeado dos vestidos
acima dos tornozelos [

[*καὶ ἡ Σαπφὼ δὲ πρὸς τὸν ὑπερβαλλόντως θαυμαζόμενον τὴν μορφὴν καὶ καλὸν εἶναι νομιζόμενόν φησι·*]

στᾶθι [κἄντα] φίλος
καὶ τὰν ἐπ' ὄσσοισ' ὀμπέτασον χάριν

87

[*Segundo Ateneu de Náucratis (13.564d), Safo teria dito o seguinte a um homem excessivamente admirado e visto por todos como muito belo:*]

pára [ ] [se és meu amigo]
faz brilhar a alegria dos teus olhos [

diante de mim, meu querido, pára;
abraça-me com este olhar feiticeiro [

um instante, se me amas, à minha frente:
deixa que teus olhos brilhem [

[*Fragmentado como chegou até nós, corrigido e emendado por Bergk, Kaibel e outros helenistas antigos, esse verso colhido no curso de eruditas dissertações que Ateneu de Náucratis coloca na boca de seus personagens, ilumina entretanto o leitor moderno com uma graça que não depende dos contextos ou convenções citacionais.*]

ἔστι μοι κάλα πάις χρυσίοισιν ἀνθέμοισιν
ἐμφέρη<ν> ἔχοισα μόρφαν Κλέις ἀγαπάτα,
ἀντὶ τᾶς ἔγωὐδὲ Λυδίαν παῖσαν οὐδ' ἐράνναν . . . .

88

eu tenho uma linda menina; com flores douradas
ela se parece: minha Kleís, meu bem-querer –
nem pelo reino da Lídia inteiro, nem pela adorada
[Lesbos] eu a trocaria

δεῦτέ νυν ἄβραι Χάριτες καλλίκομοί τε Μοῖσαι

βροδοπάχεες ἄγναι Χάριτες δεῦτε Δίος κόραι

αἴ με τιμίαν ἐπόησαν ἔργα
τὰ σφὰ δοῖσαι

89

vinde, agora, delicadas Graças, e vós, Musas de lindas tranças

90

Graças divinas de róseos braços, vinde, ó filhas de Zeus

91

com o dom de suas obras
honraram-me [as Musas]

[*ἀναίθεται τῇ Ξανθίππῃ ὀδυρομένῃ ὅτε ἀπέθνῃσκεν, ἡ δὲ τῇ θυγατρί·*]

οὐ γὰρ θέμις ἐν μοισοπόλων [οἰκίᾳ]
θρῆνον ἔμμεν'· οὔ κ' ἄμμι πρέποι τάδε

[*καθόλου τὸ περιτιθέναι τοῖς ἀπροαιρέτοις προαιρετικόν τι γλυκύτητα ποιεῖ ὥσπερ . . . . . καὶ ὅταν τὴν λύραν ἐρωτᾷ ἡ Σαπφὼ καὶ ὅταν αὐτὴ ἀποκρίνηται, οἷον·*]

ἄγι δὴ [χέλυ δῖα] [μοι λέγε]
φωνάεσσα [δὲ γίνεο]

δεῦρο δηὖτε Μοῖσαι χρύσιον λίποισαι . . .

92

[*Máximo de Tiro (18,9), recordando o aborrecimento de Sócrates com as lágrimas de Xantipa no momento em que ele se preparava para iniciar a grande viagem da morte, anota que Safo também havia dito à sua filha:*]

não consentem os deuses lamentos
numa casa consagrada às Musas:
não nos convêm

93

[*Hermógenes* (Id. *2.4*) *observa que atribuir ações a objetos inanimados pode produzir deliciosos efeitos, como, por exemplo, quando Safo interpela sua lira, que responde:*]

[– vem , lira divina, e me responde;
encontra, tu mesma, tua própria voz]

[ ]

94

de [vossa casa] dourada,
vinde a mim, ó Musas

φαῖσι δή ποτα Λήδαν ὐακίνθινον
. . . ὤιον εὕρην πεπυκάδμενον

95

diz a lenda que certa vez
Leda encontrou um ovo da cor de jacintos

contam que Leda encontrou
sob folhas de jacinto, um ovo

[*Ligada à grande narrativa homérica e conseqüentemente à poética de Safo, Leda desposou Tíndaro, rei de Esparta, e lhe deu quatro filhos – Pólux e Helena, criaturas semidivinas nascidos de um ovo fecundado por Zeus que, para se aproximar da princesa etólia, havia assumido a forma de um cisne; e Castor e Clitemnestra, pobres seres humanos eclodidos do mesmo ovo, mas gerados por Tíndaro: mito por excelência arcaico, quase totêmico, do qual nos resta, entre os fragmentos de Safo, apenas uma imagem enigmática, que poderia figurar, entretanto, na argila de um vaso, ao lado da inscrição* ΚΑΛΗ, "*bela e nobre": a cena, a mulher, o desenho.*]

λύκηα αᾶτερ, οὔτοι δύναμαι κρέκην τὸν ἴστον
πόθῳ δάμεισα παῖδος βραδίναν δι' 'Αφροδίταν

96

ó mãe querida, não consigo mais tecer a trama:
queimo de amor por um moço, e a culpa é da branda Aphrodite

[*φησὶν ἡ Σαπφὼ ὅτι τὸ ἀποθνῄσκειν κακόν· οἱ θεοὶ γὰρ οὕτω κεκρίκασιν· ἀπέθνῃσκον γὰρ ἄν.*]

97

[*Segundo Aristóteles* (Retórica, *1398b*), *Safo dizia que morrer é um mal: assim o decidiram os deuses, eles que não morrem.*]

]σανορεσ . . [
Φοίβωι χρυσοκό]μαι, τὸν ἔτικτε Κόω κ[όρα
μίγεισ' ὑψινέφει Κρ]ονίδαι μεγαλωνύμωι·
Ἄρτεμις δὲ θέων] μέγαν ὄρκον ἀπώμοσε·
νὴ τὰν σὰν κεφά]λαν, ἄϊ πάρθενος ἔσσομαι
ἄδμης οἰοπό]λων ὀρέων κορύφαισ' ἔπι
θηρεύοισ' ἄγι καὶ τά]δε νεῦσον ἔμαν χάριν.
ὣς εἶπ'· αὐτὰρ ἔνευ]σε θέων μακάρων πάτηρ.
πάρθενον δ' ἐλαφάβ]ολον ἀγροτέραν θέοι
ἄνθρωποί τε κάλε]ισιν ἐπωνύμιον μέγα.
κήναι λυσιμέλης] Ἔρος οὐδάμα πίλναται,
] . [.] . . . . αφόβε[. .] . . ω·

98

] [
Phoîbos crisoco]mo gerado pela filha de Kêos
unida ao Senhor das Nuvens,] o glorioso Kronida;
mas Ártemis, entre os deuses,] fez um sublime voto:
"Por tua cabe]ça, eu serei eternamente virgem,
indomável; no alto] cimo das montanhas solitárias,
caçadora: vem, coloca-me] a salvo, dá-me esta graça!"
Assim ela disse.] E o pai dos santos deuses concedeu.
Donzela-que-abate]-cervos, virgem selvagem, os deuses
e os homens a chamam desde então:] é um nome glorioso.
Eros, que põe quebrantos nos corpos,] não se aproxima
[de Ártemis]

[*Estes versos, decifrados num papiro do séc. II ou III d.C., foram publicados pela primeira vez por Lobel e Page em 1952 e atribuídos, com alguma hesitação, ao poeta Alceu de Mitilene. Outros editores (e.g. Campbell e Treu) argumentam a favor de Safo como autora do conjunto que, como demonstram os colchetes, passou por uma laboriosa restauração, devida a Page, mas também a Cramer. De qualquer forma, é com involuntária ironia que fecho a primeira parte dos fragmentos da lírica da poeta de Lesbos com este hino a uma divindade insensível à potência de Eros – sobretudo ao constatar que minha edição se abre com uma prece a Afrodite e reenvia a uma seqüência de cantos nupciais.*]

Fragmentos de epitalâmios

Ἔσπερε πάντα φέρων ὄσα φαίνολις ἐσκέδασ' αὔως,
φέρεις ὄιν, φέρεις αἶγα, φέρεις ἄπυ μάτερι παῖδα

ἀστέρον πάντων ὀ κάλλιστος . . . . . .

1

Vésper,
trazendo de volta os que se foram
à luz do claro dia nascente,
ovelha e cabra nos trazes de volta;
trazes de volta, à mãe, o seu filho

2

[Ó Vésper,]
dos astros o mais belo!

ἦρ' ἔτι παρθενίας ἐπιβάλλομαι;

ὦ καλή, ὤ χαρίεσσα·

δώσομεν, ἦσι πάτηρ

3

à Virgindade,
o que ainda me prende?

4

ó bela, ó cheia de graça

5

nós a entregaremos, diz o pai

οἶον τὸ γλυκύμαλον ἐρεύθεται ἄκρῳ ἐπ' ὕσδῳ,
ἄκρον ἐπ' ἀκροτάτῳ, λελάθοντο δὲ μαλοδρόπηες·
οὐ μὰν ἐκλελάθοντ' ἀλλ' οὐκ ἐδύναντ' ἐπίκεσθαι

οἴαν τὰν ὑάκινθον ἐν ὤρεσι ποίμενες ἄνδρες
πόσσι καταστείβοισι, χάμαι δὲ πόρφυρον ἄνθος

6

igual à doce maçã que, no mais alto ramo,
lá no alto, amadurece, pelos colhedores esquecida
– não: que eles não conseguiram alcançar

7

igual ao jacinto nas montanhas,
sob o pé dos pastores calcado,
jaz por terra a flor de púrpura

τίῳ σ', ὦ φίλε γάμβρε, καλῶς ἐικάσδω;
ὄρπακι βραδίνῳ σε μάλιστ' ἐικάσδω

πέρροχος, ὡς ὅτ' ἄοιδος ὀ Λέσβιος ἀλλοδάποισιν

8

ao que poderia eu, noivo querido, comparar-te?
lindamente, a um ramo delicado vou comparar-te

9

superior:
assim, o cantor de Lesbos aos de outras terras

θυρώρῳ πόδες ἐπτορόγυιοι,
τὰ δὲ σάμβαλα πεμπεβόηα,
πίσσυγγοι δὲ δέκ' ἐξεπόναισαν

ἴψοι δὴ τὸ μέλαθρον,
ὐμήναον,
ἀέρρετε, τέκτονες ἄνδρες·
ὐμήναον·
γάμβρος [<εἰσ>έρχεται ἴσος] Ἄρευι,
ἄνδρος μεγάλω πόλυ μέσδων

10

umas sete braças tem o pé do porteiro,
levam suas sandálias o couro de cinco bois:
para fazê-las penaram dez sapateiros

11

os altos tetos levantai

– *Hymenœus*!

levantai, ó carpinteiros

– *Hymenœus*!

o noivo se aproxima,
o noivo grande como Ares,
mais alto que os mais altos homens

τανδεφυλασσετε ενν[. .]οι γάμβροι[. . . . .]υ πολίων βασίληες

12

vigiai [
guardai [
ó vós, os noivos [
príncipes das cidades [

em vigilância mantivestes a [
e os noivos [
príncipes das cidades [

ὄλβιε γάμβρε, σοὶ μὲν δὴ γάμος ὡς ἄραο
ἐκτετέλεστ', ἔχῃς δὲ πάρθενον [ἄν] ἄραο . . .
σοὶ χάριεν μὲν εἶδος, ὄππατα δ' . . .
μέλλιχ' ἔρος δ' ἐπ' ἰμέρτῳ κέχυται προσώπῳ
. . . . τετίμακ' ἔξοχά σ' Ἀφροδίτα

οὐ γὰρ [ἑτέρα νῦν] πάις ὦ γάμβρε τεαύτα

παρθενία, παρθενία, ποῖ με λίποισ' ἀποίχῃ;
[οὐκέτι ἥξω πρὸς σέ, οὐκέτι ἥξω]

13

[cumpriu-se, ó noiva, a promessa!
– Ó esposo!
cumpriu-se, ó noivo, o desejo!
– Ó esposa!]

ó ditoso noivo, cumpriu-se a demanda!
tens o laço, tens moça que demandas!
ó noiva cheia de graças, teus olhos [
a doçura do mel; em tua face Eros aflui;
honra-te, acima de todos, Aphrodite

14

pois não [se conhece], ó noivo,
outra moça que a esta [se compare]

15

– virgindade, virgindade, aonde, ao me deixar, tu foste?

– eu nunca voltarei a ti; nunca voltarei

χαῖρε, νύμφα, χαῖρε, τίμιε γάμβρε, πόλλα

[χαίροις ἀ νύμφα], χαιρέτω δ' ὀ γάμβρος

16

]adeus – alegra-te – ó noiva;
alegra-te – e adeus- ó nobre esposo

17

adeus – alegria e luz para a noiva;
adeus – que se ilumine e se alegre o noivo

Ruínas

ἦρ' α[. .
δῆρα το[
Γογγύλα σ[

1

êr' a [
dērat [
Gonghyla [

spring . . . . .
too long . . . . .
Gongula . . . . .*

domingo . . . . .
tão longo . . . . .
Gôngula . . . . . **

* Segundo a leitura de Ezra Pound.
** Ezra Pound, em releitura de Augusto de Campos.

.   .   .
. .]ων μα.[

κ]αὶ τοῦτ' ἐπικε.[
δ]αίμων ὀλοφ.[

οὐ μὰν ἐφίλησ[
νῦν δ' ἔννεκα[

τὸ δ' αἴτιον οὔτ[
οὐδὲν πόλυ[.].[

]υδ' [

2

]
]
daímon oloph . . . .
[uma divindade funesta]
[um deus que se lamenta]

. . .
] ἔρωτος ἠλπ[
]
]τιον εἰσίδω σ[
]Ἑρμιόνα τεαύ[τα
] ξάνθαι δ' Ἐλέναι σ' ἐίσ[κ]ην
]κες
] ις θνάταις, τόδε δ' ἴσ[θι] τὰι σᾶι
]παίσαν κέ με τὰν μερίμναν
]λαισ' ἀντιδ[. .]΄[.]αθοις δὲ
]
]τας ὄχθοις
]ταιν
]νυχίσ[δ]ην

3

].......[de amor
]
[pois que te vejo face a face
] Hermíone [
] à loura Helena
  [comparar-te]
] criaturas mortais
] dos meus sofrimentos
]   [ ] [ ] [
                                        ] ....
                                        ]
                                        ] [ ]

. . . . .] . . . α[

. . . . .]ρομε[
. . . . .] . ελασ[

.ροτήννεμε[
Ψάπφοι, σεφίλ[

Κύπρωι β[α]σίλ[
καίτοι μέγα δ.[

ὄ]σσοις φαέθων[
πάνται κλέος[

καί σ' ἐνν 'Αχέρ[
]ντ[

4

...] And[rome]da
] a Psappha
] Kýpria
] Phaêton
[Akher]onte

. . .

[luz e treva]
[ ]
Andromeda
[ ]
[ ]
a Psappha
Kýpria
[Estrela da Tarde]
Phaêton
[brilhando]
[ ] no Akheronte

]ι γάρ μ’ ἀπὺ τὰς ἐ.[
ὔ]μως δ’ ἔγεν[το
] ἴσαν θέοισιν
]ασαν ἀλίτρα[
]δρομέδαν[.]. αξ
]αρ[. . .]. α μάκα[ιρ]α
]εον δὲ πρόπον α[.].ύνη[
] κόρον οὐ κατισχε . [
]κα[. . . . .]. Τυνδαρίδαι[ις
]ασυ[.] . . .κα[.] χαρίεντ’ ἀ . [
]κ’ ἄδολον [μ]ηκέτι συν[
]μεγαρα . [. .]να[. . .]α[

5

] [
] [
iguais a deusas
] [
Andromeda [ ] [
] [ ] [ ]
]] [ ] [ ]
[ ]
] [ ] Tyndárides
[ ]
[ ]
Megara [

]τύχοισα
]θελ’
τέ]λεσον νόημμα
]έτων κάλημ<ι>
]πεδὰ θῦμον αἶψα
ὄ]σσα τύχην θελήση[ις
]ρ ἔμοι μάχεσθα[ι
χ]λιδάναι πίθεισα[ν
]ί σὺ δ’ εὔ γὰρ οἶσθα
]έτει τα[.] . λε . .
]κλασ[

6

combater
]
]
]
]
combater [comigo (?)] [contra mim (?)]
]
pois bem sabes
]

ἐπτάξατε[
δάφνας ὄτα[

πὰν δ' ἄδιον[
ἢ κῆνον ἐλο[

καὶ ταῖσι μὲν ἀ[
ὀδοίπορος ἄν[

μύγις δέ ποτ' εἰσάιον· ἐκλ[
ψύχα δ' ἀγαπάτασυ. [

τέαυτα δὲ νῦν ἔμμ[
ἴκεσθ' ἀγανα[

ἔφθατε· κάλαν[
τά τ' ἔμματα κα[

7

ἐπτάξατε:

]... e vos escondestes, cheias de horror [
um loureiro, quando [
. . . . .
tudo, mais delicioso [
. . . . .
. . . . .
um caminhante [
mal conseguia ouvir [

alma [
. . . . .
. . . . .
. . . . .

[bela]

].[
].δα[
]
].α
]ύγοισα[ ]
].[. .] . . [ ]ιδάχθην
].χυ θ.[.]οι[.]αλλ[. . . . .]ύταν
].χθο.[.]ατί [. . . . . . .]εισα
]μένα ταν[. . . . ώ]νυμόν σε
]νι θῆται στ[ύ]μα[τι] πρόκοψιν
]πων κάλα δῶρα παῖδες
]φιλάοιδον λιγύραν χελύνναν
]ντα χρόα γῆρας ἤδη
]ντο τρίχες ἐκ μελαίναν
]αι, γόνα δ' [ο]ὐ φέροισι
]ησθ' ἴσα νεβρίοισιν
ἀ]λλά τί κεν ποείην;
] οὐ δύνατον γένεσθαι
] βροδόπαχυν Αὔων
ἔσ]χατα γᾶς φέροισα[
]ον ὔμως ἔμαρψε[
]άταν ἄκοιτιν
]ιμέναν νομίσδει
]αις ὀπάσδοι
ἔγω δὲ φίλημμ' ἀβροσύναν,]τοῦτο καί μοι
τὸ λά[μπρον ἔρος τὠελίω καὶ τὸ κά]λον λέ[λ]ογχε

8

[

]

] maravilhoso dom
] da lira que ressoa, nítida
] a velhice [ ] a minha pele
] cabelos, escuros um dia
] frágeis joelhos
] (dançavas?) (eras igual?) a uma jovem corça!

. . . . . .

] Aurora de róseos braços
] aos limites da terra levando
]
]
]
]
eu amo a doçura do mundo] [ ]
[*o amor me concedeu*] [*a luz resplandecente e a beleza do sol*] [

]θε θῦμον
]μι πάμπαν
]δύναμαι,
]

]ας κεν ἦ μοι
]ς ἀντιλάμπην
]λον πρόσωπον.
]

]γχροΐσθεις,
]΄[. .]ρος

9

]
]
]
]

]
] s antilámpēn
]

]
]
] [. .]

[Antilámpō: *fazer brilhar sinais, transmitindo mensagens ou respostas: assim, a luz que percorre os céus, de Tróia ao palácio real, no* Agamêmnon *de Ésquilo, 294.*]

]
].επαβολησ[
]ανδ' ὄλοφυν [. . . .]ε.
]τρομέροις π.[. .]αλλα
]

] χρόα γῆρας ἤδη
]ν ἀμφιβάσκει
]ς πέταται διώκων
]

]τας ἀγαύας
]εα, λάβοισα
] ἄεισον ἄμμι
τὰν ἰόκολπον.]
]ρων μάλιστα
]ας π[λ]άναται

10

]
]
]

]
]
]

]
]
] cantai, para nós,
a que traz violetas nos véus
[
[

πεδὰ βαῖο[ν
Πωλυανακτ[ίδ]αις
[
χόρδαισι διακρέκην[
ὀλισβ[ ] δόκοισ< ι >[
φιλοφρ[ό]ως [
ἐλελίσ[

11

]
]da casa de Polyánaks [
]
]
olisb [
]
]

[*O termo* ὄλισβος = ólisbos *faz parte do vocabulário obsceno da comédia ática* (Lisístrata, *107-109*) *e corresponde ao latino* penis coriaceus, *artefato usado na Antigüidade por amorosos solitários, que não são apenas mulheres, pois um fauno servindo-se dele está jocosamente inscrito numa cerâmica beócia do período arcaico, hoje em Berlim. Os vestígios da presença de um ólisbos no que pode ter sido um verso de Safo é, para alguns editores, quase um escolho, embora se transforme, para outros, num achado providencial, comprovando o modo de vida viril das mulheres de Lesbos. De acordo com os mais prudentes, entretanto, os grafemas* <o l i s b> *teriam sido praticamente refeitos a partir de traços esmaecidos sobre um suporte de papiro quase duas vezes milenar.*

Por outro lado, tendo em vista a precariedade do texto, suas imensas lacunas, a ausência de elementos que permitam determinar até o metro e o tipo de composição, é possível avançar outra hipótese: estes restos são de Alceu de Mitilene, e não da poeta de Lesbos.

Gravemos, entretanto, o seguinte: o ólisbos *faz parte da tradição grega mais arcaica, está presente na superfície da cerâmica antiga, atravessa com desembaraço os discursos da comédia e do mimo; e assim, ao surgir num contexto em que está presente a casa dos Polyánaks, poderia talvez indicar uma enérgica agressão verbal de uma poeta de sentimentos fortes e língua ferina contra alguma "inimiga polyanaktida que ela não conseguia mais suportar"*.]

] . εν τὸ γὰρ ἔννεπε[.]η προβ[
] . ατε τὰν εὔποδα νύμφαν [
]τα παῖδα Κρονίδα τὰν ἰόκ[ολπ]ον[
] . ς ὄργαν θεμένα τὰν ἰόκ[ολ]πος α[
] . . ἄγναι Χάριτες Πιέριδέ[ς τε] Μοῖ[σαι
] . [. ὄ]πποτ' ἀοιδαι φρέν[. . .]αν . [
]σαιοισα λιγύραν [ἀοί]δαν
γά]μβρον, ἄσαροι γὰρ ὐμαλικ[
]σε φόβαισι θεμένα λύρα . [
] . . η χρυσοπέδιλ< λ >λ[ο]ς Αὔως

12

[*Vestígios decifradas num papiro do século II d.C., no qual um autor desconhecido, referindo-se provavelmente ao oitavo livro da lírica de Safo, registrou o que seriam os primeiros versos de dez poemas para sempre perdidos:*]

. . . . . dizer [

. . . . . a noiva de lindos pés [

. . . . . véus de violetas, a filha de Kronos [

. . . . . a ira . . . . veús de violetas [

. . . . . divinas Graças e vós, Musas da Piéria [

. . . . . canções [que arrebatam] [

. . . . . ouvindo o nítido som [

. . . . . o noivo [

. . . . . cabeleira . . . . a lira [

. . . . . Áuos, ó tu, Aurora de áureas sandálias [

Jogos de sombra e luz

O esplendor que se estende sobre a cidade [de Smirna], e *que não cega os olhos* – como escreveu Sappho –, mas que os alimenta e revigora, e cuja alegria lhes dá novas forças; não à maneira *da flor do jacinto*, mas como algo que o sol e a terra jamais revelaram ao homem [

Elius Aristides, *Or.*, 18, 4

***

Se, por meio de orações, me fosse permitido mudar minha forma para a de um pássaro, como na lírica do poeta de Teos, eu não voaria para o Olimpo, nem mesmo para queixar-me de amores, mas, antes, voaria aos contrafortes de tuas montanhas para abraçar-te, ó tu, *meu desvelo*, como escreveu Sappho.

Iulianus, *Ep.*, 193 (p. 263 Bidez-Cumont)

***

Devo, agora, comparar-te ao próprio Condutor das Musas, tal como o descrevem Sappho e Píndaros em seus poemas, cabelos e lira dourados, levado por cisnes ao Helikón, para dançar com as Musas e as Khárites.

Himerius, *Or.*, 46, 6

***

] e o desejo, ao contrário, procura enganar, como se diz de Aphrodite:

Kýpria, que urde as suas tramas

Aristóteles, *Eth.Nic.*, VII, 6, 3, 1. 149b

***

] Sappho diz que a Persuasão é filha de Aphrodite.

Escoliasta de Hesiodus, 74

***

] Sappho ama a rosa e lhe tece sempre algum elogio; ela a compara às lindas moças.

Philostratus, *Ep.*, 71

***

Para Apollonios Rhodios, Eros é filho de Aphrodite; para Sappho, ele nasceu do Céu e da Terra.

Escoliasta de Appol. Rhod., III, 26

***

[Os outros poetas] deixaram a Sappho de Lesbos o privilégio de cantar em sua lira os ritos de Aphrodite e a composição do epitalâmio. Depois do confronto, ela entra na câmara nupcial, entrelaça guirlandas no quarto e prepara o leito; reúne as moças no quarto; traz a própria Aphrodite no carro das Khárites, com o coro dos Amores que se divertem com ela; entrelaça flores de jacinto nos cabelos de Aphrodite, mas deixa algumas mechas livres, divididas em sua testa, ao capricho da brisa que brinca com elas; adorna com ouro as asas e os caracóis dos amores e coloca seu cortejo diante do carro, levantando no ar as tochas.

Himerius, *Or.*, 9, 4

***

Belo noivo, homem de pureza, santo arcipreste, cantaremos para ti um canto de núpcias em teu místico casamento; não um canto como aqueles que Sappho, a poeta, cantou, tecido com ritmos suaves e melodias licenciosas, comparando os noivos a cavalos vencedores em corridas e a noiva à ternura das rosas, fazendo sua elocução mais melodiosa que a lira.

Michael Italicus, erudito bizantino do século XII, numa carta ao bispo de Constantinopla, Michael Oxites

***

Com certeza, ouviste falar de Sappho dizendo, cheia de orgulho, a algumas dessas mulheres consideradas felizes, que as Musas a tinham abençoado e feito digna de inveja, e que *não seria esquecida, nem mesmo depois de morta.*

Elius Aristides, *Or.*, 28, 51

***

Sokrátes diz que Eros é *sofista*, Sappho chama-o de *tecelão de mitos*. Eros faz com que Sokrátes queime por Phaîdros e Sappho diz que Eros *caiu sobre ela como o vento que desaba, dos altos montes, sobre os carvalhos.*

Maximus Tirius, 18, 9

***

[Sokrátes] repudiava, ao morrer, as lamentações de Xanthippe; e Sappho as de sua filha: *Não permitem os deuses lágrimas de dor, numa casa consagrada às Musas: não nos convêm.*

Maximus Tirius, 18, 9

***

Para Diotima, Eros floresce na riqueza e morre na pobreza; reunindo esses dois aspectos, Sappho falou do amor *dociamargo* e *doador de sofrimentos.*

Maximus Tirius, 18, 9

***

Dizem que Sokrátes não se aproximou de Alkibiádes, que muito amava, antes que fosse suficientemente conduzido pelas palavras.

Tu me parecias ainda uma criança que não estava preparada para o amor, diz Sappho.

Maximus Tirius, 18, 9

***

Como considerar o amor da mulher de Lesbos, senão pela comparação com a arte socrática de amar? Pois cada qual me parece ter praticado o amor à sua maneira; ela, o amor das mulheres; ele, o dos homens. Pois disseram que amaram muitos, e foram fascinados por todas as coisas belas. O que Alkibiádes e Kharmídes e Phaîdros foram para ele, Ghyrinna e Átthis foram para ela; assim como Prôdikos, Gorghías, Thrasymákhos e Protagóras foram rivais na arte (*ἀντίτεχνοι*) para Sokrátes, Gorghó e Andromeda foram, para Sappho, rivais. Às vezes, ela as critica, outras vezes zomba delas e usa da ironia, tal como Sokrátes.

Maximus Tirius, 18, 9

***

Sokrátes diz: *Bom dia para você, Íon*; e Sappho: *Meus repetidos cumprimentos à filha dos Polyanaktídas*.

Maximus Tirius, 18, 9

***

A história dos amores de Selene [e Endymíon] foi contada por Sappho e Níkandros no canto II da *Europa*; dizem que neste antro [Latmos] Selene desceu para encontrar Endymíon.

Escoliasta de Appol. Rhod., IV, 57

***

Prometeu, filho de Iapetós e Klymene; depois de ter criado os homens, subiu, dizem, ao céu, com a ajuda de Minerva e iluminando uma tocha [*férula*, segundo Bergk] na roda do sol, roubou o fogo, que revelou aos homens. Os deuses, irritados, enviaram, então, dois males aos homens: as febres [*mulheres*, segundo Bergk] e as doenças, como contam Hesíodos [*Teogonia*, 570; *Os trabalhos e os dias*, 70, 100] e Sappho.

Servius, in Virg., *Ecl.* VI, 42

***

Segundo alguns, foram sete rapazes e sete moças que Theseus libertou com ele próprio, como dizem Platão no *Phaîdros* e Sappho em sua lírica.

Servius, in Virg., *En.*, VI, 21

***

Anakréon diz que coroava a si próprio com mirto [ ] e também com anis, como Sappho e Alkaîos. Os dois mencionam também a salsa.

Pollux, *Voc.*, VI, 107

***

Se, portanto, nada impediu Sappho de Lesbos de desejar que [aquela] noite tivesse para ela a duração de duas noites, que eu possa fazer um pedido semelhante.

Libanius, *Or.*, 12, 99

***

O ouro é indestrutível. Sappho diz [ ] que o ouro é filho de Zeus.

Escoliasta de Pind., *Pyth.*, 4.110c

***

Euphórion, o poeta lírico, diz no livro *Sobre os jogos ístmicos*: "os intrumentalistas atualmente chamados de *nablistas, pandouristas, sambycistas* não utilizam um instrumento novo, pois o *báromon* e o *bárbiton* foram mencionados por Sappho e Anakréon assim como o *mágadys,* o *trígono* e o *sambyka.*

Athenaeus, IV, 182e

***

Mais que [*a jovem*] *Ghello, amiga das crianças*: expressão usada a respeito dos que morrem prematuramente, ou daqueles que, amando as crianças, as estragam com mimos. Pois Ghello era uma jovem, morta prematuramente, e as mulheres de Lesbos dizem que seu fantasma assombra as criancinhas e atribuem a ela sua morte prematura. Sappho a menciona.

Zenobius, *Prov.*, 3.3

***

Thápsos: uma madeira com a qual tingiam a lã e os cabelos de amarelo; Sappho a chama de *madeira cítia.*

Photius, 8l. 12s. (p. 274 Naber)

***

Ákakos: "aquele que não passou pela experiência do mal", e não "homem de caráter honesto e bom". Assim utilizou Sappho [esse termo].

Photius, *Anecd. Gr.* i 370 Bekker

***

Amára: assim chamado porque é suspenso ou cavado com a ajuda de uma pá (*amé*); essa, a explicação de um comentário de Sappho.

Orion, *Lex.*, 3, 12

***

Amamaksvs, isto é, *vinha trepadeira*. Sappho escreve com um δ: *amamaksydes*.

Et.Mag., p. 77, 1

***

Nos substantivos, há também irregularidades de declinação, como, por exemplo, *eysármates*, *lîta* e, em Sappho, *aûa*.

Apollonius Dyscolus, *Adv.*, 182, 22

***

Aúōs ou *ēṓs* (*Aurora*), isto é, o dia: essa é a forma utilizada pelos eólios. Sappho: *Pótni <a> Aúōs*: *Soberana Aurora*.

Et. Mag., p. 174

***

O acento agudo é colocado na última sílaba, na penúltima ou na antepenúltima; nunca antes. [ ] Excluímos a forma *Mḗdeia* em Sappho, pois ela divide o ditongo *ei*.

Ioanes Alexandrinus, *Πον. Παρ.* (p. 4 Dindorf)

***

] segundo o gramático Aristófanes, este vento é chamado de *katōré*, em função de seu ímpeto violento, para baixo.

Porphyrius, *Il.*, 2, 447; Eusthatius, *Il.*, 603, 37 et segs.

***

Kíndyn (*perigo*), usado por Sappho, em lugar de *kíndynon*.

Choeroboscus, in Theodos. *Can.* (i 270 Hilgard)

***

Melíphōnoi (*melífona*), delicioso epíteto utilizado por Sappho.

Philostratus, *Imag.*, 2, 1

***

Mellikhóphōnoi: a mais deliciosa, entre as palavras de Sappho.

Aristaenetus, *Ep.*, I, 10

***

O genitivo plural é *Mōsáon* entre os lacônios; *Mōisáon*, em Sappho.

Epim. Hom. (*Anecd.Oxon.*, i 278, Cramer)

***

Nítron (nitro, soda) é a forma da palavra entre os eólios, sobretudo em Sappho. Em ático, escreve-se com um λ: *lítron*.

Phrymichus, 272 (p. 89 Fischer)

***

Sobre *aḯdris* (*ignorante de*): pode ser declinado como *aḯdreos* e *aḯdrei*. Contudo, em Sappho: *polyḯdridi* (*que sabe muito, prudente, hábil*) está certo, a menos, naturalmente, que sua flexão seja a mesma que em ático, pois Sophokleēs usa a forma *ídrida*.

Escoliasta da *Il.*, 3, 219

***

Beydos, palavra utilizada por Sappho; é o *kimberikón*, uma túnica curta e transparente.

Pollux, *Voc.*, VII, 49

***

Hḗktores as cavilhas no leme. Sappho utiliza essa palavra como epíteto de Zeus.

Hesychius, *E* 1.750 (ii. 56 Latte)

***

]inversamente, entre os eólios, o ζ substitui, às vezes, o δ, como em Sappho, que escreveu *dzábaton* (vau) por *diábaton*.

Escoliasta de Dion. Thrax., *Art.*, 6

***

Assim, em Sappho: *khelṓnē, khelýne* (tartaruga).

Orion, 28, 15

***

Os vasos (*phiálai*) são chamados de *mesómphalos* ou *balaneiómphalos*, de acordo com sua forma; os de ouro, de acordo com o material. Assim, Sappho: *khrysastrágaloi* (vasos de ouro).

Pollux, *Voc.*, 6, 98

***

] *episkhoíēs pódas*: forma análoga a *ioíen* e a *agogoiēn*, como em Sappho.

Escoliasta da *Il.*, 14, 241

***

Sappho chama um móvel [ou cofrezinho] para perfumes e outros artigos femininos de *grýta* (*cofre-das-vaidades*).

Phrynichus, *Praep.Sophist.* (p. 60 von Borries)

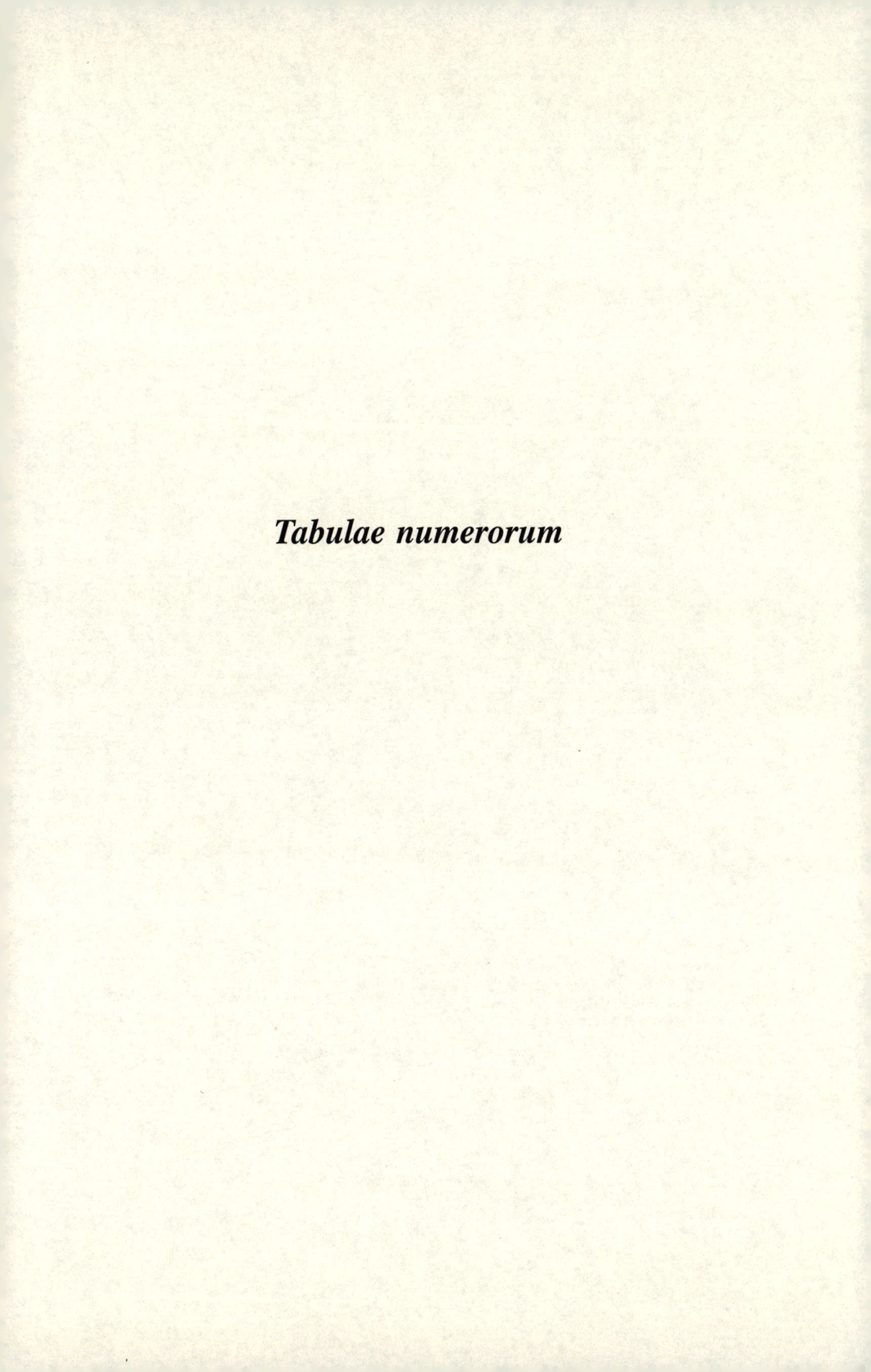

Tabulae numerorum

Índice dos números dos fragmentos

I. Neste volume
II. Ed. Belles Lettres (Reinach-Puech: RP)
III. Ed. Clarendon (Lobel-Page: LP)

1. *Poemas e fragmentos*

I	II - RP	III - LP
1	1	1
2	2	31
3	-	2
4	25-26	5-15
5	27	16
6	28	17
7	56	44
8	93	94
9	95	95
10	96	96
11	-	98 (a), (b)
12	160	137
13	156	134
14	22	33
15	71	159
16	61	54
17	44	47
18	97-98	130-131
19	182	172-188
20	133-152-53-10	168-140(a)-151-37
21	7	160
22	99	*inc.* 5*
23	17	-
24	130	*inc.* 25
25	19	41
26	8	42
27	131	136

* A abreviação *inc* indica, antes do número de um fragmento, que o verso é atribuído *sob* suspeita, ao autor em questão.

	RP	LP
28	153	135
29	6	35
30	151	*inc.* 16
31	74	(c.) *168 B**
32	127	143
33	3	34
34	57	152
35	13	39
36	90	101
37	145	*inc.* 23
38	150	154
39	148	(C) *168 C**
40	16	40
41	52	*inc.* 5
42	85	81
43	126	122
44	70	125
45	139	156
46	100	156
47	-	185
48	72	82 (a)
48a	140	156
49	64	56
50	66	*inc.* 11
51	72	91
52	54	46
53	42	49
54	147	126
55	172	197
56	33, 36	22
57	41	49
58	46	48
59	14	36
60	10	37
61	20	38

* Os fragmentos 31 e 39 (correspondendo a 74 e 148 em RP) não são listados por LP, sendo indicados, aqui, com os números de edição Campbell (Loeb Classical Library), que segue, no mais, a clássica LP.

	RP	LP
62	15	129 (a), (b)
63	67	121
64	128	142
65	135	149
66	55	43
67	154-55	133
68	39	30
69	124-125	141(a), (b)
70	59	151
71	102	100
72	77	63
73	11	37
74	45	51
75	37	26
76	69	120
77	51	52
78	132	146
79	137	145
80	73, 159	148
81	134	158
82	48	50
83	162	155
84	58	144
85	63	55
86	65	57
87	161	138
88	141	132
89	157	128
90	60	53
91	21	32
92	101	150
93	103	118
94	142	127
95	62	166
96	104	102
97	170	201
98	-	44a

2. *Fragmentos de epitalâmios*

	RP	LP
1	121	104 (a)
2	9	104 (b)
3	144	107
4	-	108
5	123	109
6	112	105 (a)
7	113	105 (c)
8	117	115
9	111	106
10	118	110 (a)
11	110	111
12	115	161
13	106, 108	112
14	120	113
15	109	114
16	119	116
17	119	117

3. *Ruínas*

	RP	LP
1	-	-
2	79	67 (a)
3	35	23
4	78	65
5	81	68 (a)
6	87	60
7	76	62
8	75	58
9	24	4
10	32	21
11	-	99
12	-	103

Exercícios de tradução

Quatorze anamorfoses

HIERÓGLIFOS. Antiga língua dos egípcios, inventada pelos sacerdotes para esconder seus segredos criminosos. E dizer que há pessoas que os compreendem. Pensando bem, não seria uma pilhéria?

Flaubert, *Dicionário de idéias feitas*

ANAMORFOSE.
[Do grego anamorphô, "transformar"]
* Imagem deformada e grotesca dada por um espelho curvo.
** Fenômeno óptico produzido quando a grandeza aparente da imagem não é a mesma, horizontal e verticalmente.
*** Num ábaco, transformação de uma figura dada numa figura geometricamente diferente, obtida graças a uma mudança de escalas entre abscissas e ordenadas.
**** Tipo de metamorfose em que a larva nasce com um número de segmentos diferente do que terá quando adulta.

Petit Robert

1

Noites em claro.

> Nec me animi fallit Graiorum obscura reperta
> difficile inlustrare Latinis uersibus esse,
> multa mouis uerbis praesertim cum sit agendum
> propter egestatem linguae et rerum nouitatem;
> sed tua me uirtus tamen et sperata uoluptas
> suauis amicitiae quemuis efferre laborem
> suadet et inducit noctes uigilare serenas
> quaerentem dictis quibus et quo carmine demum
> clara tuae possim praepandere lumina menti,
> res quibus occultas penitus conuisere possis.

E também não ignoro que é difícil explicar em versos latinos as obscuras descobertas dos gregos, sobretudo porque se faz mister empregar palavras novas, dada a pobreza da língua e a novidade do assunto. Mas o teu valor e o prazer que espero tirar da tua doce amizade levam-me a suportar qualquer trabalho e induzem-me a passar em claro as noites tranqüilas, procurando em que termos e em que verso poderei levar ao teu espírito claras luzes com que possas penetrar profundamente os fatos e fenômenos ocultos.[1]

2

Ao pé da letra.

O público ateniense "recebia" *As troianas* como o público burguês recebe hoje *Godot* ou *La cantatrice chauve*: extasiado por ouvir lugares-comuns, mas também consciente de assistir à sua decomposição.

Daí uma dificuldade séria para o tradutor. Se, fiel à letra do texto, eu falar da "aurora de asas brancas", ou de Atenas "resplandecente como o azeite", terei o ar de adotar a língua do século XVIII. Direi

[1] Lucrécio, *De Rerum Natura*, I, 136-45. Trad. de Agostinho da Silva.

banalidades, mas o espectador francês de 1965, incapaz de adivinhar o que elas significam – visto o contexto religioso e cultural por elas invocado não mais existir para ele – tomá-las-á ao pé da letra. É o tropeço da tradução, por outro lado excelente, publicada pelo editor Budé: a banalidade afirma-se em vez de destruir-se. Dentro de quatro ou cinco séculos, os atores que pretenderem representar Beckett ou Ionesco enfrentarão idêntico problema: como marcar a distância do público ao texto?

Palavras de Sartre, recolhidas por Bernard Pingaud em *Bref*, fev. de 1965. (Trad. de Rolando Roque da Silva.)

3

4

A *letra misteriosa*.

Consultando, em Edmonds,[2] o poema que a edição Lobel-Page registra sob o número 94, surpreende-me um texto inaugurado por um verso para mim desconhecido:

[Ἄτθιδ' οὔποτ' ἄρ' ὄ]ψ[ομαι,]
[*So I shall never see Atthis more,*].

Retiro o conteúdo dos colchetes, indicadores da intervenção do tradutor – e descubro, na página ao lado, o texto grego "original":

[ ]ψ [ ].

5

O mílvio.

"Contrariando a lenda" – explica Marguerite Yourcenar, no seu maravilhoso francês que descende de André Gide –, Safo de Lesbos "morreu velha, a julgar por seus próprios escritos, onde a imagem da decadência física é provavelmente única na literatura feminina". Em nota de rodapé, na mesma página, a erudita autora acrescenta: "É preciso acrescentar, contudo, que o auto-retrato pouco elogioso do poeta e do amante envelhecido é um lugar-comum quase obrigatório, que encontramos, também, em Alcman, em Anacreonte e Íbicos, e até mesmo em Píndaro. Mas o que o torna perturbador em Safo é a expressão quase obsessiva do desejo frustrado numa mulher que é, ou parece, velha".

Em *La couronne et la lyre*, Yourcenar apresenta e traduz alguns desses fragmentos; minha leitura distraída escolhe o que corresponde ao número 1.787, 3, 3, nos *Oxyrhynchi papyri*:[3]

[2] J.M. Edmonds, *Lyra Graeca*, v. 1 (frag. 83), p. 240.
[3] LP 62.

ἐπτάξατε [
δάφνα ὄτα [

—

πὰν δ' ἄδιον
ἤ κῆνον ἔλο [

—

αἰ ταῖσι μὲν α [
ὀδοίπορος ἄν [...] .. [

μύγις δὲ πότ' εἰσαίον· ἐκλ [
ψύχα δ' ἀγαπάτασυ. [

—

τέαυτα δὲ νῦν ἐμμ [
ἴκεσθ' ἀγανα [

—

ἔφθατε· κάλαν [
τὰ τ' ἔμματα κα [

[ ] Vocês se escondiam, meninas, ao pé do loureiro sombrio,
dissimuladas sob seu grande manto escuro,
quando eu passava, ontem, em direção à cidade.
E eu, eu as via, a sua beleza eu vi,
e esse vinho no seu olhar, que eu bebia longamente.
Meus companheiros, onde estavam? Distraídos,
meus olhos procuravam por vocês; eu não ouvia mais
palavras vãs trocadas perto de mim.
Murmúrios do amor, encanto sereno e claro,
destino que eu vivi, destino que me mata...
Eu teria me aproximado, em sua ausência,
de suas casas, empurrando os ferrolhos...
Mas eu as vejo ainda, ó frontes, doces braços,
cândidos vestidos, adorados por serem seus,
e um frêmito ainda me percorre toda...[4]

[4] Marguerite Yourcenar, op. cit., p. 87. ("Vous vous cachiez, enfants, au pied du laurier sombre,/ Vous vous dissimuliez sous son grand manteau d'ombre,/ Quand je passais, hier, allant vers la cité./ Et moi, je vous voyais, j'ai vu votre beauté,/ Et ce vin du regard, je l'ai bu à longs traits./ Ceux qui m'acompagnaient, où étaient-ils? Distraits,/ Mes yeux allaient vers vous; et je n'entendais plus/ S'échanger près de mci les propos superflus./ Ô rumeurs de l'amour, clairs et sereins attraits,/ Destin dont j'ai vécu, dont il faut que je meure.../ Et j'aurais approché, quand dans votre demeure/ Vous aviez disparu, repoussant les verrous.../

Esse texto, sem dúvida *bouleversant*, não pertence, contudo, à poética de Safo (o leitor o terá percebido imediatamente), mas, de direito, à de Yourcenar – ou melhor, à do autor das restaurações de onde parte a tradutora: o famoso helenista Edmonds, um contemporâneo espiritual de *sir* Arthur Evans, que inventou um colorido palácio em Knossos e criou, a partir de fragmentos esmaecidos, o Príncipe dos Lírios, hoje admirado no Museu de Creta e reproduzido aos milhares em cinzeiros que todo turista vindo da Grécia traz em sua bagagem.

ἐπτάξατε [

Distraída, minha leitura volta atrás, erra entre farrapos de frases encobertas por um grande manto de sombra – vestígios do que foi um poema de Safo –, bebe longamente o vinho das palavras gregas, *ψύχα, τέαυτα, κάλαν*, reencontra uma forma verbal curiosa,

ἐπτάξατε [

avança, retrocece:

ἐπτάξατε [

Πτήσσω = *Ptḗssō* significa, na *Ilíada*, XIV, 40, "horrorizar", "espantar": "e o horror apodera-se do coração dos aqueus". Quando se refere a animais, sugere também uma idéia de movimento: *encolher-se de medo*, como na bela cena dos *Persas* de Ésquilo em que a Rainha, numa noite povoada de visões, prepara um sacrifício ritual quando vê um mílvio, nos altos ares, despedaçar a cabeça de uma águia; e a vítima só pode, diante da violência do ataque, *encolher-se de medo, sem defesa* = *ὅ δ' οὐδὲν ἄλλο γ' ἤ πτήξας δέμας/ παρεῖχε.*

Mais je vous vois encor, vos fronts, vos bras si doux,/ Et vos clairs vêtements, aimés puisqu'ils sont vôtres,/ Et j'en frémis toujours....")

O frêmito de horror que atravessa a carne e o espírito de uma criatura ameaçada por um potência que a transcende, não consigo deixar de projetá-lo sobre o verso de Homero que citei acima; transformados, os signos reaparecem, pulsando obsessivamente, na superfície do fragmento de Safo: exércitos recuando; uma ave que se encolhe sob o ataque de outra, mais forte; a sombra de Saturno caindo sobre todos nós: *eptáksate*!

] e encolhendo-se de horror, vós [
]um loureiro quando[
] mais delicioso[
[ ]
[ ]
]um caminhante[
[ ]
[eu mal conseguia ouvir]
[bela]

Esse signo indicando um movimento de horror pela decrepitude física não teria, entretanto, surgido no texto do papiro, se eu não tivesse antes, por acaso ou injunção de estudos, me detido na leitura do poema de Marguerite Yourcenar: suas donzelas assustadas assombram (para mim) um fragmento quase ilegível e cujo assunto talvez não seja a velhice de Safo de Lesbos.

6

O vento dos altos montes.

Segundo Máximo de Tiro (18, 9), Sócrates via em Eros um "sofista"; para Safo, ele seria um "tecelão de mitos". O mesmo autor observa que Sócrates sentia-se perturbado por Fedro, enquanto o coração de Safo era agitado por Eros, *como o vento caindo da montanha sobre os carvalhos*.

Esse comentário serviu de ponto de partida para a reconstrução de um verso hipotético que é, hoje, um dos mais famosos entre os fragmentos da lírica de Safo:

Ἔρος δ' ἐτίναξέ μοι
φρένας ὤς ἄνεμος κὰτ' ὄρος δρύσιν ἐμπέτων,

para o qual Théodore Reinnhach propõe a seguinte tradução:

> Eros a secoué mon âme comme le vent, qui vient de
> la montagne, tombe dans les chênes;[5]

D.A. Campbell:

> Love shook my heart like a wind falling on oaks on
> a mountain;[6]

Péricles Eugênio da Silva Ramos:

> O amor agita meu espirito
> como se fosse o vendaval
> a desabar sobre os carvalhos.[7]

Em Máximo de Tiro e no verso hipotético aparece uma voz grega significando, no singular , "toda membrana que envolve um órgão" e, no plural, "vísceras", "entranhas". *Em poesia*, entretanto, informam os bons dicionários, *phrễnes* deve ser traduzido por "alma" ou "coração".

A história dessa palavra é longa, e nela pode-se ler um capítulo da progressiva dissociação do homem grego em espírito e corpo: na fisiologia pré-socrática, ela indicava a sede da volição, do sentimento e da inteligência; com o *phrễnes* ou *diafragma* sente e pensa o herói homérico – e daí a posterior *phrónēsis*, pensamento ou sabedoria:[8]

> οἶνος ἔχει φρένας [*Odisséia*, XVIII, 331]
> o vinho apodera-se do teu espírito(?) alma(?) coração(?)

[5] Frag. 44.
[6] Frag. 47.
[7] *Poesia grega e latina.*
[8] Cf. verbete *Kardía*, in F.E. Peters, *Termos filosóficos gregos.*

οὐδὲ Διὸς πεῖθε φρένα [*Ilíada*, XII, 173]
ele não persuadiu o espírito(?) alma(?) coração(?) de Zeus

É difícil transpor para o português – para as línguas modernas – esses versos de Homero: eles falam de um deus ou de um homem ligado ao todo. As mãos do tradutor – sustentadas, não apenas pela rotina, mas pela pertença a um espaço cultural – inscrevem, na página em branco, as palavras inevitáveis:

> Eros agita
> meu coração/ meu espírito/ minha alma
> como o vento caindo sobre os carvalhos nas montanhas.

Uma bonita imagem mitológica, num contexto verbal perfeitamente inteligível para o leitor moderno – o que nos provoca a tentação de tentar recuperar, na sua força, o "sentido primeiro" de *phrēnes*:

> Eros me agita as entranhas,
> como o vento caindo sobre os carvalhos nas montanhas.

Mas, uma vez transposto para a matriz demarcada somente pelo corpo, o verso adquire uma curiosa nuance naturalista, um pouco incômoda: prisioneiros de nós mesmos, acentuamos o dualismo, ao excluir da tradução os elementos que, na lírica ocidental, aparecem sob os signos de "alma", "espírito", "coração".

7

Uma flor de cinzas.

Como ninguém ignora, o narrador do *Sympósion* explica, em 180c,[9] que, depois de Fedro ter pronunciado seu discurso, houve

[9] "De Fedro foi mais ou menos este o discurso que pronunciou, no dizer de Aristodemo; depois de Fedro houve alguns outros de que ele não se lembrava bem, os quais deixou de lado, passando a contar o de Pausânias".

outros, dos quais ele não se lembrava bem, e que "deixou de lado, passando a contar o de Pausânias". As anedotas e os risos, as informações eruditas, os cantos e as danças, um repetório de palavras insignificantes, trocadas entre dois momentos fortes do texto platônico, não dizem respeito ao percurso dialético; merecem ficar na sombra, isto é, no esquecimento. De onde as retira, felizmente para nós, o homem de Náucratis, Ateneu: em *Deipnosofistas*, livro também às vezes chamado de *O banquete dos sofistas*, ele põe em cena personagens reais e imaginárias falando de poesia, música, verduras, culinária, amor – de tudo entre o céu e a terra –, numa verdadeira antologia da ciência, da literatura, das artes (maiores e menores) da Grécia Antiga.

O texto, do século III d.C., compunha-se, originalmente, de trinta livros, hoje perdidos: eram trechos de prosadores e poetas, interligados pelo recurso de pequenos diálogos e episódios criados para justificar, às vezes frouxamente, a citação. Muito cedo, essa obra imensa e maçante começou a ser resumida. A primeira compilação não foi conservada; apresentava, ao que parece, quinze livros. Uma segunda abreviação chegou até nós, datando, pode-se conjeturar, da primeira metade do século X. É o chamado *Marcianus* A, um "codex" de 370 *folios* de pergaminho de grande formato. Ele perdeu,

> não sabemos quando nem onde, os fólios do começo [...] ao ficar esquecido num lugar úmido (sem dúvida, um subterrâneo), onde suas páginas finais apodreceram ou se tornaram, aqui e ali, ilegíveis.[10]

Alguma coisa desse resumo pôde ser recuperada, graças a um terceira resumo, conhecido como *Epítome*. Ele constituiu o ponto de partida para as cópias que possuímos hoje e data, *quase certamente*, do século XII (pois nele vai beber Eustácio, futuro arcebispo de Tessalônica e comentador da *Ilíada*).

Como acontece com os outros mestres antigos, as modernas edições de Ateneu – impecáveis em seus elegantes caracteres gregos de imprensa e rigorosas traduções –, derivam do trabalho paciente dos

[10] *Les deipnosophistes*, p. XXXV.

sábios, do estudo comparativo dos manuscritos e de muita conjetura astuciosa – único meio de preencher vazios do texto ou explicar passagens complicadas. No livro que tenho sob os olhos,[11] posso ler em I, 21 § 38 b-c:

> Outra de suas preocupações (dos antigos): vestir as roupas segundo as regras. Zombavam dos que não o faziam. Platão, no *Teeteto*:[12] "pessoas capazes de realizar todos os serviços com prontidão e vivacidade, mas que não sabem lançar a dobra do manto sobre o ombro esquerdo como homens livres, nem usar o tom de voz conveniente para celebrar a vida dos deuses e dos homens felizes". Sappho zomba de Andromeda: "Quem, mulher grosseira, te prendeu no seu feitiço? Ela, que nem sabe ajustar o drapeado dos vestidos acima dos tornozelos![13]

Essa é, segundo o editor francês de Ateneu,[14] a lição correta: "e não o contrário, como freqüentemente se traduz". Com efeito, outros editores preferem apresentar um texto diferente, no qual a "campônia" é, não a mulher apostrofada, mas a *outra*. Assim, por exemplo, na versão Belles Lettres de Safo:[15]

> [quem é a camponesa [que enfeitiçou] [teu pensamento]
> [ ]
> incapaz de prender o drapeado do vestido
> acima dos tornozelos?

A lição de Reinach baseia-se na mesma passagem de Ateneu que citei acima; ela é referendada por Máximo de Tiro (24, 9): "[Sócrates] zomba [dos sofistas], como numa comédia; de sua maneira de ser e do modo como se reclinam nos banquetes; e ela [Safo] zomba de uma certa mulher que usa roupa de camponesa".

[11] Id., ibid., loc. cit.
[12] *Teeteto*, 175e.
[13] LP 57.
[14] *Les deipnosphistes*, p. 47, nota 4.
[15] Frag. 65.

Campbell,[16] por sua vez, colou essas palavras não metrificadas ("vestida com roupa de camponesa") ao texto, muito corrompido no estado atual, de *O banquete dos sofistas*: uma honesta restauração:

>]Quem é a camponesa que te enfeitiça a cabeça[
>]vestida com roupa de camponesa...[
> não sabendo nem ajustar o vestido
> acima dos tornozelos?

Enfeitiça, enfeitiça tua mente: transcrevi assim, de maneira um pouco fantasiosa, alguns signos gregos. Campbell registra: "and what country girl *beguiles your mind...*?" E Théodore Reinach: "quelle est la rustaude qui t'a *ensorcelé...*?" Traduções confiáveis, se aceitarmos que o manuscrito do *Epítome* de Ateneu apresenta, em certa passagem, a forma verbal θέλγει = *thélghei* e não, como preferem ler outros especialistas, θαλύει = *thalýei*. No primeiro caso, estaríamos diante de uma concepção de Eros ligada à magia, ao enfeitiçamento: o que é muito grego, e muito freqüente na poética sáfica. Além do mais, a presença do verbo θέλγω = *thēlgo* em Homero referenda sua utilização no fragmento: na *Ilíada*[17] ele aparece num contexto em que existe referência a Hermes, divindade *encantadora*, que engana e seduz os mortais.

***

Lemos as palavras que Safo teria pronunciado certa vez, zombando de uma amiga, de uma rival ou, quem sabe, das duas; seguimos as frases numa seqüência de textos muito precários, cujos originais se perderam para sempre, e parece que as frases se esvaem em nossas mãos, junto aos suportes que as contêm. Imagino que os primeiros exploradores de Herculano e Pompéia devem ter sentido algo semelhante, ao tentarem abrir os rolos de papiros desenterrados das bibliotecas antigas: os manuscritos carbonizados desmanchavam-se ao

[16] Frag. 57. Que acompanha, na apresentação do texto, a lição de Lobel e Page.
[17] *Ilíada*, XXIV, 343.

menor contato, deixando, entre os dedos dos sábios, um punhado de cinzas, em lugar de versos de Horácio ou de Catulo.

[*Science avec patience, le supplice est sûr.*]

No fundo, pouco importa: podemos imaginar um movimento, um gesto de altivez e de zombaria, e ler uma palavra enlaçando amor e feitiço: signos, pelos quais se entrevê o retrato imaginário da poeta. Soprando sobre as cinzas dos velhos manuscritos, o vento desenha uma flor, que logo se desmancha, para formar outra figura.

8

A tartaruga.

Para explicar um caso de flexão morfológica, o lexicógrafo Orion, do século V d.C., observa: "Assim, em Sappho,

χελύνη = *khelýnē*: tartaruga"

***

Numa escultura antiga, cópia talvez de um original de Fídias, Afrodite é representada com um pé sobre uma tartaruga: símbolo, de acordo com Plutarco (*Obras morais*, 142d), das virtudes domésticas, porque a tartaruga é silenciosa e jamais abandona a casa.

***

O termo *χελύνη* = *khelýnē* não figura em D.A. Campbell, nem no exaustivo "Verborum Sapphicorum Index" de Lobel e Page.

9

Uma figura comum.

[Homero], "ao falar dos fenícios, lhes dá o nome de sidônios, de acordo com sua cidade natal, Sidon; com isso está usando apenas uma figura comum; assim, por exemplo: 'veio do Ida ao Gárgaros'. E Sappho:[18]

Ou Chipre, ou Paphos, ou Pânormos".[19]

Esses versos acompanham o tradutor durante algum tempo, obsessivos; de repente, ele percebe que faz ressoar neles, não a língua grega, mas o charme de certas evocações feiticeiras e puramente musicais do poeta francês Jean Racine:

Mais tout dort, et l'armée, et les vents, et Neptune...[20]

Ou, ainda:

Les monstres étouffés, et les brigands punis,
Procuste, Cercyon, et Sciron, et Sinis.[21]

Insólitos versos lembrando – escreve Leo Spitzer[22] – "os exercícios parnasianos e, com sua harmonia em 's', feitos para impressionar o ouvido...".

ḗ se Kypros kaì Páphos ḕ Pánarmos

... ou para provocar um ritmo no mundo:

] ou Chipre, ou Paphos, ou Pânormos [?

[18] Estrábon, Geografia, 1.2.33.

[19] LP 35.

[20] "Tudo dorme; a armada, os ventos e Netuno..."

[21] "Os monstros esmagados; os bandoleiros punidos: Procusto, Cercyon, e Sciron, e Sinis."

[22] Leo Spitzer, *Études de Style*, p. 285.

10

No lance da sorte.

Apolônios, chamado "Díscolos", viveu em Alexandria, em algum momento do século II d.C. e escreveu obras sobre as partes do discurso e sintaxe. Num de seus trabalhos que chegou até nós, ele informa o seguinte (*Sintaxe*, 3, 247): "existem advérbios para indicar pedido, prece (por exemplo, *εἴθε* = *eíthe*):

αἴθ' ἔγω χρυσοστέφαν' Ἀφρόδιτα
τὸνδε τὸν πάλον λαχοίην.[23]

Para esse fragmento anônimo (*adéspotos*, palavra que em grego significa "livre" ou "sem-dono"), que Bekker atribui a Safo, os modernos editores propõem versões extremamente corretas:

Golden-crowned Aphrodite, if only I could obtain this lot.[24]

Puisse-je, ô Aphrodite couronnée d'or, obtenir ce lot en partage![25]

Relidas as traduções, volto ao texto grego onde um sintagma entra para mim numa associação, não de idéias, mas de imagens: πάλῳ λαχεῖν = *pálōi lakheîn*, expressão que indicava a sorte tirada de um capacete agitado nas mãos, como em Heródoto, 4, 94:

[...] de cinco em cinco anos os getas mandam como mensageiro junto a Sálmoxis [nome de seu deus] um homem apontado pela sorte (*πάλῳ λαχόντα* = *pállōi lakhónta*) entre seu povo...[26]

No Canto III da *Ilíada*, versos 310 e seguintes, Menelau e Páris Alexandre preparam-se para um combate singular. Antenor sobe para seu carro esplêndido e volta as rédeas na direção de Ílion. Heitor, filho de Príamo, e o divino Odisseus começam então a medir o campo;

[23] LP 33.
[24] Campbell, frag. 33.
[25] Reinach, frag. 22.
[26] Heródoto, *História* [trad. de Mário da Gama Kury], p. 226.

depois, para decidir a quem caberá o direito de atirar primeiro o pique de bronze, lançam e escolhem "a sorte" (*os dados*?) num capacete.

Todas essas falas se misturam na cabeça do aprendiz de poeta; ressoam, junto, fragmentos de poemas modernos; e a sorte sendo lançada sobre o papel vazio que o branco defende:

> que eu possa obter,
> crisocoroada Aphrodite, esse dom,
> no lance da sorte!

11

O autor.

Se *Madame Bovary* é Flaubert, *Dom Casmurro* é Machado; e um fragmento de poesia grega muito citado e traduzido evoca para nós, imediatamente, Safo de Lesbos:

> a Lua já se pôs, as Plêiades também;
> é meia-noite;
> a hora passa, e eu, deitada estou,
> sozinha.[27]

Esses versos não figuram, contudo, na clássica, e, por assim dizer, completa edição de Lobel e Page, o que desconcerta sem dúvida o leitor, provocando-o a encontrar seu contexto original: eles foram citados por um certo Hefestíon (ou Hephaistíon, se quiserem transcrever assim seu nome grego), homem de Alexandria, cujo *floruit* ocorreu no século II d.C. Os quarenta e oito volumes que escreveu sobre métrica perderam-se, naturalmente; no epítome conservado (por acaso?), pode-se ler, em determinado momento, uma explicação do ritmo tetrâmetro acatalético, exemplificado pelas frases mencionadas acima. Ele as atribui, indiferentemente, a *Alceu* ou *Safo*. A autoria foi decidida – para o Ocidente cristão – em pleno século XV, por Arsenius, filho de Apostolius, e compilador de provérbios.

[27] Campbell, frag. 168b.

***

Mas o leitor ingênuo, sem compromissos com a erudição, fez também sua escolha: esses versos pertencem, com certeza, a Safo de Lesbos.

12

No mar de louro mármore.

Sed cum omnia libens audiui quae peritissime dixiste, tum maxime quod uarietatem flaui coloris enarrasti fecistique ut intellegerem uerba illa ex *Annali* quarto decimo Ennii amoenissima, quae minime intellegebam:

> Verrunt extemplo placide mare marmore flauo,
> Caeruleum spumat mare conferta rate pulsum;

non enim uidebatur "caeruleum" mare cum "marmore flauo" conuenire. Sed cum sit, ita dixisti, flauus color e uiridi et albo mixtus, pulcherrime prorsus spumas uirentis maris "flauom marmor" appellauit.[28]

[28] Ouvi, com prazer, tuas sapientíssimas lições; mas é sobretudo as explicações sobre os matizes do tom *flauus* (louro, dourado) que me fazem, enfim, compreender aqueles versos do livro XIV dos *Anais* de Ênio, tão deliciosos, mas que eu não compreendia de modo algum:

> Ei-los que remam, de repente,
> plácidos, no mar de louro mármore;
> batido pelas naus, o mar escuma, azul;

caeruleum mare, mar azul, parecia não concordar com *marmor flauuum*, louro, dourado mármore. Mas, uma vez que dizes que a cor flava provém da mistura de verde com branco, vê-se que a expressão *mármore louro* evoca, de maneira muito linda, a viridente espuma do mar. (Aulo Gélio, *Noites Áticas*, II, XXVI, 21-2.)

13

A graça.

"[...] uma mulher de Lesbos, também ela lasciva no que escreveu, mas com tanta graça, que nos reconcilia com a estranheza de seu dialeto [...]" (Apuleio, nascido c. 123 d.C., in *Apologia*, 9).

14

Un món de miracle.

De Manuel Balasch, tradutor de Safo para o catalão:

El fet que el meu català és a molta distància del grec sàfic hauria només de ser un estímul per voler poder llegir Safo en grec i arraconar aquesta traducció. Perquè no dubtis que quan llegim Safo en grec ens trobem en un món de miracle, des del qual és difícil baixar sense melangia per tornar al món de la velocitat, de les presses i de les bestieses que projecta la televisió.[29]

(O idioma, tão próximo do português, torna dispensável, naturalmente, a tradução – que destruiria, aliás, a cândida beleza dessas palavras.)

[29] In Safo, *Obra completa*, pp. 13-4.

Asis e os signos

Na perspectiva geometral, trata-se somente de ajustamento do espaço, e não de visão. O cego concebe perfeitamente que o campo espacial por ele conhecido como real pode ser percebido à distância, e como que simultaneamente. Para ele, trata-se apenas de apreender uma função temporal, a instantaneidade. Vejam, na óptica de Descartes, a ação conjugada de dois bastões. A dimensão geometral da visão, não esgota, e pelo contrário, o que o campo de visão como tal nos propõe como relação subjetivante original.

É isso que nos mostra a importância de explicar a razão do uso invertido da perspectiva na estrutura da anamorfose.

Jacques Lacan, *A anamorfose*

A história de Asis e Asisa é narrada pelo próprio Asis à personagem central da História do príncipe Tachul-Muluk e da princesa Dunya *que, por sua vez, é contada pelo vizir Dandan ao rei Zul-l-Mekan, no interior da* História de Omaru-n-Nôman, *um longo episódio de* As mil e uma noites,[30] *cuja narradora é, sabemos todos nós, a princesa Schaharasad.*

Primeira parte: *A história de Asis*

Asis foi criado com sua prima Asisa, uma órfã a ele prometida desde o nascimento. Alcançando o menino a idade de homem, e transformando-se a menina em mulher, continuaram os dois vivendo juntos como irmãos, em grande pureza, até que os pais do rapaz decidiram oficializar a união com uma festa.

No dia das bodas, Asis dirige-se ao *hamman*, de onde sai, limpo e perfumado, tal como aparece num belo filme de Pasolini.[31] Antes de voltar a casa – é noite – passa por uma estreita rua desconhecida. Cansado, transpirando, senta-se por um momento na calçada; e eis que vê cair, do alto, um lenço branco, muito leve e delicado, no qual estão bordadas – maravilha da arte – duas gazelas. Ergue os olhos: lá em cima, a uma janela, surge a mais bela mulher que ele vira em toda a sua existência. Levando primeiro a mão aos lábios, ela une o dedo médio ao índice e coloca os dois, dessa maneira, entre os seios. Depois do quê, fechando a janela, desaparece. Asis desdobra o lenço e encontra uma folhinha de papel, onde estão escritos uns versos; o próprio tecido contém, bordados, dois poemas.

O mistério dos gestos e a beleza da mulher, e, quem sabe, a força das palavras inscritas no lenço, fazem nascer no coração do rapaz um amoroso incêndio; e ele mergulha no abismo das aflições e dos pensamentos sombrios.

[30] *Libro de las mil y una noches.*

[31] Pier Paolo Pasolini, *Il fiore delle mille e una notte*, in: *Trilogía de la vida*, trad. de Enric Ripoll-Freixas.

O jovem só consegue regressar ao *tempo* de sua vida quotidiana depois que a janela se fecha sobre a mulher: e ele percebe que deve regressar à casa onde o aguardam, sem dúvida ansiosos. Mas o momento da festa, esquecido por ele, havia passado; na sua ausência, os convidados, os emires, os notáveis e os mercadores, cansados de esperar, tinham partido; Asisa, a noiva, chorava. E o pai do rapaz, enfurecido com tantos gastos inúteis, tomara a decisão de adiar, por um ano, as núpcias do filho e da sobrinha.

A história de Asis começa, para nós, no momento em que uma janela se fecha sobre uma cena misteriosa. Não conseguindo decifrar os signos de seu próprio desejo, o moço vai revelar o evento e os gestos a sua prima e noiva, que consegue interpretar facilmente a mensagem: a mulher da alta janela declarava seu profundo amor a Asis; e ele, a partir daquele dia, voltará muitas vezes à rua estreita, onde a filha de Dalila, a ladina, continuará falando por meio de sinais enigmáticos. Cada um deles é decifrado pela pequena Asisa. E ela o faz porque está apaixonada pelo primo; por amor, traduz o estranho discurso da sedutora, e coloca Asis nos braços da mulher do seu desejo.

Malícia oriental: a cada encontro com Dalila, Asis recitará, a pedido de Asisa, um pequeno verso, cujas palavras são perguntas misteriosas, respondidas, misteriosamente, pela outra mulher. Um diálogo vai se tecendo *acima da cabeça do rapaz*; um diálogo do qual ele é o suporte, mas que decidirá – sem que disso ele tome consciência – de sua própria vida e da morte de Asisa. (Enquanto isso, a vida de Schaharasad continua suspensa ao tecido das narrativas que ela vai urdindo, acima de nossas próprias cabeças, para o sultão de Bagdá, seu amante e senhor da sua existência.)

Asisa morre de amor: obedecendo à sentença trazida, sem que ele perceba, pelo infeliz Asis, que continua a manter seus encontros gozosos com a filha de Dalila, a ladina. Mas um dia, encontrando aberta a porta, ele sai para a rua e é preso em outro jardim, pelos laços de outra mulher – com a qual viverá durante um ano, bebendo, comendo e folgando, igual a um galo; e gerando, nela, seu primeiro e único filho. (Malícia oriental: Asis entrou naquele maravilhoso jardim persa a fim de ler, para os moradores, uma carta escrita numa língua estrangeira, que eles não conseguiam decifrar.)

Ora, um dia nosso personagem encontra, de novo, a porta aberta; tentado, sai e volta à casa da filha de Dalila, a ladina.

Há um ano ela aguarda, todas as noites, o regresso de Asis – lângüida e obsessiva, tal como aprendemos a imaginar as mulheres do Oriente.

Com ingenuidade, o rapaz revela as razões de sua longa ausência; a amante, enfurecida, prepara-se para matá-lo, quando se lembra de um dos versos que, através dele, a pequena Asisa lhe tinha endereçado: são palavras que solicitam, antecipadamente, o perdão para o tolo rapaz. Ele continuará vivo, graças ao amor da prima. Para receber outra forma de castigo.

Seus pés são amarrados. A mulher abaixa-lhe os calções e ata seus "companheiros" com urna corda, cujas pontas são puxadas fortemente por duas escravas. Quando nosso personagem recupera os sentidos, tem o ventre liso, igual ao da mulher.

Dolorido e castrado, Asis tenta regressar – dando um passinho depois do outro – ao maravilhoso jardim persa dos seus prazeres; mas a encantadora menina, mãe do seu filho, não o recebe mais: ela gosta de homens que, iguais aos galos, sabem apenas comer, gozar e folgar.

Ele volta à casa paterna; seu pai está morto, e a mãe lhe revela, então, o segredo de Asisa: antes de morrer, ela havia bordado uns versos no lenço que, na primeira noite, a filha de Dalila, a ladina, deixara cair de sua alta janela; um maravilhoso tecido que o primo, inconseqüente, ofertara, naquela mesma noite, à prima amorosa; versos que entrego ao leitor numa linda tradução para o espanhol:

La venda del amor sobre mis ojos
pusiste y me cegaste,
mi vela era constante.
Y ante mi vista y en mis propios brazos
con otras tú soñabas,
y al que el corazón se me fundia,
de mi no te apiadabas.
Yo no obstante guardaba mi secreto
y callé mi pesar;
¿a qué exponerme a la censura nescia

de quien no sabe amar?
A vosotros, *ye* amantes, mis hermanos,
os pido que, al morir,
pongais sobre mi tumba este epitafio:
"Una muerta de amor reposa aquí".[32]

Asis tem a revelação do amor e, ao mesmo tempo, do *perdão de Asisa*, que o bom hermeneuta há de considerar como sendo a causa primeira da castração do pobre moço... Nós, leitores prudentes, resistimos, contudo, à tentação de interpretar: sabemos que essas tramas estão sendo urdidas, por mãos delicadas, muito acima de nossas próprias cabeças. Voltamos, então, ao livro das *Mil e uma noites*, e ficamos sabendo que o lenço bordado não era obra da filha de Dalila, a ladina, mas de outra mulher, uma certa Dunya... Ouvindo falar nessa princesa, Tachul-Muluk mergulha em profundo desassossego: ele começa a queimar de paixão por essa criatura construída com palavras, e...

(Essa é, contudo, outra história.)

***

Segunda parte: *A história do doutor Cottard*

"O doutor Cottard não sabia nunca com certeza que tom usar para responder às pessoas, se seu interlocutor estava brincando ou falando sério. Para se prevenir, acrescentava a todas as suas expressões faciais a oferta de um sorriso condicional e provisório cuja fineza expectante o isentaria da acusação de ingenuidade, se por acaso fosse chistoso o assunto da conversação. Mas como, para enfrentar a hipótese contrária, ele não ousava deixar esse sorriso impor-se claramente no rosto, via-se flutuar, nele, perpetuamente, uma incerteza na qual se lia a pergunta que não ousava fazer: 'O senhor está falando sério?' Ele não tinha mais segurança quanto ao modo de comportar-se na rua, e até na vida, em geral, que num salão, e era possível vê-lo

[32] *Libro de las mil y una noches*, v. I, p. 891.

opondo aos transeuntes, aos carros, aos acontecimentos, um sorriso malicioso que eliminava de sua atitude qualquer pecha de inconveniência, pois assim ele provava, se a atitude não convinha ao caso, que ele sabia disso e, se havia adotado aquela, era por gracejo".[33]

***

Terceira parte: *A história de um tecido bordado*

Os antigos nunca se embaraçavam quando chegava o momento de fechar os discursos, pois dispunham de um maravilhoso repertório de conclusões codificadas – por exemplo, este *topos* que os romanos legaram aos medievais: *Convém acabar, porque anoitece*. Ele está presente em Cícero, Virgílio, Calpúrnio; mais tarde, em Garcilaso e no Milton do *Lycidas*, que haviam sido precedidos pelo espanhol Berceo, do século XIII. Esse poeta decide-se a apressar o relato de sua *Santa Oria*, "pois os dias são curtos, breve chega a noite e é incômodo escrever nas trevas":

> Los dias non son grandes, anochezra privado,
> Escrivir en tiniebra es un mester pesado...[34]

Antes que a luz no céu se apague, o autor levanta os olhos e, por um instante, vê, da janela de sua torre, uma jovem à janela de outra torre; ela tem nas mãos um tecido bordado, que brilha intensamente. Mas, por isso mesmo talvez, não é possível distinguir muito bem, daqui, os signos, os desenhos que o recobrem, e que devem ser deslumbrantes [

[33] Marcel Proust, *Un amour de Swann*, pp. 22-3.
[34] Cf. E.R. Curtius, *Literatura européia e Idade Média latina*, pp. 94-5.

]Myron[
]um amante infeliz[

]*fecit (?)*[
]*consecrauit*[

]*Quid dicis doctissime*?[

]M. de Peirehorade[
]Jean Coll e eu[
] o leitor [

] o anáthema de Kallimenes às Musas [
[ ]
] entre as sombras, obscura [ ] no primeiro
dia do mês, a Lua Nova entre as nuvens [
] *Eros Mythóplokos*[

El mono de la tinta

Este animal abunda en las regiones del norte y tiene cuatro o cinco pulgadas de largo; está dotado de un instinto curioso; los ojos son como cornalinas, y el pelo es negro azabache, sedoso y flexible, suave como una almohada. Es mui aficionado de la tinta china, y cuando las personas escriben, se sienta con una mano sobre la otra y las piernas cruzadas esperando que hayan concludo y se bebe el sobrante de la tinta. Después vuelve a sentar-se en cucillas y se queda tranquilo.

WANG TA-HAI (1791). IN: BORGES, Jorge Luiz. *El libro de los seres imaginarios.*

O trabalho que se leu aqui...

Laymert Garcia dos Santos

O trabalho que se leu aqui é o registro, o relato, de uma longa iniciação a que Joaquim Brasil Fontes se arriscou, sozinho e determinado. Uma empresa temerária que sem dúvida produziu muitas marcas, parte delas sob a forma de texto.

Mas não percebi claramente que se tratava de uma iniciação, quando li o escrito pela primeira vez. Algumas anotações apressadas, jogadas no papel sob o calor da leitura, dão conta do que me tocou. Permito-me retomá-las como surgiram para, na medida do possível, guardar fidelidade àquela primeira impressão. As notas diziam o seguinte:

A principal qualidade de Eros, tecelão de mitos *é ensinar a ouvir que o canto de Safo é invocação humana do amor e presença divina do amor; que o canto de Safo é feito fundamentalmente de dois ritmos: o do* phrénes *humano – diafragma-entranhas-coração-alma-espírito humano – que lamenta, suplica, busca, sofre,* phrénes *que pulsa no desejo do ausente; o do* phrénes *divino, respiração de Afrodite, e de Eros, às vezes serena e silente, delicada, às vezes ofegante, opressiva, abatendo-se como o vento sobre os carvalhos. A principal qualidade: ouvir esses ritmos,* na língua portuguesa. *Poder ouvi-los.*

O que mais intriga, é que tudo o que ficamos sabendo a respeito de Safo e de seus versos antes de chegarmos às traduções se esvai na leitura, abrindo o espaço e o tempo para a audição do ritmo e da força das palavras. Como se tudo o que tivesse sido dito antes encontrasse o seu valor maior em calar-se no momento oportuno.

Como se tudo o que foi dito antes nos prestasse um serviço inestimável: desfazer-nos dos clichês sobre Safo e sua lírica que se acumularam por séculos e séculos, abrir caminho, purificar o ar e, simultaneamente, capacitar-nos para que nos aproximemos desses versos sem complexos a respeito da nossa ignorância, sem culpa, desarmados. A principal qualidade nos deixa então descobrir o brilho raro dos fragmentos às vezes reduzidos a uma única palavra que agora reverbera. O brilho raro, por exemplo, destes versos:

vem, lira divina, e me responde;
encontra, tu mesma tua própria voz

ou destes:

]... *de novo, Eros*
que nos quebranta os corpos me arrebata,
dociamargo, invencível serpente.

Ou ainda, o brilho dos mesmos versos, em três versões diferentes, tão intenso que não há como se decidir por uma...

pára [ ] [*se és meu amigo*]
e faz brilhar a alegria dos olhos

à minha frente, meu amigo, pára;
abraça-me com o feitiço dos teus olhos [

um instante, meu amigo, à minha frente;
e faz brilhar teu olhar

As palavras brilham de um brilho único. Como o olhar deste amigo. Como podem ser tão vivas assim? Elas estão aqui, agora, nas páginas deste escrito. E é impossível saber quem atravessou mais de dois milênios: se foram elas, que pela paixão de Joaquim Brasil Fontes chegaram até nós; se fomos nós que, movidos pela mesma paixão, chegamos a elas. De qualquer forma a Grécia Antiga está aqui. Viva.

Aphrodite em trono de cores e brilhos,
imortal filha de Zeus, urdidora de tramas!
eu te imploro: a dores e mágoas não dobres,
Soberana, meu coração;

---

mas vem até mim [ ]

Afrodite se revela, sorri, e pergunta:

Quem, de novo, a Persuasiva
deve convencer para teu amor? Quem,
ó Psappha, te contraria?

Como pode o passado ser assim tão presente? Como podem percepção e memória se fundir assim, tão harmoniosamente? Para mim este texto é precioso pois ele se oferece como máquina do tempo. A máquina do tempo não produz imagens, ou não produz apenas imagens; não produz sensações, ou apenas sensações; não produz pensamentos, ou apenas pensamentos. A máquina do tempo produz presença e revelação. Por isso transporta.

A meu ver foi uma espécie de máquina do tempo que por intermédio de Joaquim Brasil Fontes se construiu, muito embora às vezes ele tenha a impressão, e transmita ao leitor a mesma impressão, de que é um Dédalo construindo um palácio de espelhos.

Na máquina do tempo dissolve-se a imagem, ou melhor, as sucessivas imagens de Safo, enquanto se afirmam, atuantes, a invocação de Safo, a força de Eros e a presença de Afrodite.

***

Passados três meses, fiz nova leitura do texto. Desta vez, a atenção acabou concentrando-se no modo como Brasil Fontes encontrara a força de Eros e a presença de Afrodite nos versos de Safo.

Percebi que, conduzindo a exposição – elegante, culta, precisa – havia um preparo incomum, resultado de um intenso exercício de abertura para o sublime, resultado de um esforço desdobrado em implacável disciplina, resultado de uma vontade de elucidar um enigma, penetrar nos mistérios. Percebi que Brasil Fontes mergulhara no abismo em busca de Safo de Lesbos; mas, também, era como se do fundo dos tempos ela o chamasse.

Joaquim Brasil Fontes se preparou para o encontro. Foi preciso aprender a língua de Safo e de seus comentadores antigos e modernos; foi preciso se introduzir no universo filtrado dos helenistas; foi preciso dedicar horas e horas às áridas discussões dos filólogos; foi preciso ter paciência para achar os textos, colecioná-los, confrontar as edições das mais diversas procedências; foi preciso estudar – muito; foi preciso não esmorecer e saber esperar a centelha que acende as palavras e lhes confere sentido pleno; foi preciso fazer o aprendizado da modéstia e do silêncio, que nos orientam para acolhermos o sopro fugaz da intuição; foi preciso escrever, depurando tudo. Houve uma longa preparação. Mas valeu a pena.

Deu-se o encontro de Joaquim Brasil Fontes com Safo. Aos poucos, sutilmente, foi se estabelecendo o diálogo. Ela disse palavras simples, mas poderosas – falou dos deuses e de sua força tremenda, falou do amor dociamargo, falou da guerra, das flores, da lua, das cores; para ele cantou os epitalâmios com os quais saudara a felicidade dos noivos e não deixou de mencionar seus parentes; ela mostrou-lhe a beleza aflorando nos traços e nos gestos das mulheres e dos homens; fez pulsar o efeito disruptor dos afetos; irradiou paixão, ódio, saudade, angústia, medo, ironia; ela balbuciou palavras incompreensíveis...

Joaquim Brasil Fontes ouviu, sorveu as palavras de Safo. Todas. E para essa mesma presença grega contou a vida e o destino do poeta moderno. Brasil Fontes não falou de si; ou melhor, falou de si fazendo suas as palavras de três dos maiores poetas modernos – Baudelaire, Rimbaud e Lautréamont. É que ele encontrara nas estrofes das Fleurs du mal, *de* Une saison en enfer *e dos* Chants de Maldoror *a expressão máxima da nossa condição, do nosso tempo. Brasil Fontes lhe falou que os deuses e os homens haviam se separado, que a harmonia se desfizera, que o mundo se dessacralizara, que a palavra* phrénes *agora significava entranhas ou alma, coração ou espírito, mas jamais esse sentido único, indissolúvel, que, jorrando, em grego abarca o físico e o meta-físico. Brasil Fontes lhe disse que na solidão do homem moderno não cabia mais a experiência do numinoso; em seu lugar, havia a guerra entre a mente e o corpo. Brasil Fontes não se esqueceu de mencionar para Safo que Hölderlin, na fronteira entre o mundo antigo e o mundo moderno (antes de enlouquecer e falar uma língua que misturava o grego, o latim e o alemão), advertia:* "Os muros avultam / mudos e frios". *Brasil Fontes deplorou a fratura do Todo, que faz reinar a discórdia; o que não o impediu de concluir, com uma ponta de ironia perversa:* "Eu é um outro".

Vindos de mundos tão diferentes, como poderiam Joaquim Brasil Fontes e Safo de Lesbos se entender? Como conciliar essas vozes do passado e do presente? E se passado e presente não se harmonizam, não fica o futuro comprometido? Está se vendo que a questão colocada é amplíssima, e que seu alcance ultrapassa de muito as identidades, as simpatias, os interesses pessoais, as preferências estéticas, os problemas de expressão, as discussões acadêmicas sobre o valor da literatura. Ou melhor: tudo isso é importante e está em jogo, embora implicado numa questão maior.

No diálogo entre Joaquim Brasil Fontes e Safo de Lesbos procura se conciliar passado e presente, memória e percepção. Questão vital. Mas como podem Brasil Fontes e Safo se pôr de acordo para tentar esclarecer a questão vital? A resposta do passado, resposta de Safo, afirma que é preciso ter fé e invocar os céus; mais precisamente invocar sua protetora, Afrodite imortal. E o que pode dizer Brasil Fontes? Vivendo num presente descrente, no qual o poeta canta o desterro, o que tem ele para propor? Descobrindo a sua miséria, a miséria imensa do homem moderno, ele não tem nada para propor – só pode propor o grito de recusa, de horror, de repulsa à sua miséria. E então, intuindo a enrascada em que se encontra, intuindo o caráter autofágico e inócuo de sua proposta, intuindo a superioridade da oferta de Safo, confiando nela, ele se dispõe a transformar o grito em invocação de Afrodite.

Começa a ocorrer a troca de um tempo profano por um tempo sagrado, a troca do número um pelo número dois, a troca de uma pessoa por outra. Enálage. Começa a se dar a transformação do grito em prece. Não é difícil: a própria oração de Safo não é um grito? Em plena prece, Joaquim Brasil Fontes partilha com Safo a presença de Afrodite, a força de Eros. Está ali, junto dela, quando a deusa surge e diz para a poeta:

] *tu e Eros, meu servidor* [

No entanto, não é só pela força de Eros que Afrodite anuncia a sua presença. A deusa de Kypros tem outro servidor. A própria Safo diz:

[*Hécate*]
auribrilhando,
servidora de Afrodite

Hécate, a força da dor. Curiosamente, não há uma única referência a ela no estudo inteiro. Hécate, que no fundo da caverna suspira e ouve, de modo agudíssimo, todos os gritos de dor e de terror do mundo inteiro. Hécate sombria: a força ativa da desgraça, a força que se alimenta do sofrimento. Pergunto-me se não é ela quem se apossa de Fedra e lhe move as mãos, num gesto cuja lembrança se gravou na mente de Joaquim Brasil Fontes: "ela foi sepultada em Trezena, junto a um mirto, cujas folhas estavam inteiramente crivadas. Nem sempre esse mirto foi assim. Quando Fedra esteve possuída pela sua paixão, não encontrando alívio algum, entretinha-se em perfurar as folhas da árvore com um grampo".

[*Hécate*]

______

servidora de Afrodite

Pergunto-me também se não é através dela que a deusa passou a se presentificar para os poetas modernos. Nos aguçadíssimos ouvidos de Baudelaire, de Rimbaud e de Lautréamont não vibram todos os gritos destes séculos? A força impetuosa que move a sua lírica não é a força da desgraça que esgota os homens em seu próprio sofrimento, em sua incapacidade de amar?

] *tu e Eros, meu servidor* [[*Hécate*]

———

servidora de Afrodite

Com Safo, Joaquim Brasil Fontes invoca a deusa de Kypros. Um sorriso sereno anuncia sua manifestação. A imortal atende a súplica. E parece chegar acompanhada de seus dois servidores: o Amor e o Sofrimento.

***

Conta-se que Safo, desprezada em seu amor pelo barqueiro Fáon, e desgraçada, atirou-se nas águas do mar, do alto das falésias da ilha de Lêucade. Os modernos preferem que ela tenha se lançado ao abismo para matar-se. Mas, observa Joaquim Brasil Fontes, "o salto de Lêucade, segundo uma tradição conhecida pelos antigos e, ao que parece ignorada pela maioria dos poetas modernos, realizava-se com intenções rituais. Era um remédio para purificar o doente de amor; atirando-se das altas falésias, nas ondas do mar, ele ressurgia, quando os deuses o contemplavam com bons olhos, inteiramente curado. Assim Deucalíon, que se liberta da paixão pela jovem Pirra".

Sentindo-se eleito, interpelado, Baudelaire sentou-se à beira do penhasco de Lêucade, à espera de que as ondas trouxessem o cadáver de Safo. Atendendo a um impulso, que se afigurava como o de um esteta curioso, Joaquim Brasil Fontes também se aproximou da beira do abismo. E, como não surgisse um corpo que encarnasse a imagem da amante e poeta, ao contrário de Baudelaire, Joaquim Brasil Fontes mergulhou. Na esteira de Safo. Não sei ao certo se para perder-se, ou para encontrar-se.

Mas há alguém que não ficou na margem, como Baudelaire, nem mergulhou, como Brasil Fontes. Alguém que sequer se atirou do alto da falésia para matar-se ou curar-se de um mal de amor, como Safo. Foi Psyché

No mito de Eros e Psyché também se verifica a presença reiterada de uma falésia. De lá a humana Psyché se despede dos homens para casar-se com um desconhecido – que é ninguém menos que o divino Eros. De lá se atiram suas irmãs, invejosas de sua sorte e querendo substituí-la. Ora, enquanto no caso delas há queda, há salto mortal, no caso de Psyché há transporte, há passagem para um outro plano.

Com efeito, tudo se passa como se fosse dada a Psyché a possibilidade de viver com Eros aqui na terra, desde que ela aceite conviver com o desconhecido. E Psyché passa a viver nesse plano. Mas é curiosa demais: ela quer ver a forma do Amor, esclarecer tudo; e acaba perdendo o esposo. Para reencontrar Eros, passa então por uma série de provas, dentre as quais a mais importante exige que desça ao reino dos mortos à procura de um bálsamo para o Amor. Psyché atravessa com êxito esse novo plano. Mas é curiosa demais: quer ver a forma do bálsamo, esclarecer tudo; e acaba encontrando o sono da morte. E assim ficaria, paralisada, se Eros não viesse despertá-la, conseguindo que a humana Psyché aceda ao Olimpo, torne-se imortal.

A falésia, a curiosidade estética, as provas, a travessia do reino dos mortos, o bálsamo, a força de Eros, força sem rosto, a presença de Afrodite – tudo isso, no mito de Eros e Psyché dá o que pensar. Mas, justamente, ... o que pensar disso tudo? Que laços tecer entre este mito e o mito da morte de Safo? Tudo indica que algo aí está sendo tramado. Talvez, por isso mesmo, doravante a primeira narrativa passa a contaminar e a ser contaminada pela segunda, e por mais uma terceira, chamada Eros, tecelão de mitos. *Há tantos pontos de contato imantando as três!...*

Afrodite, Eros e Safo.

Afrodite, Eros, Hécate, Safo.

Afrodite, Eros e Psyché.

São como três versões diferentes, três traduções, três "variações" de um texto perdido e reencontrado. Não há por que escolher uma delas. As três são reveladoras, suas nuances se completam. As três mostram um caminho, operam uma transformação. Juntas, fazem ressoar aqui e agora a celebração. Juntas parecem ensinar: sagrada é a escritura, sagrada deve ser a escritura.

São Paulo, setembro de 1989.

Bibliografia

A palavra bibliografia deve ser entendida, aqui, em sentido muito amplo, uma vez que este trabalho não dialoga apenas com livros, mas, também, com outros sistemas de signos: música, desenho, pintura, cinema.

As "obras" mencionadas não poderiam ser agrupadas, naturalmente, segundo as clássicas divisões: "antigos e modernos", "crítica e poesia", "história e romance", etc.

Optou-se, para facilitar a consulta, por outro modo de classificação dos sistemas, isto é, por outra convenção:

1) edições e traduções do texto de Safo;
2) literatura "geral": o texto escrito, comportando todas as "formas", "gêneros" ou "tipos" de discurso;
3) música, desenho, pintura, cinema.

1. Edições e traduções do texto de Safo

CAMPBELL, D.A. *Greek lyric*. London, Loeb Classical Library, 1982. v. I.

EDMONDS, J.M. *Lyra graeca*. London, Loeb Classical Library, 1934. v. I.

LOBEL, Edgar. ΣΑΠΦΟΥ ΜΕΛΗ *The fragments of the lyrical poems of Sapho*. Oxford, Clarendon, 1925.

________ e PAGE, *Denys. Poetarum lesbiorum fragmenta*. Oxford, Clarendon, 1955.

REINACH, T. e PUECH, A. *Alcée-Sapho*. Paris, Les Belles Lettres, 1937.

ΣΑΠΦΟΥΣ. In: *Anacreontis carmina*. Argentorati, apud J. G. Treutell, 1786.

VOIGT, Eva-Maria. *Sappho et Alcaeus fragmenta*. Amsterdam, Polak & Van Gennep, 1971.

***

SAFO, *Obra completa* [edição bilíngüe, trad. para o catalão por Manuel Balasch] Barcelona, Ediciones 62, 1985.

SAFFO. *Poesie* [trad. para o italiano por Ilaria Dagnini]. Roma, Newton Compton, 1991.

SAPPHO. *Poems & fragments* [trad. para o inglês por Josephine Balmer]. London, Brilliance Books, 1984.

SAPPHO [trad. para o francês de alguns poemas e fragmentos de Safo por Roger Brasillach]. In: *Anthologie de la poésie grecque*. Paris, Le Livre de Poche, 1965. pp. 125-32.

SAPPHO. *Poèmes et fragments* [trad. para o francês por Pascal Chavet]. Paris, La Délirante, 1989.

SAPPHO [trad. para o francês de alguns poemas e fragmentos de Safo por Marguerite Yourcenar]. In: *La couronne et la lyre*. Paris, Gallimard, 1979. p. 80-9.

SAPPHO and ALCAEUS. [trad. para o inglês por Denys Page]. Oxford, Clarendon, 1955.

***

SAFO [trad. para o português a partir do grego por Péricles Eugênio da Silva Ramos]. In: *Poesia grega e latina*. São Paulo, Cultrix, 1964.

SAFO. *Lírica* [trad. para o português feita sobre antigas e modernas versões francesas por Jamil Almansur Haddad]. São Paulo, Cultura, 1942.

SAFO. *Tudo o que restou* [trad. para o português feita sobre clássica versão inglesa por A. A. Antunes]. Além Paraíba, Interior, 1987.

2. Literatura geral

ADORNO, T. W. Discurso sobre lírica e sociedade. In: Luiz Costa Lima, org. *Teoria da literatura em suas fontes*. Rio de Janeiro, Francisco Alves, 1975.

________. Ulysse, ou mythe et morale. In: ________. *La dialectique de la raison*. Paris, Gallimard, s.d.

ALLEN, W. S. *Accent and rhythm*. Cambridge, 1975.

________. *Vox graeca*. Cambridge, 1974.

ALONSO, Dámaso. O mistério técnico na poesia de San Juan de la Cruz. In: ________. *Poesia espanhola*; ensaio de métodos e limites estilísticos. Rio de Janeiro, INL, 1960.

ANACREONTE. *Carmina*. Argentorati, apud J. C. Treuttel, 1786.

ANÔNIMO [PSEUDO-LONGINO]. *Sobre o sublime* [texto, intr. e notas de José Alsima Clota]. Barcelona, Bosch, 1977.

Anthologie Palatine. In: *Anthologie grecque* [texto estab. e trad. por P. Waltz. Paris, Les Belles Lettres, 1928-1931]. Primeira parte, t. I, II e III.

APOLLINAIRE, Guillaume. *Calligrammes*. Paris, Gallimard, 1925.

________. La chanson du mal-aimé. In: A. Billy. *Apollinaire*. Paris, Seghers, s.d. Col. Poètes d'Aujourd'hui.

________. Nuit rhénane. In: A. Billy. *Apollinaire*. Paris, Seghers, s.d. Col. Poètes d' Aujourd' hui.

APOLLONIUS RHODIUS. *The Argonautica* [texto e trad. de R. C. Seaton]. London, Loeb Classical Library, 1967.

APULEIO. *O asno de ouro* [trad. de Ruth Guimarães]. São Paulo, Cultrix, 1963.

ARIÈS, Philippe e BÉJIN, André, orgs. *Sexualidades ocidentais* [trad. de Lygia A. Watanabe e Thereza C. F. Stummer]. São Paulo, Brasiliense, 1985.

ARISTÓTELES. *Arte retórica/Arte poética* [trad. do francês por Antônio Pinto Carvalho]. São Paulo, Difel, 1964.

________. *Metafísica* [ed. trilíngüe grego/latim/espanhol por Valentín Garcia Yebra]. Madrid, Gredos, s.d.

________. *On the parts of animals*. In: *The works of Aristotle*, II. London, Encyclopaedia Britannica, 1980.

________. *Poética* [ed. trilíngüe grego/latim/espanhol por Valentín Garcia Yebra]. Madrid, Gredos, s. d.

________. *Poétique* [texto estab. e trad. por J. Hardy]. Paris, Les Belles Lettres, 1975.

________. *Retórica* [ed. e trad. por Antonio Tovar]. Madrid, Instituto de Estudios Políticos, 1971.

ATENEU DE NÁUCRATIS. *Les deipnosophistes*. Paris, Les Belles Lettres, liv. I e II.

AUBRETON, Robert. *Introdução a Homero*. São Paulo, Difel, 1968.

AUERBACH, Erich. *Mimésis* [trad. de Cornelius Heim]. Paris, Gallimard, 1977.

________. *Mimésis* [trad. de George Bernard Sperber]. São Paulo, Perspectiva, 1971.

AULO GÉLIO. *Les nuits attiques* [texto estab. e trad. por René Marache] Paris, Les Belles Lettres, 1967. 2 vol.

AUSTIN, Michel e VIDAL-NAQUET, Pierre. *Économies et sociétés en Grèce ancienne*. Paris, Armand Colin, 1972.

AXELOS, Costas. *Héraclite et la philosophie*. Paris, Minuit, 1971.

BANDEIRA, Manuel. *Itinerário da Pasárgada*. Rio de Janeiro, Liv. São José, 1957.

________. Hölderlin, Poemas traduzidos. In: *Poesia e Prosa*. Rio de Janeiro, Aguilar, 1958.

BARTHES, Roland. L'ancienne rhétorique. In: *Communications* 16, Paris, Seuil, 1968.

________. *Fragments d'un discours amoureux*. Paris, Seuil, 1977.

________. L'image. In: Antoine Compagnon, ed. *Prétexte: Roland Barthes*. Paris, Union Générale d'Éditions, 1978.

________. *Le plaisir du texte*. Paris, Seuil, 1973.

________. *Roland Barthes par Roland Barthes*. Paris, Seuil, 1975.

________. A retórica antiga [trad. de Leda P. M. Iruzun]. In: Jean Cohen et alii. *Pesquisas retóricas*. Petrópolis, Vozes, 1975.

BATAILLE, Georges. *O erotismo* [trad. de Antônio Carlos Viana]. Porto Alegre, L&PM, 1987.

BAUDELAIRE, Charles. *L'art romantique*. Paris, Garnier-Flammarion, s.d.

________. *As flores do mal* [trad., pref. e notas de Jamil Almansur Haddad]. São Paulo, Difel, 1958.

________. *Œvres complètes*. Paris, Seuil, 1968.

________. *Œvre poétique*. Paris, Chez Jean de Bonnot, 1973.

________. *Poèmes*. Paris, Hachette, s.d.

BAYET, Jean. *Littérature latine*. Paris, Klincksieck, 1942.

BENJAMIN, Walter. *Charles Baudelaire; un poète lyrique à l'apogée du capitalisme* [trad. de Jean Lacoste]. Paris, Petite Bibliothèque Payot, s.d.

________. *Imaginación y sociedad. Iluminaciones I* [trad. de Jesús Aguirre]. Madrid, Taurus, s.d.

________. *Obras escolhidas I: Magia e técnica, arte e política* [trad. de Sérgio Paulo Rouanet]. São Paulo, Brasiliense, 1987.

________. *Obras escolhidas II: Rua de mão única* [trad. de Sérgio Paulo Rouanet]. São Paulo, Brasiliense, 1987.

________. *Origem do drama barroco alemão* [trad., apres. e notas de Sérgio Paulo Rouanet]. São Paulo, Brasiliense, 1984.

BERGER, E. *Stylistique latine*. Paris, Klincksieck, 1942.

BIELER, L. *História de la literatura latina*. Barcelona, s. ed., 1968.

BLANCHOT, Maurice. *L'espace littéraire*, Paris, Idées/Gallimard, 1968.

________. *Lautréamont et Sade*. Paris, Minuit, 1973.

________. *Le livre à venir*. Paris, Idées/Gallimard, 1971.

BOISSIER, Gaston. *Promenades archéologiques*. Paris, Hachette, 1911.

BONNARD, André. *A civilização grega* [trad. de José Saramago]. São Paulo, Martins Fontes, 1980.

BORGES, Jorge Luis. *Ficciones*. Buenos Aires, Emecé, 1958.

________. *Obras completas*. Buenos Aires, Emecé, 1974.

________. e GUERREIRO, Margarita. *El libro de los seres imaginarios*. In: *J. L. Borges. Obras completas en colaboración*. Buenos Aires, Emecé, 1979.

BORNECQUE, Henri. Introdução. In: Ovidio. *Heroïdes*. Paris, Les Belles Lettres, 1928.

BOSWELL, John. *Christianity, social tolerance and homosexuality*. Chicago/ London, The University of Chicago Press, 1980.

BOUCHER, J. P. *Études sur Properce: problème d'inspiration et d'art*. Paris, De Boccard, 1965.

BOWIE, Angus M. *The poetic dialect of Sappho and Alcaeus*. Salem, The Ayer Company, 1984.

BOWRA, C. M. *Greek lyric poetry; from Alcman to Simonides*. Oxford, Clarendon, 1961.

Bucoliques grecs I, Les: Théocrite [texto estab. e trad. por E. Legrand]. Paris, Les Belles Lettres, 1928.

Bucoliques grecs, Les: Théocrite, Moschos, Bion [trad. e notas de E. Chambry]. Paris, Garnier, 1931.

BREMMER, Jan. *De Safo a Sade*. Campinas, Papirus, 1995.

BUFFIÈRE, Félix. *Eros adolescent*; la pédérastie dans la Grèce antique. Paris, Les Belles Lettres, 1980.

BURCKHARDT, Jacob. *Historia de la cultura griega* [trad. de Eugenio Imaz et alii]. Barcelona, Iberia, 1974, 5 vol.

________. *Del paganismo al cristianismo* [trad. de Eugenio Imaz]. México, Fondo de Cultura Económica, 1982.

CAILLOIS, Roger. *L'homme et le sacré*. Paris, Idées/Gallimard, s.d.

________. *Le mythe et l'homme*. Paris, Idées/Gallimard, s.d.

CALLIMACHUS. *Hymns and Epigrams* [texto e trad. de A. W. Mair]. Londres, Loeb Classical Library, 1959.

CAMPOS, Augusto et alii. *Mallarmé*. São Paulo, Perspectiva, 1974.

CAMPOS, Geir. *Pequeno dicionário de arte poética*. Rio de Janeiro, Ed. de Ouro, 1965.

CAMPOS, Haroldo. *Deus e o diabo no* Fausto *de Goethe*. São Paulo, Perspectiva, 1981.

________. Tradução: fantasia e fingimento. "Folhetim", *Folha de S. Paulo*, 18/9/1983.

CANDIDO, Antonio. *A educação pela noite e outros ensaios*. São Paulo, Ática, 1987.

________. *Literatura e sociedade*. São Paulo, Nacional, 1976.

________. *Tese e antítese*. São Paulo, Nacional, 1964.

CANTARELLA, Eva. *Selon la nature, l'usage et la loi. La bisexualité dans le monde antique*. [trad. de M.-D. Procheron]. Paris, La Découverte, 1991.

CARPEAUX, Otto Maria. Nota sobre Rilke. In: ________ *Retratos e leituras*. Rio de Janeiro, Organização Simões, 1953.

CASTORIADIS, Cornelius. *As encruzilhadas do labirinto* 2 [trad. de José O. A. Marques]. Rio de Janeiro, Paz e Terra, 1987.

CASTRO ALVES. Adormecida. In: W. Lousada, org. *Cancioneiro do amor*. Rio de Janeiro, José Olympio, 1950.

CATULO. *Poésies* [texto estab. e trad. por George Lafaye]. Paris, Les Belles Lettres, 1970.

CHANTRAINE, Pierre. *Dictionnaire étymologique de la langue grecque*. Paris, Klincksieck, 1983. 2 vols.

________. *Grammaire Homérique*. Paris, Klincksieck, 1958.

CHARBONNEAUX, Jean et alii. *Grèce archaïque*. Paris, Gallimard, 1968. Col. L'Univers de Formes.

________. *Grèce classique*. Paris, Gallimard, 1969. Col. L'Univers de Formes.

________. *Grèce hélénistique*. Paris, Gallimard, 1970. Col. L'Univers de Formes.

CHÂTELET, François. *Platão* [trad. de Souza Dias]. Porto, Rés, s.d.

CHÂTELET, François (org.). *Histoire de la philosophie*, tome I: La philosophie de l'histoire. Paris, Hachette, 1973.

CHCHEGLÓV, I. K. Algumas características da estrutura de *As metamorfoses* de Ovídio [trad. de Aurora F. Bernardini]. In: Bóris Schnaiderman, org. *Semiótica russa*. São Paulo, Perspectiva, 1979.

CÍCERO. *De l'orateur* [texto estab. e trad. por E. Courbaud]. Paris, Les Belles Lettres, s.d.

________. La préture en Sicile. In: ________ *Seconde action contre Verrès. Discours* [texto estab. e trad. por H. de la Ville de Mirmont]. Paris, Les Belles Lettres, s.d. liv. II, t. III.

COHEN-SALAL, Madeleine. *Sartre. 1905-1980*. Porto Alegre, L & PM, 1986.

CORNFORD, F. M. *Principium sapientiae; as origens do pensamento filosófico grego*. Lisboa, Calouste Gulbenkian, s.d.

COULANGES, Fustel de. *A cidade grega* [trad. de Jonas C. Leite e Eduardo Fonseca]. São Paulo, Hemus, 1975.

COUROUVE, Claude. *Vocabulaire de l'homosexualité masculine*. Paris, Payot, 1985.

CROISET, A. e CROISET, M. *Histoire de la littérature grecque*, 2. Paris, Albert Fontemoing, 1898.

CURTIUS, E. R. *Literatura européia e Idade Média latina*. Rio de Janeiro, INL, 1957.

DALE, A. M. *The lyric metres of Greek drama*. Cambridge, 1968.

DANTE ALIGHIERI. *La divina commedia*. Milão, Mursia, 1976.

DELEUZE, Gilles. *Nietzsche* [trad. de Alberto Campos]. Lisboa, Edições 70, s.d.

________. *Proust e os signos* [trad. de Antônio Carlos Piguet]. Rio de Janeiro, Forense-Universitária, 1978.

Demanda do Santo Graal, A. [texto sob cuidados de Heitor Megale]. São Paulo. T. A. Queiroz/Edusp, 1988.

DEMARGNE, Pierre. *Naissance de l'art grec*. Paris, Gallimard, 1974. Col. L'Univers des Formes.

DERRIDA, Jacques. *Margens da filosofia* [trad. de Joaquim T. Costa e Antônio M. Magalhães]. Porto, Rés, s.d.

DETIENNE, Marcel. *Les maîtres de verité dans la Grèce archaïque*. Paris, Maspero, 1981.

________. e VERNANT, J. P. *Les ruses de l'intelligence: la mètis des grecs*. Paris, Flammarion, 1974.

DIONÍSIO DE HALICARNASSO. *Critical essays* [texto e trad. de Stephan Usher]. London, Loeb Classical Library, 1985.2 vol.

________. *The roman antiquities* [texto e trad. de Earnest Cary]. London, Loeb Classical Library, 1968. 7 vol.

DONNE, John. Sappho to Philaenis. In: *Poesia completa* [ed. bilíngüe, trad. e introd. de E. Caracciolo-Trejo]. Barcelona, Ediciones 29, 1986.

DOVER, K.J. *Homosexualité, grecque* [trad. para o francês por Suzanne Saïdi]. Grenoble, La Pensée Sauvage, 1982.

DRUMMOND DE ANDRADE, Carlos. Pontuação e poesia; Vinte livros na ilha. In: ________. *Obra completa*. Rio de Janeiro, 1964.

EDMONDS, J. M. *Lyra graeca*. London, Loeb Classical Library, 1934. 3 vol.

ELIADE, Mircea. *Aspects du mythe*. Paris, Idées/Gallimard, 1972.

________. *História das crenças e das idéias religiosas* [trad. de Roberto Cortes Lacerda]. Rio de Janeiro, Zahar, 1983. t. I, vol. 2.

________. *Le mythe de l'éternel retour*. Paris, Idées/Gallimard, 1969.

________. *Mythes, rêves et mystères*. Paris, Idées/Gallimard, 1972.

ELIOT, T. S. *Poesia* [trad. de Ivan Junqueira]. Rio de Janeiro, Nova Fronteira, 1971.

ERNOUT, A. e MEILLET, A. *Dictionnaire étymologique de la langue latine*. Paris, Klincksieck, 1967.

________. e THOMAS, F. *Syntaxe latine*. Paris, Klincksieck, 1963.

ÉQUILO. Prometheus. In: *Aeschylus I* [texto e trad. de H. Weir Smyth]. London, Loeb Classical Library, 1988.

________. Prometheus bound [trad. em verso inglês por G. M. Cookson]. In: *Great books of the Western World*. Chicago/Londonl/Toronto, Encyclopaedia Britannica, 1955. vol. 5.

________. *Théâtre II Agamemnon, Les Coéphores, Les Euménides* [texto estab. e trad. por E. Chambry]. Paris, Les Belles Lettres, s.d.

EURÍPIDES. Bacchanals. In: *Euripides III* [texto e trad. de A. S. Way]. London, Loeb Classical Library, 1979.

________. Hyppolite. In: *Théâtre II* [texto e trad. por L. Meridier]. Paris, Les Belles Lettres, 1956.

________. Hyppolitus, Medea. In: *Euripides IV* [texto e trad. de A. S. Way]. London, Loeb Classical Library, 1980.

FILOSTRATO. Vidas de los sofistas. In: *Biógrafos griegos* [trad. e notas de Antonio Ranz Romanillos]. Madrid, Aguillar, 1973.

FINK, Eugen. *La filosofia de Nietzsche* [trad. de Andrés Sánchez Pascual]. Madrid, Alianza Editorial, 1981.

FINLEY, M. T. *Los griegos de la antigüedad* [trad. de J. M. Garcia de la Mora]. Barcelona, Labor, 1985.

FLACELIÈRE, Robert. *L'amour en Grèce*. Paris, Hachette, 1960.

FLAUBERT, Gustave. *Bouvard et Pécuchet*. Paris, Garnier-Flammarion, s.d.

________. *Bouvard e Pécuchet* [trad. de Galeão Coutinho e Augusto Meyer]. São Paulo, Melhoramentos, s.d.

________. *La tentation de Saint Antoine*. Paris, Garnier-Flammarion, 1954.

FONTANIER, Pierre. *Les figures du discours*. Paris, Flammarion, 1968.

FONTES, Joaquim Brasil. *O livro dos simulacros*. Florianópolis, Clavicórdio, 2000.

FORTINI, Franco. *O movimento surrealista* [trad. de António Ramos Rosa]. Lisboa, Presença, 1965.

FOUCAULT, Michel. *História da sexualidade*; o uso dos prazeres [trad. de Maria Thereza da Costa Albuquerque]. Rio de Janeiro, Graal, 1984. vol. II.

________. *Histoire de la sexualité*. Paris, Gallimard, 1984. vol. III.

________. Las meninas. In: ________. *As palavras e as coisas*. [trad. de António Ramos Rosa]. Lisboa, Presença, 1965.

FRANCE, Anatole. *O lírio vermelho* [trad. de Marques Rebelo]. Rio de Janeiro, Pongetti, 1955.

FRÄNKEL, Hermann. *Early Greek poetry and philosophy*. Oxford, Basil Blackwell, 1975.

FRAZER, J. G. *O ramo de ouro* [trad. de Waltensir Dutra]. Rio de Janeiro, Zahar, 1982.

FRIEDRICH, Hugo. *Estrutura da lírica moderna* [trad. de Marisa M. Curioni]. São Paulo, Duas Cidades, 1978.

GANS-RUEDIN, E. *Splendeur du tapis persan*. Fribourg, Office du Livre, 1978.

GAY, Peter. *A educação dos sentidos* [trad. de Peter Salter]. São Paulo, Companhia das Letras, 1998.

________. *A paixão terna* [trad. de Sérgio Flaksman]. São Paulo, Companhia das Letras, 1990.

GERMAIN, André. *René Vivien*. Paris, Crès, 1917.

GERNET, Louis e BOULANGER, André. *Le génie grec dans la religion*. Paris, La Renaissance du livre, 1932.

GIEBEL, Marion. *Safo* [trad. de Maria Emília Moura]. Lisboa, Distri, s.d.

GIRARDOT, Rafael Gutiérrez. *Nietzsche y la filologia clásica*. Buenos Aires, Eudeba, 1966.

GLOTZ, Gustave. *A cidade grega* [trad. de Henrique A. Mesquita e Roberto C. de Lacerda]. São Paulo, Difel, 1980.

GOUAST, René. *La poésie latine* [ed. bilíngüe]. Paris, Seghers, 1972.

GOUJON, Jean-Paul. *Tes blessures sont plus douces que leurs caresses: vie de Renée Vivien*. Paris, Régine Desforgues, 1986.

GOW, James. *Minerva: introduction à l'étude des classiques scolaires grecs et latins* [trad. e adapt. de Salomon Reinach]. Paris, Hachette, 1909.

Greek anthology, The [texto grego e trad. para o inglês por W.R.Paton]. Cambridge, Harvard, 1980. 5 vols.

GRIMAL, Pierre, ed. *Larousse World Mythology*. London, Hamleyn, 1984.

________, ed. *Romans, grecs et latins*. Paris, Gallimard, 1976. Col. Bibliothèque de La Pléiade.

GUDEMANN, Alfred. *Historia de la literatura latina*. Barcelona, Labor, 1942.

GUIRAND, Félix. *Mythologie générale*. Paris, Larousse, 1953.

GUIRAUD, C. *La phrase nominale en grec, d'Homère à Euripide*. Paris, Klincksieck, 1962.

HAMILTON, Edith. *La mythologie*. Paris, Marabout Université, s.d.

HARVEY, Paul. *Dicionário Oxford de literatura clássica* [trad. de Mário da Gama Kury]. Rio de Janeiro, Oxford, 1987.

HAUSER, Arnold. *Historia social de la literatura y el arte* [trad. de A. Tovar e F. P. Varas-Reyes]. Madrid, Guadarrama, 1968. 3 vol.

HAVET, Louis. *Cours élémentaire de métrique grecque el latine*. Paris, Librairie Delagrave, 1935.

HENDERSON, Jeffrey. *The maculate muse*. Oxford, Oxford University Press, 1991.

HERÓDOTO. *História* [trad., introd. e notas de Mário da Gama Kury]. Brasília, Editora da Universidade de Brasília, 1985.

HESÍODO. *Théogonie, Les travaux et les jours* [texto estab. e trad. por Paul Mazon]. Paris, Les Belles Lettres, 1928.

Hesiod/ The homeric hymns and homerica [texto e trad. de H. G. Evelyn-White]. London, Loeb Classical Library, 1959.

HOMERO. *L'Iliade* [texto estab. e trad. por Paul Mazon]. Paris, Les Belles Lettres, 1949, 4 vol.

________. *L'Iliade* [trad. de Eugène Lasserre]. Paris, Garnier Frères, s.d.

________. *L'Iliade*. [trad. de Leconte de Lisle]. Paris, Alphonse Lemerre, 1884.

________. *A Odisséia* [trad. de Manoel Odorico Mendes]. São Paulo, Atena, s.d.

________. *L'Odyssée* [texto estab. e trad. por Victor Bérard]. Paris, Les Belles Lettres, 1947. 3 vol.

________. *L'Odyssée* [trad. nouvelle de Mario Meunier]. Paris, Albin Michel, 1961.

________. *L'Odyssée* [trad. de Mme. Dacier]. Paris, Garnier Frères, s.d.

________. *The Odyssey* [texto e trad. de A.T. Murray]. London, Loeb Classical Library, 1942, 2 vol.

________. *Œvres* [trad. de François Richard]. Paris, Garnier-Flammarion, 1967.

________. *Œvres complètes* [texto e trad. em prosa de Amar, Andrieux et alii]. Paris C. L. F. Panckoucke, 1853.

HORÁCIO. *Arte Poética* [trad. de Dante Tringali]. São Paulo, Musa, 1993.

________. *Œvres* [trad. de François Richard]. Paris, Garnier/Flammarion, 1967.

LAUSBERG, Heinrich. *Elementos de retórica literária*. Lisboa, Calouste Gulbenkian, s.d.

LAUTRÉAMONT. *Les chants de Maldoror*. Paris, Gallimard, 1973.

________. *Os cantos de Maldoror* [trad. de Pedro Tamen]. Lisboa, Moraes, 1979.

________. *Œvres complètes*. Paris, Poésie/Gallimard, 1973.

________ e NOUVEAU, Germain. *Œvres complètes* [textos estab., apresent. e anotados por Pierre-Olivier Walzer]. Paris, Gallimard, 1970. Col. Bibliothèque de La Pléiade.

LEBRUN, Gérard. O conceito de paixão. In: *Os sentidos da paixão*, São Paulo, Funarte/Companhia das Letras, 1987.

LEJEUNE, M. *Phonétique historique du mycénien et du grec ancien*. Paris, Klincksieck, 1972.

LESKY, Albin. *Historia de la literatura griega* [trad. de José Maria Diaz Regagnón e Beatriz Romero]. Madrid, Gredos, s.d.

Libro de las mil y una noches, El [trad. do árabe, comentário e notas de R. Cansinos Assens]. Madrid, Aguillar, 1979, 3 vol.

LISSARAGUE, François. *Un flots d'images. Une esthétique du banquet grec*. Paris, Adam Biro, 1987.

LORENZ, Paul. *Sapho, 1900: Renée Vivien*. Paris, Julliard, 1977.

LOUŸS, Pierre. *Afrodite* [trad. de Elias Davidovitch]. Rio de Janeiro, Mundo Latino, 1954.

________. *O amor de Bilitis* [trad. de Guilherme de Almeida]. Rio de Janeiro, José Olympio, 1943.

________. *Les chansons de Bilitis*. Paris, Albin Michel, s.d.

________. *As canções de Bilitis* [trad. de M. José de Carvalho]. São Paulo, Max Limonad, 1984.

LUCIANO DE SAMÓSATA. Des gens des lettres qui se mettent aux gages des grands. In: *Œvres complètes* [trad. de Belin de Ballu, rev. por Louis Humbert]. Paris, Garnier Frères, s.d. vol. I.

LUCRÉCIO. *De rerum natura*. In: *Lucrécio e outros* [trad. de Agostinho da Silva]. São Paulo, Abril Cultural, 1973, vol. V, Col. Os Pensadores.

________. *De rerum natura* [texto e trad. de Eduard Valenti Fiol]. Barcelona, Bosch, 1976.

MALLARMÉ, Stéphane. *Œvres complètes*. Paris, Gallimard/Pléiade, 1992.

MALLARMÉ, Stéphane. *Igitur ou A loucura de Elbehnon* [texto e trad. de José Lino Grünewald]. Rio de Janeiro, Nova Fronteira, 1985.

________. *Igitur/Divagations/Un coup de dés*. Paris, Poésie/Gallimard, 1976.

MANN, Thomas. *Doutor Fausto* [trad. de Herbert Caro]. Rio de Janeiro, Nova Fronteira, 1984.

MARTIN, R. e METZGER, H. *La religion grecque*. Paris, PUF, 1976.

MATOS, Olgária. A melancolia de Ulisses. In: *Os sentidos da paixão*. São Paulo, Funarte/Companhia das Letras, 1987.

MAUSS, Marcel. *Sociologia e antropologia*. São Paulo, EPU/Edusp, 1974, v. II.

MEILLET, A. *Aperçu d'une histoire de la langue grecque*. Paris, Klincksieck, 1976.

MEIRELES, Cecilia. *Obra poética*. Rio de Janeiro, Aguilar, 1958.

MENA, José Lorite. *El* Parménides de *Platón*. Bogotá, Univ. de los Andes/Fondo e Cultura Económica, 1985.

MENDES, João Pedro. *Construção e arte das Bucólicas*. Brasília, Editora da Universidade de Brasília, 1985.

MEREJKOWSKI, Dmitri. *Juliano, o apóstata*. Porto Alegre, Globo, 1945.

MERIMÉE, Prosper. La Vénus d'Ille. In: *Colomba et dix autres nouvelles*. Paris, Gallimard, 1973.

MESCHONNIC, Henri. *Pour la poétique I*. Paris, Gallimard, 1970.

________. *Pour la poétique II: Épistémologie de l'écriture/Poétique de la traduction*. Paris, Gallimard, s.d.

________. *Pour la poétique III: Une parole écriture*. Paris, Gallimard, s.d.

Mille et une nuits, Les [trad. de Antoine Galland]. Paris, Garnier-Flammarion, 1965. 3 vol.

MORA, Édith. *Sappho; histoire d'un poète*. Paris, Flammarion, 1966.

MOUNTFIELD, David, org. *Greek and Roman erotica*. Fribourg, Productions Liber, 1983.

NEWMAN, J. K. *Augustus and the new poetry*. Bruxelas, s. ed., 1967.

NIETZSCHE, F. *Além do bem e do mal* [trad. de Márcio Publiesi]. São Paulo, Hemus, 1981.

________. *Considerações intempestivas* [trad. de Lemos de Azevedo]. Lisboa, Presença, s.d.

________. *Ecce homo* [trad. de José Marinho]. Lisboa, Guimarães & Cia., s.d.

________. *A gaia ciência* [trad. de Márcio Publiesi, Edson Bini e Norberto de Paula Lima]. São Paulo, Hemus, 1976.

________. *O livro do filósofo* [trad. de Ana Lobo]. Porto, Rés, s.d.

________. *La naissance de la philosophie à l'époque de la tragédie grecque* [trad. de Geneviève Bianquis]. Paris, Gallimard, 1969.

________. *Obras incompletas* [sel. de textos de G. Lebrun, trad. e notas de Rubens Rodrigues Torres Filho]. São Paulo, Abril Cultural, 1978.

________. *A origem da tragédia* [trad. de Álvaro Ribeiro]. Lisboa, Guimarães, 1958.

________. *Poemas* [ant., versão port., pref. e notas de Paulo Quintela]. Coimbra, Centelha, 1986.

Nietzsche aujourd'hui? I: Intensités; 2: Passion. Paris, Centre Culturel International de Cerisy-La-Salle, Union Générale d'Editions, 1973.

Nietzsche, Cahiers Royaumont. Paris, Minuit, 1967.

NILSSON, Martin P. *La religion populaire dans la Grèce ancienne*. Paris, Plon, s.d.

NOUGARET, L. *Traité de métrique latine classique*. Paris, Klincksieck, 1963.

NOVALIS. *Pólen*. Fragmentos, diálogos, monólogos [trad., apres. e notas de Rubens Rodrigues Torres Filho]. São Paulo, Iluminuras, 1988.

NUNES, Benedito. *Passagem para o poético*; filosofia e poesia em Heidegger. São Paulo, Ática, 1986.

NUNES, José Joaquim. *Crestomatia arcaica*. Lisboa, Livraria Clássica, s.d.

OVÍDIO. *Metamorphoses* [texto e trad. de Frank Justus Miller]. London, Loeb Classical Library, 1956, 2 vol.

________. *Les métamorphoses* [trad., introd. e notas de J. Chamonard]. Paris, Garnier-Flammarion, 1966.

________. *Heroïdes* [texto estab. e trad. por Marcel Prévost]. Paris, Les Belles Lettres, 1928.

________. *Tristia. Ex Ponto* [texto e trad. de Arthur Leslie Wheeler]. London, Loeb Classical Library, 1939.

PAES, José Paulo. Lembra, corpo [introd.]. In: Konstantinos Kaváfis. *Poemas* [trad. de José Paulo Paes]. Rio de Janeiro, Nova Fronteira, 1982.

PAGE, Denys. *Sapho and Alcaeus; an introduction to the study of ancient lesbian poetry*. Oxford, Clarendon, 1955.

PARRY, Milman. The traditional language of lesbian lyric poetry. In: *The collected papers of Milman Parry*. Oxford, Clarendon, 1971.

PASOLINI, Pier Paolo. Las mil y una noches. In: *Trilogia de la vida* [trad. de José Luis Guarner]. Barcelona, Ayma, 1977.

PAZ, Octavio. *O arco e a lira* [trad. de Olga Savary]. Rio de Janeiro, Nova Fronteira, 1982.

________. *Conjunções e disjunções* [trad. de Lúcia T. Wisnik]. São Paulo, Perspectiva, 1979.

________. *Los hijos de limo*; del romanticismo a la vanguardia. Barcelona, Seix Barral, 1974.

________. *El signo y el gabarato*. México, Joaquim Mortiz, 1986.

________. *Signos em rotação* [trad. de Sebastião Uchoa Leite]. São Paulo, Perspectiva, 1976.

________. *Versiones y diversiones*. México, Joaquim Mortiz, 1984.
PERNOT, H. *D'Homère à nos jours: Histoire, écriture, prononciation du grec*. Paris, Garnier, 1921.
PESSOA, Fernando. *Obra poética* [org., introd. e notas de Maria Aliete Dores Galhoz]. Rio de Janeiro, José Aguilar, 1960.
PETERS, F. E. *Termos filosóficos gregos*. Lisboa, Fundação Calouste Gulbenkian, 1982.
PETRÔNIO. *Le Satiricon* [texto estab. e trad. por A. Ernout]. Paris, Les Belles Lettres, 1970.
________. *Le Satiricon* [trad. e notas de Pierre Grimal]. Paris, Gallimard, 1960.
________. *The Satyricon* [texto e trad. de M. Heseltine]. London, Loeb Classical Library, 1969.
PEYTARD, Jean. *Lautréamont et la cohérence de l'ecriture*; études structurales des variants du Chant premier des *Chants de Maldoror*. Paris, Didier, 1977.
PHILIP, Michel. *Lectures de Lautréamont*. Paris, Armand Colin, 1971.
PICHON, René. *Histoire de la littérature latine*. Paris, Hachette, 1908.
PIGANIOL, André. *Histoire de Rome*. Paris, PUF, 1946.
PINDARE. *Œvres complètes* [Texto grego; trad. de Jean-Paul Savignac]. Paris, La Différence, 1990.
PÍNDARO. *Odas* [trad. de Ipandro Acaico]. México, SEP Cultura, 1984.
________. *The odes of Pindar* [texto e trad. e Sir John Sandys]. London, Loeb Classical Library, 1957.
PINSKY, Jaime, org. *Modos de produção na Antigüidade*. São Paulo, Global, 1982.
PLATÃO. *Le banquet* [texto estab. e trad. por Léon Robin]. Paris, Les Belles Lettres, 1970.
________. *O banquete*. In: *Diálogos* [trad. de José Cavalcante de Souza]. São Paulo, Abril Cultural, 1972.
________. *Cratyle* [texto estab. e trad. por L. Meridier]. Paris, Les Belles Lettres, 1969.
________. *Ion, Ménexène, Euthydème* [texto estab. e trad. por L. Meridier]. Paris, Les Belles Lettres, 1970.
________. *Parménide* [texto estab. e trad. por A. Diès]. Paris, Les Belles Lettres, 1974.
________. *Phèdre* [texto estab. e trad. por Léon Robin]. Paris, Les Belles Lettres, 1970.
________. *Phédon* [texto estab. e trad. por Léon Robin]. Paris, Les Belles Lettres, 1967.
________. *A república* [introd., trad. e notas de Maria Helena da Rocha Pereira]. Lisboa, Calouste Gulbenkian, s.d.
________. *La république* [trad. e notas de R. Baccou]. Paris, Garnier-Flammarion, 1966.
PLEYNET, Marcelin. *Lautréamont par lui-même*. Paris, Seuil, 1967.
PLUTARCO. *Œuvres morales*. Paris, Chez P. Theóphile Barrois, 1788.

_______. *De la musique* [trad. de François Lasserre]. Lausanne, Urs Graf Verlag, 1955.

_______. *De la musique* [ed. crítica e explicativa por E. Weil e Th. Reinach]. Paris, Ernest Leroux, 1900.

_______. *Les vies des hommes illustres* [trad. de Ricard]. Paris, Garnier, s.d., 4 vol.

_______. Vidas paralelas. In: *Biógrafos griegos* [trad. e notas de Antonio Ranz Romanillos]. Madrid, Aguillar, 1973.

POE, Edgar Allan. Análise racional do verso; A carta furtada; A filosofia da composição. In: *Poesia e prosa* [trad. de Oscar Mendes e Milton Amado]. Porto Alegre, Globo, 1960.

Poesia grega e latina [seleção, notas e trad. direta do grego e do latim por Péricles Eugênio da Silva Ramos]. São Paulo, Cultrix, 1964.

Poética clássica, A: Aristóteles, Horácio, Longino [trad. de Jaime Bruna]. São Paulo, Cultrix, 1981.

POUND, Ezra. *ABC da literatura* [trad. de Augusto de Campos e José Paulo Paes]. São Paulo, Cultrix, 1986.

_______. *A arte da poesia; ensaios escolhidos* [trad. de Heloísa Lima Dantas e José Paulo Paes]. São Paulo, Cultrix/Edusp, 1976.

_______. *Os cantos* [trad. de José Lino Grünewald]. Rio de Janeiro, Nova Fronteira, 1986.

_______. *Poesia* [trad. de Augusto e Haroldo de Campos, Décio Pignatari, José Lino Grünewald, Mário Faustino]. São Paulo, Hucitec, 1985.

PRAZ, Mario. *La chair, la mort et le diable* [trad. de Constance T. Pasquali]. Paris, Denoël, 1977.

Pré-socráticos, Os: fragmentos, doxografia e comentários [seleção dos textos e supervisão de José Cavalcante de Souza]. São Paulo Abril Cultural, 1978.

PROUST, Marcel. *Un amour de Swan*. Paris, Gallimard, 1976

_______. *Pastiches et mélanges*. Paris, Gallimard, 1970.

_______. *Sodoma e Gomorra* [trad. de Mário Quintana]. Porto Alegre, Globo, 1957.

_______. *Sodome et Gomorrhe*. Paris, Gallimard, 1972.

QUINTILIANO. *Institution oratoire de Quintilian* [texto e trad. de C.V. Ouizille]. Paris, C. L. F. Panckoucke, 1832-1841. 6 vol.

QUINTELA, Paulo. *Hölderlin*. Porto, Inova, 1971.

RACINE, Jean. *Œuvres*. Paris, par la Compagnie des Libraires, 1767.

_______. *Phèdre*. Paris, Larousse, s.d.

Revue d'Esthétique, 1-2, 1979: *Rhétoriques, sémiotiques*. Paris, Union Générale d'Éditions, 1979.

RIMBAUD, A. *Correspondência* [trad. de Alexandre Ribondi]. Porto Alegre, L&PM, 1983.

_______. *Iluminações. Uma temporada no inferno.* [trad. de Ledo Ivo]. Rio de Janeiro, Civilização Brasileira, 1957.

_______. *Poésies complètes*. Paris, Gallimard, 1960.

ROBERTSON, Martin. *Uma breve história da arte grega* [trad. Álvaro Cabral]. Rio de Janeiro, Zahar, 1982.

________. *A history of Greek art*. Cambridge, Mass., Cambridge University Press, 1975, 2 vol.

________. *La peinture grecque* [trad. de Madame Osvald Sirén]. Genève, Skira, 1978.

ROBINSON, David M. *Sappho and her influence*. New York, Cooper Square Publishers, 1963.

ROUSSELLE, Aline. *Pornéia* [trad. de Carlos Nelson Coutinho]. São Paulo, Brasiliense, 1984.

RUDHARDT, Jean. *Le rôle d'Eros et d'Aphrodite dans les cosmogonies grecques*. Paris, PUF, 1986.

SAFOUAN, Moustapha. *A sexualidade feminina na doutrina freudiana* [trad. de Maria da Glória R. da Silva]. Rio de Janeiro, Zahar, 1977.

SALLES, Catherine. *Nos submundos da Antigüidade* [trad. de Carlos Nelson Coutinho]. Rio de Janeiro, Brasiliense, 1982.

SANTOS, Laymert Garcia dos. Lautréamont e a agonia do leitor. "Folhetim", *Folha de S. Paulo*, 1 maio 1983.

SARTRE, J. -P. *Questão de método*. São Paulo, Difel, 1967.

________. Venise, de ma fenêtre, *Verve*, vol. VII, n. 27, 28.

SCHMITT PANTEL, Pauline (dir.) *Histoire des femmes*. L'Antiquité. Paris, Plon, 1991.

SCHOLLES, Robert e KELLOG, Robert. *A natureza da narrativa* [trad. de Gert Meyer]. São Paulo, McGraw-Hill do Brasil, 1977.

SÉFÉRIS, Georges. *Poèmes*. 1933-1955 [trad. de Y.Bonnefoy e L. Gaspar]. Paris, Gallimard/Poésies, 1994.

SÊNECA. *Obras completas* [introd., trad. e notas de Lorenzo Riber]. Madrid, Aguillar, 1943.

SERGENT, Bernard. *Homosexualité et initiation chez les peuples indo-européens*. Paris, Payot, 1996.

SÓFOCLES. Antigone; Œdipus the King; Œdipus at Colonus. In: *Sophocles I* [texto e trad. de F. Storr]. London, Loeb Classical Library, 1981.

________. Antigone, Œdipe Roi. In: *Sophocle I* [texto estab. e trad. por Paul Masqueray]. Paris, Les Belles Lettres, 1922.

SPITZER, Leo. L'effet de sourdine dans le style classique: Racine. In: *Études de style*. Paris, Gallimard, 1970.

STEUDING, H. *Mitologia griega y romana*. Barcelona/Buenos Aires, Labor, 1934.

STITES, Raymond S. *Las artes y el hombre*. Barcelona, Labor, 1951, 2 vol.

SVENBRO, Jesper. *Frasikleia*. Paris, La Découverte, 1988.

TAYLOR, A. E. *El pensamiento de Sócrates*. México, Fondo de Cultura Económica, 1984.

THIBAUDET, Albert. *História da literatura francesa, de 1789 a nossos dias* [trad. de Vinícius Meyer]. São Paulo, Martins, s.d.

TORRANO, Jaa. *O sentido de Zeus*. São Paulo, Roswitha Kempt, 1998.

TSIGAKOU, Fani-Maria. *La Grèce retrouvée* [trad. de Zéline Matignon]. Paris, Seghers, 1984.

VARGA, A. Kibedi. *Rhétorique et littérature*. Paris, Didier, 1970.

VERLAINE, Paul. *Œvres complètes*. Paris, Gallimard/Pléiade, 1948.

VERLAINE, Paul. *Festas galantes* [texto e trad. de Onestaldo de Pennafort]. São Paulo, Civilização Brasileira, 1958.

_______. *Para ser caluniado* [texto e trad. de Heloísa Jahn]. São Paulo, Brasiliense, 1985.

________. *Sagesse*. Paris, Messem, s.d.

VERMEULE, Emily. *La muerte en la poesia y en el arte de la Grecia* [trad. de José L. Melena]. México, Fondo de Cultura Económica, 1987.

VERNANT, Jean-Pierre. *Mito y sociedad en la Grecia antiqua*. Madrid, Siglo XXI, 1987.

________. *Mythe et pensée chez les grecs*. Paris, Maspero, 1974, 2 vol.

________. *As origens do pensamento grego* [trad. de Isis Borges B. Fonseca]. São Paulo, Difel, 1984.

________. e VIDAL-NAQUET, Pierre. *La Grèce ancienne. 1. Du mythe à la raison*. Paris, Seuil, 1990.

________. *La Grèce ancienne. 2. L'espace et le temps*.Paris, Seuil, 1991.

________. *La Grèce ancienne. 3. Rites de passage et transgressions*. Paris, Seuil, 1992.

________. et alii *Divination et racionalité*. Paris, Seuil, 1974.

VEYNE, Paul. *A elegia erótica romana*. São Paulo, Brasiliense, 1985.

________. A homoxessualidade em Roma. In: ________. *Sexualidades ocidentais*. São Paulo, Brasiliense, 1985.

VIERNY, Jean-Paul. La porte du fruitier. In: *Études offertes à André Gide*. Paris, VRF, 1947.

VIRGÍLIO. Bucólicas [In: João Pedro Mendes]. *Construção e arte das Bucólicas*. Brasília, Ed. da Universidade de Brasília, 1985.

________. *Bucoliques/Géorgiques/Enéide* [texto latino, ed. crítica de H. Goelze, pref. de Sainte-Beuve]. Paris, Garnier, s.d.

________. *Enéide* [texto estab. e trad. por A. Bellessort]. Paris, Les Belles Lettres, 1966, 2 vol.

WILSON, Edmund. *O castelo de Axel* [trad. de José Paulo Paes]. São Paulo, Cultrix, 1985.

WOOLF, Virginia, *Orlando* [trad. de Cecilia Meireles]. Porto Alegre, Globo, 1948.

YOURCENAR, Marguerite. *La couronne et la lyre*. Paris, Poésie/Gallimard, 1979.

________. *Mémoires d'Hadrien*. Paris, Le Livre de Poche, 1972.

3. Música, desenho, pintura, cinema

DEBUSSY, Claude. *Prélude à l'après-midi d'un faune.*

________. *Six épigraphes antiques.*

GLÜCK, Christophe Willibald. *Alceste.*

LEVERKÜHN, Adrien. *Concerto para violino em três movimentos.*

________. *Penas de amor perdidas.*

MASSENET, Jules. *Manon.*

MONTEVERDI, Cláudio. *Il Combattimento di Tancredi e Clorinda.* Cantata composta em 1624 sobre os versos 52 a 68 da *Jerusalemne liberata.*

ORFF, Carl. Fortuna Imperatrix Mundi. *Carmina Burana.*

PUCCINI, Giacomo. *Manon Lescaut.*

ROSSINI, Gioacchino. *Il turco in Italia.*

VERDI, Giuseppe. *Rigoleto.*

________. *La forza del destino.*

***

DÜRER, Albrecht. "O anjo com a chave do abismo". In: *Apocalipse de São João*, ed. de 1511.

________. "Melancholia I", 1514.

***

GIRODET. Ilustrações para a edição Didot de Racine. 1801-05.

INGRES, Dominique. "Stratonice ou la maladie d'Antiochus". Montepellier, Musée Fabre.

***

LEAR, Edward. *Capo Ducato ou "Saut de Sapho", à Santa Maura.* 1863. Cromolitografia.

________. *Vue de Canée, Crète*, 1864. Pena e aquarela. Anotado à margem: "28 may 1864 5.30-6 P.M. Catch gold light grass & asphodel... all the distance is very pale blue-gray... stems of olives, indigo, and red, & oker very dark".

***

Bergers virgiliens, Les, pintura anômima. Cerca de 1820. Coleção particular. Reprodução in C. Beurdeley, *Beau petit ami*, Fribourg, Office du Livre, 1977, p. 61.

BOTTICELLI, Sandro. *Alegoria da primavera*, c. 1478.

BÖCKLIN, Arnold. *A ilha dos mortos*, 1880.

CARPACCIO, Vittore. *O sonho de Santa Úrsula*, antes de 1500.

DE CHIRICO, Giorgio. *Melancolia de uma tarde de outono*, 1915.
________. *As musas inquietantes*, 1917.
DELACROIX, Engène. *Dante e Virgílio no Inferno*, 1822.
DELLA FRANCESCA, Piero. *O sonho de Constantino*, entre 1452 e 1466.
ERNST, Max. *A cidade inteira*, 1937.
________. *Epifania*, 1940.
________. *Um pouco de calma*, 1939.

***

FELLINI, Federico. *Fellini-Satiricon*, 1969.
________. *Roma*, 1971.
GODARD, Jean-Luc. *Pierrot-le-fou*, 1965.
PASOLINI, Pier Paolo. *As mil e uma noites*, 1974.
VISCONTI, Lucchino. *O crepúsculo dos deuses*.

DO MESMO AUTOR
NESTA EDITORA

A MUSA ADOLESCENTE

OBRIGATÓRIAS METÁFORAS

OUTROS TÍTULOS DESTA EDITORA

AIAS
Sófocles

A FARMÁCIA DE PLATÃO
Jacques Derrida

LAOCOONTE
G.E. Lessing

NOVEMBRO
Gustave Flaubert

OBRA COMPLETA
Lautréamont

O PARTIDO DAS COISAS
Francis Ponge

Oresteia
I — Agamêmnon
II — Coéforas
III — Eumênides
Ésquilo

Poesia ingênua e sentimental
Friedrich Schiller

O sentido de Zeus
Jaa Torrano

Teogonia
Hesíodo

Os trabalhos e os dias
Hesíodo

Variedades
Paul Valéry

Este livro terminou
de ser impresso no dia
25 de fevereiro de 2003
nas oficinas da
R.R. Donnelley América Latina,
em Tamboré - Barueri - São Paulo, SP.